# 인도로 가는 길

# 인도로 가는 길

A Passage to India

E. M. 포스터 장편소설 민승남 옮김

**A PASSAGE TO INDIA**
**by E. M. FORSTER**

이 책은 실로 꿰매어 제본하는 정통적인 사철 방식으로 만들어졌습니다.
사철 방식으로 제본된 책은 오랫동안 보관해도 손상되지 않습니다.

사이드 로스 마수드에게,
그리고 우리의 17년 우정에
이 책을 바칩니다.

제1부

# 이슬람 사원[1]

# 1

찬드라푸르[2]는 20마일쯤 떨어진 곳에 있는 마라바르 동굴을 제외하면 특별한 것이라곤 없는 도시다. 가장자리에 갠지스강이 흐르고 있지만 강물에 씻는다는 표현은 어울리지 않는 이 도시는, 멋대로 내다 버린 쓰레기로 뒤범벅이 된 채 강둑을 따라 2마일쯤 구불구불 이어져 있다. 갠지스가 이곳에서는 성스러움을 잃기라도 한 듯 강변에는 강으로 목욕하러 내려가는 계단도 없고, 도도한 물줄기의 전경(全景)마저 시장 건물들이 가리고 있다. 이 도시의 거리들은 초라하고 사원들도 미미하며, 좋은 집이 더러 있기는 하지만 정원에 가려져 있거나 초대받은 손님이 아니면 기겁해서 도망갈 만큼 지저분한 골목들을 지나야 닿을 수 있다. 찬드라푸르는 번영했거나 아름다웠던 적이 없지만 2백 년 전만 해도 제국이었던[3] 북인도에서 바다로 가는 길에 위치하고 있기 때문

1 이 소설은 「이슬람 사원」, 「동굴」, 「힌두 사원」으로 나누어지며 인도의 세 계절인 선선한 철, 무더위 철, 우기를 상징한다 — 원주.

2 찬드라푸르는 방키푸르에서 지리적 영감을 얻었으며 주민들은 내가 상상해 낸 가상의 인물들이다 — 원주.

에 좋은 집들은 그때 생긴 것이다. 장식에 대한 열정은 18세기에 식어 버렸거니와 대중적이었던 적도 없었다. 시장통에는 칠이 된 건물을 찾아볼 수 없고 조각 장식도 거의 없다. 목재 자체도 진흙으로 만들어진 듯하고 역시 진흙으로 빚은 주민들이 돌아다니는 것 같다. 눈길이 닿는 것마다 너무나 초라하고 단조로워서 차라리 갠지스강이 모조리 휩쓸어 가 버리는 것이 나을지도 몰랐다. 집들은 무너지고 익사한 사람들은 그대로 방치되어 부패하고 있지만, 도시의 전체적인 외관은 불멸의 생명력을 지닌 하등 동물처럼 여기가 팽창하면 저기가 축소되는 식으로 끈질기게 유지되고 있다.

내지로 들어오면 도시의 풍경은 달라진다. 타원형 광장도 하나 있고 누르스름하고 길쭉한 병원도 있다. 기차역 근처의 고지대에는 유라시아인[4]들이 모여 사는 동네가 있다. 강과 평행선을 이루며 뻗어 나간 철로 너머로는 지대가 낮아지다가 좀 가파르게 높아진다. 이 두 번째 고지대에 소규모의 영국인 거주지가 있는데 이곳에서 보면 찬드라푸르는 완전히 다른 모습을 하고 있다. 이곳에서 보이는 찬드라푸르는 정원의 도시다. 아니, 도시라기보다는 드문드문 오두막이 흩어져 있는 하나의 숲이다. 고귀한 강에 씻긴 열대의 유원지다. 시장 건물들에 가려졌던 공작 야자수, 잎나무, 망고 나무, 보리수 들이 이곳에서는 도리어 시장 건물들을 가린다. 정원에서 오래된 저수지의 물을 먹고 자란 이 나무들은 숨 막히는 빈

3 16~18세기에 인도를 지배한 이슬람 왕조의 무굴 제국을 의미한다.
4 유럽인과 아시아인의 혼혈.

민가와 방치된 사원들을 뚫고 솟아 있다. 인간이나 인간의 창조물들보다 더 강한 힘을 지닌 이들은 빛과 공기를 찾아 건물들 위로 솟아올랐고, 가지들과 손짓하는 잎사귀들은 서로에게 인사를 보내며 새들을 위한 도시를 만들고 있다. 나무들은 비 온 뒤 그 밑으로 지나가는 것들을 모두 가리고, 시들거나 잎이 다 떨어진 때에도 항상 고지대에 사는 영국인들에게 찬드라푸르를 실제보다 아름답게 보이도록 만들기 때문에 이 도시에 새로 온 영국인들은 직접 마차를 타고 내려가 환멸을 겪기 전까지는 앞에서 묘사한 초라함을 믿지 못한다. 영국인 거주지 자체는 아무런 감흥을 일으키지 못한다. 그곳은 특별히 매력적이지도, 불쾌감을 주지도 않는다. 계획 지구로 건설되어 정상에 붉은 벽돌로 지은 클럽이 있고, 그 뒤로는 식료품점과 공동묘지가 있으며 직각으로 교차된 길들을 따라 방갈로식 목조 주택들이 배치되어 있다. 그곳에는 끔찍스러운 게 없고 전망만큼은 좋으며 찬드라푸르와 공유한 것이라고는 머리 위의 하늘밖에 없다.

하늘도 변화를 보이지만 그 변화는 초목과 강에 비하면 두드러지지 않는다. 이따금 구름이 지도를 그려 놓기도 하지만 하늘은 대개 파랑을 주조 색으로 하여 여러 빛깔이 섞인 둥근 천장의 모습을 하고 있다. 낮이면 하늘의 파랑은 땅의 흰색과 맞닿는 곳에서 하얀색으로 엷어지고 일몰이 지나면 오렌지빛에 녹아들어 연한 자줏빛이 된다. 그러나 파랑의 핵은 밤까지 남아 있다. 이윽고 밤이 되면 드넓은 둥근 하늘에 별들이 등불처럼 걸린다. 지구에서 별들까지의 거리는 별들

너머의 거리에 비하면 아무것도 아니며 색깔을 초월한 그 공간은 파랑에서 벗어나 있다.

하늘은 모든 것을 결정한다. 기후와 계절뿐 아니라 언제 땅이 아름다워야 하는지도 결정한다. 그러나 혼자 힘으로 할 수 있는 것이라곤 거의 없어서 기껏해야 힘없이 꽃들을 피워 내는 정도다. 하지만 하늘이 마음만 먹으면 찬드라푸르 시장통에 영광이 비처럼 쏟아지게 만들 수도 있고, 축복이 휩쓸고 지나가게 할 수도 있다. 하늘이 이렇게 할 수 있는 것은 너무도 강하고 거대하기 때문이다. 힘은 태양에서 나와 엎드린 땅 위의 하늘에 날마다 쏟아진다. 이곳에는 우뚝 솟은 산도 없다. 평지가 계속 이어지다가 조금 솟았다가는 이내 도로 평지가 된다. 남쪽에만 주먹이나 손가락 모양으로 돌출한 봉우리들이 끝없는 평지를 가로막고 있을 뿐이다. 이 주먹과 손가락들이 바로 마라바르산이며 아까 말했던 특별한 동굴도 바로 거기에 있다.

# 2

젊은이는 타고 온 자전거를 내팽개치고 — 그 자전거는 하인이 미처 붙잡기도 전에 넘어지고 말았다 — 베란다로 뛰어 올라갔다. 그는 활기가 넘쳤다. 「하미둘라, 하미둘라! 제가 늦었나요?」 그가 외쳤다.

「사과할 것 없네. 자넨 항상 늦으니까.」 주인이 말했다.

「제발 대답해 주세요. 제가 늦은 건가요? 마무드 알리가 음식을 다 먹어 버렸겠죠? 그렇다면 다른 데로 가겠어요. 마무드 알리 씨, 안녕하세요?」

「닥터 아지즈, 난 죽어 가고 있다네.」

「저녁도 먹기 전에 죽어요? 오, 가엾은 마무드 알리!」

「사실 하미둘라는 벌써 죽었다네. 자네가 자전거를 타고 달려오는 동안 운명했지.」

「그래, 맞아.」 하미둘라가 옆에서 맞장구를 쳤다. 「우리는 더 행복한 다른 세상에서 자네에게 말하고 있는 거라네.」

「혹시 그 더 행복한 세상에도 수연통[5]이란 물건이 있

5 연기가 물을 거쳐서 나오도록 만든 담배 대통.

나요?」

「아지즈, 그만하게. 우린 지금 아주 슬픈 이야기를 나누고 있네.」

이 집에서는 늘 그렇듯이 수연통 안이 너무 빽빽하게 채워져 있어서 잘 빨리지 않았다. 아지즈는 수연통을 손본 다음 다시 입에 물었다. 이윽고 담배 연기가 그의 폐와 콧구멍으로 솟구쳐 들어와서, 시장통을 달려오는 동안 폐를 가득 채웠던 소똥 타는 연기를 몰아냈다. 담배맛이 좋았다. 감각적이면서도 건전한 황홀경에 빠져 든 그에게는 인도인이 영국인과 친구가 되는 것이 가능한 일인지에 대한 두 사람의 대화가 특별히 슬프게 들리지는 않았다. 마무드 알리는 불가능하다고 했고 하미둘라는 그 의견에 반대했지만 단서 조항들이 너무 많아서 두 사람 사이의 충돌은 없었다. 앞에서는 달이 떠오르고 뒤에서는 하인들이 저녁 식사를 준비하는 가운데 넓은 베란다에 편안히 누워 있는 것은 정말이지 달콤했다.

「오늘 아침에 내가 겪은 일만 해도 그렇지.」

「내 말은 영국에서는 가능하다는 거지.」 오래전, 그러니까 너도나도 영국으로 몰려가기 전에 케임브리지에서 진심 어린 환대를 받았던 하미둘라가 대답했다.

「여기선 불가능하지! 아지즈! 그 빨간 코 청년이 법정에서 또 나를 모욕했네. 그를 탓할 수도 없지. 나를 모욕하도록 지시를 받았을 테니까. 얼마 전까지만 해도 더없이 좋은 청년이었는데 다른 영국인들에게 물든 거지.」

「그래, 여기선 불가능하지. 그들도 처음엔 신사답게 살 생각으로 오지만 여기선 그래서는 안 된다는 말을 듣게 되지. 레슬리도 그랬고 블래키스톤도 그랬지. 이제 그 빨간 코 청년도 변했고 다음엔 필딩 차례겠지. 그래, 터턴이 처음 왔을 때 생각이 나. 이 주(州)의 다른 곳에서였지. 자네들은 믿기 힘들겠지만, 그가 나에게 자기 마차를 태워 줬다니까, 터턴이 말이야! 그럼, 우린 한때 매우 절친한 사이였지. 그는 나에게 자신이 수집한 우표까지 보여 줬어.」

「지금은 자네가 그걸 훔칠까 봐 걱정하겠지. 터턴이라! 하지만 빨간 코 청년은 터턴보다 훨씬 고약해질 거야!」

「난 그렇게 생각하지 않네. 그들은 모두 똑같아지지. 누가 더 나쁠 것도 없이 말이야. 어떤 영국인이라도 2년만 지나면 터턴이나 버턴처럼 되지. 다른 건 이름뿐이지. 여자라면 6개월이면 그렇게 되고. 그들은 다 똑같아. 안 그런가?」

「아니.」 마무드 알리는 한마디씩 내뱉을 때마다 고통과 즐거움을 함께 느끼며 쓴 농담을 시작했다. 「내가 보기엔 우리의 통치자들은 개인차가 크다네. 빨간 코는 웅얼거리고, 터턴은 분명하게 말하고, 터턴 부인은 뇌물을 받고, 빨간 코의 부인은 뇌물을 받지도 않고 받을 수도 없지. 왜냐하면 아직 빨간 코의 부인은 존재하지 않으니까.」

「뇌물?」

「그들이 인도 중부 지방의 운하 건설 계획에 관여했을 때 어떤 토후국[6] 왕이 운하가 자기 땅을 통과하도록 해달라고

6 식민지 시대에 영국령에 속하지 않고 보호국으로서 존속을 인정받았던

그녀에게 순금으로 만든 재봉틀을 준 거 모르나?」

「그래서 그렇게 됐나?」

「아니, 그래서 터턴 부인이 노련하다는 거지. 딱한 우리 검둥이들은 뇌물을 받으면 청탁을 들어주고 그 결과가 들통 나지. 하지만 영국인들은 뇌물만 받고 그만이라네. 난 그들이 존경스러워.」

「우리 모두 그들을 존경하지. 아지즈, 수연통 이리 주게.」

「아, 조금만 더요. 지금 담배가 너무 맛있거든요.」

「이런 이기적인 사람 같으니라고.」 하미둘라는 그렇게 말한 뒤 갑자기 목소리를 높여 저녁을 달라고 외쳤다. 하인들이 저녁 준비가 되었다고 소리쳤다. 그건 준비가 다 되었다면 좋겠다는 뜻이었고, 이쪽에서도 그렇게 알아들었기에 아무도 움직이지 않았다. 하미둘라가 태도를 바꾸어 분명한 감정을 담아 말했다.

「하지만 내 얘기를 들어보게. 휴 배니스터에 대해선데, 내가 영국에 있을 때 결코 잊을 수 없는 친절을 베풀어 준, 지금은 세상을 떠난 나의 소중한 친구 배니스터 목사 부부의 아들이지. 그들은 나에게 아버지와 어머니 같은 존재였고 나는 그들과 지금 이 자리에서처럼 스스럼없이 대화를 나눌 수 있었네. 방학이면 그들의 목사관은 내 집이 되었지. 그들은 나에게 자녀들을 믿고 맡겼고 나는 특히 어린 휴를 잘 데리고 다녔는데 빅토리아 여왕 장례식에도 데려갔었지. 사람들

전제 왕국으로 독립 당시 인도에는 5백여 개의 크고 작은 토후국들이 존재했다.

머리 위로 안아 올려서 구경을 시켜 줬지.」

「빅토리아 여왕은 달랐지.」 마무드 알리가 중얼거렸다.

「그런데 방금 휴가 칸푸르에서 가죽 상인으로 일한다는 소식을 들었네. 마음 같아서야 교통비까지 대서 우리 집으로 초대하고 싶지만 다 소용없는 짓이지. 인도에 사는 다른 영국인들에게 이미 오래전에 물이 들었을 테니까. 그는 내가 다른 흑심이 있어서 그런다고 생각하겠지. 옛 친구의 아들에게조차 그런 대접을 받는 건 견딜 수가 없어. 아, 이 나라가 왜 이런 꼴이 된 건가, 변호사 양반? 자네에게 묻겠네.」

아지즈가 끼어들었다. 「영국인 얘기는 왜 해요? 으으……! 왜 그들과 친구가 되는 문제에 신경 써야 되는 거죠? 그들은 무시해 버리고 우리끼리 즐겁게 살자고요. 빅토리아 여왕과 배니스터 부인만 예외였는데 그들은 죽었잖아요.」

「아니, 아니, 그 말은 인정할 수 없네. 그들만 예외는 아니지.」

「맞아. 여자들은 다 똑같지가 않지.」 마무드 알리가 갑자기 의견을 바꿨다. 그들은 달라진 기분으로 영국 여자들의 작은 친절과 공손함에 대한 기억들을 떠올렸다. 「그녀는 전혀 꾸밈없이 〈정말 고마워요〉라고 했어.」 「먼지 때문에 목이 칼칼했는데 그녀가 박하사탕을 권했지.」 하미둘라는 영국의 여자들이 베푼 천사 같은 친절의 굵직굵직한 사례들을 쉽게 떠올릴 수 있었지만 인도에 사는 영국인들만을 상대한 마무드 알리는 군색하게 기억을 더듬다가 도로 원래의 의견으로 돌아갔고 그것은 놀랄 일도 아니었다. 「하지만 그건 다 예외적인 경우지. 예외가 표준이 될 수는 없는 노릇 아닌가. 사실 표준은 터턴 부인 같은 여자라고 할 수 있지. 아지즈, 자네도 그 여자가 어떤 인물인지는 알 걸세.」 아지즈는 터턴 부인에 대해 몰랐지만 그렇다고 대답했다. 그 역시 이런저런 실망들을 겪으며 그런 식의 일반화에 이르게 된 것이었고 식민지 국민으로서 그렇게 되지 않기는 힘든 일이었다. 그는 예외를 인정하더라도 영국 여자는 모두 거만하고 돈을 밝힌다는 데 의견을 같이했다. 이제 그들의 대화에서 희망의 번득임은 사라지고 황량한 이야기들만 끝도 없이 이어졌다.

하인 하나가 저녁 식사가 준비되었다고 알렸다. 그들은 못 들은 체했다. 나이 든 두 남자가 끊일 줄 모르는 정치 이야기에 빠져 있는 사이 아지즈는 정원을 거닐었다. 초록 꽃을 피운 챔팩 나무[7] 향이 달콤했고 페르시아 시의 한 구절이 떠올랐다. 저녁 식사, 저녁 식사, 저녁 식사……. 그러나 아지즈가 저녁 식사를 하려고 돌아가자 이번에는 마무드 알리가 자신의 마부에게 할 말이 있어서 잠시 자리를 비운 상태였다. 「그럼 가서 우리 안사람이나 만나 보게.」 하미둘라가 말했다. 그들은 푸르다[8] 뒤에서 20분 정도를 보냈다. 하미둘라 베굼은 아지즈의 먼 아주머니뻘로 그에겐 찬드라푸르에서는 단 하나뿐인 여자 친척이었다. 그녀는 아지즈를 만난 김에 제대로 격식도 갖추지 않고 치른 집안의 할례 의식에 대해 불만을 늘어놓았다. 남자들이 먼저 식사를 마쳐야 차례가

7 동인도에서 나는 목련과의 나무.

8 여자들의 거처를 가리는 휘장.

돌아오는 그녀는 서두르는 인상을 주지 않으려고 일부러 말을 길게 했고 그 바람에 자리를 뜨기가 더 어려웠다. 할례에 대한 비난을 끝낸 그녀는 친척에 관한 화제로 옮겨 가서 아지즈에게 언제 결혼할 것인지 물었다.

아지즈는 공손하면서도 짜증 난 소리로 대답했다. 「한 번이면 족합니다.」

「그래, 이 사람은 자기 의무를 다했어. 그러니 그만 좀 괴롭혀요. 아들 둘에 딸 하나를 거느리고 있잖소.」 하미둘라가 거들었다.

「아주머니, 아이들은 아내가 세상을 떠날 때 기거하던 집에서 장모님과 편안하게 잘 지내고 있어요. 저도 아이들이 보고 싶으면 언제든지 가서 보고요. 아이들은 아직 너무 어려요.」

「이 사람은 월급을 몽땅 아이들에게 보내고 말단 사무원처럼 가난하게 살면서도 아무한테도 그런 사실을 말하지 않소. 그러니 뭘 더 요구할 수 있겠소?」

그러나 그것은 하미둘라 베굼이 하고 싶은 말이 아니었으므로 그녀는 예의상 잠시 화제를 돌렸다가 다시 그 이야기로 돌아왔다. 「남자들이 결혼하기를 거부하면 우리 딸들은 모두 어떻게 되겠어요? 자신보다 신분이 낮은 남자와 결혼하거나 아니면…….」 그러면서 그녀는 사람들의 입에 자주 오르내리는, 자신의 격에 맞는 좁은 범위에서 남편감을 찾지 못해 서른이 된 지금까지 미혼으로 살고 있으며 이제 아무도 결혼해 줄 사람이 없어서 평생 노처녀 신세를 면하지 못하게 된 왕족 혈통의 처녀에 대한 이야기를 시작했다. 그녀의 이야기를 듣다 보니 그 비극이 사회 전체의 오점이며, 여성이 신에게서 부여받은 기쁨들을 누리지 못하고 죽는 것보다는 차라리 일부다처제가 나은 것처럼 여겨졌다. 혼인하여 아이를 낳고 집안을 다스리며 살아가는 것이 여자의 본분이거늘 그런 기회를 주기를 거부하는 남자가 죽어서 어찌 신 앞에서 얼굴을 들 수 있으리오! 아지즈는 그런 호소를 들을 때면 늘 하는 대답을 남기고 자리를 떴다. 「글쎄요……. 나중에요…….」

「자신이 옳다고 여기는 일을 뒤로 미뤄선 안 되네. 인도가 곤경에 처한 것도 당장 해야 할 일들을 미루었기 때문이지.」 하미둘라는 그렇게 말해 놓고 아지즈의 근심 어린 얼굴을 보고는 몇 마디 위로를 덧붙여 자신의 아내가 남겼을 수도 있는 영향을 말끔히 지웠다.

그들이 자리를 비운 사이, 마무드 알리는 5분 내로 돌아오겠지만 기다릴 필요는 없다는 내용의 전갈을 남기고 마차를 타고 가버렸다. 그들은 하인도 아니고 주인과 동등한 위치도 아닌 어정쩡한 상태로 하미둘라의 집에 얹혀사는 이 집안의 먼 친척 모하메드 라티프와 함께 식탁에 앉았다. 누가 말을 걸기 전에는 먼저 입을 여는 법이 없는 그는 아무도 말을 하지 않았기에 거슬리지 않는 침묵을 지키며 잘 차려 놓은 음식에 대한 인사로 가끔 트림만 했다. 이 온화하고 행복하지만 불성실한 노인은 평생 일이라곤 해본 적이 없었다. 친척 중에 집을 지닌 사람만 있으면 거처 걱정은 없었고 그 많은 친척들이 모두 망해 버릴 리는 만무했기 때문이었다. 그의 아내 역시 수백 마일 떨어진 고장에서 비슷한 처지로 살고 있었지만 그는 기차 삯 때문에 아내를 만나러 가지도 않았다. 아지즈는 모하메드 라티프와 하인들을 놀려 대다가 페르시아어, 우르두어, 아라비아어로 된 시들을 암송하기 시작했다. 그는 기억력이 뛰어났고 젊은이치고는 책을 많이 읽은 편이었다. 그가 좋아하는 주제는 이슬람의 쇠퇴와 사랑의 덧없음 같은 것들이었다. 영국에서는 시를 사적인 영역에 두는 것이 유행이었지만 인도인들은 그것을 공공의 것으로 받아들였기 때문에 모두들 그의 낭송에 즐겁게 귀 기울였다. 그들은 시를 듣는 것을 전혀 따분해하지 않았고 하피즈, 할리, 익발 같은 시인의 이름만으로도 충분히 빛날 수 있었기에 분석한답시고 끼어드는 일 없이 시원한 밤공기와 함께 시를 음미했다. 바깥에서는 백 개로 나뉜 인도가 무심한 달빛 아래서 소곤댔지만 지금 이 순간만은 하나가, 그들만의 인도가 된 듯했다. 위대함의 상실을 슬퍼하는 구절에서는 과거의 위대함을 되찾은 듯했고, 젊음의 덧없음을 일깨우는 구절에서는 다시 젊어진 기분이 들었다. 그러나 의무관의 심부름꾼인 진홍색 제복 차림의 하인이 아지즈에게 쪽지를 전하러 오는 바람에 시 낭송은 중단되고 말았다.

「늙다리 캘린더가 자기 집으로 오라는군요. 오라는 이유라도 써줄 일이지.」 아지즈가 일어서지도 않고 말했다.

「무슨 일이 있겠지.」

「일은 무슨 일. 우리 저녁 식사 시간을 알아내고 번번이 훼

방을 놓는 거지요. 공연히 권세를 부리는 거라고요.」

「그건 사실이지만 이번에는 중요한 일이 생겼는지도 모르지.」 하미둘라는 사려 깊게 복종의 길로 인도하며 말했다. 「판[9]을 씹었으니 이를 닦고 가는 게 낫지 않겠나?」

「이를 닦고 가야 한다면 차라리 안 가겠어요. 저는 인도인이고 판을 씹는 건 인도의 풍습이에요. 그러니 의무관도 그 냄새를 참아야지요. 모하메드 라티프, 자전거 좀 갖다주세요.」

가련한 친척이 자리에서 일어섰다. 그가 현실 세계에 살짝 발을 담그고 자전거 안장을 잡고 있는 사이 실제로 자전거를 끌고 온 건 하인이었다. 그런데 그만 자전거 바퀴에 주석 도금을 한 압정 하나가 박히고 말았다. 아지즈는 물병의 물로 손을 씻은 다음 물기를 말리고 녹색 펠트 모자를 쓰고 뜻밖에도 활기에 차서 집 밖으로 씽씽 내달렸다.

「아지즈, 아지즈, 저런 경솔한 사람 같으니…….」 그러나 그는 벌써 시장통을 한참이나 내려온 곳을 질주하고 있었다. 그의 자전거에는 라이트도 종도 브레이크도 없었지만, 페달을 밟지 않고 곡예 운전을 즐기면서도 충돌 사고를 내지 않는 것이 자전거 운전자들의 유일한 소망인 이 땅에서 그런 부속품이 무슨 소용이겠는가? 게다가 지금 시간에는 인적이 거의 없었다. 자전거 바퀴가 터지는 바람에 아지즈는 자전거에서 내려 통가[10]를 불렀다.

9 판 잎에 빈랑 열매를 올려놓고 그 위에 담배, 생강, 건포도, 코코넛 가루를 얹어 껌처럼 씹는 것.

10 인도의 이륜마차.

그는 바로 통가를 잡을 수도 없었거니와 자전거를 친구의 집에 끌어다 놓아야 했다. 게다가 이를 닦느라 시간이 더 지체되었다. 이윽고 그는 생생한 속도감을 느끼며 영국인 거리를 향해 덜컹거리며 달려가고 있었다. 영국인 거리의 메마른 단정함 속으로 들어서자 그는 갑자기 우울한 기분에 빠져 들었다. 전쟁에서 승리한 장군들의 이름을 붙인 직각으로 교차된 거리들은 대영 제국이 인도에 던진 그물의 상징이었다. 아지즈는 그 그물에 걸린 기분이었다. 통가가 캘린더 소령의 관저 안으로 들어서자 그는 통가에서 내려 걸어 들어가고 싶은 충동을 억누르기가 어려웠는데, 그건 노예근성 때문이 아니라 그의 예민한 감수성이 불쾌한 푸대접을 두려워해서였다. 작년에 그런 〈사건〉이 있었다. 어느 인도인 신사가 영국 관리의 집까지 마차를 타고 들어갔다가 분수에 맞게 들어오라는 명령을 받고 하인들에게 내쫓긴 것이다. 물론 수천 명의 인도인이 수백 명의 영국 관리를 찾아간 중에 단 한 번 있었던 일이었지만 그런 소문은 무섭게 퍼져 나가는 법이다. 아지즈는 그런 꼴을 당할까 봐 겁이 났던 것이다. 그는 절충을 해서 베란다 너머로 쏟아지는 환한 불빛 바로 못미처에 마차를 세웠다.

의무관은 외출 중이라고 했다.

「그럼 나에게 무슨 말씀 안 남기셨나?」

하인은 무관심하게 아니라고 대답했다. 아지즈는 절망에 빠졌다. 그는 하인에게 돈을 쥐여 주는 걸 깜빡 잊고 말았고 이제 현관에 사람들이 있어서 어쩔 수가 없었다. 그는 의무관이 분명 전갈을 남겼을 텐데 하인이 앙심을 품고 전해 주지 않는 것이라고 확신했다. 그들이 옥신각신하는 사이에 사람들이 밖으로 나왔다. 여자 둘이었다. 아지즈는 모자를 살짝 들어 예의를 표했다. 야회복 차림의 앞의 여자가 힐끗 보더니 본능적으로 시선을 외면했다.

「레슬리 부인, 여기 통가가 있네요.」 그녀가 외쳤다.

「우리 건가요?」 뒤에 나온 여자도 아지즈를 보고 똑같은 태도를 보이며 물었다.

「신이 보내신 선물인 모양이니 일단 받읍시다.」 날카로운 소리로 그렇게 외치고 두 여자는 마차에 올랐다. 「마부, 클럽, 클럽으로. 이 멍청이가 왜 안 가지?」

「가게. 돈은 내일 줄 테니.」 아지즈는 마부에게 그렇게 이른 뒤 출발하는 마차를 향해 예의 바르게 외쳤다. 「편하게 타고 가세요, 부인.」 여자들은 자기들 이야기에 정신이 팔려서 대꾸도 하지 않았다.

그러니까 마무드 알리가 말했던 〈흔한 일〉이 일어난 것이다. 피할 수 없는 멸시. 인사도 안 받고, 허락도 없이 마차를 가로채고. 그러나 상황이 더 나쁠 수도 있었다. 캘린더 부인과 레슬리 부인이 통가 뒷자리가 내려앉을 정도로 뚱뚱한 것이 아지즈에겐 묘하게 위안이 되었다. 그들이 아름다웠더라면 마음이 아팠으리라. 아지즈는 하인에게로 돌아서서 2루피를 쥐여 준 뒤 다시 주인이 남긴 전갈이 없는지 물었다. 하인은 이제 매우 공손한 태도로 똑같은 대답을 했다. 캘린더 소령은 30분 전에 마차로 외출했다는 것이다.

「아무 말 없이?」

사실 소령이 〈아지즈, 빌어먹을 자식〉이라고 분명히 말했지만 하인은 예의상 그 말을 전할 수 없었다. 팁이란 액수가 지나치게 적을 수도 있지만 지나치게 많을 수도 있는 법이며 사실 정확한 진실을 살 수 있는 화폐는 아직 만들어지지 않았다.

「그럼 편지를 써놓고 가야겠군.」

하인이 안으로 들어오도록 권했지만 아지즈는 품위를 지키고 싶었다. 그는 하인에게 베란다로 종이와 잉크를 가져오게 했다. 〈소령님께, 급한 부르심을 받고 아랫사람의 도리로 서둘러 달려왔는데…….〉 그는 거기까지 쓰다가 펜을 멈췄다. 그러고 나서 항의 편지를 찢으며 말했다. 「그냥 내가 왔었다고 전하게. 그것으로 충분해. 내 명함 받게. 통가 좀 불러 주게.」

「선생님, 통가는 모두 클럽에 가 있습니다.」

「그럼 기차역으로 한 대만 보내 달라고 전화하게.」 그러나 그는 마음을 고쳐먹고, 급히 전화기로 달려가는 하인에게 말했다. 「됐네, 됐어. 걸어가는 게 낫겠네.」 그는 허락도 없이 성냥 하나를 켜 담뱃불을 붙였다. 비록 돈으로 산 대접이라도 하인에게 받으니 마음이 한결 누그러졌다. 그런 대접은 그에게 돈이 있는 한 지속될 것이며 그건 중요한 일이었다. 그러나 신발에 묻은 영국인의 흙을 어서 털어 버리고 싶었다! 영국이 쳐놓은 그물에서 벗어나 그에게 익숙한 예절과 몸짓들이 있는 곳으로 돌아가고 싶었다! 그는 몸에 배지 않은 일이었지만 걷기 시작했다.

아지즈는 체구는 작아도 다부지고 매우 튼튼한 사내였다. 하지만 인도에서는 걷는 것이 처음 온 사람들을 제외하면 누구에게나 피곤한 일이다. 인도의 땅은 보행자에게 적대적이다. 너무 질어서 발이 푹푹 빠지는가 하면 예기치 않게 단단하고 날카로운 돌멩이나 결정체들을 밟게 된다. 이런 작은 놀람들이 이어지다 보면 보행자는 기진맥진하게 되며 더욱이 아지즈는 걷기에 적합하지 않은 구두를 신고 있었다. 그는 영국인 거주지 언저리에서 잠시 쉬기 위해 모스크[11]에 들어갔다.

그가 좋아하는 사원이었다. 운치도 있는 데다 구조도 마음에 들었다. 부서진 문을 열고 들어가면 기도를 올리기 전에 몸을 씻을 수 있는, 맑고 깨끗한 물이 가득 찬 저수지가 있는 마당이 나왔으며 늘 흐르고 있는 이 저수지의 물은 도시에 공급되는 수도의 일부였다. 마당에 깔린 평평한 돌들은 군데군데 깨져 있었다. 이곳의 지붕이 덮인 부분은 다른 모스크들보다 깊어서 측면을 들어낸 영국 교회 같은 인상을 풍겼다. 그가 앉아 있는 곳에서 작은 등불 하나와 달빛으로 어둠을 밝힌 세 개의 회랑이 보였다. 달빛을 가득 받고 있는 정면은 대리석처럼 보였고, 하늘을 배경으로 하얗게 도드라져 보이는 프리즈[12]에 검게 새겨진 신의 아흔아홉 이름들이 선

11 이슬람 사원.

12 건축물의 벽면과 그곳에 수평으로 된, 띠 모양의 돌출 부분으로 여기에 조각 장식을 한다.

명하게 보였다. 이러한 흑백의 선명한 대조와 내부의 그림자들의 다툼을 보고 기분이 좋아진 아지즈는 그 전체를 종교적 진리나 사랑으로 상징화하기 시작했다. 사원이 마음에 들다 보니 상상력이 나래를 펼친 것이다. 힌두교나 기독교 혹은 그리스정교의 사원이었다면 따분하기만 했을 것이고 그의 미적 감각을 일깨우지도 못했을 터였다. 이슬람교는 그의 조국이었고 단순한 하나의 신앙이나 슬로건 이상의, 그보다 훨씬 중요한 의미를 지니고 있었다. 이슬람교는 삶에 대한 우아하고 영속적인 자세이자 그의 육신과 사상의 고향이었다.

그가 앉아 있는 자리는 마당의 왼쪽 경계를 이루는 낮은 담이었다. 그의 아래로는 흐릿한 숲처럼 보이는 도시 쪽으로 지면이 내리막 경사를 이루고 있었고 정적 속에서 작은 소리들이 들렸다. 오른쪽에 있는 클럽에서는 영국인들의 아마추어 오케스트라 소리가 들려오고 있었다. 그리고 어디선가 힌두교도의 북소리가 들려왔고 — 리듬이 귀에 거슬리는 것으로 보아 힌두교도가 분명했다 — 곡하는 소리도 들렸는데 아까 오후에 사망 증명서를 써주었기에 곡하는 이들이 누군지 알 수 있었다. 그리고 부엉이 울음소리와 펀잡행 우편 열차 소리……. 역장의 집 정원에 핀 꽃들의 향기가 달콤했다. 그러나 사원만이 의미를 지녔기에 아지즈는 밤이 풍기는 복합적인 매력에서 주의를 돌려, 사원을 지은 이는 생각지도 못했을 의미들을 그것에 부여했다. 그는 언젠가는 자신도 이보다는 작지만 멋진 사원을 지어 지나가는 이들이 지금 자신이 맛보는 행복을 느낄 수 있게 하리라 다짐했다. 사원 옆에는 나지막한 돔 아래 그의 무덤이 있을 것이고 묘비에는 페르시아어로 이렇게 새겨져 있으리라.

> 슬프도다, 나 없이도 수천 년 세월 동안
> 장미꽃은 피어나고 봄은 찬란히 빛나겠지,
> 그러나 남몰래 내 마음을 이해한 이들은
> 내가 누워 있는 무덤으로 찾아와 주겠지.[13]

어느 데칸 지방 왕의 묘비에서 본, 심오한 철학이 담겨 있다고 여겨 오던 사행시였다. 아지즈는 늘 애상(哀傷)을 심오한 것으로 여겼다. 남몰래 마음을 이해한다! 그는 눈물을 글썽이며 그 구절을 다시 암송했다. 그런데 사원의 기둥 하나가 흔들리는 듯했다. 그것은 어둠 속에서 들썩이더니 대열에서 이탈했다. 그는 유령을 믿는 혈통을 이어받았지만 동요하지 않고 앉아 있었다. 이번엔 다른 기둥이 움직였고 또 다른 기둥이 움직였다. 그러더니 영국 여자가 달빛 아래 모습을 나타냈다. 아지즈는 갑자기 분노가 치밀어서 냅다 소리를 질렀다. 「부인! 부인! 부인!」

「오! 오!」 여자가 헐떡거리며 말했다.

「부인, 여기는 이슬람 사원입니다. 여기 들어오시면 안 됩니다. 여기서는 신발을 벗어야 합니다. 이슬람 교인들에겐 신성한 장소이니까요.」

13 이 사행시의 출처는 16세기 비다르의 왕 알리 바리드의 묘비이다 — 원주.

「난 신발을 벗었는데요.」

「그런가요?」

「입구에 벗어 놨어요.」

「그렇다면 실례했습니다.」

영국 여자는 여전히 놀라며 아지즈와 저수지를 사이에 둔 채 걸어 나갔다. 아지즈가 그녀의 등 뒤에 대고 외쳤다.「말을 걸어서 정말 죄송합니다.」

「그래, 내가 제대로 한 거지요, 그렇죠? 신발 벗었으니 들어올 수 있지요?」

「물론이죠. 하지만 신발을 벗으려고 하는 여자 분은 드물지요. 특히 보는 사람이 없을 때는요.」

「보는 사람이 있고 없고는 중요하지 않지요. 신을 모시는 곳인데.」

「부인!」

「날 가게 해줘요.」

「제가 부인께 해드릴 일이 없을까요? 지금 아니면 나중에라도요?」

「아니, 괜찮아요. 없어요. 안녕히 계세요.」

「부인의 성함이라도 알 수 없을까요?」

그녀가 이제 문의 그림자 속에 서 있어서 아지즈는 그녀의 얼굴을 볼 수 없었으나, 그의 얼굴을 본 그녀는 목소리를 바꾸어 말했다.「무어 부인이에요.」

「무어 부인……」 아지즈는 가까이 다가가서야 그녀가 늙었다는 걸 알게 되었다. 그는 사원보다 더 큰 구조물이 와르르 무너지는 기분이었고, 자신이 기뻐하고 있는 것인지 슬퍼하고 있는 것인지 가늠할 수가 없었다. 그녀는 하미둘라 베굼보다 늙어 보였고 발그레한 얼굴에 머리는 백발이었다. 목소리에 깜빡 속은 것이다.

「무어 부인, 제가 놀라게 한 모양입니다. 이곳 사람들에게, 제 친구들에게 부인 이야기를 할 생각입니다. 신을 모시는 곳이라고요. 정말이지 너무도 훌륭하신 말씀입니다. 인도에 오신 지 얼마 안 되신 모양입니다.」

「그래요, 어떻게 알았죠?」

「저에게 말씀하시는 걸 보면 알 수 있죠. 마차를 불러 드릴까요?」

「클럽에서 온 거예요. 런던에서 본 연극을 공연하고 있어서요. 너무 덥기도 하고.」

「연극 제목이 무언가요?」

「〈사촌 케이트Cousin Kate〉[14]예요.」

「무어 부인, 밤에 홀로 다니시면 안 됩니다. 나쁜 사람들도 돌아다니고 마라바르산에서 표범이 내려올지도 몰라요. 뱀도 있고요.」

무어 부인이 비명을 질렀다. 그녀는 뱀에 대해 잊고 있었던 것이다.

「예를 들어 육점박이 무당벌레[15]를 잘못 잡았다가 물리면

14 H. H. 데이비스의 희극으로 1903년 런던에서 초연되었다.

15 나는 이 육점박이 무당벌레를 보고 겁에 질린 적이 있었는데 후에 이것이 무서운 해충은 아니라는 것을 알게 되었다 — 원주.

죽을 수도 있지요.」 아지즈가 계속해서 말했다.

「하지만 당신도 혼자 다니잖아요.」

「저야 익숙하니까요.」

「뱀에게 익숙하다고요?」

두 사람은 함께 웃음을 터뜨렸다. 「전 의사랍니다. 뱀도 감히 저를 못 물지요.」 그들은 입구에 나란히 앉아서 신발을 신었다. 「제가 한 가지 여쭤 봐도 되겠습니까? 왜 하필이면 선선한 철이 끝나 가는 이때에 인도에 오셨나요?」

「원래 더 일찍 출발하려 했는데 피치 못할 사정이 생겼지요.」

「이제 곧 부인의 건강에 해로운 계절이 올 겁니다! 찬드라푸르에는 왜 오셨는지요?」

「아들을 만나러요. 이곳의 치안 판사로 있지요.」

「아니, 죄송하지만 그럴 리가 없는데요. 저희 시의 치안 판사는 히슬롭 씨거든요. 제가 그분을 잘 압니다.」

「그 사람이 내 아들이에요.」 무어 부인이 미소 지으며 말했다.

「하지만 무어 부인, 어떻게 그분이 아드님이 되지요?」

「난 두 번 결혼했어요.」

「아하, 이제야 알겠네요. 첫 번째 남편께서는 돌아가셨군요.」

「그래요. 두 번째 남편도 세상을 떴지요.」

「그렇다면 부인과 저는 처지가 같군요.」 아지즈는 수수께끼 같은 말을 한 뒤 덧붙였다. 「그럼 치안 판사님 외에는 다른 가족이 없으신가요?」

「아니에요. 그 밑으로 랠프와 스텔라가 있지요. 영국에.」

「그러면 여기 계시는 아드님은 랠프와 스텔라와는 아버지가 다른 형제겠군요.」

「맞았어요.」

「무어 부인, 참으로 이상한 우연의 일치군요. 저도 부인처럼 아들 둘에 딸 하나를 두고 있답니다. 이렇게 처지가 똑같을 수가 있나요?」

「아이들 이름이 뭐예요? 설마 로니, 랠프, 스텔라는 아니겠죠?」

그 말을 들으니 아지즈는 기분이 좋아졌다. 「아닙니다. 참 재미있네요! 제 아이들의 이름은 전혀 다르답니다. 놀라실 걸요. 들어 보세요. 제 아이들의 이름을 말씀드릴 테니까요. 장남은 아메드, 차남은 카림, 그리고 제일 맏이인 딸은 자밀라지요. 아이는 셋이면 충분하지요. 안 그렇습니까?」

「그래요.」

그들은 각자의 가족을 생각하며 잠시 침묵에 잠겼다. 무어 부인이 한숨을 짓더니 일어섰다.

「아침에 민토 병원을 보러 오시겠습니까? 찬드라푸르에서는 달리 구경시켜 드릴 곳이 없어서요.」 아지즈가 말했다.

「고맙지만 벌써 가봤어요. 당신과 함께 갔더라면 좋았을 텐데.」

「의무관이 모시고 간 모양이군요.」

「예, 캘린더 부인도 함께요.」

아지즈의 목소리가 달라졌다. 「아! 참으로 매력적인 부인이시죠.」

「글쎄요, 더 친해지면 그럴 수도 있겠지요.」

「예? 뭐라고요? 그분이 마음에 들지 않으셨단 말입니까?」

「친절하게 굴려고 애쓰는 건 분명했지만 난 매력적이라는 인상은 못 받았어요.」

아지즈는 정신없이 이야기를 쏟아 냈다. 「그 부인은 조금 전에 제 허락도 없이 제 통가를 가로챘답니다. 그걸 매력적이라고 할 수 있겠어요? 캘린더 소령님은 제가 친구들과 저녁을 먹을 때마다 호출을 하지요. 그래서 하는 수 없이 즐거운 자리를 박차고 일어나 헐레벌떡 달려가면 사정 설명도 없이 외출하고 없는 거예요. 그런 게 매력적인 건가요? 하지만 그게 무슨 문제가 되겠어요? 저는 꼼짝없이 당해야 하는 처지고 그는 그것을 알고 있는데요. 저는 아랫사람일 뿐이고, 제 시간은 중요하지 않으며, 인도인에겐 베란다가 어울리니 그냥 베란다에 세워 두고, 캘린더 부인은 저를 싹 무시하고, 제 마차를 가로채고…….」

무어 부인은 잠자코 듣고 있었다.

아지즈는 자신이 받은 부당한 대우보다도 누군가 자신의 이야기에 공감해 주는 것에 더 흥분이 되어 한 얘기를 또 하고, 과장하고, 항변했다. 무어 부인은 같은 영국 여자를 비판하는 것으로 공감을 나타냈지만 이미 그전부터 아지즈는 그녀의 마음을 알고 있었다. 미녀의 아름다움으로도 일으킬 수 없는 뜨거운 불길이 타올랐고, 그의 입은 불만을 토해 내고 있었지만 가슴은 뜨거워지기 시작했다. 그 뜨거움이 말로 쏟아지고 있었다.

「부인께선 저를 이해하시는군요. 제 마음을 알아주시는군요. 아, 다른 사람들도 부인 같다면 얼마나 좋을까요!」

무어 부인이 좀 놀라면서 대답했다. 「나도 사람들을 그렇게 잘 이해하는 편은 못 돼요. 그저 내 마음에 드는지 안 드는지만 구분할 뿐이지요.」

「그렇다면 부인은 동양인이시군요.」

무어 부인은 클럽까지 바래다주겠다는 아지즈의 제안을 받아들였고, 클럽 문 앞에서 자신이 클럽 회원이었다면 안으로 초대했을 텐데 그러지 못해서 미안하다고 말했다.

「인도인은 손님 자격으로도 찬드라푸르 클럽에 들어갈 수 없지요.」 아지즈는 그렇게만 대답했다. 이제 행복감에 찬 그는 인도인이 받는 부당한 대우에 대해 시시콜콜 늘어놓지 않았다. 그는 아름다운 달빛 아래 언덕길을 내려가면서, 그리고 다시금 아름다운 사원을 보면서 그 누구 못지않게 이 땅의 주인이 된 듯한 기분을 느꼈다. 무기력한 힌두교인들이 앞서 이 땅을 소유했고 냉담한 영국인들이 그 뒤를 이었다 한들 무슨 상관이랴?

# 3

무어 부인이 다시 클럽으로 들어갔을 때는 「사촌 케이트」의 3막이 한창 진행되고 있었다. 하인들이 무대에 선 여배우들을 보지 못하도록 창문을 막아 놓아서 공연장 내부는 찜통 같았다. 선풍기 하나는 날개를 다친 새처럼 돌아가고 있었고 나머지 하나는 고장 난 상태였다. 공연장에 들어가고 싶지 않아 당구장으로 간 그녀는 〈진짜 인도를 보고 싶다〉는 말을 듣고 황급히 본연의 삶으로 돌아왔다. 그 말을 한 사람은 로니가 영국에서 데려와 달라고 부탁한 아델라 퀘스티드라는 신중하면서도 별난 처녀로 역시 신중한 성격인 그녀의 아들 로니와 결혼할 가능성이 컸다. 게다가 무어 부인은 나이 든 사람이었다.

「나도 보고 싶은데 그럴 수 있을지 모르겠네요. 터턴 부부가 다음 주 화요일에 무슨 계획을 세워 줄 거예요.」

「기껏해야 코끼리 타는 걸로 끝나겠죠. 늘 그런 식이니까요. 오늘 저녁만 해도 그래요. 〈사촌 케이트〉라니! 생각해 보세요, 〈사촌 케이트〉라니! 그런데 부인께선 어딜 다녀오셨어요? 갠지스강에 비친 달이라도 보고 오셨나요?」

두 여자는 지난밤에 먼 강물에 비친 달을 보았었다. 물에 비친 달은 하늘의 달보다 더 크고 밝게 보여서 그들을 기쁘게 했었다.

「이슬람 사원에 갔었지. 달구경은 못했어요.」

「각도가 바뀌었을 거예요. 달이 더 늦게 뜨니까요.」

「점점 더 늦게 뜨지.」 걸은 끝이라 피로를 느낀 무어 부인은 하품을 하며 말했다. 「가만, 여기선 달의 반대쪽을 볼 수 없지. 그래.」

「아, 인도는 그렇게까지 나쁜 곳은 아니지요. 영국의 지구 반대편인 건 사실이지만 달이야 똑같은 달이지요.」 유쾌한 목소리였다. 두 여자는 그 목소리의 주인공을 알지 못했고 그의 얼굴을 다시 보지도 못했다. 그는 그 다정한 말을 남기고 빨간 벽돌 기둥들 사이를 지나 어둠 속으로 사라졌다.

「우린 이 지구 반대편을 제대로 보지 못하고 있고 그게 불만이지요.」 아델라가 말했다. 무어 부인도 동감이었다. 그녀 역시 이곳에서의 지루한 삶에 실망하고 있었다. 지중해를 건너고 이집트 사막을 거쳐 봄베이 항구까지 그토록 낭만적인 여행을 했건만 도착지라는 곳이 겨우 방갈로 거리였다. 그러나 그녀는 퀘스티드 양만큼 그 실망을 심각하게 받아들이지는 않았다. 그녀보다 40년이나 연상인 데다 인생은 우리가 원하는 것을 적절하다고 여기는 때에 주는 법이 없음을 체험으로 알고 있었기 때문이다. 물론 우리는 신기한 경험들을 하게 되지만 때맞추어 하게 되는 건 아니다. 그녀는 다음 화요일에 재미있는 일이 계획되기를 바란다는 말을 되풀이했다.

「마실 것 좀 드세요. 무어 부인, 퀘스티드 양, 한 잔, 아니 두 잔 드세요.」 다시 유쾌한 목소리가 들려왔다. 이번에는 그들이 아는 사람으로, 함께 식사를 했던 징세관[16] 터턴이었다. 그 역시 공연장이 너무 더워서 나온 것이다. 그는 원주민 부하인지 뭔지 때문에 기분이 상한 캘린더 소령 대신 로니가 무대 감독을 맡고 있는데 아주 잘하고 있다고 말한 뒤, 조용하고 단호한 음성으로 로니의 다른 장점들을 주워섬기며 아첨을 해댔다. 그는 로니가 특별히 계략이나 외국어에 정통해서도 법에 대해 해박해서도 — 물론 법을 많이 아는 건 분명하지만 — 아니고 위엄이 있기 때문이라고 말했다.

무어 부인은 그 소리를 듣고 깜짝 놀랐다. 어떤 어머니든 자신의 아들에게 위엄이 있다고 여기는 사람은 없기 때문이었다. 위엄 있는 남자가 좋은지 싫은지 아직 판단이 서지 않은 퀘스티드 양은 불안감을 느꼈다. 그녀는 터턴 씨와 그 문제를 논의하고 싶어 했지만 터턴은 쾌활하게 손을 저어 그녀의 입을 막고는 자신이 하고 싶은 말을 계속했다. 「요컨대, 히슬롭은 우리가 원하는 유형이고 우리와 하나라는 거지요!」 그러자 당구대에 엎드려 있던 다른 영국인이 거들었다. 「옳소, 옳소!」 그리하여 그 문제는 의심의 여지가 없어졌고

16 인도가 영국의 지배하에 있을 때 수백 개로 나누어져 있던 지방의 장으로, 징세관이란 칭호를 붙인 것은 무굴 제국 당시 지방 장관의 으뜸가는 임무가 세금을 징수하는 일이었기 때문이다.

징세관은 볼일을 보러 가버렸다.

그사이 공연이 끝나고 아마추어 오케스트라가 국가를 연주했다. 대화와 당구가 중단되고 사람들의 얼굴이 굳어졌다. 그것은 점령군의 국가였다. 국가는 클럽 안의 모든 이들에게 자신이 영국인이며 망명자 신세임을 상기시켰다. 그러자 약간의 감상과 유익한 의지력이 생겨났다. 무미건조한 곡조와 여호와를 향한 짤막한 요구들이 영국에서는 알려지지 않은 기도와 합쳐졌고, 그들은 왕의 존엄성이나 신성까지는 아니었지만 하루를 더 견딜 수 있는 힘을 주는 무언가를 느꼈다. 공연장에서 관객들이 쏟아져 나와 서로 마실 것을 권했다.

「아델라, 한잔해요. 어머니도요.」

그들은 이제 마실 것에 질려 사양했다. 하고 싶은 말을 마음에 담아 두지 못하는 퀘스티드 양이 다시 진짜 인도를 보고 싶다고 선언했다.

로니는 기분이 좋은 상태였다. 그는 퀘스티드 양의 요구가 우스꽝스럽게 들려서 지나가는 사람에게 외쳐 물었다.

「필딩! 진짜 인도를 보고 싶어 하는 사람이 있는데 어떻게 할까요?」

「그럼 인도인들을 만나 보세요.」 그가 그렇게 대답하고 사라졌다.

「누구예요?」

「공립 대학 학장이에요.」

「인도인을 안 만나고 살 수 있는 것처럼 말하는군요.」 레슬리 부인이 한숨지으며 말했다.

「전 그런걸요. 여기 도착한 뒤로 하인 빼고는 인도인과 얘기해 본 적이 거의 없어요.」 퀘스티드 양이 말했다.

「그럼 운이 좋은 거지요.」

「하지만 전 인도인들을 만나고 싶어요.」

그녀는 흥미로워하는 여자들 사이에서 관심의 초점이 되었다. 여자들이 한마디씩 했다. 「인도인을 만나고 싶다니! 처음 온 사람답군요!」 또 다른 여자가 한마디했다. 「원주민이라고요! 세상에, 상상을 해봐요!」 한 여자가 나서서 진지하게 말했다. 「내가 설명해 주지요. 원주민들은 직접 만난다고 해서 우리를 더 존경하지는 않아요.」

「존경심이야 여러 번 만나야 생기는 거죠.」

그러나 친절하지만 멍청하기 짝이 없는 그 여자는 자신의 주장을 굽히지 않았다. 「내 말이 무슨 뜻이냐 하면, 난 결혼하기 전에 간호사였기 때문에 그들을 많이 만났고 그래서 잘 안다는 거예요. 난 인도인들의 진실을 알아요. 영국 여성에겐 전혀 어울리지 않지만 난 인도의 한 토후국에서 간호사 노릇을 했었지요. 내 유일한 소망은 그들과 엄격하게 거리를 두는 거였죠.」

「환자들과도요?」

「우리가 원주민에게 베풀 수 있는 가장 큰 친절은 죽게 내버려 두는 것이죠.」 캘린더 부인이 말했다.

「만일 그 원주민이 천당으로 간다면 어쩌죠?」 무어 부인이 온화하면서도 비꼬는 듯한 미소를 지으며 물었다.

「내 근처에만 안 온다면 어딜 가든 상관없어요. 원주민들은 소름이 끼쳐요.」

그러자 다시 간호사였다는 여자가 나섰다. 「사실 나도 그 천당 문제에 대해 생각해 봤는데 바로 그래서 내가 선교사들을 반대하는 거예요. 목사들에 대해서는 전적으로 찬성이지만 선교사들은 반대예요. 그 이유를 설명하죠.」

하지만 그녀가 설명을 시작하기도 전에 징세관이 끼어들었다.

「퀘스티드 양, 진정 아리아인 형제를 만나 보고 싶으신가요? 그건 쉽게 주선해 드릴 수가 있지요. 그들에게 관심이 있을 줄은 몰랐군요.」 그는 잠시 생각한 뒤 말을 이었다. 「어떤 부류든 만나게 해드릴 수 있어요. 고르기만 하세요. 나는 정부 관리들과 지주들을 알고 있고 히슬롭은 법조계를 꽉 잡고 있고 교육계를 원하신다면 필딩에게 부탁하면 되니까요.」

「벽에 새겨진 조각 같은 아름다운 모습들을 구경만 하는 건 이제 질렸어요. 처음 도착했을 때는 멋있게 보였는데 그 피상적인 매력은 곧 사라져 버렸죠.」 퀘스티드 양이 설명했다.

그러나 징세관은 그녀가 받은 인상 따위에는 관심이 없었고 그녀가 즐거운 시간을 보내도록 해주는 데만 골몰해 있었다. 혹시 브리지 파티를 좋아할까? 그는 퀘스티드 양에게 브리지 파티에 대해 설명했다. 그건 카드 게임이 아니라 동양과 서양 사이에 다리를 놓는 파티로 그 이름은 자신이 생각해 낸 것이고 그 이름을 들으면 누구나 재미있어한다고.

「전 그저 당신이 사교적으로 만나는 인도인들을 만나고

싶을 뿐이에요. 당신의 친구들 말이에요.」 퀘스티드 양의 말에 징세관은 웃으며 대꾸했다.

「우리는 그들과 사교적인 만남 같은 건 갖지 않지요. 그들은 온갖 미덕을 갖추고 있지만 어쨌거나 우린 그렇게 안 합니다. 벌써 시간이 열한시 반이나 되었으니 그 이유를 설명해 드리기엔 너무 늦었군요.」

「퀘스티드라니, 무슨 이름이 그래요!」 집으로 돌아가는 마차 안에서 터턴 부인이 남편에게 말했다. 그녀는 새로 온 젊은 여자가 무례하고 괴짜로 보여서 영 마음에 들지 않았다. 그녀는 퀘스티드가 사람 좋은 히슬롭과 결혼한다는 명목으로 이곳에 왔지만 속사정은 그렇지 않으리라 믿었다. 그녀의 남편도 속으로는 같은 생각이었지만 여간해서는 영국 여자에 대해 나쁜 말을 하지 않았기에 퀘스티드 양이 그런 실수를 저지른 건 자연스러운 일이라고만 했다.「인도는 사람의 판단력에 놀라운 작용을 하니까. 특히 무더운 철에는 말이오. 필딩도 그랬잖소.」그 이름이 나오자 터턴 부인은 눈을 감으며 필딩은 예절을 아는 사람이 못 된다고, 퀘스티드 양도 마찬가지니 두 사람이 결혼하는 게 낫겠다고 말했다. 이윽고 그들은 나지막하면서도 거대한 그들의 방갈로에 도착했다. 이곳 영국인 거주지에서 가장 낡고 불편한 그들의 방갈로에는 우묵한 수프 접시 모양의 잔디밭이 있었다. 그들은 보리차 한 잔씩을 마시고 잠자리에 들었다. 그들 부부가 클럽에서 나가자, 그곳에서의 모든 모임이 그랬듯 약간 공식적인 색채를 지녔던 그날 밤의 모임도 끝이 났다. 왕이 지닌 신성이 이식될 수 있다는 믿음으로 인도 총독에게 경의를 표하는 그들이기에 총독의 대리인에게도 얼마간의 존경심을 품고 있었다. 찬드라푸르에서 터턴 부부는 작은 신과 같은 존재들이었고 머잖아 그들은 어느 교외 주택에서 은퇴 생활을 하다가 영광된 자리에서 추방된 몸으로 세상을 하직하게 될 터였다.

「높은 분께서 친절하기도 하시지.」 자신의 손님들에게 보여 준 징세관의 정중한 태도에 몹시 흡족한 로니가 말했다. 「그분이 지금까지 브리지 파티를 연 적이 없다는 걸 아세요? 만찬회도 주재한 적이 없지요! 내가 나서서 주선할 수 있다면 좋겠지만, 당신도 원주민의 생리를 알게 되면 나보단 이 지방 최고 권력자 터턴 씨가 나서는 편이 낫다는 걸 깨닫게 될 거예요. 그들은 터턴 씨를 잘 알지요. 그가 만만치 않은 인물이란 걸. 그에 비하면 나는 풋내기예요. 이 나라에서 20년 이상 살기 전에는 이곳을 안다는 생각조차 할 수 없지요. 여기요, 어머니! 외투 여기 있어요. 여기서 범하기 쉬운 실수의 예를 하나 들어 보지요. 여기 온 지 얼마 안 되었을 때, 어느 변호사에게 담배나 한 대 같이 피우자고 권한 적이 있었어요. 아무 뜻 없이 담배나 한 대 피우자고 했던 거지요. 그런데 나중에 알고 보니 그 변호사가 온 시내에 바람잡이들을 풀어 소문을 내면서 이렇게 말하게 했답니다. 〈소송을 할 생각이라면 우리 마무드 알리 변호사님께 맡기세요. 그분이 치안 판사님과 친하거든요.〉 그 뒤로는 법정에서 그를 호되게 몰아붙였지요. 난 그 일로 교훈을 얻게 되었고 그도 깨달은 것이 있길 바라요.」

「다른 모든 변호사들에게 담배를 피우자고 청해야겠다는 교훈을 얻진 않았나요?」

「그럴지도 모르지만 시간은 한정되어 있고 우리의 육신은 나약하죠. 미안하지만, 난 클럽에서 나와 같은 부류의 사람들과 담배를 피우는 것이 더 좋아요.」

「그럼 변호사들을 클럽으로 초대하지요?」 퀘스티드 양이 계속 물고 늘어졌다.

「그건 허용이 안 돼요.」 그는 쾌활하고 인내심이 강했으며 그녀가 이해하지 못하는 까닭을 잘 알고 있었다. 그는 자신도 한때는, 물론 긴 시간은 아니었지만, 그녀와 같은 생각을 했었노라고 암시했다. 그는 베란다로 나가며 달을 향해 단호한 목소리로 마부를 외쳐 불렀다. 마부가 응답하자 그는 고개를 빳빳이 든 채 마차를 대라고 지시했다.

클럽 안에서 멍한 상태였던 무어 부인은 밖으로 나오자 정신이 들었다. 그녀는 달이 주위의 자줏빛 하늘을 엷은 황록색으로 물들이고 있는 광경을 바라보았다. 영국의 달은 생기가 없고 홀로 단절되어 있는데 이곳의 달은 지구와 다른 모든 별들과 함께 밤의 숄에 싸여 있었다. 돌연한 일체감이, 천체들과의 동질감이 저수지를 지나가는 물처럼 이 늙은 여인을 스치고 지나가면서 묘한 신선함을 남겼다. 그녀는 「사촌 케이트」나 영국 국가를 싫어하진 않았지만, 칵테일과 시가가 소멸하여 보이지 않는 꽃이 되었듯이 그것들의 곡조도 소멸하여 그녀에겐 새로운 것이 되었다. 길모퉁이에서 돔 장식이 없는 길쭉한 이슬람 사원이 달빛을 받고 있는 모습이 보이자 그녀는 환성을 올렸다.「아아, 그래, 내가 갔던 곳이야, 내가 다녀온 곳이야.」

「언제요?」그녀의 아들이 물었다.

「막간에.」

「어머니, 그러시면 안 돼요.」

「안 된다니?」

「이 나라에선 안 돼요. 우선 뱀에 물릴 위험이 있어요. 밤에는 뱀들이 나오거든요.」

「맞아, 그 젊은이도 그런 말을 했어.」

「너무나 낭만적으로 들리는데요.」무어 부인을 몹시 좋아하게 된 퀘스티드 양이 부인이 이런 작은 모험을 했다는 데 즐거워하며 장난스럽게 말했다.「이슬람 사원에서 젊은이를 만나시고도 저에겐 한마디도 안 하시다니!」

「말하려고 했었는데 다른 얘기가 나오는 바람에 깜빡 잊었지. 기억력이 갈수록 나빠진다니까.」

「좋은 사람이었나요?」

무어 부인은 잠시 뜸을 들였다가 강조해서 말했다.「아주 좋은 사람이었지.」

「누군데요?」로니가 물었다.

「의사라는데 이름은 모르겠어.」

「의사라고요? 내가 알기론 찬드라푸르에는 젊은 의사가 없는데. 이상하네! 어떻게 생겼어요?」

「키는 자그마하고 콧수염이 있고 눈이 밝았지. 내가 어두운 곳에 있었는데도 나를 소리쳐 부르더구나. 신발 때문에. 그래서 이야기를 나누게 됐지. 그 젊은이는 내가 신발을 신고 들어갔을까 봐 걱정해서 부른 거였는데 다행히 난 신발을 벗고 들어갔지. 그 사람은 자신의 아이들 얘기도 들려줬지. 그다음엔 함께 클럽까지 걸어갔어. 그 사람이 널 잘 알더구나.」

「그럼 아까 클럽에서 말씀을 해주시지 그러셨어요. 누군지 모르겠는데.」

「그는 클럽에 들어오지 않았어. 자기는 들어올 수 없다고 하더구나.」

그제야 진실을 깨달은 로니가 외쳤다. 「이런 맙소사! 그럼 이슬람교인 아니에요? 원주민과 얘기했다는 말씀을 왜 안 하셨어요? 전 엉뚱한 쪽으로만 생각했잖아요.」

「이슬람교인이라! 그야말로 완벽해요! 로니, 당신 어머니답지 않아요? 우리가 진짜 인도를 보는 것에 대해 이야기하는 동안 혼자 나가서 보시고도 그 사실을 깜빡 잊으셨다니 말이에요.」 퀘스티드 양이 흥분해서 외쳤다.

그러나 로니는 부아가 치밀었다. 그는 어머니의 설명을 듣고 그 젊은 의사가 갠지스강 건너의 머긴스일 것으로 짐작하고 동료애를 느끼고 있었던 것이다. 그런 착각을 하다니! 왜 어머니는 말투로라도 그가 인도인이라는 암시를 하지 않으셨을까? 그는 까다롭고 독단적인 태도로 어머니를 심문하기 시작했다. 「사원에서 그가 어머니를 불렀다고요? 어떻게요? 건방지게요? 그 사람은 밤에 거기서 뭘 하고 있었대요?

아니, 그때는 기도 시간이 아니에요.」마지막 말은 강한 흥미를 보이고 있던 퀘스티드 양의 의견에 대한 답변이었다.「그러니까 신발 때문에 어머니를 불렀다는 거군요. 그렇다면 건방진 짓이에요. 낡은 수작이죠. 신발을 신고 들어가시지 그러셨어요.」

「공손한 행동은 아니었지만 수작을 부린 것 같진 않더구나. 그 젊은이는 신경이 곤두서 있었어. 목소리가 그랬지. 하지만 내 대답을 듣고 금세 태도가 바뀌었어.」

「대답도 하지 말았어야 했어요.」

「아니, 그럼 교회에서 당신이 이슬람교인에게 모자를 벗으라고 했을 때 그가 못 들은 체해도 된다는 건가요?」논리적인 아가씨가 나서서 말했다.

「그건 다르지. 다르다고요. 당신은 이해를 못해요.」

「그러니까 설명을 해주세요. 도대체 뭐가 다르다는 거예요?」

로니는 그녀가 그냥 가만히 있었으면 싶었다. 어머니야 어차피 세계 각지를 돌아다니는 분이고 잠시 머물다 떠날 테니 인도에 대해 어떤 인상을 갖고 영국으로 돌아가든 중요하지 않았다. 그러나 이 나라에서 평생을 보낼 계획인 아델라의 경우에는 문제가 달랐다. 그녀가 원주민 문제에 대해 그릇된 견해를 갖게 된다면 성가신 일이 될 터였다. 그는 마차를 멈추며 말했다.「갠지스강입니다.」

그들의 관심이 그곳으로 쏠렸다. 아래쪽에 갑작스레 밝은 빛덩이가 나타났다. 강물에도 달빛에도 속하지 않은 그 빛덩이는 캄캄한 벌판에 세워 놓은 빛나는 곡식 단처럼 보였다. 로니는, 새로 모래톱이 만들어지고 있고, 맨 위의 흐트러진 검은 부분이 모래며, 베나레스에서 죽은 시신들이 — 악어의 먹이가 되지 않는다면 — 저쪽으로 떠 내려온다고 설명했다.「찬드라푸르까지 떠 내려오다 보면 시신이 거의 남아 있지 않게 되지요.」

「저 속에 악어까지 있다니, 끔찍해라!」 무어 부인이 웅얼거렸다. 젊은 두 사람은 노부인이 섬뜩해하는 것이 재미있어서 서로 흘낏 보며 미소 지었고 다시 조화로운 관계로 돌아갔다.「정말 끔찍하고도 놀라운 강이야!」 무어 부인이 한숨지으며 말했다. 달의 움직임 때문인지 아니면 모래의 움직임 때문인지 빛덩이가 변하고 있었다. 이제 곡식 단 모양의 빛덩이는 이내 사라지고 작은 원 모양의 빛덩이가 — 그것도 변화를 겪을 운명이지만 — 흐르는 공간 위에서 빛날 터였다. 두 여인이 기다렸다가 그 변화를 보고 갈 것인지 그냥 갈 것인지 의논하는 사이, 침묵이 깨지고 소음이 파편들을 이루었으며 암말이 몸을 부르르 떨었다. 그들은 말[馬]을 생각해서 기다리지 않고 치안 판사 공관으로 달렸다. 퀘스티드 양은 잠자리에 들었고 무어 부인은 아들과 잠시 면담을 가졌다.

아들은 사원에서 만난 이슬람교인 의사에 대해 묻고 싶어 했다. 수상한 인물들을 상부에 보고하는 것이 그의 임무였고 그의 어머니가 만난 인도인은 시장통에서 몰래 기어 올라온 평판 나쁜 의사인 듯했다. 어머니가 민토 병원과 관계있는 사람인 것 같다고 말하자 그는 안도하며 그렇다면 분명 아지즈일 거라고, 그 친구라면 전혀 문제 될 게 없다고 말했다.

「아지즈! 참 매력적인 이름이구나!」

「그와 이야기를 나누셨단 말씀이죠. 호의적인 것 같던가요?」

질문의 진의를 눈치채지 못하고 무어 부인이 대답했다.

「그래, 무척. 처음만 빼면.」

「저는 전반적인 태도를 말하는 거예요. 그들이 잔인한 정복자에 메마른 관료들이라고 부르는 우리에게 호의적인 것 같던가요?」

「오, 그럼. 그런 것 같았어. 캘린더 부부를 빼면 말이야. 그는 캘린더 부부는 전혀 좋아하지 않았어.」

「그럼 그런 말을 했다는 거네요, 그렇죠? 소령이 들으면 관심 있어 하겠군요. 그런 말을 한 목적이 무엇이었는지 궁금하네요.」

「로니, 로니! 캘린더 소령에게 그 말을 전하려는 건 아니지?」

「그러는 게 나을걸요. 아니, 꼭 그래야지요!」

「하지만 얘야…….」

「만일 소령이 내 원주민 부하 직원 중에서 나를 싫어하는 자가 있다는 소리를 듣는다면 분명 나에게 전해 줄 거예요.」

「하지만 얘야, 그건 사적인 대화였어!」

「인도에서는 사적인 것이 없지요. 아지즈도 그걸 알고 말한 거니까 걱정하실 필요 없어요. 무슨 꿍꿍이가 있어서 그런 말을 한 거예요. 내 생각에 그 말은 진실이 아니었을 거예요.」

「어떻게 진실이 아니라는 거야?」

「어머니께 인상적으로 보이려고 소령 욕을 한 거죠.」

「무슨 말을 하는 건지 모르겠구나.」

「그게 교육받은 원주민들의 최신 수법이죠. 전에는 굽실거렸는데 요즘 젊은 사람들은 사나이다운 독립심을 보여야 한다고 믿고 있죠. 이곳에 파견된 하원 의원들에게 그게 더 잘 먹힐 거라고 생각하는 거죠. 하지만 겉으로야 허세를 부리든 굽실거리든 속으로는 다 꿍꿍이가 있죠. 누구나 다 그래요. 아니면 위신이라도 세워 보겠다는 심보고요. 물론 예외도 있지만.」

「영국에서는 그런 식으로 사람들을 판단하지 않았잖니.」

「인도는 영국이 아니에요.」 로니는 좀 버릇없이 대꾸했다. 하지만 그렇게 어머니의 말문을 막기 위해 나이 든 관리들의 표현과 주장들을 동원하긴 했지만 그 자신도 확신은 없었다. 〈물론 예외도 있지만〉은 터턴 씨가 즐겨 쓰는 표현이었고 〈위신이라도 세워 보겠다는 심보〉는 캘린더 소령의 표현이었다. 그런 말들은 클럽에서는 효과적으로 통용되고 있었지만 영리한 그의 어머니는 그의 말과 인용한 말을 구분할 수 있었고 확실한 예를 들어 보라고 다그칠 수도 있었다.

그러나 무어 부인은 이렇게만 말했다. 「네 말이 일리가 있다는 걸 부정할 수는 없지만 캘린더 소령에게 닥터 아지즈에 대한 말을 전하면 절대 안 된다.」

로니는 자신이 속한 계급을 배반하는 기분이 들었지만 그러마고 약속하면서 이렇게 덧붙였다. 「대신 아델라에게는 아지즈에 대해 말하지 마세요.」

「그에 대해 말하지 말라고? 왜?」

「어머니, 또 시작이시네요. 어머니께 모든 걸 다 설명할 수는 없잖아요. 아델라가 걱정하는 게 싫어서 그래요. 우리가 원주민들을 공정하게 대하고 있는지 따위의 쓸데없는 문제들에 대해 고민하기 시작할까 봐서요.」

「하지만 아델라는 걱정하기 위해 온 거야. 바로 그 이유로 여기 온 거라고. 아델라가 오면서 다 얘기했단다. 아덴에 내렸을 때 우린 오랫동안 이야기를 나눴지. 아델라 말이, 놀고 있는 너는 보았지만 일하는 너는 보지 못했으니 직접 와서 둘러보고 결정을 내려야겠다고 생각했다는 거야. 너도 마찬가지고. 아델라는 아주 공정한 아가씨야.」

「알아요.」 로니가 풀이 죽어서 대답했다.

아들의 불안해하는 목소리에서 아직도 그가 저 하고 싶은 대로 해줘야 하는 어린애라는 느낌을 받은 무어 부인은 아들의 뜻대로 해주겠다고 약속한 다음 잘 자라는 키스를 했다. 그러나 아들이 아지즈에 대해 생각하는 것까지 금한 것은 아니어서 자신의 방으로 돌아오자 아지즈와의 일을 떠올렸다. 그녀는 아들이 말한 관점에서 사원에서의 일을 돌아보며 누구의 인상이 옳았는지 생각해 보았다. 그렇다, 그것은 매우 불쾌한 일일 수도 있었다. 그 의사는 처음에 그녀에게 겁을 줬고 캘린더 부인에 대해서도 좋은 사람이라고 하더니 안전하다는 걸 깨닫고 말을 바꿨다. 그는 자기 신세를 한탄하다가 그녀에게 선심을 쓰듯 행동했고, 한마디에 여남은 가지 의미가 담긴 말을 했으며, 믿음이 가지 않았고, 꼬치꼬치 캐물었으며, 자만심이 강했다. 맞다, 다 사실이다. 하지만 그런 요소들만 가지고 한 인간을 평가하는 것은 그의 본질을 왜곡하는 것이다.

무어 부인은 외투를 걸려다가 옷걸이 끝에 작은 말벌 한 마리가 앉아 있는 것을 발견했다. 낮에 본 말벌도 똑같이 생겼었는데 영국 말벌과는 달리 날아갈 때면 노란 다리를 뒤로 길게 늘어뜨렸다. 녀석은 옷걸이를 나뭇가지로 착각한 모양이었다. 원래 인도의 동물들은 실내와 실외를 구분할 줄 모르며, 박쥐나 쥐나 새나 곤충들이나 집 안팎을 가리지 않고 둥지를 튼다. 그들에게는 인간의 집들도 나무들과 마찬가지로 영원한 정글의 일부인 것이다. 녀석이 옷걸이에 붙어 잠들어 있는 사이 평원에서는 자칼 떼가 욕망에 차서 울부짖는 소리가 둥둥둥 울리는 북소리에 섞여 들려왔다.

「예쁘기도 하지.」 무어 부인이 말벌에게 말했다. 녀석은 깨어나지 않았지만 그녀의 목소리는 바깥으로 퍼져 나가 밤의 불안을 고조시켰다.

# 4

징세관은 약속을 지켰다. 이튿날 그는 근동의 수많은 인도 신사들에게 오는 화요일 다섯시부터 일곱시까지 클럽 정원에서 열리는 파티에 참석해 달라는 — 터턴 부인이 여자들도 함께 초대한다는 내용을 덧붙여 — 초대장을 보냈다. 그의 이러한 행동은 사람들을 몹시 흥분시켰고 곳곳에서 이야깃거리가 되었다.

마무드 알리는 이렇게 설명했다. 「부총독이 지시를 내린 거예요. 터턴은 자발적으로 이런 일을 벌일 인물이 아니지요. 하지만 고위 관리들은 달라요. 그들은 우리에게 동조적이에요. 총독은 우리를 정당하게 대우하려고 해요. 하지만 그들은 너무 멀리 살고 너무 뜸하게 오지요. 반면에…….」

그러자 턱수염을 기른 노신사가 나섰다. 「멀리서 동조적이기는 쉽지. 나는 내 귀에 대고 하는 친절한 말을 더 귀중하게 여긴다네. 이유야 어찌 되었건 그 말을 한 사람은 터턴 씨지. 그가 말했고 우린 들었네. 그러니 더 이상 왈가왈부할 필요가 없지.」 그러더니 코란에서 몇 구절을 인용했다.

「나와브[17] 바하두르, 저희는 어르신처럼 마음이 선하지도 못하고 학식도 높지 못하지요.」

「부총독은 나의 좋은 친구이긴 하지만 난 그에게 폐를 끼칠 일이 없다네. 〈안녕하시오, 나와브 바하두르?〉 〈덕분에 잘 지내고 있습니다, 길버트 경. 안녕하신지요?〉 만나도 그런 인사를 나누는 게 고작이지. 하지만 터턴 씨에게는 살에 박힌 가시 같은 존재가 될 수 있지. 그가 초대를 했으니 난 응하겠네. 딜쿠샤에서 와야 하지만 다른 일을 미루고라도 꼭 오겠네.」

「그건 자신을 낮추는 일입니다.」 조그만 흑인 남자가 불쑥 나섰다.

그러자 못마땅해하는 웅성거림이 일었다. 어떤 건방진 작자가 이 지방 최고의 이슬람교인 지주를 비판하고 나서는 거야? 마무드 알리는 그 사내와 같은 의견이었지만 반박하고 나서지 않을 수 없었다. 「람 찬드 씨!」 그는 엉덩이에 손을 붙이고 뻣뻣하게 몸을 앞으로 내밀며 말했다.

「마무드 알리 씨!」

「람 찬드 씨, 나와브 바하두르께서는 스스로 잘 알아서 처신하시는 분이니 우리가 그런 판단을 내릴 필요는 없다고 봅니다.」

「난 자신을 낮추는 일이라고는 생각하지 않네.」 나와브 바하두르는 불손한 행동을 한 사내를 그 행동의 결과로부터 보

17 무굴 제국 당시 지방 장관의 호칭이었으며 인도 이슬람 사회의 귀족이나 명사에 대한 존칭으로 쓰인다.

호해 주고 싶어서 짐짓 유쾌하게 말했다. 〈자신을 낮추는 일이지〉라고 대답하고 싶은 생각도 들었지만 겸손하지 못한 것 같아 입 밖에 내놓지는 않았다. 「그게 왜 자신을 낮추는 일인지 모르겠군. 왜 자신을 낮추는 일인가? 초대장의 내용도 아주 정중했는데.」 그는 자신과 청중 사이의 사회적인 격차를 더 이상 줄일 수 없을 것 같아서 시중들던 멋쟁이 손자에게 차를 대기시키라고 일렀다. 차가 도착하자 그는 아까 한 말을 다시 장황하게 늘어놓고는 이렇게 끝맺었다. 「그럼 모두 화요일에 클럽의 정원에서 만나세.」

그의 의견은 커다란 무게를 지녔다. 나와브 바하두르는 대지주이자 박애주의자로 자비심과 결단력의 소유자였다. 그의 인품은 이 지방의 모든 계층에서 흠모의 대상이 되고 있었다. 그는 적들에게는 정직했고 친구들에게는 충실했으며 후하기로 소문이 자자했다. 〈남기지 말고 베풀라. 죽고 난 뒤에 누가 고마워하겠는가?〉 그가 즐겨 하는 말이었다. 그는 부자로 죽는 것을 수치로 여겼다. 그런 인물이 징세관과 악수를 나누기 위해 25마일을 달려간다고 하자 그 행사는 새로운 의미를 갖게 되었다. 그는 다른 일부 거물들처럼 참석하겠다고 공표했다가 마지막 순간에 모습을 나타내지 않아서 조무래기들을 난처하게 만드는 사람이 아니었다. 그는 참석하겠다고 약속했으면 반드시 참석했고 자신의 지지자들을 기만하는 법이 없었다. 그리하여 그의 훈계를 들은 신사들은 속으로는 그의 권고가 타당하지 못하다고 확신하면서도 서로에게 파티에 참석하기를 강력히 권했다.

그들이 대화를 나눈 곳은 법정에 딸린 좁은 변호사 대기실이었으며 의뢰인들은 바깥의 먼지 속에 앉아 있었다. 이들은 터턴 씨로부터 초대장도 받지 못했다. 그리고 이들 외에도, 도티[18]만 걸친 계급과, 그것조차 걸치지 않고 평생 주홍색 우상 앞에서 막대기 두 개를 치면서 살아가는 사람들도 있었다. 이렇듯 인간의 구분지어짐은 우리가 교육에 의해 갖게 된 시각의 범위를 벗어나는 것이어서 지상의 초대로는 도저히 모두 포용할 수가 없다.

모든 초대는 천상으로부터 내려와야 하는 것인지도 모른다. 어쩌면 우리가 인류의 통합을 시도하는 것은 부질없는 짓이며 그런 시도는 계층간의 벽을 더 높이는 것일 수도 있다. 여하튼 그것이 도살장 너머에서 살며 기차 여행을 할 때는 언제나 삼등칸에 타고 클럽에 올라오는 법이 없는 헌신적인 늙은 전도사 그레이스포드 씨와 젊은 전도사 솔리 씨의 생각이었다. 그들은 가르치기를, 하느님 아버지의 집에는 방이 무수히 많으며 오직 그곳에서만 지상에서 융화될 수 없는 모든 사람들이 환영받고 위안을 얻을 수 있다고 했다. 그곳의 베란다에서는 피부색이 검은 이든 흰 이든 하인들에게 쫓겨나는 일이 없을 것이며, 호의를 지니고 찾아온 이를 밖에 세워 두는 법도 없을 것이라고 했다. 그렇다면 왜 하느님의 친절은 거기에 머무는 것일까? 원숭이의 경우를 생각해 보자. 그곳엔 원숭이들을 위한 방은 없는 것일까? 늙은 전도사

18 기저귀식으로 차서 허리에 감아 고정시키는 인도 남성들의 원시적인 옷.

그레이스포드는 없다고 했고, 보다 진보적인 젊은 솔리는 있다고 했다. 솔리는 원숭이들이 하느님의 은혜에서 제외될 이유는 없다면서 힌두교인 친구들과 원숭이들을 동정했다. 그렇다면 자칼은? 사실 솔리는 자칼에 대해서는 덜 동정적이었지만 하느님의 은혜는 무한하며 모든 포유동물들을 포함한다고 시인했다. 그렇다면 말벌은? 말벌에게까지 넘어가자 거북해진 솔리는 화제를 돌리려고 했다. 그러면 오렌지, 선인장, 수정, 진흙은? 솔리 씨의 몸에 들어 있는 세균은? 아니, 아니, 너무 지나쳤다. 우리의 모임에서 제외되는 것도 있어야지 안 그러면 남는 것이 없겠다.

## 5

브리지 파티는 성공적이지 못했다. 그것은 적어도 무어 부인과 퀘스티드 양이 성공적인 파티라고 여기는 그런 파티는 못 되었다. 자신들을 위해 만들어진 자리였기에 그들은 일찌감치 파티장에 도착했지만 대부분의 인도인 손님들은 그보다 먼저 와서 테니스장 저편에서 멀뚱히 모여 서 있었다.

「이제 정각 다섯시예요. 남편이 곧 퇴근해서 파티를 시작할 거예요. 난 우리가 어떻게 해야 되는 건지 모르겠어요. 클럽에서 이런 파티를 여는 게 처음이라. 히슬롭 씨, 내가 죽으면 이런 파티들을 열 건가요? 보수적인 징세관께서 무덤에서 편히 잠들지 못하게 만들기에 충분하군요.」

로니는 공손한 웃음을 터뜨렸다. 「당신은 그림처럼 아름다운 모습이 아닌 것을 보고 싶다고 했죠. 헬멧 모자를 쓰고 각반을 두른 아리아인 형제가 어떤가요?」 그가 퀘스티드 양에게 말했다.

퀘스티드 양도 그의 어머니도 대답하지 않았다. 그들은

슬픈 눈초리로 테니스장 건너편을 바라보고 있었다. 그렇다, 그것은 그림처럼 아름다운 모습이 아니었다. 수천 년 세월의 장엄함을 버린 동양이 아무도 그 안쪽을 볼 수 없는 골짜기로 내려가고 있었다.

「꼭 기억해야 할 점은 여기 온 사람들은 중요한 인물들이 아니라는 거죠. 중요한 인물들은 안 와요. 그렇지 않습니까, 터턴 부인?」

「그렇고말고요.」 높으신 부인께서 뒤로 기대앉으며 대답했다. 그녀는 오늘 저녁이나 이번 주의 행사가 아닌, 고위 관리가 방문하여 사교적 능력을 한껏 발휘해야 할 막연한 미래를 위해 그녀 자신의 표현을 빌리자면 〈힘을 아끼는〉 중이었다. 그녀는 대부분의 공개 석상에서 이런 식의 태도를 보였다.

그녀의 찬성을 확신한 로니가 말을 이었다. 「폭동이 일어날 때 인도의 지식층은 우리에게 아무 도움이 안 되지요. 그들의 환심을 사봐야 아무 소용이 없어요. 그래서 그들이 중요하지 않다는 거죠. 당신이 보고 있는 대부분의 사람들이 마음속으로는 선동적일 테고, 나머지는 비명을 지르며 도망칠 거예요. 경작자는 얘기가 다르지요. 파탄인[19]은 남자답다고 할 수 있고요. 하지만 그들은……. 그들을 인도로 여기지는 마요.」 그는 손가락으로 테니스장 건너편의 거무스름한 사람들을 가리켰고 그들은 그의 멸시를 의식하기라도 한 듯 코안경을 번쩍거리거나 발을 움직였다. 유럽식 복장이 문둥

19 파키스탄 서북부에 사는 아프간족.

병처럼 그들을 덮쳐서, 완전히 유럽식으로 차려입은 사람은 드물었지만 전혀 물들지 않은 사람도 없었다. 그가 말을 마치자 테니스장 양쪽에서 침묵이 흘렀고 영국인 쪽에 여자들이 더 합류했지만 그들의 말은 입에서 나오자마자 사라지는 듯했다. 공중에서는 솔개들이 공평하게 떠돌았고 솔개들 위로 독수리가 날아갔으며 공평함에 있어서는 둘째가라면 서러워할, 짙은 빛깔이 아닌 반투명의 하늘이 온몸으로 빛을 쏟아 내고 있었다. 그런 식의 이어짐은 거기서 끝나지 않을 것 같았다. 하늘 위에는 하늘 전체를 뒤덮는, 하늘보다 더 공평한 무언가가 존재하는 게 아닐까? 또 그 너머에는…….

그들은 「사촌 케이트」에 대해 이야기했다.

그들이 속한 영국 중산층의 삶의 모습과 인생관을 충실하게 재현한 무대라는 평이었다. 내년에는 「저택가Quality Street」나 「근위병The Yeomen of the Guard」을 공연할 예정이었다. 이런 연례행사를 제외하면 그들은 문학에 무관심했다. 남자들은 문학을 즐길 시간이 없었고 여자들은 남자들과 함께할 수 있는 일이 아니면 하지 않았다. 그들의 예술에 대한 무지는 주목할 만했고 그들은 서로에게 그런 사실을 공표할 기회를 놓치지 않았다. 이것은 사립학교에서 몸에 밴 태도로 이곳에서 — 영국에서는 엄두도 못 낼 정도로 — 맹위를 떨치고 있었다. 인도가 일터인 그들에게 예술은 예의에 어긋나는 짓이었다. 어머니가 비올라에 대해 묻자 로니가 어머니의 말을 막은 것도, 그것은 공개적인 자리에서 언급할 만한 악기가 못 되었고, 비올라를 연주한다는 것은 결점이나 다름없었기 때문이다. 무어 부인은 아들의 예술에 대한 평가가 얼마나 관대하고 인습적으로 변했는지 알게 되었는데, 전에 런던에서 「사촌 케이트」를 함께 봤을 때는 그 작품에 경멸을 표했던 그가 이제 사람들의 기분에 거슬리지 않도록 그것이 훌륭한 작품인 것처럼 행동했기 때문이다. 레슬리 부인 말로는 지방 신문에 〈백인이라면 도저히 쓸 수 없는〉 혹평이 실렸다고 했다. 신문에 실린 평에서는, 희곡과 무대 연출에 대해 칭찬하고 공연도 전반적으로 훌륭했다고 평가하면서 다음과 같은 아쉬움을 표했다. 〈데릭 양은 무대에서 매력적이긴 했지만 꼭 필요한 경험이 부족했고 이따금 대사를 잊었다.〉 이 짤막하지만 진실한 비평은, 무척이나 의연한 데릭 양보다는 그녀의 친구들에게 더 심한 모욕감을 주었다. 데릭 양은 찬드라푸르에 살고 있지 않았다. 경찰인 맥브라이드 씨네 집에 보름 동안 묵고 있었는데 마지막 순간에 배역 하나가 비자 친절하게도 그 자리를 채워 주었던 것이다. 그녀는 이 지방 사람들의 친절함에 좋은 인상을 간직하고 떠날 사람이었다.

「일하러 갑시다, 메리, 일하러 갑시다.」 징세관이 회초리로 아내의 어깨를 건드리며 외쳤다.

터턴 부인은 어색하게 몸을 일으켰다. 「저에게 뭘 어쩌라는 거예요? 오, 저 푸르다 뒤의 여자들! 난 저들이 올 줄은 꿈에도 몰랐어요. 오, 이를 어째!」

몇 안 되는 인도 여자들이 시골풍의 정자 근처에 따로 모여 있었는데 그중에서도 소심한 축은 이미 정자 안으로 도망쳐 들어갔고 나머지는 다른 손님들에게 등을 돌린 채 관목 울타리에 얼굴을 박고 있었다. 조금 떨어진 곳에서 그들의 남자 친척들이 그들의 모험을 지켜보고 있었다. 그 광경은 의미심장한 것으로, 조류가 바뀌면서 물 위로 모습을 드러내어 점점 커져 가는 섬과 같다고 할 수 있었다.

「저들이 나에게 와야죠.」

「갑시다, 메리. 해치웁시다.」

「나와브 바하두르 외의 남자들과는 악수하지 않겠어요.」

「누가 누가 왔지?」 징세관이 길게 늘어선 사람들을 둘러보며 말했다. 「흐음! 흐음! 예상했던 대로야. 저 사람은 왜 왔는지 알겠어. 계약 건 때문이지. 저 친구는 무하람[20] 때문에 내 환심을 사고 싶어 하고, 저 점성가는 시의 건축 규제를 피하고 싶어 하고, 저 친구는 파시교인이고, 저 친구는……. 어이! 저 친구가 우리 접시꽃 화단을 망가뜨리고 있군. 오른쪽 고삐를 당긴다는 것을 왼쪽 고삐를 당겼어. 늘 저 모양이라니까.」

「저들한테는 마차를 타고 들어오는 걸 허락하지 말았어야 했어요.」 결국 무어 부인과 퀘스티드 양과 함께 테리어종(種) 개를 데리고 정자 쪽으로 향하던 터턴 부인이 말했다. 「도대체 오긴 왜 온 건지 모르겠어요. 우리 못지않게 이런 걸 싫어하면서. 맥브라이드 부인에게 물어봐요. 남편의 강요로 인도 여자들을 초대하는 파티를 열다가 결국 못하겠다고 그만뒀잖아요.」

20 이슬람 신년 축제.

「이건 여자들의 파티는 아니죠.」 퀘스티드 양이 바로잡았다.

「원, 저런.」 거만한 대꾸였다.

「이분들에 대해 소개해 주시겠어요?」 무어 부인이 부탁했다.

「우리는 저들보다 지위가 높아요. 그걸 잊지 마세요. 라니[21] 한둘을 빼면 다 그렇고 라니도 우리와 동등한 신분이지요.」

그녀는 앞으로 나아가 인도 여인들과 악수를 나누며 우르두 말로 몇 마디 환영의 인사를 했다. 그녀가 우르두 말을 배운 건 하인들에게 지시를 내리기 위해서였기 때문에 존댓말을 할 줄 몰랐고 명령어만 알았다. 그녀는 인사가 끝나기 무섭게 무어 부인과 퀘스티드 양에게 물었다. 「이게 당신들이 원하던 건가요?」

「이분들께 우리가 여기 온 지 얼마 안 되어 이 나라 말을 할 줄 모른다고 말씀해 주시겠어요?」

「저희가 영어를 좀 할 줄 압니다만.」 인도 여자 하나가 말했다.

「세상에, 영어를 알아듣네!」 터턴 부인이 말했다.

「이스트번, 피커딜리, 하이 파크 코너.」 이번엔 다른 인도 여자였다.

「오 그러네요. 영어를 하네요.」

「그럼 대화를 나눌 수 있겠네요. 정말 기뻐요!」 아델라가 얼굴이 환해지면서 외쳤다.

21 인도의 왕이나 귀족의 부인.

「그녀는 파리도 알아요.」 구경꾼 가운데 하나가 외쳤다.

「도중에 파리를 거친 거지.」 터턴 부인이 철새의 이동을 설명하는 투로 말했다. 인도 여자들 중에 서양 물을 먹은 사람이 있으며 그 여자가 자신과 같은 기준으로 자신을 평가할 수도 있다는 걸 알게 된 터턴 부인은 더욱 냉담한 태도를 취했다.

「키가 작은 쪽은 제 아내 바타차리야 부인이고 키가 큰 쪽은 제 누이 다스 부인입니다.」 아까 외쳤던 남자가 설명했다.

키가 작은 여자와 큰 여자가 사리[22]를 여미며 미소 지었다. 그들의 몸짓에는 동양적인 것도 서양적인 것도 아닌 새로운 방식을 추구하는 듯한 묘한 불확실성이 있었다. 남편이 말하고 있을 때 바타차리야 부인은 그의 시선을 외면했지만 다른 남자들을 보는 건 꺼리지 않았다. 사실 모든 여자들이 그런 불확실한 태도를 보였다. 그들은 움츠러들고, 자신감을 되찾고, 킥킥거리고, 오가는 모든 이야기에 속죄나 절망의 몸짓을 해 보이고, 테리어 개를 쓰다듬거나 피했다. 바라 마지않던 대로 호의적인 인도인들을 직접 만나게 된 퀘스티드 양은 그들에게 이야기를 시켜 보려고 애썼지만 예의라는 메아리의 벽에 부딪쳐 좌절을 맛보아야 했다. 그녀가 하는 말은 한탄의 웅얼거림만을 낳았고 그런 반응은 그녀가 손수건을 떨어뜨렸을 때 염려의 웅얼거림으로 바뀌었을 뿐이었다. 그들이 어떻게 나오는가 보려고 입을 다물고 가만히 있자 그들도

22 인도 여자들의 전통 복장으로 허리와 어깨를 감고 남은 부분으로 머리까지 감싸는 옷.

가만히 있었다. 무어 부인 또한 성공적이지 못했다. 이 모든 것이 부질없는 짓임을 처음부터 알고 있었던 터턴 부인은 초연한 얼굴로 그들을 기다려 주었다.

자리를 뜨면서 무어 부인은 인상이 마음에 드는 바타차리야 부인에게 충동적으로 말했다.「언제 한번 방문해도 될지 모르겠네요.」

「언제요?」바타차리야 부인이 매력적으로 몸을 앞으로 기울이며 물었다.

「아무 때나 그쪽에서 편할 때요.」

「저희는 아무 때든 좋아요.」

「목요일은…….」

「좋지요.」

「정말 즐거운 시간이 될 거예요. 무척 기뻐요. 시간은 언제쯤이 좋을까요?」

「언제든지 좋습니다.」

「편리한 때를 말해 주세요. 우린 여기에 온 지 얼마 안 되기 때문에 이곳에서는 언제 손님을 맞는지 잘 모르거든요.」 퀘스티드 양이었다.

그건 바타차리야 부인도 마찬가지였다. 그녀는 영국 손님들이 아무 목요일에나 방문할 것이고 자신은 목요일마다 외출하지 않고 기다려야 하는 것으로 알고 있었던 것이다. 그녀에게는 모든 것이 기쁨일 뿐 놀랍지는 않았다. 그녀가 덧붙였다.「저희는 오늘 캘커타로 떠나요.」

「아, 그러세요?」아델라는 처음에는 그 말의 의미를 모르고 대답했다가 이렇게 외쳤다.「어머, 그러면 찾아가도 못 만나겠네요.」

바타차리야 부인은 반론을 달지 않았다. 그러나 그녀의 남편이 멀리서 외쳤다.「아니, 아닙니다. 목요일에 오십시오.」

「하지만 캘커타에 가신다면서요.」

「아니, 안 갈 겁니다.」 그가 벵골어로 아내에게 무언가 급히 말했다.「목요일에 기다리겠습니다.」

「목요일에…….」 그의 아내도 메아리처럼 따라했다.

「우리 때문에 여행을 미루는 건 아닌가요?」 무어 부인이 외쳤다.

「아뇨, 물론 그렇지 않습니다. 저희는 그런 사람들이 아닙니다.」 그가 웃으며 말했다.

「아무래도 그런 것 같은데요. 이를 어째……. 말할 수 없이 마음이 무겁네요.」

모두 웃음을 터뜨렸지만 그들이 큰 실수를 저질렀다는 암시 같은 건 없었다. 엉성한 의논이 이루어지는 사이 터턴 부인은 미소 지으며 자리를 떴다. 목요일에 방문하되 바타차리야 부부의 계획에 되도록 방해가 되지 않도록 시간을 이른 아침으로 잡고, 바타차리야 씨가 길을 알려 줄 하인들을 딸려서 마차를 보내는 것으로 결론이 내려졌다. 그가 그들이 사는 곳을 아는가? 물론 알고 있었다. 그는 모든 걸 알고 있다며 다시 웃음을 터뜨렸다. 그들은 찬사와 미소가 난무하는 가운데 그 자리를 떴고 이제껏 파티에 끼지 않았던 여자 셋이 갑자기 아름다운 빛깔의 제비들처럼 정자에서 뛰쳐나와 이슬람식으로 이마에 손을 대고 절을 했다.

한편 징세관은 파티장을 돌며 주인 노릇을 하고 있었다. 그는 유쾌한 말들과 몇 마디 농담으로 요란한 박수갈채를 받았으나 거의 모든 손님들의 속사정을 훤히 알고 있었기 때문에 열의가 없이 다분히 기계적이었다. 그들은 사기를 쳤거나 대마초를 피웠거나 여자 문제가 있거나 아니면 그보다 심각한 문제를 갖고 있었고, 호감이 가는 사람들도 그에게서 무언가를 얻어 내려는 속셈이 있었다. 그는 브리지 파티가 손해보다는 이득이 많다고 믿었지만 — 그런 믿음이 없었다면 파티를 열지도 않았을 것이다 — 환상 같은 건 없었으므로 적당한 시기에 영국인들 쪽으로 가버렸다. 그가 인도인 손님들에게 남긴 인상은 다양했다. 많은 인도인들이, 특히 겸손하고 영국화가 덜 되었을수록 진정으로 고마워했다. 그들에겐 영국의 고위 관리가 말을 건네주었다는 것 자체만도 평생의 재산이었다. 그들은 오래 서 있었다거나 별다른 여흥이 없었다거나 일곱시 정각에 쫓겨나야 했다는 것은 개의치 않았다. 나머지 사람들은 보다 지성적으로 고마움을 느꼈다. 나와브 바하두르의 경우, 다른 손님들과 다른 대우를 받는 것에는 무관심했지만 이런 초대를 낳은 친절한 마음에 감동받고 있었다. 그는 어려움들을 알고 있었고 징세관이 애를 썼다고 생각했다. 하지만 냉소적인 입장의 마무드 알리 같은 사람들은 터턴이 파티를 연 건 상관의 지시에 의한 것이리라 굳게 믿으며, 내내 무력한 분노에 떨면서 보다 건전한 견해를 갖고 있는 몇몇 사람들에게까지 그의 생각을 전염시켰다.

그런 마무드 알리조차 파티에 참석한 걸 기쁘게 여기고 있었다. 성역이란, 특히 좀처럼 개방하지 않을 때 매력적인 곳이며, 영국인 클럽의 행사를 눈여겨보아 두었다가 나중에 친구들에게 풍자해서 들려주는 것도 흥미로운 일이 될 것이기 때문이었다.

터턴 다음으로 의무를 잘 수행한 관리는 작은 공립 대학의 학장인 필딩이었다. 그는 이 지역에 대해 잘 몰랐고 이곳 주민들에 대한 반감도 덜했으므로 덜 냉소적이었다. 활달하고 원기 왕성한 그는 여기저기 뛰어다니며 많은 실수들을 저질렀지만 그의 학부형들은 학생들 사이에서의 그의 인기를 감안하여 눈감아 주었다. 다과 시간에도 그는 영국인 쪽으로 가지 않고 입이 얼얼하도록 매운 녹두를 먹어 댔다. 그는 아무하고나 이야기하고 아무 음식이나 먹었다. 그는, 무척이나 소원한 분위기에서도 영국에서 새로 온 두 여인이 멋진 성공을 이루었으며, 예의 바르게도 바타차리야 부인의 집을 방문하고 싶다는 의사를 표시하여 그녀뿐 아니라 그 말을 들은 모든 인도인들을 기쁘게 했음을 알게 되었다. 필딩 역시 그 말을 듣고 뿌듯했다. 그는 새로 온 두 여인을 잘 몰랐지만 그들의 친절함이 얼마나 큰 기쁨이 되었는지를 전하기로 했다.

그는 두 여인 중에서 젊은 쪽이 혼자 있는 걸 발견했다. 그녀는 선인장 울타리 틈새로 마라바르산을 바라보고 있었는데 일몰 무렵이면 늘 그렇듯이 마라바르는 가까이 다가와 있었다. 일몰이 오래 지속된다면 마라바르는 찬드라푸르에까지 이를 수도 있겠지만 이곳은 적도 지역이라 일몰이 눈 깜짝할 사이에 지나갔다. 필딩이 이야기를 전하자 그녀는 뛸 듯이 기뻐하며 그에게 고마워했고, 그 바람에 필딩은 그녀와 무어 부인에게 차를 마시러 오라고 초대하게 됐다.

「전 좋아요. 그리고 무어 부인께서도 좋아하실 거예요.」

「저는 사실 은둔자처럼 살고 있습니다.」

「이런 곳에서는 그게 상책이겠네요.」

「일 때문에 바쁘기도 하고 그래서 클럽엔 잘 안 올라갑니다.」

「알아요, 알아요. 우린 그곳에서 절대 안 내려오고요. 인도인들과 함께 지내시니 부러워요.」

「한두 사람 만나 보시겠어요?」

「그럼요, 그러고 싶어요. 제가 간절히 바라던 일이에요. 오늘의 파티는 너무나 화가 나고 슬퍼요. 아무래도 이곳의 우리 동포들은 제정신이 아닌 것 같아요. 손님들을 초대해 놓고 이런 식으로 대접하다니! 그래도 예의를 차린 사람은 당신과 터턴 씨, 그리고 맥브라이드 씨뿐이에요. 나머지 사람들은 저를 너무나 부끄럽게 만들었고 점점 더 고약해지고 있어요.」

사실이었다. 영국 남자들은 더 애쓰고자 하는 뜻이라도 있었지만 함께 온 여자들에게 차를 가져다주랴 개에 관한 충고를 해주랴 눈코 뜰 새가 없었다. 테니스가 시작되자 두 집단 사이의 장벽은 뛰어넘을 수 없는 것이 되었다. 동양과 서양의 시합이 이루어졌으면 하는 바람도 있었지만 그런 바람은 잊히고 평소에 이곳을 이용하던 영국인 부부들이 코트를 독점했다. 필딩은 분개했지만 퀘스티드 양에게는 그런 말을 하지 않았는데 그건 그녀의 분노가 다분히 이론적인 것임을 발견했기 때문이다. 그는 그녀에게 인도 음악을 좋아하는지 묻고 나서 자신의 대학에 노래를 잘하는 노교수가 있다고 말했다.

「네, 꼭 들어 보고 싶어요. 그런데 혹시 닥터 아지즈라고 아세요?」

「그에 대한 이야기는 많이 들었지만 직접은 모릅니다. 그 사람도 초대할까요?」

「무어 부인께서 아주 좋은 사람이라고 하시더군요.」

「좋습니다, 퀘스티드 양. 목요일이 어떠신지요?」

「좋아요. 그날 오전에는 인도 부인 댁에 가기로 했는데 좋은 일이 모두 목요일에 몰려 있네요.」

「치안 판사는 초대하지 않겠습니다. 그 시간에는 바쁠 테니까요.」

「그래요, 로니는 항상 열심히 일하죠.」 퀘스티드 양은 마라바르산을 응시하며 대답했다. 산이 갑자기 너무도 아름다워 보였다! 하지만 그녀는 그것을 만질 수 없었다. 결혼 후의 삶의 풍경이 그녀 앞에 덧문처럼 내려졌다. 그녀와 로니는 저녁마다 이런 식으로 클럽에 들렀다가 마차를 타고 집으로 달려가 옷을 갈아입고 레슬리 부부와 캘린더 부부, 터턴 부부와 버턴 부부를 만나고 그들을 초대하고 그들에게 초대받아 가느라 바빠서 진정한 인도를 접할 기회도 없을 것이다. 인도의 색깔은 이른 아침 새들의 화려한 행렬과 사람들의 갈색 몸뚱어리와 흰 터번과 주홍색이나 청색의 우상들에 계속 해서 남아 있을 것이며, 인도의 움직임도 시장통에 사람들이 북적이고 저수지에서 목욕들을 하는 한 사라지지 않을 것이다. 그녀는 이륜마차에 앉아 그들을 볼 것이다. 그러나 그 색깔과 움직임 뒤에 숨겨진 힘은 지금보다도 더 접하기 어려우리라. 그녀는 늘 인도를 하나의 정신이 아닌 벽에 새겨진 조각의 형태로 보게 될 것이다. 그녀는 무어 부인이 살짝 본 것이 바로 인도의 정신이리라 생각했다.

정말로 그들은 몇 분 지나지 않아서 마차를 타고 클럽을 떠나 옷을 갈아입은 뒤 데릭 양과 맥브라이드 부부를 맞아 저녁 식사를 했는데 메뉴는 총알 모양의 병조림 완두콩이 가득한 줄리엔 수프[23]와 시골식을 흉내 낸 빵, 가자미임을 자부하는 가시가 잔뜩 달린 생선, 병조림 완두콩을 곁들인 커틀릿, 트라이플,[24] 정어리를 얹은 토스트로 인도 주재 영국인들의 전형적인 음식이었다. 관직의 서열에 따라 요리의 가짓수, 콩의 양, 정어리와 베르무트 주(酒)를 수입하는 회사가 달라지긴 했지만 그 요리에 대해 이해하지 못하는 하인들이 만들어서 내놓는 유배지의 음식이라는 점에서는 다름이 없었다. 아델라는 자신보다 먼저 이곳에 건너와 똑같은 음식과 똑같은 생각들을 접하고 이곳의 방식에 물들 때까지 다른 이들의 상냥한 냉대를 견뎌야 했던 젊은 남녀들에 대해 생각했다. 〈나는 절대 그렇게 되지 않을 테야.〉 그녀는 젊었기에 속

23 잘게 썬 야채를 넣은 고기 수프.

24 포도주에 담근 카스텔라.

으로 그렇게 다짐했다. 그녀는 교활하고 무서운 적과 맞서게 된 것이고 그것에 함께 대항할 동지가 필요했다. 그녀는 찬드라푸르에서 자신과 마음이 맞는 사람들을 모아야 했던 터라 필딩과 발음하기 힘든 이름을 가진 인도 부인을 만난 것이 기뻤다. 어쨌든 이것을 기점으로 앞으로 이틀 동안 자신의 입장이 어떤지 훨씬 잘 알 수 있을 터였다.

데릭 양은 오지에 있는 어느 토후국 왕비의 말동무 노릇을 하고 있었다. 그녀는 싹싹하고 쾌활한 성격이었으며, 왕비의 허락을 얻어서가 아니라 스스로 그럴 권리가 있다고 생각해서 마음대로 휴가를 냈다는 말로 모두를 웃게 했다. 그녀는 델리에서 열리는 수장 회의에 간 왕의 자동차까지 갖고 싶어서 그것이 기차에 실려 올 때 갈아타는 역에서 몰래 빼내겠다는 야심 찬 계획까지 세웠다. 그녀는 브리지 파티에 대해서도 익살을 부렸으며, 사실 그녀에게는 인도 반도 전체가 하나의 희가극이었다. 「이곳 사람들의 우스꽝스러운 면을 볼 수 없다면 끔찍할 거예요.」 데릭 양이 말했다. 맥브라이드 부인은 — 그녀가 바로 간호사였다는 여자였다 — 감탄사를 연발했다. 「오, 낸시, 최고예요! 오, 낸시, 우스워 죽겠어요! 나도 그런 눈으로 볼 수 있다면 얼마나 좋을까요.」 맥브라이드 씨는 말을 아꼈다. 그는 좋은 사람 같았다.

손님들이 돌아가고 아델라가 잠자리에 들자 어머니와 아들은 다시 대화의 시간을 가졌다. 아들은 어머니의 간섭에 화를 내면서도 어머니의 충고와 지지를 원했다. 그가 먼저 말문을 열었다. 「아델라가 어머니께 이야기를 많이 하나요?

전 일에 쫓겨서 원하는 만큼 그녀를 많이 볼 수가 없어요. 아델라가 편안하게 지냈으면 좋겠어요.」

「아델라와 난 거의 인도에 대해 이야기하지. 얘야, 말이 나왔으니 말인데 네 말이 맞아. 아델라와 둘만의 시간을 더 많이 가져야 해.」

「그래요, 그럴지도 모르죠. 하지만 그랬다가는 사람들의 입에 오르내릴 거예요.」

「언젠가는 사람들의 입에 오르내리게 되어 있지! 그런 건 신경 쓸 것 없다.」

「여기 나와 있는 사람들은 이상해요. 영국에서와는 달라요. 징세관 말씀대로, 여기선 항상 주목을 받게 되죠. 바보 같은 예를 하나 들어볼게요. 아델라가 클럽 가장자리로 갔을 때 필딩이 따라갔잖아요. 캘린더 부인이 그걸 주시하는 걸 봤어요. 여기 사람들은 자신들과 한 부류라는 확신이 들기 전까지는 감시를 게을리 하지 않죠.」

「내 생각엔 아델라는 그들과 한 부류가 될 수 없어. 그러기엔 너무도 개성이 강하지.」

「알아요, 그래서 특이한 거죠.」 로니가 생각에 잠겨서 말했다. 무어 부인은 아들의 말이 우스꽝스럽게 여겨졌다. 사생활을 존중하는 런던의 문화에 익숙한 그녀로서는 그토록 신비스럽게 보이는 인도에 사생활이라곤 없고 인습이 더 막강한 힘을 행사하고 있는 것을 납득할 수 없었다. 「마음에 걸리는 건 없는 모양이에요.」

「물어보렴, 네가 직접.」

「그녀도 아마 무더위에 대한 얘기를 들었을 거예요. 하지만 전 해마다 4월만 되면 그녀를 고원 피서지로 보낼 거예요. 전 아내를 평지의 무더위 속에 둘 사람은 아니에요.」

「날씨는 문제가 안 될 거야.」

「인도에는 날씨 문제 말고는 없어요, 어머니. 이곳에선 날씨가 전부라고 할 수 있으니까요.」

「그래, 하지만 맥브라이드 씨 말대로 아델라의 신경을 건드리는 건 오히려 이곳의 영국 사람들인 것 같구나. 아델라는 그들이 인도인들에게 친절하게 행동한다고 생각하지 않지.」

「그러게 제가 뭐랬어요? 전 지난주에 이미 눈치챘어요. 그런 지엽적인 문제에 연연하다니, 여자란!」

무어 부인은 놀라서 아델라에 대해서는 완전히 잊었다. 「지엽적인 문제? 지엽적인 문제라고? 어떻게 그게 지엽적인 문제라는 거냐?」

「우린 여기 친절하게 행동하려고 나와 있는 게 아니에요!」

「그게 무슨 말이냐?」

「말씀드린 그대로예요. 우린 여기 치안 유지를 위해 나온 거예요. 그것이 제 입장이에요. 인도는 응접실이 아니에요.」

「마치 신의 입장 같구나.」 무어 부인이 조용히 말했다. 그러나 그녀를 노하게 한 건 아들의 입장보다는 태도였다.

로니는 냉정을 되찾으려 애쓰며 말했다. 「인도는 신들을 좋아하죠.」

「그리고 영국인들은 신처럼 행세하기를 좋아하지.」

「이래 봐야 아무 소용 없어요. 우리는 여기 와 있고 이 나라는 우리가 신이건 아니건 우리를 참고 견뎌야 해요. 저 좀 보세요.」 그는 애절해 보일 정도로 벌컥 화를 냈다. 「어머니와 아델라는 제가 어떻게 하길 원하는 거예요? 제가 속한 계급, 제가 여기서 존경하는 모든 사람들에게 반기를 들라고요? 인도인들에게 친절하지 못하다는 이유로 이 나라에서 일을 잘해서 누릴 수 있는 권리를 포기하라고요? 어머니나 아델라나 일이 어떤 건지 몰라서 그러는 거예요. 안다면 그런 허세를 부릴 수가 없죠. 저도 이런 말 하기는 싫지만 어쩔 수가 없네요. 어머니와 아델라는 병적으로 예민하게 굴고 있어요. 징세관께서 수고를 마다 않고 어머니와 아델라를 즐겁게 해주려고 그런 자리를 마련했는데 아까 두 사람이 어땠는지 다 봤어요. 저는 여기 일하러 온 거예요. 이 형편없는 나라를 힘으로 다스리기 위해서요. 저는 선교사도 아니고 노동당원도 아니고 감상적인 문학가도 아니에요. 공무원이에요. 어머니께서도 제가 그 직업을 선택하기를 원하셨잖아요. 우리는 인도에서 친절하지 않고 그럴 의도도 없어요. 더 중요한 임무가 있으니까요.」

그것은 진심이었다. 그는 날마다 거짓과 아첨이 난무하는 법정에서 거짓된 양쪽 주장 중에서 어떤 쪽이 더 거짓인지 가리고 두려움 없이 법을 집행하고 약자로부터 더 약자를, 그럴싸하게 말을 잘하는 사람으로부터 말주변이 없는 사람을 보호하기 위해 애쓰고 있었다. 오늘 아침만 해도 순례자들에게 차비를 바가지 씌운 철도 역무원과 강간 미수로 잡혀 온 파탄인에게 유죄를 선고했다. 그렇다고 누가 알아주거나 고마워하기를 기대하지도 않았고, 역무원과 파탄인은 증인들을 매수한 뒤 상소를 해서 판결을 번복시킬 수도 있었다. 그것이 그의 일이었다. 하지만 그는 같은 동포들로부터는 공감을 기대했고 새로 온 사람들을 제외하고는 모두 그렇게 해 주었다. 그는 하루 일과가 끝나고 같은 부류의 사람들과 테니스를 치거나 긴 의자에 다리를 올려놓고 쉬고 싶은 때에 브리지 파티 따위에 대한 걱정이나 하고 있어서는 안 된다고 생각했다.

아들은 진지하게 말했지만 무어 부인은 아들이 그토록 신바람을 내면서 떠드는 것이 마뜩지 않았다. 로니는 자신의 처지가 지닌 결점들을 한껏 즐기고 있었다! 그는 자신이 인도 사람들에게 친절하게 대하기 위해 이곳에 온 것이 아님을 듣기 싫을 정도로 되뇌며 그것에서 분명한 만족감을 얻고 있었다. 무어 부인은 아들이 사립학교에 다니던 시절이 떠올랐다. 그 시절의 청년다운 인도주의는 자취도 없어진 채 아들은 이제 지적이면서도 적개심을 품은 소년처럼 이야기하고 있었다. 목소리만 아니었다면 그의 말이 어머니에게 감명을 주었을 수도 있지만, 어머니는 아들의 자만에 찬 쾌활한 목소리를 듣고, 조그만 붉은 코 밑에서 너무도 득의양양하고 당당하게 움직이는 입을 보면서, 엉뚱하게도 이것이 인도에 관한 최후의 발언은 아니리라고 생각했다. 일말의 후회라도 있었다면 — 계획된 대용물이 아닌 마음에서 우러난 진실한 후회 말이다 — 그는 다른 사람이 되었을 것이고 대영 제국도 다른 나라가 되었을 것이다.

「논쟁을 해야겠구나. 내 생각은 이렇다. 나는 영국인이 이곳 사람들에게 친절하게 대하기 위해 이곳에 왔다고 생각한다.」 그녀가 반지 부딪치는 소리를 내며 말했다.

「어머니가 그걸 어떻게 아시는데요?」 자신이 흥분한 것에 부끄러움을 느낀 로니가 다시 부드럽게 말했다.

「인도는 이 세계의 한 부분이니까. 그리고 하느님은 서로에게 친절하게 대하라고 우리를 세상에 보내 주셨으니까. 하느님은…… 사랑이니까.」 그녀는 아들이 그런 말을 끔찍하게 싫어하는 것을 알았기에 잠시 망설였지만 정체를 알 수 없는 힘에 이끌려 말을 이었다. 「하느님은 이웃을 사랑하고 그 사랑을 보이라고 우리를 세상에 보내셨고 세상 어디에나 존재하시는 그분께서는 인도에서도 우리가 당신의 말씀을 잘 실천하고 있는지 지켜보실 테니까.」

로니는 침울하고 조금은 불안한 얼굴이었다. 그는 어머니의 종교적인 성향에 대해, 그것이 건강이 나쁘다는 징조이며 새아버지가 세상을 뜬 후로 부쩍 심해졌다는 것에 대해 알고 있었다. 그는 속으로 생각했다. 〈어머니는 확실히 나이가 드셨어. 그러니 어머니가 무슨 말씀을 하셔도 신경을 곤두세우지 말아야 해.〉

「친절하게 행동하려는 욕구는 하느님을 흡족하게 하지……. 비록 무력할지라도 진실한 욕구만 있다면 하느님의 은총을 받을 수 있단다. 결국 모두 실패할지라도 실패에도 여러 종류가 있지. 선의와 더 큰 선의와 그보다 더 큰 선의. 내가 인간의 여러 언어를 말하고 천사의 말까지 한다 하더라도 사랑이 없으면…….」[25]

로니는 어머니 말이 끝나기를 기다렸다가 부드럽게 말했다.「잘 알겠어요, 어머니. 이제 일이나 해야겠어요. 어머니도 어서 주무셔야죠.」

「그래, 그래야지.」그들은 잠시 더 그대로 앉아 있었으나 기독교가 끼어든 이후로 대화는 비현실적인 것이 되어 버렸다. 로니는 종교가 애국가 가사를 뒷받침하는 정도까지는 허용했지만 그것이 자신의 삶에 영향을 미치는 것은 거부했다. 그런 때면 그는 정중하면서도 단호한 어조로 이렇게 말했다. 〈그런 이야기는 할 필요가 없다고 봅니다. 종교는 개인적인 문제니까요.〉 그러면 상대도 〈아무렴요!〉 하고 웅얼거렸다.

무어 부인은 하느님 이야기를 꺼낸 것이 실수였음을 깨달았지만 늙어 가면서 하느님을 피하기가 점점 더 힘들어졌고 특히 인도 땅을 밟은 후로는 머릿속에서 그 생각이 떠나질 않았다. 그러나 묘하게도 하느님이 그녀에게 주는 만족감은 줄어들고 있었다. 그녀는 자신이 아는 가장 위대한 존재인 하느님의 이름을 자주 불러야 했지만 그 효험이 이토록 적었던 적은 없었다. 저 창공 너머에는 또 하나의 창공이 존재하는 듯했고 저 머나먼 곳에서는 침묵만이 울려 퍼졌다. 조금 지난 후에 그녀는 자신이 인도를 방문한 진짜 중요한 문제,

25 『신약 성서』,「고린토인들에게 보낸 첫째 편지」 13장 1절에 나오는 구절.

즉 로니와 아델라의 관계에서 이야기가 벗어났던 걸 후회했다. 그들은 무사히 약혼하고 결혼할 수 있을까?

## 6

아지즈는 브리지 파티에 참석하지 않았다. 무어 부인과의 만남 이후에 그는 다른 문제들에 정신이 팔려 있었다. 수술이 몇 건 있어서 바빴던 것이다. 그는 천한 신분이나 시인이기를 멈추고 겁먹은 친구들의 귀에 수술에 관한 자세한 이야기들을 쏟아붓는 쾌활한 의학도로 돌아왔다. 그는 이따금 자신의 직업에 매료되기도 했지만 신바람이 나는 일은 아니라고 여겼는데 그의 정신이 아니라 손이 과학적이었기 때문이다. 그는 칼을 좋아하고 능숙하게 다루었으며 최신 혈청 주사도 잘 놓았다. 그러나 따분한 섭생법과 위생학에 반감을 느껴, 환자에게는 장티푸스 예방 접종을 한 뒤 자신은 걸러지지도 않은 물을 벌컥벌컥 마셨다. 완고한 캘린더 소령은 그에 대해 이렇게 평가했다. 〈그런 친구에게서 뭘 기대하겠어? 용기도 없고 배짱도 없고.〉 그러나 마음속으로는 작년에 만일 자신이 아닌 아지즈가 그레이스포드 부인의 맹장 수술을 맡았더라면 그 노부인은 목숨을 건졌을 수도 있었으리라는 것을 알고 있었다. 물론 그렇다고 아지즈에게 더 호의적이 된 것은 아니었다.

이슬람 사원에서 무어 부인을 만난 다음 날 아침에 한바탕 소동이 벌어졌다. 그런 소동은 으레 있었다. 지난밤 잠을 제대로 이루지 못했던 소령은 아지즈가 왜 즉각 달려오지 않았는지 알고 싶어 했다.

「소령님, 죄송하지만 바로 갔었습니다. 자전거를 타고 가다 카우 병원 앞에서 그만 바퀴가 터져서요. 그래서 통가를 잡느라 늦었습니다.」

「카우 병원 앞에서 바퀴가 터졌다고? 도대체 거긴 왜 간 거지?」

「무슨 말씀이신지요?」

「이런 세상에! 난 여기 살고.」 그러면서 소령은 자갈을 찼다. 「자넨 거기, 우리 집에서 10분 거리도 안 되는 곳에 살고, 카우 병원은 저기 자네가 사는 데서 반대쪽으로 한참 떨어진 곳에 있는데 어떻게 도중에 카우 병원을 지났다는 건가? 이제 일 좀 하게.」

그는 변명도 듣지 않고 화를 내며 가버렸다. 사실 카우 병원은 하미둘라의 집과 소령의 집을 잇는 일직선상에 있어서 아지즈는 당연히 그곳을 지나야 했기 때문에 확실한 이유를 댈 수 있었는데도 말이다. 소령은 인도의 식자층이 서로 자주 왕래하며 — 카스트 제도 때문에 어려움은 있지만 — 새로운 사회 구조를 만들어 가고 있다는 사실을 전혀 모르고 있었다. 그가 아는 것이라곤 이 나라에 20년 동안 살았지만 아무도 진실을 말해 주지 않는다는 사실뿐이었다.

아지즈는 재미있어하며 소령의 뒷모습을 바라보았다. 그는 기분이 좋을 때면 영국인들이 희극적으로 보였고 그들에게 오해받는 걸 즐길 수도 있었다. 그러나 그것은 뜻밖의 사건이나 시간의 흐름이 망쳐 놓음으로써 생기는 다분히 감정적이고 신경과민적인 즐거움으로, 신뢰하는 사람들과 어울릴 때 느끼는 근본적인 유쾌함과는 다른 것이었다. 캘린더 부인에 관한 직유적 표현이 떠올랐다. 〈마무드 알리에게 말해 줘야지. 분명히 웃을 거야.〉 그는 그렇게 생각하며 일을 시작했다. 그는 유능하고 꼭 필요한 사람이었으며 자신도 그걸 알고 있었다. 어느덧 그는 캘린더 부인에 관한 비유는 까맣게 잊고 전문적인 기술에 몰두해 있었다.

이러한 즐겁고 분주한 나날들 속에서 그는 징세관이 파티를 열기로 했고 나와브 바하두르가 모두 참석해야 한다고 말했다는 소식을 어렴풋이 들었다. 동료인 닥터 판나 랄은 파티에 갈 생각에 온통 들떠서 새로 산 자신의 마차를 타고 꼭 함께 가야 한다고 성화였다. 그렇게 가면 서로에게 이득이었다. 아지즈의 입장에서는 자전거를 타고 가자니 체면이 서지 않고 따로 마차를 빌리려면 비용이 드니 동료의 마차를 얻어 타는 것이 좋았으며, 겁 많고 나이 지긋한 닥터 판나 랄의 입장에서는 아지즈가 마차를 몰면 따로 마부를 구할 필요가 없어서 좋았다. 물론 그도 마차를 몰 수는 있었지만 솜씨가 신통치 않아서 자동차들과 부딪칠까 봐 두렵기도 했거니와 클럽 구내의 지리에도 어두워 엄두가 나지 않았다.

「재난을 맞게 될지도 모르지요. 하지만 어쨌거나 그곳에 무사히 도착할 수는 있을 거예요. 돌아오지 못하는 불상사가 생길 수도 있지만.」 닥터 판나 랄이 점잖게 말했다. 그러곤 더욱 논리적으로 덧붙였다.「두 의사가 나란히 함께 도착하면 좋은 인상을 남길 거예요.」

그러나 막상 때가 되자 아지즈는 혐오감에 사로잡혀 파티에 가지 않기로 결심했다. 우선 방금 일을 마친 끝이라 그는 독립적이고 건전한 상태였다. 게다가 마침 아내의 기일이기도 했다. 아내는 그가 사랑하게 되자마자 세상을 뜨고 말았다. 사실 그는 처음에는 아내를 사랑하지 않았다. 서양물이 들어 있었던 그는 얼굴도 모르는 여자와 부부의 연을 맺는 걸 못마땅하게 여겼고 처음 봤을 때 아내가 마음에 들지도 않았다. 그러니까 첫 아이는 순전히 동물적인 본능에 의해 만들어진 것이었다. 그러나 첫 아이가 태어난 후로 변화가 시작되었다. 그는 자신을 향한 아내의 지극한 사랑과 순종 이상의 것을 의미하는 충실함, — 그들 세대에는 불가능하다고 하더라도 다음 세대에는 가능해질 — 여자들이 푸르다 뒤에서 나오게 될 때를 대비하여 배움을 얻고자 하는 노력에 설복당한 것이다. 아내는 총명하면서도 전통적인 기품을 지니고 있었다. 아지즈는 점차 친척들이 아냇감을 잘못 택했다는 생각을 버리게 되었다. 감각적인 즐거움이야 1년이 못 가는 것이지만 그들 부부에게는 살아갈수록 새록새록 더해지는 무언가가 있었다. 아내는 아들을 낳았고……. 두 번째 아들을 낳다가 세상을 뜨고 말았다. 아지즈는 그제야 자신이 무엇을 잃었는지를 깨닫게 되었다. 세상의 어떤 여자도 아내의 자리를 채워 줄 수는 없었고 다른 여자보다는 친구가 아내에게 더 가까울 듯했다. 아내는 떠났고 이 세상에 아내와 같은 존재는 없었다. 그 유일성이 사랑이 아니고 무엇이랴! 그는 즐거운 시간을 보내기도 하고 때때로 아내를 잊기도 했지만 그렇지 않은 때에는 아내가 세상의 모든 아름다움과 기쁨을 천국으로 보내 버린 듯한 기분을 느꼈고 자살을 생각하기도 했다. 죽으면 아내를 만날 수 있을까? 죽은 사람들이 만나는 장소가 있을까? 그는 정통파 신자였지만 그 답을 알지 못했다. 신의 유일성은 의심할 바 없는 사실이고 분명하게 천명되었지만 다른 문제들에 대해서는 그도 보통 기독교인처럼 확신이 없었다. 그의 내세에 대한 믿음은 말 한마디하는 사이, 혹은 심장이 여남은 번 뛰는 사이에 희망으로 약해졌다가 사라지고 다시 나타났기에, 어떤 의견을 얼마나 오래 가질 것인지 결정하는 것은 그 자신이라기보다는 피의 혈구들 같았다. 그의 모든 의견들이 그러했다. 머무르는 것도 없었고 사라져서 영영 돌아오지 않는 것도 없었다. 그 끊임없는 순환이 그의 젊음을 유지시켰고, 어쩌다 한 번씩 아내를 애도하게 되었기에 그 슬픔은 더욱 절절했다.

닥터 랄에게 파티에 가지 않기로 마음을 바꿨노라고 말했으면 일이 더 간단했을 테지만 그는 마지막 순간까지 자신이 마음을 바꾼 걸 의식하지 못하고 있었다. 사실 그가 마음을 바꾼 것이 아니라 마음이 스스로 바뀐 것이었다. 도저히 억누를 수 없는 혐오감이 차올랐다. 캘린더 부인과 레슬리 부인……. 아내에 대한 애도 속에서 그들을 견뎌 낼 자신이 없었다. 영국 부인들은 이상한 통찰력이 있어서 그의 슬픔을 꿰뚫어 볼 것이고 그를 고문하는 것을 즐기고 남편 앞에서 그를 비웃을 터였다. 파티에 갈 준비를 마치고 기다리고 있어야 할 시간에 그는 우체국에 서서 아이들에게 전보를 보내고 있었다. 집에 돌아와 보니 하인이 닥터 랄이 와서 기다리다가 갔다고 전했다. 그래, 가라고 해, 그의 야비한 천성에 어울리는 일이니까. 아지즈는 죽은 아내나 추모하기로 했다.

그는 서랍을 열어 아내의 사진을 꺼냈다. 사진을 들여다보고 있노라니 눈물이 솟구쳤다. 그는 속으로 생각했다. 〈나는 너무도 불행해!〉 그것은 진심이었고 곧 다른 감정이 자기 연민과 섞였다. 그는 아내를 기억하고 싶지만 도무지 기억나지 않았다. 왜 사랑하지 않는 사람들은 기억이 나는 것일까? 그런 사람들은 늘 생생하게 떠오르는 반면 아내의 사진을 들여다볼수록 기억은 더 희미해져 갔다. 아내는 무덤에 묻힌 후로 이런 식으로 그에게서 빠져나갔다. 그는 아내가 자신의 손과 눈으로부터는 벗어났을지라도 마음속에서는 살아 있으리라 생각했다. 죽은 이를 사랑하면 그에 대한 비현실성만 더 강해지고 떠올리려고 애쓸수록 죽은 이는 점점 멀어져 간다는 사실을 깨닫지 못했던 것이다. 아내가 세상에 남긴 것이라곤 갈색 판지에 붙은 사진 한 장과 세 아이들뿐이었다. 그것은 참을 수 없는 일이었다. 그는 다시 〈나는 너무도 불행해!〉라고 생각했고 그러자 불행이 덜해졌다. 잠시 그는 동양인들과 모든 인간들을 감싸고 있는 죽음을 호흡하다가 헐떡대면서 물러섰다. 그는 아직 젊기 때문이었다. 〈난 결코, 결코 이겨 낼 수 없을 거야. 직업에서도 실패하고 내 아들들도 바르게 자라지 못할 거야.〉 그는 혼자 중얼거렸다. 그것은 너무도 분명했기에 그 생각에서 벗어나기 위해 병원에서 작성한 수술 기록을 읽었다. 어쩌면 부자가 이런 수술을 원해서 큰돈을 벌게 될지도 모른다. 그 기록은 그 자체로도 그의 흥미를 끌기에 충분했고 그는 사진을 도로 서랍에 넣은 다음 자물쇠를 채웠다. 추모의 시간은 지나갔으며 이제 그는 아내 생각을 더 이상 하지 않았다.

차를 마신 뒤 기분이 나아진 아지즈는 하미둘라를 만나러 갔다. 하미둘라는 파티에 가고 없었지만 집에 있는 친구의 조랑말과 승마 바지와 폴로[26] 스틱을 빌렸다. 그는 광장으로 갔다. 언저리에서 청년 몇 명이 훈련을 하고 있을 뿐 광장은 텅 비어 있었다. 무엇을 위한 훈련인가? 그들이 대답하기에는 어려울 수도 있겠지만 그의 질문은 공중으로 흩어져 버렸다. 홀쭉한 안짱다리의 그 청년들은 ― 원주민들은 체격이 볼품없었다 ― 실제로 결연하다기보다는 그렇게 보이겠다는 결의에 찬 표정으로 원을 그리며 달리고 있었다. 「마하라자,[27] 살람.」[28] 아지즈가 우스개로 외쳤다. 청년들은 달리기를 멈추고 소리 내어 웃었다. 그는 청년들에게 너무 무리하지 말라고 충고했다. 그들은 그러겠다고 약속하고 계속 달렸다.

26 경기자가 말을 타고 목재로 만든 공을 스틱으로 쳐서 상대편의 골에 집어넣어, 득점수로 승부를 겨루는 경기.
27 인도의 토후국 왕.
28 이슬람교도의 인사.

아지즈는 광장 한가운데로 달려 들어가서 폴로 공을 치기 시작했다. 그는 폴로를 할 줄 몰랐지만 조랑말은 할 줄 알았기에 그는 모든 시름을 잊고 폴로 배우기에 열중했다. 그는 골치 아픈 세상에서 완전히 벗어나 이마에 닿는 저녁 바람과 주위를 빙 둘러싼, 눈을 만족시키는 나무들을 즐기며 광장의 갈색 경기장을 질주했다. 그가 친 공이 멀리서 혼자 연습하고 있던 영국인 중위에게 날아가자 그가 아지즈를 향해 공을 쳐주며 외쳤다. 「다시 이쪽으로 보내 주세요.」

「좋습니다.」

새로 온 사람은 폴로에 대해 좀 알았으나 그의 말은 그렇지가 못해서 아지즈와 실력이 맞았다. 공에 열중해 서로에게 호감을 느끼게 된 두 사람은 쉬기 위해 말고삐를 당기며 미소를 나누었다. 아지즈는 거만한 민간인보다는 확실하게 받아 주거나 대놓고 욕하는 군인들이 더 좋았고, 중위는 말을 탈 줄 아는 사람은 모두 좋아했다.

「자주 합니까?」 중위가 물었다.

「전혀요.」

「한 번 더 합시다.」

중위는 공을 치다가 말이 껑충 뛰어오르는 바람에 말에서 떨어지고 말았다.

「이런!」 그는 말에 펄쩍 올라타며 외쳤다. 「말에서 떨어진 적 있어요?」

「많지요.」

「그럴 리가요.」

고삐를 당기는 그들의 눈에서 우정의 불꽃이 타올랐다. 그러나 운동이란 것은 일시적인 불꽃만을 일으킬 수 있기에 몸의 열기가 식으면서 우정도 식었다. 국적이 다시 고개를 들었고 그것이 독기를 뿜기 전에 그들은 인사를 나누고 돌아섰다. 「저들이 모두 저 사람만 같다면.」 둘은 각자 그렇게 생각했다.

해 질 녘이었다. 아지즈와 같은 신앙을 지닌 사람들 몇 명이 광장에 와서 메카 쪽을 향해 기도를 올리고 있었다. 브라만 황소 한 마리가 그들을 향해 걸어가고 있었다. 아지즈는 기도할 마음은 없었지만 저 꼴불견의 우상 숭배적인 동물이 기도를 방해할 이유는 없다고 생각했다. 그는 폴로 스틱으로 황소를 툭 쳤다. 그때 도로에서 그를 부르는 소리가 들렸다. 징세관이 연 파티에서 괴로움에 차 돌아오던 닥터 판나랄이었다.

「아지즈 선생, 아지즈 선생, 어디 갔었소? 당신 집에서 10분이나 기다리다 갔어요.」

「정말 죄송해요. 우체국에 갈 일이 생겨서요.」

같은 계급이었다면 마음이 바뀌어서 그랬구나 하고 이해하고 받아들였을 것이며, 사실 이런 일은 다반사라 나무랄 거리도 못 되었다. 그러나 천한 계급 출신의 닥터 랄은 상대가 혹시 고의로 모욕을 준 것은 아닌가 하는 의구심을 버릴 수가 없었고, 아지즈가 브라만 황소를 때리는 걸 보고 더욱 화가 치밀었다. 「우체국? 왜 하인을 안 보내고요?」 그가 물었다.

「하인이 워낙 적어서요.」

「당신의 하인에게서 들은 얘기예요. 당신 하인을 만났어요.」

「랄 선생님, 생각해 보세요. 선생님이 오신다는 걸 알면서 어떻게 하인을 보낼 수 있겠어요? 선생님이 오셔서 우리가 파티에 가고 나면 집이 텅 빌 텐데 하인이 돌아오기 전에 도둑이라도 들어서 집 안의 물건을 모두 훔쳐 가면 어쩌라고요. 선생님이라면 그렇게 하시겠어요? 요리사는 귀머거리라 믿을 수가 없고 어린 하인은 그야말로 어린애지요. 그래서 저는 절대로 하산과 동시에 집을 비우는 일이 없답니다. 그것이 저의 확고한 원칙이지요.」 그는 닥터 랄의 체면을 세워 주기 위해 예의상 그런 설명을 늘어놓은 것이다. 따라서 애초에 진실도 아니었고 상대편에서도 꼬치꼬치 따질 문제가 아니었다. 하지만 상대는 예의를 지켜 모르는 척 넘어가 주는 쉬운 일도 하지 못했다. 「그렇다고 해도 어디 간다는 메모는 남길 수 있었잖아요?」 닥터 랄은 그런 식으로 계속 따졌다. 아지즈는 본데없는 태도가 싫어 조랑말을 펄쩍 뛰어오르게 했다. 「저만치 떨어져요. 내 말도 같이 날뛰면 안 되니까.」 닥터 랄은 그러면서 우는소리로 진짜 속이 상했던 이유를 밝혔다. 「오늘 오후에 얼마나 난폭하게 굴었는지 몰라요. 클럽 정원에 있는 귀한 꽃들을 짓밟는 바람에 네 사람이 달라붙어서 끌어내야 했지요. 영국 부인들과 신사들이 모두 쳐다봤고 징세관께서도 눈여겨보셨어요. 아지즈 선생, 더 이상 귀중한 시간을 빼앗지 않겠어요. 다망하시고 전보도 많이 쳐야 할 몸이시니 이런 문제에 관심이나 있겠어요. 나야 불러 주는 데가 있으면 당연히 가서 예의를 차리는 것이 도리라고 생각하는 한심한 늙은이에 지나지 않으니까. 하지만 선생이 참석하지 않은 것에 대해 이런저런 말들이 있었어요.」

「멋대로들 떠들라지요.」

「젊다는 게 좋긴 좋군. 멋대로 떠들라! 아주 좋아. 그런데 누구한테 하는 말이지요?」

「가고 안 가는 건 제 맘이죠.」

「하지만 가겠다고 약속해 놓고 전보니 뭐니 하는 거짓말을 꾸며 댔잖아요. 가자, 대플.」

닥터 랄이 떠나자 아지즈는 그를 평생 원수로 삼고 싶은 거센 욕구를 느꼈다. 그것은 닥터 랄의 마차 옆으로 질주하면 되는 간단한 일이었다. 그는 그렇게 했다. 닥터 랄의 말 대플이 놀라서 날뛰기 시작했다. 아지즈는 요란한 소리를 내며 광장으로 되돌아왔다. 영국인 중위와 게임을 즐겼던 득의양양함이 잠시 남아 있는 탓에, 땀이 비 오듯 쏟아질 때까지 폴로 스틱을 휘두르며 달린 후 하미둘라의 마구간에 조랑말을 되돌려 줄 때까지 그는 자신이 이 세상 누구와도 동등하다고 느꼈다. 그러나 일단 땅에 내려서자 두려움이 엄습했다. 그 일로 권력자들에게 나쁜 인상을 준 것은 아닐까? 파티에 참석하지 않아서 징세관의 심기를 상하게 한 것은 아닐까? 닥터 판나 랄은 중요한 인물은 아니었지만 그래도 그와 싸운 것이 현명한 일이었을까? 그의 마음은 인간적인 빛깔에서 정치적인 빛깔로 바뀌었다. 이제 그는 불길한 기분에 젖어 〈내가 사람들과 잘 지낼 수 있을까〉가 아니라 〈그들이 나보다 더 강할까〉를 고민하고 있었다.

집에 돌아와 보니 정부 우표가 붙은 편지가 한 통 와 있었다. 그것은 만지기만 하면 폭발하여 그의 보잘것없는 목조 주택을 산산조각 낼 강력한 폭발물처럼 탁자 위에 놓여 있었다. 그는 파티에 참석하지 않았기 때문에 면직될 수도 있었다. 편지를 열어 보니 예상과는 완전히 달랐다. 그것은 모레 차를 마시러 와달라는 공립 대학 학장 필딩 씨의 초대장이었다. 그의 기분이 맹렬히 되살아났다. 그는 고통 속에서도 억압될 줄 모르는 영혼의 소유자로 겉으로는 변덕스러워 보여도 한결같은 삶을 살아가고 있었기에 그런 일이 없었어도 저절로 기분이 살아났을 것이다. 그러나 이 초대는 그에게 특별한 기쁨을 주었는데, 필딩이 한 달 전에도 차를 마시러 오라고 초대한 적이 있었지만 그만 깜빡 잊고 답장도 안 해주고 가지도 않았기 때문이다. 그런데 힐난도, 하다못해 그 일에 대한 암시도 없이 다시 초대를 해준 것이다. 그것이야말로 진정한 예의이며 친절한 마음을 보여 주는 정중한 행동이었다. 아지즈는 서둘러 펜을 집어 들고 애정 어린 답장을 쓴 다음 하미둘라의 집으로 소식을 들으러 갔다. 그는 학장을 직접 만나 본 적이 없었고, 자신의 삶의 심각한 공백 하나가 채워질 것이라고 믿었던 것이다. 그는 저 훌륭한 이의 모든 것을, 그의 봉급이며 이력이며 그가 좋아하는 것들이며 그를 기쁘게 해줄 수 있는 방법들을 알고 싶었다. 하지만 하미둘라는 아직 출타 중이었고 마무드 알리가 그곳에 있었지만 파티에 대한 한심하고 야비한 농담들만 늘어놓았다.

# 7

이 필딩은 뒤늦게 인도에 매료되었다. 그는 마흔이 넘은 나이에 봄베이의 빅토리아 역이라는 뜻밖의 관문에 들어섰으며 유럽인 검표원에게 뇌물을 주고 처음 타보는 열대 지방 열차의 객실에 짐을 실었다. 그 여행은 그에게 뜻 깊은 추억으로 남아 있었다. 필딩은 자신처럼 동양에 처음 오는 청년과 인도에 오래 산 같은 또래의 남자와 한 객실에 탔는데, 너무도 많은 도시와 사람들을 보아 왔기에 그 어느 쪽과도 괴리감을 느끼지 않을 수 없었다. 새로운 인상들이 밀려들었지만 그것들은 과거의 제약을 받았으므로 일반적인 인상이라고 할 수가 없었다. 그가 저지르는 실수들도 마찬가지였다. 예를 들어 인도인을 이탈리아인처럼 대하는 것은 치명적인 실수는 아니더라도 일반적인 실수라고도 할 수 없었다. 그런데도 필딩은 걸핏하면 이곳 인도 반도를 지중해라는 유서 깊은 바다로 뻗어 나간, 이곳보다 작으면서도 더 정교하게 생긴 반도에 비유하곤 했다.

그는 교육계에 몸담아 왔지만 다양한 경력의 소유자였고

타락의 길로 들어섰다가 뉘우친 적도 있었다. 이제 그는 교육에 대한 믿음을 지닌 완고하고 무던하고 이지적인 중년의 — 중년에 막 접어든 — 사내가 되어 있었다. 그는 자신이 어떤 학생들을 가르치든, 사립학교 학생들이든 정신 지체자든 경찰이든 개의치 않았으며 인도인들이라고 해서 마다할 이유도 없었다. 친구들의 입김으로 찬드라푸르의 작은 대학의 학장으로 임명된 그는 그 자리가 마음에 들었고 자신이 성공적으로 잘해 나가고 있다고 생각했다. 하지만 제자들과는 성공적이었으나 기차에서 이미 느꼈던 동포들과의 괴리감은 괴로울 정도로 커져 갔다. 그는 처음에는 무엇이 잘못된 것인지 알지 못했다. 그는 비애국적인 사람도 아니었고 영국에 살 때는 같은 영국인들과 늘 사이가 좋았으며 절친한 친구들도 모두 영국인이었다. 그런데 이곳에서는 왜 그렇지가 못한 것일까? 그는 팔다리가 길고 덩치가 크며 털보에다 파란 눈을 갖고 있어서 대화를 시작하기 전에는 사람들에게 신뢰감을 주었다. 그러나 그의 태도에는 동포들을 당황하게 만드는, 그의 직업이 자연스럽게 일으키는 불신을 — 인도에도 고급 두뇌라는 악이 필요한 것은 사실이지만 그것을 양성하는 역할을 맡은 사람은 고운 시선을 받을 수 없었다 — 누그러뜨리지 못하는 무언가가 있었다. 영국인들 사이에서는 필딩이 파괴적인 세력이라는 느낌이 점점 커져 갔다. 그도 그럴 것이 폐쇄적인 사회에서 개인적인 의견을 갖는 것은 위험한 일인데 그는 가장 효과적인 방식인 대화를 통해 의견을 나누는 것을 좋아했기 때문이다. 그는 선교사도 학생도 아니지만 사적인 대화를 주고받는 것을 최고의 즐거움으로 여겼다. 그에게 세상은 서로에게 닿으려고 애쓰는 인간들의 천체로, 교양과 지성을 갖춘 선의를 통해 그러한 인간의 목적을 가장 잘 이룰 수 있다고 믿었다. 그것은 찬드라푸르에는 맞지 않는 신념이었지만, 필딩은 그 신념을 버리기에는 이곳에 너무 늦은 나이에 온 것이었다. 그는 인종 차별적 의식이 없었는데 그건 동포들보다 잘나서가 아니라 무리 근성이 판치지 않는 환경에서 나이를 먹었기 때문이다. 그는 클럽에서 소위 백인종의 피부색도 사실은 분홍빛 회색이 아니냐고 — 무대에서 배우들이 하는 방백 비슷하게 — 말한 적이 있었는데 그 발언으로 엄청난 타격을 입게 되었다. 그는 애국가 〈신이여 여왕을 구하소서〉가 신과는 관계가 없듯이 백인종도 색깔과는 관계가 없으며 그것을 글자 그대로 해석하는 것은 도리에 어긋난 짓임을 깨닫지 못한 그들에게 우스개 삼아 그런 말을 한 것이었다. 하지만 그 말을 들은 한 분홍빛 회색 피부의 남성은 은근히 분개했고 왠지 불안감을 느껴 무리에게 소문을 퍼뜨렸다.

그래도 남자들은 그의 착한 마음씨와 튼튼한 몸을 봐서 너그럽게 이해해 주었지만 그 아내들은 그가 신사가 못 된다고 여겼다. 그들은 그를 싫어했다. 필딩은 여자들에 대한 정중한 배려가 없었는데 여권이 신장된 영국에서라면 아무 문제가 없었겠지만 남자라면 활달하고 도움이 되어야 한다고 여겨지는 이곳에서는 흠이 되었다. 필딩은 개나 말에 관해 조언해 주거나, 식사에 초대하거나, 한낮에 방문하거나, 크리스마스에 아이들을 위해 트리를 장식하는 일 따위를 하는 법이 없었으며 클럽에도 테니스나 당구를 치러 들를 뿐이었다. 그는 인도인들과 영국인들을 함께 사귀는 것은 가능하지만 영국 여자들과 사귀려면 인도인들을 떨어뜨려야 한다는 것을 깨달았던 것이다. 영국 여자들과 인도인들은 화합이 불가능했다. 그것에 대해 어느 한쪽을 비난하는 것도, 그들이 서로를 비방하는 것을 비난하는 것도 부질없는 짓이었다. 그것은 어쩔 수 없는 현실이었고 둘 중 하나를 선택해야 했다. 영국 여자들의 수가 증가하면서 점점 더 고국에서의 삶의 방식에 가까워지게 된 대부분의 영국 남자들은 인도인들보다는 영국 여자들 편이었다. 그러나 필딩은 인도인들과 어울리는 것이 더 편하고 즐거웠으며, 그 결과 영국 여자는 공적인 업무가 아니면 대학에 발을 들이지 않게 되었다. 필딩이 무어 부인과 퀘스티드 양을 초대한 것도 그들이 새로 온 이들이므로 비록 피상적인 시각으로나마 모든 것을 공정하게 볼 것이고 인도인 손님들에게 특이한 목소리로 말하지도 않을 것이기 때문이었다.

대학 건물 자체는 공공사업청에서 급조했지만 구내에 오래된 정원과 별채가 있어서 필딩은 1년 가까이 그곳에서 살고 있었다. 그가 목욕하고 옷을 입고 있을 때 닥터 아지즈가 도착했다고 하인이 알렸다. 그는 침실에서 큰 소리로 외쳤다. 「편안히 계십시오.」 그 말은 그의 행동들이 대부분 그러하듯 미리 생각해 놓은 것이 아니라 무심코 입에서 나온 것이었다.

그것은 아지즈에게 매우 분명한 의미를 지녔다. 「그래도 되겠습니까, 필딩 씨? 정말 친절하시군요. 저는 격식에 얽매이지 않는 걸 무척이나 좋아합니다.」 아지즈가 외쳤다. 그는 신바람이 나서 거실을 둘러보았다. 좀 사치스럽긴 했지만 정돈되어 있지는 않았고, 가련한 인도인들을 주눅 들게 만들 만한 것도 없었다. 정원으로 통하는, 나무로 만들어진 높다란 아치문 세 개가 나 있는 매우 아름다운 방이기도 했다. 「사실 오래전부터 필딩 씨를 만나 뵙고 싶었습니다. 당신의 따뜻한 마음씨에 대해서는 나와브 바하두르께 익히 들었습니다. 하지만 찬드라푸르 같은 누추한 곳에서 마땅히 만날 데가 있어야지요.」 아지즈는 문 가까이 다가가서 말을 이었다. 「사실 제가 여기 처음 왔을 때는 필딩 씨께서 병이라도 나셔서 그렇게라도 만나게 되길 바랐답니다.」 두 사람은 웃음을 터뜨렸고 용기를 얻은 아지즈는 즉흥적으로 떠들어 댔다. 「저 혼자 이렇게 말하곤 했었지요. 〈오늘 필딩 씨께서는 안색이 어떠실까? 어쩌면 창백하실지도 몰라. 의무관께서도 안색이 창백하시다면 필딩 씨가 오한이 나셔도 진료를 못하시겠지.〉 그러면 저를 왕진 보내시겠죠. 필딩 씨께서는 페르시아 시에 정통하시니 우린 즐거운 대화를 나눌 수 있을 것이고요.」

「그럼 제 얼굴을 아시는군요.」

「당연하지요. 필딩 씨께서는 저를 아세요?」

「이름은 많이 들었지요.」

「전 이곳에 온 지 얼마 안 됐고 늘 시장통에만 있지요. 그러니 저를 못 보신 게 당연하고 이름을 아시는 것도 놀라워요. 저, 필딩 씨?」

「예?」

「나오시기 전에 제가 어떻게 생겼는지 맞혀 보시지요. 그냥 재미로 말입니다.」

「키는 한 175센티미터쯤 되죠.」 필딩은 침실의 뽀얀 유리문을 통해 보며 어림짐작으로 말했다.

「딱 맞히셨습니다. 다음에는요? 제가 점잖은 흰 수염을 기르고 있을까요?」

「이런!」

「뭐가 잘못됐습니까?」

「하나 남은 칼라 단추를 밟아 버렸어요.」

「제 것을 쓰세요, 제 것을 쓰세요.」

「여분의 단추가 있나요?」

「그럼요, 그럼요, 잠시만요.」

「지금 달고 있는 단추라면 사양하겠어요.」

「아니, 아닙니다. 주머니에 있는 겁니다.」 아지즈는 유리문을 통해 보이지 않도록 비켜서서 셔츠의 칼라를 뗀 다음 처남이 유럽에서 사다 준 금단추 세트 중에서 뒤쪽 것을 떼어 냈다. 「여기 있습니다.」

「격식을 따지지 않는다면 안으로 들어오세요.」

「잠시만요.」 아지즈는 칼라를 다시 달면서 차를 마시는 동안 칼라가 뒤집히지 않기를 기도했다. 주인의 옷시중을 들고 있던 필딩의 하인이 문을 열어 주었다.

「고맙습니다.」 두 사람은 미소 지으며 악수를 나눴다. 아지즈는 오랜 친구에게 하듯 방 안을 둘러보았다. 필딩은 그토록 급속히 서로 가까워진 것에 놀라지 않았다. 인도인들은 다분히 감정적인 사람들인지라 단박에 친해지거나 아니면 영영 친해지지 못하는 경향이 있었고, 그와 아지즈는 서로에 대해 좋은 말만 들어 왔던 터라 굳이 준비 단계가 필요하지 않았다.

「전 영국인들은 항상 방을 깔끔하게 정리해 놓는 줄 알고 있었는데 이 방은 그렇지가 않군요. 저도 이제 창피해하지 않아도 되겠네요.」 아지즈는 쾌활하게 침대에 앉아 자신의 분수를 잊고 책상다리를 했다. 「〈모든 물건들이 차갑게 선반에 정리되어 있겠지〉 하고 생각했었어요. 그건 그렇고, 필딩 씨, 단추가 잘 맞을까요?」

「*I hae ma doots.*」[29]

「뭐라고 하셨는지요? 제 영어 실력이 향상되도록 새로운 어휘들을 좀 가르쳐 주시겠습니까?」

필딩은 〈모든 물건들이 차갑게 선반에 정리되어 있다〉는 표현이 향상될 수 있는 것인지 의심스러웠다. 그는 젊은 세대의 활발한 외국어 구사 능력에 종종 감탄하곤 했다. 그들은 관용어들을 멋대로 바꾸어 쓰기도 했지만 자신이 하고자 하는 말을 빠르게 전달할 수 있었으며 클럽에서 말하는 바부이즘[30] 같은 것은 없었다. 클럽 사람들은 인도인들의 변화에

29 〈나도 잘 모르겠다〉는 의미의 〈*I have my doubts*〉를 스코틀랜드식으로 발음한 것이다.

대한 정보가 뒤떨어져서 아직도 이슬람교 신자들의 대부분과 모든 힌두교 신자들은 절대로 영국인의 식탁에 앉지 않는다거나 인도 여자들은 모두 푸르다 뒤에서 살고 있다고 주장했다. 물론 개인적으로는 보다 앞선 정보를 갖고 있었지만 클럽이라는 집단은 변화를 거부했다.

「제가 단추를 끼워 드리지요. 흐음……. 셔츠 뒤쪽 구멍이 좀 작은 편인데 더 크게 찢기도 그렇군요.」

「도대체 칼라 같은 걸 왜 달아야 할까요?」 필딩이 고개를 숙이며 투덜거렸다.

「저희는 경찰을 피하기 위해서지요.」

「그건 무슨 뜻이죠?」

「제가 영국식으로 빳빳이 풀을 먹인 칼라를 달고 중절모를 쓰고 자전거를 타면 경찰들은 신경을 안 쓰지요. 그런데 터키식 모자를 쓰면 이렇게 외치지요. 〈이봐, 등이 나갔잖아!〉 커즌 총독님께서는 그런 점을 모르고 인도인들에게 화려한 전통 복장을 고수하도록 권한 거지요. 야호! 단추가 들어갔어요. 가끔 저는 눈을 감고, 화려한 전통 복장을 하고 알람기르의 뒤를 따라 말을 타고 전쟁터를 달리는 상상에 젖곤 합니다. 필딩 씨, 알람기르가 공작 왕좌에 앉아 델리를 다스리던 무굴 제국의 전성기에는 인도가 아름다웠겠지요?」

「숙녀 두 분이 올 건데 당신도 그분들을 알 거예요.」

「저를 만나러요? 저는 아는 숙녀분이 없는데요.」

「무어 부인과 퀘스티드 양을 몰라요?」

30 *babuism*. 영국식 교육을 받은 인도인들의 뽐내는 말투.

「아, 기억납니다.」 이슬람 사원에서의 로맨스는 바로 그의 의식에서 자취를 감추었던 것이다. 「연세가 아주 많으신 부인이셨지요. 함께 오신다는 숙녀분의 성함이 어떻게 되신다고요?」

「퀘스티드 양이에요.」

「전 아무래도 괜찮습니다.」 아지즈는 말은 그렇게 했지만 새 친구와 둘만의 시간을 갖고 싶었기에 손님들이 더 온다는 사실이 실망스러웠다.

「공작 왕좌에 대한 이야기는 퀘스티드 양과 나누시지요. 예술적인 분이라고 들었거든요.」

「그분은 후기 인상주의자이신가요?」

「후기 인상주의라, 설마! 차나 마시러 갑시다. 세상이 점점 더 감당하기 힘들어지고 있어요.」

아지즈는 자존심이 상했다. 필딩의 말은 통치 계급의 특권인 후기 인상주의에 대해 자기 같은 미천한 인도인은 들어 볼 권리도 없다는 의미로 들렸던 것이다. 그래서 딱딱하게 말했다. 「저는 무어 부인을 친구로 생각하지 않습니다. 저희 사원에서 우연히 만났을 뿐이니까요. 단 한 번 만남으로 친구가 될 수는 없지요.」 그러나 말을 끝내기도 전에 딱딱한 태도는 사라졌다. 필딩의 근본적인 선의를 느꼈기 때문이었다. 그의 선의도 마주 나아가, 항해자를 정박지로 데려다줄 수 있는 유일한 존재이면서 한편으로는 암초에 부딪치게 만들 수도 있는 감정이라는 변화무쌍한 조수(潮水) 아래서 분투하고 있었다. 그는 안전했다. 오직 안정성만을 생각하며 모든 배는 난파된다고 여기는 육지의 거주자처럼 안전했다. 그러면서도 육지의 거주자가 알 수 없는 감각을 지니고 있었다. 사실 그는 반응이 빠르다기보다는 감각이 예민한 인물이었다. 그는 사람들의 입에서 나오는 모든 말에서 의미를 발견했지만 그 발견이 항상 옳은 것은 아니었고, 그의 삶은 생동감이 넘쳤지만 대부분이 몽상에 불과했다. 예를 들어, 아까 필딩은 인도인이 아닌 후기 인상주의에 대한 유감을 표한 것이었으며, 그의 발언과 터턴 부인의 〈세상에, 저들도 영어를 하네!〉와는 천지 차이였지만 아지즈에게는 똑같이 들렸다. 필딩은 뭔가 오해가 생겼다가 풀렸음을 눈치챘지만 인간관계에 대해서는 낙관적인 인물인지라 조바심하지 않았고 그들의 대화는 조금 전과 다름없이 계속되었다.

「숙녀분들 외에 우리 학교의 나라얀 고드볼이라는 분도 올 거예요.」

「아, 그 데칸 브라만요!」

「그도 과거로 돌아가기를 원하지만 알람기르의 시대는 아니지요.」

「그렇겠지요. 데칸 브라만들이 뭐라고 주장하는지 아십니까? 영국이 인도를 자기들로부터 빼앗았다는 거예요. 무굴 제국이 아닌 자기들로부터. 그런 파렴치한 소리가 어디 있습니까? 그들은 뇌물을 먹여서 교과서에도 그렇게 실리도록 만들었지요. 워낙 간교하고 돈도 많으니까요. 고드볼 교수는 다른 데칸 브라만들과는 전혀 다른 인물이라고 들었습니다. 매우 진실한 사람이라고요.」

「아지즈, 왜 당신들은 찬드라푸르에서 클럽 같은 걸 만들지 않죠?」

「어쩌면……. 나중에……. 아, 무어 부인과 그 숙녀분이 오시네요.」

격식을 배제한 〈약식〉 파티인 것이 얼마나 다행스러운 일인가! 아지즈는 영국 숙녀들을 남자들처럼 대할 수 있어서 대화를 나누기가 쉬웠다. 미인을 대할 때는 그에 맞는 예법을 따로 지켜야 하지만 무어 부인은 너무 늙고 퀘스티드 양은 박색이라 아지즈는 그런 곤란을 덜 수 있었다. 그의 눈에는 아델라의 앙상한 몸과 얼굴의 주근깨가 끔찍한 결점으로 비쳐서, 하늘도 무심하시지 여자를 어째 저렇게 만드셨을까 생각될 정도였다. 따라서 그는 아무런 꾸밈없는 태도로 그녀를 대할 수 있었다.

「닥터 아지즈, 한 가지 묻고 싶은 게 있어요. 지난번 사원에서 무어 부인께 큰 도움이 되었고 또 무척 재미있으셨다고 들었어요. 부인께서는 이곳에 와서 지낸 3주 동안보다 그 몇 분 동안 인도에 대해 더 많은 걸 알게 됐다고 하시더군요.」 아델라가 말했다.

「아, 별일도 아닌데 그런 말씀 마세요. 우리나라에 대해 더 아시고 싶은 게 있나요?」

「오늘 아침 우리가 느꼈던 실망에 대한 설명을 듣고 싶어요. 인도의 예법에 관한 문제인 것 같습니다만.」

「솔직히 그런 건 없습니다. 저희는 천성적으로 격식을 따지지 않는 국민이니까요.」

「아무래도 우리가 큰 실수를 저질러서 기분을 상하게 한 것 같아요.」 무어 부인이 나섰다.

「그건 더더욱 있을 수 없는 일이지요. 그런데 혹시 무슨 일인지 알 수 있을까요?」

「인도인 부부가 오늘 아침 아홉시까지 우리에게 마차를 보내기로 했었어요. 그런데 끝내 나타나지 않았어요. 기다리고, 기다리고, 또 기다렸는데. 도무지 무슨 영문인지 알 수가 있어야죠.」

「뭔가 오해가 있었겠지요.」 그냥 넘어가는 것이 나은 문제임을 단박 알아차린 필딩이 말했다.

「아니, 그렇지 않아요. 그들은 우리를 초대하려고 캘커타 여행까지 포기한걸요. 우리가 어리석은 실수를 저지른 게 분명해요. 우리는 그렇게 확신하고 있어요.」 퀘스티드 양이었다.

「저 같으면 그런 염려는 하지 않을 겁니다.」

「히슬롭 씨도 같은 말을 했어요. 그렇지 않다면 어떻게 이해를 하죠?」 퀘스티드 양이 얼굴을 약간 붉히며 반박했다.

주인은 화제를 돌리고 싶어 했지만 아지즈는 따뜻하게 받아 주었고 약속을 지키지 않은 사람들의 이름을 듣고 그들이 힌두교인이라 선언했다.

「태만한 힌두교인들……. 그들에겐 사교라는 개념 자체가 없지요. 병원에 힌두교인 의사가 있어서 그들에 대해 잘 압니다. 어찌나 태만하고 시간 약속을 안 지키는지! 차라리 그 집에 가지 않으시길 잘했습니다. 인도에 관한 잘못된 인상을 받게 되었을 테니까요. 그들은 위생이란 걸 모르지요. 제 생각으로는 자신의 집이 너무 부끄러워서 마차를 보내지 않았을 겁니다.」

「그럴 수도 있지요.」 다른 남자가 말했다.

「저는 신비를 싫어해요.」 아델라가 선언했다.

「우리 영국인들이 그렇지요.」

「제가 신비를 싫어하는 건 영국인이어서가 아니라 개인적인 성향 때문이에요.」 아델라가 바로잡았다.

「난 신비는 좋아하지만 혼돈은 싫어요.」 무어 부인이었다.

「신비가 곧 혼돈이죠.」

「오, 그렇게 생각하세요, 필딩 씨?」

「신비는 혼돈의 거창한 표현일 뿐이죠. 어떤 쪽이든 들쑤셔서 좋을 건 없지요. 아지즈와 저는 인도가 혼돈이라는 것을 잘 알고 있지요.」

「인도가……. 오, 정말이지 놀라운 발상이군요!」

「제 집에 와보시면 혼돈이 싹 가실 겁니다. 무어 부인과 여러분 모두를 초대합니다. 부디 와주세요.」 아지즈가 능력 밖의 초대를 했다.

노부인은 초대에 응했다. 그녀는 젊은 의사를 아주 좋은 사람으로 여기고 있었거니와 권태와 흥분이 반반씩 섞인 기분이 새로운 길이라면 어디든 가게 했기 때문이다. 반면 퀘스티드 양은 모험심으로 초대를 받아들였다. 그녀는 아지즈가 마음에 들었을뿐더러 그와 더 친해지면 그가 자신의 나라를 열어 보여 줄 것이라 믿었다. 아지즈의 초대에 만족한 그녀는 그에게 주소를 물었다.

아지즈는 자신의 집을 생각하자 더럭 겁이 났다. 아래쪽 시장 근처에 있는 그의 집은 누추하기 짝이 없는 판잣집이었다. 방이라고는 실상 하나뿐인 데다 검은 파리들이 득실거렸다. 「아, 이제 다른 얘기로 넘어가지요. 저도 이런 곳에서 살아 보고 싶네요. 이 아름다운 방을 보세요! 우리 잠시 이 방에 대해 감탄하기로 해요. 저 아치 아랫부분의 곡선을 좀 보세요. 얼마나 섬세합니까! 훌륭한 건축물이지요. 무어 부인, 부인께서는 인도에 계신 겁니다. 농담으로 드리는 말씀이 아닙니다.」 아지즈는 이 방에서 영감을 얻었다. 18세기에 어느 고관의 접견실로 만들어진 이 공간은 나무를 재료로 쓰긴 했지만 필딩에게는 피렌체의 란치 회랑을 연상시켰다. 지금은 유럽식으로 개조된 작은 방들이 양쪽에 붙어 있지만 중앙 홀은 종이를 바르거나 유리를 끼우지 않아서 정원의 공기가 거침없이 쏟아져 들어왔다. 그래서 그 개방된 공간에 앉아 있으면 마름 재배를 위해 저수지를 임대해서 쓰는 사내와, 새들에게 고함을 질러 대는 정원사들을 훤히 볼 수 있었다. 필딩은 망고 나무들까지 임대한 터라 정원에 들어와서는 안 되는 사람이 누구인지 알 수가 없었기 때문에 도둑이 들지 않도록 하인들이 밤낮으로 계단에 앉아 지켜야 했다. 확실히 아름다운 곳이었고, 아지즈였다면 이 서양의 시기에 벽에 모드 굿맨의 그림들이라도 걸었겠지만 필딩은 이곳의 아름다움을 훼손시키지 않고 있었다. 그렇지만 누가 이 방의 진짜 주인인지에 대해서는 의심의 여지가 없었으니…….

「저는 이곳에서 정의를 실천하고 있습니다. 돈을 빼앗긴 가난한 과부가 찾아오면 그녀에게 50루피를 주고, 다른 가난한 이에게도 1백 루피를 주고 하는 식으로요. 저는 그렇게 하고 싶어요.」

무어 부인은 아들이 좋은 본보기가 되고 있는 현대적인 방식을 생각하며 미소 지었다. 「문제는 돈이 샘물처럼 솟아나지 않는다는 거죠.」

「제 돈은 그럴 겁니다. 신께서 제가 베푸는 걸 보고 더 많은 돈을 주실 테니까요. 나와브 바하두르처럼 늘 베푸는 거죠. 제 아버지도 그러셨고 그래서 가난하게 돌아가셨지요.」 아지즈는 오래전에 살았기 때문에 인정을 베풀 수 있었던 관리들이 이곳에 가득한 것처럼 방 안 이곳저곳을 가리켰다. 「우리는 이렇게 앉아서 영원히 베풀었고 그때는 의자가 아니라 양탄자에 앉아 있었지만 어쨌든 우리는 아무도 처벌하지 않았습니다.」

여자들이 동의했다.

「불쌍한 범죄자, 그들에게도 기회가 주어져야 합니다. 감옥에서 썩게 해봐야 더 악하게만 될 뿐이지요.」 아지즈의 얼굴은 한껏 온화해졌는데 그 온화함은 통치 능력도 없고 불쌍한 범죄자를 놓아주면 다시 가난한 과부의 돈을 빼앗게 되리란 걸 파악하지도 못하는 이의 것이었다. 그는 인간으로 치지도 않는, 그리고 꼭 복수를 해주고 싶은 집안의 몇몇 원수들을 제외한 모든 사람들에게 다정하게 대했다. 심지어 영국인들에게도 그러했는데, 그들이 그토록 냉담하고 기이하고 빙하처럼 온 인도 땅을 흐를 수밖에 없음을 마음 깊은 곳으로부터 이해하고 있었던 것이다. 「우리는 아무도 처벌하지 않아요. 아무도. 그리고 저녁이면 무희들이 춤추는 성대한 잔치를 열 것입니다. 아름다운 처녀들이 손에 손에 꽃불을 들고 저수지를 빙 둘러싸고 서 있고 모두들 밤새워 먹고 마시고 즐길 것이며 날이 밝으면 다시 50루피, 1백 루피, 1천 루피를 나누어 주며 평화가 찾아올 때까지 정의를 실천할 것입니다. 아아, 왜 우리는 그런 시대를 살지 않을까요? 지금 필딩 씨의 집에 감탄하고 계신가요? 푸른색으로 칠한 저 기둥들과 베란다와 정자들과 우리 머리 위의 저것들을 — 저것을 뭐라고 부르지요? — 보세요. 정자들의 조각 장식을 보세요. 얼마나 오랜 시간이 걸렸을지 생각해 보세요. 정자의 작은 지붕은 대나무 모양의 굴곡을 이루고 있어요. 너무도 아름다워요……. 저수지 옆의 대나무들이 바람에 흔들리고 있어요. 무어 부인! 무어 부인!」

「왜요?」 무어 부인이 웃으며 물었다.

「우리가 만났던 사원의 물 기억나세요? 그 물이 흘러 내려와 이 저수지를 채운답니다. 황제들의 오묘한 솜씨지요. 그들은 벵골로 가는 길에 이곳에서 잠시 쉬었어요. 그들은 물을 좋아했지요. 그래서 가는 곳마다 분수와 정원, 하맘[31]을 만들었답니다. 그러잖아도 필딩 씨께 그 황제들을 모실 수 있다면 모든 걸 버릴 수 있다는 말씀을 드리던 참이었지요.」

물에 대한 아지즈의 말은 잘못된 것이었다. 황제의 솜씨

31 터키식 목욕탕.

가 아무리 뛰어나다고 하더라도 물을 낮은 데서 높은 곳으로 흐르게 할 수는 없으며 사원과 필딩의 집 사이에는 찬드라푸르 대부분과 움푹한 저지대가 있기 때문이었다. 로니라면 그의 말을 막았을 것이고 터턴이라면 그러고 싶은 걸 꾹 참았을 터였다. 그러나 말의 내용의 진실성보다는 감정의 진실성을 중요시하는 필딩은 그의 말을 막고 싶은 마음이 없었다. 퀘스티드 양으로 말할 것 같으면 아지즈가 하는 말은 무엇이든 곧이들었다. 무지로 인해 그를 〈인도〉 자체로 여기는 그녀는, 그의 관점이 한쪽으로 치우쳐 있고 그의 방식이 부정확하며 사실 그 누구도 인도라고 할 수 없음을 짐작조차 못하고 있었다.

아지즈는 몹시 흥분한 상태에서 열심히 떠들어 댔고 말이 엉키면 제기랄이라는 욕설까지 내뱉었다. 그는 자신의 직업에 대해, 자신이 보았거나 직접 행한 수술들에 대해 이야기했는데 세세한 부분들까지 늘어놓아서 무어 부인을 겁에 질리게 만들었다. 반면에 고국에서 진보적인 학자들이 그런 식으로 일부러 거침없이 이야기하는 것을 들었던 퀘스티드 양은 아지즈의 말들을 대범함의 증거로 여겼다. 그녀는 아지즈를 신뢰할 만할 인물일뿐더러 자유인이기까지 하다고 생각하고 그가 감당할 수 없는 높은 꼭대기에 올려놓았다. 확실히 그는 높은 곳에 있긴 했지만 꼭대기에 앉아 있는 것이 아니라 공중에서 날갯짓으로 겨우 버티고 있었다. 그래서 날갯죽지에 힘이 빠지면 추락할 수밖에 없는 처지였다.

고드볼 교수의 도착으로 좀 가라앉긴 했지만 그는 오후

내내 흥분 상태에 있었다. 정중하고 수수께끼 같은 그 브라만은 아지즈의 웅변을 방해하지 않고 오히려 성원까지 보냈다. 그는 카스트 계급에 속하지 않은 이들과 조금 거리를 두고 자신보다 약간 뒤쪽에 놓인 작은 탁자 위의 차를 마셨는데 음식을 먹기 위해서가 아니라 무심코 몸을 뒤로 젖히는 것처럼 가장하였기 때문에 모두 그가 먹는 것을 못 본 척했다. 그는 잿빛 콧수염과 청회색 눈동자를 지닌 노인으로 유럽인처럼 살결이 희었다. 그는 연자주색 마카로니처럼 보이는 터번을 쓰고 도티 위에 조끼와 겉옷을 입고 자수 장식이 있는 양말을 신고 있었다. 양말의 자수 장식은 터번과 잘 어울렸고, 그의 전체적인 모습은 물질적인 면뿐 아니라 정신적인 면에서까지 동양과 서양을 융화시켜 놓은 듯한 조화로움을 느끼게 했다. 무어 부인과 퀘스티드 양은 그에게 관심을 보이며 그가 종교적인 이야기로 닥터 아지즈의 설명을 보충해 주기를 희망했다. 그러나 그는 자신의 손에 눈길을 주지 않고 미소 띤 얼굴로 연방 먹어 대기만 했다.

아지즈는 무굴 제국의 황제들에 대한 이야기에서 벗어나 그 누구에게도 괴롭지 않은 화제들로 옮겨 갔다. 그는 망고 열매가 익어 가는 과정에 대해 설명하면서 어린 시절에 빗속에서 삼촌의 망고 과수원으로 달려가 배가 터지도록 망고를 따먹던 일화를 들려주었다. 「그러고는 빗물이 뚝뚝 떨어지는 몸으로 돌아오면 배가 아프기도 했지요. 하지만 신경 쓰지 않았어요. 친구들도 모두 같이 아팠으니까요. 우르두어 속담에, 〈다 함께 불행하면 불행한들 어떠하리〉란 말이 있지요. 망고를 따먹은 후에 딱 맞는 속담이지요. 퀘스티드 양, 망고가 익을 때까지 기다려 보세요. 인도에 아예 자리를 잡으시지요?」

「아무래도 그건 안 될 것 같아요.」 아델라가 대답했다. 그것은 별 의미 없이 한 말이었다. 세 남자에게 그랬던 것처럼 그녀에게도 그 말은 나머지 대화와 조화를 이루는 듯했으며 잠시 후, 정확히 30분 정도가 지난 뒤에야 그것이 중요한 발언이며 로니에게 맨 먼저 해야 할 말이었음을 깨닫게 되었다.

「두 분 같은 방문객은 극히 드물지요.」

「옳은 말이에요. 두 분처럼 친절하신 분들은 보기 힘들지요. 무엇으로 이런 분들을 잡아 둘 수 있을까요?」 고드볼 교수가 나섰다.

「망고요, 망고.」

모두들 웃음을 터뜨렸다. 「이제 영국에서도 망고를 구할 수 있게 됐지요. 냉장 장치가 된 배로 실어 가니까요. 인도에 영국을 만들 수 있는 것처럼 영국에 인도를 만들 수 있게 됐지요.」 필딩이었다.

「두 경우 다 비용이 엄청날걸요.」 아델라였다.

「그렇겠지요.」

「고약한 일이기도 하고요.」

그러나 주인은 대화가 심각한 방향으로 흘러가도록 두지 않았다. 그는 무슨 이유인지 당황스러운 얼굴을 하고 있는 무어 부인을 향해 무엇을 하고 싶은지 물었다. 그녀는 대학을 둘러보고 싶다고 대답했다. 모두 즉시 자리에서 일어섰지만 고드볼 교수만은 그대로 앉아 바나나를 마저 먹고 있었다.

「아델라는 그냥 있어요. 공공건물들을 싫어하니까.」

「예, 그러죠.」 퀘스티드 양은 그러면서 도로 앉았다.

아지즈는 망설였다. 그의 청중이 둘로 쪼개지고 있었다. 보다 친근한 반쪽은 자리를 뜨고 보다 열심인 반쪽은 남는다고 했다. 그는 이 만남이 〈격식을 차리지 않는〉 자리임을 상기하고 남는 쪽을 택했다.

이야기가 계속 이어졌다. 덜 익은 망고로 만든 풀[32]을 손님에게 대접해도 될까? 「의사로서 말한다면 안 되지요.」 그러자 늙은 교수가 말했다. 「제가 건강에 해롭지 않은 스위트[33]를 좀 보내 드리겠습니다. 그것이 저에겐 기쁨이지요.」

「퀘스티드 양, 고드볼 교수님 댁 스위트는 맛이 좋답니다. 진짜 인도의 맛을 느끼시게 될 거예요. 아, 저는 처지가 이렇다 보니 아무것도 해드릴 수가 없네요.」 아지즈도 스위트를 보내고 싶었지만 그것을 요리할 아내가 없는지라 슬픈 목소리로 말했다.

「왜 그런 말씀을 하세요, 집에 초대까지 해주시고선.」

아지즈는 다시 자신의 집을 생각하며 겁에 질렸다. 세상에, 저 우둔한 여자는 내 말을 곧이곧대로 믿고 있어! 어쩌면 좋지? 「예, 그 얘긴 끝난 거고요. 두 분 모두 마라바르 동굴에 초대하겠습니다.」 그가 외쳤다.

「기꺼이 가지요.」

32 삶은 과일을 으깨어 우유나 크림에 섞은 요리.
33 인도의 단 과자.

「오, 그것이야말로 제 보잘것없는 스위트와는 비교할 수도 없는 훌륭한 대접이지요. 그런데 혹시 퀘스티드 양께서는 이미 동굴에 가보시지 않으셨나요?」

「아뇨, 들어 보지도 못한걸요.」

「못 들어 봤다고요? 마라바르산의 마라바르 동굴을요?」 두 남자가 동시에 외쳤다.

「클럽에서는 재미있는 얘기는 하나도 못 들어요. 테니스나 치고 한심한 잡담이나 나눌 뿐이죠.」

늙은 교수는 동포를 헐뜯는 그녀가 못마땅해선지 아니면 맞장구를 치면 그녀가 고자질이라도 할까 봐 두려워선지 잠자코 침묵을 지켰다. 그러나 젊은 의사는 재빨리 받았다. 「압니다.」

「전부 다 말씀해 주세요. 안 그러면 결코 인도를 이해할 수 없을 테니까요. 제가 저녁때 가끔 보는 그 산인가요? 동굴은 뭐예요?」

아지즈는 설명을 시작하려고 했으나 사실 자신도 동굴에 가본 적이 없었다. 늘 간다 간다 하면서도 일이나 개인적인 용무 때문에 시간을 낼 수가 없었고 동굴은 너무 먼 곳에 있었다. 고드볼 교수가 기분 나쁘지 않게 놀렸다. 「우리 젊은 의사 선생님, 가마솥이 노구솥 보고 검다고 한다! 혹시 그런 속담 들어 보셨소?」

「큰 동굴인가요?」 아델라가 물었다.

「아니요, 크지 않습니다.」

「자세히 설명해 주세요, 고드볼 교수님.」

「저야 무한한 영광이지요.」 의자를 끌어당기는 그의 얼굴에 긴장이 감돌았다. 아델라는 담뱃갑을 꺼내 그와 아지즈에게 권하고 자신도 한 대 피워 물었다. 엄숙하게 뜸을 들인 후 교수가 입을 열었다. 「바위에 입구가 나 있고 그 안으로 들어가면 동굴이지요.」

「엘레판타의 동굴과 비슷한가요?」

「아니, 전혀요. 엘레판타 동굴에는 시바와 파르바티의 조각이 있지요. 하지만 마라바르에는 조각이 없어요.」

「그렇다면 분명 굉장히 성스러운 곳이겠군요.」 아지즈가 이야기를 거들었다.

「아니, 아니에요.」

「그래도 어떤 장식이 있겠지요.」

「아니에요.」

「그럼 왜 그렇게 유명한 거죠? 모두들 유명한 마라바르 동굴에 대해 떠들잖아요. 그럼 그건 실속 없는 허풍이었군요.」

「아니요, 그렇다고 할 수는 없어요.」

「그럼 이 숙녀분께 자세히 설명해 주세요.」

「저야 무한한 영광이지요.」 교수는 그 영광을 자꾸 뒤로 미뤘고, 아지즈는 그가 동굴에 관해 뭔가 숨기고 있음을 깨달았다. 자신도 종종 이와 비슷한 경험을 했기 때문이다. 이따금 그는 상황과 관계된 한 가지 사실은 간과하고 무관한 백 가지 사실들을 늘어놓아 캘린더 소령을 격분시키곤 했다. 소령은 그를 음흉하다고 나무랐고 그건 틀린 말은 아니었지만 완전히 옳다고 보기도 어려웠다. 그것은 아지즈 자신도 통제할 수 없는 모종의 힘이 변덕스럽게 그를 침묵시킨 결과이기 때문이었다. 고드볼이 지금 침묵을 지키는 것도 고의가 아니라 무언가를 숨기기 위한 것이었다. 잘만 다루면 교수는 통제력을 되찾고 마라바르 동굴에 대해, 이를테면 종유석이 가득하다는 식의 선언을 할 수도 있었고 아지즈는 그런 쪽으로 유도했지만 종유석이 가득하지는 않았다.

대화는 밝고 정답게 이어졌고 아델라는 그 저변의 흐름을 전혀 알지 못했다. 그녀는 비교적 단순한 이슬람교도의 정신이 고대의 밤을 만나고 있음을 알지 못했다. 아지즈는 짜릿한 게임을 펼치고 있었다. 그는 작동하기를 거부하는 인간 인형을 다루고 있었으며 자신도 그것을 알았다. 인형이 작동해도 자신에게나 고드볼 교수에게나 하등 도움될 것이 없었지만 그런 시도 자체가 그를 매료시켰고 그 시도는 추상적인 사고와 유사했다. 그는 계속 떠들어 댔지만 매번 수를 둘 때마다 그 수 자체를 인정하지도 않는 적에게 패배를 당했으며 마라바르 동굴의 특별함이 무엇인지 알아내는 데서 점점 멀어져 갔다.

이때 로니가 등장했다.

그는 굳이 분노를 감추려 하지 않고 정원에서 외쳤다.「필딩은 어떻게 된 거예요? 어머닌 어디 계시지요?」

「어서 오세요!」아델라가 침착하게 대꾸했다.

「당신과 어머니를 데리러 왔어요. 폴로 경기가 열릴 거예요.」

「오늘은 폴로 경기가 없는 줄 알고 있었는데요.」

「계획이 바뀌었어요. 군인 몇 명이 왔거든요. 빨리 와요, 설명해 줄 테니까.」

「어머님께선 곧 오실 겁니다. 누추한 우리 대학은 구경할 것이 별로 없거든요.」 공손하게 일어서 있던 고드볼 교수가 말했다.

로니는 들은 체도 않고 계속 아델라를 향해 말했다. 그는 아델라가 폴로 구경을 좋아할 거라는 생각에 일손을 놓고 서둘러 달려왔다. 그는 두 남자에게 무례하게 굴 의도는 없었지만 그가 생각할 수 있는 인도인과의 관계는 공적인 것뿐이었고 두 사람 다 그의 부하가 아니었다. 그는 사적인 개인으로서의 그들은 무시했다.

불행히도 아지즈는 무시당할 기분이 아니었다. 그는 지금까지의 확고하고 친근한 어조를 포기하려 들지 않았다. 고드볼 교수를 따라 일어서지도 않은 그는 자리에 앉은 채 거슬릴 정도로 다정하게 외쳤다. 「히슬롭 씨, 이리 올라오세요. 어머니께서 오실 때까지 앉아서 기다리세요.」

로니는 대꾸도 않고 필딩의 하인 하나에게 당장 주인을 모셔 오라고 명령했다.

「하인이 못 알아들었을지도 모르니 제가…….」 아지즈는 그러면서 어법에 맞게 명령을 전달했다.

로니는 한마디 쏘아붙이고 싶었다. 그는 이런 부류를 — 아니, 모든 부류들을 — 알았는데 서양물을 먹은 건방진 자였다. 하지만 공무원으로서 〈불미스러운 일〉을 피하는 것이 그의 소임이었으므로 계속되는 아지즈의 자극을 잠자코 무시했다. 실제로 아지즈는 자극적이었다. 그의 입에서 나오는 모든 말들이 시건방지고 귀에 거슬리는 것들이었다. 그의 날개는 힘을 잃어 가고 있었지만 용도 써보지 않고 떨어지고 싶지는 않았다. 그는 자신에게 해코지한 적이 없는 히슬롭 씨에게 무례하게 굴 의도는 없었지만 히슬롭은 먼저 인간이 되기 전에는 편안한 관계가 될 수 없는 인도 주재 영국인이었다. 아지즈는 지원을 얻기 위해 퀘스티드 양에게 알랑대며 친한 척하거나 고드볼 교수에게 요란하고 명랑하게 굴 의도도 없었다. 아지즈는 날개를 퍼덕이며 땅으로 내려오고, 아델라는 갑작스러운 추악함에 어리둥절해하고, 로니는 잔뜩 성이 나 있고, 브라만은 아무 일 없다는 듯 눈을 내리깔고 손을 포개고 서서 세 사람을 관찰하고……. 정말이지 묘한 4인조였다. 필딩은 아름다운 거실의 푸른 기둥들 사이에 모여 있는 네 사람을 정원 건너편에서 바라보며 연극의 한 장면 같다고 생각했다.

「어머니, 이쪽으로 오실 필요 없어요. 지금 가야 하니까요.」 로니는 그렇게 외친 뒤 황급히 필딩에게로 가서 한쪽으로 끌어당긴 뒤 짐짓 쾌활하게 말했다. 「이런 말씀 실례지만, 퀘스티드 양을 혼자 남겨 두지 않았어야 했다고 생각합니다.」

「미안합니다. 무슨 일인가요?」 필딩도 친절하게 대하려고 애쓰며 대답했다.

「글쎄요……. 제가 고지식한 관료인 건 사실이지만, 그래도 영국 여성이 인도인들과 담배를 피우고 있는 모습은 눈에 거슬리는군요.」

「본인이 원해서 남은 거예요. 담배를 피우는 것도 본인 자유고.」

「그야 영국에서라면 문제가 안 되지요.」

「뭐가 문제라는 건지 모르겠군요.」

「뭐가 문제인지 모르시겠다, 모르시겠다……. 저자가 주제넘게 군다는 걸 모르시겠습니까?」

아지즈는 야단스럽게 무어 부인의 시중을 들고 있었다.

「그런 사람은 아닙니다. 신경이 날카로워져서 그런 것뿐이에요.」 필딩이 반박했다.

「도대체 무슨 일로 그 대단한 신경이 날카로워지셨을까요?」

「그야 모르지요. 우리가 자리를 뜰 때까지만 해도 괜찮았었는데.」

「내 말 때문은 아닙니다. 난 저자에게 한마디도 안 했으니까요.」 로니가 못을 박았다.

「그럼 됐어요. 숙녀분들을 모시고 가세요. 대재앙은 끝이 났으니.」

「필딩 씨……. 제가 나쁘게 받아들였다거나 뭐 그런 식으로는 생각하지 마세요……. 함께 폴로 구경을 갈 생각은 없으시겠지요? 함께 가주신다면 기쁘겠지만.」

「미안하지만 못 갈 것 같습니다. 어쨌든 고맙군요. 내가 부주의했다면 정말 미안합니다. 일부러 그런 건 아니에요.」

그렇게 작별이 시작되었다. 모두들 골이 나거나 비참한

기분이었다. 마치 땅에서 짜증이 스며 나오는 듯했다. 스코틀랜드의 황무지나 이탈리아의 산악 지대에서도 이렇듯 인색해질 수 있을까? 나중에 필딩은 그런 의구심에 사로잡혔다. 인도에는 필요할 때 쓸 수 있도록 비축된 평온함이 존재하지 않는 듯했다. 아니면 고드볼 교수에게서 볼 수 있듯이 평온함이 모든 것을 삼켜 버린 것인지도 몰랐다. 그리하여 초라하고 불쾌한 아지즈와 어리석은 두 영국 여인, 겉으로는 품위를 지키고 있지만 실제로는 초라하며 서로를 혐오하고 있는 자신과 히슬롭이 그 자리에 있었다.

「안녕히 계세요, 필딩 씨, 정말 고마웠어요……. 교정이 참 아름다워요!」

「안녕히 가세요, 무어 부인.」

「안녕히 계세요, 필딩 씨. 즐거운 오후였어요…….」

「안녕히 가세요, 퀘스티드 양.」

「안녕히 계세요, 닥터 아지즈.」

「안녕히 가십시오, 무어 부인.」

「안녕히 계세요, 닥터 아지즈.」

「안녕히 가세요, 퀘스티드 양.」 아지즈는 자신이 편안한 기분임을 보이려고 그녀의 손을 잡고 힘차게 흔들었다. 「동굴에 대해서는 절대로 잊지 않으시겠지요? 곧 전부 구경을 시켜 드리겠습니다.」

「고마워요…….」

그는 악마의 부추김으로 마지막 노력을 한답시고 이렇게 덧붙였다. 「그렇게 빨리 인도를 떠나신다니 유감천만입니다! 제발 다시 생각하셔서 머무는 쪽으로 결정해 주십시오.」

「안녕히 계세요, 고드볼 교수님. 노래하시는 걸 못 들어서 유감이네요.」 아델라가 갑자기 동요하면서 인사를 계속했다.

「지금이라도 불러 드리지요.」 교수는 그렇게 대답하고 노래를 불렀다.

가는 음성이 높아지면서 소리가 흘러나왔다. 때때로 리듬이 느껴지기도 했고 때론 서양의 멜로디 같은 착각이 들기도 했다. 그러나 번번이 실마리를 잡는 데 실패한 귀는 이내 오리무중에 빠져, 거칠지도 불쾌하지도 않고 이해할 수도 없는 소리의 미로를 헤매게 되었다. 그것은 미지에 있는 새의 노랫소리였다. 하인들만이 그 노래를 이해했다. 하인들은 서로 속닥거리기 시작했다. 저수지에서 마름을 따던 사내가 기쁨에 입이 벌어져서 진홍색 혀를 드러내고 벌거벗은 채 물에서 나왔다. 몇 분 동안 이어지던 노래가 시작할 때처럼 갑자기 뚝 그쳤다. 소절 중간의 버금딸림음에서 멈춘 것 같았다.

「잘 들었습니다. 무슨 노래죠?」 필딩이 물었다.

「자세히 설명해 드리지요. 종교적인 노래입니다. 제가 젖 짜는 처녀가 돼서 노래한 것이지요. 저는 크리슈나께 이렇게 말합니다. 〈오소서! 오직 저에게만 오소서.〉 크리슈나 신은 그 청을 거부하지요. 저는 겸허해져서 다시 말합니다. 〈저에게만 오시지 마소서. 1백 크리슈나로 분신하시어 제 백 명의 친구들에게 한 분씩 가소서. 오, 우주의 주인이시여, 그리고 한 분은 저에게로 오소서.〉 신은 그 청도 거부합니다. 이것이 몇 차례 되풀이되지요. 이 노래는 지금 같은 저녁 시간에 어울리도록 라가 형식으로 작곡되었지요.」

「하지만 다른 노래에서는 신이 오시겠지요?」 무어 부인이 부드럽게 말했다.

「오, 아닙니다. 그는 거부하지요. 제가 오소서, 오소서, 오소서, 오소서, 오소서, 오소서 하고 말해도 신은 오지를 않지요.」 부인의 질문을 제대로 이해하지 못한 듯 고드볼 교수가 같은 말을 되풀이했다.

로니의 발자국 소리가 희미해졌고 완전한 정적이 찾아왔다. 저수지에는 잔물결조차 일지 않았고 잎사귀들도 흔들리지 않았다.

# 8

퀘스티드 양은 영국에서 로니를 오랫동안 알아 왔으나 그의 아내가 되기로 결정하기 전에 이곳에 와보기를 잘했다는 생각이 들었다. 인도는 그의 성격 중 그녀가 좋아하지 않았던 면들을 키워 놓았던 것이다. 그의 독선과 지나치게 비판적인 태도와 둔감함이 열대의 하늘 아래서 맹위를 떨쳐 그는 예전보다 다른 사람들의 마음에 대해 더 무관심해지고 다른 사람들에 대한 자신의 판단이 옳다고 확신하거나 자신이 틀렸어도 대수롭지 않게 여기는 경향이 강해진 듯했다. 자신이 틀렸음이 증명되면 불같이 화를 내면서 그녀가 굳이 그것을 증명할 필요가 없었음을 어떻게 해서든 암시했다. 그녀가 강조하는 것들은 하나같이 적절하지 못하고 단호하지만 알맹이가 없으며, 자신에게는 전문 지식이 있지만 그녀에겐 없을 뿐더러 경험이 있어도 그것을 해석할 줄 모르기 때문에 하등 도움이 되지 않는다는 식이었다. 그녀는 사립 고등학교와 런던 대학, 1년간의 주입식 교육, 특정 지방에서의 일련의 관직들, 말에서 한 번 떨어진 일과 잠깐 열병을 앓았던 경험이 인도인들과 이곳에 거주하는 모든 사람들을 이해하기 위해 필요한 훈련의 전부인 모양이라고 생각했다. 그러나 그것은 그녀가 이해할 수 있는 훈련일 뿐이었고, 인도에 1년이 아닌 20년을 살면서 초인적인 본능을 지니게 된 캘린더와 터턴 부부가 속하는 더 고차원적인 지식의 영역이 로니 위로 펼쳐져 있었다. 로니 자신은 내놓고 뽐내지는 않았지만 그녀는 차라리 그편이 나을 듯했다. 그녀의 신경을 건드리는 건 〈나도 완벽한 건 아니지만〉으로 시작하는 풋내기 관리의 조건부 허풍이었다.

대화를 망쳐 놓은 후 교수가 잊히지 않는 노래를 부르는 도중에 나가 버리다니, 필딩의 집에서 그의 행동은 얼마나 불쾌했던가! 아델라는 마차를 타고 가면서 견딜 수 없을 정도로 화가 치밀었으나 그 상당 부분이 자신을 향한 것이라고는 미처 깨닫지 못하고 있었다. 그녀는 그에게 대들 기회를 벼르고 있었는데 마침 로니도 성이 나 있었고 두 사람이 있는 곳이 인도 땅이었는지라 그 기회는 바로 왔다. 대학 구내를 채 벗어나기도 전에 그녀는, 로니가 함께 앞좌석에 앉은 어머니에게 〈동굴 얘기는 뭐예요?〉라고 묻는 소리를 들었다. 그녀는 즉시 포문을 열었다.

「무어 부인과 유쾌한 의사 선생께서 자신의 집에서 여는 파티 대신 소풍을 가기로 결정했답니다. 부인, 저, 필딩 씨, 고드볼 교수님이 그곳에서 그를 만나기로 했지요. 아까 모였던 사람들끼리요.」

「어디서 말이에요?」 로니가 물었다.

「마라바르 동굴요.」

로니는 잠시 사이를 둔 다음 웅얼거렸다. 「이런 빌어먹을. 그가 자세한 얘기를 했어요?」

「아뇨. 당신이 그와 대화를 나누었더라면 자세한 약속을 할 수 있었을 거예요.」

로니는 웃으면서 고개를 저었다.

「제 말이 우스운가요?」

「그 대단한 의사의 셔츠 칼라가 목 위로 올라가 있던 것이 생각나서 웃었어요.」

「지금 동굴 얘기를 하고 있잖아요.」

「그래요, 아지즈는 넥타이핀에서 각반까지 멋지게 잘 차려입었는데 그만 셔츠 칼라의 뒤쪽 장식 단추를 깜빡 잊었지요. 인도인들이 모두 그런 식이에요. 세밀한 부분까지 신경 쓰지 않지요. 그 근본적인 태만함이 그들의 특징이지요. 마라바르 동굴은 기차역에서도 몇 마일이나 되고 동굴들끼리도 멀리 떨어져 있는데 마치 런던의 차링 크로스 시계탑 앞에서 만나자고 하듯 동굴에서 만나자니.」

「거기 가봤나요?」

「가보진 않았지만 뻔하지요.」

「오, 뻔하다고요!」

「어머니도 함께 가시기로 약속하셨어요?」

「난 아무 약속도 안 했다. 폴로 구경도 마찬가지고. 나 좀 먼저 집에 데려다줄 수 있겠니? 난 그냥 쉬고 싶구나.」 무어 부인이 좀 의외의 말을 했다.

「저도요. 저도 폴로 구경은 하고 싶지 않아요.」 아델라가 말했다.

「폴로 구경을 그만두는 게 낫겠군요.」 로니였다. 지치고 실망한 그는 자제심을 잃고 훈계하는 투로 크게 말했다. 「더 이상 인도인들과 어울리는 거 용납 못해요! 마라바르 동굴에 가고 싶다면 영국인의 보호를 받아요.」

「난 그 동굴 얘기는 들어 보지도 못했고 어디 있는지도 몰라.」 무어 부인은 거기까지 말하고 옆에 놓인 쿠션을 치면서 선언했다. 「하지만 이렇게 다투고 성가시게 구는 건 참을 수가 없구나!」

젊은 두 사람은 부끄러워졌다. 그들은 무어 부인을 집에 내려 준 다음 폴로 경기장으로 향했는데 최소한 그 정도는 해야 한다는 생각에서였다. 으르렁대는 불쾌한 기분은 가셨지만 천둥이 친 후 날씨가 맑을 수 없듯이 그들의 마음은 무거웠다. 아델라는 자신의 행동을 후회하고 있었다. 로니와 자신에 대해 심사숙고한 다음 결혼에 대한 합리적인 결정을 내려야 하는데 망고 얘기를 하는 중에 무심코 잡다한 사람들 앞에서 인도에 머물고 싶은 의사가 없다고 말해 버렸던 것이다. 그것은 곧 로니와 결혼하지 않겠다는 뜻인데 그런 식으로 선언해 버리다니! 소위 교양 있는 여자가 그런 경거망동을 하다니! 그녀는 로니에게 설명해야 했지만 불행하게도 설명해 줄 것이 없었다. 그녀의 원칙과 기질상 너무도 중요한 〈솔직한 대화〉를 계속 미룬 탓이었다. 저녁이 다 된 이 시각에 그에게 불쾌하게 굴고 그의 성격에 대한 불만을 털어놓아 보아야 아무 의미도 없을 듯했다. 폴로 경기는 찬드라푸르 시 입구의 광장에서 열렸다. 해는 이미 기울어서 나무마다 밤을 예고하고 있었다. 그들은 주요 인사들이 모여 있는 곳에서 멀리 떨어진 자리에 앉았고, 아델라는 그렇게 하는 게 자신과 그의 의무로 느껴져서 소화되지 않은 말을 억지로 꺼냈다.「로니, 우린 솔직한 대화가 필요해요.」

「내 성질이 못돼서 그래요. 사과하겠어요. 당신이나 어머니께 명령할 생각은 없었는데 아침에 벵골인들이 약속을 지키지 않은 것에 대해 화가 났어요. 난 그런 일들이 되풀이되는 걸 원치 않아요.」

「이건 그들과는 아무 상관이 없는 일이고…….」

「그렇긴 하지만 아지즈도 동굴 문제로 비슷한 실수를 저지를 거예요. 그는 말로만 초대를 한 거예요. 목소리를 들으면 알 수 있어요. 그게 그들 식의 친절이지요.」

「내가 당신과 이야기하고 싶은 건 동굴과는 아무런 관련이 없는 전혀 다른 문제예요. 난 당신과 결혼하지 않기로 결론을 내렸어요.」아델라가 흐릿한 풀밭을 바라보며 말했다.

그 말에 로니는 크게 상심했다. 아까 아지즈가 한 말을 듣긴 했지만 인도인이 두 영국인 사이의 의사소통의 경로가 될 수 있으리라곤 꿈도 꾸지 못했기에 염두에 두지 않았던 것이다. 그는 감정을 억누르고 조용히 말했다.「당신은 결혼하겠다는 약속을 한 적도 없고 자신이나 나를 구속한 적도 없으니 이 문제로 마음 쓸 것 없어요.」

아델라는 부끄러웠다. 이 얼마나 점잖은 사람인가! 그는

〈약혼〉을 강요할 수도 있었지만 그렇게 하지 않았다. 그것은 그녀처럼 그도 인간관계의 신성함을 믿었기 때문이며 영국 호수의 장관 속에서 처음 만났을 때 그들이 서로에게 끌렸던 것도 그런 이유에서였다. 그녀의 괴로움은 끝났지만 그녀는 그것이 더 고통스럽고 길어야 했다는 생각이 들었다. 그녀는 로니와 결혼하지 않을 것이다. 그것은 마치 꿈처럼 스르르 사라지는 듯했다. 「그래도 대화가 필요해요. 이건 너무나 중요한 일이기 때문에 실수를 해서는 안 돼요. 당신이 나를 어떻게 생각하는지 듣고 싶어요. 우리 둘 다에게 도움이 될 거예요.」 아델라가 말했다.

로니는 비참하고 조심스러운 태도였다. 「난 대화라는 걸 믿지도 않거니와 무하람 행사 때문에 일이 많아서 녹초가 됐어요. 미안해요.」

「난 그저 우리 둘 사이의 모든 문제를 분명히 하고 당신이 내 행동에 대해 묻고 싶은 게 있다면 대답하고 싶은 것뿐이에요.」

「난 묻고 싶은 게 없어요. 당신은 당신 권리대로 행동했으니까. 이곳에 와서 내가 일하는 모습을 보기로 한 건 아주 잘한 일이었고, 이 문제에 대해 더 이상 왈가왈부해 봐야 소용없어요. 공연히 화만 날 뿐이지.」 그는 마음의 상처를 받은 상태였으며 그녀를 설득하여 마음을 돌려놓기엔 너무 자존심이 강했다. 그러나 자신의 동포에게는 관대한 그였기에 그녀의 행동이 잘못되었다고는 여기지 않았다.

「그럼 다 끝난 것 같네요. 당신과 당신 어머니께 도저히 용서받을 수 없는 폐를 끼쳤어요.」 아델라는 무겁게 말하고는 눈살을 찌푸리고 머리 위의 나무를 올려다보았다. 애완 동물 가게에서 막 나온 듯 산뜻하고 눈부신 작은 초록색 새 한 마리가 그녀를 바라보고 있었다. 작은 새는 그녀의 눈길을 붙잡자 제 눈을 감고 깡충 뛰더니 잠자리에 들 준비를 했다. 이름 모를 인도의 야생 새였다. 「그래요, 다 끝났어요.」 아델라는 둘 중 한 사람이나 두 사람 모두 마음에서 우러난 열변을 토해야만 하는 것이 아닌가 생각하며 그렇게 되뇌었다. 「우린 지독히도 영국인답게 일을 처리하는군요. 하지만 그것도 괜찮죠.」

「우린 영국인이니까.」

「어쨌거나 우린 싸우진 않았잖아요, 로니.」

「아, 그건 어리석기 짝이 없는 거죠. 우리가 왜 싸워야 하나요?」

「우린 친구로 지낼 수 있을 거예요.」

「나도 그렇게 생각해요.」

「그렇고말고요.」

일단 서로 시인하자 그들 사이에 안도의 물결이 일었고 그것은 금세 다정함의 물결로 변모하여 다시 그들을 덮쳤다. 스스로의 정직함으로 인해 마음이 누그러진 그들은 현명하지 못했다는 느낌과 함께 외로움을 느꼈다. 그들을 갈라놓은 것은 성격이 아니라 경험이었으며 인간이라는 기준에서 보면 그들은 그다지 다르지 않았다. 사실 공간적으로 그들과 가까이에 있는 사람들과 비교해 보면 그들은 동일하다고 보아야 했다. 영국인 장교의 폴로 말을 붙들고 있는 빌족[34]이나 나와브 바하두르의 차를 모는 유라시아인이나 나와브 바하두르 자신이나 나와브 바하두르의 방탕한 손자도 자신의 어려움을 이처럼 솔직하고 냉정하게 검토하지는 못할 터였다. 검토 자체가 어려움을 감소시켰다. 그들은 영원히 친구가 될 수 있을 터였다. 「저 위에 있는 초록색 새의 이름이 뭔지 알아요?」 아델라가 로니 쪽으로 어깨를 기울이며 물었다.

「벌잡이새.」

「아니에요, 로니, 그건 날개에 빨간 줄무늬가 있어요.」

「앵무샌가.」 로니가 어림짐작으로 말했다.

「어머, 아니에요.」

문제의 새는 나무가 만든 둥근 지붕 속으로 다이빙하듯 날아 들어갔다. 그것은 하찮은 한 마리 새일 뿐이었지만 로니와 아델라는 마음의 위안을 찾기 위해 새의 이름을 알고 싶어 했다. 그러나 인도에서는 도무지 정체를 밝힐 수 있는 것이라고는 없으며 정체를 묻기만 해도 홀연히 사라져 버리거나 다른 것으로 녹아든다.

「맥브라이드에게 조류 도감이 있어요. 난 새에 대해서는 잘 몰라요. 사실 일 외의 분야에서는 무용지물이에요. 참 딱하지요.」 로니가 풀이 죽어서 말했다.

「나도 마찬가지예요. 난 모든 면에서 무용지물인걸요.」

「이게 무슨 말씀입니까?」 나와브 바하두르가 큰 소리로 외치는 바람에 두 사람은 깜짝 놀랐다. 「그런 말도 안 되는

34 인도 서부 지방의 종족으로 거칠고 독립성이 강하다.

말씀이 어디 있습니까? 영국 숙녀께서 무용지물이라니요. 아니, 아니, 절대 아니지요.」 그러면서 그는 미움을 사지 않는 선에서 상냥하게 웃었다.

「안녕하십니까, 나와브 바하두르! 또 폴로 구경을 오셨나요?」 로니가 열의 없이 말했다.

「예, 그렇습니다, 예.」

「안녕하세요?」 아델라도 기운을 되찾고 인사했다. 그녀는 손을 내밀었다. 노신사는 그녀의 자유분방한 태도를 보고 이곳에 온 지 얼마 안 되었다는 걸 알았지만 개의치 않았다. 여자들이 얼굴을 내놓고 다니는 것 자체만으로도 그에게는 너무도 불가사의한 일이어서 그는 자신의 잣대가 아닌 영국 남자들의 잣대로 그들을 평가했다. 설사 그들이 부도덕하다 한들 그건 그의 문제가 아니었다. 그는 황혼 무렵에 치안 판사가 젊은 여자와 단둘이 있는 것을 보고 친절을 베풀고자 그들 사이에 끼어든 것이다. 그는 자신의 새 차를 두 사람에게 태워 주겠다고 제안했다.

마침 아지즈와 고드볼에게 무뚝뚝하게 굴었던 것을 부끄럽게 여기고 있던 로니는 자신도 존중받을 자격이 있는 인도인들은 정중히 대한다는 것을 보여 줄 기회라고 생각했다. 그래서 아까 새에 대해 이야기할 때 보였던 슬픔과 다정함이 담긴 태도로 아델라에게 물었다. 「30분쯤 드라이브를 즐기는 게 어떻겠어요?」

「빨리 집으로 가야 하지 않을까요?」

「왜요?」 로니가 빤히 보면서 물었다.

「당신 어머니께 앞으로의 계획을 말씀드려야 될 것 같아서요.」

「그건 당신 좋을 대로 해요. 하지만 서두를 필요는 없잖아요, 안 그래요?」

「그럼 먼저 드라이브 좀 한 다음에 댁으로 모셔다 드리지요.」 노인은 그렇게 외친 뒤 서둘러 차로 갔다.

「그는 내가 보여 줄 수 없는 인도의 모습을 보여 줄 거예요. 진짜 충성스러운 사람이지요. 당신도 기분 전환을 하고 싶을 거예요.」

아델라는 그를 곤란하게 하고 싶지 않아서 〈그러겠다〉고 했지만 사실 인도를 보고 싶은 욕구가 갑자기 줄어든 상태였다. 그 욕구에는 인위적인 요소가 있었던 것이다.

어떤 식으로 좌석을 정해 앉을 것인가? 멋진 손자는 자리가 없어서 남아야 했고 나와브 바하두르는 영국 여자 옆에 앉을 생각이 없었기에 앞자리에 탔다. 「나이가 많이 들긴 했지만 운전을 배우고 있답니다. 사람은 노력만 하면 무엇이든 배울 수 있지요.」 노인은 그렇게 말한 다음 장차 닥칠 곤란을 예견하고 덧붙였다. 「진짜 운전대를 잡는 건 아니에요. 직접 해보기 전에 자동차의 모든 작동 원리를 알아 두기 위해 기사 옆에 앉아서 이것저것 묻고 있지요. 그래야 클럽에서 열렸던 즐거운 파티 때 우리 인도인이 범했던 그런 어이없는 실수를 방지할 수 있지요. 우리의 선량한 판나 랄! 그 사고로 꽃밭에 큰 해가 없었기를 바랍니다. 강가바티로(路)를 달려 보도록 하지요. 앞쪽으로 2킬로미터만 가면 됩니다!」 그러고는 잠이 들어 버렸다.

로니는 기사에게 강가바티로는 공사 중이니 마라바르로로 가라고 이른 뒤 결별한 여자 옆에 앉았다. 차는 부르릉 소리를 낸 다음 음울한 들판 위의 제방에 난 도로를 질주했다. 볼품없는 가로수들하며 전체적으로 저급한 풍경의 시골은 너무도 광활하여 탁월성을 지닐 수가 없었다. 사물들이 저마다 〈오소서, 오소서〉 하고 헛되이 외치고 있었지만 그들에게 고루 돌아갈 만큼 신이 많지 않았다. 젊은 두 사람은 하찮은 존재가 된 듯한 기분을 느끼며 힘없이 대화를 나누었다. 어두워지기 시작하자 빈약한 초목에서 솟아난 어둠이 양옆의 들판을 가득 채운 뒤 길 위로 넘쳐 올라오는 듯했다. 로니의 얼굴이 희미해져 갔고 그럴 때면 어김없이 아델라는 그의 인격을 존중하는 마음이 커졌다. 차가 덜컹거리는 바람에 두 사람의 손이 닿자 동물의 왕국에서 흔히 일어나는 짜릿한 전율이 흐르면서 그들의 문제는 사랑싸움에 지나지 않았음을 알려 주었다. 두 사람 다 자존심이 강해서 손을 더 밀착하지는 않았지만 그렇다고 치우지도 않았으며 개똥벌레 불빛처럼 약하고 일시적인 불완전한 일체감이 엄습했다. 그것은 이내 사라질 것이고 어쩌면 다시 나타날지도 모르지만 지속되는 건 오로지 어둠뿐이었다. 그리고 그들을 둘러싼, 절대적인 것처럼 보이는 어둠도 실상은 지구 가장자리에서 새어 들어오는 낮의 빛과 별빛이 섞인 불완전한 것이었다.

그들은 서로의 손을 꽉 쥐었다. 차가 무언가에 쾅 부딪치더니 두 바퀴가 허공으로 들리면서 차체가 도로에서 튕겨져 나갔고 기사가 급브레이크를 밟았지만 가로수를 들이받은 후에야 정지했다. 경미한 사고였다. 다친 사람은 없었다. 나와브 바하두르가 잠에서 깼다. 그는 아랍어로 소리를 질러 대며 턱수염을 난폭하게 잡아당겼다.

「피해가 어느 정도인가?」 정신을 차리자마자 상황 수습에 나선 로니가 물었다. 쉽게 당황하는 유라시아인은 애써 자신의 목소리를 되찾고는 어느 모로 보나 영국인처럼 대답했다. 「5분만 시간을 주십시오. 어디라도 모셔다 드리겠습니다.」

「놀랐어요, 아델라?」 로니가 아델라의 손을 놓으며 물었다.

「아뇨, 전혀.」

「놀라지 않았다는 건 말도 안 됩니다.」 나와브 바하두르가 무례하게 소리쳤다.

「이제 다 끝난 일이니 한탄해 봐야 소용없어요. 나무를 들이받아서 그나마 다행이에요.」 로니가 차에서 내리며 말했다.

「끝났다고요……. 아, 그렇지요. 위험은 넘겼지요. 담배나 태웁시다. 하고 싶은 걸 합시다. 오, 그래요……. 즐거움을 찾읍시다. 오, 자비로운 신이시여…….」 이어지는 말은 다시 아랍어가 되었다.

「다리 때문이 아니에요. 차가 미끄러진 거예요.」

「미끄러진 게 아니에요. 동물과 부딪친 거예요.」 사고의 원인을 목격했으며 다른 사람들도 모두 보았다고 생각한 아델라가 말했다.

노인이 우스꽝스러울 만큼 겁에 질려 외쳤다.

「동물이라고요?」

「오른쪽에서 커다란 동물이 튀어나와 차에 부딪쳤어요.」

「정말 아델라 말이 맞아요. 페인트가 벗겨졌어요.」 로니가 탄성을 내질렀다.

「정말 그 말씀이 맞아요.」 유라시아인도 따라서 외쳤다. 문의 경첩 바로 옆이 움푹 들어가 있었고 문이 잘 열리지 않았다.

「물론 맞지요. 털이 무성한 등을 똑똑히 본걸요.」

「그런데 아델라, 무슨 동물이었죠?」

「난 이곳의 새들처럼 동물들도 잘 몰라요. 염소라고 하기엔 너무 컸어요.」

「그래요, 염소라고 하기엔 너무 크고…….」 노인이 말했다.

「뭔지 알아봅시다. 발자국이 있는지 찾아봅시다.」 로니였다.

「그래요, 이 손전등을 빌려 드리지요.」

의기투합한 두 영국인은 기쁜 마음으로 어둠 속에서 오던 길을 더듬어 내려갔다. 젊음과 가정교육 덕에 사고를 당해도 침착할 수 있었던 그들은 뒤틀린 바퀴 자국을 따라 사고의 원인을 추적해 갔다. 다리를 지나자마자 바로 사고가 일어난 것으로 보아 그 동물은 물에서 올라온 듯했다. 마름모꼴 모양의 띠들로 이루어진 바퀴 자국이 똑바로 이어지다가 갑자기 엉망이 되었다. 외부의 힘이 와서 부딪친 건 분명했지만 워낙 통행량이 많은 도로라 발자국들이 뒤엉켜 있었고, 손전등이 너무 밝은 빛과 어두운 그림자를 만들어서 발자국 모양을 제대로 식별하기도 어려웠다. 게다가 흥분한 아델라가 무릎을 꿇고 치맛자락으로 쓸고 다녀서 차에 부딪친 게 바로 그녀인 것처럼 흔적이 남았다. 그 사고는 두 사람에게 커다란 안도가 되었다. 그들은 실패로 끝난 관계에 대해 잊은 채 모험에 나선 기분으로 흙먼지 속을 헤매고 다녔다.

「제 생각엔 물소였던 것 같아요.」 아델라가 멀찌감치 서 있는 차 주인에게 외쳤다.

「그거예요.」

「하이에나일 수도 있고요.」

로니는 두 번째 추측에 찬성했다. 물가에서 어슬렁거리던 하이에나 떼가 자동차 전조등 불빛에 홀려 올라온 것일 수도 있었다.

「훌륭해요, 하이에나.」 노인은 어둠 속에서 성난 몸짓을 해 보이며 빈정대는 투로 기사를 불렀다. 「해리스!」

「잠시만요. 10분이면 됩니다.」

「하이에나라는군.」

「걱정 말게, 해리스. 그가 심각한 충돌 사고에서 우릴 구한 거예요. 해리스, 잘했어!」 로니가 끼어들어 기사를 두둔했다.

「하지만 해리스가 내 말대로 강가바티로 갔다면 이런 사고는 없었을 거예요.」

「그건 제 잘못입니다. 이쪽 길이 더 나으니까 이리로 오자고 했거든요. 레슬리 씨가 산까지 길을 잘 닦아 놨어요.」

「아하, 이제야 이해가 가는군요.」 노인은 침착함을 되찾은 듯한 모습으로 사고에 대해 천천히 정중히 사과했다. 「천만에요.」 로니는 그렇게 웅얼거렸으나 노인은 당연히 사과를 해야 했고 좀 더 빨리 했어야 옳은 일이었다. 영국인들이 위기 상황에서 매우 침착하다고 해서 사과를 대수롭지 않은 일로 여긴다고 생각해선 안 된다. 나와브 바하두르의 행동은 그리 훌륭했다고는 볼 수 없었다.

그때 반대편에서 대형차 한 대가 달려왔다. 로니는 몇 발자국 길을 내려가서 위엄 있는 목소리와 몸짓으로 차를 세웠다. 자동차 보닛에 가로로 〈무드쿨주(州)〉라고 씌어 있었다. 몹시도 쾌활하고 친절한 데릭 양이 타고 있었다.

「히슬롭 씨, 퀘스티드 양, 무슨 일로 무고한 여자를 불러 세우시나요?」

「차가 고장이 났어요.」

「저런 고약한 일이!」

「하이에나와 부딪쳤어요!」

「끔찍해라!」

「우리 좀 태워 주시겠어요?」

「그럼요.」

「나도 태워 주세요.」 나와브 바하두르가 말했다.

「어, 저는 어쩌고요?」 해리스가 외쳤다.

「아니, 왜들 이래요? 이건 버스가 아니라고요. 풍금과 개 두 마리까지 타고 있어요. 한 사람이 앞좌석에서 발바리를 안겠다면 세 사람은 태울 수 있어요. 더 이상은 안 돼요.」 데릭 양이 단호하게 말했다.

「내가 앞에 앉지요.」 나와브 바하두르였다.

「그럼 타세요. 누구신지는 모르겠지만.」

「어, 안 돼요, 제 저녁 식사는 어쩌고요? 밤새 여기 혼자 있을 수는 없어요.」 기사가 유럽인처럼 보이고 느껴지도록 애쓰면서 적극적으로 끼어들었다. 그는 컴컴해졌는데도 아직까지 토피[35]를 쓰고 있었고, 지배 종족의 혈통이 기여한 것이라고는 부실한 치아 정도가 고작인 그의 얼굴이 토피 밑에서 처량하게 응시하며 이렇게 말하는 듯했다. 〈지금 뭣들 하는 겁니까? 당신네 백인들과 흑인, 나 좀 괴롭히지 마요. 이 염병할 인도 땅에서 헤어나지 못하고 살기는 당신들이나 나나 마찬가지니 나를 이런 식으로 대우해선 안 된다고요.〉

「누수가 자전거로 먹을 걸 가져다줄 걸세. 내 가능한 빨리 누수를 보내겠네. 그동안 차나 고치고 있어.」 평소의 위엄을 되찾은 나와브 바하두르가 말했다.

차가 떠나자 해리스는 책망하는 눈길을 보낸 뒤 그 자리에 쪼그려 앉았다. 그는 영국인들과 인도인들이 함께 있는 자리에서는 자신이 어느 편에 속하는지를 몰라 자꾸만 자의식에 젖게 되었다. 잠시 자신의 두 줄기 상반되는 핏줄에 당황해하다가 두 핏줄이 섞이면서 그는 그 무엇도 아닌 자신에 속하게 되었다.

한편 데릭 양은 잔뜩 흥분해 있었다. 마침내 무드쿨 왕의 차를 훔치는 데 성공했던 것이다. 마하라자가 알면 펄펄 뛰겠지만 그녀는 개의치 않았고 해고할 테면 하라는 식이었다. 「그런 사람들에게 당하고 살아선 안 되죠. 악착같이 훔쳐 내

35 헬멧처럼 생긴 모자.

지 않았더라면 실패했을 거예요. 어리석은 인간 같으니, 그에겐 자동차가 필요하지도 않죠! 그리고 휴가 기간 동안 내가 찬드라푸르에서 이 차를 몰고 다니면 그의 토후국엔 오히려 명예가 되죠. 그도 그런 식으로 생각해야 해요. 어차피 그럴 수밖에 없고요. 우리 마하라니[36]는 달라요. 사랑스러운 사람이죠. 저 가여운 폭스테리어도 그녀 거예요. 두 마리 다 운전사와 함께 꾀어냈어요. 족장 회의에 개를 데려가다니! 어쩌면 족장을 데려가는 것만큼은 현명하겠네요.」 그녀는 날카로운 웃음소리를 냈다.「풍금은……. 그건 솔직히 내 실수였어요. 그들에게 내가 당한 거예요. 기차에 두고 내리려고 했는데. 맙소사!」

로니는 자제하면서 웃었다. 그는 영국인이 토후국에서 일하는 걸 달갑게 여기지 않았다. 그곳에서 어느 정도 영향력을 행사할 수는 있겠지만 위신이 깎이는 일이기 때문이었다. 자유 직업인의 익살스러운 승리들은 행정관에게는 하등 도움이 되지 않으므로, 그는 데릭 양에게 더 오래 있게 되면 인도인들이 잘 써먹는 수로 그들을 속여 먹을 수도 있겠다고 말했다.

「그러기 전에 그들은 나를 해고하고 난 다른 일자리를 찾지요. 인도에는 나 같은 사람을 원하는 마하라니, 라니,[37] 베굼[38]이 득실거리니까요.」

36 인도 토후국 왕비.
37 인도의 왕, 족장, 귀족의 아내나 딸.
38 이슬람의 왕비나 귀부인.

「그렇군요. 전혀 몰랐어요.」

「히슬롭 씨께서 어떻게 아시겠어요? 퀘스티드 양, 히슬롭 씨께서 마하라니에 대해 뭘 알겠어요? 아무것도 모르죠. 최소한 난 그렇기를 바라요.」

「그런 높은 사람들은 그다지 재미가 없다고 알고 있어요.」 아델라는 데릭 양의 어조를 못마땅해하며 조용히 대꾸했다. 어둠 속에서 다시 그녀의 손이 로니의 손에 닿았고 이제 동물적인 전율에 의견의 일치까지 더해졌다.

「아, 그건 잘못 아시는 거예요. 그들은 무척 재미있지요.」

「잘못 아시는 거라고 말하긴 어렵지요.」 앞좌석으로 밀려나 따로 떨어져 있던 나와브 바하두르가 말참견을 했다. 「힌두교를 믿는 토후국 왕비에 대해 말하자면, 물론 무드쿨의 마하라니께서는 매우 훌륭한 분이실 테고 그분의 인격을 모독할 생각은 눈곱만큼도 없습니다만, 필시 교육을 받지 못했을 것이고 따라서 미신에 사로잡혀 있을 것입니다. 사실 안 그럴 수가 없지요. 그런 분께서 어떻게 교육의 기회를 가질 수 있었겠어요? 아, 미신은 끔찍한 것이지요. 끔찍합니다! 우리 인도인의 치명적인 결점이지요!」 그의 비판을 강조하듯 오른쪽 고지대에 영국인 지구의 불빛들이 나타났다. 그는 점점 더 수다스러워졌다. 「물론 미신은 그들뿐 아니라 모든 국민의 문제지만, 그리고 난 토후국들에 대해 잘 모릅니다만, 무드쿨이라는 토후국에 대해선 전혀 모르겠군요 — 그곳 왕은 열한 발의 예포만을 받겠지요[39] — 어쨌거나 토후국

39 보통 국가 원수에게는 스물한 발의 예포를 쏘게 되어 있다.

들은 이성과 질서가 사방으로 전파된 영국령 인도보다 발전되지 못한 게 사실이지요.」

「저런!」 데릭 양이 외쳤다.

노인은 그 외침에 굴하지 않고 계속 떠들어 댔다. 혀가 풀린 데다 몇 가지 주장하고 싶은 것들이 있었던 것이다. 우선 그는 많은 토후국 왕들보다 지위가 높았기 때문에 높은 사람들은 재미없다고 한 퀘스티드 양의 발언을 지지하고 싶었는데, 자신이 높은 사람임을 암시하거나 알리면 그녀가 실례를 범했다는 자책감에 젖을 것이기 때문에 조심해야 했다. 이것이 그의 웅변의 핵심이었고, 더불어 데릭 양에게 차를 태워 준 것에 대한 고마움과 혐오스러운 개를 기꺼이 안고 있겠다는 마음을 전하고, 오늘 저녁 그들에게 폐를 끼친 것에 대한 미안함을 표하고 싶었다. 또한 청소부를 붙잡아 손자가 무슨 못된 짓을 꾀하고 있는지 알아내기 위해 시내 근처에서 내려달라는 말도 해야 했다. 그는 그런 모든 열망들을 말로 엮어 내며 청중이 그의 이야기에 관심이 없고 치안 판사는 풍금 뒤에서 두 처녀 중 하나를 더듬고 있다는 의심이 들었지만 예의를 지키느라 말을 계속했다. 그들이 지루해한다 해도 그는 지루함이 무엇인지 몰랐기에 개의치 않았고, 그들이 음탕하다고 해도 신은 모든 종족들을 다르게 창조하셨기에 그것 역시 신경 쓸 일이 아니었다. 사고는 지나갔고 언제나 유익하고 기품 있고 행복한 그의 인생은 전과 다름없이 지속되면서 잘 고른 단어들의 흐름 속에 표현되었다.

늙은 수다쟁이가 차에서 내리자 로니는 그에 관해 언급하지 않고 유쾌하게 폴로 얘기를 했는데 사람이 자리를 뜨자마자 그에 관해 이러쿵저러쿵 떠드는 건 올바른 행동이 아님을 터턴에게 배웠기 때문이다. 그는 나와브의 인품에 대한 평은 나중으로 미뤘다. 노인에게 작별 인사를 하기 위해 떠났던 그의 손이 다시 아델라의 손에 닿자 그녀는 분명하게 그의 손을 어루만졌고 그도 반응을 보였으며 그러한 서로의 확실한 표현은 무언가를 의미했다. 그들은 집에 도착하자 서로를 바라보았다. 퀘스티드가 무슨 말이든 해야 할 입장이었고 그녀는 소심하게 말했다. 「로니, 아까 광장에서 했던 말 취소하고 싶어요.」 로니도 동의했고 그것은 결혼 약속을 의미했다.

두 사람 다 예상하지 못한 결과였다. 아델라는 중요하고 세련된 불확실성의 상태로 되돌아갈 작정이었는데 그 불확실성은 적절한 때를 노려 그녀가 닿을 수 없는 곳으로 사라지고 말았다. 초록색 새나 차에 부딪친 동물과는 달리 이제 그녀에게는 꼬리표가 붙었다. 그녀는 꼬리표가 붙는 걸 싫어했기에 다시금 수치심에 젖었고, 이 순간 두 사람 사이에는 마땅히 극적이고 긴 장면이 펼쳐져야 한다고 생각했다. 로니는 괴로움이 사라진 대신 기쁨이 찾아왔으며 놀란 건 사실이지만 달리 할 말도 없었다. 사실 무슨 할 말이 있겠는가? 결혼할 것인지 말 것인지가 문제였고 두 사람은 긍정적인 결론에 도달했는데 말이다.

「들어가서 어머니께 모두 말씀드립시다.」 날벌레들이 집 안으로 들어오지 못하도록 달아 놓은 아연 방충 문을 열며 로니가 말했다. 그 소리에 어머니가 잠에서 깼다. 무어 부인은 이곳에서 관심 밖에 있는 랠프와 스텔라의 꿈을 꾸고 있었던 참이라 처음에는 자신에게 요구되는 것이 무엇인지 깨닫지 못했다. 그녀 역시 선불리 결정을 내리기보다는 오랫동안 신중하게 생각하는 것에 익숙해 있던 터라 두 사람의 발표에 깜짝 놀랐다.

결혼 발표가 끝나자 로니는 정중하고 솔직하게 말했다. 「어머니, 그리고 아델라, 인도를 보고 싶다면 보세요. 필딩 씨 집에서는 제가 우스꽝스러운 꼴을 보였지만……. 이젠 달라졌어요. 그땐 자신에 대한 확신이 없었어요.」

〈이곳에서의 내 임무는 끝난 거야. 이제 인도를 보고 싶지 않아. 돌아갈 때가 됐어.〉 무어 부인은 그렇게 생각했다. 그녀는 행복한 결혼이 의미하는 모든 것과 자신의 행복했던 결혼 생활을 상기했다. 로니도 그 결혼의 산물이었다. 아델라의 부모도 행복한 결혼 생활을 누렸을 것이며 젊은 세대가 그 전통을 이어 가는 모습을 보는 건 기쁜 일이었다. 전통은 계속 이어지리라! 교육이 확대되고 이상이 높아지고 덕성이 견고해지면서 그런 행복한 결합은 더 늘어나리라. 그러나 그녀는 대학 구경을 한 탓에 발이 아프고 피곤했다. 필딩은 너무 빨리 멀리까지 걸어갔고, 아들과 아델라는 마차에서 다퉈 서로 헤어지는 게 아닌가 걱정했던 것이다. 이제 모두 잘되었지만 그녀는 결혼에 대해서나 다른 문제에 대해서나 열성을 다해 이야기할 수 없었다. 로니 문제는 해결되었으니 이제 집으로 돌아가 다른 자식들을 — 물론 본인이 원한다면 — 도와야 했다. 자신은 이미 결혼할 수 있는 나이가 지났으니 그녀의 역할은 다른 사람들을 돕고 그 대가로 인정이 많다는 평을 듣는 것이다. 노부인들은 그 이상을 기대해서는 안 되었다.

그들은 식구끼리만 저녁을 먹었다. 미래에 대한 즐겁고 애정 어린 이야기들이 오갔다. 그리고 현재에 대해 이야기했는데 로니는 자신에게 그날 일어난 일들을 설명했다. 여자들은 즐기거나 생각만 한 반면 그는 일을 했기 때문에 그의 하루는 여자들의 하루와 달랐다. 무하람이 가까워져서 찬드라푸르의 이슬람교도는 여느 해처럼 행렬에 쓸 커다란 종이 탑들을 만들고 있었는데 문제는 그 탑들이 어떤 보리수나무의 가지에 걸려 그 밑으로 지나갈 수가 없다는 것이었다. 그다음에 벌어질 일들은 뻔했다. 탑이 나뭇가지에 걸리면 이슬람교인이 나무에 올라가 가지를 잘라 낼 것이고 힌두교인들이 들고일어나 종교 폭동으로 번질 것이며 만약의 사태에 대비해 군대까지 출동될 터였다. 터턴의 후원으로 대표단과 조정위원회가 만들어졌고 찬드라푸르의 모든 일상적인 업무들이 마비되었다. 행렬이 다른 길로 가는 안과 탑들을 작게 만드는 안이 나왔는데 이슬람교도는 전자를, 힌두교도는 후자를 고집했다. 징세관은 처음에는 힌두교도 편이었다가 그들이 일부러 나뭇가지를 아래로 늘어지게 만들었다는 의심을 품게 되었다. 힌두교인들은 자연적으로 늘어진 것이라고 주장했다. 측량, 계획, 공식적인 현장 답사. 그러나 로니는 그런 소동이 싫지는 않았는데 인도 땅에 영국인이 와 있어야 함을 증명했기 때문이었다. 영국인의 중재가 없으면 분명 유혈 사태로 번지리라. 그의 음성은 다시금 자기만족에 젖어 들었다. 그는 인도인들에게 친절하기 위해서가 아니라 치안 유지를 위해 이 땅에 온 것이며 아델라도 그의 아내가 되기로 약속했으니 그 점을 이해해야만 했다.

「아까 차를 태워 준 노신사께서는 어떻게 생각한대요?」 아델라가 물었다. 그녀의 무심한 말투는 로니가 바라 마지않던 것이다.

「그 노신사는 공적인 문제들에 대해 늘 협조적이고 건전한 태도를 보이고 있지요. 당신은 그에게서 허식에 찬 인도인을 본 거예요.」

「정말 그런가요?」

「유감스럽지만 그래요. 대단하지 않아요? 가장 훌륭한 인도인들조차 그렇다니. 모두 마찬가지예요. 모두 셔츠 칼라 뒤쪽 단추를 잊어버린 사람들이지요. 오늘 바타차리야 부부, 아지즈, 노신사, 이렇게 세 부류의 인도인들을 상대했는데 그들 모두 당신을 실망시켰다는 건 우연의 일치가 아니지요.」

「난 아지즈를 좋아해. 그는 나의 진실한 친구야.」 무어 부인이 끼어들었다.

「동물이 차에 부딪쳤을 때 나와브는 이성을 잃고 불쌍한 운전사를 버려두고 억지로 데릭 양의 차에 탔어요. 뭐 대단한 죄는 아니지요, 대단한 죄는 아니에요. 하지만 백인이라면 절대 그렇게 안 하지요.」

「무슨 동물?」

「마라바르 도로에서 작은 사고가 있었거든요. 아델라는 하이에나라고 생각하고 있어요.」

「사고?」 무어 부인이 외쳤다.

「아무것도 아니에요. 다친 사람도 없는걸요. 우리의 훌륭하신 주인께서는 꿈을 꾸다가 놀라 깨서는, 속으로는 우리 잘못이라고 여기면서도 연방 그래요, 그래요, 하더군요.」

무어 부인은 등골이 오싹했다. 「유령이야!」 그러나 그 말은 그녀의 입에서 겨우 새어 나왔거니와 로니와 아델라는 자신들의 생각에 빠져 대꾸하지도 않았다. 지지를 받지 못한 유령에 대한 생각은 사라졌거나 아니면 여간해서는 드러나지 않는 마음속으로 도로 흡수되었다.

「그래요, 죄라고 할 수는 없지요. 하지만 그게 바로 원주민의 특징이고 그를 우리 클럽에 받아 주지 않는 이유들 가운데 하나지요. 데릭 양 같은 훌륭한 사람이 어떻게 원주민 밑에서 일할 수 있는지 이해가 안 돼요. 이제 전 일이나 해야겠어요. 크리슈나!」 크리슈나는 로니의 사무실에서 서류들을 가져오기로 되어 있는 하인이었다. 크리슈나가 나타나지 않자 한바탕 소동이 벌어졌다. 로니는 격노해서 소리를 질러 댔는데, 노련한 관찰자만이 사실 그가 화가 난 게 아니고 서류도 그렇게까지 시급하게 필요한 것은 아니며 그런 소동을 일으키는 것도 단지 관습 때문임을 간파할 수 있었다. 상황을 이해하는 하인들은 등불을 들고 제자리에서 맴돌고 있었다. 대지의 크리슈나, 별들의 크리슈나가 응답했고 영국인은 마침내 그 메아리에 화가 풀려 그곳에 없는 하인에게 8안나[40]의 벌금을 물린 뒤 옆방으로 가서 밀린 일들을 처리하기 시작했다.

「아델라, 미래의 시어머니와 페이션스[41]나 하지 않겠어요? 그건 너무 맥 빠지는 게임일까?」

「좋아요. 전 조금도 흥분되지 않아요. 이제 결론이 나서 기쁠 뿐이지 큰 변화가 느껴지진 않아요. 우리 세 사람 다 달라진 게 없잖아요.」

「그런 기분이 제일 좋은 거지.」 무어 부인은 그러면서 〈디몬〉 카드 첫 줄을 놓았다.

「그런 것 같아요.」 아델라가 생각에 잠겨서 대답했다.

「필딩 씨 집에서는 다른 방향으로 결론 날 것 같아 걱정했는데…… 레드 퀸에 블랙 잭…….」 그들은 조용히 카드놀이에 대해 이야기했다.

이윽고 아델라가 말했다. 「제가 아지즈와 고드볼에게 인도에 머물지 않겠다고 한 말을 들으셨죠? 작정한 것도 아닌데 왜 그런 말이 나왔을까요? 그동안 제가 솔직하지 못했거나 정신이 딴 데 가 있었던 것 같아요. 아무래도 제가 모든 면에서 일의 경중을 제대로 판단하지 못하고 있었던 것 같아요. 부인께서는 저에게 너무도 잘해 주셨고 배를 타고 오면서 부인께 잘해 드려야겠다고 생각했는데 어쩌다 보니 그렇게 하지 못했어요. 무어 부인, 완벽하게 정직할 수 없다면 그런 삶이 무슨 소용이 있을까요?」

40 인도 화폐로 루피의 16분의 1이다.
41 *patience*. 혼자 하는 카드놀이의 일종.

무어 부인은 계속해서 카드를 놓았다. 아델라의 말은 모호했지만 그녀는 그런 말을 잉태한 불안감에 대해 이해하고 있었다. 그녀 자신도 두 번의 약혼 기간에 그런 막연한 회의와 의구심을 경험했기 때문이었다. 하지만 결국 그 두 번 다 잘 풀렸고 아델라의 경우에도 그렇게 될 터였다. 결혼은 대부분의 일들을 순조롭게 만들어 주니까. 「나 같으면 걱정하지 않겠어요. 어느 정도는 이상한 환경 탓도 있으니까. 아델라와 나는 중요한 건 젖혀 놓고 사소한 일들에만 신경을 쓰고 있어요. 사람들 말대로 우린 여기 온 지 얼마 안 되었으니까.」

「그러니까 제 문제가 인도와 관련이 있다는 말씀이신가요?」

「인도는…….」 무어 부인은 말을 꺼내다가 말았다.

「아까는 왜 그걸 유령이라고 하셨어요?」

「뭘?」

「차에 부딪친 동물요. 지나가는 말로 유령이라고 하셨잖아요?」

「그냥 무심코 나온 소리였을 거예요.」

「사실 그건 하이에나일 가능성이 커요.」

「오, 그럴 거예요.」

그들은 페이션스 게임을 계속했다. 한편 나와브 바하두르는 거의 사용하지도 않고 가재도구도 갖춰 놓지 않은 찬드라푸르 시내의 집 뒤에서 자신의 차를 기다리고 있었다. 그는 지체 있는 인도인들이 즉석에서 만들곤 하는 작은 모임의 중심이 되어 앉아 있었다. 터번들이 어둠의 자연스러운 산물이

기라도 한 것처럼, 가끔 새 터번이 거품이 일 듯 앞으로 나와 그를 향해 기울어졌다가 뒤로 물러났다. 그는 골똘히 생각에 잠겨 종교적인 주제에 어울리는 말씨를 썼다. 9년 전 처음 자동차를 장만했을 때 술 취한 사람을 치어 죽인 일이 있었는데 그 후로 그 남자가 그를 데려가려고 기다리고 있었다. 나와브 바하두르는 신과 법 앞에서 떳떳했고 사고 보상금도 두 배나 쳐서 주었지만 그 남자는 죽은 장소 근처에서 말로 표현할 수 없는 모습을 하고 그를 기다렸다. 영국인들이나 운전기사는 그런 사실을 몰랐으며 그것은 말보다는 피로 전할 수 있는 그들 민족만의 비밀이었다. 그는 공포에 젖어 자신은 죄가 없지만 명예로운 두 손님의 생명이 위태롭게 되었던 이야기를 하고 있었다. 그는 같은 말을 되풀이했다. 「나야 죽어도 상관없지. 언젠가는 당할 일이니까. 하지만 나를 신뢰한 사람들이…….」 듣고 있던 사람들은 몸서리를 치며 신의 자비를 떠올렸다. 아지즈만이 초연했는데 유령을 무시한 덕에 무어 부인을 알게 되었기 때문이었다. 그는 나와브의 손자에게 — 아지즈는 그 여자 같은 청년을 어쩌다 한 번씩 만날 수 있었고 그에게 호감은 있었지만 돌아서면 잊게 되었다 — 속삭였다. 「이보게, 누레딘, 이보게, 친구, 우리 이슬람교도는 저런 미신에서 벗어나야지 안 그러면 인도는 결코 발전할 수 없다네. 마라바르 도로에 나타난 사나운 돼지에 대해 언제까지 듣고 있어야 하는 건지.」 누레딘은 시선을 떨어뜨렸고 아지즈는 말을 이었다. 「자네 할아버님께서는 우리와 다른 세대에 속하시고 자네도 알다시피 난 저 어른을 존경하고 사랑한다네. 따라서 저 어른을 비난할 생각은 없네. 하지만 우리는 젊기 때문에 경우가 다르지. 자네의 약속을 받고 싶네 — 누레딘, 자네 듣고 있나? — 사악한 망령들을 믿지 말게. 그리고 내 건강이 아주 안 좋아지고 있어서 하는 말이네만, 내가 죽으면 나의 세 아이들이 그런 미신을 믿지 않도록 키워 주게.」 누레딘은 빙그레 웃었다. 그의 어여쁜 입술에 적절한 대답이 떠올랐지만 미처 그것을 내놓기도 전에 차가 도착해서 그는 할아버지와 함께 떠나야 했다.

영국인 거주지의 페이션스 게임은 이보다 오래 지속되었다. 무어 부인은 계속해서 〈블랙 잭 하나에 레드 10〉을 웅얼거렸고 아델라는 그녀를 도왔으며, 복잡한 게임 중간 중간, 하이에나와 약혼과 무드쿨의 마하라니와 바타차리야 부부와 — 달에서 보면 인도도 그렇게 보이겠지만 — 멀어지면서 거칠고 건조한 표면이 분명한 윤곽을 갖추게 된 오늘 하루에 대해 설명했다. 이윽고 그들도 잠자리에 들었지만, 그들과 감정을 나눌 수도 없을 뿐만 아니라 그들이 존재 자체를 무시하는 사람들이 이미 다른 곳에서 깨어난 뒤였다. 고요하지도, 완벽하게 어둡지도 않은 밤이, 하늘에서 수직으로 뚝 떨어졌다가 땅에 한 점의 상쾌함도 남기지 않고 옹골차게 튀어 올라간 듯한 두세 차례의 질풍으로 다른 밤들과 구분되는 그 밤이 서서히 지나갔다. 무더운 계절이 다가오고 있었다.

# 9

아지즈는 스스로 예견했듯이 병이 났는데 가벼운 정도였다. 사흘 뒤 그는 중병이라도 난 것처럼 몸져누워 버렸다. 하지만 사실은 열이 약간 있는 정도로 병원에 중요한 일이 생기면 그냥 무시해 버릴 수도 있는 병이었다. 그는 이따금 끙끙 앓는 소리를 내며 이러다 죽겠다고 생각했지만 그런 생각은 오래가지 않았으며 아주 사소한 것에도 자리를 내주었다. 일요일은 동양에서는 어정쩡한 날이어서 게으름을 부릴 빌미가 되었다. 아지즈는 잠결에 영국인 거주지와 도살장 너머 전도사들의 교회에서 울리는 종소리를 들었다. 두 교회의 종소리는 서로 다른 의도를 지니고 있었으며 하나는 당당하게 영국인들을 부르고 있었고 다른 하나는 힘없이 인류를 부르고 있었다. 그는 전자에는 굳이 반감을 갖지 않았고 후자는 효력이 없음을 알기에 무시해 버렸다. 늙은 선교사 그레이스포드와 젊은 선교사 솔리는 기근이 닥쳤을 때는 식량을 나누어 주었으므로 인도인들을 개종시킬 수 있었지만 형편이 나아지면 다시 외로운 처지가 되었으며 그런 일을 겪을 때마다 놀라고 괴로워하면서도 도무지 깨달음을 얻지 못했다. 아지즈는 속으로 생각했다. 〈우리를 제대로 이해하는 영국인은 필딩 씨뿐이야. 하지만 어떻게 그를 다시 만날 수 있을까? 만일 그가 이 방에 들어온다면 난 창피해서 죽고 싶어질 거야.〉 그는 청소를 시키려고 하산을 불렀지만 베란다에서 품삯으로 받은 동전이 진짜인지 확인하려고 계단에 떨어뜨려 보고 있던 그는 못 들은 척해도 된다는 걸 알고, 아지즈가 불렀으면서도 부르지 않았듯이 그 소리를 들었으면서도 듣지 않았다. 〈인도는 전부 이런 식이지……. 얼마나 인도인다운가……. 우리 모두…….〉 아지즈는 다시 잠결에 빠져 들었고 그의 생각은 삶의 다채로운 외면을 떠돌아다녔다.

그의 생각은 점차 한 지점으로 모아졌는데, 선교사들은 그것을 지옥의 나락이라고 불렀지만 그 자신은 살짝 팬 웅덩이 이상으로 여기지 않는 것이었다. 그랬다. 그는 여자들과 밤을 보내고 싶었다. 노래도 부르고 환락을 즐기며 관능을 충족시키고 싶었다. 그가 원하는 건 바로 그것이었다. 그러면 어떻게 해야 할까? 캘린더 소령이 인도인이라면 젊음이 어떤 것인지를 기억하고 아무것도 묻지 않고 캘커타로 2, 3일 휴가를 보내 줄 것이다. 그러나 소령은 자신의 부하들이 얼음으로 만들어졌거나 아니면 찬드라푸르 장터에나 들락거리는 줄로 알았으며 아지즈는 그런 생각들이 역겨웠다. 오직 필딩 씨만이…….

「하산!」

하인이 달려왔다.

「여보게, 저 파리들 좀 보게.」 그러면서 아지즈는 천장에 붙은 소름 끼치는 덩어리를 가리켰다. 덩어리의 중심은 전기가 들어오도록 설치해 놓은 전선이었으며 전기는 들어오지도 않고 파리 떼만 몰려와 새까맣게 덮고 있었다.

「주인님, 저건 파리지요.」

「그래, 그래, 맞아, 그거야. 그런데 내가 왜 자넬 불렀겠나?」

「저 파리들을 쫓아 버리라고요.」 하산이 힘들게 생각한 끝에 대답했다.

「쫓아 버려 봐야 또 오는 걸.」

「주인님.」

「자넨 파리에 대한 대책을 세워야 해. 그래서 내가 하인으로 두고 있는 거야.」 아지즈가 부드럽게 말했다.

하산은 심부름하는 아이를 불러 마무드 알리의 집에 가서 사다리를 빌려 오게 하고 요리사에게 석유난로에 물을 데우라고 한 다음 몸소 물 양동이를 들고 사다리를 올라가 전선의 끝을 물에 담글 예정이었다.

「좋아, 아주 좋아. 이제 자넨 뭘 해야 하지?」

「파리를 죽여야지요.」

「좋아. 시작해.」

하산은 그 계획이 거의 머리에 박힌 채 물러 나와 심부름하는 아이를 찾기 시작했다. 그러나 아이가 보이지 않자 걸음이 느려지면서 슬그머니 다시 베란다로 갔다. 하지만 주인의 귀에 짤랑거리는 소리가 들릴까 봐 감히 동전이 진짜인지 확인하는 일은 하지 못했다. 교회 종은 계속해서 울렸고, 영국의 교외 지역을 거쳐 다시 돌아온 동양은 우회하는 동안 우스꽝스러운 꼴이 되어 있었다.

아지즈는 계속해서 아름다운 여인들을 생각했다.

그는 성에 대해 야수적이지는 않다 하더라도 냉철하고 솔직했다. 그는 타고난 사회적 신분 덕에 이미 오래전에 자신의 몸에 대해 알아야 할 것은 모두 배웠으며, 의학을 공부하게 되면서 유럽인들이 성에 관한 사실들을 현학적이고 야단스럽게 도식화하는 것에 반발심을 느꼈다. 과학은 만사를 엉뚱한 방향에서 설명하는 것 같았다. 독일어 책자에서 과학은 자신의 경험들을 제대로 설명하지 못했는데 그곳에 들어 있다는 사실 자체로 그것들은 더 이상 그의 경험들이 아니었기 때문이다. 부모님께 가르침을 받거나 하인들에게서 얻어들은 정보가 그에게는 더 유익했고 그래서 다른 사람들에게도 그것들을 알려 주게 되었다.

그러나 어리석은 탈선으로 아이들에게 불명예를 초래할 수는 없었다. 만일 점잖은 인물이 못 된다는 소문이라도 퍼진다면! 캘린더 소령이야 어떻게 생각하든 의사로서의 사회적인 지위도 고려해야만 했다. 아지즈는 예의범절을 중요시했지만 그것에 도덕적인 후광을 부여하진 않았고 그 점이 영국인과의 중요한 차이였다. 그가 따르는 관습은 사회적인 것이었다. 발각되지 않으면 사회를 속여도 아무런 해가 되지 않았다. 사회는 친구나 신처럼 부정을 저지른 그 자체만으로 상처를 받는 존재가 아니었다. 그 점이 분명해지자 그는 캘커타로 가기 위해 어떤 거짓말을 꾸며 댈 것인지 궁리하기 시작했고, 캘커타에 있는 누구에게 캘린더 소령한테 보여 줄 거짓 전보를 보내 주는 일을 믿고 맡길 것인지 생각했다. 그때 마당에서 바퀴 소리가 들려왔다. 누가 문병을 온 것이리라. 위로를 받게 될 생각을 하니 열이 올라가서 그는 진짜 신음 소리를 내며 이불을 뒤집어썼다.

「아지즈, 이 사람, 걱정이 돼서 왔네.」 하미둘라의 목소리였다. 문병 온 사람들이 침대에 앉으면서 한 번, 두 번, 세 번, 네 번 침대가 삐걱거렸다.

「의사가 아프면 심각한 문제지.」 기술자인 시에드 모하메드의 목소리였다.

「기술자가 아픈 것도 똑같이 심각하지.」 하크 경감의 목소리였다.

「그래, 우리 모두 정말 중요한 인물들이야. 봉급을 보면 알 수 있어.」

「아지즈 선생님은 지난 목요일 오후에 우리 학장님과 차를 마셨어요. 그 자리에 함께 있었던 고드볼 교수님도 병이 나셨는데 참 이상한 일이네요. 안 그런가요?」 기술자의 조카인 라피가 새된 목소리로 말했다.

그곳에 모인 모든 이들의 가슴에서 의혹의 불길이 일었다. 「말도 안 돼!」 하미둘라의 위엄 있는 목소리가 그 불길을 진압했다.

「말도 안 되지.」 다른 사람들도 부끄러워하며 말했다. 스캔들을 일으키려다 실패한 악의에 찬 학생은 자신감을 잃고 벽을 등지고 일어섰다.

「고드볼 교수님이 아프다고? 그것 참 안됐군.」 아지즈가 소식을 듣고 말했다. 선홍색 이불 속에서 이지적이고 인정 많은 그의 얼굴이 나타났다. 「안녕하세요, 시에드 모하메드 씨, 하크 씨? 이렇게 병문안을 와주셔서 고맙습니다! 안녕하세요, 하미둘라? 그런데 나쁜 소식을 가져오셨군요. 그 훌륭하신 분께서 어떻게 되셨다고요?」

「라피, 대답하지 그러니? 넌 확실한 소식통이잖니.」 시에드 모하메드가 조카에게 말했다.

「그래, 라피는 대단한 친구지. 찬드라푸르의 셜록 홈스라고나 할까. 말해라, 라피.」 하미둘라가 짓궂게 말했다.

잔뜩 풀이 죽은 학생은 〈설사〉라고 웅얼거렸고 그 말이 나오자마자 용기를 얻었는데 그것은 그 말이 그의 입장을 유리하게 만들었기 때문이었다. 방향이 바뀌긴 했지만 다시금 사람들의 가슴에 의혹의 불길이 일었다. 설사라면 콜레라 초기 증상이라고 할 수 있지 않은가?

「그렇다면 매우 심각한 일이군. 아직 3월 말도 안 됐는데. 나는 왜 모르고 있었지?」 아지즈가 외쳤다.

「판나 랄 선생님이 돌보고 있어요.」

「아, 그래. 두 사람 다 힌두교인이니까. 그들은 파리 떼처럼 몰려다니며 모든 걸 새까맣게 뒤덮지. 라피, 이리 와서 앉게. 자세히 다 얘기해 봐. 토하기도 하나?」

「예, 정말이에요, 선생님. 통증도 심하고요.」

「그럼 끝났군. 앞으로 24시간 안에 죽을 거야.」

모두들 충격받은 얼굴이었지만 이미 고드볼 교수는 같은 종교를 지닌 사람들과 연관되면서 그들의 호감을 잃은 뒤였다. 그는 고통받는 개인으로 여겨졌을 때보다 그들의 마음을 덜 움직였다. 곧 그들은 그에게 전염병을 옮겼다는 비난을 퍼붓게 되었다.「힌두교도가 만병의 근원이라니까.」하크 경감이 말했다. 알라하바드와 우자인에서 열린 종교 집회에 갔었던 시에드 모하메드는 그 집회들에 대해 신랄하고 냉소적으로 설명했다. 알라하바드에서는 흐르는 물에 목욕해서 더러운 것들이 씻겨 내려갔지만 우자인에서는 작은 시프라 강을 막아 놓아 수천 명의 힌두교인들이 고인 물에 병균을 떨어뜨렸다는 것이다. 그는 뜨거운 태양, 소똥, 금잔화, 홀랑 벗고 길거리를 나다니는 수행자들의 야영지에 대해 역겨워하며 이야기했다. 우자인 집회에서 가장 숭배된 인물이 누구였는지 묻자 그는 모른다고, 그런 건 물어볼 가치조차 없다고 생각했었다고, 그런 하찮은 일에 시간을 낭비할 수는 없다고 대답했다. 그는 한참이나 분통을 터뜨렸으며 흥분하는 바람에 자신의 고향에서 쓰던 편잡어가 튀어나와서 다른 사람들은 통 알아들을 수가 없었다.

아지즈는 자신의 종교가 찬양되는 것이 좋았다. 그것은 그의 마음의 표면을 어루만져 주었고 그 속에서 아름다운 심상들이 만들어지도록 했다. 기술자의 시끄러운 장광설이 끝나자 그는 이렇게 말했다.「그게 바로 내 생각이에요.」그는 손바닥이 이불 밖으로 나오도록 손을 들었다. 그의 두 눈이 빛나고 가슴이 다정함으로 가득 차오르기 시작했다. 그는 이

불에서 좀 더 나와서 갈리브의 시를 암송했다. 그 시는 지금까지 있었던 일들과는 아무 관련이 없었지만 그의 가슴에서 나와 다른 이들의 가슴에 호소했다. 그들은 그 시의 애상에 압도되어 애상이야말로 예술의 정수(精髓)이며 시란 모름지기 듣는 이에게 자신의 나약함을 느끼게 하고, 시에는 인간과 꽃의 비교가 들어가야 한다고 의견을 모았다. 누추한 침실이 고요해져 갔다. 영원한 것으로 여겨지는 시어들이 무감각한 허공을 채우는 사이 어리석은 음모, 험담, 천박한 불만은 가라앉았다. 언제나 그래 왔듯이 인도는 이슬람교를 통해 하나라는 느낌이 투쟁의 구호가 아닌 차분한 확신으로 다가왔으며 그 확신은 그들이 문밖을 내다볼 때까지 지속되었다. 시인 갈리브가 무엇을 느꼈든 그는 인도에 살았으며 그들을 위해 인도를 통합시켰다. 그는 자신의 튤립과 장미와 함께 갔지만 튤립과 장미는 소멸하지 않는다. 그가 슬프게 — 모든 아름다움은 슬프니까 — 노래하는 동안 북쪽의 아라비아, 페르시아, 페르가나, 투르케스탄 같은 자매국들은 모든 거리와 집이 분열된 우스꽝스러운 찬드라푸르에게 손을 내밀어 인사를 보내며 그대는 하나의 대륙이며 통일체라고 말했다.

그곳에 모인 사람들 중에서 시를 이해하는 이는 하미둘라뿐이었다. 다른 이들의 정신은 열등하고 거칠었다. 그러나 그들은 기쁘게 귀 기울였는데 그건 문학이 그들의 문명에서 분리되지 않았기 때문이다. 예를 들어 하크 경감은 아지즈가 시를 암송하여 스스로 체면을 떨어뜨렸다고 생각하지도 않았고 영국인처럼 갑작스러운 너털웃음으로 아름다움에 감염되는 것을 피하지도 않았다. 그는 마음을 비운 채 가만히 앉아 있었고 대부분 비천한 것들인 그의 생각이 다시 마음에 들어왔을 때 그것들은 신선함을 띠게 되었다. 그 시는 누구에게도 〈좋은 일〉을 하진 않았지만 지나가는 암시요, 아름답고 신성한 입에서 나오는 숨결이며, 인간의 두 세상 사이의 나이팅게일이었다. 크리슈나를 부르는 소리보다는 덜 분명하지만 시는 인간의 외로움, 고립감, 영영 오지 않지만 그렇다고 존재하지 않는다고도 할 수 없는 〈친구〉에 대한 갈망을 표현했다. 아지즈에게 그것은 다시금 여자들을 생각나게 했는데 이번에는 아까보다 막연하면서도 훨씬 강렬했다. 시는 그에게 어떤 때는 이런 효과를 미쳤고 어떤 때는 부분적인 갈망들을 키워 주기도 했지만 어떤 결과가 따라올지 미리 알 수는 없었다. 그는 이것뿐만 아니라 인생의 다른 것들 역시 도무지 그 법칙을 알 수 없었다.

하미둘라는 힌두교인과 이슬람교인들, 시크교인 두 명, 파시교인 두 명, 자이나교인 한 명, 원주민 기독교인 한 명이 자연스러운 감정 이상으로 서로를 좋아하기 위한 노력의 일환으로 결성한 민족주의적인 성향의 골치 아픈 명사 위원회에 가는 길에 들른 것이었다. 위원회에서는 누구 한 사람이 영국인을 성토하면 만사가 잘 돌아갔지만 건설적인 일이라곤 이루어진 적이 없었고 영국인이 인도를 떠난다면 위원회 자체가 없어질 터였다. 그는 개인적으로 애정을 갖고 있고 친척 관계이기도 한 아지즈가 — 인품과 직업을 망치지만 그것들이 없이는 아무것도 이룰 수 없는 — 정치에 관심을 기울이지 않는 것이 기뻤다. 그는 낭송이 끝난 시를 생각하듯 슬픔에 잠겨 케임브리지를 추억했다. 20년 전 그곳에서의 생활은 얼마나 행복했던가! 배니스터 목사관에서 정치는 중요하지 않았다. 그곳에서는 놀이와 일, 즐거운 사교가 조화되어 한 나라를 대표하는 손색없는 삶의 하부 구조를 이루었다. 하지만 이곳에서는 배후 조종과 공포뿐이다. 함께 마차를 타고 오긴 했지만 시에드 모하메드와 하크조차 신뢰할 수 없었고 학생은 전갈 같은 인물이었다. 그는 아지즈에게 몸을 숙이고 말했다. 「아지즈, 아지즈, 이 사람, 우린 이만 가봐야겠네. 벌써 늦었어. 어서 나아야지. 자네 없이 우리의 작은 모임이 어떻게 돌아가겠나.」

「그 다정한 말씀 잊지 않을게요.」 아지즈가 대답했다.

「나도 같은 마음이에요.」 기술자가 말했다.

「고맙습니다, 시에드 모하메드 씨. 그러지요.」

「나도요.」「저도요, 선생님.」 각자 자신이 지닌 선의만큼 마음이 움직여서 한 사람씩 외쳤다. 작고 무력하면서도 꺼지지 않는 불꽃들! 손님들은 그대로 눌러앉아 하산이 시장에서 사온 사탕수수를 씹었고 아지즈는 향신료를 넣은 우유를 마셨다. 밖에서 마차 소리가 들렸다. 닥터 판나 랄이 진저리 나는 람 찬드가 끄는 마차를 타고 도착한 것이다. 그곳은 다시 병실 분위기가 되었고 환자는 이불 속으로 들어갔다.

「여러분, 실례하겠습니다. 캘린더 소령님 명령을 받고 병문안을 왔습니다.」 호기심에 이끌려 찾아온 이슬람 광신자들의 소굴에서 겁을 먹은 판나 랄이 말했다.

「여기 누워 있어요.」 하미둘라가 엎어져 누워 있는 형체를 가리키며 말했다.

「아지즈 선생, 아지즈 선생, 병문안 왔어요.」

아지즈는 체온계 쪽으로 표정 없는 얼굴을 내밀었다.

「손을 줘봐요.」 판나 랄은 아지즈의 손을 잡고 천장의 파리들을 바라보고 있더니 이윽고 말했다. 「열이 좀 있군요.」

「심하진 않은 것 같네요.」 말썽을 일으키고 싶어 하는 람 찬드가 말했다.

「좀 있어요. 누워서 쉬어야 해요.」 판나 랄은 그렇게 말하고 아지즈의 체온을 숨기기 위해 체온계를 흔들었다. 그는 대플이 놀라서 날뛴 사건 이후로 이 젊은 동료 의사를 미워하게 되어 캘린더 소령에게 꾀병이라고 일러바치고 싶은 마음도 있었다. 그러나 자신도 머지않아 하루쯤 쉬고 싶어질 수도 있었거니와 원주민들에 대해서는 늘 나쁜 쪽으로만 믿는 캘린더 소령이었지만 그들이 서로에 대해 전하는 이야기는 절대로 믿지 않았다. 그러니 동정이 더 안전한 길인 듯했다. 「배는 어때요? 머리는?」 그는 빈 컵을 보고 우유 식이 요법을 권했다.

「이제야 마음이 놓입니다. 이렇게 와주시다니 참으로 친절하십니다, 의사 선생님.」 하미둘라가 좀 아부를 섞어서 말했다.

「당연히 해야 할 일이지요.」

「선생님께서 얼마나 바쁘신지 잘 알고 있습니다.」

「예, 그건 사실입니다.」

「시내에 병도 도는데 말입니다.」

판나 랄은 이 말에 함정이 들어 있다는 의심이 들었다. 병이 돈다고 인정하거나 그렇지 않다고 하거나 그의 대답은 그에게 불리하게 이용될 수 있었다. 「병은 늘 있지요. 저는 항상 바쁘고요. 의사는 원래 그렇지요.」 그의 대답이었다.

「사실 선생님께서는 지체할 시간이 없습니다. 지금 바로 공립 대학으로 가보셔야 하거든요.」 람 찬드가 나섰다.

「혹시 고드볼 교수님을 돌보러 가시는지요?」

판나 랄은 전문가의 표정으로 침묵을 지켰다.

「그분의 설사가 차도가 있기를 바랍니다.」

「차도는 있지만 설사는 아닙니다.」

「그분 때문에 걱정이 되네요. 그분은 아지즈와 절친한 사이거든요. 그런데 그분의 병명이 무언지 말씀해 주시면 고맙겠습니다만.」

신중하게 뜸을 들인 다음 판나 랄이 대답했다. 「치질입니다.」

「이보게 라피, 그걸 콜레라라니.」 아지즈가 참지 못하고 야유했다.

「콜레라라니, 콜레라라니, 말도 안 돼. 도대체 누가 내 환자들에 대해 그런 터무니없는 소문을 퍼뜨리고 다니는 거야?」 판나 랄이 법석을 떨며 외쳤다.

하미둘라가 범인을 가리켰다.

「콜레라니 선(線)페스트니 별의별 거짓말이 다 들리지요.

도대체 그런 거짓말들이 언제나 없어질는지. 도시에 유언비어가 들끓으니 그런 거짓말들을 지어낸 자들을 색출해서 벌을 주어야 해요.」

「라피, 들었나? 도대체 왜 그런 거짓말을 꾸며 댄 건가?」

라피는 자신도 친구에게 들었다면서 정부가 잘못된 영문법을 그대로 쓰도록 강요해서 말의 의미가 잘못 전달되어 학생들이 실수를 저지르게 되는 경우가 왕왕 있노라고 웅얼거렸다.

「그렇다고 의사를 비난해서는 안 되지.」 람 찬드가 말했다.

「맞습니다, 맞아요.」 하미둘라가 불쾌한 상황을 피하고 싶어서 맞장구를 쳤다. 싸움은 삽시간에 걷잡을 수 없이 번지는 법이니까. 시에드 모하메드와 하크는 골이 나서 당장이라도 대들 기세였다. 「라피, 정중하게 사과하게. 자네 삼촌도 그걸 원하시는 것 같네. 자넨 경거망동으로 이분의 기분을 상하게 한 것에 대해 아직 사과의 말을 하지 않았네.」

「아직 어려서 그렇지요.」 하미둘라의 말에 기분이 풀린 판나 랄이 말했다.

「어려도 배울 건 배워야지요.」 람 찬드였다.

「그러는 당신 아들은 제일 낮은 학년도 통과를 못한 걸로 아는데요.」 시에드 모하메드가 불쑥 말했다.

「오, 그래요? 뭐, 그럴지도 모르죠. 그 아인 프로스페리티 인쇄소에 친척이 없어 놔서요.」

「게다가 당신은 법정에서 더는 그들을 변호할 수 없게 됐지요.」

두 사람의 목소리가 높아졌다. 그들은 모호한 암시로 서로를 공격하며 어리석은 말다툼을 벌였다. 하미둘라와 판나랄이 두 사람을 말리려고 애썼다. 그런 소란 속에서 누군가가 말했다. 「잠깐만요, 도대체 아픈 거예요, 안 아픈 거예요?」 필딩이 아무도 모르는 사이에 들어와 있었다. 모두들 자리에서 일어섰고 하산은 영국인에 대한 예의를 표하느라 사탕수수로 파리 떼가 모여 있는 전선을 쳤다.

아지즈가 냉담하게 〈앉으라고〉 권했다. 그의 방이나 모여 있는 사람들이나 꼴이 말이 아니었다! 잉크로 얼룩진 바닥에는 사탕수수와 땅콩 부스러기가 널려 있고 지저분한 벽에는 그림들이 삐딱하게 걸려 있으며 천장에 선풍기도 없는 방에서 더럽고 추한 말들이 오가고 있었다! 아지즈는 이런 꼴로 이런 삼류 인간들과 어울려 살고 싶은 마음은 없었다. 그는 마음의 갈피를 잡지 못하며 지금까지 자신이 비웃음과 놀림을 당하도록 방치한 하찮은 라피 생각만 했다. 그를 기분 좋게 보내지 않으면 이번 손님 접대가 실패로 돌아갈 것만 같았다.

「필딩 씨께서 친히 우리의 친구 집을 찾아 주시다니 참으로 감사합니다. 저희는 크나큰 친절에 감동받았습니다.」 하크 경감이 말했다.

「그런 식으로 말하지 마세요. 저분은 그런 걸 좋아하지 않으니까. 의자를 세 개나 권할 것도 없어요. 세 사람이 아니니까. 라피, 이리 오게. 다시 앉아 보게. 자네가 하미둘라 씨와 함께 와줘서 기쁘네. 자네가 와준 덕에 병이 빨리 나을 것 같네.」 아지즈였다.

「제 실수를 용서해 주세요.」 라피가 자신의 입지를 강화하기 위해 말했다.

「그런데 아지즈, 아픈 거예요, 아니에요?」 필딩이 다시 물었다.

「보나마나 캘린더 소령께서 제가 꾀병을 부린다고 하셨겠지요.」

「흠, 그런 거예요?」 모두들 정답고 유쾌한 웃음을 터뜨렸다. 그들은 〈최고의 영국인이야. 너무도 친절해〉라고 생각했다.

「닥터 판나 랄에게 물어보세요.」

「혹시 내가 찾아와서 피곤하게 한 건 아닌가요?」

「그럴 리가요! 저의 좁은 방에는 벌써 여섯 명이 있었는걸요. 격식을 갖추지 못해 죄송합니다만 편안히 앉아 계세요.」 아지즈는 그렇게 말한 뒤 라피에게 고개를 돌렸다. 라피는 학장이 들어오자 그를 모함하는 말을 퍼뜨리려고 했던 일이 기억나서, 겁에 질려 어서 자리를 피하고 싶어 했다.

「아지즈는 아프기도 하고 안 아프기도 하지요. 사실 우리들 대부분이 그렇지 않은가요.」 하미둘라가 담배를 권하며 말했다.

필딩도 동의했다. 그는 유쾌하고 섬세한 변호사 하미둘라와 마음이 잘 맞았다. 그들은 꽤 친했고 서로를 신뢰하기 시작했다.

「온 세상이 죽어 가고 있는 것처럼 보이면서도 죽지 않고 있으니 자비로운 신의 섭리를 믿을 수밖에요.」

「옳은 말씀이에요, 옳아요!」 하크 경감이 종교를 찬양하는 말이라고 생각하고 받았다.

「필딩 씨께서도 옳다고 생각하세요?」

「뭐가요? 세상은 죽어 가고 있지 않아요. 그건 확실해요!」

「아뇨, 아뇨, 신의 섭리 말이에요.」

「난 신의 섭리를 믿지 않아요.」

「그럼 어떻게 신을 믿을 수가 있지요?」 시에드 모하메드가 물었다.

「난 신을 안 믿어요.」

인도인들 사이에서 〈내가 뭐랬어!〉 하는 식의 작은 동요가 일었고 분개한 아지즈가 필딩을 올려다보았다. 「요즘 대부분의 영국인들이 무신론자라는 얘기가 맞나요?」 하미둘라가 물었다.

「생각이 깊은 식자층을 말하는 건가요? 그렇다고 할 수 있지요. 그들은 무신론자라는 명칭을 좋아하지 않지만 말이에요. 사실 서양에서는 이제 신을 믿느냐 믿지 않느냐의 문제에 대해 크게 신경 쓰지 않아요. 50년 전, 아니 우리가 젊었을 때만 해도 그 문제로 법석을 떨어 댔지만 말이에요.」

「그럼 도덕성도 떨어지는 게 아닌가요?」

「그야 보기 나름이지만……. 그래요, 도덕성도 떨어진다고 봐야겠지요.」

「이런 질문 드려서 실례인 줄 압니다만, 그렇다면 영국이 인도를 지배하고 있는 것은 어떻게 정당화될 수 있지요?」

또 시작이다! 정치 얘기. 「그건 내가 대답할 수 없는 질문이군요. 나는 개인적으로 일자리가 필요해서 여기 온 거지요. 영국이 왜 여기에 있는지, 여기에 꼭 있어야 하는지에 대해서는 말할 수가 없어요. 나로선 알 수 없으니까요.」

「훌륭한 자격을 갖춘 인도인들도 교육 분야에서 일자리를 얻고 싶어 합니다.」

「그렇겠지요. 하지만 내가 먼저 잡았어요.」 필딩이 미소 지으며 말했다.

「그럼 또 실례되는 질문을 하겠는데, 인도인도 할 수 있는 일을 영국인이 잡고 있는 건 공정한 일인가요? 물론 개인적인 감정이 있어서 하는 말은 아닙니다. 개인적으로 우리는 당신이 이곳에 계시는 것을 기쁘게 여기며 이런 솔직한 대화를 통해 많은 걸 얻고 있으니까요.」

이런 식의 대화에서는 〈영국이 인도를 지배하는 것은 인도를 위해서이다〉라는 대답밖에 없지만 필딩은 그렇게 말하고 싶지 않았다. 정직에 대한 열정에 사로잡혀 있었기 때문이다. 「나도 이 자리에 있는 게 기뻐요. 그게 내 대답이고 유일한 변명거리죠. 공정함에 대해서는 아무 말도 할 수 없어요. 어쩌면 내가 태어난 것 자체가 공정하지 못한 일일 수도 있지요. 숨을 쉴 때마다 다른 사람의 공기를 빼앗는 것이니까요, 안 그래요? 그래도 난 세상에 태어난 것이 기쁘고 여기와 있는 게 기뻐요. 아무리 못된 불청객이라도 결과적으로 행복해한다면 얼마간 정당화될 수 있지요.」

인도인들은 당황했다. 그런 식의 사고는 낯설지 않았지만 표현이 너무도 분명하고 삭막했다. 그들은 정의와 도덕성에 대한 찬사가 없는 말을 들으면 귀가 상처를 입고 정신이 마비되었다. 그들이 하는 말과 진짜 감정은 — 애정의 경우를 제외하면 — 거의 일치하는 법이 없었다. 그들에게는 수많은 정신적 관습들이 존재했고 그런 관습들이 무시되면 몹시 당황스러워했다. 그래도 하미둘라가 제일 잘 버텨 냈다. 「그렇다면 인도에 있는 게 기쁘지 않은 영국인들, 그들에겐 변명거리조차 없는 건가요?」 그가 물었다.

「그럼요. 그들을 쫓아내요.」

「그들과 나머지 사람들을 구분하기가 어려울걸요.」 하미둘라가 웃으며 받았다.

「어려운 것도 어려운 거지만 그른 일이기도 하지요. 인도인은 쫓아내는 걸 올바른 일로 여기지 않아요. 그것이 인도와 다른 나라들의 차이지요. 우리 인도인들은 너무도 정신적이에요.」 람 찬드였다.

「옳아요, 옳은 말이에요!」 하크 경감이 말했다.

「그런가요, 하크 씨? 난 우리가 정신적이라고 생각하지 않는데요. 우린 통합이 안 돼요, 통합이, 결론은 그거예요. 우린 약속도 못 지키고 기차도 놓치지요. 소위 인도의 정신성이라는 게 그런 것밖에 더 됩니까? 당신과 나는 명사 위원회에 있어야 하는데 이러고 있고 우리의 친구 닥터 판나 랄은 환자들을 돌봐야 하는데 여기 있어요. 우린 이런 식으로 살아왔고 종말의 시간이 올 때까지 이렇게 살 거예요.」

「아직 종말의 시간은 아니에요. 이제 겨우 열시 반인걸요,

하하하!」 다시금 자신감을 찾은 판나 랄이 외쳤다. 「여러분, 제가 한 말씀 드리자면, 참으로 흥미로운 대화였고, 우선 우리의 자식들에게 자신의 경험과 판단력에서 우러난 값진 교훈을 주시는 필딩 학장님께 감사의 뜻을 전하고…….」

「랄 선생님!」

「왜 그러세요, 아지즈 선생?」

「제 다리를 깔고 앉으셨어요.」

「미안하지만, 누가 보면 선생의 다리가 나를 찬다고 하겠군요.」

「자자, 어찌 됐든 우리 때문에 환자가 피곤하겠어요.」 필딩의 말에 네 명의 이슬람교인과 두 명의 힌두교인, 한 명의 영국인이 줄지어 나갔다. 그들은 베란다에 서서 그늘을 찾아 여기저기 흩어져 있던 탈것들이 대령하기를 기다렸다.

「아지즈는 당신을 무척 존경한답니다. 몸이 아파서 말을 안 한 것뿐이지요.」

「잘 알겠습니다.」 이번 방문에 대해 좀 실망한 필딩이 대답했다. 클럽에서는 〈필딩이 또 체면을 깎는 짓을 했다〉고 비난할 것이다. 설상가상으로 타고 갈 말까지 나타나지 않았다. 첫 만남에서 아지즈가 무척 마음에 들었던 그는 둘의 관계에 발전이 있기를 바랐었다.

# 10

지난 한 시간 사이에 더위가 성큼 다가와, 아지즈의 집에서 결론 없는 대화가 진행되는 동안 대재앙이 모든 인간을 쓸어 낸 듯 거리는 텅 비어 있었다. 아지즈의 집 맞은편에는 점성가 형제 소유의 아직 완성되지 않은 커다란 집이 있었는데, 그 위에서 다람쥐 한 마리가 거꾸로 매달려 델 듯이 뜨거운 비계에 배를 붙이고 지저분한 꼬리를 씰룩씰룩 움직이고 있었다. 녀석이 그 집의 유일한 거주자인 듯했고, 녀석의 찍찍거리는 소리는 의심할 바 없이 무한의 시공과 조화를 이루었지만 다른 다람쥐들의 귀에만 매력적이었다. 먼지 낀 나무에서 다른 소리들도 들려왔는데, 갈색 새들이 짹짹거리며 벌레를 찾아 푸드덕푸드덕 날아다녔고 눈에 보이지 않는 오색조가 〈퐁퐁〉 소리를 내기 시작한 참이었다. 생물체의 다수에게는 스스로를 인간이라고 칭하는 소수가 무엇을 갈망하거나 결정하든 하등 중요하지 않다. 대부분의 인도 거주자들은 인도가 어떻게 통치되든 개의치 않는다. 물론 영국의 하등 동물들도 영국에 대해 관심이 없기는 마찬가지지만, 열대 지방에서는 그 무심함이 더욱 두드러지고 말이 통하지 않는 그들의 세계가 인간 세계에 더 가까이 있으며 인간들이 지치면 더 빨리 지배력을 되찾는다. 집 안에서 그토록 다양한 의견들을 지녔던 일곱 남자는 밖으로 나오자 공통의 짐인 〈다가오는 고약한 날씨〉에 대한 막연한 징후를 발견했다. 그들은 자신의 일을 할 수 없거나 일한 대가를 충분히 받을 수 없으리라 느꼈다. 그들과 마차들 사이의 공간은 살을 짓누르는 물체들로 꽉 막혀 있었고, 마차의 쿠션들은 바지가 탈 정도로 뜨거웠으며, 눈이 따끔거렸고, 머리에 쓴 모자나 터번 안에 땀이 고여 얼굴로 비 오듯 쏟아졌다. 그들은 힘없이 인사를 나눈 뒤 다른 사람들과 구별되는 자질과 자부심들을 되찾기 위해 각자의 집 안으로 흩어졌다.

찬드라푸르 전체에서, 그리고 인도의 많은 지역들에서 인간들의 퇴각이 시작되고 있었으며 모두들 지하실로, 고원으로, 나무 밑으로 몸을 피했다. 끔찍한 계절의 전령인 4월이 코앞에 다가와 있었다. 태양이 아름다움은 없이 힘만 지닌 채 자신의 왕국으로 돌아오고 있었으며 그것은 불길한 조짐이었다. 아름다움까지 지니고 있다면 그 잔혹함을 견뎌 내기가 한결 쉬우련만! 태양 자신도 과도한 빛으로 인해 승리를 거두지 못하였으니 그 넘쳐흐르는 황백색 빛이 물체들뿐 아니라 광휘 자체도 삼켜 버렸기 때문이다. 태양은 인간에게나 새들에게나 다른 태양들에게나 도달할 수 없는 〈친구〉가 아니었고, 우리의 의식에서 떠나지 않는 영원한 약속도 아니었다. 다른 것들과 똑같이 하나의 창조물에 지나지 않았으며 그래서 영광을 얻을 수 없는 것이었다.

# 11

인도인들은 모두 떠났고 필딩은 자신의 말이 마당 한 귀퉁이의 작은 헛간 옆에 서 있는 것을 보았지만 아무도 그에게 말을 끌어다 주지 않았다. 그래서 몸소 말에게로 가려는데 집 안에서 부르는 소리가 들렸다. 아지즈가 부수수하고 슬픈 모습으로 일어나 앉아 있었다. 「이게 집이랍니다. 이게 바로 그 유명한 동양의 환대라는 것이고요. 저 파리 떼를 보세요. 석회가 떨어져 나간 벽을 보세요. 유쾌하지 않나요? 동양의 내부를 보셨으니 이제 떠나고 싶겠지요.」 그가 냉소적으로 말했다.

「어쨌든 쉬고 싶잖아요.」

「훌륭한 닥터 랄 덕에 종일 쉴 수 있게 된걸요. 아시겠지만 캘린더 소령이 첩자로 보낸 건데 이번엔 안 먹혔죠. 다행히 열이 좀 있었거든요.」

「캘린더는 영국인이든 인도인이든 누구도 안 믿어요. 그의 성격이지요. 그 사람 밑에서 일하지 않는 게 좋겠지만 그렇지 못하니 어쩔 수 없지요.」

「급히 가실 모양인데 가시기 전에 죄송하지만 그 서랍 좀 열어 보시겠어요? 맨 위에 있는 갈색 종이가 보이세요?」

「예.」

「열어 보세요.」

「누구예요?」

「죽은 제 아내요. 당신은 아내가 처음 얼굴을 보인 영국인이에요. 이제 사진을 치우세요.」

필딩은 사막의 돌멩이들 틈에서 갑자기 꽃을 발견한 여행자처럼 깜짝 놀랐다. 꽃은 늘 그 자리에 있지만 여행자는 우연히 그것을 보게 된다. 그는 사진을 자세히 들여다보았는데 그것은 세상을 마주한 사리 차림의 한 여자에 불과했다. 「아지즈, 나에게 왜 이런 커다란 영광을 베푸는지는 모르겠지만 하여튼 고맙군요.」

「아무것도 아닌걸요. 아내는 많이 배우지도 못했고 예쁘지도 않았지요. 이제 치우세요. 아내가 살아 있었다면 직접 만날 수도 있었을 텐데 왜 사진을 못 보겠습니까?」

「부인이 살아 있었다면 나와 만나게 해주었을 거라고요?」

「당연하지요. 전 여자가 외간 남자에게 모습을 보이지 않는 푸르다 전통을 찬성하지만 아내에게 당신이 나의 형제라고 말했을 것이고 그러면 아내는 당신을 만나 줬을 거예요. 하미둘라와 몇몇 사람들도 아내를 보았지요.」

「부인께서는 그들이 당신의 형제라고 생각했나요?」

「물론 그건 아니지만, 그런 표현은 엄연히 존재하고 또 편리하니까요. 모든 남자들이 제 형제고 그에 맞는 행동을 하는 사람은 제 아내를 볼 수 있지요.」

「그럼 온 세상 남자들이 그에 맞게 행동한다면 푸르다는 더 이상 존재하지 않겠군요.」

그러자 아지즈가 진지하게 설명했다. 「당신이 그런 생각을 갖고 그런 말을 할 수 있기 때문에 사진을 보여 준 거지요. 대부분의 남자들에겐 그런 능력이 없어요. 제가 무례하게 굴었는데도 저에게 예의를 지켜 주셨기 때문에 보여 준 거예요. 당신을 부르면서도 다시 들어오리라곤 기대도 못했었지요. 전 이렇게 생각했었죠. 〈내가 그를 모욕했기 때문에 이제 그는 나를 상대하지도 않을 거야.〉 필딩 씨, 우리 인도인들이 얼마나 많은 친절을 필요로 하는지는 아무도 모르고 우리 자신조차 알지 못해요. 하지만 친절을 받으면 알게 됩니다. 우린 친절을 잊지 못하지요. 겉으로는 잊는 것처럼 보여도요. 친절을 베풀고 베풀고 또 베푸는 것. 그것이 유일한 희망이지요.」 그의 목소리는 꿈속에서 나오는 듯했다. 그는 목소리를 바꾸었지만 그것은 여전히 정상적인 자리보다 더 깊숙한 곳에서 나왔다. 「우리 인도인들은 우리가 느끼는 것 위에만 인도를 세울 수 있어요. 개혁이니, 무하람을 위한 조정 위원회니, 종이 탑을 낮게 만들 것인가 아니면 다른 길로 갈 것인가 옥신각신하는 것이니, 명사 위원회니, 영국인들이 공식적인 파티에서 우리의 피부색을 비웃는 것이니, 그런 게 다 무슨 소용이에요?」

「시작부터 잘못하고 있는 거지요, 안 그래요? 나는 그걸 아는데 정부와 단체들은 그렇지가 못하죠.」 그러면서 필딩은 다시 사진을 보았다. 사진 속의 여인은 남편과 자신의 소망을 안고 세상을 바라보았으나 그녀의 눈에 비친 모순투성이의 세상은 당혹스럽기 짝이 없었다!

「사진을 치우세요. 중요한 존재도 아니고 이미 죽은 사람이니까요. 제가 아내의 사진을 보여 드린 건 달리 보여 드릴 것이 없어서예요. 지금 제 집을 다 둘러보고 뒤져 보셔도 돼요. 전 은밀하게 숨겨 둔 것도 없고 세 아이들도 외할머니 집에서 살고 있지요.」

필딩은 아지즈가 자신에게 보여 준 신뢰에 기분이 좋으면서도 서글픈 심정으로 침대 옆에 앉았다. 그는 늙은 기분이 들었다. 그는 자신도 감정의 파도에 휩쓸릴 수 있으면 좋겠다고 생각했다. 다음에 만나면 아지즈는 신중하고 삼가는 태도를 보일 것이다. 그는 그것을 알았으며 그 사실이 슬펐다. 친절을 베풀고 베풀고 또 베풀라……. 얼마든지 그럴 수 있었다. 하지만 이 기이한 나라가 요구하는 것이 진정 그뿐일까? 가끔 피에 취하는 것도 원하는 게 아닐까? 도대체 내가 뭘 해줬기에 아지즈는 나를 이토록 신뢰하는 것이며 그 대가로 나는 무엇을 주어야 할까? 그는 자신의 삶을 돌아보았다. 비밀이라고 할 만한 것들이 거의 없었다! 누구에게도 보여 주지 않은 것들이 있긴 했지만 너무나 흥미 없는 것들이었고 푸르다를 걷는 것과는 비교할 수도 없었다. 한때 사랑에 빠져 약혼까지 했었지만 여자 쪽에서 약혼을 깼으며 그로 인한 상처 때문에 한동안 여자를 멀리하다가 방탕에 빠졌고, 그러다 참회하고 안정을 찾았다. 그것을 제외하면 모든 게 변변찮은 이야기뿐이었고 아지즈는 〈모든 게 선반 위에 차갑게 정리되었다〉고 표현하며 듣고 싶어 하지 않을 터였다.

〈이 친구와는 진정으로 가까워질 수가 없겠어. 다른 누구와도.〉 그것은 당연한 결론이었다. 사실 그는 그것에 대해 개의치 않았으며, 그저 사람들을 돕고, 상대가 거부하지 않는 한 좋아하고 거부하면 조용히 떠나 주는 그런 삶에 만족했다. 경험은 우리의 삶에 중요한 영향을 미칠 수 있으며 필딩이 영국과 유럽에서 배운 모든 것들은 그에게 보탬이 되고 그가 명석해지도록 도왔지만, 그 명석함이 다른 것을 경험하는 데 장애가 되었다.

「지난 목요일에 만난 두 숙녀들은 마음에 들었나요?」 필딩이 물었다.

아지즈는 반감을 드러내며 고개를 저었다. 그 질문이 마라바르 동굴에 대한 자신의 경솔한 약속을 상기시켰던 것이다.

「대체적으로 영국 여자들은 어때요?」

「하미둘라는 영국에 있을 때 영국 여자들을 좋아했지요. 여기선 우리는 그들을 쳐다보지도 않아요. 오, 아니에요, 너무 조심스러워서 그런 거지요. 다른 이야기나 하죠.」

「하미둘라가 옳아요. 영국에 사는 영국 여자들이 훨씬 착하지요. 여기서는 뭔가 맞지 않는 것이 있는 모양이에요.」

다시 침묵이 흐른 뒤 아지즈가 물었다. 「왜 결혼을 안 하셨어요?」

필딩은 아지즈가 물어 준 것이 기뻤다. 「그럭저럭 견딜 만해서요. 그러잖아도 언젠가 나에 대한 이야기를 해줄 생각이었어요. 그 이야기를 재미있게 할 수 있게 되면 말이에요. 사실은 내가 좋아했던 여자가 결혼을 거부했지요. 하지만 그건 이미 15년 전 이야기이고 지금은 아무 의미도 없어요.」

「하지만 자식이 없잖아요.」

「없지요.」

「실례되는 질문이지만, 혹시 사생아라도 두지 않으셨는지요?」

「아뇨. 그럼 자식이 있다고 했겠지요.」

「그럼 완전히 대가 끊기는 거군요.」

「그렇겠지요.」

아지즈는 고개를 저었다. 「동양인들은 그런 일에 초연한 것을 절대로 이해하지 못하지요.」

「난 아이들을 좋아하지 않아요.」

「좋아하고 말고의 문제가 아니죠.」 아지즈가 조바심을 내며 말했다.

「난 자식이 없어서 쓸쓸한 것도 없고 일반적인 통념처럼 자식이 임종을 지키며 울어 주거나 추모해 주기를 바라지도 않아요. 자식보다는 사상을 남기고 싶지요. 자식은 다른 사람들이 얼마든지 낳을 수 있으니까요. 영국은 인구가 넘쳐서 인도로 일자리를 구하러 나오는 형편이기 때문에 꼭 자식을 낳아야 한다는 의무감도 없어요.」

「퀘스티드 양과 결혼하지 그러세요?」

「세상에! 그녀는 학자처럼 구는 사람이에요.」

「학자처럼 굴어요? 제발 설명 좀 해주세요. 나쁜 말인가요?」

「물론 그녀에 대해 잘 모르긴 하지만 내 눈에는 한심한 서구 교육의 산물로 보였어요. 그녀는 나를 우울하게 했지요.」

「학자처럼 굴다니요? 필딩 씨, 그게 어떤 건데요?」

「마치 강의라도 듣는 것처럼 인도와 삶을 이해하기 위해 열심히 노력하잖아요. 가끔 필기까지 하고.」

「제가 보기엔 친절하고 진지한 것 같던데요.」

「그럴지도 모르지요.」 필딩은 자신의 거친 말투가 부끄러워졌다. 그는 결혼에 대한 말만 나오면 호전적인 기세로 지나치게 독신의 편을 들게 되었다. 「어쨌거나 그녀와는 결혼하고 싶어도 그럴 수가 없어요. 이제 치안 판사와 약혼한 사이니까요.」

「그래요? 정말 잘됐군요!」 아지즈는 마라바르 동굴에 가지 않아도 되겠다는 안도감에 탄성을 내질렀다. 이곳에 정식으로 거주하는 영국인들은 원주민의 초대를 받아들이지 않으니까.

「노모의 공이지요. 사랑하는 아들이 자기 마음대로 배우자를 고를까 봐 일부러 퀘스티드 양을 데려와서 묶어 준 거예요.」

「무어 부인께서는 저에게 그런 계획에 대해서는 말씀이 없으셨는데요.」

「어쩌면 내가 잘못 알고 있는 건지도 모르지요. 난 클럽에서 떠도는 소문들은 잘 모르니까. 어쨌든 그들이 약혼한 건 분명해요.」

「그래요, 나의 가련한 친구, 당신은 클럽 사람들과 어울리지 않지요.」 아지즈는 미소 지으며 말을 이었다. 「퀘스티드 양은 필딩 씨와 맺어질 수 없다. 하기야 그녀는 미인도 아니지요. 사실 가슴도 너무 빈약하고요.」

필딩도 미소를 지어 보였지만 숙녀의 가슴에 대해 언급하는 것은 좀 악취미라는 생각이 들었다.

「치안 판사에게는 그 정도면 족할 수도 있고 그녀에게도 치안 판사가 만족스러울 수도 있지요. 당신에게는 제가 망고 같은 가슴을 가진 여자를…….」

「아니, 그러지 마요.」

「진짜 그러겠다는 게 아니에요. 게다가 당신의 지위상 그건 위험한 일이지요.」 아지즈의 생각은 결혼에서 캘커타로 슬그머니 옮겨 갔다. 그의 얼굴이 엄숙해졌다. 만일 자신이 학장을 꾀어 캘커타로 데려가 곤란한 처지에 빠지게 만든다면! 그는 갑자기 친구에 대한 태도를 바꾸어 인도가 안고 있는 위험들을 알기에 경고를 보내는 보호자의 입장에 서서 말했다. 「필딩 씨, 이곳에서는 매사에 아무리 조심을 해도 지나침이 없지요. 이 빌어먹을 땅에서는 당신이 무슨 말을 하고 어떤 행동을 하든 시기하는 눈으로 감시하는 인간들이 있으니까요. 이런 말을 하면 놀라시겠지만 아까 당신이 왔을 때 이 방에는 적어도 첩자가 세 명은 있었지요. 사실 아까 당신이 신에 대해 그런 식으로 말했을 때 제가 얼마나 당황했는지 아세요? 그들이 분명 고해바쳤을 겁니다.」

「누구에게요?」

「그건 상관없지만 도덕성에 대해서도 부정적으로 말하고 또 여기에 다른 사람들의 일자리를 빼앗으러 왔다고도 했잖아요. 그 모든 말들이 매우 현명하지 못한 것들이었어요. 여긴 온갖 소문들이 활개를 치는 곳이에요. 당신의 제자 하나도 듣고 있지 않았습니까.」

「충고 고마워요. 그래요, 좀 더 조심해야지요. 난 흥미가 동하면 몸을 사리지 않는 경향이 있어요. 그래도 해될 건 없어요.」

「그래도 솔직하게 말했다가 곤란한 입장에 처할 수도 있지요.」

「전에 그런 일이 종종 있었어요.」

「그것 보세요! 문제는 그러다가 일자리를 잃게 될 수도 있다는 거예요.」

「될 대로 되라지요. 그래도 난 살아남을 수 있어요. 난 가벼운 여행자니까요.」

「가벼운 여행자라고요! 영국인들은 참으로 특이한 종족이에요.」 아지즈는 그렇게 말하며 잠이라도 잘 것처럼 돌아누웠다가 곧 다시 돌아누우며 물었다. 「그건 기후 탓인가요, 아니면 무엇 때문인가요?」

「인도에도 가벼운 여행자들은 많지요. 떠돌이 고행자 같은 사람들 말이에요. 그것이 바로 내가 당신 나라를 찬미하는 이유 가운데 하나지요. 누구든 아내와 자식이 딸리기 전에는 홀가분하게 살 수 있어요. 내가 결혼을 안 하는 데는 그런 이유도 있지요. 난 성스러움이 없는 성자랍니다. 세 명의 첩자들에게 그 얘기를 전하고 잘 생각해 보라고 하세요.」

아지즈는 그 새로운 사상에 매혹되어 곰곰이 생각해 보았다. 그래서 필딩 씨 같은 사람들이 그렇게 겁이 없는 것이로구나! 그들에겐 잃을 것이 없으니까. 하지만 자신은 사회와 이슬람교에 뿌리를 박고 있었다. 그는 자신을 속박하는 전통에 속해 있으며, 미래의 사회를 이끌어 갈 자식들을 낳아 놓았다. 비록 보잘것없는 집에서 흐리멍덩하게 살아가고는 있지만 그래도 자리를 잡고 있었다.

「난 교육에 종사하고 있기 때문에 일자리에서 쫓겨날 수가 없어요. 교육이란 사람들에게 하나의 개체가 됨과 동시에 다른 개체들을 이해하는 법을 가르치는 것이라고 믿으니까요. 내가 믿는 것은 그것뿐이에요. 공립 대학에서는 그것을 삼각법과 함께 가르치고, 만일 고행자가 된다면 다른 것과 함께 가르치게 되겠지요.」

그의 선언이 끝나자 두 사람은 침묵을 지켰다. 파리 떼가 유난히 기승을 부리며 그들의 눈동자 주변에서 춤을 추고 귓속으로 기어 들어 갔다. 필딩은 요란하게 파리 떼를 쫓았다. 그 바람에 더 더워진 그는 자리에서 일어섰다.

「하인에게 내 말 좀 끌어다 달라고 해줘야겠어요. 그는 내가 하는 우르두어를 못 알아듣는 모양이니까.」

「알겠어요. 사실은 아까 제가 그러지 말라고 지시했거든요. 우리는 그런 식으로 불운한 영국인들에게 수를 쓴답니다. 가련한 필딩 씨! 하지만 이제 놓아 드리지요. 세상에! 당신과 하미둘라 빼고는 대화를 나눌 만한 사람이 없어요. 당신도 하미둘라를 좋아하지요, 그렇지요?」

「아주 좋아하지요.」

「곤란한 일이 생기면 즉시 우리에게 달려오겠다고 약속해 주시겠어요?」

「난 곤란한 일이 생길 수도 없는 사람이지요.」

〈참 별난 이야. 저런 이는 재난을 당할 일도 없을 거야.〉 혼자 남은 아지즈는 그렇게 생각했다. 이제 감탄의 시간은 끝나고 그는 다시 보호자의 태도가 되었다. 자신의 의도를 솔직하게 내보이는 사람에게 계속해서 경외감을 갖는다는 건 그에겐 어려운 일이었다. 가까이 사귀어 보니 필딩은 진정으로 가슴이 따뜻하고 자유로운 영혼의 소유자이긴 했지만 현명하다고 할 수는 없었다. 람 찬드와 라피 같은 사람들이 있는 자리에서 그런 식으로 마음에 있는 말을 쏟아 내는 것은 위험하고 세련되지 못한 행동이었다. 아무 득도 될 것이 없었다.

하지만 필딩과 그는 친구요 형제였다. 그 부분은 매듭이 지어졌으며 사진을 통해 계약이 이루어졌다. 그들은 서로를 신뢰하게 되었다. 이번만큼은 사랑이 어느 정도 승리를 거둔 것이다. 갈리브의 시, 여성의 매력, 선량한 하미둘라와 필딩, 명예로운 아내와 사랑스러운 아들들. 그는 지난 두 시간 동안의 행복한 기억들 속에서 잠에 빠져 들었다. 그는 이런 기쁨들이, 적들이 침범할 수 없는 영원의 정원에서 조화롭게 피어나거나, 이랑 진 대리석 배수관을 따라 흐르거나, 흰 바탕에 검정 글씨로 신의 아흔아홉 가지 이름을 새겨 놓은 사원의 돔 위로 올라가는 그런 세상으로 들어섰다.

# 제2부
# 동굴

# 12

갠지스강은 비슈누[1]의 발에서 발원하여 시바의 머리카락 사이로 흐르지만 태고의 강은 아니다. 종교보다 더 먼 과거를 볼 수 있는 지질학적으로는 아직 갠지스도, 그 발원지인 히말라야 산맥도 존재하지 않은 채 성스러운 힌두스탄이 바다에 잠겨 있던 시대를 설명할 수 있다. 세월이 흘러 히말라야 산맥이 솟아오르면서 그 부스러기들이 바다를 메웠고, 히말라야에 자리를 잡은 신들이 갠지스를 만들어 내면서 우리가 태고의 나라라고 부르는 인도가 탄생한 것이다. 그러나 사실 인도는 그보다 훨씬 오래되었다. 인도 반도의 남쪽은 원시 바다의 시대에 이미 존재했으며, 드라비다의 고지대들은 육지의 생성과 함께 생겨나 한편에서는 아프리카와 연결된 대륙이 바다에 가라앉고 다른 한편에서는 히말라야가 솟아오르는 광경을 지켜보았다. 이 지역은 지구에서 가장 오랜 역사를 지니고 있다. 이곳은 물에 잠긴 적이 없으며, 영겁의

1 브라흐마, 시바, 비슈누는 힌두교의 3대 신으로 각각 우주의 창조, 파괴, 유지를 관장했다고 전해진다.

세월 동안 이 지역을 지켜본 태양은 이곳의 모습에서 지구가 자신의 가슴에서 떨어져 나오기 이전의 형상을 아직까지 알아볼 수 있을지도 모른다. 만일 태양의 살 중의 살[2]이 어딘가에 닿았다면 바로 이곳, 태고의 신비를 자랑하는 산지일 것이다.

하지만 이곳조차 변화를 겪고 있다. 히말라야 쪽 인도가 솟아오르는 동안 이 원시의 인도는 천천히 가라앉아 다시금 대지의 굴곡 속에 묻히고 있다. 영겁의 세월이 흐르면 이곳은 바다에 잠기고 태양이 낳은 암석들은 진흙에 덮일 것이다. 바다의 작용으로 갠지스 평원이 이곳을 잠식하여 이곳은 새로운 땅 아래로 가라앉고 있다. 몸통은 아직 멀쩡하지만 가장자리는 몸통에서 잘려 나가서, 밀려드는 갠지스 평원의 흙에 무릎까지, 목까지 잠겨 있다. 이 잘려 나간 땅덩이들은 도저히 형언할 수 없는 모습을 하고 있다. 이들이 연출하는 광경은 세상 어디에서도 볼 수 없는 것으로 언뜻 보기만 해도 숨이 멎을 정도다. 이들은 아무리 거친 산지에서도 유지되는 균형조차 저버린 채 미친 듯이 불쑥불쑥 솟아 있으며 우리가 꿈꾸거나 보았던 그 무엇과도 아무런 관련이 없다. 이들을 〈섬뜩하다〉고 부르는 건 유령을 염두에 둔 표현이며 이들은 그 어떤 영(靈)보다도 오래되었다. 힌두교의 손길이 몇 개의 바위에 생채기도 내고 칠도 해놓긴 했지만, 비범한 장소를 찾아다니는 순례자들도 이곳은 비범함이 지나치다는 것을 깨닫기라도 한 듯 이 성지를 찾는 발길은 뜸하기만

2 「창세기」 2장 23절에 이와 비슷한 표현이 있다.

하다. 몇몇 고행자들이 동굴에서 기거한 적도 있었으나 견디지 못해 떠났고, 부처조차 부다가야의 보리수를 찾아가는 길에 필시 이곳을 지났겠건만 자신보다 더 철저하게 속세와의 인연을 끊은 이곳이 감당하기 어려웠던지 마라바르에 자신과의 싸움이나 승리에 관한 전설을 남겨 놓지 않았다.

마라바르[3]의 동굴들은 설명하기가 쉽다. 길이 8피트, 높이 5피트, 폭 3피트의 굴이 지름 20피트 정도 되는 둥근 방으로 연결되어 있다. 산 전체에 이런 동굴들이 입을 벌리고 있으며 이것이 바로 마라바르 동굴이다. 이런 동굴 하나, 둘, 셋, 넷……. 열넷……. 스물네 개를 보고 찬드라푸르로 돌아온 관광객은 자신이 과연 흥미로운 체험을 했는지, 시시한 체험을 했는지, 아니면 아무런 체험도 하지 못했는지 확신하지 못한다. 동굴들이 어떻다고 이야기하기도 어렵고, 서로 구분될 수 있는 조각 장식 하나, 하다못해 벌집이나 박쥐 한 마리 없이 다 똑같아서 따로따로 기억할 수도 없다. 이 동굴들은 특징이라고는 아무것도, 정말 아무것도 없어서 이들의 명성은 인간의 입소문에 의한 것이라고는 할 수 없다. 마치 주위의 평원이나 지나가는 새들이 나서서 〈대단하다〉고 외치고 그 말이 공중에 뿌리를 내렸다가 인간에게 흡수되기라도 한 듯하다.

동굴 속은 캄캄하다. 동굴이 태양을 향해 입을 벌리고 있

3 마라바르는 가야 근방의 바라바르산을 모델로 삼았으며 카와 돌과 단검 저수지에 얽힌 이야기도 이 지방의 전설이다. 그러나 바라바르 동굴들은 불교 동굴로 알려져 있으며 입구에 장식이 있다 — 원주.

을 때조차 입구를 지나 둥근 방까지 들어가는 빛은 거의 없다. 그곳엔 볼 것도 없거니와 관광객들이 5분 동안 들어와서 성냥불을 켜기 전에는 쳐다보는 눈도 없다. 성냥불을 켜면 즉시 바위 속 깊은 곳에서 또 하나의 불꽃이 일어 바위에 갇힌 영처럼 표면을 향해 움직인다. 둥근 방의 벽은 놀랍기 그지없는 방식으로 매끄럽게 다듬어졌다. 두 불꽃은 하나로 합쳐지기 위해 기를 쓰지만 하나는 공기를, 하나는 돌을 호흡하기 때문에 둘의 결합은 불가능하다. 아름다운 빛깔들이 박힌 거울이 두 연인을 갈라놓고, 분홍색과 회색의 가냘픈 별들이 둘 사이에 끼어든다. 더없이 아름다운 성운들, 혜성의 꼬리나 한낮의 달보다도 희미한 음영들, 화강암의 그 모든 덧없는 생은 오직 이곳에서만 볼 수 있는 것이다. 밀려드는 평원의 흙 위로 솟아오른 주먹과 손가락들, 바로 이곳에서 그것들의 살갗은 어떤 동물의 가죽보다 곱고, 잔잔한 수면보다 매끄럽고, 사랑보다 관능적이다. 광채가 더욱 강렬해지면서 불꽃들은 서로를 만지고 입을 맞춘 다음 소멸한다. 그리하여 동굴엔 다시 어둠이 찾아온다.

둥근 방의 벽만이 그런 식으로 반들반들하게 다듬어졌다. 그곳으로 들어가는 굴의 벽은 거친 상태로 남아 있으며 둥근 방에 있는 벽의 완전성을 새삼 실감하게 해준다. 입구는 꼭 필요한 것이어서 인간이 만들었다. 그런데 그 화강암의 안쪽 깊숙한 곳에도 입구 없는 방들이 존재하는 것일까? 신들이 찾아온 후로 개봉되지 않은 방들 말이다. 지역 신문에서는 죽은 자들이 산 자들보다 많은 것처럼 이런 방들이 입구가 난 방들의 수보다 많으며 4백, 4천, 아니 백만 개는 된다고 주장한다. 그런 방들에는 아무것도 들어 있지 않고 세상에 해악을 끼치는 것이나 보배로운 것이 생겨나기 이전에 밀봉되었으므로 인간이 호기심을 누르지 못해 뚫어 본다 한들 세상의 선이나 악에 보탬이 될 것은 전혀 없다. 소문에 의하면 가장 높은 봉우리의 정상에 있는 커다란 흔들바위에 그런 방이 하나 있는데 천장과 바닥의 구분이 없는 기포 모양의 그 동굴은 사방으로 제 어둠을 뿌리고 있다고 한다. 만일 그 흔들바위가 굴러 떨어져 박살이 나면 부활절 달걀처럼 속이 빈 그 동굴 역시 박살이 날 것이다. 속이 비어 있어서 바람에도 흔들리고 까마귀가 날아와 앉아도 움직이기 때문에 그 흔들바위와 그것의 거대한 받침대에는 카와 돌[4]이라는 이름이 붙었다.

4 우르두어로 Kawa는 〈속이 빈〉, Dol은 〈흔들리는〉을 뜻한다.

## 13

이 산봉우리들은 특정한 빛을 받고 있을 때 적당한 거리에서 바라보면 낭만적인 분위기를 느끼게 하는데, 바로 그런 이유로 퀘스티드 양은 어느 날 저녁 클럽의 위층 베란다에서 산을 바라보다가 무심코 데릭 양에게 저곳에 가보고 싶다고, 필딩 씨 댁에서 닥터 아지즈가 저곳에 데려가 주겠다고 했는데 인도인들은 약속을 잘 잊는 모양이라고 말하게 되었다. 그런데 영어를 아는 하인이 베르무트 주를 나르다가 그 소리를 듣게 되었다. 그는 첩자라고 할 수는 없었지만 항상 귀를 열어 두었고, 마무드 알리도 그를 매수한 것은 아니지만 집에 놀러 와 자신의 하인들과 어울리도록 부추겼으며 우연인 척 그들이 모여 있는 곳을 지나가곤 했다. 그 이야기는 입에서 입으로 전해지면서 덧붙여졌고, 아지즈는 영국 숙녀들이 날마다 그의 초대를 기다려 왔으며 그에게 무척이나 감정이 상했다는 소식을 듣고 겁에 질렸다. 그는 자신의 경솔한 약속이 잊혔다고 믿고 있었다. 일시적인 기억력과 영원한 기억력을 함께 지닌 그는 동굴에 관한 기억을 전자로 분류했던 것이다. 이제 그는 그것을 후자로 바꿔 놓고 일을 추진했다. 동굴 구경은 필딩의 집에서 있었던 다과회를 근사하고 대대적으로 재현하게 되리라. 아지즈는 우선 필딩과 고드볼 교수를 끌어들인 다음 필딩에게 무어 부인과 퀘스티드 양을 초대하는 임무를 맡기면서 두 여자의 공식적인 보호자인 로니를 따돌리기 위해 두 여자만 있을 때 접근하도록 일렀다. 필딩은 바쁘기도 하고 동굴 구경에 관심도 없으며 보나마나 불화도 생기고 돈도 많이 들 것 같아 그다지 내키지 않았지만, 친구가 처음으로 하는 부탁을 거절할 수 없어서 시키는 대로 했다. 무어 부인과 퀘스티드 양은 초대를 받아들였다. 그들은 사실 결혼 문제로 정신이 없어서 좀 부담이 되긴 했지만 로니와 상의해 본 다음 결정하기를 원했다. 상의한 결과 로니는 필딩이 두 사람을 편하게 모시는 것을 전적으로 책임진다면 반대하지 않겠다고 했다. 그는 동굴 구경에 열의가 없었고 그것은 두 여자도 마찬가지였다. 사실 아무도 열의가 없었지만 계획은 진행되었다.

아지즈는 걱정이 이만저만이 아니었다. 마라바르행 기차는 동트기 직전에 찬드라푸르를 떠나 점심시간에 맞추어 돌아오기 때문에 긴 여행은 아니었지만 아직은 낮은 관직에 있는 몸이라 실수라도 하게 될까 봐 겁이 났다. 그는 캘린더 소령에게 오전 동안만 휴가를 신청했지만 최근에 꾀병을 부렸다는 이유로 거절당했다. 그는 좌절에 빠졌다가 필딩을 통해 다시 청을 넣었고 소령은 경멸에 찬 으르렁거리는 소리로 마지못해 허락했다. 또한 마무드 알리를 초대하지도 않으면서 그에게 나이프와 포크 세트를 빌려야 했다. 그다음엔 술이 문제였는데 필딩은 — 그리고 어쩌면 무어 부인과 퀘스티드 양도 — 술을 마실 줄 알기 때문에 위스키소다와 포트와인을 준비해야만 할 것 같았다. 마라바르 기차역에서 동굴까지의 교통편도 문제였다. 고드볼 교수가 먹을 음식도 걱정이었는데 고드볼 교수와 다른 사람들의 음식은 한 가지 문제가 아니라 두 가지 문제였기 때문이었다. 고드볼은 계율을 엄격히 지키는 힌두교인은 아니어서 차, 과일, 소다수, 스위트는 누가 요리한 것이든 먹었고 야채와 밥은 브라만이 요리한 것이면 먹었지만, 고기나 케이크 — 계란이 들어가므로 — 는 먹지 않았고, 쇠고기의 경우 다른 사람이 먹는 것도 용납하지 못해서 멀리 있는 접시에라도 쇠고기가 있으면 기분이 상해했다. 다른 사람들에게 양고기나 햄을 대접한다면 문제는 없었다. 그러나 햄은 아지즈의 종교가 용납하지 않는 음식이었고 그는 다른 사람들이 햄을 먹는 것을 좋아하지 않았다. 사람들을 따로따로 갈라놓으려는 인도의 정신에 도전장을 내민 아지즈는 계속 어려움에 부딪쳤다.

마침내 그날이 왔다.

영국 여자들과 어울리는 것은 매우 어리석은 짓이라고 여기는 아지즈의 친구들은 그에게 시간 약속을 어기는 일이 없도록 각별히 주의하라고 경고했다. 그리하여 아지즈는 전날 밤을 역에서 보내게 되었다. 하인들은 흩어지지 마라는 명령을 받고 플랫폼에 떼 지어 모여 있었고, 아지즈 자신은 하인들의 우두머리 역할을 맡은 모하메드 라티프와 함께 이리저리 걸어다녔다. 그는 불안하고 도무지 실감이 나지 않았다. 자동차 한 대가 도착했고 아지즈는 든든한 버팀목이 되어 줄 필딩이 내리기를 바랐다. 그러나 차에서 내린 건 무어 부인과 퀘스티드 양, 그리고 고아[5] 출신의 하인이었다. 아지즈는 갑자기 행복해져서 그들을 맞으러 달려갔다. 「와주셨네요. 오, 정말이지 너무도 친절하십니다! 제 평생 가장 행복한 순간입니다.」 그가 외쳤다.

두 여인은 정중한 태도를 보였다. 비록 그들의 인생에서 가장 행복한 순간은 아니었지만 일찍 출발하느라 겪었던 소동이 끝나자 그들도 즐거운 여행을 고대하게 되었다. 그들은 그동안 아지즈를 직접 만나지 못했던 터라 그에게 고맙다는 인사를 했다.

「기차표는 필요 없으니 하인에게 가만히 있으라고 하세요. 마라바르 지선(支線)에는 표가 없는 게 특징이지요. 필딩 씨가 도착하실 때까지 먼저 기차에 타고 쉬세요. 두 분은 숙녀용 푸르다 칸에 타셔야 되는데 괜찮으시겠어요?」

그들은 괜찮다고 했다. 기차는 이미 들어와 있었고 그 안에 하인들이 원숭이 떼처럼 우글거렸다. 아지즈는 자신의 하인 셋과 함께 친구들의 하인들도 빌려 와서 그들 사이에 서열 싸움이 벌어졌다. 영국 여인들의 하인은 냉소적인 표정으로 따로 떨어져 서 있었다. 그는 봄베이에서 고용한 하인이었는데 호텔에서나 잘난 사람들이 있는 자리에서는 시중을 잘 들다가도 주인이 그저 그런 사람들과 어울린다 싶으면 냉

5 포르투갈령이었던 인도 서남의 해안 지방.

담한 태도를 보였다.

아직 어두웠지만 이미 밤은 종말을 암시하는 덧없는 모습을 지니고 있었다. 헛간 지붕 꼭대기에 앉은 역장네 암탉들이 올빼미 대신 솔개의 꿈을 꾸기 시작했다. 나중의 수고로움을 덜기 위해 미리 등불들이 꺼졌고 캄캄한 구석에 있는 삼등칸 승객들이 담배 냄새를 풍기고 침 뱉는 소리를 냈다. 사람들은 머리에 썼던 것을 벗고 나뭇가지로 이를 닦았다. 새로운 태양이 떠오를 것을 확신한 역무원이 열띠게 종을 쳐댔다. 그 소리에 당황한 하인들이 기차가 출발한다고 부르짖으며 출발을 지연시키기 위해 기차 양 끝으로 달려갔다. 놋쇠 테가 둘러진 궤짝, 터키식 모자를 씌운 멜론, 구아바 열매를 싼 수건, 접이식 사다리, 총 등 푸르다 칸에 실을 짐은 아직 많이 남아 있었다. 손님들의 태도는 나무랄 데가 없었다. 무어 부인은 나이가 많고 퀘스티드 양은 이곳에 온 지 얼마 안 되었기 때문에 인종 차별 의식이 없어서 자신들에게 친절을 베풀어 주는 영국 젊은이에게 하듯 아지즈를 대했다. 아지즈는 그들의 그런 태도에 깊이 감동했다. 그들이 필딩 씨와 함께 도착하기를 바랐었지만 단 몇 분 동안만이라도 그들이 오롯이 자신에게만 의지하는 것도 나쁘지 않다 싶었다.

「하인을 돌려보내세요. 쓸모가 없으니까요. 그러면 이슬람교인만 데려갈 수 있고요.」 그가 제안했다.

「형편없는 하인이기도 하지요. 안토니, 필요 없으니까 돌아가요.」 아델라가 조바심을 내며 말했다.

「주인님께서 함께 가라고 하셨습니다.」

「돌아가라면 돌아가요.」

「주인님께서 오전 내내 두 분 곁에 있으라고 하셨습니다.」

「그래도 우리가 원하지 않아요.」 아델라는 아지즈를 돌아보며 말했다. 「닥터 아지즈, 저 사람을 쫓아 주세요!」

「모하메드 라티프!」 아지즈가 큰 소리로 외쳤다.

기차 안에서 하인들을 감독하던 가난한 친척 노인이 멜론에 씌웠던 터키식 모자를 쓴 채 창밖으로 얼굴을 내밀었다.

「저의 친척 모하메드 라티프입니다. 아, 악수는 하지 마세요. 구식 인도인이라 악수보다는 살람을 좋아하지요. 보세요, 제가 뭐랬습니까. 모하메드 라티프, 멋진 살람이에요. 그는 못 알아들었어요. 영어를 모르거든요.」

「거짓말이야.」 노인이 조그맣게 말했다.

「거짓말이라고! 오호, 아주 좋아요. 정말 재미있는 영감님 아닙니까? 나중에 저 영감님과 즐거운 시간을 갖게 될 겁니다. 잔재주가 많거든요. 생각하시는 것처럼 어리석은 사람은 아니지만 찢어지게 가난하지요. 우리의 친척들이 많은 것이 그나마 다행이지요.」 아지즈는 노인의 꼬질꼬질한 목에 한 팔을 두르고 말을 이었다. 「우선 안으로 들어가셔서 편히 쉬세요. 예, 누우세요.」 마침내 저 유명한 동양의 북새통이 끝난 모양이었다. 「저는 그럼 나머지 손님 두 분을 기다리겠습니다!」

기차가 출발할 시간이 10분밖에 남지 않아서 아지즈는 다시 초조해지기 시작했다. 그러나 필딩은 영국인이라 절대 기차 시간에 늦지 않을 것이고, 고드볼은 힌두교인이라 오든 안 오든 상관없다는 생각이 들자 출발 시각이 다가올수록 오히려 차분해졌다. 한편 모하메드 라티프는 안토니에게 돈을 쥐여 주어 돌려보냈다. 아지즈와 모하메드 라티프는 플랫폼을 걸으며 긴요한 이야기를 나누었다. 우선 그들은 하인들을 너무 많이 데려와서 마라바르 역에 두세 명을 떨어뜨려 놓아야겠다는 데 의견의 일치를 보았다. 그다음에 아지즈는 동굴에서 모하메드 라티프를 놀릴지도 모르는데, 다른 뜻이 있어서가 아니라 손님들을 즐겁게 해주기 위해서니 이해해 달라고 말했다. 노인은 고개를 갸웃하면서 자신은 얼마든지 놀림을 당해도 좋으니 마음대로 하라고 대답했다. 그는 자신의 중요한 역할에 우쭐해져서 음란한 일화를 들려주려고 했다.

「그런 얘기는 나중에 한가할 때 해주세요. 아까도 설명했다시피 지금은 비이슬람교인들에게 즐거움을 주어야 해요. 세 사람은 유럽인이고 한 사람은 힌두교인이라는 점을 잊어선 안 돼요. 고드볼 교수님이 다른 손님들과 차별 대우를 받는다고 느끼는 일이 없도록 각별히 신경을 써야 해요.」

「그와 철학 이야기를 나눠야겠군.」

「그것도 좋지요. 하지만 하인들을 감독하는 일이 더 중요해요. 무질서한 인상을 풍겨선 안 돼요. 믿고 맡길 테니…….」

그때 푸르다 칸에서 비명 소리가 들렸다. 기차가 출발한 것이다.

「맙소사!」 모하메드 라티프가 외쳤다. 그는 몸을 날려 승강용 발판으로 뛰어올랐다. 아지즈도 똑같이 했다. 지선 기차는 느려서 그건 특별히 뽐낼 만한 묘기도 아니었다. 「우린 원숭이에요. 걱정 마세요.」 아지즈가 손잡이를 잡고 매달려서 웃으며 외쳤다. 그러다가 울부짖기 시작했다. 「필딩 씨! 필딩 씨!」

필딩과 고드볼이 건널목 차단기 너머에 서 있었다. 소름 끼치는 대재앙이었다! 차단기가 평소보다 일찍 닫힌 것이다. 그들은 통가에서 뛰어내려 열심히 손짓 발짓을 했지만 아무 소용이 없었다. 지척의 거리가 이리도 멀게 느껴질 줄이야! 기차가 전철기(轉轍機) 위로 덜컹거리며 달리는 사이 고통스러운 몇 마디가 오갔다.

「너무해요, 너무해요, 당신 때문에 망했어요.」

「고드볼의 예배 때문이에요.」 필딩이 외쳤다.

고드볼은 자신의 종교가 부끄러워서 눈을 내리깔았다. 그가 기도에 걸리는 시간을 잘못 계산해서 생긴 일이었기 때문이다.

「타세요. 당신이 같이 가야만 해요.」 아지즈가 이성을 잃고 외쳤다.

「알았어요. 손을 줘요.」

「안 돼요. 그러다 죽어요.」 무어 부인이 말렸다. 필딩은 기차를 향해 몸을 날렸지만 친구의 손을 잡지 못하고 철길에 넘어지고 말았다. 기차가 덜컹거리며 지나갔다. 필딩은 허둥지둥 일어나서 기차 꽁무니에 대고 〈난 괜찮아요. 당신도 괜찮을 테니 걱정 마요〉 하고 외쳤지만 기차는 이미 그의 목소리가 닿지 않는 곳을 달리고 있었다.

「무어 부인, 퀘스티드 양, 이 여행은 망친 거예요.」 아지즈가 발판 위에서 흔들리며 울듯이 말했다.

「안으로 들어와요. 어서요. 그러다 필딩 씨뿐만 아니라 당신도 죽겠어요. 망치지 않았어요.」

「어째서요? 오, 제발 설명해 주세요!」 아지즈가 어린애처럼 애처롭게 말했다.

「아까 당신이 약속했듯이 이슬람교인만 남았잖아요.」

그의 소중한 무어 부인은 언제나 그랬듯이 완벽했다. 이슬람 사원에서 느꼈던 그녀에 대한 애정이 다시금 솟구쳤는데 그동안 잊고 있었던지라 더욱더 신선하게 느껴졌다. 그는 그녀를 위해서라면 못할 일이 없었다. 그녀의 행복을 위해서라면 목숨까지도 바칠 수 있었다.

「들어오세요, 닥터 아지즈. 당신 때문에 어지러워요. 그들이 어리석어서 기차를 놓친 거라면 그들 손해지 우린 손해 볼 것 없어요.」 이번엔 아델라가 외쳤다.

「제 탓이에요. 제가 초대를 했으니까요.」

「말도 안 돼요. 당신 칸으로 가세요. 그들 없이도 즐거운 시간을 보낼 수 있을 거예요.」

무어 부인처럼 완벽하진 못했지만 퀘스티드 양도 매우 진실하고 친절했다. 둘 다 훌륭한 여인들이었고 이 소중한 아침에 맞은 그의 손님들이었다. 아지즈는 중요하고 유능한 인물이 된 듯한 기분을 느꼈다. 점점 소중한 존재가 되어 가고 있는 친구 필딩이 동행하지 못한 것은 유감이었지만, 한편으론 필딩이 왔더라면 자신은 의존적인 위치에서 벗어나지 못했을 터였다. 관리들은 〈인도인들은 책임을 감당할 능력이 없다〉고 말했고 하미둘라도 가끔 그렇게 말했다. 아지즈는 그런 비관주의자들에게 그렇지 않음을 보여 주고 싶었다. 그는 자랑스러운 미소를 지으며 아직은 어둠 속의 시커먼 움직임으로밖에 보이지 않는 바깥 풍경을, 그다음에는 큰대 자로 누운 전갈자리 별들이 희미해지기 시작하는 하늘을 바라보았다. 그는 창문을 통해 이등칸으로 들어갔다.

「그런데 모하메드 라티프, 이 동굴에는 뭐가 있는 거예요? 왜들 구경을 가는 거죠?」

그것은 가난한 친척이 대답해 줄 수 없는 질문이었다. 다만, 〈신과 그곳 주민들만이 아는 일이다, 그리고 그곳 주민들이 기꺼이 안내인 노릇을 해줄 것이다〉라고만 그는 대답했다.

# 14

대부분의 인생은 단조롭기 짝이 없어서 사실 이렇다 할 이야깃거리도 없으며, 인생을 흥미진진하게 담아내는 책이나 이야기들은 존재의 정당성을 갖기 위해 과장이란 것을 하지 않을 수 없다. 인간의 정신은 일이나 사회적 의무의 고치 속에서 대부분의 시간 동안 잠들어 있으며 쾌락과 고통을 구분하기는 하지만 우리가 겉으로 꾸미는 것처럼 그렇게 기민하지는 못하다. 아무리 흥분되는 날에도 아무 느낌이 없는 순간들이 있으며 우리는 계속해서 〈나는 기쁘다〉거나 〈나는 겁에 질려 있다〉고 외치지만 그것은 진실이 아니다. 〈내가 무언가를 느낀다면 그것은 기쁨이다, 혹은 공포이다〉가 진실이며, 완전한 조화에 이른 사람이라면 침묵할 것이다.

무어 부인과 퀘스티드 양도 보름 동안 강렬한 감정을 느낄 수가 없었다. 고드볼 교수의 신비한 노래를 들은 후로 두 여인은 고치 속에 갇힌 듯 살았는데 두 사람의 다른 점이라면 노부인은 자신의 무감각함을 수용한 반면 젊은 아가씨는 그것에 분개했다는 것이다. 아델라는 이곳에서의 모든 사건들이 중요하고 흥미진진해야 한다고 굳게 믿었기에 지루해지기 시작하면 심한 자책감에 젖었고 억지로 열성적인 말들을 내뱉었다. 그것은 진실하기만 한 그녀가 지닌 유일한 거짓이었으며 젊음의 지적인 항거였다. 그녀는 특히 인도에 있는 데다 결혼까지 앞두고 있어서 매 순간이 숭고해야만 하는데도 그렇지가 못하니 더욱 초조하지 않을 수 없었다.

오늘 아침 인도는 인도인들의 안내를 받으며 보고 있어도 흐릿하기만 했다. 그녀의 소망은 너무 늦게 이루어진 것이다. 그녀는 아지즈나 그가 준비한 것들에 도통 흥분이 되지 않았다. 그렇다고 불행하거나 우울한 건 아니고 주위의 이상한 풍경들이 — 우스꽝스러운 푸르다 칸, 수북이 쌓인 무릎덮개와 베개들, 데굴데굴 굴러다니는 멜론들, 올리브유 냄새, 사다리, 놋쇠 테가 둘러진 궤짝, 난데없이 화장실에서 차와 수란[6]이 든 쟁반을 들고 나타난 마무드 알리의 집사 — 모두 새롭고 재미나서 적절하게 평을 하게는 되었지만 그것들에 마음이 끌리지는 않았다. 그래서 이제부터 자신의 주요 관심사는 로니라는 생각에서 위안을 찾으려고 애썼다.

「참으로 친절하고 유쾌한 하인이네요! 안토니와는 대조적이에요!」

「사람을 놀라게 하는 면도 있지. 이상한 데서 차를 만드는군.」 낮잠을 자고 싶어 하는 무어 부인이 대답했다.

「안토니는 내보내고 싶어요. 아까 플랫폼에서 한 행동을 보고 결심한 거예요.」

6 국자에 달걀을 깨뜨려 물에 익힌 요리.

무어 부인은 심라에 가면 안토니의 장점이 부각되리라고 생각했다. 로니와 아델라는 심라에서 결혼할 계획이었는데 티베트가 정면으로 보이는 위치에 집을 갖고 있는 아델라의 사촌이 그녀를 초대했기 때문이다.

「어차피 하인을 하나 더 두긴 해야 해요. 심라에 가면 부인께서는 호텔에 묵으셔야 하는데 로니의 하인 발데오는…….」 계획 세우는 것을 좋아하는 아델라가 말했다.

「그래, 하인을 하나 더 구하도록 해요. 안토니는 내가 데리고 있지. 그 정 떨어지는 태도에 익숙해졌으니까. 무더위 철에 내 시중을 들게 하지.」

「전 무더위 철에 대해 믿지 않아요. 캘린더 소령 같은 이들은 입만 열었다 하면 무더위 얘기죠. 새로 온 사람들의 기를 죽이려는 거예요. 〈나는 이 나라에서 20년을 살았다〉 이거죠.」

「난 무더위 철에 대해 믿지만 그것 때문에 발이 묶이게 될 줄은 꿈에도 몰랐어요.」 로니와 아델라는 사려 깊고 느긋한 성격 탓에 5월까지는 결혼식을 올리지 않을 것이므로 무어 부인은 바라던 대로 결혼식 직후에 영국으로 돌아갈 수 없게 되었다. 5월이면 인도 전역과 인근 바다에 불의 장벽이 쳐질 터라 히말라야 산중에서 열기가 식기를 기다려야 하기 때문이었다.

「전 더위를 피해 도망치지 않겠어요. 저는 평지의 무더위 속에 남편을 내팽개치고 고원 휴양지로 가는 여자들을 용납할 수가 없어요. 맥브라이드 부인은 결혼한 뒤로 한 번도 평지에 남은 적이 없었죠. 그렇게 지적인 남편을 반년씩이나 혼자 팽개쳐 두고는 남편과 멀어졌다고 걱정하는 거예요.」

「그 집에는 아이들이 있잖아요.」

「그렇긴 하죠.」 아델라는 당황하면서 대답했다.

「아이들을 제일 먼저 고려해야지요. 커서 결혼할 때까지는. 그다음엔 자신을 위해 살 권리를 갖게 되지, 평지에서든 고원에서든.」

「예, 옳은 말씀이에요. 전 미처 그 생각을 못했어요.」

「지나치게 어리석거나 늙은 경우만 아니라면.」 그러면서 무어 부인은 하인에게 빈 잔을 건넸다.

「심라에 가면 제 사촌이 하인을 구해 주고 결혼 준비를 도와줄 거예요. 그리고 결혼한 다음에 로니는 하인들을 전체적으로 재정비할 거예요. 미혼일 때는 이대로도 좋지만 결혼을 하게 되면 변화가 불가피하니까요. 그가 쓰던 하인들은 저에게 명령받는 걸 싫어할 테고 그건 당연한 일이죠.」

무어 부인은 덧창을 밀어 올리고 밖을 내다보았다. 그녀는 로니와 아델라의 뜻대로 그들을 묶어 주긴 했지만 그 이상의 문제에 대해서는 조언을 할 수 없었다. 그녀는, 인간은 그들의 관계는 소중하게 생각하지 않고 결혼에 대해 지나치게 법석을 떠는 경향이 있으며, 수 세기 동안 육체적인 포옹이 이루어져 왔지만 여전히 서로에 대해 알지 못하고 있다는 — 선견지명이라고 해야 할지 불길한 예감이라고 해야 할지 모르는 — 느낌이 점점 강하게 왔다. 특히 오늘은 그런 느낌이 너무도 강렬해서 그것 자체가 하나의 관계, 한 인간이 되어 그녀의 손을 잡으려고 하는 것만 같았다.

「산이 좀 보이나요?」

「검은 형체들로만 보이네요.」

「하이에나가 나타났던 장소에서 멀지 않은 곳일 거예요.」 아델라가 시간을 초월한 여명을 응시하며 말했다. 기차는 수로(水路)를 건너고 있었다. 바퀴가 철교 위를 느릿느릿 구르며 〈덜커덩, 덜커덩, 덜커덩〉 소리를 냈다. 백 미터쯤 더 가자 두 번째 수로가 나타났고 세 번째 수로가 나타나는 것으로 보아 주위에 높은 지대가 있는 모양이었다. 〈어쩌면 사고 장소가 여기쯤인지도 몰라. 그 길은 기찻길과 나란히 나 있었으니까.〉 그 사고는 그녀에게 유쾌한 기억이었다. 아델라는 그 사건이 자신을 뒤흔들어 로니의 진정한 가치를 깨닫게 해주었음을 솔직하게 시인했다. 어릴 적부터 계획을 세우는 걸 좋아했던 그녀는 다시 이런저런 계획들을 세우기 시작했다. 그러다 이따금 현재에 대한 예의로 아지즈는 참으로 친절하고 지적인 사람이라고 칭찬하거나 구아바를 먹거나 튀긴 스위트는 못 먹겠다고 거절하거나 하인을 상대로 우르두어를 연습하기도 했지만, 그녀의 생각들은 가까운 미래로, 마침내 감내하기로 결심한 인도에서의 삶으로 어김없이 되돌아갔다. 그녀가 터턴 부부와 버턴 부부라는 부속물들까지도 감안하여 인도에서의 삶에 대해 평가하고 있는 동안 기차는 〈덜커덩, 덜커덩〉 장단을 맞췄다. 별 볼일 없는 승객들을 싣고 별 볼일 없는 목적지를 향해 단조로운 들판 위의 낮은 제방 위를 반쯤 잠든 채 달리고 있는 이 지선 기차도 나름의 취지를 갖고 있었지만 이성적인 아델라는 그것을 이해할 수가 없었다. 저 뒤쪽에서 우편 열차가 〈업무〉를 의미하는 날카로운 기적 소리를 울리며 맹렬히 달려왔다. 흥미로운 사건들이 일어나고 개화가 이루어지고 있는 캘커타나 라호르 같은 중요한 대도시들을 이어 주는 그 열차의 취지는 아델라도 이해할 수 있었다. 불행하게도 인도에는 중요한 대도시가 얼마 되지 않는다. 인도는 끝도 없이 들판이 이어지다가 산, 정글, 산, 그리고 다시 들판이 이어지는 땅이다. 철도 지선이 끝나면 자동차들만 다닐 수 있는 도로가 이어지고 그다음엔 황소가 끄는 수레들이 다니는 좁은 길이 이어지고 그다음엔 사람들이 다니는 좁은 길이 경작지 사이로 이어지다가 붉은 페인트를 칠한 이정표 근처에서 사라진다. 이런 나라를 어찌 이성으로 지배할 수 있겠는가? 침략자들은 인도를 이성으로 지배하고자 했지만 그들은 유배자의 신세로 남아 있다. 그들이 만든 대도시들은 피난처에 지나지 않으며 그들 사이의 다툼은 고향으로 돌아가는 길을 찾을 수 없는 괴로움의 산물이다. 인도는 그들의 문제를 안다. 인도는 전 세계의 문제를 속속들이 알고 있다. 인도는 백 개의 입을 통해, 우스꽝스러우면서도 존엄한 물체들을 통해 〈오소서〉 하고 부른다. 하지만 어디로 오라는 말인가? 인도는 분명한 대답을 하지 않는다. 인도는 사람을 끄는 매력일 뿐 약속은 아니다.

믿음직한 아델라가 말했다. 「날씨가 시원해지면 심라에서 모시고 나올게요. 갇힌 신세에서 벗어나게 해드리는 거죠. 그다음엔 무굴 제국 유적지를 구경시켜 드릴게요. 타지마할은 꼭 보셔야지요. 구경이 끝나면 제가 봄베이까지 배웅해 드릴게요. 멋진 추억을 안고 이 땅을 떠나셔야죠.」 그러나 무어 부인은 일찍 서두르느라 녹초가 되어 이미 잠들어 있었다. 그녀는 건강 상태가 나빠져 동굴 구경을 오지 않았어야 했지만 다른 사람들의 흥을 깰까 봐 무리해서 온 것이다. 그녀의 꿈도 비슷한 성격의 것이었는데 다만 꿈에서는 그녀에게 무언가를 요구하는 사람들이 스텔라와 랠프였고 그녀는 그들에게 동시에 두 가정에 몸담을 수는 없다고 설명했다. 그녀가 잠에서 깼을 때 아델라는 계획 세우는 일을 접고 창밖으로 몸을 내밀고 말했다.「정말이지 놀라워요.」

영국인 거주지에서 보았을 때도 놀라웠던 마라바르의 봉우리들은 이곳에서 보니 땅이 하나의 유령이라면 그것들은 신들이라고 할 만했다. 카와 돌이 제일 가까이에 있었다. 하늘 높이 솟은 평평한 암벽 꼭대기에 — 그렇게 거대한 돌덩어리를 바위라고 부를 수 있다면 — 바위 하나가 올라앉아 있었다. 카와 돌 뒤로 동굴들을 지닌 봉우리들이 기댄 자세로 서 있었고 봉우리 사이사이에는 평원이 자리하고 있었다. 기차가 느릿느릿 지나치자 열 개의 봉우리들이 기차의 도착을 감지하기라도 한 것처럼 모두 조금씩 움직였다.

「무슨 일이 있어도 놓치고 싶지 않은 광경이에요. 보세요, 해가 뜨고 있어요. 아주 장엄한 광경이 펼쳐질 거예요. 빨리 오셔서 보세요. 무슨 일이 있어도 놓치고 싶지 않은 광경이에요. 터턴 부부와 그들의 지겨운 코끼리들에만 붙어 있었더라면 이런 광경을 볼 수 없었겠죠.」 아델라가 열의를 과장해서 표현했다.

그녀가 말하고 있는 사이에 왼편 하늘이 타는 듯한 오렌지빛으로 물들었다. 빛깔이 고동치며 나무들이 이룬 무늬 뒤로 떠올랐고 대기권을 비집고 들어오려고 용을 쓰면서 점점 더, 믿을 수 없을 정도로 강렬해졌다. 그들은 기적을 기다렸다. 그러나 밤이 소멸하고 낮이 생겨나는 그 절정의 순간에 아무 일도 일어나지 않았다. 그것은 천국의 샘에서 미덕이 솟아오르지 못하는 것과도 같았다. 동녘의 빛깔들이 쇠하고, 산봉우리들은 빛을 더 잘 받게 되었는데도 흐릿해지는 듯했으며, 아침의 산들바람과 함께 깊은 실망감이 찾아들었다. 신방이 준비되었는데 왜 신랑은 나팔과 숌[7]소리를 울리며 들어오지 않았을까? 화려한 연출도 없이 싱겁게 떠오른 태양은 이제 나무들 뒤에서 — 혹은 생기 없는 하늘에서 — 누르스름한 빛을 띠고 느릿느릿 움직이며 벌써 들판에 나와 일하고 있는 몸뚱이들을 비추고 있었다.

「아, 저건 거짓 여명이 분명해요. 대기권 상층부의 먼지가 밤 동안 하강하지 못해서 생기는 현상일걸요. 맥브라이드 씨가 그렇게 말했던 것 같아요. 솔직히 일출은 영국이 낫네요. 그래스미어 생각나세요?」

「아, 아름다운 그래스미어!」 만인이 사랑하는 그래스미어 지방의 작은 호수와 산들! 낭만적이면서도 유순한 그곳은 더 온화한 행성의 산물이었다. 이곳에는 어수선한 평원이 마라바르의 무릎에까지 펼쳐져 있었다.

7 목관악기의 일종으로 오보에의 전신.

「안녕하세요, 안녕하세요, 토피를 쓰세요.」 뒤쪽 칸에서 아지즈가 외쳤다. 「빨리 토피를 쓰세요. 이른 아침의 햇빛은 머리에 매우 위험하답니다. 의사로서 드리는 말씀이에요.」

「안녕하세요, 안녕하세요. 당신도 쓰세요.」

「제 머리는 둔해서 괜찮습니다.」 아지즈가 자기 머리를 한 대 때리고 머리칼을 한 움큼 쥐며 소리 내어 웃었다.

「좋은 사람이에요.」 아델라가 웅얼거렸다.

「들어 보세요, 다음에는 모하메드 라티프가 아침 인사를 하네요.」 실없는 농담들.

「닥터 아지즈, 어떻게 된 거죠? 기차가 마라바르산을 그냥 지나쳤어요.」

「순환 열차라 정차하지 않고 다시 찬드라푸르로 돌아가는지도 모르지요. 혹시 알아요!」

기차는 1.6킬로미터가량 더 평원을 헤맨 뒤에야 코끼리 한 마리가 서 있는 곳에서 속도를 늦췄다. 그곳엔 플랫폼도 있었지만 쓸 수 없을 정도로 망가져 있었다. 코끼리가 물감을 칠한 이마를 흔들며 아침을 맞이하고 있었다. 「어머, 놀라워라!」 두 여인이 예의 바르게 외쳤다. 아지즈는 아무 말도 하지 않았지만 자부심과 안도감에 가슴이 터질 지경이었다. 그 코끼리는 이번 여행의 특별한 볼거리였으며 아지즈가 어떤 노고를 치르고 구했는지는 신만이 알았다. 절반은 관 소유인 코끼리를 구하려면 나와브 바하두르를 통하는 것이 제일 빨랐고 나와브 바하두르에게는 그의 손자인 누레딘이 직통이었는데 누레딘에게 청탁을 넣었지만 통 소식이 없었다.

하지만 누레딘은 어머니 말이라면 꼼짝 못했고 다행히 그 어머니가 하미둘라 베굼의 친구였으며 친절하게도 하미둘라 베굼은 망가져서 캘커타에 고치러 보낸 푸르다 마차의 덧문이 도착하는 대로 누레딘의 어머니를 찾아가 부탁해 주마고 약속했다. 코끼리 한 마리가 그토록 길고 가느다란 연줄에 달려 있다는 것에 아지즈는 뿌듯한 만족감을 느끼며, 친구의 친구가 하나의 현실이고 모든 일이 언젠가는 성사되며 조만간 모두가 자기 몫의 행복을 챙기게 되는 동양에 대해 익살스러운 찬사를 보냈다. 모하메드 라티프도 흡족한 기분이었는데, 손님 둘이 기차를 놓친 덕에 뒤에서 수레를 타고 따라가는 대신 코끼리에 탈 수 있었기 때문이다. 하인들 또한 코끼리로 인해 자부심과 만족감에 차서 끓어오르는 호의를 주체하지 못하고 고함을 치면서 우당탕 쿵쾅 먼지 속에 짐을 부리고 서로에게 지시를 내렸다.

「가는 데 한 시간, 오는 데 한 시간, 동굴 구경에 두 시간이 걸릴 겁니다.」 아지즈가 매력적인 미소를 지으며 말했다. 갑작스레 그에게서 당당함이 풍겼다. 「돌아가는 기차는 열한 시 반에 있고 평소와 같이 1시 15분에 찬드라푸르에서 히슬롭 씨와 함께 점심을 드실 수 있을 겁니다. 저는 당신들의 일과를 훤히 알고 있지요. 네 시간에다 우리나라에서 흔히 일어나는 만약의 불상사에 대비해 한 시간을 더 잡더라도 매우 짧은 여정이지요. 제가 알아서 모든 계획을 세우겠지만, 무어 부인, 그리고 퀘스티드 양, 계획을 바꾸고 싶다면, 동굴 구경을 포기하겠다는 것이라 할지라도 언제든지 말씀하세요. 됐습니까? 그럼 이 야생 동물에 타시지요.」

무릎을 꿇고 있는 코끼리는 다른 봉우리들과 동떨어진 하나의 잿빛 봉우리처럼 보였다. 손님들은 사다리를 타고 올라갔고 아지즈는 사냥할 때처럼 뒷발을 밟고 올라선 다음 동그랗게 말린 꼬리로 발을 옮겼다. 모하메드 라티프도 똑같이 따라했는데 꼬리 끝을 잡고 있던 하인이 미리 지시받은 대로 꼬리를 놓는 바람에 그 가련한 노인은 주르륵 미끄러져서 코끼리 엉덩이의 그물에 매달리는 신세가 되었다. 그것은 손님들을 위해 연출한 익살극이었지만 두 여인을 괴롭게만 만들었다. 둘 다 그런 짓궂은 장난을 좋아하지 않았던 것이다. 코끼리가 두 차례 요동을 치면서 일어나자 그들은 지상 3미터 높이로 들어올려졌다. 코끼리가 늘 달고 다니는 마을 사람들과 벌거벗은 아이들이 우르르 몰려들었다. 하인들은 통가에 그릇을 실었다. 하산은 아지즈가 타려고 했던 말을 차지함으로써 마무드 알리의 집사를 눌렀다. 고드볼 교수의 음식을 요리하기 위해 데려온 브라만은 아카시아 나무 밑에 세워 두고 돌아올 때까지 기다리게 했다. 다시 돌아오게 될 기차는 지네처럼 머리를 이리저리 흔들며 들판을 가로질러 꿈틀꿈틀 기어가고 있었다. 들판에서 눈에 띄는 다른 움직임이라곤 여기저기에 파놓은 관개용 우물의 진흙 평형추들이 곤충의 더듬이처럼 오르락내리락 움직이며 약한 물줄기를 흘려보내는 모습뿐이었다. 이러한 풍경은 온화한 아침 공기 속에서 보기 좋다고 해야 했지만 거의 색깔이 없었고 생기 또한 없었다.

코끼리가 산을 향해 다가가면서 — 이제 어슴푸레한 햇살이 산기슭에까지 닿아 산주름마다 그림자가 져 있었다 — 귀로 들리는 소리보다 더 많은 감각들에 파고드는 영적인 고요가 찾아왔다. 삶은 평소처럼 계속되고 있었지만 그 결과물들은 없었는데, 무슨 뜻인가 하면 소리들은 메아리가 없고 생각들은 전개되지 않았다. 만물이 뿌리에서 잘려 망상에 물드는 듯했다. 예를 들면, 길가에 나지막한 흙무더기들이 있었는데 석회 빛깔이 감돌았고 가장자리는 톱니 모양이었다. 저 흙무더기들의 정체는 무엇인가? 무덤? 아니면 파르바티 여신의 가슴? 코끼리를 따라오던 마을 사람들은 두 가지 대답을 내놓았다. 다음엔 뱀처럼 생긴 물체를 두고 혼란이 생겼는데 그 수수께끼도 끝내 풀리지 않았다. 퀘스티드 양이 수로 저편에서 곧추서 있는 가늘고 검은 물체를 보고 〈뱀!〉이라고 외쳤다. 마을 사람들은 수긍했고, 아지즈도 독성이 강한 검은 코브라가 몸을 빳빳이 세우고 코끼리가 지나가는 것을 지켜보고 있는 것이라고 설명했다. 그러나 로니의 쌍안경으로 자세히 본 퀘스티드 양은 뱀이 아니라 말라비틀어진 공작야자 뿌리임을 확인했다. 그래서 뱀이 아니라고 말했다. 마을 주민들은 그 말을 받아들이지 않았다. 그들은 일단 머리에 박힌 〈뱀〉이라는 생각을 버리려고 하지 않았다. 아지즈도 쌍안경으로 보면 나무뿌리처럼 보이지만 사실은 검은 코브라라고 우기며, 동물의 위장술에 대한 시시껄렁한 이야기를 지어냈다. 설명된 것은 아무것도 없었지만 낭만도 없었다. 카와 돌 절벽이 발산하는 열기가 혼란을 가중시켰다. 열기는 불규칙한 간격으로 다가와서 변덕스럽게 움직였다. 들판의 한 조각이 튀겨지듯 튀어 올랐다가 잠잠하게 가라앉았다. 가까이 다가가자 방열(放熱)이 멎었다.

코끼리는 이마로 노크라도 할 것처럼 카와 돌을 향해 똑바로 걸어가다가 방향을 돌려 산기슭을 빙 돌아서 난 길로 접어들었다. 절벽들은 바닷가 낭떠러지처럼 깎아지른 듯 솟아 있었고 퀘스티드 양이 그것에 관해 언급하면서 참 인상적이라고 말하는 사이, 평원은 조용히 자취를 감추었고 양쪽으로 죽은 듯이 고요한 화강암밖에 보이지 않았다. 하늘은 평소와 다름없이 위압적으로 내려다보고 있었지만 절벽 꼭대기들에 천장처럼 바싹 붙어 있어서 부자연스럽게 가까워 보였다. 절벽들 사이에 있는 통로들은 변화란 것을 거치지 않은 듯했다. 아지즈는 자신의 너그러움에 취해 아무것도 알아채지 못했지만 그의 손님들은 그렇지 않았다. 그들은 이곳이 매력적이거나 구경 올 가치가 있는 곳이라는 느낌이 들지 않았고, 차라리 사원 같은 이슬람 명소라면 아지즈가 그 진가를 알고 설명해 줄 수 있었을 텐데 하는 생각이 들었다. 그가 이곳에 대해 무지하다는 사실이 자명해졌고 그것은 하나의 장애가 되었다. 그는 쾌활하고 자신만만하게 떠들어 대긴 했지만 이곳이 나타내는 인도의 특징을 어떻게 다루어야 할지 알지 못했으며 고드볼 교수가 없는 상태에서 그는 영국인들보다 나을 것이 없었다.

통로가 좁아지더니 다시 쟁반 모양으로 넓어졌다. 이곳이 그들의 목적지라고 할 수 있었다. 엉망이 되긴 했지만 동물들에게 먹일 물이 있는 저수지도 있었고 바로 위쪽에 검은 구멍이 하나 있었는데 그것이 바로 첫 번째 동굴이었다. 그 쟁반 모양의 땅은 세 개의 봉우리에 둘러싸여 있었다. 두 봉우리는 부지런히 열기를 뿜어내고 있었지만 다른 하나에는 그늘이 져 있어 그들은 그곳에 자리를 잡았다.

「참으로 무시무시하고 숨 막히는 곳이구나.」 무어 부인이 혼잣말로 웅얼거렸다.

「하인들의 동작이 정말 빠르네요!」 퀘스티드 양이 탄성을 내질렀다. 벌써 식탁보가 깔리고 그 가운데에 조화가 든 꽃병이 놓여졌으며 마무드 알리의 집사가 두 번째로 수란과 차를 내왔다.

「우선 이걸 먹고 아침은 동굴을 구경한 다음에 먹는 게 좋을 것 같아서요.」

「이게 아침이 아니라고요?」

「이게 아침이라고요? 제가 그런 이상한 대접을 할 줄 아셨어요?」 그는 영국인들은 쉬지 않고 먹어 대기 때문에 정식 식사가 준비될 때까지 두 시간마다 먹을 것을 주어야 한다는 경고를 들었던 것이다.

「준비가 완벽하네요!」

「그런 말씀은 찬드라푸르로 돌아간 다음에 해주세요. 혹시 제가 실수를 저지르더라도 제 손님으로 남아 주셔야 합니다.」 이제 그는 장중하게 말했다. 그들은 몇 시간 동안 그에게 의존하고 있었고 아지즈는 그런 그들이 고마웠다. 지금까지는 모든 것이 순조로웠다. 코끼리는 갓 잘라 낸 나뭇가지를 입에 물고 있었고, 통가 끌채는 공중에 솟아 있었고, 요리하는 아이는 감자 껍질을 벗기고, 하산은 고함을 질러 대고, 모하메드 라티프는 껍질을 벗긴 회초리를 손에 들고 있었다. 이번 여행은 성공적이며 인도식으로 이루어지고 있었다. 미천한 젊은이가 외국의 방문객들에게 친절을 베풀 기회를 갖게 되었다. 그것은 모든 인도인들이 — 마무드 알리 같은 냉소주의자들까지도 — 소망하는 것이었지만 그들은 그런 기회를 가져 볼 수 없었다. 아지즈는 〈자신의〉 손님들을 접대하고 있었으므로 손님들이 행복해야 체면이 서고 손님들이 조금이라도 불편해하면 마음이 아플 수밖에 없었다.

동양인들이 대부분 그러하듯 아지즈는 정성 어린 대접을 과대평가 하여 친교로 착각했고 그것이 소유욕에 물들어 있음을 깨닫지 못했다. 그는 무어 부인이나 필딩이 곁에 있어야만 더 멀리 볼 수 있게 되었고, 주는 것보다는 받는 것이 더 큰 축복임을 알게 되었다. 이 두 사람은 그에게 기이하고도 아름다운 영향력을 미쳤으며 그들은 그의 영원한 친구이고 그도 그들의 영원한 친구였다. 그는 그들을 너무도 사랑해서 주는 것과 받는 것이 하나가 되었다. 그는 하미둘라 부부보다도 두 영국인을 더 사랑했는데 그건 장애물들을 뛰어넘어 만난 사람들이라 관대한 마음이 생겨났기 때문이다. 그들의 모습은 죽는 날까지도 그의 가슴에 남아 있게 될 터였다. 아지즈는 접의자에 앉아 차를 마시고 있는 무어 부인을 바라보며 잠시 기쁨에 젖었다. 그러나 그 기쁨은 그로 하여금 〈오, 그녀를 위해 무엇을 더 해야 할까?〉 하는 생각을 품게 하여 다시 단조로운 접대로 돌아가게 할 것이기에 스스로 소멸의 씨앗을 품고 있다고 할 수 있었다. 그가 검은 총알처럼 생긴 부드럽고 표정이 풍부한 눈동자를 빛내며 말했다.
「무어 부인, 우리가 만났던 사원을 기억하세요?」

「그럼요. 기억나지요.」 무어 부인이 갑자기 젊고 생기 넘치는 모습이 되어 대답했다.

「그때 저는 얼마나 거칠고 무례했고 부인께서는 얼마나 인자하셨는지.」

「그리고 우리 두 사람은 얼마나 행복했었는지.」

「제 생각에는 그런 식으로 시작된 우정이 제일 오래가는 것 같아요. 제가 부인의 다른 자녀분들도 초대할 수 있을까요?」

「다른 자녀분들에 대해 아세요? 저한테는 그들 얘기를 통 안 하시는데.」 퀘스티드 양이 본의 아니게 분위기를 깨며 끼어들었다.

「랠프와 스텔라, 그럼요, 그들에 대해 모르는 게 없지요. 하지만 지금은 동굴 구경을 잊어선 안 되지요. 이곳에 두 분을 모시고 온 것으로 제 평생의 꿈 하나가 이루어진 셈입니다. 저에게 얼마나 큰 영광인지 두 분은 상상도 못하실 거예요. 마치 바부르 황제가 된 듯한 기분입니다.」

「왜 그런데요?」 퀘스티드 양이 일어서면서 물었다.

「우리의 선조들이 그와 함께 아프가니스탄에서 내려왔으니까요. 그들은 헤라트에서 그와 합류했지요. 그 역시 코끼리가 한 마리뿐이었던 적이 많았고 가끔 한 마리도 없을 때도 있었지만 늘 손님들을 정성껏 대접했어요. 싸울 때나 사냥할 때나 도망칠 때나 늘 산중에서 휴식을 취했지요. 지금 우리처럼요. 그는 손님을 접대하는 것이나 쾌락을 즐기는 것을 절대 포기하지 않았고 음식이 거의 남아 있지 않을 때에도 멋지게 차려 냈으며 악기가 한 가지라도 있으면 아름다운 곡조를 연주하지 않고는 못 배겼어요. 저는 그를 이상형으로 삼고 있답니다. 그는 가난한 신사이며 위대한 왕이 되었지요.」

「당신이 제일 좋아하는 인물은 다른 황제인 줄 알았는데요. 이름이 뭐였더라? 필딩 씨 댁에서 말씀하셨잖아요. 제 책에는 아우랑제브라고 나와 있는데.」

「알람기르요? 오, 그래요, 물론 그가 더 신앙심이 깊었지요. 하지만 바부르는, 그는 평생 친구를 배신한 적이 없었고 그래서 지금 그가 생각난 거지요. 그가 어떻게 죽었는지 아세요? 그는 아들을 위해 자신을 희생했어요. 전장에서의 죽음보다 훨씬 더 어려운 것이지요. 그들은 폭염에 갇히게 됐어요. 무더위가 찾아오기 전에 카불로 돌아갔어야 했는데 국정을 돌보느라 그러지 못했고 아그라 후마윤에서 병에 걸리고 말았지요. 바부르는 침대를 세 바퀴 돌면서 〈병은 내가 가져간다〉고 말했고 그러자 아들은 열이 내렸지만 그 열이 그에게로 옮아 가서 결국 죽게 됐지요. 그래서 제가 알람기르보다 바부르를 더 좋아하는 겁니다. 사실 그래선 안 되지만. 그건 그렇고, 저 때문에 늦겠네요. 두 분은 출발 준비가 되신 것 같은데.」

「아니에요. 우린 이런 식의 대화를 무척이나 좋아해요.」 퀘스티드 양이 다시 무어 부인 옆에 앉으며 말했다. 이제야 그가 다시 동양의 안내자로 돌아와 필딩의 집에서처럼 자신이 알고 느끼는 것에 대해 이야기하고 있었기 때문이다.

「저도 무굴 황제들에 대한 이야기라면 언제라도 즐겁지요. 제가 알고 있는 최고의 즐거움이에요. 무굴 제국의 첫 여섯 황제들은 모두 위대한 인물들이며 그들 중 한 사람에 대한 이야기만 나와도 전 그들을 제외한 세상일은 모두 잊게 됩니다. 지상의 어느 나라에서도 그런 훌륭한 왕들이 무려 여섯이나 대를 이어 연달아 나왔던 사례는 찾아볼 수가 없지요.」

「아크바르에 대한 얘기 좀 들려주세요.」

「아, 아크바르의 이름을 들어 보셨군요. 좋아요. 언젠가 만나시게 되면 하미둘라는 아크바르가 여섯 황제 중 최고라고 말할 겁니다. 저는 그에게 이렇게 말하지요. 〈그래요, 아크바르는 매우 훌륭한 인물이에요. 하지만 그는 반은 힌두교인이었기 때문에 진정한 이슬람교인이라고는 할 수 없죠.〉 그러면 하미둘라는 이렇게 외칩니다. 〈그건 바부르도 마찬가지지. 술을 마셨으니까.〉 하지만 바부르는 술을 마신 뒤에 항상 참회했고 아크바르는 코란 대신 신흥 종교를 만들어 내고도 참회할 줄을 몰랐지요. 그건 천지 차이지요.」

「그렇지만 아크바르의 신흥 종교는 매우 훌륭하지 않았나요? 인도 전체를 껴안기 위한 것이었으니까요.」

「퀘스티드 양, 훌륭하긴 했지만 어리석은 것이었지요. 당신은 당신의 종교를, 저는 제 종교를 고수하는 것이 최선입니다. 인도 전체를 껴안을 수 있는 것은 아무것도, 아무것도 없습니다. 그건 아크바르의 실수였지요.」

「오, 그렇게 생각하세요, 닥터 아지즈?」 퀘스티드가 생각에 잠겨서 말했다. 「전 당신이 틀렸기를 바라요. 이 나라엔 보편적인 무언가가 있어야 해요. 꼭 종교를 말하는 건 아니에요. 저 자신도 종교적인 사람은 아니니까요. 하지만 무언가가 있어야지 안 그러면 어떻게 장벽들을 허물 수 있겠어요?」

그녀는 아지즈가 이따금 꿈꾸는 보편적인 동포애를 의미한 것이었지만 그것은 말로 표현되자마자 비현실적인 것이 되었다.

「제 경우를 예로 들어 볼게요.」 사실 그녀가 열을 올리는 건 자신의 경우 때문이었다. 「혹시 당신도 들었는지 모르겠는데 저 히슬롭 씨와 결혼하게 됐어요.」

「충심으로 축하드립니다.」

「무어 부인, 닥터 아지즈께 우리의 어려움에 대해 말해도 될까요? 인도 주재 영국인의 어려움 말이에요.」

「그건 아델라의 어려움이지 내 어려움은 아니에요.」

「아, 그렇네요. 전 히슬롭 씨와 결혼하면 이른바 인도 주재 영국인이 될 거예요.」

아지즈가 항의의 표시로 손을 들었다. 「말도 안 돼요. 그런 끔찍한 말씀은 거두세요.」

「하지만 그렇게 될 수밖에 없는걸요. 그런 꼬리표를 피할 수는 없지요. 제가 피하고 싶은 건 그들의 정신이에요. 여자들 중에…….」 퀘스티드 양은 구체적인 이름을 밝히기가 꺼려져서 입을 다물었다. 보름 전이었다면 〈터턴 부인과 캘린더 부인〉이라고 대담하게 말했겠지만 이제 그럴 수가 없었다.「일부 여자들은 인도인들에 대해 인색하고 속물적인 태도를 보이고 있는 게 사실이지요. 저도 그들처럼 변한다면 말할 수 없이 부끄러운 일이겠지만, 문제는 제가 특별한 인간이 못 된다는 거예요. 주위 환경에 저항하고 그들처럼 되는 걸 거부할 만큼 특별히 착하거나 강하지 못하죠. 전 한심하기 짝이 없는 결점들을 지니고 있어요. 그래서 예의와 분별을 잃지 않고 살 수 있도록 아크바르 황제의 〈보편적인 종교〉 같은 것을 원하는 거예요. 제 말 뜻 아시겠어요?」

아지즈는 그녀의 말이 기뻤지만 그녀가 결혼 얘기를 꺼낸 뒤부터 마음의 문을 단단히 닫고 있었다. 그는 그런 일에 연루되고 싶지 않았다.「무어 부인의 가족과 함께라면 분명 행복할 겁니다.」그가 공손히 고개를 숙이며 말했다.

「제 행복은……. 그건 완전히 다른 문제예요. 전 인도 주재 영국인의 곤란한 처지에 대해 얘기하고 싶은 거예요. 조언 좀 해주시겠어요?」

「당신은 다른 사람들과는 전혀 다릅니다. 제 말을 믿으세요. 당신은 절대 우리 인도인들에게 무례한 태도를 보이지 않을 거예요.」

「1년만 지나면 누구나 무례해진다고 들었는데요.」

「그건 거짓말입니다.」아지즈의 눈에서 불이 일었다. 그녀의 말은 진실이었고 그의 아픈 곳을 찔렀으며 이런 특별한 상황에서는 그것 자체가 모욕이었기 때문이다. 그는 즉시 이성을 되찾고 껄껄 웃었지만 그녀의 실수는 그들의 대화를 망쳐 놓고 말았다. 그들의 문명이라고도 할 수 있었던 그 대화는 사막에 핀 꽃의 잎처럼 흩어져 버리고 그들은 다시 산중에 남겨졌다. 「가시지요.」 아지즈는 두 여자에게 손 하나씩을 내밀며 말했다. 그들은 좀 내키지 않는 표정으로 일어나서 구경에 나섰다.

첫 번째 동굴은 꽤 가까이에 있었다. 그들은 물웅덩이를 빙 돌아서 등에 작열하는 햇살을 받으며 매력 없는 바위 몇 개를 기어올랐다. 그리고 고개를 숙인 채 하나씩 동굴 안으로 들어갔다. 사람들의 다양한 형체들과 색깔들이 시커먼 입을 벌린 작은 동굴 속으로 사라지는 모습이 마치 물이 배수구로 빨려 들어가는 것 같았다. 밋밋하고 개성 없는 절벽들, 그 절벽들을 이어 주는 점착성을 지닌 개성 없는 하늘, 인위적으로 보이는 서툰 동작으로 절벽들 사이를 날아다니는 흰 솔개. 품위 있게 보이고 싶어 하는 욕망을 지닌 인간이 생겨나기 전의 지구는 바로 이런 모습이었으리라. 솔개가 퍼덕거리며 날아갔다. 어쩌면 새들이 생겨나기 전에……. 이윽고 동굴의 시커먼 구멍에서 사람들이 쏟아져 나왔다.

무어 부인에게 마라바르 동굴은 무시무시한 곳이었다. 그녀는 동굴 안에서 거의 실신할 뻔했고 다시 바깥 공기 속으로 나오자마자 그 말을 하고 싶은 걸 참느라 애써야 했다. 사실 그것은 당연한 일로 그녀는 평소에도 실신을 잘하는 데다 사람들이 모두 따라 들어오는 바람에 동굴이 꽉 찼던 것이다. 마을 사람들과 하인들이 빽빽하게 차자 동굴의 둥근 방에서 냄새가 풍기기 시작했다. 어둠 속에서 아지즈와 아델라에게서 떨어진 무어 부인은 누구와 몸이 닿는지도 알 수 없었고 호흡조차 곤란했으며 설상가상으로 정체 모를 불쾌한 맨살이 얼굴에 부딪치더니 입을 틀어막았다. 그녀는 입구 쪽으로 나가려고 했지만 밀려드는 인파에 도로 떠밀려 들어왔다. 그녀는 머리를 부딪쳤다. 그리고 잠시 이성을 잃고 미치광이처럼 헐떡거리며 여기저기 부딪쳤다. 혼잡과 악취에 놀랐을 뿐 아니라 메아리에도 겁을 먹었던 것이다.

고드볼 교수는 메아리에 대해서는 언급한 적이 없었는데 어쩌면 그것에 특별한 인상을 받지 않았던 것인지도 모른다. 인도에는 신기한 메아리들이 있는데 비자푸르 지방에 있는 둥근 돔 대영묘[8]의 속삭이는 회랑[9]과 만두 지방의 긴 문장들이 고스란히 되돌아오는 메아리가 그것들이다. 하지만 그것들과는 달리 마라바르 동굴의 메아리는 도무지 구별이 불가능하다. 무슨 말을 하든 똑같은 단조로운 메아리가 진동하며 벽을 타고 오르내리면서 천천히 천장에 흡수된다. 그것을 굳이 인간의 소리로 표현하자면 〈부움〉 혹은 〈부-움〉 혹은 〈우-붐〉이라고 할 수 있으며 지극히 단조롭다. 소망도, 공손함도, 코 푸는 소리도, 신발 소리도 모두 〈부움〉 하는 메아리

8 거대한 이슬람식 무덤.

9 회랑의 한 지점에서 속삭이면 조금 떨어진 곳에서는 안 들리는데도 더 멀리 있는 특정 지점에서는 또렷이 들리는 현상.

를 낸다. 성냥 긋는 소리조차 똬리를 트는 작은 벌레와도 같은 메아리를 일으키며 그 벌레들은 원 하나도 그리지 못할 정도로 작지만 결코 방심하는 법이 없다. 여러 사람이 한꺼번에 말하면 메아리가 겹쳐서 울리기 시작하고 메아리가 메아리를 낳아 동굴 안은 제각각 꿈틀거리는 작은 뱀들로 이루어진 한 마리의 커다란 뱀으로 꽉 찬다.

모두들 무어 부인의 뒤를 따라 동굴에서 쏟아져 나왔다. 그녀가 썰물의 신호를 준 것이다. 아지즈와 아델라가 미소 지으며 나오는 것을 본 무어 부인은 아지즈를 실망시키고 싶지 않아서 자신도 미소를 지었다. 그녀는 동굴에서 한 사람씩 나올 때마다 범인을 찾아보았지만 그녀를 예우하고 싶어하는 유순한 사람들뿐이었다. 그녀는 마침내 자신의 입을 틀어막은 것은 엄마의 등에 업힌 아기였음을 깨달았다. 동굴에서 악한 짓은 없었다. 그러나 그녀에게 동굴 구경은 결코 유쾌하지 못했으므로 더 이상 동굴에 들어가지 않기로 결심했다.

「그가 성냥불을 켰을 때 반사광을 보셨어요? 아름다웠죠?」

「난 기억이…….」

「그의 말로는 이 동굴은 그저 그렇고 카와 돌에 있는 동굴들이 제일 멋있대요.」

「난 거기까지는 못 갈 것 같아요. 산에 오르는 걸 싫어해서.」

「좋아요, 아침 식사가 준비될 때까지 다시 그늘에 앉아 쉬도록 하죠.」

「아, 그렇지만 그가 실망할 거예요. 그토록 애를 썼는데. 괜찮다면 아델라는 가도록 해요.」

「그래야 될 것 같네요.」 퀘스티드 양은 상냥한 태도를 보이고 싶은 마음이 앞서서 그렇게 대답했다.

하인들이 모하메드 라티프의 근엄한 꾸짖음에 쫓겨 허둥지둥 돌아오고 있었다. 아지즈가 손님들이 바위를 건너뛸 수 있도록 도우러 왔다. 능력이 최고조에 이른 그는 활기차고 겸허했으며 어떤 비판에도 분개하지 않을 정도로 자신감이 넘쳐서 손님들이 계획을 바꿔야겠다고 했을 때도 진심으로 기뻐했다. 「알겠습니다, 퀘스티드 양. 무어 부인은 여기 계시고 우리끼리 가도록 하지요. 오래 걸리진 않겠지만 일부러 서두르지는 않는 게 좋겠습니다. 그것이 무어 부인께서 바라시는 일일 테니까요.」

「그럼요. 함께 가지 못해서 미안해요. 걸음을 잘 못 걸어서요.」

「친애하는 무어 부인, 부인께서 제 손님이신 한 무엇이 문제가 되겠습니까? 이상하게 들리시겠지만, 저는 부인께서 가시지 않는 것도 무척이나 기쁘답니다. 저를 친구로서 솔직하게 대해 주시는 것이니까요.」

「그래요, 우린 친구예요.」 무어 부인은 아지즈의 소매에 손을 올려놓으며 그렇게 대답했다. 그녀는 지쳐 있으면서도 그가 참 매력적이고 훌륭한 젊은이라고 생각하며 진심으로 그의 행복을 빌었다. 「그럼 한 가지 제안을 더 할까요? 이번엔 그렇게 많은 사람들을 데려가지 마세요. 그게 더 편할 거예요.」

「옳습니다, 옳아요.」 아지즈는 그렇게 외치며 사람들에게 달려가 카와 돌에는 안내인 하나만 데리고 갈 테니 아무도 따라오지 말라고 지시했다. 「그럼 됐나요?」

「됐어요. 이제 구경 잘하고 다녀와서 전부 얘기해 줘요.」 그런 다음 무어 부인은 의자에 몸을 묻었다.

아지즈 일행이 카와 돌의 동굴들을 보고 오려면 한 시간 가까이 걸릴 터였다. 무어 부인은 편지지를 꺼내 〈사랑하는 스텔라, 사랑하는 랠프에게〉라고 쓰다가 손을 멈추고 기이한 골짜기와 이곳에 침입한 자신의 초라한 모습을 바라보았다. 이곳에서는 코끼리조차 보잘것없는 존재로 보였다. 그녀는 눈을 들어 동굴 입구를 보았다. 아니, 다시는 그런 경험을 되풀이하고 싶지 않았다. 그것에 대해 생각할수록 더 불쾌하고 무서워졌다. 그녀는 아까 동굴에 있을 때보다도 훨씬 기분이 꺼림칙했다. 혼잡함과 악취는 잊을 수 있었지만 메아리가 뭐라 표현할 수 없는 방식으로 삶에 대한 통제력을 갉아먹기 시작했다. 마침 그녀가 지쳐 있는 순간에 찾아온 그것은 이런 말을 속삭일 수 있었다. 〈애상, 경건함, 용기 — 그런 것들은 존재하긴 하지만 모두 같은 것이며 불결함 또한 그러하다. 모든 것들은 존재하지만 가치를 지닌 것은 없다.〉 동굴에서 누군가 불결한 얘기를 했거나 고상한 시를 암송했더라도 동굴의 대답은 똑같이 〈우-붐〉이었을 것이다. 누군가 천사의 방언을 하고, 인간이면 어떤 지위에 있고 어떤 견해를 가졌든 아무리 피하려고 애써도 겪을 수밖에 없는 과거나 현재나 미래의 모든 불행과 오해에 대해 호소했더라도 결과는 마찬가지였을 것이다. 북쪽의 악마들인 마라바르의 암벽 봉우리들은 시로 노래될 수도 있지만, 그것은 그들을 인간과 화해시켜 주는 유일한 특성인 광대함이 지닌 무한성과 영원성을 박탈하는 행위이므로 아무도 마라바르를 낭만적으로 그릴 수는 없었다.

무어 부인은 자신이 노구를 생각하지 않고 일찍 일어나 너무 멀리까지 와서 그런 것일 뿐이고, 지금 엄습하는 절망감은 자신만의 절망감이고 나약함이며, 설령 자신이 일사병을 일으켜 미쳐 버린다고 해도 나머지 세상은 아무 일도 없는 듯 지속될 것임을 스스로에게 일깨우며 편지를 계속 쓰려고 했다. 하지만 갑자기 마음 언저리에서 종교가, 저 가엾고 보잘것없으며 말 많은 기독교가 나타났고, 그녀는 〈빛이 있으라〉에서 〈다 이루었다〉에 이르기까지 기독교의 모든 성스러운 말들이 〈부움〉에 지나지 않음을 깨달았다. 그러자 평소보다 넓어진 공간이 두려워졌고 그녀의 지적인 능력으로는 이해가 불가능한 우주는 그녀의 영혼에 휴식을 제공하지 않았다. 지난 두 달 동안의 기분이 마침내 분명한 형체를 갖게 되었고 그녀는 자식들에게 편지를 쓰고 싶지 않음을, 누구와도, 심지어 하느님과도 마음을 나누고 싶지 않음을 깨달았다. 그녀는 공포에 차서 미동도 않은 채 앉아 있었고 모하메드 라티프가 다가오자 그가 이상한 낌새를 채리라고 생각했다. 그녀는 위안을 얻기 위해 잠시 〈병이 나려고 이러는 거야〉라고 생각했지만 이내 인생의 무상함에 대한 깨달음에 무릎을 꿇었다. 그녀는 모든 흥미를 잃었으며 아지즈에 대해서도 마찬가지여서 그녀가 그에게 했던 다정하고 진실한 말들은 이제 더 이상 그녀에게 속하지 않고 허공에 떠도는 듯했다.

# 15

퀘스티드 양과 아지즈와 안내인은 좀 지루한 여행을 계속했다. 해가 점점 높아지고 있어서 그들은 말을 아꼈다. 공기는 뜨거운 물이 쉬지 않고 졸졸 흘러드는 온탕 같았고 기온은 계속해서 올라갔으며 큰 바위들이 〈나는 살아 있다〉고 말하면 작은 돌들은 〈나는 거의 살아 있다〉고 응답했다. 바위들 틈에는 작은 식물들의 유해가 누워 있었다. 일행은 정상의 흔들바위까지 올라갈 작정이었지만 너무 멀어서 동굴들이 많이 모여 있는 곳까지 가는 것으로 만족하기로 했다. 도중에 외따로 떨어진 몇 개의 동굴들을 만났고 안내인의 권유로 들어가 보긴 했지만 구경할 만한 것은 없었다. 그들은 성냥불을 켜고 반들반들한 벽에 비친 반사광에 감탄한 다음 메아리 소리를 내보고 나왔다. 아지즈는 〈곧 매우 흥미로운 고대의 조각 장식들을 보게 될 것을 확신한다〉고 장담했지만 그건 그런 조각 장식들을 보고 싶다는 뜻일 뿐이었다. 그는 속으로 아침 식사에 대해 걱정하고 있었다. 그가 떠나올 무렵에 혼란의 징조들이 나타나기 시작했던 것이다. 그는 머릿

속으로 메뉴를 점검했다. 영국식으로 포리지[10]와 양갈비 요리를 내되 이야깃거리를 만들기 위해 인도 음식 몇 가지를 곁들이고 그다음엔 판을 낼 계획이었다. 그는 무어 부인만큼 퀘스티드 양을 좋아하지 않았기에 그녀에게 할 말이 거의 없었고 특히 영국 관리와 결혼한다니 더욱 그러했다.

아델라 역시 그에게 할 말이 많지 않았다. 아지즈가 아침 식사에 정신을 쏟고 있었다면 그녀는 자신의 결혼 생각에 빠져 있었다. 다음 주엔 심라에 가고, 안토니를 해고하고, 티베트를 구경하고, 따분한 결혼식을 치르고, 시월에는 아그라로 가고, 봄베이에서 무어 부인을 편안하게 떠나보내고……. 일련의 계획들이 더위에 조금은 흐릿해진 상태로 그녀의 머릿속을 줄지어 지나갔다. 그러다 찬드라푸르에서의 생활이라는 보다 심각한 문제에 대해 생각하기 시작했다. 로니와 자신이 지닌 한계로 인해 현실적인 어려움들이 따르겠지만 어려움에 맞서 싸우는 것을 좋아하는 그녀는 자신의 결점인 괴팍함만 억제하고 인도 주재 영국인의 삶을 불평하거나 그것에 굴복하지만 않는다면 행복하고 유익한 결혼 생활을 누릴 수 있을 것이라 생각했다. 그녀는 너무 이론에 얽매이지 말고 문제가 생길 때마다 침착하게 처리하며 로니와 자신의 상식을 믿기로 했다. 다행히 두 사람은 충분한 상식과 선의를 지니고 있었다.

그러나 접시를 포개 놓은 듯한 모양을 한 바위를 끙끙거리며 오르면서 그녀는 〈그럼 사랑은?〉 하고 생각했다. 바위

10 오트밀에 우유나 물을 부어 만든 죽.

위에 발 딛는 곳이 두 줄로 새겨져 있었는데 무슨 이유에선지 그걸 보자 그런 의문이 떠올랐던 것이다. 전에 어디서 저런 걸 봤더라? 그래, 맞아, 나와브 바하두르의 차바퀴 자국이 저랬었지. 그녀와 로니 — 그래, 그들은 서로를 사랑하지 않는다.

「제 걸음이 너무 빠른가요?」 미심쩍은 얼굴로 걸음을 멈추고 있는 그녀를 보고 아지즈가 물었다. 자신과 로니 사이에 사랑이 없다는 깨달음이 너무도 갑작스럽게 찾아와서 그녀는 로프가 끊어진 등반자 신세가 된 기분이었다. 결혼할 남자를 사랑하지 않다니! 지금까지 그걸 깨닫지 못하고 있었다니! 지금까지 그런 의문조차 가져 보지 않았다니! 다른 것들만 생각하고. 그녀는 간담이 서늘해졌다기보다는 부아가 치밀어서 햇빛에 반짝이는 바위에 시선을 박고 서 있었다. 어스름 속에서 서로를 존중하는 마음과 동물적인 접촉은 있었지만 그들을 이어 주는 감정은 없었다. 그럼 약혼을 깨야 할까? 그럴 생각은 없었다. 다른 사람들에게 큰 폐가 될 것일뿐더러 성공적인 결합에 사랑이 필수적이라는 확신도 없었다. 만일 사랑이 전부라면 대부분의 결혼이 신혼 기간을 넘기지 못하리라. 「아뇨, 괜찮아요. 고마워요.」 그렇게 대답한 그녀는 침착함을 되찾고 등반을 계속했지만 좀 낙심이 되었다. 아지즈가 그녀의 손을 잡아 주었고, 안내인은 도마뱀처럼 바위에 찰싹 붙어서 개인적인 무게중심의 지배를 받는 것처럼 날래게 움직였다.

「결혼하셨어요, 닥터 아지즈?」 아델라는 다시 걸음을 멈추고 이마를 찡그리며 물었다.

「예, 그럼요. 언제 한번 제 아내를 보러 오세요.」 아지즈는 잠시나마 아내를 살아 있게 하는 것이 더 예술적으로 느껴져서 그렇게 대답했다.

「고마워요.」 아델라가 멍하니 대답했다.

「아내는 지금 찬드라푸르에 없답니다.」

「아이들은 있으세요?」

「예, 그럼요. 셋이지요.」 아지즈가 더욱 분명한 어조로 대답했다.

「아이들이 큰 즐거움이 되나요?」

「그야 당연하지요. 저는 아이들을 몹시 사랑합니다.」 아지즈가 소리 내어 웃으며 말했다.

「그러시겠죠.」 아델라는 그가 참 잘생긴 동양인이라고 생각했다. 분명 그의 아내와 아이들도 아름다운 용모를 지녔으리라. 사람은 원래 자신이 이미 갖고 있는 것을 얻게 마련이니까. 그녀에게 방랑자의 피가 흐르지 않았기에 개인적으로 그에게 끌리진 않았지만 그와 같은 계층의 동족 여인들은 그에게 매료되리란 생각이 들었다. 그녀는 자신이나 로니가 육체적인 매력을 갖지 못한 것이 유감스러웠다. 미모, 숱 많은 머리, 고운 살결 같은 것들은 남녀 관계에서 중요하다. 터턴 부인 말로는 이슬람교에서는 아내를 네 명까지 둘 수 있다고 하니 이 남자도 여러 명의 아내를 두고 있는지도 모른다. 그 영원의 바위 위에서 달리 말상대가 없었던 그녀는 솔직하고 고상하며 호기심 어린 태도로 이렇게 물었다. 「부인이 하나인가요, 아니면 여럿인가요?」

그 질문은 아지즈에게 너무나도 큰 충격이었다. 그것은 그가 속한 집단의 새로운 신념에 대한 도전이었고 새로운 신념은 묵은 신념보다 예민한 법이었다. 만일 그녀가 〈당신이 믿는 신은 하나인가요, 아니면 여럿인가요〉라고 물었더라면 반감을 느끼지 않았을 것이다. 하지만 신식 교육을 받은 이슬람교인에게 부인이 몇이나 되는지 묻는 건 끔찍하고 고약한 짓이었다! 아지즈는 당혹감을 어떻게 감춰야 할지 난감했다. 「하나요. 제 경우는 하나입니다.」 그는 빠르게 대답하고 그녀의 손을 놓았다. 그 길의 끝에는 많은 동굴들이 있었고 아지즈는 〈빌어먹을 영국인들은 어쩔 수가 없다니까〉 하고 생각하며 마음의 안정을 되찾기 위해 그 동굴들 중 하나로 뛰어들었다. 자신이 해서는 안 될 말을 했다는 걸 전혀 모르는 아델라는 이런 구경은 따분하다는 생각을 품고 또 한편으로는 결혼에 대해 궁리하면서 천천히 동굴로 들어갔다.

# 16

아지즈는 동굴 속에서 잠시 기다리다가 다시 퀘스티드 양과 합류하게 되면 〈바람을 피해서 동굴로 뛰어 들어갔다〉는 따위의 변명을 할 수 있도록 담뱃불을 붙였다. 그가 동굴에서 나와 보니 안내인 혼자 고개를 갸웃하고 서 있었다. 무슨 소리를 들었다는 것이다. 아지즈에게도 이내 그 소리가 들렸는데 자동차 소리였다. 카와 돌의 바깥쪽 등성이에 있던 그들은 20미터 정도를 기어가서 평원을 언뜻 보았다. 자동차 한 대가 산을 향해 찬드라푸르로(路)를 달려오고 있었다. 그러나 이 깎아지른 듯한 절벽은 꼭대기가 휘어져 있어서 아래쪽을 보기가 쉽지 않았고 차가 가까이 오면서 종적을 감추었기에 자세히 볼 수가 없었다. 분명 그 차는 그들 바로 아래, 도로가 끝나고 좁은 길이 이어지면서 아까 코끼리가 옆걸음질로 방향을 돌려야 했던 바로 그 지점에서 정지했을 것이다.

아지즈는 손님에게 그 이상한 소식을 전하기 위해 원래 자리로 달려갔다.

그런데 안내인 말이 그녀가 동굴 안으로 들어갔다는 것

이다.

「어떤 동굴?」

안내인은 동굴들이 있는 곳을 애매하게 가리켰다.

「손님에게서 눈을 떼지 않는 것이 자네 임무야. 여긴 동굴이 최소한 열두 개는 된다고. 손님이 어떤 동굴로 들어갔는지 내가 어떻게 알 수 있겠어? 내가 들어갔던 동굴은 어떤 거지?」 아지즈가 엄하게 말했다.

안내자는 다시 애매하게 가리켰다. 아지즈 자신도 아까 그 자리로 돌아온 것인지 확신할 수가 없었다. 이곳이 동굴들의 산란지라도 되는 것처럼 동굴들이 사방에 널려 있었고 입구의 크기도 천편일률적이었다. 아지즈는 〈맙소사, 퀘스티드 양을 잃어버렸구나〉 하는 생각이 들었다. 하지만 이내 정신을 가다듬고 차분하게 그녀를 찾기 시작했다.

「소리를 쳐봐!」 그가 명령했다.

둘이 한참 소리를 친 뒤 안내인이 마라바르 동굴에서는 동굴 자체의 소리밖에는 들리지 않으므로 소리쳐 봐야 소용없다고 설명했다. 아지즈는 머리의 땀을 닦았다. 옷 속에서도 땀이 비 오듯 흘렀다. 지형이 지그재그식 계단처럼 생긴 데다 여기저기에 뱀이 지나간 자국처럼 기다랗게 홈이 파여 있어서 무척이나 혼란스러웠다. 그는 동굴마다 다 들어가 보려고 했지만 어디부터 시작했는지도 헛갈렸다. 동굴 뒤에 동굴이 숨어 있거나 짝을 지어 이마를 마주하고 있기도 했고 일부는 계곡 입구에 자리하고 있었다.

「이리 와!」 그는 안내인을 조용히 부른 뒤 그가 가까이 오자 빰을 한 대 때렸다. 안내인은 줄행랑을 치고 홀로 남은 그는 〈이제 난 끝난 거야. 손님이 사라졌으니〉 하고 생각했다. 그러나 다음 순간 수수께끼의 실마리가 풀렸다.

계곡 저 아래 바위들 틈에서 어떤 여자와 이야기를 나누고 있는 퀘스티드 양을 얼핏 보았던 것이다. 그녀는 길을 잃은 게 아니었다. 아까 그 차에 그녀의 친구가 — 어쩌면 히슬롭 씨가 — 타고 있어서 그들을 만나러 간 것이었다. 아지즈는 너무도 안도한 나머지 그녀의 행동이 이상하다는 생각은 하지 못했다. 계획이 갑자기 바뀌는 것에 익숙해진 그는 그녀가 드라이브를 즐기고 싶어서 충동적으로 카와 돌을 달려 내려갔으리라고 생각했다. 혼자서 무어 부인이 있는 곳으로 돌아가려는 찰나, 그는 잠시 전에 보았더라면 가슴이 철렁했을 물건을 발견했다. 퀘스티드 양의 쌍안경이었다. 그것은 동굴 입구에서 안으로 절반쯤 들어간 지점에 버려져 있었다. 아지즈는 그것을 어깨에 둘러메려다가 가죽 끈이 끊어져 있어서 주머니에 넣었다. 그러곤 몇 발자국 가다가 그녀가 떨어뜨린 것이 더 있을지도 모른다는 생각에 다시 그 자리로 갔다. 하지만 아까 그랬던 것처럼 그 동굴을 찾을 수가 없었다. 평지로 내려왔을 때 자동차 시동 거는 소리가 들렸지만 눈에 보이지는 않았다. 무어 부인이 있는 곳을 향해 계곡을 기어 내려간 그는 어수선한 사람들 틈에서 영국인의 토피를 발견했는데 그 아래서 미소 짓고 있는 얼굴은 기쁘고 반갑게도 히슬롭이 아닌 필딩이었다.

「필딩! 오, 당신이 없어서 얼마나 아쉬웠는지 몰라요!」 그는 처음으로 〈씨〉를 빼고 필딩을 불렀다.

그의 친구도 기쁨에 차서 위엄 같은 건 신경도 안 쓰고 기차를 놓친 것에 대한 설명과 사과의 말을 외쳤다. 필딩은 방금 전에 도착한 데릭 양의 차를 타고 왔다고 했다. 그러니까 퀘스티드 양과 이야기를 나눴던 여자는 데릭 양이었다. 그들이 이야기꽃을 피우자 하인들도 요리하던 손길을 멈추고 귀 기울였다. 훌륭한 데릭 양! 우체국에서 우연히 필딩을 만난 그녀는 〈왜 마라바르에 안 가셨어요〉라고 물었고 필딩이 기차를 놓쳤다고 하자 선뜻 태워다 주겠다고 했다. 또 하나의 친절한 영국인 여자. 그런데 그녀는 어디 있는 걸까? 필딩은 그녀와 운전기사를 남겨 두고 아지즈 일행을 찾으러 왔다고 했다. 자동차는 이곳까지 올라올 수 없으니까. 그렇다면 수백 명의 사람들을 보내 데릭 양을 모셔 와야 한다. 코끼리도 내려가고…….

「아지즈, 마실 것 한 잔 줄래요?」

「절대 안 되죠.」 아지즈는 마실 것을 가지러 나는 듯 달려가면서 농담을 던졌다.

「필딩 씨!」 그늘 밑에 앉아 있던 무어 부인이 외쳤다. 필딩이 도착하자마자 아지즈가 계곡의 급류처럼 달려 내려온 터라 두 사람은 아직 이야기를 나눌 기회가 없었다.

「안녕하세요!」 필딩은 모두가 잘 있는 것에 안도하여 외쳤다.

「필딩 씨, 퀘스티드 양을 보셨나요?」

「전 이제 막 도착한걸요. 그녀는 어디 있죠?」

「나도 몰라요.」

「아지즈! 퀘스티드 양을 어디 두고 온 거죠?」

마실 것을 들고 돌아오던 아지즈는 잠시 생각에 잠겨야 했다. 그는 새로운 행복감에 가득 차 있었던 것이다. 이번 여행은 한두 차례 고약한 충격이 있었지만 필딩이 — 그것도 뜻밖의 손님까지 대동하고 — 찾아와 줌으로써 그가 꿈꾸어 왔던 것 이상이 되었다. 「아, 퀘스티드 양은 걱정 마세요. 데릭 양을 만나러 갔으니까요. 자, 행운을 위하여! 친친!」[11]

「행운을 위하여! 하지만 친친은 사양하겠어요. 인도를 위하여!」 친친이란 말을 싫어하는 필딩이 소리 내어 웃으며 말했다.

「행운을 위하여, 그리고 영국을 위하여!」

데릭 양의 호위를 맡은 행렬이 막 출발하려는 순간 그녀의 운전기사가 와서 그녀가 다른 젊은 숙녀와 함께 찬드라푸르로 갔다고 알렸다. 그녀는 그를 이곳으로 보내고 손수 차를 몰고 떠났다는 것이다.

「오, 그래요. 충분히 그럴 수 있지요. 드라이브를 하러 간 거예요.」 아지즈가 말했다.

「찬드라푸르라고? 저 사람이 잘못 알고 있는 거예요.」 필딩이 외쳤다.

「아니, 왜요?」 아지즈는 실망스러웠지만 가볍게 넘겨 버렸다. 분명 퀘스티드 양과 데릭 양은 절친한 사이일 것이다. 네 명의 영국인 모두에게 아침 식사를 대접하고 싶긴 하지

11 중국어 〈칭칭〉에서 유래한 말로 〈건배〉라는 뜻.

만 손님들의 뜻이 우선이다. 그렇지 않다면 포로지 어디 손님이겠는가. 아지즈는 그런 생각으로 포리지와 얼음을 살피러 갔다.

「무슨 일이에요?」 이상한 일이 벌어졌음을 즉시 간파한 필딩이 물었다. 데릭 양은 이곳으로 오는 내내 들뜬 목소리로 이 여행 이야기를 했으며 자신은 초대받아서 가는 자리보다는 이런 예기치 못한 대접을 받는 걸 더 좋아한다고 말했었다. 무어 부인은 부루퉁하고 멍청한 얼굴로 발을 흔들며 앉아 있다가 이렇게 말했다.「데릭 양은 도무지 만족할 줄을 모르고 가만히 있지를 못하지요. 늘 허둥지둥 급하고, 새로운 것을 원하고. 자신을 고용한 인도 부인에게 돌아가는 걸 빼면 어떤 일이라도 할 인물이지요.」

데릭 양을 싫어하지 않는 필딩이 대답했다.「저와 헤어질 때는 급한 것 같지 않았어요. 찬드라푸르로 돌아갈 일도 없었고요. 제가 보기엔 퀘스티드 양이 급히 서두른 것 같은데요.」

「아델라가요? 아델라는 평생 서두른 적이 없었어요.」 노부인이 날카롭게 말했다.

「퀘스티드 양이 원해서 돌아간 것으로 밝혀질 거예요. 전 압니다.」 필딩이 우겼다. 그는 부아가 치밀었는데 그것은 주로 자신을 향한 것이었다. 그의 잘못은 아니었지만 애초에 기차를 놓친 것도 불찰이었고 지금 도착해서도 두 번째로 아지즈의 계획에 차질을 빚고 말았다. 그는 함께 책임질 사람이 필요했다. 그는 좀 고압적으로 무어 부인을 향해 인상을 쓰면서 말했다.「아지즈는 참 좋은 사람이에요.」

「그래요.」 무어 부인이 하품을 하며 대답했다.

「이번 여행을 성공적으로 마치기 위해 무던히도 애쓰고 있어요.」

그들은 서로에 대해 잘 알지 못했고 한 인도인에 의해 함께 있게 된 것에 대해 좀 거북해하고 있었다. 인종 문제는 미묘한 형태를 띨 수가 있다. 그들의 경우 그것은 일종의 질투심과 서로에 대한 의심을 유발했다. 필딩은 그녀의 열성을 자극하려고 했지만 그녀는 거의 말을 하지 않았다. 아지즈가 그들을 식탁으로 데려갔다.

「퀘스티드 양의 일은 전혀 이상할 게 없어요.」 그 일이 자연스럽게 보이도록 마음속으로 약간의 조작을 해놓은 아지즈가 말했다. 「우린 그때 안내인과 재미난 얘기를 나누고 있었는데 차가 보이더라고요. 그래서 퀘스티드 양은 친구를 만나겠다고 내려갔지요.」 구제불능일 정도로 매사에 정확하지가 못한 그는 이미 실제 그랬던 것으로 생각하고 있었다. 그가 정확하지 못한 건 감수성이 예민하기 때문이었다. 그는 퀘스티드 양이 일부다처제에 대해 언급한 것을 손님으로서 해서는 안 될 행동으로 여겼기에 기억에 담아 두고 싶지 않았으므로 그녀에게서 벗어나기 위해 동굴로 뛰어들었던 사실까지도 마음에서 떨쳐 냈던 것이다. 그는 퀘스티드 양의 명예를 위해 정확하지가 못했던 것이며 사실들이 뒤엉키자 — 잡초를 뽑고 난 후 땅을 골라 주는 것처럼 — 주변 상황을 정리했다. 결과적으로 아침 식사를 하는 동안 그는 많은 거짓말들을 하게 되었다. 「퀘스티드 양은 자신의 친구에게, 저는 제 친구에게 달려온 거지요. 이제 저는 제 친구들과 함께 있고 제 친구들은 저와, 그리고 서로와 함께 있으니 그것이 바로 행복이지요.」 그가 미소 지으며 말했다.

무어 부인과 필딩 씨 두 사람을 다 좋아하는 아지즈는 그들이 서로를 좋아해 주기를 바랐다. 하지만 그들은 그러고 싶어 하지 않았다. 필딩은 적의를 품고 〈나는 이런 여자들이 문제를 일으킨다는 걸 알고 있어〉 하고 생각했고, 무어 부인은 〈이 남자는 자기가 기차를 놓쳐 놓고 우리를 비난하려 하고 있지〉라고 생각했다. 그러나 그녀는 동굴에서 실신할 뻔했던 일 때문에 무관심해지고 냉소적인 상태에 빠져 그런 생각마저 희미했다. 시원한 저녁과 무한성에 대한 훌륭한 암시들을 지닌 처음 몇 주 동안의 멋진 인도는 소멸해 버렸다.

필딩은 동굴로 달려가서 구경했지만 별다른 감명을 받지 못했다. 일행은 코끼리를 타고 찌르는 듯한 열기의 추격을 받으며 다시 절벽들 사이의 통로를 지나 기차역으로 향했다. 데릭 양의 차에서 내렸던 장소에 도착했을 때 필딩은 문득 꺼림칙한 생각이 들어 아지즈에게 물었다. 「아지즈, 정확히 어디서 어떤 식으로 퀘스티드 양과 헤어졌지요?」

「저 위에서요.」 아지즈가 쾌활하게 카와 돌을 가리켰다.

「하지만 어떻게…….」 바위틈에 선인장이 비듬처럼 덮인 좁은 계곡 하나가 보였다. 「안내인의 도움을 받았겠군요.」

「아, 큰 도움이 됐지요.」

「정상에서 내려오는 길이 있나요?」

「길은 헤아릴 수 없이 많답니다.」

하지만 필딩의 눈에는 그 계곡밖에 보이지 않았다. 다른 곳은 햇빛에 반짝이는 깎아지른 듯한 화강암 절벽뿐이었다.

「그들이 안전하게 내려가는 걸 확인했나요?」

「예, 예. 그리고 그녀는 데릭 양과 함께 차를 타고 떠났지요.」

「안내인은 다시 돌아왔나요?」

「맞아요. 혹시 담배 있으세요?」

「그녀가 병이 난 건 아니어야 할 텐데.」 필딩은 그 일이 계속 마음에 걸렸다. 계곡은 평원을 가로지르는 수로로 연결되어 갠지스까지 이어졌다.

「병이 났다면 의사인 제 보살핌을 받으려고 했겠지요.」

「일리가 있네요.」

「걱정 말고 다른 얘기나 나눕시다. 퀘스티드 양은 원하는 대로 할 권리가 있었어요. 처음부터 그렇게 약속했으니까요. 저 때문에 걱정하시는 거 압니다만, 전 아무렇지도 않습니다. 원래 사소한 일에는 신경 쓰지 않거든요.」 아지즈가 친절하게 말했다.

「맞아요, 당신 때문에 걱정하는 거예요. 난 그들이 무례했다고 생각해요! 그녀는 당신의 파티에서 갑자기 빠져나갈 권리가 없었고 데릭 양도 그녀를 부추길 권리가 없었어요.」 필딩이 목소리를 낮추어 말했다.

그토록 다혈질인 아지즈가 평소답지 않게 꿈쩍도 하지 않았다. 그는 자신의 소임을 다한 무굴 황제였기에 그를 높이 날아오르게 한 날개가 꺾이지 않았던 것이다. 코끼리 등에 앉아서 그는 멀어져 가는 마라바르산을 바라보았다. 그의 왕국에 속한 스산하고 어수선한 평원과 관개용 우물의 양동이들의 부산하면서도 힘없는 움직임과 흰 신전들과 낮은 무덤들, 유쾌한 하늘과 나무처럼 보이는 뱀을 다시 보았다. 그는 손님들을 정성을 다해 대접했으므로 그들이 늦게 오건 일찍 떠나건 개의치 않았다. 무어 부인은 가마 난간에 기대어 흔들리며 자고 있었고 모하메드 라티프가 공손히 그녀를 안아 보호하고 있었으며 자신의 옆에는 이제 〈시릴〉이라고 이름을 부르고 싶어지도록 친숙해진 필딩이 앉아 있었다.

「아지즈, 이 여행 때문에 경비가 얼마나 들었는지 계산해 봤어요?」

「쉿! 나의 소중한 친구여, 그 문제에 대해서는 아무 말씀 마세요. 수백 루피가 들었겠지요. 나중에 계산해 보면 어마어마할 거예요. 친구들에게 빌린 하인들이 이리저리 돈을 뜯어냈고 코끼리로 말할 것 같으면 금 덩어리를 먹어 치우는 꼴이지요. 당신을 믿고 하는 말이니 비밀로 해주세요. 특히 M.L.[12]이 — 본인이 듣고 있으니 머리글자를 써주세요 — 제일 끔찍하지요.」

「아무 쓸모없는 사람이라고 내가 말했잖아요.」

「쓸모는 많지만 그의 부정직함이 나를 파멸로 몰아넣을 거예요.」

「아지즈, 그런 끔찍한 소리를!」

「그가 내 손님들을 편안하게 해주었으니 지금으로선 못마

12 모하메드 라티프의 머리글자.

땅할 게 없지요. 친척이니 그를 고용해야 마땅하고요. 돈은 나가면 다시 들어오게 마련이다. 돈을 쓰지 않으면 죽음이 찾아온다. 이런 유익한 우르두어 속담을 들어 본 적 있나요? 못 들어 봤겠죠. 내가 방금 지어낸 거니까.」

「내 속담은 이런 것들이지요. 절약이 버는 것이다. 제때의 바늘 한 땀이 아홉 땀을 던다. 돌다리도 두드려 보고 건너라. 대영 제국은 그런 속담들을 믿지요. M.L. 같은 사람들을 계속 고용하는 한 당신들은 이 땅에서 우리를 쫓아낼 수 없어요.」

「오, 당신들을 쫓아낸다고요? 내가 왜 그런 지저분한 일을 해야 하죠? 그런 건 정치인들에게 맡겨야지요. 나도 학생 시절에는 빌어먹을 당신네 나라 사람들 때문에 흥분했던 것이 사실이지만 그들이 내 일자리만 빼앗지 않고 공식적으로 지나치게 무례하게 대하지만 않는다면 난 그들에게 아무것도 요구하지 않아요.」

「하지만 당신은 그들을 여행에 초대했잖아요.」

「이 여행은 영국인이나 인도인의 문제와는 아무 상관이 없어요. 친구들끼리의 여행이니까요.」

즐겁기도 하고 그렇지 않기도 했던 행렬은 막을 내리고 일행은 역에서 브라만 요리사와 합류했다. 기차가 타는 듯 뜨거운 목을 내밀고 평원을 달려와 역에 도착하자 20세기가 16세기의 자리를 인계받았다. 무어 부인은 푸르다 칸에 타고 세 남자는 자신들의 칸으로 가서 덧창을 조절하고 선풍기를 튼 다음 잠을 청했다. 어슴푸레한 빛 속에서 손님들은 모두 시체처럼 보였고 기차 역시 움직이고는 있었지만 죽은 것 같았다. 그것은 하루 네 번씩 풍경을 어지럽히는, 과학이 발달된 북쪽에서 온 관이라고도 할 수 있었다. 기차가 마라바르산을 떠나자 그 험악한 작은 우주는 사라지고 멀리 보이는 유한하고 낭만적인 마라바르가 자리를 대신했다. 기차는 탄수차[13]의 석탄에 물을 뿌리기 위해 한 차례 펌프 밑에 정차했다. 그런 다음 멀리서 간선이 나타나자 용기를 얻어 덜컹거리며 내달려 영국인 거주지를 돌고 평면 교차로를 넘어 — 이제 철로는 델 듯이 뜨거웠다 — 절거덕거리며 멈춰 섰다. 찬드라푸르, 찬드라푸르! 여행은 끝난 것이다.

그들이 어둠침침한 실내에서 똑바로 일어나 앉으며 일상의 삶으로 들어갈 채비를 하고 있을 때 그 아침의 이상한 예감이 별안간 현실로 다가왔다. 하크 경감이 문을 벌컥 열더니 새된 목소리로 말했다. 「닥터 아지즈, 나에겐 몹시 괴로운 일이지만 당신을 체포해야겠어요.」

「이봐요, 뭔가 착오가 있는 것 같군요.」 필딩이 즉시 상황 통제에 나서며 말했다.

「선생님, 전 명령을 받았을 뿐입니다.」

「대체 무슨 혐의로 체포하는 겁니까?」

「말하지 말라는 지시를 받았습니다.」

「나한테 그런 식으로 말하지 마요. 영장을 보여 주시오.」

「선생님, 죄송하지만 특수 상황일 때는 영장이 필요하지 않습니다. 맥브라이드 씨께 여쭤 보세요.」

13 증기 기관차 맨 뒤에 연결된 석탄과 물을 싣는 화차.

「좋아요, 그러지요. 이리 와요, 아지즈, 뭔가 착오가 있는 거니까 겁먹을 필요 없어요.」

「닥터 아지즈, 함께 가실까요? 차를 대기시켜 놨어요.」

아지즈는 흐느끼는 소리를 내며 반대쪽 문으로 달아나려고 했다.

「그럼 완력을 쓸 수밖에 없어요.」 하크가 우는소리를 했다.

「오, 제발…….」 필딩도 덩달아 침착성을 잃고 그렇게 외치며 아지즈를 끌어당겨 어린애처럼 흔들었다. 조금만 늦었더라면 아지즈는 밖으로 달아났을 것이고 호각 소리와 함께 요란한 추격전이 벌어졌을 것이다. 「아지즈, 맥브라이드에게 함께 가서 자초지종을 들어 봅시다. 그는 점잖은 사람이고 고의는 아니니…… 그가 사과할 거예요. 절대로, 절대로 죄인처럼 행동하지 마요.」

「내 아이들과 명예는요!」 날개가 꺾인 아지즈가 헐떡거리며 외쳤다.

「그런 일은 없을 거예요. 모자를 똑바로 쓰고 내 팔을 잡아요. 내가 끝까지 따라갈 테니.」

「아, 다행이에요. 함께 가주시겠다니.」 경감이 외쳤다.

그들은 팔짱을 끼고 한낮의 열기 속으로 나섰다. 역은 사람들로 들끓었다. 승객과 짐꾼이 사방에서 쏟아져 나왔고 관리도 많았으며 경찰도 있었다. 로니가 무어 부인을 모시고 갔다. 모하메드 라티프가 울부짖기 시작했다. 그들이 아수라장을 벗어나기도 전에 터턴의 권위적인 음성이 필딩을 불러 세웠고 결국 아지즈는 혼자 감옥으로 들어가야 했다.

# 17

징세관은 대합실에서 범인이 체포되는 광경을 지켜보고 있다가 구멍이 숭숭 뚫린 아연 문을 열어젖히고 신전의 신처럼 모습을 나타냈다. 필딩이 들어가자 문은 쾅 하고 닫혔고 하인 하나가 보초를 섰다. 천장에 달린 베로 된 선풍기가 상황의 중요성을 나타내듯 그들의 머리 위에서 페티코트 모양의 천을 펄럭거렸다. 징세관은 처음에는 말을 하지 못했다. 창백하고 광적인 그의 얼굴은 차라리 아름다워 보였는데 그것은 찬드라푸르의 모든 영국인들이 여러 날 동안 지어야 할 표정이었다. 언제나 용감하고 이타적이었던 그는 고결한 정신에서 우러난 격노에 사로잡혀 자살이라도 불사할 기세였다. 이윽고 그가 입을 열었다. 「내가 이 자리에 부임한 이래 최악의 사건이 벌어졌소. 퀘스티드 양이 마라바르 동굴에서 욕을 당했소.」

「오, 아니에요. 오, 아니, 아니에요.」 필딩이 토할 것 같은 기분을 느끼며 헐떡거렸다.

「그녀는 신의 은총으로 도망칠 수 있었소.」

「오, 아니, 아니에요. 설마 아지즈가…… 아지즈가…….」

징세관이 고개를 끄덕였다.

「절대로 불가능한 일이에요. 그런 해괴한 일이.」

「당신이 경찰서까지 그자와 동행하게 되면 당신까지 오명에 시달릴 것 같아서 부른 거예요.」 터턴은 필딩의 항의에는 귀도 기울이지 않고 그렇게 말했다.

필딩은 바보처럼 〈오, 아니에요〉만 되풀이했다. 도무지 다른 말이 나오질 않았다. 그는 모두가 광기에 사로잡혀 있으며 어떻게 해서든 그 광기를 몰아내야 한다고 생각했지만 그 방법을 알 수 없었다. 난관이 닥쳐도 저절로 해결될 때까지 조용하고 현명하게 자신의 길을 가는 그였기에 광기에 대해 알지 못했던 것이다. 「누가 그런 불명예스러운 죄를 뒤집어씌웠지요?」 그가 냉정을 되찾으며 물었다.

「데릭 양과 피해자 자신이…….」 징세관은 차마 그녀의 이름을 말할 수가 없어서 거의 울먹이는 소리가 되었다.

「퀘스티드 양이 직접 그런 고발을…….」

징세관은 고개를 끄덕이고 얼굴을 돌렸다.

「그렇다면 그녀는 제정신이 아니에요.」

「그 말은 그냥 넘어갈 수가 없소.」 징세관은 필딩이 자신과 다른 부류라는 사실을 새삼 깨닫고 분노에 떨며 말했다. 「당장 취소해요. 당신은 찬드라푸르에 온 후로 그런 식의 발언을 일삼았어요.」

「죄송합니다, 징세관 나리. 그 말은 무조건 취소하겠습니다.」 필딩은 반쯤 미쳐 있었다.

「이봐요, 필딩 씨. 왜 나한테 그런 말투를 쓰는 거요?」

「그 소식을 듣고 너무 충격이 커서 무례를 범했기에 사죄를 드린 겁니다. 닥터 아지즈가 죄를 지었다는 것을 믿을 수가 없습니다.」

징세관은 손으로 탁자를 쾅 쳤다. 「그건, 그건 당신이 범한 무례를 더 고약한 형태로 되풀이하는 것이오.」

「대단히 죄송하지만 그래도 전 아니라고 생각합니다.」 필딩도 얼굴이 하얗게 질려 가고 있었지만 자신의 입장을 고수했다. 「두 숙녀분의 진실함을 의심하는 것은 아닙니다만 분명히 오해가 있었을 것이고 5분이면 모든 오해가 깨끗이 풀릴 겁니다. 아지즈는 소탈하기 그지없는 사람이고 제가 잘 아는데 절대 그런 나쁜 짓을 저지를 인물이 아닙니다.」

그러자 터턴이 가늘고 날카로운 음성으로 대꾸했다. 「오해 때문인 게 맞소. 맞고말고. 나는 이 나라에서 25년을 살았소.」 그는 잠시 말을 끊었고 〈25년〉의 진부함과 옹졸함이 대합실을 가득 채우는 듯했다. 「그리고 그 25년 동안 영국인과 인도인이 친해지려 하면 어김없이 재난이 따른다는 것을 알게 됐소. 서로 왕래하는 건 좋소. 예의는 반드시 지켜야 하고. 하지만 친해지는 건 절대로, 절대로 안 돼요. 내 권위를 걸고 하는 말이오. 내가 찬드라푸르에 부임한 지 6년이 지났지만 그동안 만사가 순조롭고 영국인과 인도인이 서로를 존중하며 공존할 수 있었던 건 그들이 이러한 단순한 법칙을 지켰기 때문이오. 새로 온 사람들이 우리의 전통들을 무시하면 바로 이런 불상사가 생기고 수년 동안의 노력이 물거품이 되고 내가 애써 지켜 온 이 지방의 명성이 땅에 떨어져 족히 한 세대 동안은 회복이 불가능하게 되오. 난, 난 오늘 이 사건이 초래할 결과를 차마 지켜볼 수가 없소, 필딩. 현대 사상에 물든 당신은 그렇지 않겠지만 말이오. 차라리 이런 일이 터지기 전에 죽어 버렸다면 좋았을걸. 이제 난 끝장이오. 영국인 여자가, 내가 가장 아끼는 부하와 약혼한 젊은 아가씨가, 영국에서 갓 건너온 여자가……. 내가 오래 살아서 이런 꼴을…….」

터턴은 감정이 격해져서 울먹거렸다. 그의 말은 위엄과 감상적인 면을 두루 갖추긴 했지만 아지즈와 무슨 관련이 있는지는 모를 일이었다. 필딩은 그것이 아지즈와 아무 관련도 없다고 생각했다. 하나의 비극을 두 가지 관점에서 보는 것은 불가능한 일인데도 터턴은 퀘스티드 양의 복수를 해줄 결심이었고 필딩은 아지즈를 구하고 싶었다. 필딩은 어서 이 자리를 떠나 늘 자신에게 친절했고, 대체로 지각이 있으며, 침착하게 일을 처리할 수 있는 맥브라이드를 만나고 싶었다.

「난 당신을 위해 특별히 온 것이오. 가엾은 히슬롭은 어머니를 모시러 왔고. 이것이 내가 당신에게 해줄 수 있는 최선이오. 오늘 저녁 클럽에서 이 문제를 논의하기 위한 비공식적인 회의가 열릴 예정이라는 말을 전할 생각이었는데 지금으로선 당신이 참석하고 싶어 하는지 의심스럽소. 클럽에 발걸음을 잘 안 하니.」

「꼭 가겠습니다. 그리고 저를 위해 수고해 주신 것에 대해 진심으로 감사드립니다. 그런데 죄송하지만…… 퀘스티드 양은 어디 있죠?」

터턴은 그녀가 아프다는 몸짓을 해 보였다.

「저런, 엎친 데 덮친 격이로군요.」 필딩이 진심으로 말했다.

징세관은 그를 준엄한 눈길로 쳐다보았다. 그가 냉정하고 차분한 태도를 잃지 않고 있었기 때문이다. 필딩은 〈영국에서 갓 건너온 영국 여자〉라는 말에 울컥하지도 않았고 인종의 깃발 아래로 달려가지도 않았다. 영국인 집단은 감정을 택했는데 그는 여전히 사실 규명에만 매달렸다. 일단 이성의 등불에 대한 소등 명령이 내려진 상황에서 그것을 끄지 않는 것보다 이곳의 영국인들을 분노하게 만드는 것은 없었다. 이날 찬드라푸르 전역의 유럽인들은 정상적인 인격을 포기하고 공동체를 위해 하나로 뭉쳤다. 연민, 분노, 영웅주의가 그들의 가슴을 채웠지만 이것저것을 종합적으로 고려해서 생각하는 능력은 사라지고 말았다.

필딩과 헤어진 징세관은 플랫폼으로 나갔다. 그는 그곳의 혼잡이 역겨웠다. 로니의 심복 하나가 무어 부인과 퀘스티드 양의 소지품을 챙겨 오라는 명령을 받고 와서 손댈 권리가 없는 물건들까지도 착복하고 있었다. 성난 영국인에 빌붙어 자기 이익을 챙기는 인간이었다. 모하메드 라티프는 그를 저지하려고도 하지 않았다. 하산은 터번을 벗어 던지고 울고 있었다. 손님들에게 그토록 후하게 제공되었던 물건들이 이리저리 나뒹굴고 햇빛에 말라비틀어지고 있었다. 징세관은 한눈에 상황을 파악할 수 있었고, 분노로 제정신이 아닌 상태였지만 정의감은 제대로 기능하고 있었다. 그가 몇 마디 필요한 말을 하자 약탈은 중단되었다. 징세관은 차를 타고 집으로 돌아가면서 다시 분노에 사로잡혔다. 도랑에 쓰러져 자고 있는 막노동꾼들과 그에게 인사를 하기 위해 몸을 일으키는 가게 주인들을 보며 그는 이렇게 생각했다. 〈드디어 너희들의 정체를 알았어. 너희들은 대가를 치르게 될 거야. 비명이 나오도록 해주겠어.〉

# 18

맥브라이드 경찰서장은 찬드라푸르의 관리들 중에서 가장 사려 깊고 교육을 잘 받은 인물이었다. 독서와 사색을 즐기는 데다 다소 불행한 결혼 생활로 인해 완전한 인생철학을 지니게 된 그는 다분히 냉소적이긴 했지만 거만하지는 않았고 절대 화를 내거나 난폭해지는 법이 없었다. 그는 아지즈를 맞을 때도 안심시키는 것처럼 보일 정도로 정중하게 대했다. 「보석 허가가 날 때까지 당신을 감금해야겠습니다. 하지만 분명 당신의 친구들이 보석 신청을 할 것이며, 물론 그들은 규정에 의해 면회가 가능합니다. 당신에 대한 고소가 들어왔고 난 그에 따를 뿐입니다. 난 판사는 아니니까요.」 아지즈는 울면서 끌려 나갔다. 맥브라이드는 그의 몰락에 충격을 받긴 했지만 기후대에 관한 나름의 이론을 갖고 있었기에 인도인의 어떤 행동에도 놀라지 않았다. 그 이론은 〈위도 30도 이남에 사는 모든 원주민들은 불운하게도 마음에 범죄를 품고 있다. 그들 자신도 어쩔 수가 없는 일이므로 그들을 비난할 수는 없다. 우리도 이곳에서 산다면 그들처럼 될 것이다〉

라는 내용이었다. 하지만 카라치 태생인 그는 자신의 이론과 맞지 않았으며 이따금 슬프고 조용한 미소로 그것을 시인하곤 했다.

〈또 하나가 나왔군〉 하고 생각하며 그는 치안 판사에게 보낼 조서의 초안을 만드는 작업에 착수했다.

필딩이 찾아와서 그의 작업은 중단되었다.

그는 필딩에게 이 사건에 대해 자신이 아는 대로 숨김없이 들려주었다. 한 시간 전에 데릭 양이 무드쿨의 차를 몰고 도착했는데 그녀와 퀘스티드 양 둘 다 끔찍한 상태였다. 그들은 곧장 맥브라이드의 집으로 갔으며 마침 집에 있었던 그는 그 자리에서 고소장을 작성하고 기차역에서 아지즈를 체포하도록 조처했다.

「고소 내용이 정확히 뭡니까?」

「그가 동굴 안으로 따라 들어와서 추행을 하려 했다는 겁니다. 그녀가 자신의 쌍안경으로 그를 때리자 그는 쌍안경을 잡아당겼고 쌍안경 끈이 끊어지는 바람에 그녀는 도망쳐 나올 수 있었답니다. 방금 그의 몸수색을 했는데 그 쌍안경이 주머니에 들어 있더군요.」

「오, 아니에요, 아냐. 아니에요. 5분이면 모든 오해가 풀릴 거예요.」 필딩은 다시 그렇게 외쳤다.

「이걸 보시죠.」

쌍안경의 끈은 끊어진 지 얼마 안 된 것이 분명했고 렌즈 부분이 짓눌려 있었다. 증거상으로는 〈유죄〉였다.

「그녀가 더 한 말은 없나요?」

「메아리에 겁을 먹은 것 같더군요. 당신도 동굴에 들어가 봤나요?」

「한 군데요. 메아리가 있었어요. 그것 때문에 신경이 곤두선 건가요?」

「이런저런 질문으로 그녀를 괴롭힐 수가 없었어요. 증언대에 서면 어차피 질문 공세에 시달리게 될 테니까요. 앞으로 몇 주 동안 질문은 생각조차 할 수 없어요. 차라리 마라바르산과 그에 관련된 모든 문제들이 바다 밑으로 가라앉았으면 좋겠어요. 클럽에서 저녁마다 보아 왔지만 아무 문제도 없던 산이었는데…… 아, 벌써 시작이군요.」 면회 온 피고의 변호인 바킬 마무드 알리의 명함이 전해졌던 것이다. 맥브라이드는 한숨을 쉰 뒤 면회를 허락하고 말을 이었다. 「데릭 양에게서 좀 더 듣긴 했어요. 그녀는 우리 부부의 오랜 친구이기 때문에 터놓고 얘기하거든요. 그녀의 설명으로는 당신이 아지즈 일행을 찾으러 떠나자마자 카와 돌에서 돌덩이들이 굴러 떨어지는 소리가 들렸다는군요. 그래서 눈을 돌려 보니 퀘스티드 양이 절벽을 달려 내려오고 있더래요. 그래서 계곡으로 마주 기어올라 가보니 그녀의 꼴이 말이 아니더래요. 모자도 벗겨지고…….」

「안내인이 같이 있진 않았답니까?」 필딩이 말허리를 잘랐다.

「아뇨. 그녀는 선인장 무리에 갇혀 있었대요. 그녀는 발작을 일으키기 시작한 참이었고 때마침 데릭 양이 도착하지 않았더라면 목숨이 위험할 뻔했다는군요. 데릭 양은 그녀를 차로 데리고 내려왔대요. 퀘스티드 양은 인도인 운전기사를 보고 몸서리를 치며 외쳤대요. 〈저 사람을 보내요.〉 그걸 보고 우리 친구는 무슨 일이 있었는지 짐작하게 된 거죠. 그들은 우리 집으로 곧장 달려왔고 지금도 거기 있어요. 거기까지가 내가 아는 전부입니다. 데릭 양은 당신에게 운전기사를 보냈고요. 그것은 매우 현명한 행동이었다고 생각합니다.」

「내가 퀘스티드 양을 만나 볼 수는 없을까요?」 필딩이 불쑥 물었다.

「그건 어려울 겁니다. 확실해요.」

「그렇게 말할 줄 알았어요. 하지만 꼭 만나고 싶어요.」

「그녀는 누구를 만날 수 있는 상태가 아닙니다. 게다가 당신은 그녀와 잘 알지도 못하잖아요.」

「그렇긴 하지만…… 난 그녀가 지독한 망상에 사로잡혀 있고 불쌍한 아지즈는 무죄라고 생각해요.」

경찰서장은 깜짝 놀랐고, 당황했다는 사실을 숨길 수 없는 그의 얼굴에 그림자가 스쳤다. 「그런 생각을 갖고 계신 줄은 몰랐군요.」 그는 그렇게 말하고 지지가 될 만한 것을 찾으려고 자신의 앞에 놓인, 서명을 마친 조서를 바라보았다.

「쌍안경 때문에 잠시 혼란스러웠던 건 사실이지만 곰곰 생각해 보니 성폭행을 하려 했던 사람이 쌍안경을 주머니에 넣었다는 건 말도 안 돼요.」

「죄송하지만, 충분히 있을 수 있는 일입니다. 인도인은 고약하게 변하면 아주 고약해질 뿐만 아니라 몹시 이상해지기도 하지요.」

「무슨 뜻인지 모르겠어요.」

「당연하지요. 당신은 범죄에 대해 생각할 때 영국적인 범죄를 떠올릴 테니까요. 하지만 이곳 사람들의 심리는 다릅니다. 아마도 당신은 그가 당신을 만나러 봉우리를 내려왔을 때 전혀 이상한 점이 없었다고 말하고 싶을 겁니다. 이상했을 이유가 없지요. 인도 폭동 사건[14]에 대한 기록을 읽어 보세요. 이 나라에 살려면 힌두교 경전인 바가바드기타보다도 그 기록을 성경처럼 여겨야 하지요. 그 두 가지가 밀접한 관련이 없다고 확신할 수는 없지만 말입니다. 제가 너무 심한가요? 하지만 필딩 씨, 전에도 한 번 말씀드렸다시피 당신은 교육자이다 보니 순수한 학생들만 상대하게 되고 그래서 판단 착오가 생기는 겁니다. 학생 시절에는 누구나 매력적일 수 있지요. 하지만 저는 그들이 성인이 되고 나서의 실체를 잘 압니다. 이걸 보세요.」 그러면서 그는 아지즈의 지갑을 들어 올렸다. 「지금 내용물을 조사하는 중인데 교훈적이지는 못한 것 같군요. 여기 매음굴을 운영하는 것이 분명한 친구에게서 온 편지가 있습니다.」

「난 사적인 편지 내용은 듣고 싶지 않아요.」

「이것은 그의 품행을 말해 주는 것으로 법정에서도 읽힐 것입니다. 그는 캘커타의 매음굴에 갈 계획을 세우고 있었어요.」

「그만, 그만 됐어요.」

맥브라이드는 어리둥절해서 입을 다물었다. 두 영국인이

14 1857년에 영국인에 대항하여 일어난 대대적인 폭동 사건.

만나면 어떤 인도인에 관해서든 자신이 알고 있는 정보를 모두 교환해야 한다고 믿어 의심치 않는 그로서는 필딩이 무슨 생각으로 반기를 드는 것인지 도무지 알 수가 없었다.

「당신은 그 젊은이에게 돌을 던질 자격이 있겠지만 난 그렇지가 못해요. 나도 그 나이에 그렇게 했으니까요.」

그건 경찰서장도 마찬가지였지만 그는 대화가 바람직하지 못한 방향으로 흐르고 있다고 생각했다. 그는 필딩의 다음 말도 마음에 들지 않았다.

「정말로 퀘스티드 양을 만날 수가 없는 건가요? 확실한 건가요?」

「당신은 무슨 생각으로 그녀를 만나고 싶어 하는지 말하지 않았어요. 도대체 왜 그녀를 만나려는 거죠?」

「혹시 그녀가 고소를 취하하도록 만들 수 있을까 해서요. 당신이 조서를 제출해서 아지즈가 재판을 받게 되고 일이 걷잡을 수 없이 커지기 전에 말이에요. 부탁이니 더 이상 왈가왈부하지 말고 부인이나 데릭 양에게 전화해서 물어봐 주세요.」

「그들에겐 전화해 봐야 소용없습니다.」 맥브라이드가 전화기로 손을 뻗으며 말했다. 「당연히 그 문제는 캘린더가 결정해야지요. 그녀가 심하게 병이 났다는 걸 아직도 이해 못 하셨군요.」

「그는 분명 허락하지 않을 거예요. 그런 재미로 사는 사람이니까.」 필딩이 절망적으로 말했다.

캘린더의 대답은 예상했던 대로였다. 그는 환자를 괴롭히는 요청은 들어줄 수 없다고 했다.

「난 그저 동굴 안으로 따라 들어왔던 자가 아지즈가 맞는지, 확실한지 물어보려고 했을 뿐인데.」

「그 정도라면 제 아내가 물어볼 수도 있을 겁니다.」

「난 **직접** 물어보고 싶어요. 아지즈를 믿는 사람이 물어봤으면 좋겠어요.」

「그게 뭐가 다른데요?」

「그녀는 인도인들을 믿지 않는 사람들에게 둘러싸여 있어요.」

「하지만 그녀는 자신이 겪은 일을 얘기한 겁니다, 안 그런가요?」

「그래요. 하지만 그 얘기를 당신에게 했지요.」

맥브라이드는 눈썹을 추켜올리며 웅얼거렸다. 「지나치게 치밀하군요. 어쨌든 캘린더는 당신이 그녀를 만나는 걸 허락하지 않을 겁니다. 상황을 나쁘게 보고 있거든요. 환자가 위험한 상태를 넘긴 것은 절대 아니라고 하더군요.」

두 사람은 침묵을 지켰다. 또 한 장의 명함이 들어왔는데 하미둘라의 것이었다. 적군이 뭉치고 있었다.

「필딩 씨, 저는 지금 이 조서를 끝내야 합니다.」

「그러지 않았으면 좋겠어요.」

「어떻게 안 그럴 수가 있습니까?」

「이건 끔찍한 재난일 뿐만 아니라 일이 불만족스럽게 돌아가고 있어요. 우린 지금 아주 끔찍한 파국을 향해 가고 있어요. 아지즈를 면회할 수는 있는 거죠?」

맥브라이드는 망설이다가 대답했다. 「그의 동포들과 접촉이 잘되고 있는 것 같은데요.」

「그럼 그들과의 면회가 끝난 다음에요.」

「기다리실 필요 없습니다. 당신은 어떤 인도인보다 먼저 면회를 할 수 있는 자격이 있으니까요. 제 말은, 만나 봐야 무슨 소용이냐는 것입니다. 왜 이런 일에 말려들려고 하십니까?」

「그는 죄가 없기 때문에…….」

「죄가 있든 없든 왜 나서시냐고요. 무슨 이득이 있다고.」

「아, 좋아요, 좋아.」 필딩은 사방이 꽉 막힌 기분을 느끼며 그렇게 외쳤다. 「사람은 가끔 숨통을 틔워 줘야 하지요. 적어도 난 그래요. 그녀도 못 만난다, 그도 못 만난다. 그에게 이곳까지 함께 와주겠다고 약속했는데 두 발짝도 떼기 전에 터턴 씨가 나를 불렀지요.」

「우리 징세관이 백인에게만 베푸는 배려라고 할 수 있지요.」 맥브라이드가 감상적으로 중얼거렸다. 그는 거만한 말투가 되지 않도록 조심하면서 책상 위로 손을 내밀며 말했다. 「아무래도 우리 모두 하나로 뭉쳐야만 될 것 같습니다. 제가 당신보다 연하이긴 합니다만 이 나라에서 일한 지는 훨씬 오래되었지요. 당신은 이 악의에 찬 나라에 대해 저만큼 잘 알지 못해요. 앞으로 몇 주 동안 찬드라푸르에서는 고약한 상황이 전개될 겁니다. 아주 고약한 상황이.」

「나도 방금 그렇게 말했잖아요.」

「하지만 이런 상황에서는, 에, 개인적인 견해를 내세울 여지가 없습니다. 규칙을 따르지 않으면 길을 잃게 되지요.」

「무슨 말인지 알겠어요.」

「아뇨, 완전히 알지는 못할 겁니다. 그런 사람은 혼자만 길을 잃는 게 아니라 친구들까지도 약하게 만들지요. 만일 그가 대열을 이탈하면 빈틈이 생기는 것이니까요. 이 자칼 떼는…….」 그는 변호사들의 명함을 가리켰다. 「눈을 번득이며 빈틈을 찾고 있지요.」

「아지즈를 면회해도 됩니까?」 필딩의 답변이었다.

「아뇨.」 이 사건에 대한 터턴의 태도를 알게 된 맥브라이드 경찰서장은 이제 단호했다. 「치안 판사의 지시가 내려오면 몰라도 제 독단으로 허락할 수는 없습니다. 일이 더 복잡해질 수도 있으니까요.」

필딩은 자신이 지금보다 열 살 어렸거나 인도에서 10년을 더 있었더라면 맥브라이드의 호소에 마음이 움직였으리라 생각하며 잠시 침묵을 지켰다. 그러나 이내 반기를 들었다. 「그럼 누구의 허락을 받아야 하는 거죠?」

「치안 판사요.」

「그것 참 쉽기도 하겠군요!」

「그래요, 가엾은 히슬롭을 괴롭혀서는 안 되지요.」

그 순간 〈증거물〉이 더 들어왔다. 경찰서장의 부하가 아지즈의 집에 있던 책상 서랍을 의기양양하게 안고 들어왔던 것이다.

「여자들 사진이군. 아!」

「그건 그의 아내예요.」 필딩이 흠칫하며 말했다.

「그걸 당신이 어떻게 알죠?」

「그가 말해 줬어요.」

맥브라이드는 미심쩍어하는 엷은 미소를 짓고는 서랍을 뒤지기 시작했다. 그의 표정이 호기심에 차고 약간은 야수적으로 변했다. 〈아내란 말이지. 나도 그런 아내들을 알고 있지.〉 그는 속으로 그렇게 생각하면서 필딩에게 말했다. 「자, 이제 가보셔야겠네요. 우리 모두에게 신의 가호가 있기를…….」

그의 기도가 받아들여지기라도 한 듯 별안간 사원의 종이 요란하게 울리기 시작했다.

# 19

다음은 하미둘라 차례였다. 그는 경찰서장의 집무실 밖에서 기다리고 있다가 필딩을 보자 공손하게 얼른 일어났다. 영국인인 필딩이 〈모든 게 착오〉라고 열띠게 말하자 그는 〈아, 아, 무슨 증거가 나왔나요〉라고 물었다.

「나올 거예요.」 필딩이 그의 손을 잡고 말했다.

「아, 그래요, 필딩 씨. 하지만 일단 인도인이 체포되면 어디까지 갈지 우린 알 수가 없습니다.」 그는 공손한 태도로 말을 이었다. 「이렇게 공개적으로 저에게 인사를 건네주셔서 감사합니다. 하지만 필딩 씨, 확실한 증거 말고는 치안 판사를 설득할 수가 없습니다. 제 명함이 들어갔을 때 혹 맥브라이드 씨가 무슨 말을 하던가요? 제가 공연히 면회 신청을 해서 그의 심기를 건드려 제 친구에 대해 나쁜 편견을 품게 만든 건 아닐까요? 만일 그렇다면 기꺼이 면회 신청을 취소하겠습니다.」

「그는 화를 내지 않았어요. 설령 그가 화가 났다고 해도 그게 무슨 상관이죠?」

「아, 당신이야 그런 식으로 말할 수 있겠지만 우린 이 땅에서 살아야 할 사람들이니까요.」

품격과 케임브리지 졸업장을 겸비한 찬드라푸르의 선도적인 변호사가 몹시 동요하고 있었다. 그 역시 아지즈를 사랑했고 아지즈가 무고하다는 걸 알았지만 그의 신념은 그의 마음을 다스리지 못했고 영국인 필딩을 슬프게 하는 태도로 〈방책〉이니 〈증거〉니 떠들어 댔다. 필딩 역시 꺼림칙한 것들이 있었지만 — 쌍안경과 안내인에 대한 어긋나는 주장이 마음에 걸렸다 — 그는 그것들을 마음 한 귀퉁이에 몰아넣고 가운데로 기어들지 못하게 했다. 아지즈는 무고하며, 그런 전제에서 모든 행동이 취해져야 하고, 그가 유죄라고 여기는 사람들은 잘못 생각하는 것이며, 그들과 화해하려고 애써 봐야 소용없는 짓이었다. 그러나 필딩은 인도인들과 운명을 같이하려는 순간에 그들과 자신 사이의 드높은 장벽을 실감했다. 인도인들은 늘 실망스러운 행동을 했다. 아지즈는 경찰에게서 도망치려 했었고 모하메드 라티프는 좀도둑질을 저지하지 않았다. 그리고 하미둘라까지도 펄펄 뛰며 분해하기는커녕 우물쭈물하고 있었다. 인도인들은 겁쟁이인가? 그건 아니지만 그들은 시동이 늦게 걸리고 가끔 움찔 멈춰서기까지 한다. 도처에 공포가 만연하고 영국의 지배는 그 공포에 의존하며, 필딩 자신도 은근히 즐기고 있는 존경과 예의도 사실은 영국인의 비위를 맞추기 위한 무의식적인 행동이다. 필딩은 하미둘라에게 모든 일이 잘될 것이니 기운을 내라고 말했고 하미둘라는 다시 예전처럼 호전적이고 현명해졌다. 아까 맥브라이드가 했던 〈한 사람이 대열을 이탈하면 빈틈이 생긴다〉는 말이 예증된 셈이었다.

「무엇보다도 보석 문제가…….」

오후에 보석 신청을 해야 했다. 필딩은 보증인이 되겠다고 자청했다. 하미둘라는 나와브 바하두르를 통해야 한다고 생각했다.

「왜 그 사람까지 끌어들이는 거죠?」

사실 모든 사람들을 끌어들이는 것이 하미둘라의 목표였다. 그는 힌두교인에게 변호를 맡겨야 더 폭넓은 지지를 얻을 수 있다고 말했다. 그러면서 지역적인 상황의 제약을 받지 않을 타지방 변호사 한두 사람을 거명하더니 직업적으로나 인격적으로나 명성이 자자하며 반영(反英) 성향이 강하기로 악명 높은 캘커타 변호사 암리트라오가 좋겠다고 했다.

필딩은 그러면 극단을 향해 치닫는 것으로 보인다며 반기를 들었다. 아지즈의 결백은 밝혀져야 하지만 인종적인 증오는 최소화해야 한다는 것이 그의 입장이었다. 암리트라오는 클럽에서 혐오의 대상이었다. 그를 변호인으로 내세우면 영국인들은 정치적인 도전으로 받아들일 터였다.

「오, 아니에요, 전력으로 부딪쳐야 합니다. 저는 방금 더러운 경찰이 제 친구의 개인 서류들을 안고 들어가는 걸 보고 속으로 이렇게 말했습니다. 〈이 일을 해결할 사람은 암리트라오야.〉」

잠시 우울한 침묵이 흘렀다. 사원의 종이 계속해서 요란하게 울렸다. 이 지루하고 불운한 날은 아직 오후에도 이르지 못하고 있었다. 한편 통치 기구는 작동을 계속하여 경찰 서장이 치안 판사에게 보내는 공식적인 체포 보고서를 전달할 사자(使者)가 말을 타고 출발했다. 「일을 복잡하게 만들지 말고 돌아가는 상황을 지켜보도록 합시다. 우린 이기게 되어 있어요. 그녀는 자신의 주장을 입증할 수 없을 테니까.」 말을 탄 사자가 먼지 속으로 사라지는 것을 지켜보며 필딩이 말했다.

그 말에 위안을 얻은 하미둘라는 진심을 담아 말했다. 「위기 상황에서 영국인들은 무적의 존재들이지요.」

「그럼, 안녕히 계세요, 나의 친애하는 하미둘라, 우리 이제 〈씨〉는 빼기로 합시다. 나의 사랑하는 친구 아지즈를 만나시거든 침착, 침착, 침착하라고 전해 주세요. 난 이제 학교로 돌아가 봐야겠습니다. 내가 필요하면 전화하세요. 그렇지 않다면 전화하지 마시고요. 난 무척 바쁠 테니까요.」

「안녕히 가세요, 나의 친애하는 필딩. 정말로 동포를 등지고 우리의 편을 들어주시는 겁니까?」

「예, 그렇고말고요.」

그는 편을 든다는 것이 마음에 들지 않았다. 그의 목표는 인도에서 어떤 꼬리표도 달지 않고 조용히 사는 것이었다. 이제부터 그는 〈반영주의자(反英主義者)〉니 〈선동가〉니 하는 따분한 칭호를 얻게 될 것이고 효용 가치도 떨어질 터였다. 그는 이 사건이 비극에서 끝나지 않고 혼란까지 야기할 것임을 예견했는데 벌써 그의 눈에는 작은 난관들이 보였고 그의 눈길이 닿을 때마다 그것들은 점점 커져 갔다. 자유 속에서 태어난 그는 혼란을 두려워하지 않았지만 그것의 존재를 분명히 인식할 수는 있었다.

이날 오전은 고드볼 교수와의 괴상하고 모호한 대화로 끝을 맺었다. 끝날 줄 모르는 러셀 독사[15] 사건이 다시 도마에 올랐다. 몇 주 전에 한 인기 없는 파시교인 교수가 자신의 강의실에서 돌아다니는 러셀 독사를 보았다. 그 뱀은 스스로 기어 들어왔을 수도 있었지만 그렇지 않을 수도 있었고, 교수들은 아직까지도 그 문제를 들고 학장을 찾아와 자신의 주장을 펼치며 그의 시간을 빼앗고 있었다. 워낙 맹독성 뱀이라 학장이 도중에 말을 막지 않는다는 걸 알고 있었기 때문이다. 그리하여 필딩은 다른 문제들로 머리가 터질 듯하고, 퀘스티드 양에게 호소의 편지를 보낼 것인지 말 것인지 갈등하는 중에도 근거가 부족하고 이렇다 할 결론도 없이 겉돌기만 하는 의견들을 듣고 있어야 했다. 주장을 마친 고드볼 교수가 〈그건 그렇고〉로 새로운 이야기를 시작했다. 「그건 그렇고, 결국 마라바르산에 가셨다는 소식을 듣고 얼마나 기뻤는지 모릅니다. 제가 시간 약속을 지키지 못하는 바람에 못 가시게 될 줄 알았는데 데릭 양의 차를 타고 더 편안하게 가셨다고요. 즐거운 여행이 되셨기를 바랍니다.」

「아직 소식을 못 들으신 모양이군요.」

「아, 들었습니다.」

「아니, 아지즈가 끔찍한 사건에 연루됐어요.」

「아, 예. 학교에 소문이 파다합니다.」

15 인도에서 가장 흔하고 위험한 독사로 황갈색을 띠고 있다.

「그런 사건이 일어난 여행을 즐거웠다고 말할 수는 없겠지요.」 필딩이 경악의 눈초리로 쳐다보며 말했다.

「저야 모르지요. 그 자리에 없었으니까.」

필딩은 다시 그를 쳐다보았지만 세상의 어떤 눈도 고드볼의 속마음을 꿰뚫어 볼 수 없었기에 그것은 부질없는 짓이었다. 하지만 그 브라만에게도 엄연히 이성과 감성이 존재했고 그의 모든 친구들이 이유도 모른 채 그를 신뢰했다. 「난 몹시 가슴이 아픕니다.」

「이곳에 들어서면서 바로 눈치챘습니다. 학장님의 시간을 빼앗아선 안 되겠지만 개인적인 일로 도움을 좀 청할까 해서요. 아시다시피 전 곧 이 학교를 떠납니다.」

「예, 섭섭한 일이에요!」

「제 고향인 중부 인도로 돌아가서 그곳의 교육을 맡을 생각입니다. 정통 영국계 고등학교를 세우고 싶은데 최대한 공립 대학과 비슷하게 운영하려고 합니다.」

「그래요?」 필딩은 관심을 보이려고 애쓰면서 한숨지었다.

「현재 마우에는 인도어로 가르치는 교육 기관밖에 없지요. 그곳에 대대적인 변화를 일으키는 것이 제 의무라고 생각됩니다. 국왕께 수도에 적어도 하나의 고등학교를, 그리고 가능하다면 지방마다 하나씩을 인가하도록 충언할 작정입니다.」

필딩은 인도인들은 가끔 정말로 참을 수 없는 존재들이라고 생각하며 고개를 푹 꺾었다.

「제가, 제가 학장님께 여쭙고자 하는 것은, 그 학교의 이름 문제입니다.」

「이름요? 학교 이름요?」 필딩은 아까 대합실에서 그랬듯이 갑자기 토할 것 같은 기분을 느끼며 되물었다.

「예, 이름요. 사람들에게 불리기 적합한 명칭 말이에요.」

「사실, 학교 이름은 떠오르는 게 없네요. 우리의 가엾은 아지즈 외에는 아무것도 생각할 수가 없어요. 지금 그가 감옥에 있는 걸 아세요?」

「오, 그럼요. 아니, 지금 당장 답을 달라는 건 아닙니다. 한가하실 때 생각해 보시고 두세 가지 이름을 천거해 주십사 하는 거죠. 제가 생각한 이름은 〈미스터 필딩 고등학교〉인데 그게 여의치 않으면 〈조지 5세 고등학교〉도 좋고요.」

「고드볼!」

노교수는 음흉하면서도 매력적인 표정으로 두 손을 모으고 있었다.

「아지즈는 무죄일까요, 유죄일까요?」

「그거야 법정에서 가려질 문제지요. 증거에 의한 엄정한 판결이 내려지리라고 믿어 의심치 않습니다.」

「그건 그렇지만 당신의 개인적인 의견을 듣고 싶어요. 아지즈는 우리 두 사람이 다 좋아하고 세상 사람들의 존경을 받고 있는 인물이며 자신의 일을 하며 조용히 살아왔지요. 그럼 어떻게 생각해야 할까요? 그가 그런 짓을 했을까요, 안 했을까요?」

「아, 그건 아까 하셨던 질문과는 다른 것이며 더 어려운 것이기도 하지요. 우리 인도인의 철학에서 본다면 어렵다는 겁니다. 닥터 아지즈는 나무랄 데 없는 훌륭한 젊은이고 저도 그를 매우 존경합니다만 한 개인으로서 그가 선행이나 악행을 할 수 있는지의 여부를 판단하는 것은 우리에겐 어려운 문제지요.」 그는 전혀 감정을 담지 않고 간결하고 유창하게 말했다.

「그럼 쉽고 분명하게 묻지요. 그가 죄를 저질렀을까요, 안 저질렀을까요? 나는 그가 죄를 짓지 않았다는 걸 알며 그것에서 출발합니다. 2, 3일 내로 진실을 밝혀낼 작정이에요. 난 그들과 함께 갔던 안내인이 의심스러워요. 하미둘라는 퀘스티드 양이 악의를 품고 일을 꾸몄다고 생각하지만 난 그럴 가능성은 없다고 봐요. 그녀는 끔찍한 일을 겪은 게 분명해요. 그런데 당신 말은, 오, 세상에…… 선과 악은 같은 것이기 때문에 그렇다는 거군요.」

「아니에요, 그런 뜻으로 한 말은 아닙니다. 우리의 철학이 그렇다는 거지요. 세상 모든 일들이 따로 떨어져서 일어나는 것이 아닙니다. 선행이 이루어진다면 모든 이들이 선행을 한 것이며 악행이 저질러진다면 그 또한 모든 이들이 저지른 것이지요. 이 사건을 예로 들어서 알기 쉽게 설명해 드리지요. 마라바르산에서 고귀하신 영국인 숙녀를 상대로 악행이 저질러졌으며 그 결과 그 숙녀께서는 몹시 편찮으시다고 알고 있습니다. 이 사건에 대한 저의 대답은, 닥터 아지즈가 한 짓이라는 겁니다.」 그는 거기까지 말하고 홀쭉한 뺨을 빨아들였다. 「안내인의 짓이기도 하고요.」 그는 다시 말을 멈췄다. 「당신의 짓이기도 하지요.」 이제 그는 대담하면서도 수줍은 태도를 보였다. 「제가 한 짓이기도 합니다.」 그는 음흉하게 자신의 소맷자락을 내려다보았다. 「제 학생들의 짓이기도 하고요. 그 숙녀분 자신의 행동이기도 하지요. 악행이 저질러지는 것은 우주 전체의 발현이며, 선행의 경우에도 마찬가지입니다.」

「고통의 경우에도 마찬가지고 다른 것들도 모두 그렇지요. 결국 이것이 그것이고 그것이 저것이지요.」 확실한 근거를 원했던 필딩이 화가 나서 투덜거렸다.

「실례지만 학장님은 또 토론의 방향을 바꾸시는군요. 우리는 선과 악에 대해 얘기하고 있었습니다. 고통은 단지 개인의 문제일 뿐이지요. 한 젊은 여자가 일사병에 걸렸다고 해도 우주에는 중요한 일이 아니지요. 전혀요. 눈곱만큼도요. 그것은 분리된 문제로 그녀 자신에게만 국한되어 있지요. 만일 그녀가 머리가 아프지 않다고 생각하면 그녀는 병이 나지 않은 것이고 그것으로 끝이지요. 하지만 선과 악의 문제는 전혀 다릅니다. 그것들은 우리의 생각에 달려 있는 것이 아니라 그것들 자체이며 우리들은 저마다 선과 악에 기여해 왔지요.」

「당신은 선과 악은 같은 것이라고 설명하고 있군요.」

「오, 죄송하지만 그렇지는 않습니다. 선과 악은 그 이름들에서 알 수 있듯이 다른 것이지요. 다만 저의 미천한 생각으로는 그 두 가지가 다 신을 나타낸다는 것입니다. 신께서는 그 하나에는 존재하고 나머지 하나에는 부재하며 존재와 부재의 차이는 저의 부족한 머리로도 알 수 있을 정도로 커다란 것이지요. 그러나 부재는 존재를 함축하고 부재가 곧 비존재는 아니므로 우리는 〈오소서, 오소서, 오소서, 오소서〉 하고 반복하는 것이지요.」 그러고는 자신의 말이 지니고 있을 수 있는 아름다움을 지워 버리기라도 하려는 듯 곧바로 덧붙였다. 「마라바르의 명소들을 둘러볼 시간은 있으셨는지요?」

필딩은 명상을 통해 머리를 식히려고 애쓰며 침묵을 지켰다.

「야영지 옆에 있는 저수지도 못 보셨나요?」 고드볼이 끈질기게 물고 늘어졌다.

「예, 봤어요.」 필딩은 한꺼번에 대여섯 가지 생각을 하면서 건성으로 대답했다.

「잘하셨어요. 그럼 〈단검 저수지〉를 본 것이니까요.」 그러면서 고드볼은 2주일 전의 차 마시는 자리에서였더라면 호응을 얻었을 전설 하나를 들려주었다. 내용인즉, 옛날에 어느 힌두 왕이 누이의 아들을 단검으로 살해했는데 그 단검이 손에 붙어서 떨어지지 않았다고 한다. 그렇게 몇 년이 흐른 뒤 그는 마라바르산을 찾게 되었는데 목이 말라 물을 마시려고 하다가 목말라하는 암소를 보고 암소에게 먼저 물을 주게 했고, 그러자 손에 붙은 단검이 떨어졌으며 이 기적을 기념하기 위해 저수지를 만들도록 명령했다는 것이다. 고드볼 교수의 이야기는 이렇게 암소로 절정을 장식하는 경우가 많았다. 필딩은 침울하게 침묵을 지키며 듣고 있었다.

오후에 그는 아지즈를 면회하게 되었지만 비탄에 빠진 아지즈는 접근하기 어려운 상태였다. 필딩이 알아들을 수 있는 말이라곤 〈당신은 나를 버렸어요〉뿐이었다. 필딩은 퀘스티드 양에게 편지를 쓰기 위해 그곳을 나왔다. 십중팔구 맥브라이드 부부는 퀘스티드 양에게 편지를 전해 주지 않을 것이고 설령 전한다고 해도 아무 소용이 없을 것이다. 퀘스티드 양의 됨됨이에 생각이 미치자 필딩은 우뚝 걸음을 멈췄다. 그녀는 냉담하고 지각 있는 여자이며 악의라곤 없었다. 그녀는 찬드라푸르에서 인도인에게 무고한 죄를 뒤집어씌울 가능성이 가장 적은 인물이었다.

# 20

퀘스티드 양은 비록 영국인들 사이에서 인기를 얻진 못했지만 그들이 지닌 고운 성품을 모두 이끌어 냈다. 몇 시간 동안 숭고한 감정이 분출했고 남자들보다는 여자들이, 비록 그리 오랫동안은 아니었지만 그런 감정을 더 강하게 느꼈다. 캘린더 부인과 레슬리 부인은 병문안을 위해 폭염을 뚫고 달려가면서 〈우리의 자매를 위해 우리가 할 수 있는 일은 무엇인가〉에만 골몰했다. 터턴 부인에게만 면회가 허락되었다. 면회를 마친 그녀는 이타적인 슬픔으로 숭고해진 모습으로 나왔다. 그녀는 〈아델라는 나의 사랑스러운 딸과 같다〉고 말한 뒤 전에 자신이 그녀를 예의 없다고 흉보며 히슬롭의 짝으로 맞지 않다고 했던 기억을 떠올리고 눈물을 흘렸다. 지금까지 그녀의 눈물을 본 사람은 없었다. 물론 그녀도 눈물을 흘릴 줄 알았지만 지금 이 순간 같은 적절한 때를 대비하여 아껴 오고 있었던 것이다. 아, 우리들은 어찌하여 새로 온 사람에게 더 큰 친절과 인내심을 보이지 못했던가? 형식적인 친절만 베풀 것이 아니라 마음까지 줘야 하지 않았던가?

그들은 회한의 자극을 받아 잠시나마 — 평소에는 좀처럼 드러내지 않는 — 여리디여린 마음이 되었다. 캘린더 소령의 암시대로 모든 것이 끝났다면, 그렇다면 아무 손도 쓸 수가 없겠지만 그들은 퀘스티드 양이 당한 슬픔에 대해 책임감을 느꼈다. 만일 그녀가 그들의 부류가 아니었다면 마땅히 그들의 부류로 만들었어야 했다. 이제 그녀는 그들의 초대를 받을 수 없게 되었으니 그녀를 한 부류도 만드는 것도 불가능해지고 말았다. 「왜 우리는 다른 사람들을 좀 더 생각해 주지 못하는 걸까?」 쾌락주의자인 데릭 양이 한숨지으며 말했다. 그러나 이러한 회한은 겨우 몇 시간 정도밖에 그 순수성을 유지하지 못했다. 해가 지기 전에 다른 불순한 동기들이 끼어들었고, 인간이 고통을 목격하는 순간 저절로 느끼게 되는 죄의식도 사라지기 시작했다.

영국인들은 원주민들에게 동요한 모습을 들키지 않으려고 마치 시골 신사들이 초록 산울타리들 사이로 한가로이 말을 타고 가듯 애써 침착한 모습으로 클럽으로 향했다. 그들은 평소처럼 술잔을 나눴지만 맛이 다르게 느껴졌고, 울타리의 선인장 가시들이 하늘의 자줏빛 목을 찌르고 있는 모습을 바라보며 자신들이 이해하는 풍경으로부터 멀리 떨어져 있음을 깨달았다. 클럽은 평소보다 북적거렸고 몇몇 부모는 러크나우의 총독 대리 공관처럼 꾸며진 어른 전용 방에 아이들을 데리고 들어왔다. 머리는 나쁘지만 가장 눈부신 미모를 자랑하는 한 젊은 어머니는 남편이 지방에 나가 있어서 〈흑인들이 쳐들어올까 봐〉 집에 못 돌아가겠다며 아기를 안고 흡연실 의자에 앉아 있었다. 하급 철도 공무원의 아내인 그녀는 평소에는 푸대접을 받았으나 오늘 저녁만은 그 풍만한 몸매와 숱 많은 옥수수 빛깔의 금발로 인해 목숨 바쳐 지켜야 할 상징이 되었으며 어쩌면 가련한 아델라보다 더 영원한 상징이 되었다고도 할 수 있었다. 「걱정 마세요, 블래키스톤 부인. 저 북소리는 무하람 행사를 위한 것이니까요.」 남자들이 그녀를 달랬다. 「그럼 시작한 거군요.」 그녀는 이런 순간에는 아기가 거품 침을 흘리지 말아 주었으면 하는 바람으로 아기를 꼭 끌어안으며 우는소리를 했다. 「물론 아니에요, 그렇다고 해도 클럽으로 오지는 않을 거예요.」 「징세관 관저에도 오지 않을 거예요. 그러니 오늘 밤 아기와 함께 우리 집에서 자도록 해요.」 터턴 부인이 그녀 옆에 지혜의 여신 아테네처럼 우뚝 서서 다시는 그녀를 무시하지 않겠노라고 결심하며 말했다.

징세관이 조용히 하라고 손뼉을 쳤다. 그는 아까 필딩에게 화를 낼 때보다 훨씬 침착해져 있었다. 사실 그는 단둘이 얘기할 때보다 여러 사람 앞에서 연설할 때 더 침착해지는 사람이었다. 「특히 숙녀분들께 당부하고 싶은데, 조금도 겁먹을 것 없습니다. 침착, 침착하세요. 되도록 외출을 삼가 주시고 시내에는 가지 마시고 하인들 앞에서 말을 조심하세요. 이상입니다.」

「해리, 시내에서 들어온 소식은 없어요?」 남편과 좀 거리를 두고 서 있던 그의 아내가 공공의 안전을 염려하는 태도로 물었다. 나머지 사람들은 위엄 있는 담화가 진행되는 동안 침묵을 지켰다.

「모든 게 지극히 정상적이에요.」

「저도 그럴 줄 알았어요. 저 북소리는 무하람 행사를 위한 것일 뿐이죠.」

「지금은 준비 중이고 행렬은 다음 주 중에나 있을 거요.」

「그렇고말고요. 월요일은 되어야죠.」

「맥브라이드 씨가 성자로 변장하고 그곳에 가 있어요.」 캘린더 부인이 나서서 말했다.

「바로 그런 말을 하면 안 된다는 겁니다.」 터턴이 그녀를 가리키며 말했다. 「캘린더 부인, 상황이 상황이니만큼 주의해 주세요.」

「전……. 그냥, 전…….」 캘린더 부인은 기분이 상하기는커녕 그의 엄격함에 마음이 놓였다.

「다른 질문은요? 꼭 필요한 질문만 해주세요.」

「저어……. 그는 어디 있나요?」 레슬리 부인이 떨리는 목소리로 물었다.

「감옥에요. 보석 신청이 기각되었습니다.」

다음엔 필딩이 입을 열었다. 그는 퀘스티드 양의 건강 상태에 대한 공식 발표가 있었는지, 아니면 비관적인 의견들은 단순히 소문에 의한 것인지 물었다. 그의 질문은 악영향을 미쳤는데, 아지즈와 퀘스티드는 완곡한 표현으로 불러야 할 대상들인데 퀘스티드라는 이름을 직접 입에 담았기 때문이었다.

「조만간 캘린더가 상황 보고를 해줄 수 있기를 바랍니다.」

「제 생각에 그건 꼭 필요한 질문이라고 하기는 어려운 것 같군요.」 터턴 부인이 말했다.

「자, 그럼 숙녀분들은 흡연실에서 나가 주시겠습니까?」 터턴은 다시 손뼉을 치면서 외쳤다. 「제가 한 말을 명심하셔야 합니다. 우리가 이 난관을 극복하기 위해서는 여러분의 도움이 필요하며 여러분이 우리를 돕는 길은 아무 일도 없는 것처럼 행동하는 것입니다. 제 당부는 이상이 전부입니다. 여러분을 믿어도 되겠습니까?」

「예, 그럼요. 오, 그럼요.」 여자들은 수척하고 불안한 얼굴로 합창하듯 대답했다. 그들은 블래키스톤 부인을 마치 성화처럼 에워싸고 차분하면서도 의기양양한 모습으로 나갔다. 징세관의 간단한 몇 마디에 자신들이 대영 제국의 전초 부대임을 상기했던 것이다. 그들의 가슴에서는 아델라에 대한 동정적인 애정에 덧붙여 또 하나의 감정이 일었는데, 그것은 결국 아델라에 대한 애정을 억누를 터였다. 그것의 첫 조짐은 평범하고 미미했다. 터턴 부인은 브리지 놀이를 하면서 요란한 목소리로 심한 농담들을 해댔고 레슬리 부인은 털목도리를 짜기 시작했다.

여자들이 나가자 징세관은 격식에 얽매이지 않고 좌중을 제압할 수 있도록 테이블 가장자리에 걸터앉았다. 그의 가슴에는 서로 모순되는 충동들이 소용돌이쳤다. 그는 퀘스티드 양의 복수를 해주고 필딩에게 벌을 주고 싶으면서도 철저히 공정하고 싶었다. 눈에 띄는 원주민들을 모조리 잡아다 매질을 하고 싶으면서도 폭동이나 군의 개입으로 이어질 수 있는 일은 피하고 싶었다. 그는 군대를 부르는 것에 대해 생생한 두려움을 느끼고 있었는데 군대란 한 가지 문제를 해결하는 대신 여남은 가지 문제들을 일으키며 민간 정부에 굴욕 주기를 즐긴다고 알고 있기 때문이었다. 마침 그 자리에도 군인이 하나 있었는데 구르카 연대 소속의 중위로 술이 좀 취한 상태였으며 자신이 그곳에 와 있는 것을 신의 뜻으로 여기고 있었다. 징세관은 한숨을 쉬었다. 이 문제 역시 협상과 중용이라는 낡고 따분한 방식으로밖에 해결될 수 없을 듯했다. 그는 영국인이 뒤탈을 걱정하지 않고 명예를 지킬 수 있었던 지난 호시절이 그리웠다. 가엾은 히슬롭은 보석 신청을 기각하는 것으로 명예의 길을 택했지만 징세관으로서는 그것을 현명한 처사로 볼 수가 없었다. 나와브 바하두르를 비롯한 인도인들의 분노를 사게 될 것일뿐더러 인도 정부가 지켜보고 있고 그 뒤에는 괴짜들과 겁쟁이들로 이루어진 영국 의회의 지방 위원회가 버티고 있기 때문이었다. 그는 법의 관점에서 보면 아지즈는 아직 유죄가 아니라는 사실을 자신에게 부단히 일깨워야 했고 그러다 보니 지친 기분이 들었다.

책임이 덜 무거운 다른 사람들은 자연스럽게 행동할 수 있었다. 그들은 여자들과 아이들에 대해 이야기하기 시작했고 〈여자들과 아이들〉이란 말이 몇 차례 입에 오르내리자 이성을 잃었다. 저마다 자신이 세상에서 제일 사랑하는 대상이 위험에 처했다고 느끼며 복수를 요구했고, 불쾌하지만은 않은 흥분에 찬 그들의 가슴에 냉담하고 잘 알지도 못하는 퀘스티드 양 대신 사생활 속에서 가장 달콤하고 따뜻한 것이

자리했다. 그들은 〈이건 여자들과 아이들이 걸린 문제〉라는 말을 되풀이했고 징세관은 그들이 자기도취에 빠지지 못하도록 막아야 한다는 걸 알면서도 차마 그럴 용기가 나지 않았다. 그들은 처자를 책임져야 할 의무가 있기 때문이었다. 대부분의 여자들과 아이들이 며칠 내에 고원 휴양지로 떠날 예정이었으므로 특별 기차 편으로 그들을 즉시 보내야 한다는 의견이 나왔다.

그러자 중위가 외쳤다. 「그리고 기분 좋은 제안 하나를 하자면, 조만간 군대를 불러야 한다는 겁니다.」 그에게는 특별 열차와 군대가 불가분의 관계였던 것이다. 「바라바스[16] 산이 군의 통제하에 있었다면 이런 사건은 발생하지 않았을 것입니다. 동굴 입구에 구르카 병사들을 배치하면 되었을 테니까요.」

「블래키스톤 부인도 영국 군인들이 좀 와주었으면 하더군요.」 누군가가 말했다.

「영국군은 필요 없어요.」 중위가 충성심이 발동하여 외쳤다. 「이 나라에선 원주민 병사들이면 됩니다. 호전적인 원주민이라면 구르카족도, 라즈푸트족도, 자트족도, 펀잡족도, 시크족도, 마라타족도, 브힐족도, 아프리디족도, 파탄족도 좋습니다. 사실 시장통의 쓰레기들도 상관없지요. 통솔만 제대로 하면 됩니다. 제가 그들을 어디든 이끌고 가서…….」

징세관은 그를 향해 기분 좋게 고개를 끄덕여 준 다음 자신의 휘하에 있는 사람들에게 말했다. 「무기를 소지하고 다

16 〈마라바르〉를 잘못 알고 얘기함.

니지 마세요. 비상 사태가 발생하기 전까지는 평소와 다름없이 행동해야 합니다. 부녀자들을 고원 휴양지로 보내되 조용하게 처리하고 제발 부탁이니 특별 열차 얘기는 더 이상 꺼내지 마세요. 개인적인 생각이나 느낌은 접으세요. 나도 감정은 있습니다. 현재로서는 한 인도인이 범죄를 기도한 혐의를 받고 있는 것일 뿐입니다.」 그가 손톱으로 자신의 이마를 세게 튀기자 사람들은 그가 자신들처럼 이 일을 절실하게 받아들이고 있음을 깨달았고 그에게 애정을 느꼈으며 그의 어려움을 가중시키지 않겠노라고 결심했다. 「새로운 사실들이 밝혀질 때까지는 그것에 입각하여 행동하세요. 그리고 인도인은 모두 천사라고 여기세요.」

그러자 모두 웅얼웅얼 맞장구를 쳤다. 「옳은 말씀입니다. 그래야지요. 천사라고 생각해야죠. 바로 그거예요.」 중위는 이렇게 말했다. 「제 말이 바로 그 말입니다. 원주민도 혼자 있으면 괜찮지요. 레슬리! 레슬리! 지난달에 내가 이곳 광장에서 원주민과 공을 쳤다는 얘기 들었지요? 그 사람 같은 경우도 괜찮았어요. 원주민이라도 폴로를 할 줄 아는 사람은 괜찮아요. 우리가 진압해야 할 대상은 교육받은 계층이지요. 이것만은 자신 있게 말할 수 있습니다.」

흡연실 문이 열리고 여자들의 떠들썩한 말소리가 들려왔다. 터턴 부인이 〈그녀의 병세가 호전되었답니다〉라고 외쳤고 남자 쪽과 여자 쪽 모두 기쁨과 안도의 한숨을 쉬었다. 희소식을 들고 온 의무관이 안으로 들어왔다. 귀찮아하는 기색이 역력한 그의 창백한 얼굴은 까다로운 인상을 풍겼다. 좌중을 둘러보던 그는 긴 의자에 웅크리고 앉아 있는 필딩을 발견하고 〈흠!〉 하고 헛기침을 했다. 모두들 자세한 얘기를 해달라고 졸라 댔다. 「이 나라에서는, 열이 남아 있는 한 위기를 넘겼다고 할 수가 없지요.」 그의 대답이었다. 그는 환자가 회복된 것에 화가 난 것처럼 보였고 그의 됨됨이를 아는 사람들은 그런 사실에 굳이 놀라지도 않았다.

「캘린더, 이리 앉아서 다 얘기해 보세요.」

「그건 시간이 좀 걸립니다.」

「노부인은 어떤가요?」

「열이 있습니다.」

「제 아내 말로는 쇠약해지셨다고 하던데요.」

「그럴지도 모르죠. 난 아무것도 보장할 수 없어요. 레슬리, 난 질문 공세에 시달리고 싶지 않아요.」

「죄송합니다.」

「히슬롭이 뒤따라오고 있어요.」

히슬롭이라는 이름을 듣자 모두들 아름다운 표정이 되었다. 퀘스티드 양은 피해자에 불과했지만 히슬롭은 순교자라 할 수 있었다. 히슬롭은 그들이 몸 바쳐 일해 온 나라가 그들에게 가하고자 했던 해악을 고스란히 당한, 영국인의 십자가를 진 인물이었다. 그들은 그 대가로 그에게 아무것도 해줄 수가 없어서 애가 닳았고 멍청하게 앉아서 법의 진행 과정을 지켜보고만 있는 것이 너무도 비겁하게 느껴졌다.

「내 소중한 부하에게 휴가를 주지 말았어야 했는데. 내 책임이라는 걸 깨닫자 차라리 내 혀를 잘라 내는 편이 나았을 거라는 생각이 들었어요. 처음엔 거절했다가 압력에 굴복하고 말았어요. 내가 그랬단 말이에요, 여러분, 내가 그랬어요.」 캘린더의 호소였다.

필딩은 입에 물었던 파이프를 빼서 그것을 골똘히 보고 있었다. 캘린더는 필딩이 두려워하고 있다고 생각하고 말을 이었다. 「영국인 한 사람이 동행한다는 말을 듣고 마지못해 허락한 거죠.」

「캘린더 소령, 당신 탓이라고 여기는 사람은 아무도 없어요.」 징세관이 내려다보며 말했다. 「그 여행이 충분히 안전하지 못하다는 것을 간파하고 막지 못했다는 점에서 우리 모두에게 책임이 있지요. 사실 나도 그 여행에 대해 알고 있었어요. 아침에 우리 차로 두 숙녀를 역까지 태워다 주었지요. 그런 의미에서 우리 모두 연루되었다고 볼 수 있지만 당신이 개인적으로 비난받아야 할 일은 전혀 없어요.」

「저는 그렇게 생각되지가 않습니다. 그럴 수만 있다면 좋겠는데 책임감이란 워낙 무서운 것이니까요. 저는 책임을 회피하는 자는 용납할 수가 없습니다.」 캘린더는 그러면서 필딩을 쳐다보았다. 필딩이 동행하려다가 기차를 놓친 사실을 아는 영국인들은 원주민들과 어울리다 보면 늘 그렇게 체면을 깎이게 된다는 생각으로 그를 딱하게 여겼다. 그들보다 더 많은 것을 알고 있는 징세관은 입을 다물고 있었는데 관료 기질 때문에 아직도 필딩을 영국인 편에 세우고 싶은 미련을 버리지 못하고 있기 때문이었다. 화제는 다시 여자들과 아이들로 넘어갔고, 캘린더 소령은 그 틈을 타서 중위를 붙들고 필딩을 괴롭히도록 충동질했다. 중위는 실제보다 더 취한 척하며 다소 공격적인 말들을 했다.

「퀘스티드 양의 하인에 대한 얘기 들었어요?」 소령이 물었다.

「아니요, 무슨 얘기요?」

「히슬롭이 어젯밤에 퀘스티드 양의 하인에게 그녀에게서 잠시도 눈을 떼서는 안 된다고 단단히 일렀다는군요. 그런데 죄수가 그걸 알고 그 하인을 떼놓고 간 거예요. 돈을 쥐여 주어서요. 히슬롭이 방금 관련자들의 이름과 돈 액수를 다 알아냈는데 그들 사이에선 이름난 뚜쟁이인 모하메드 라티프란 자가 돈을 줬대요. 하인은 그렇고, 함께 가려고 했던 영국인, 여기 있는 우리의 친구는 어떻게 떼어 놨을까요? 역시 돈을 쓴 거죠.」

필딩이 벌떡 일어섰고 주위에서 그를 옹호하는 웅얼거림과 탄성이 일었다. 아직은 아무도 필딩의 정직함을 의심하지 않았던 것이다.

「오, 미안하지만 그건 오해예요. 내 말은 필딩 씨가 그들에게 매수당했다는 뜻이 아니에요.」 소령이 공격적으로 말했다.

「그럼 무슨 뜻이죠?」

「다른 인도인을 매수해서 당신을 늦게 만들었다는 거죠. 고드볼 말이에요. 그의 기도 때문에 늦었잖아요. 나도 그 기도를 알아요!」

「말도 안 돼요…….」 필딩은 분노로 떨며 다시 의자에 앉았다. 한 사람씩 차례로 수렁으로 끌려 들어가고 있었다.

공격의 화살을 날린 소령은 다음 화살을 준비했다.「히슬롭은 그의 어머니를 통해서도 알아낸 사실이 있어요. 아지즈는 돈으로 산 원주민들을 동굴 안에 몰아넣어 노부인을 질식하게 만들었지요. 그녀는 죽을 고비를 넘기고 간신히 빠져나왔고요. 치밀한 계획 아닙니까? 굉장하죠. 그래서 그는 퀘스티드 양과 다른 동굴들로 갈 수 있었던 겁니다. 아까 그 모하메드 라티프란 자가 데려온 안내인을 동반하고 말이에요. 현재 안내인은 어디론가 사라졌답니다. 멋져요.」 거기까지 말해 놓고 그는 고함을 내질렀다.「이렇게 앉아만 있을 때가 아니에요. 행동을 취해야 해요. 군대를 불러서 시장통을 쓸어버립시다.」

평소에는 소령이 흥분해서 길길이 뛰어도 모두들 대수롭지 않게 여겼지만 이번만큼은 불안감에 젖었다. 범죄가 그들이 생각했던 것보다 심각했던 것이다. 그것은 인도 폭동이 일어났던 1857년 이후 다다른 적이 없었던, 지독한 냉소주의의 극한을 의미했다. 필딩은 가련한 고드볼 교수가 억울한 누명을 쓴 것에 대한 분노를 잊고 골똘히 생각에 잠겼다. 악이 독립된 실체를 지니기라도 한 것처럼 사람들의 말이나 행동과 다르게 사방으로 퍼지고 있었다. 아지즈와 하미둘라가 왜 그대로 굴복하려고 했는지 이제야 이해할 수 있을 것 같았다. 그의 적인 캘린더가 그가 곤란에 처한 것을 보고 과감하게 말했다.「클럽 안에서 한 말이 외부로 새어 나가는 일은 없겠지요?」그러면서 그는 레슬리에게 눈을 찡긋했다.

「왜 새어 나갑니까?」레슬리가 물었다.

「오, 아니에요. 여기 참석한 회원 중에서 아까 오후에 죄수를 면회한 이가 있다는 소문을 들어서요. 적어도 이 나라에선 양다리를 걸치는 것이 불가능하거든요.」

「여기 참석한 회원 중에 그런 사람이 있다는 겁니까?」

필딩은 이번에는 캘린더가 던진 미끼를 물지 않기로 결심했다. 그에게도 할 말이 있었지만 스스로 적절하다고 여겨지는 때에 입을 열기로 했다. 징세관이 거들어 주지 않는 바람에 캘린더의 공격은 무위로 끝나고 말았다. 잠시 사람들의 관심이 다른 곳으로 옮겨졌다. 그리고 다시 여자들이 시끌벅적 떠드는 소리가 쏟아져 들어왔다. 로니가 문을 연 것이다.

그는 지치고 비참한 모습이었고 평소보다 온화해 보였다. 원래 늘 상관들에게 경의를 표해 온 그였지만 지금 그가 보이는 경의는 진심에서 우러난 것이었다. 그는 모욕을 당한 자신을 보호해 달라고 호소하는 듯했고 모두들 본능적인 경의의 표시로 자리에서 일어섰다. 동양에서 이루어지는 모든 행동은 형식주의에 물들어 있기에, 그것은 히슬롭에게 경의를 표하는 동시에 아지즈와 인도를 책망하는 의미를 지녔다. 필딩은 그런 사실을 깨닫고 그대로 앉아 있었다. 그것은 무례하고 비신사적이며 어찌 보면 불합리한 행동일 수도 있었지만, 그는 자신이 너무 오래 소극적인 태도를 취해 왔다는 느낌이 들었고 저항하지 않으면 잘못된 풍조에 휩쓸릴 것만 같았다. 그를 보지 못한 로니가 쉰 목소리로 말했다. 「오, 제발 부탁이니 모두 앉아 주세요. 전 그저 어떤 결정이 내려졌는지 듣고 싶을 뿐입니다.」

「히슬롭, 난 무력의 사용에는 반대한다는 말을 하고 있었네. 자네도 나와 같은 생각인지는 모르겠네만 그것이 내 입장일세. 판결이 내려지면 문제가 달라질 테지만.」 징세관이 미안해하는 태도로 말했다.

「징세관님께서 제일 잘 아시겠지요. 저는 경험이 없어서 뭐라고 말씀드릴 수가 없습니다.」

「모친께서는 좀 어떠신가?」

「나아지셨습니다. 모두들 앉아 주세요.」

「아예 일어서지 않은 사람도 있군요.」 젊은 군인이 끼어들었다.

「소령이 퀘스티드 양에 관한 기쁜 소식을 들고 왔다네.」 터턴이 말했다.

「그래요, 그래요. 만족할 만한 상태예요.」

「소령님, 아까는 상태가 나쁘다고 하시지 않았습니까? 그래서 보석 신청을 기각시킨 건데요.」

히슬롭이 따지자 캘린더는 친근한 태도로 웃으며 말했다. 「히슬롭, 히슬롭, 다음에 보석 신청이 들어오면 보석을 허가하기 전에 이 늙은 의사에게 전화를 하세요. 이 늙은이가 믿음직스럽게 보이고 자신만만하게 얘기한다고 해도 내 의견을 지나치게 심각하게 받아들이진 마세요. 난 허튼소리나 지껄여 대는 멍청이니까. 하지만 그자를 감옥에 가둬 두는 데 작으나마 보탬이 될 수는 있겠고…….」 그는 짐짓 정중한 태도로 말을 끊었다. 「오, 그런데 그자의 친구 하나가 이곳에 있네요.」

「일어나, 이 자식.」중위가 외쳤다.

「필딩 씨, 무슨 이유로 일어나지 않는 거죠?」마침내 징세관이 싸움에 가담하면서 물었다. 그것은 필딩이 기다렸던 공격이었고 그는 답변해야만 했다.

「제가 한 말씀 드려도 되겠습니까?」

「물론이오.」

노련하고 자제력이 강하며 뜨거운 애국심이나 젊음의 열정으로부터 자유로운 그는 자신에게는 비교적 쉬운 일을 했다. 그는 일어나서 말했다.「저는 닥터 아지즈가 무고하다고 믿습니다.」

「본인이 원한다면 그런 의견을 가질 수도 있겠지만, 그렇다고 히슬롭 씨를 모욕할 이유가 있는 건가요?」

「얘기를 계속해도 되겠습니까?」

「물론이오.」

「저는 법의 판결을 기다리고 있습니다. 만일 그가 유죄라면 학장직을 사임하고 인도를 떠나겠습니다. 그리고 지금 클럽에서 탈퇴하겠습니다.」

「찬성이오!」사람들은 그렇게 외쳤지만 완전히 적대적인 목소리는 아니었는데, 자신의 입장을 솔직하게 밝히는 그가 마음에 들었기 때문이다.

「당신은 아직 내 질문에 대답하지 않았소. 히슬롭 씨가 들어왔을 때 왜 일어나지 않았던 거죠?」

「죄송하지만 저는 질문에 대답하기 위해서가 아니라 개인적인 입장을 밝히기 위해 이곳에 온 것이며 제가 이곳에서

할 일은 다 끝났습니다.」

「당신이 이 지역의 통치를 맡기라도 한 거요?」

필딩은 문으로 향했다.

「잠깐만요, 필딩 씨. 아직 가지 마세요. 당신이 클럽을 탈퇴한 것은 마땅한 일이지만 클럽을 떠나기 전에 범죄에 대한 혐오감을 표현하고 히슬롭 씨에게 사과하시오.」

「공식적으로 하시는 말씀입니까?」

공식적이 아닌 말은 한 적이 없는 징세관은 격분하여 이성을 잃고 외쳤다. 「당장 이 방에서 나가시오. 당신을 만나러 기차역까지 갔던 것이 몹시 후회스럽소. 당신은 당신과 어울리는 자들의 수준으로 떨어졌소. 당신은 너무도 나약한 것이 흠이고…….」

「저도 이 방에서 나가고 싶지만 이 신사분이 가로막는군요.」 중위가 길을 막자 필딩이 조용히 말했다.

「내보내세요.」 로니가 거의 울먹이는 목소리로 말했다.

이 사태를 수습할 수 있는 것은 그의 호소뿐이었다. 히슬롭이 원하는 것은 무엇이든 들어주어야 하니까. 문가에서 가벼운 실랑이가 벌어진 후 필딩은 여자들이 카드놀이를 하고 있는 방으로 자연스러운 걸음보다 약간 빠르게 나갔다. 〈내가 굴복하거나 화를 냈다면 어떻게 됐을까〉 하고 그는 생각했다. 물론 그는 약간 화가 나 있었다. 그는 동료들에게 폭행을 당하거나 나약하다는 소리를 들어 본 적이 없었고, 히슬롭은 악을 선으로 갚아 그가 죄책감을 느끼도록 만들었다. 그는 논쟁을 벌일 문제들은 따로 있는데 가엾은 히슬롭에게 경의를 표하는 문제를 놓고 시비를 했던 것이 후회되었다.

어쨌거나 그 문제는 그럭저럭 넘어갔고, 필딩은 냉정을 되찾기 위해 잠시 위층 베란다로 갔다. 그곳에서 처음 눈에 들어온 것은 마라바르산이었다. 그 시간에 그 거리에서 바라본 마라바르는 아름다웠다. 그 봉우리들은 꽃들로 덮인, 성자들과 영웅들이 사는 몬살바트[17]요, 발할라[18]요, 대성당의 탑들이었다. 저 안에 어떤 악한이 숨어 있는 것일까? 안내인은 어떤 인물이며 아직도 종적이 묘연한 것일까? 퀘스티드 양이 말했다는 〈메아리〉의 정체는 무엇일까? 지금은 모르지만 곧 알게 될 사실들이었다. 사실의 힘은 위대하며 결국 승리를 거둔다. 마침 해가 지고 있었고, 마라바르산을 응시하고 있으려니 산이 마치 여왕처럼 우아하게 그에게로 다가오는 듯했다. 마라바르의 매력은 하늘의 매력이 되었다. 마라바르는 어둠 속으로 사라지는 순간 도처에 존재하게 되었고 신의 은총과도 같은 선선한 밤이 내리고 별들이 반짝이자 온 우주가 하나의 산봉우리가 되었다. 아름답고 절묘한 순간이었지만 그 순간은 고개를 돌려 외면하고 빠른 날갯짓으로 필딩을 스쳐 갔다. 그는 아무것도 체험하지 못했으며 마치 다른 사람이 그런 순간이 있었다고 말해 줘서 하는 수 없이 믿는 것 같았다. 필딩은 갑자기 의구심과 불만을 느끼며 자신이 인간으로서 진실로 성공적인지 의문에 젖었다. 마흔 평생을 살면서 그는 유럽의 진보적인 가치관에 따라 자신의 인생

17 스페인의 아름다운 성.

18 북서 유럽의 신화에 나오는 아름다운 궁전.

을 최대한 누리며 살아가는 법을 터득했고, 인격을 함양했고, 자신의 한계들을 탐색했으며, 열정들을 통제해 왔다. 현학적으로도 세속적으로도 기울지 않고 그 모든 것들을 이루어 왔다. 그것은 확실한 성취였지만, 지금 그는 그동안 다른 무엇인가를 위해서도 노력을 기울여 왔어야 했다는 기분이 들었다. 하지만 그것이 무엇인지는 알지 못했고 앞으로도 알지 못할 것이며 절대로 알 수가 없었기에, 그래서 슬픔을 느꼈다.

# 21

필딩은 현실에 적합하지 않은 회한들은 떨쳐 버리고 새 동지들에게 달려가는 것으로 하루를 마감했다. 클럽에 계속 몸담고 있어 봐야 그곳에서 오가는 이야기들을 시내에 전달하는 역할밖에 할 수 없을 것이므로 아예 그것이 불가능하도록 탈퇴해 버린 것이 기뻤다. 클럽에서 당구와 테니스, 그리고 맥브라이드와의 한담을 즐길 수 없게 된 것이 유감스럽긴 했지만 아쉬운 건 그것뿐이라 그는 가벼운 마음으로 말을 달릴 수 있었다. 시장 입구에서 얼굴에 호랑이 탈을 쓰고 몸에는 노랑 바탕에 갈색 줄무늬를 그려 호랑이 분장을 한 청년을 보고 그의 말이 뒷걸음질을 쳤다. 무하람 준비가 한창이었다. 수많은 북들이 울리고 있었지만 시내의 분위기는 평온해 보였다. 필딩은 케르벨라에서 살해된 마호메트의 손자의 무덤을 본떠 만든 작은 조형물을 구경했는데 얇은 종이로 허술하게 만들어져서 무덤이라기보다는 크리놀린[19]처럼 보였다. 신바람이 난 아이들이 그 뼈대 위에 물들인 종이를 붙이

19 옛날에 스커트를 부풀리기 위해 입었던 페티코트.

고 있었다. 필딩은 그 저녁의 남은 시간을 나와브 바하두르, 하미둘라, 마무드 알리를 비롯한 동지들과 보냈다. 전투 준비도 한창이었다. 유명한 변호사 암리트라오에게 전보를 보냈으며 사건을 맡겠다는 답신까지 받아 놓은 상태였다. 보석 신청도 다시 할 계획이었는데 퀘스티드 양이 위험한 고비를 넘겼으니 또 기각되는 일은 없을 터였다. 회의는 진지하고 분별 있게 진행되었지만 그곳에서 공연 허가를 받은 순회 악단 때문에 방해가 되었다. 악사들은 조약돌이 담긴 큰 질그릇을 손에 들고 위아래로 흔들며 구슬픈 노래를 불렀다. 필딩은 그 소리 때문에 집중할 수가 없어서 회의를 마치자고 제안했지만 나와브 바하두르는 먼 길을 걸어온 악단이 행운을 가져다줄 수도 있다며 반대했다.

필딩은 밤늦게 고드볼 교수를 만나 자신이 히슬롭에게 무례한 전략적, 도덕적 우를 범한 사실을 털어놓고 교수의 의견을 듣고 싶은 마음이 생겼다. 그러나 노교수는 이미 잠자리에 든 뒤였고 하루 이틀 만에 아무런 괴롭힘도 당하지 않고 새 일터로 빠져나갔다. 그는 슬그머니 빠져나가는 재주가 용했다.

# 22

아델라는 며칠 동안 맥브라이드네 집에서 누워 지냈다. 일사병 기운이 있는 데다 살에 박힌 수백 개의 선인장 가시들을 뽑아내야 했다. 데릭 양과 맥브라이드 부인이 매시간 확대경을 들고 그녀의 몸을 샅샅이 살폈는데 그때마다 가시들이 한 무더기씩 발견되었다. 잔가시들을 그대로 방치하면 혈관 속으로 파고들 수도 있었다. 아델라는 그들의 손가락 아래서 가만히 누워 있어야 했으며 그것이 동굴에서 시작된 충격을 더욱 악화시켰다. 지금까지 그녀는 사람들의 손길이 닿든 말든 크게 신경 쓰지 않았으며 그녀의 감각들은 비정상적일 정도로 둔감했고 그녀가 고대하는 접촉은 오직 정신적인 것뿐이었다. 그런데 이제 모든 것이 피부로 전해졌으며 피부는 앙갚음이라도 하듯 마구 포식을 했다. 사람들은 — 어떤 이들은 가까이 다가서고 어떤 이들은 계속 거리를 두고 있는 것만 다를 뿐 — 다 비슷한 것 같았다. 살에서 가시가 뽑힐 때마다 그녀는 〈사물들은 공간 속에서는 맞닿고 시간 속에서는 떨어진다〉고 속으로 되뇌었다. 그러나 두뇌의 기능이 너무도 약해져서 그것이 철학인지 아니면 말장난에 불과한 것인지도 가늠할 수 없었다.

모두들 그녀에게 친절했다. 사실 지나치게 친절했다. 남자들은 지나치게 정중했고 여자들은 지나치게 동정적이었다. 하지만 그녀가 만나고 싶은 유일한 인물인 무어 부인은 찾아오지 않고 있었다. 아무도 그녀의 괴로움을 이해하지 못했고 그녀가 왜 건전한 상식과 히스테리 사이를 오가는지 알지 못했다. 그녀는 별일 없었던 것처럼 냉담하게 설명을 시작하곤 했다. 「그 혐오스러운 동굴로 들어갔지요. 메아리 소리를 내려고 손톱으로 벽을 긁었던 기억이 나요. 그다음에 전에 말했던 그 그림자가, 그림자처럼 생긴 것이 동굴 입구에 서서 나를 가두려고 했어요. 영원처럼 길게 느껴졌지만, 30초도 안 되는 짧은 시간에 벌어진 일인 것 같아요. 내가 쌍안경으로 그를 때리자 그는 쌍안경 끈을 잡고 동굴 안을 돌면서 나를 끌고 다녔어요. 마침 끈이 끊어졌고 난 도망쳤어요. 그게 다예요. 그는 내 몸에 손을 대진 않았어요. 모두 말도 안 되는 일 같아요.」 그런 다음 그녀의 눈에는 눈물이 가득 고였다. 「물론 지금은 충격에 빠져 있지만 이겨 낼 거예요.」 그다음엔 울음을 터뜨렸고 옆에 있던 여자들은 동지 의식을 느끼고 함께 울었으며 옆방에서는 〈맙소사, 맙소사!〉 하는 웅얼거림이 일었다. 그들은 아델라가 눈물을 수치스러운 것으로, 마라바르에서 겪었던 일보다 더 민감한 불명예로, 자신의 진보적인 관점과 타고난 정직성에 반대되는 것으로 여긴다는 사실을 알지 못했다. 아델라는 사건에 대해 곰

곰 생각해 보고 자신이 해를 입지 않았음을 잊지 않으려는 노력을 쉬지 않고 하고 있었다. 〈충격〉을 받은 건 사실이지만 그게 무슨 의미가 있는가. 그렇게 한동안 이성적으로 생각하다가도 다시 메아리가 들려오면 울음을 터뜨리며 자신은 로니와 결혼할 자격이 없다고 선언하면서 자신을 공격한 자가 극형에 처해지기를 바라는 것이었다. 그러다 발작이 지나가면 시장에 달려가서 만나는 사람마다 붙들고 용서를 빌고 싶은 열망에 사로잡혔는데 그건 막연히 자신이 세상을 더 나쁘게 만들었다는 기분이 들어서였다. 죄인은 자신인 것 같아서였다. 그러나 다시 지성이 고개를 들고 그건 아니라고 말했고 다시 아무 결실도 없는 무익한 과정이 되풀이되었다.

무어 부인을 만날 수만 있다면! 로니가 전하는 말로는, 무어 부인도 몸이 좋지 않아서 외출을 꺼리고 있다는 것이었다. 그리하여 메아리가 그녀의 청각 기관 속의 신경이라도 된 것처럼 맹위를 떨치게 되었고 이성적으로 생각하면 아무 중요성도 없는 동굴 속의 소음이 그녀의 삶을 지배하게 되었다. 그때 동굴에서 그녀는 아무 이유 없이 반들거리는 벽을 쳤고, 그 메아리가 잠잠해지기 전에 그가 따라 들어왔으며, 사건의 절정은 쌍안경이 떨어진 것이었다. 그녀가 도망쳐 나올 때 등 뒤에서 뿜어져 나온 그 소리는 서서히 들판에 범람하는 강물처럼 계속 이어지고 있었다. 오직 무어 부인만이 문제의 근원을 찾아 해결해 줄 수 있었다. 악의 고삐가 풀렸고…… 심지어 그 악이 다른 사람들의 삶 속으로 들어가는 소리까지도 들렸으며……. 아델라는 슬픔과 우울 속에서 며칠을 보냈다. 친구들은 원주민 대학살을 요구하며 사기를 높였지만 그녀는 그렇게 하기엔 너무 근심이 크고 나약했다.

선인장 가시를 모두 뽑아내고 열도 정상으로 내려가자 로니가 그녀를 데리러 왔다. 아델라는 분노와 고통으로 지친 로니에게 위안을 주고 싶었지만 친밀한 행동이 어색하기만 했고 이야기를 나눌수록 둘 다 더 비참해지고 자의식에 빠지게 되었다. 그나마 현실적인 얘기가 가장 덜 고통스러웠다. 로니와 맥브라이드는 그동안 의사의 지시에 따라 그녀에게 숨기고 있었던 한두 가지 사실을 들려주었다. 그녀는 무하람과 관련된 사건에 대해 처음으로 알게 되었는데 거의 폭동에까지 이를 뻔했다는 것이었다. 축제 마지막날 대대적인 행렬이 공식적인 노선을 벗어나 영국인 거주지로의 진입을 시도했으며 높은 종이 탑에 걸린다는 이유로 전화선을 끊기까지 했다. 다행히 맥브라이드가 지휘하는 경찰이 사건을 훌륭히 처리했다. 그다음엔 또 다른 매우 고통스러운 화제로 넘어갔는데 바로 재판에 대한 이야기였다. 아델라는 자신이 법정에 출두하여 피고가 범인과 동일 인물임을 확인하고 인도인 변호사의 반대 심문에 응해야 한다는 사실을 알게 되었다.

「무어 부인께서 함께 가주실 수 있을까요?」 아델라가 한 말은 그것이 전부였다.

「그럼요. 나도 함께 갈 거예요. 나는 이 사건을 맡지 않게 될 거예요. 사적으로 관련되어 있기 때문에 사건을 맡을 수 없게 됐어요. 재판을 다른 곳에서 여는 것도 고려해 봤지만 그냥 찬드라푸르에서 열기로 했어요.」 로니가 대답했다.

「퀘스티드 양께서도 그것이 무엇을 의미하는지 아시겠지요. 다스가 사건을 맡게 될 겁니다.」 맥브라이드가 슬프게 말했다.

다스는 로니의 밑에서 일하는 판사로 지난달에 마차를 보내기로 하고 약속을 지키지 않은 바타차리야 부인과 남매간이었다. 다스는 정중하고 지적인 인물이며 확실한 증거가 있었기에 판결 결과는 뻔했지만, 인도인 판사가 영국인 여자를 재판한다는 사실에 클럽 사람들은 치를 떨었고 몇몇 여자들은 이 문제에 대해 부총독의 아내인 멜란비 부인에게 전보까지 보냈다.

「어차피 누군가는 재판을 맡아야 하잖아요.」 아델라가 대꾸했다.

「그, 그렇게 받아들여야지요. 퀘스티드 양, 당신은 용감한 분이에요.」 맥브라이드는 말은 그렇게 하면서도 그 일이 영 마땅치가 않아서 〈민주주의의 소산〉이라고 비꼬았다. 옛날 같았으면 영국인 여자는 법정에 출두할 필요도 없을뿐더러 인도인이 그녀의 사적인 문제들에 대해 논하는 것은 상상조차 할 수 없는 일이었다. 이런 경우 원고 측에서 조서만 제출하면 판결은 그에 따랐다. 맥브라이드는 이 나라의 현 실정에 대해 사과했고 그러자 아델라는 갑자기 짧은 울음을 터뜨렸다. 그녀가 우는 동안 로니는 비참한 기분으로 방 안을 서성이며 카슈미르산(産) 카펫에는 어김없이 박혀 있는 꽃무늬들을 밟거나 베나레스산(産) 놋그릇들을 두들겨 보았다. 「이런 증상은 시간이 지날수록 덜해지고 있으니 곧 말짱해질 거예요. 나에게는 뭔가 할 일이 필요해요. 일이 없다 보니 계속 이렇게 한심하게 울어 대는 거예요.」 아델라가 고약한 기분으로 코를 풀며 말했다.

「한심하다니요. 우리 모두 당신을 훌륭하게 생각하고 있습니다.」 맥브라이드가 매우 진지한 태도로 말했다. 「우리로선 당신에게 더 큰 도움이 될 수 없는 것이 안타까울 따름이지요. 어려운 때에 우리 집에 머물러 주셔서 대단히 영광스럽고…….」 천하의 맥브라이드마저도 감정에 압도되었다. 「그건 그렇고, 누워 계시는 동안 편지가 한 통 왔습니다. 이런 말씀 드리긴 뭐하지만 제가 뜯어 봤습니다. 용서해 주시겠습니까? 특별한 상황이다 보니 그렇게 됐습니다. 필딩이 보낸 편지예요.」

「그분이 왜 저한테 편지를 보냈을까요?」

「몹시도 유감스러운 일이 발생했습니다. 피고 측에서 그를 끌어들였어요.」

「그는 괴짜예요, 괴짜.」 로니가 가볍게 말했다.

「당신은 그런 식으로 말할 수도 있겠지만, 괴짜라고 다 비열한 짓을 하는 것은 아니지요. 그가 당신에게 어떤 태도를 보였는지 퀘스티드 양도 알아야 해요. 당신이 말하지 않아도 다른 사람이 말할 거예요.」 맥브라이드는 로니에게 그렇게 대꾸한 뒤 아델라를 향해 말했다. 「그는 이제 피고 측의 중심 인물이에요. 압제자들의 무리에서 벗어난 단 한 사람의 정의로운 영국인이지요. 그는 시장에서 온 대표단들을 맞아 함께 빈랑나무 열매를 씹으며 서로의 손에 냄새를 묻히고 있어요.

그런 사람의 속내를 알기는 쉽지가 않습니다. 그의 학생들은 수업 거부에 들어갔어요. 그에 대한 지지의 표시로 수업에 임하지 않겠다는 것이지요. 필딩만 아니었다면 무하람 축제 때 말썽도 일어나지 않았을 거예요. 그는 이 지역 전체에 심각한 해를 끼치고 있지요. 당신이 회복될 때까지 기다리느라 편지를 그냥 여기 놓아두고 있다가 사태가 심각해져서 혹시 도움이라도 얻을까 해서 뜯어 본 겁니다.」

「도움이 됐나요?」 아델라가 힘없이 물었다.

「전혀요. 당신이 실수를 저질렀다는 무례한 내용밖에 없었어요.」

「그렇기만 하다면 얼마나 좋겠어요!」 아델라는 신중하고 형식적인 문구들로 이루어진 필딩의 편지를 훑어보았다. 그녀는 〈닥터 아지즈는 무고합니다〉라고 소리 내어 읽었다. 그러더니 다시 목소리가 떨리기 시작했다. 「하지만 로니, 그가 당신에게 보인 태도를 생각해 봐요. 안 그래도 나 때문에 말할 수 없는 고통을 당한 당신에게 말이에요! 정말이지 지독한 사람이에요. 나의 로니, 당신에게 어떻게 보답해야 할까요? 줄 것이 아무것도 없는 사람이 어떻게 보답이란 걸 할 수 있을까요? 우리 모두 자신이 맺고 있는 관계를 위해 해줄 것이 점점 줄어들고 있는 마당에 인간관계란 것이 무슨 소용이 있을까요? 난 우리 모두 몇 세기 동안 광야로 돌아가서 선을 찾으려는 노력을 기울여야 한다고 생각해요. 난 처음부터 다시 시작하고 싶어요. 내가 지금까지 배운 것은 장애물에 지나지 않으며 지식이라고 할 수도 없어요. 나는 인간관계에 맞지 않아요. 이만 가요, 가자고요. 물론 필딩 씨의 편지는 중요하지 않아요. 그는 자신이 원하는 대로 생각하고 쓸 자유가 있으니까요. 다만 고통에 시달리는 당신에게 그런 무례한 태도를 보이진 말았어야 했다는 거죠. 중요한 건 그거고…… 부축할 필요 없어요. 난 잘 걸으니까요. 아니, 제발 잡아 주지 마세요.」

맥브라이드 부인이 애정 어린 작별 인사를 건넸지만 서로 공통점도 없고 가까워지는 것이 부담스럽기만 한 여자였다. 그들은 이제 둘 중 한 사람의 남편이 은퇴할 때까지 서로 얼굴을 마주할 수밖에 없었다. 사실 아델라는 이곳에서 된통 당했다고 볼 수 있으며, 독자 노선을 취하려고 했으니 당연한 벌을 받은 것인지도 몰랐다. 그녀는 기가 꺾인 상태에서도 혐오감을 느끼며 고맙다는 인사를 차렸다. 「오, 우린 서로 도와야만 해요. 인생의 행과 불행에 너무 연연하지 말고요.」 맥브라이드 부인이 말했다. 데릭 양도 그 자리에 있었는데 여전히 무드쿨의 왕과 왕비에 대한 농담들을 늘어놓고 있었다. 법정에 증인으로 나가게 된 그녀는 무드쿨 왕국에 차 돌려주기를 거부했으며 그들이 몹시 실망하고 있으리라고 말했다. 맥브라이드 부인과 데릭 양은 아델라의 뺨에 입을 맞추고 성 대신 이름을 불러 주었다. 로니와 아델라는 차에 올랐다. 그들은 아침 일찍 움직였는데 무더위 철이 다가오면서 더위가 일찍 시작되고 늦은 시간까지 이어져서 인간의 운신의 폭이 점점 좁아지고 있었기 때문이다.

집에 가까워지자 로니가 말했다. 「어머니도 당신을 몹시 만나고 싶어 하시지만, 연세가 많으시다는 걸 염두에 두어야 해요. 노인들은 만사를 우리가 기대하는 것처럼 받아들이지를 않으니까요.」 그는 곧 다가올 실망에 대해 미리 경고해 준 것이지만 아델라는 그 경고를 무시했다. 그녀와 무어 부인의 우정은 깊고도 진정한 것이었기에 무슨 일이 일어나도 변치 않으리라 굳게 믿었기 때문이다. 「내가 어떻게 해야 당신이 좀 더 편해질 수 있을까요? 문제는 당신이에요.」 아델라가 한숨지으며 말했다.

「그런 말을 하다니 당신은 참 착한 여자예요.」

「당신이 착한 사람이죠.」 아델라는 그렇게 대꾸하고 갑자기 외쳤다. 「로니, 무어 부인께서 병이 나신 건 아니죠?」

로니는 캘린더 소령이 괜찮다고 했다며 그녀를 안심시켰다.

「하지만 어머니께선 지금 아주 예민한 상태예요. 우린 예민한 가족이지요. 직접 만나면 알게 될 거예요. 물론 나도 신경이 날카로워져 있다 보니 퇴근해서 돌아오면 어머니께 무리한 기대를 하게 되는 것도 사실이지요. 어머니께선 당신을 위해 특별히 애를 써주시겠지만 당신이 실망하지 않았으면 해서 미리 말해 두는 거예요. 큰 기대는 하지 마요.」

집이 시야에 들어왔다. 그녀가 떠날 때와 똑같은 모습이었다. 무어 부인이 퉁퉁 부은 붉은 얼굴로 소파에 앉아 있었는데 이상하리만치 매몰찬 분위기였다. 그녀는 로니와 아델라가 들어오는 걸 보고도 일어나지 않았고, 아델라는 너무 놀라서 자신의 근심들은 까맣게 잊고 말았다.

「두 사람이 함께 돌아왔군.」 무어 부인의 인사는 그게 전부였다.

아델라가 소파에 앉으며 그녀의 손을 잡았다. 그러나 무어 부인은 손을 뺐고 아델라는 다른 사람들이 자신에게 혐오감을 주었듯이 자신도 무어 부인에게 혐오감을 준 기분이 들었다.

「괜찮으세요? 아까 나갈 때는 괜찮아 보이셨는데.」 로니가 골난 기색을 드러내지 않으려고 애쓰며 말했다. 하지만 아델라를 기분 좋게 맞아 줄 것을 부탁하고 나갔던 그는 어머니의 태도에 분개하지 않을 수 없었다.

「괜찮아. 사실은 여기 올 때 끊었던 왕복표를 자세히 들여다보고 있었지. 교환이 가능해서 생각했던 것보다 돌아가는 배의 선택 폭이 훨씬 넓겠어.」 무어 부인이 나른하게 대답했다.

「그 얘기는 나중에 할 수도 있잖아요.」

「랠프와 스텔라가 내가 언제 도착하는지 알고 싶어 할 거야.」

「그런 계획 세울 시간은 많아요. 우리 아델라 좀 어때 보이세요?」

「전 부인의 도움에 의지하고 있어요. 다시 부인과 함께 있게 되어서 얼마나 기쁜지 몰라요. 다른 사람들은 낯설어서요.」 아델라가 빠르게 말했다.

그러나 무어 부인은 도움을 줄 기색을 보이지 않았다. 그녀는 분노를 발산하며 이렇게 말하는 듯했다. 〈난 평생 성가신 일만 떠맡아야 하나?〉 그녀의 기독교적인 다정함은 사라졌거나 무정함으로, 혹은 인간에 대한 짜증으로 변해 버려서 이번 사건에 대해 아무 관심도 보이지 않았고, 질문도 하지 않았으며, 무하람 축제 마지막날 폭도들이 집에 쳐들어올지도 모르는 긴박한 상황에서도 자신의 침실을 떠나지 않았다.

아델라가 다시금 눈물을 글썽이며 말을 이었다. 「아무것도 아닌 일이고, 분별 있게 처신해야 한다는 거 알아요. 그래서 애쓰고 있고요. 다른 곳에서 일어난 일이라면 신경 쓰지 않았을 텐데. 사실 어디서 일어난 일인지도 잘 모르겠어요.」

로니는 자신이 그 말의 의미를 안다고 생각했다. 아델라는 사건 발생 장소가 어느 동굴인지 밝히거나 설명하지 못했고 그것에 대해 분명하게 생각해 보려고도 하지 않았으며 피고 측에서는 재판에서 이 점을 물고 늘어질 터였다. 그는 아델라에게 마라바르의 동굴들은 구분이 불가능하기로 악명이 높으며 앞으로 흰 페인트로 일련번호를 써놓아야 한다고 말했다.

「맞아요, 그런 뜻이에요. 정확하진 않지만. 그런데 계속 메아리가 들려요.」

「메아리가 어떻다고?」 무어 부인이 처음으로 관심을 보였다.

「그것을 떨쳐 버릴 수가 없어요.」

「영원히 그럴 거예요.」

아델라의 건강이 좋지 않다고 아들이 미리 강조를 했건만 무어 부인은 노골적으로 심술을 부리고 있었다.

「무어 부인, 그 메아리의 정체가 뭐죠?」

「모르겠어요?」

「예, 뭐죠? 오, 제발 말씀해 주세요! 부인께선 설명하실 수 있다고 생각했어요……. 그러면 저에겐 큰 위안이…….」

「본인이 모르면 모르는 거예요. 말해 줄 수 없어요.」

「말씀을 안 해주시다니 무정하시네요.」

「말해라, 말해라, 말해라.」 노부인이 통렬하게 말했다. 「무엇이든 말로 표현할 수 있다고 여기는 모양이군! 난 평생 말하거나 남의 말을 들으면서 살아왔어요. 너무 많은 말들을 들었지. 이제 고요 속에서 지낼 때가 왔어요. 죽을 때가 아니라.」 그녀는 심술궂게 덧붙이고는 말을 이었다. 「물론 아델라는 내가 죽을 거라고 생각하겠지만 두 사람이 결혼하는 걸 보고 남은 두 아이들을 만나고 그 아이들이 결혼할 의사가 있는지 알아본 다음……. 그다음에 나만의 동굴로 들어갈 거예요.」 그녀는 자신의 말을 일상적인 삶에 대한 언급으로 신랄함을 더하기 위해 미소 지었다. 「젊은 사람들이 찾아와 질문을 해대지 못하는 곳으로. 낭떠러지에 난 동굴로.」

「다 좋은데, 재판이 다가오고 있어요. 우리들 대부분이 갖고 있는 생각은 서로 불쾌하게 굴지 말고 하나로 뭉쳐야 한다는 것이고요. 증언대에서도 이런 식으로 말씀하실 거예요?」 아들이 열띠게 말했다.

「내가 왜 증언대에 서는데?」

「우리의 증인으로서 몇 가지 사실들을 확인하기 위해서요.」

「난 그 가소로운 법정과는 아무 상관도 없어. 난 절대 말려들지 않을 거야.」 무어 부인이 화를 내며 말했다.

「저도 부인을 끌어들이고 싶지 않아요. 저 때문에 더 이상 폐를 끼치는 건 싫어요.」 아델라가 그렇게 외치며 다시 무어 부인의 손을 잡았지만 그녀는 또 손을 뺐다. 「부인의 증언이 꼭 필요한 것도 아니니까요.」

「난 어머니가 증언을 하고 싶어 하실 줄 알았어요. 어머니를 탓할 사람은 없지만 어머니가 첫 번째 동굴에서 기력이 약해져 두 사람만 가라고 하셨던 건 사실이잖아요. 어머니의 건강 상태가 좋아서 함께 갔더라면 아무 일도 없었을 텐데 말이에요. 물론 그가 계획한 일이란 건 알아요. 하지만, 어머니가 그의 함정에 빠진 건 사실이지요. 필딩과 안토니처럼 말이에요. 이렇게 노골적으로 말씀드려서 죄송하지만 어머니는 법정에 대해 그런 거만한 태도를 취할 권리가 없어요. 병이라도 나셨다면 얘기가 달라지겠지만 어머니 입으로 괜찮다고 하셨고 보기에도 멀쩡하시니 자신의 책임을 다하셔야죠.」

「편찮으시든 아니든 어머니를 괴롭혀선 안 돼요.」 아델라가 소파에서 일어나 그의 팔을 잡으며 말했다. 그러고는 한숨지으며 그의 팔을 놓고 도로 소파에 앉았다. 그러나 어머니의 반격을 오히려 기뻐한 로니는 선심 쓰듯 어머니를 살펴보았다. 그는 어머니를 편하게 느껴 본 적이 없었다. 그녀는 외부인들이 생각하듯 착하기만 한 노부인은 결코 아니었으며 인도가 그것을 드러내게 한 것이다.

「결혼식에는 참석하겠지만 재판에는 안 나간다. 그다음엔 영국으로 돌아갈 거야.」 무어 부인이 자신의 무릎을 툭툭 치면서 말했다. 그녀는 매우 불안하고 우아함이라곤 찾아볼 수 없는 모습으로 변해 있었다.

「5월에는 영국으로 돌아갈 수 없어요. 어머니도 그러기로 하셨잖아요.」

「마음이 바뀌었다.」

「이 돌발적인 말다툼은 이쯤에서 끝내는 게 좋겠어요. 어머닌 만사를 떨쳐 버리고 싶으신 모양이네요. 그 정도면 됐어요.」 로니가 성큼성큼 걸어다니며 말했다.

「이 한심한 몸뚱어리. 왜 이렇게 부실한지. 오, 왜 훌쩍 떠나 버리지 못하는 것인지. 왜 할 일을 마치고 가버리지 못하는 것인지. 왜 걷기만 하면 머리가 아프고 숨이 찬 것인지. 그런데도 항상 이걸 해야 한다, 저걸 해야 한다, 네 방식에 따라서 해야 한다, 아델라의 방식에 따라서 해야 한다, 동정과 혼란에 빠져서 서로의 짐을 함께 져야 한다. 왜 내 방식에 따르고 평화로이 살면 안 되는 거지? 왜 꼭 어떤 걸 해야만 하는 건지 모르겠어. 결혼, 결혼이란 걸 왜……? 만일 결혼이 쓸모가 있는 것이었다면 인류는 이미 수 세기 전에 하나가 됐겠지. 그리고 사랑에 관한 쓸데없는 소리들, 교회에서의 사랑이니 동굴에서의 사랑이니, 다 똑같은 걸 가지고 무슨 차이라도 있는 것처럼 떠들어 대지. 그런 쓸데없는 일들 때문에 내 할 일도 못하다니!」

「원하시는 게 뭐예요? 쉬운 말로 해주실 수 없어요? 그러실 수 있다면 그렇게 해주세요.」로니가 벌컥 화를 냈다.

「내 페이션스 카드.」

「좋아요, 가져오세요.」

로니의 예상대로 가련한 아델라는 울고 있었다. 그리고 언제나처럼 창밖에서 인도인이 — 이번엔 정원사였다 — 엿듣고 있었다. 화가 머리끝까지 치민 그는 잠시 조용히 앉아서 자신의 어머니에 대해, 망령이라고 볼 수밖에 없는 어머니의 방해에 대해 생각했다. 차라리 어머니를 인도로 초대하지 않았다면, 어머니에 대한 의무가 없었다면 하는 회한이 고개를 들었다.

「나의 아델라, 근사한 환영은 못 됐군요. 어머니가 이렇게 나오실 줄은 몰랐어요.」이윽고 그가 한 말이었다.

아델라는 울음을 그친 뒤였고 안도감과 공포가 반반씩 섞인 이상한 표정을 하고 있었다.「아지즈, 아지즈.」그녀가 웅얼거렸다.

모두들 그 이름을 입에 담는 걸 피하고 있었다. 영국인 거주지에서 그 이름은 어느새 〈악의 힘〉과 동의어가 되어 있었다. 그는 〈죄수〉, 〈문제의 인물〉, 〈피고〉로 불렸는데 지금 그 이름이 새 교향곡의 첫 음처럼 울리고 있었다.

「아지즈……. 내가 실수를 저지른 걸까요?」

「당신은 너무 지쳤어요.」로니가 별반 놀라지도 않고 외쳤다.

「로니, 그는 무고해요. 내가 끔찍한 실수를 저질렀어요.」

「자, 어쨌든 앉아 봐요.」

그는 방 안을 둘러보았지만 참새 두 마리가 서로 쫓고 쫓기고 있을 뿐이었다. 아델라는 순순히 앉아서 그의 손을 잡았다. 그가 손을 어루만지자 그녀는 미소 짓더니 막 수면으로 올라온 것처럼 숨을 헐떡이면서 자신의 귀를 만졌다.

「메아리가 덜해졌어요.」

「잘됐군요. 며칠 내로 말끔히 나을 거예요. 하지만 재판에 대비해서 몸을 아껴야 해요. 다스는 좋은 사람이고 우리 모두 당신 곁에 있을 거예요.」

「하지만 로니, 나의 로니, 어쩌면 재판 같은 건 없어야 하는지도 몰라요.」

「난 당신이 무슨 말을 하고 있는 건지 모르겠어요. 당신도 마찬가지일 거예요.」

「닥터 아지즈가 그런 짓을 하지 않았다면 감옥에서 풀어 줘야죠.」

로니는 임박한 죽음과도 같은 전율을 느끼며 황급히 말했다. 「사실 풀어 줬었지요. 무하람 폭동 때 다시 가두긴 했지만.」 그는 아델라의 관심을 다른 곳으로 돌리기 위해 그녀의 흥미가 동할 그 얘기를 들려주었다. 나와브 바하두르의 손자 누레딘이 할아버지의 차를 훔쳐 아지즈를 태우고 가다가 어둠 속에서 차가 도랑에 처박히고 말았다. 둘 다 차에서 튕겨져 나왔고 누레딘은 얼굴에 상처를 입었다. 그들의 울부짖음은 이슬람 신도들의 외침에 묻혀서 시간이 한참 지난 뒤에야 경찰에 구조될 수 있었다. 누레딘은 민토 병원에 입원했고 아지즈는 공안 방해죄가 덧붙여져서 도로 감옥에 갇혔다.

「잠깐만 기다려요.」 이야기를 마친 로니는 전화기로 가서 캘린더에게 전화를 걸어 아델라가 이곳까지 오느라 무리가 된 모양이니 시간이 나는 대로 바로 와달라고 부탁했다.

그가 돌아왔을 때 아델라는 신경 발작을 일으키기 직전이었는데 이제 그 양상이 달라져서 그에게 매달려 흐느끼며 말했다. 「내가 해야만 하는 일을 할 수 있도록 도와줘요. 아지즈는 착한 사람이에요. 당신의 어머니가 하신 말씀 들었죠.」

「무슨 말씀요?」

「그는 착한 사람이라고 하셨잖아요. 그를 고소하다니 내가 너무 나빴어요.」

「어머니는 그런 말씀 하신 적 없어요.」

「그래요?」 매우 합리적인 아델라는 어떤 의견에도 마음을 열어 두었다.

「어머니는 그 이름을 입에 담은 적도 없어요.」

「하지만, 로니, 난 들었는걸요.」

「환청을 들은 거예요. 환청을 다 듣다니, 당신은 지금 몸 상태가 안 좋은 게 분명해요.」

「그런가 봐요. 환청을 듣다니!」

「내가 어머니 말씀은 들을 수 있는 데까지 다 들었어요. 횡설수설하셨지만.」

「목소리를 낮추셨을 때 그런 말씀을 하셨어요. 끝 부분에, 사랑에 관해 얘기하실 때, 그 부분은 무슨 뜻인지 알아들을 수 없었지만, 사랑 얘기가 끝나고 그러셨어요. 〈닥터 아지즈는 그런 짓을 안 했어〉라고.」

「그런 말을 했다고요?」

「꼭 그렇게 말했다기보다는 그런 뜻의 말이었어요.」

「절대 그럴 리가 없어요, 나의 아델라. 완전히 환청이에요. 그의 이름을 입에 올린 사람은 아무도 없었어요. 아델라, 당신은 지금 필딩의 편지와 혼동하고 있는 거예요.」

「맞아요, 그거예요.」 아델라가 크게 안도하며 외쳤다. 「어딘가에서 그의 이름을 들은 건 분명해요. 수수께끼를 풀어 줘서 고마워요. 난 그런 실수가 걱정스러워요. 나에게 노이로제 증상이 있다는 증거니까요.」

「다시는 그가 무죄라는 말을 하지 않을 거죠? 우리 집 하인들은 전부 첩자니까 조심해야 해요.」 로니는 창 쪽으로 갔다. 정원사는 사라지고 어린아이 둘이 있었다. 아이들이 영어를 알아들을 리 만무했지만 그는 그들을 쫓아 버렸다. 「그들은 우리를 미워해요. 일단 판결이 내려지면 기정사실은 받아들이는 사람들이니까 아무 문제도 없겠지만, 현재로서는 저쪽에서 우리의 실수를 찾아내기 위해 돈을 물 쓰듯 퍼붓고 있으니 주의가 필요해요. 당신이 방금 한 말 같은 것이 그들이 노리는 거죠. 우리 영국 관리들이 조작한 일이라고 주장할 수 있는 빌미가 되니까요. 내 말이 무슨 뜻인지 알겠죠?」

무어 부인이 여전히 심술궂은 태도로 돌아와서 카드 테이블 옆에 털썩 앉았다. 로니는 사실을 분명하게 밝히기 위해 어머니에게 죄수의 이름을 언급한 적이 있는지 물었다. 그리고 무어 부인이 질문의 뜻을 이해하지 못하는 바람에 그동안 있었던 일을 설명해야 했다. 「난 그의 이름을 말한 적이 없다.」 무어 부인은 그렇게 대꾸하고 페이션스 게임을 시작했다.

「전 부인께서 〈아지즈는 무고하다〉고 말씀하신 줄 알았는데 그건 필딩 씨의 편지에 있던 내용이었어요.」

「당연히 그는 무고하지.」 무어 부인이 무관심하게 말했다. 그 문제에 대한 의견을 말하기는 처음이었다.

「봐요, 로니, 내 말이 맞잖아요.」 아델라가 말했다.

「그건 아니지요. 어머니는 그런 말씀을 하신 적이 없어요.」

「하지만 생각은 그렇게 하시잖아요.」

「어머니가 어떻게 생각하든 누가 신경이나 쓴대요?」

「블랙 10에 레드 9.」

카드 테이블에서 들려온 소리였다.

「어머니나 필딩이나 본인이 원하는 대로 생각할 수는 있지만 그래도 엄연히 증거란 것이 있어요.」

「그건 알지만…….」

「또 내가 무슨 말을 해야 하는 거니? 둘이 계속 그렇게 게임을 방해하고 있는 걸 보니.」 무어 부인이 얼굴을 들고 물었다.

「사리에 맞는 말씀만 하신다면요.」

「오, 정말 지루하고……. 시시하고…….」 아까 사랑, 사랑, 사랑 타령을 비웃을 때처럼 그녀의 마음은 머나먼 곳의 어둠에서 나오는 듯했다. 「왜 아직도 모든 게 내 의무지? 언제쯤에나 너희들의 야단법석에서 벗어날 수가 있을까? 그가 동굴에 있었고 아델라가 동굴에 있었고 어쩌고저쩌고…….

한 아기가 우리에게 태어났고, 한 아들이 우리에게 주어졌으니…….[20] 나는 선하고 그는 악하며 우리는 구원되는 것일까……? 그리고 모든 것을 끝내는 메아리.」

「이젠 메아리가 덜 들려요.」 아델라가 그녀에게 다가가며 말했다. 「부인께서 몰아내 주신 거예요. 부인께선 좋은 일만 하시는 너무도 선량한 분이세요.」

「난 선량한 사람이 아니에요. 나쁜 사람이지.」 무어 부인은 다시 카드 게임을 계속하면서 조금 전보다 차분하게 말했다. 「나쁜 할망구지. 고약하고 가증스러운. 자라나는 아이들에게는 착했지. 그리고 이슬람 사원에서 그 젊은이를 만났을 때도 그가 행복하기를 바랐지. 착하고 행복하고 작은 사람들. 그들은 존재하지 않아. 그들은 꿈에 지나지 않지……. 하지만 그가 저지르지도 않은 일을 가지고 그를 괴롭히는 너희들을 도울 수는 없어. 악행에는 여러 종류가 있지만 그래도 나의 악행이 너희들의 것보다 나아.」

「죄수에게 유리한 증거라도 갖고 계신가요? 그렇다면 어머닌 그를 위해 증언대에 서야 할 의무가 있어요. 그래도 아무도 말리지 않을 거예요.」 로니가 공적인 어조로 말했다.

「그 사람의 인격을 보면 알 수 있지.」 무어 부인은 인격 이상의 것을 알고 있긴 하지만 그것을 발설할 수는 없다는 듯이 거만하게 대꾸했다. 「난 영국인들과 인도인들이 모두 그를 칭찬하는 것을 들었고 그는 그런 짓을 할 사람이 아니라고 생각한다.」

20 『구약 성서』, 「이사야」 9장 6절의 내용임.

「약해요, 어머니. 약해요.」

「너무도 약하지.」

「아델라에게 너무 몰인정하고요.」

그러자 아델라가 말했다. 「내가 틀린 거라면 너무 끔찍해요. 스스로 목숨을 끊어야 할 거예요.」

「방금 내가 뭐라고 경고했어요? 당신은 자신이 옳다는 걸 알고 있어요. 이 동네가 다 알고 있고요.」 로니가 그녀에게 말했다.

「그래요, 그가……. 정말이지 너무도 끔찍해요. 그가 따라온 건 확실하지만……. 그래도, 고소를 취하할 수는 없을까요? 증언을 한다는 게 점점 더 두려워져요. 이곳의 영국인들은 여자들에게 너무 관대하고 영국에서보다 권력도 훨씬 강하죠. 데릭 양의 자동차 건만 해도 그래요. 오, 물론 그건 문제가 안 되죠. 그런 말을 하다니 제발 용서해 줘요.」

「괜찮아요. 물론 용서하겠어요. 하지만 이 사건은 법정으로 가야 해요. 일단 시작이 됐기 때문에 중단될 수가 없어요.」

「그녀가 시작했지. 끝을 보고 말 거야.」

무어 부인의 매정한 말에 아델라는 울고 싶어졌고, 로니는 멋진 생각을 해내고 배의 항해 일정표를 집어 들었다. 그는 이곳에 있어 봐야 본인에게나 다른 사람들에게나 득이 될 게 없는 어머니를 당장 영국으로 돌려보내기로 한 것이다.

# 23

부총독의 아내인 멜란비 부인은 찬드라푸르의 부인들이 보낸 호소의 글을 기쁘게 받아들였다. 그녀로선 아무것도 해 줄 것이 없는 데다 곧 영국 여행을 떠날 예정이었지만 자신이 도울 일이 있으면 꼭 연락해 달라고 답장을 보냈다. 그래서 터턴 부인은 히슬롭 씨의 어머니가 영국으로 돌아가야 하는데 배에 자리가 없어서 기다리고 있으니 힘을 써줄 수 있는지 묻는 편지를 보냈다. 제아무리 부총독의 아내라도 배의 크기를 늘릴 수는 없었지만 곱디고운 마음씨를 지닌 그녀는 자신이 예약한 선실을 알지도 못하는 미친한 노부인과 함께 쓰겠노라고 답장을 보내왔다. 그것은 하늘에서 내려온 선물과도 같았고 로니는 고맙고 황송해서 몸 둘 바를 모르며 불행에는 보상이 따르게 되어 있는 모양이라고 생각했다. 그러잖아도 가엾은 아델라 덕에 총독 관저에까지 이름이 알려지게 된 그는, 어머니가 멜란비 부인과 함께 인도양을 건너 홍해까지 이르는 긴 여행을 하다 보면 부총독 부인의 가슴에 자신의 이름이 선명하게 새겨지리라 생각했다. 그리하여 그는 다시 어머니에게 다정한 마음을 품게 되었으며 사실 가족이 예상치 못한 큰 영광을 안게 되면 그런 마음이 생기는 건 인지상정이다. 무어 부인은 결코 무시해도 좋은 존재가 아니었고 여전히 고관 부인의 관심을 끌 수 있었다.

무어 부인은 재판도, 결혼도, 폭염도 피하고 특별 대우를 받으며 편안하게 영국으로 돌아가서 다른 자식들을 만날 수 있게 되었으니 소망을 모두 이룬 셈이었다. 그녀는 아들의 제안과 자신의 소망에 따라 인도를 떠나기로 했다. 하지만 그녀는 이 행운을 시큰둥하게 받아들였다. 그녀는 우주의 공포와 왜소함을 동시에 볼 수 있는 상태에 이르렀는데 사실 많은 노인들이 이러한 복시(複視) 현상을 겪게 된다. 설령 이 세상이 마음에 들지 않는다 하더라도 우리에게는 천국과 지옥과 적멸(寂滅)이, 별들과 불과 푸르거나 검은 공기라는 거대한 배경이 존재한다. 그리고 우리는 세상이 마음에 들 때 그것이 전부라는 전제에서 현실적인 노력들을 기울이는 것처럼, 영웅적인 노력과 예술이라고 알려진 모든 것은 그런 배경이 존재한다는 전제에서 이루어진다. 그러나 복시 현상이 야기하는 정신적인 혼란 속에서는 거창한 말들이 존재할 수 없으며 행동을 할 수도 자제할 수도 없고, 무한성을 무시할 수도 존중할 수도 없게 된다. 무어 부인은 원래 체념을 잘하는 성격이었다. 그녀는 처음 인도 땅을 밟았을 때 이슬람 사원의 저수지에 흐르는 물과 갠지스강, 별들과 함께 밤의 숄에 감싸인 달을 보고 우주와 하나가 되는 것을 아름답고도 쉬운 목표로만 여겼었다! 그것을 너무도 고귀하고 단순하게

만 여겼었다! 그러나 계속 줄어 가는 카드 무더기에서 새 카드를 뒤집어 내려놓는 것과 같은 우선적으로 해야 할 작은 의무들이 끊임없이 생겨났고, 그녀가 꾸물거리고 있는 사이에 마라바르가 종을 울린 것이다.

그 반들거리는 화강암 구멍에서 그녀는 무엇을 들었던 것일까? 첫 번째 동굴에는 무엇이 들어 있었을까? 매우 오래되고 아주 작은 것이 들어 있었다. 시간과 공간보다도 이전의 것이. 들창코에 아량이라곤 모르는 것이 — 바로 불멸의 벌레가. 그것의 목소리를 들은 후로 무어 부인은 원대한 생각 같은 건 품어 보지도 못했으며 사실 아델라를 시샘하고 있었다. 겁에 질린 젊은 여자 하나를 두고 그리도 법석들을 떨어대다니! 아무 일도 일어나지 않았으며, 〈설령 무슨 일이 있었다 해도 이 세상엔 사랑보다 심각한 악들이 얼마든지 있다〉고 그녀는 늙어 빠진 여사제처럼 냉소적으로 생각했다. 그 입에 담을 수 없는 추행이 그녀에게는 사랑으로 보였으며 동굴에서의 사랑이든 교회에서의 사랑이든 — 부움, 다 마찬가지였다. 흔히들 직관은 심오함을 수반한다고 여기지만, 친애하는 독자여, 스스로 직관을 체험하기 전에는 함부로 추측하지 마라! 심연도 보잘것없을 수 있고 영원의 뱀도 작은 벌레들로 이루어졌다. 그래서 무어 부인은 〈내 슬픔 같은 것은 없으므로 내 며느릿감보다 나에게 더 관심들을 보여야 해〉 하고 계속 생각했다. 그러면서도 사람들이 관심을 보이면 신경질적으로 거부했지만 말이다.

비상사태가 계속되어 공직자들이 자리를 비울 수 없었으

므로, 로니는 어머니를 봄베이까지 배웅하지 못했다. 안토니도 법정에 출두해 증언을 해야 할 몸이라 혹시 그대로 종적을 감출 수도 있었기 때문에 딸려 보낼 수가 없었다. 그래서 무어 부인은 과거를 상기시킬 수 있는 사람을 동반하지 않고 여행을 떠날 수 있게 되었다. 그녀로선 다행스러운 일이었다. 더위도 이보 전진을 위해 일보 후퇴한 상태라 여행은 불쾌하지 않았다. 그녀가 찬드라푸르를 떠날 때, 다시금 만월이 된 달이 갠지스강을 비추고 은빛 실개천으로 가늘어지는 수로들을 어루만지다가 얼굴을 돌려 기차 창문 안을 들여다보았다. 그녀를 태운 빠르고 안락한 우편 열차는 밤새 미끄러지듯 달렸고, 이튿날도 볕에 그을리고 창백해졌지만 평원의 절망적인 우울을 품고 있지는 않은 풍경들을 헤치고 중부 인도를 종일 달렸다. 그녀는 인간의 불멸의 생과 변천하는 모습들을, 인간이 자신과 신을 위해 지은 집들을 바라보았는데 그것들이 그녀의 문제가 아닌 구경거리로만 보였다. 예를 들면, 황혼 녘에 지나치면서 지도에서 이름을 확인한 아시르가르라는 산속의 거대한 요새가 있었다. 아무도 그녀에게 아시르가르에 대해 얘기해 준 적이 없지만, 그곳엔 거대하고 웅장한 성채들이 있었고 오른쪽으로 이슬람 사원 하나가 있었다. 그녀는 곧 그곳에 대해 잊었는데 10분 뒤에 아시르가르가 다시 나타났다. 이번엔 사원이 성채들의 왼쪽에 있었다. 기차가 빈디아 산맥을 내려가면서 아시르가르를 중심으로 반원을 그리며 달린 것이다. 무어 부인은 그곳에 대해서는 이름밖에 알지 못했다. 그곳에 아는 사람도 없었다. 하지만 아시르가르는 그녀를 두 차례나 보면서 〈나는 사라지지 않는다〉고 말하는 듯했다. 그녀는 한밤중에 소스라치게 놀라 잠에서 깼다. 기차가 서쪽 절벽 너머로 떨어지고 있었던 것이다. 달빛을 받은 산봉우리들이 해안처럼 그녀에게 달려들었고 짧은 고통이 지나간 뒤 진짜 바다가 나왔으며, 봄베이의 안개 짙은 새벽이 눈에 들어왔다. 〈구경해야 할 곳들을 구경하지 못했어.〉 그녀는 빅토리아 역 플랫폼에 내려서서, 자신을 이곳까지 데려다주었으며 다시는 대륙 안쪽으로 데려다 주지 못할 철로의 끝을 바라보며 그렇게 생각했다. 이제 다시는 아시르가르나 아직 밟지 못한 다른 장소들에 가지 못하리라. 델리에도, 아그라에도, 라즈푸타나에도, 카슈미르에도. 이따금 사람들의 말을 통해 빛을 발하는 기르나르의 프라크리트어와 산스크리트어가 새겨진 바위, 슈리 벨골라의 조각상, 만두와 함피의 폐허들, 카주라호의 사원들, 샬리마르의 정원들 같은 잘 알려지지 않은 장소들에도. 무어 부인은 서양이 만들어 놓고 절망의 몸짓으로 버린 거대한 도시를 달리며, 마차를 멈추고 그 거리들에서 만나는 백 개의 인도들의 엉킨 실타래들을 풀고 싶은 욕구에 사로잡혔다. 그러나 발들의 다리가 그녀를 계속 달리게 만들었고, 곧 배가 출항했으며, 무수한 코코야자 나무들이 항구를 둘러싸고 언덕들을 기어올라 그녀에게 작별을 고하며 손을 흔들었다. 나무들이 웃으며 말했다. 〈그래서 당신은 고작 하나의 메아리가 인도의 전부라고 생각했나요? 마라바르 동굴이 다라고 여겼나요?〉 〈우리는 그 동굴들과 무엇이 같을까요, 아시르가르는 그 동굴들과 무엇이 같을까요? 안녕!〉 이윽고 배가 콜라바를 돌자 인도 대륙이 빙글 돌았고 고츠의 절벽이 열대 바다의 안개 속에 녹아들었다. 멜란비 부인이 나타나서 뜨거운 태양 아래 서 있지 말라고 충고했다. 「프라이팬에서 안전하게 벗어났군요. 불길 속에 떨어지는 건 절대 피해야지요.」 멜란비 부인의 말이었다.

# 24

무어 부인이 떠난 뒤 무더위가 갑자기 기어를 바꾸어 돌진했지만 섭씨 45도 가까이 되는 폭염 속에서도 삶은 계속되고 범죄자는 처벌을 받아야 했다. 선풍기들이 윙윙 돌아가고 방충망에 물이 뿌려지고 얼음이 달각거렸으며, 이런 방어막 바깥에서는 잿빛 하늘과 누런 대지 사이에서 먼지 구름들이 머뭇머뭇 움직였다. 유럽에서는 추위를 피해야 하므로 난롯가에서 발데르[21]와 페르세포네[22]같은 아름다운 신화들이 지어졌지만, 이곳에서는 생의 근원이자 배신자인 태양을 피해야 했고 환멸은 아름다울 수 없으므로 이에 대한 시 같은 것도 없다. 사람들은 솔직히 시인하지 않을지 몰라도 시에 대한 동경을 품고 있고, 기쁨은 우아하고 슬픔은 존엄하며 무한성은 형태를 갖추기를 원하지만, 인도는 그러한 것들을

21 북유럽 신화에 등장하는 태양의 신. 그의 죽음으로 북유럽에 음산한 겨울 날씨가 찾아왔다고 한다.

22 그리스 신화에 나오는 생성과 번식의 여신. 저승의 왕 하데스에게 납치되어 1년 중 4개월은 저승에서 지내게 되었으며, 이 기간 동안 이승에는 겨울이 찾아온다고 한다.

충족시켜 주지 못한다. 매년 4월이면 짜증과 욕정이 독처럼 퍼지면서 나타나는 혼란은, 질서를 원하는 인간의 소망에 대한 인도의 의견이라고 할 수 있다. 차라리 물고기들은 더 잘 견딘다. 물고기들은 저수지가 말라붙으면 진흙 속으로 파고 들어가 비가 내리기를 기다린다. 그러나 인간들은 1년 내내 평화롭기를 원하며 그로 인해 이따금 재난이 발생한다. 문명이라는 의기양양한 기계가 갑자기 작동을 멈추고 돌로 만든 자동차처럼 꼼짝도 않게 되면, 영국인들은 인도를 개조하겠다는 목적으로 들어왔으나 결국 인도의 방식에 통합될 뿐만 아니라 인도의 먼지를 뒤집어쓰게 된 앞선 침입자들과 비슷한 신세가 되고 만다.

아델라는 오랜 주지주의(主知主義)를 청산하고 다시 아침 기도를 시작했다. 그것은 해로울 게 없어 보였고 영의 세계에 이르는 가장 쉽고 빠른 지름길이었으며 기도에 걱정거리들을 실어 보낼 수가 있었다. 힌두교인이 행운의 여신 락슈미에게 봉급을 올려 달라고 빌 듯 그녀도 여호와께 유리한 판결이 나도록 빌었다. 영국 여왕을 보우하는 신이라면 분명 경찰의 편이 되어 주리라. 그녀의 신은 위안이 되는 응답을 보냈지만, 손으로 얼굴을 만지자 열기로 인해 따끔거리기 시작했고 밤새 폐를 무겁게 짓눌렀던 그 건조한 공기 덩어리를 삼키고 내뱉는 기분이 들었다. 터턴 부인의 목소리도 기도를 방해했다. 그녀가 옆방에서 우렁찬 소리로 〈아가씨, 준비됐나요〉라고 외쳤던 것이다.

「잠시만요.」 아델라가 웅얼웅얼 대답했다. 무어 부인이 떠난 뒤 그녀는 터턴 부부의 집에서 기거하고 있었다. 그들은 놀라우리만치 친절했지만 그들의 마음을 움직인 건 그녀의 인격이 아니라 처지였다. 그녀는 끔찍한 일을 당한 영국 아가씨였기에 아무리 잘해 줘도 지나침이 없었던 것이다. 로니 외엔 아무도 아델라가 품었던 의구심에 대해 알지 못했으며 관료주의는 모든 인간관계에 악영향을 미쳤으므로 그도 어렴풋이만 알고 있었다. 아델라는 슬픔에 차서 로니에게 〈난 당신에게 걱정만 끼치고 있어요. 그때 광장에서 했던 말이 옳았어요. 우린 그냥 친구로 남는 게 낫겠어요〉라고 말했지만, 그는 그녀의 고통이 클수록 그녀를 더 소중히 여겼기에 그녀의 제안을 받아들이지 않았다. 그녀는 그를 사랑하는가? 이 물음은 마라바르와 관련이 있었고 그녀가 그 운명의 동굴로 들어갔을 때 그녀의 마음속에 있었다. 그녀는 누군가를 사랑할 수 있기나 한 걸까?

「퀘스티드 양이라고 불러야 할지 아델라라고 불러야 할지 모르겠지만 일곱시 반이니 마음의 준비가 됐다면 법정으로 떠나야 할 것 같군요.」

「그녀는 기도를 하고 있어요.」 징세관의 목소리였다.

「아, 미안해요. 천천히 하세요. 아침 식사는 괜찮았어요?」

「아무것도 못 먹겠어요. 브랜디 좀 마실 수 있을까요?」 아델라가 여호와를 떠나며 말했다.

브랜디를 가져다주자 그녀는 몸서리를 친 다음 갈 준비가 됐다고 말했다.

「마셔요. 브랜디 한 잔 하는 게 나쁜 건 아니니까.」

「도움이 될 것 같지가 않아서요, 징세관님.」

「메리, 법정에 브랜디를 보냈지요?」

「그랬을 거예요, 샴페인도요.」

「감사 인사는 이따 저녁때 하겠어요. 지금은 제정신이 아니라서요.」 아델라는 자신의 문제를 정확하게 밝히면 그것이 줄어들기라도 할 것처럼 한 음절 한 음절을 조심스럽게 발음했다. 동굴에서 일어났던 끔찍한 사건에 대해, 범인이 그녀의 몸에 손을 댄 적은 없지만 그녀를 질질 끌고 다녔던 것과 그 후의 일에 대해 맥브라이드 씨와 함께 잔뜩 점잔을 빼는 이상한 태도로 증언하는 연습을 해두긴 했지만, 그녀는 입을 다물고 있는 중에 자신이 미처 깨닫지 못한 어떤 것이 형태를 갖추게 될까 봐 침묵이 두려웠다. 지금 그녀의 목적은 자신이 지독한 긴장 상태에 있으며 조금 후 법정에서 암리트라오 변호사의 반대 심문에 무너져 친구들을 망신시킬 수 있음을 소심하게도 미리 선언하는 것이었다. 「메아리가 다시 심해졌어요.」 그녀가 말했다.

「아스피린 줄까요?」

「두통이 아니라 메아리라니까요.」

캘린더 소령은 그녀의 귓전에서 윙윙대는 소리를 없애지 못하자 그것을 환상으로 진단하고 절대 부추기지 못하게 했다. 그래서 터턴 부부는 화제를 돌렸다. 밤과 낮을 가르는 한 줄기 시원한 아침 바람이 땅 위를 달렸다. 10분이면 사라질 바람이었지만 그들은 마차를 타고 시내로 내려가는 동안 그 덕을 볼 수가 있었다.

「전 무너지고 말 거예요.」 아델라가 되풀이해서 말했다.

「그렇지 않을 거예요.」 징세관이 다정함이 가득한 목소리로 대답했다.

「그럼요. 아델라는 용감하니까.」

「하지만 터턴 부인…….」

「왜요, 우리 아델라?」

「만일 제가 무너진다고 해도 중요한 문제는 아니에요. 다른 재판에서라면 문제가 되겠지만 이 재판은 그렇지 않아요. 전 자신에게 이렇게 말했어요. 법정에서 마음 내키는 대로 행동해도 된다고. 울어도 되고 어리석게 굴어도 된다고. 그래도 다스 씨가 지독하게 불공정한 사람이 아니라면 유죄 판결을 내리게 될 거라고.」

「당신은 꼭 이길 거예요.」 징세관이 침착하게 말했다. 그는 피고 측이 재판에 지면 상소를 하게 될 것임을 그녀에게 상기시키지 않았다. 나와브 바하두르가 재판 비용을 대고 있었는데 자신이 망하기 전에는 단연코 〈무고한 이슬람교인의 희생〉을 막겠다는 기세였고 그보다 덜 유명한 다른 인물들도 피고 측의 배경이 되고 있었다. 재판은 계속 상급 재판소로 올라가서 아무도 결과를 예측할 수 없게 될 수도 있었다. 그의 눈 아래서 찬드라푸르의 기질이 변하고 있었다. 그의 차가 집 밖으로 나가는 순간 어리석은 분노가 차체를 툭 때렸다. 어린아이 하나가 돌멩이를 던진 것이다. 이슬람 사원 근처에서는 더 큰 돌멩이들이 날아왔다. 시장을 지날 때 그들을 호위하기 위해 모터사이클을 탄 원주민 경찰 분대가 광장에서 대기하고 있었다. 징세관은 화가 나서 〈맥브라이드는 할망구처럼 쓸데없는 걱정이 지나치다〉고 불평했지만, 터턴 부인은 〈무하람 난동도 있었고 하니 무력 동원이 해로울 건 없어요. 그들이 우리를 미워하지 않는 것처럼 가장하는 건 우스꽝스러운 짓이에요. 그런 우스꽝스러운 연극은 그만 두세요〉라고 대꾸했다. 그러자 징세관은 묘하게 슬픈 목소리로 〈무슨 이유인지 난 그들이 밉지 않아요〉라고 말했는데 그건 진심이었다. 인도인들을 미워한다면 이곳에서 보낸 세월이 실패한 투자가 될 것이기 때문이었다. 그는 자신이 그토록 오랜 세월 움직여 온 졸병들에게 경멸 어린 애정을 간직하고 있었다. 그들은 어떤 경우든 그의 노고에 맞는 가치는 있다는 것이다. 기다란 담장에 그려진 음란한 그림들을 보자 마음 깊은 곳에 숨겨진 감정이 고개를 들었다. 〈이곳에서 만사를 더 어렵게 만드는 건 우리 영국 여자들이야.〉 퀘스티드 양에 대한 그의 기사도 정신 아래에는 분노가 때를 기다리며 잠복해 있었다. 어쩌면 모든 기사도 정신에는 한 점 분노가 들어 있는 것인지도 모른다. 법원 앞에 학생들이 모여 있었는데 혼자였다면 흥분한 학생들과 얼마든지 정면 대응할 수 있었지만 동행한 여자들 때문에 운전기사에게 후문 쪽으로 차를 돌리도록 지시했다. 학생들이 야유했고 라피가 군중 속에 숨어서 영국인들은 겁쟁이라고 외쳤다.

일행은 로니의 사무실로 들어갔고 그곳엔 이미 동지들이 모여 있었다. 아무도 겁을 내진 않았지만 계속해서 이상한 보고들이 들어오는 바람에 신경이 곤두서 있었다. 청소부들이 파업에 들어가서 찬드라푸르의 화장실 절반이 텅 비고 말았다. 하지만 반만 그럴 테고, 닥터 아지즈의 무죄에 대한 믿음이 덜한 군(郡) 소속 청소부들이 오후에 도착하면 파업은 끝이 나겠지만, 도대체 왜 그런 우스꽝스러운 사태가 벌어져야 하는 것일까? 또 수많은 이슬람교인 여인들이 죄수가 풀려날 때까지 단식을 하기로 선언했다는데 어차피 죽은 목숨이나 다름없는 인생들이니 단식을 하다 죽는다고 해도 문제될 것도 없고 눈에 띄지도 않겠지만 그래도 신경은 쓰였다. 엄격한 소수의 백인 집단은 도무지 이해할 수 없는 새로운 정신이 퍼지고 대대적인 재배열이 이루어지는 듯했다. 영국인들은 그 배후에 필딩이 있다고 보았고 더 이상 그를 나약하고 괴팍한 인물로 여기지 않았다. 그들은 그가 두 변호사 암리트라오와 마무드 알리와 함께 차를 타고 가는 것이 목격됐다느니, 선동적인 목적으로 보이 스카우트 운동을 부추겼다느니, 외국 우표가 붙은 편지들을 받았다느니, 아마도 일본 첩자일 것이라느니 멋대로 험담을 해댔다. 이따가 판결이 나면 배신자는 파멸을 맞겠지만 그가 조국에 가한 막대한 해악은 씻을 수 없을 것이다. 그들이 필딩을 비난하는 동안 퀘스티드 양은 의자에 편안히 기대앉아 팔걸이에 손을 올려놓고 눈을 감고 힘을 비축하고 있었다. 나중에야 그녀를 의식한 사람들은 소란스럽게 떠들었던 것이 부끄러워졌다.

「우리가 당신을 위해 해줄 것이 없을까요?」 데릭 양이 물었다.

「그런 것 같아요, 낸시. 저도 자신을 위해 아무것도 할 수 없을 것 같은걸요.」

「그런 말 하면 안 돼요. 당신은 훌륭한 사람이에요.」

「아, 그럼요.」 사람들이 정중하게 입을 모아 외쳤다.

「우리 다스는 괜찮은 사람이에요.」 로니가 낮은 음성으로 새로운 화제를 꺼냈다.

「그들 중에 괜찮은 사람은 아무도 없어요.」 캘린더 소령이 반박했다.

「다스는 정말 괜찮은 사람입니다.」

「그가 유죄 판결보다는 무죄 판결을 더 두려워한다는 뜻이겠지요. 무죄 판결을 내리면 일자리를 잃게 될 테니까.」 레슬리가 재치 있는 웃음을 지으며 말했다.

사실 로니도 그런 뜻으로 한 말이었지만 이곳의 훌륭한 전통에 따라 자신의 부하 직원들에 대한 〈환상〉을 품고 있었으며, 그의 부하인 다스가 실제로 영국 사립 고교 출신의 도덕적 용기를 지니고 있다고 주장하고 싶었다. 그는 어떤 면에서 인도인이 재판을 맡은 것이 오히려 잘된 일임을 지적했다. 어차피 유죄 판결이 내려질 터이니 인도인이 판결을 내리면 소동이 덜할 것이기 때문이었다. 그는 논쟁에 열중하다 아델라에 대해서는 잠시 잊었다.

「그럼 내가 멜란비 부인께 보낸 호소문에 대해 찬성하지 않는다는 거군요. 히슬롭 씨, 제발 사과하지 마세요. 난 잘못했다는 비난을 듣는 것에 익숙하니까요.」 터턴 부인이 열을 올리며 말했다.

「제 말씀은 그게 아니라…….」

「됐어요. 사과하지 말라고 했죠.」

「그 비열한 작자들은 늘 불평거리가 없나 엿보고 있지요.」 레슬리가 터턴 부인의 비위를 맞추려고 그렇게 말했다.

「맞아요, 비열한 자들이에요. 내 말을 들어 보세요. 이 일은 차라리 잘된 겁니다. 놈들을 꼼짝 못하도록 만들었으니. 이제 놈들의 입에서 비명이 나올 거예요. 그럴 때도 됐지요. 병원에서도 놈들에게 하느님의 공포를 느끼도록 만들어 줬어요. 잘난 나와브 바하두르의 손자를 여러분도 봤어야 하는데.」 캘린더 소령은 잔인하게 킥킥거리며 가련한 누레딘의 상태를 설명했다. 「잘생긴 얼굴이 엉망이 됐지요. 윗니 다섯 개에 아랫니 두 개가 부러지고 콧구멍까지……. 어제 닥터 판나 랄이 거울을 가져다줬더니 엉엉 울더라고요. 난 그 꼴을 보고 웃었지요. 웃었어요. 여러분도 그 꼴을 봤으면 웃었을 거예요. 흑인 멋쟁이가 패혈증으로 다 죽어 가니……. 망할 놈, 저주나 받아라, 에, 그자는 말도 못하게 부도덕했을 것이고, 에.」 그는 누가 옆구리를 찌르는 바람에 주춤했다가 말을 이었다. 「내 밑에서 일하던 자도 난도질을 해놨어야 했는데. 그 인간들은 어떤 꼴을 당해도 싸요.」

「이제야 사리에 맞는 얘기가 나오는군요.」 터턴 부인이 그렇게 외쳐서 남편을 난감하게 만들었다.

「내 말이 그 말이에요. 그런 일이 일어났는데 잔인한 게 어딨어요.」

「바로 그거예요. 남자분들, 나중에까지 이 일을 기억해야 합니다. 당신들은 나약하고 나약하고 나약해요. 그들은 영국인 여자를 볼 때마다 여기서부터 동굴까지 네 발로 기어가야 해요. 그들에게 말도 붙여선 안 되고, 침을 뱉어야 하고, 갈아서 먼지로 만들어야 해요. 그동안 브리지 파티다 뭐다 너무 잘해 줬다고요.」

터턴 부인은 말을 멈췄다. 분노에 편승하여 더위가 몰려왔던 것이다. 그녀는 레몬 과즙으로 더위를 식히며 한 모금씩 마실 때마다 〈나약해, 나약해〉를 웅얼거렸다. 그리고 똑같은 과정이 되풀이되었다. 퀘스티드 양으로 인해 야기된 문제들이 그녀보다 훨씬 중요하다 보니 그녀는 자연히 사람들에게서 잊혔다.

이윽고 재판이 시작되었다.

그들은 위엄 있게 보이는 것이 중요하다는 생각으로 먼저 의자들을 법정으로 들여보냈다. 그리고 모든 준비가 끝나자 박람회장으로 들어가듯 생색내는 듯한 태도로 낡은 법정 안으로 줄지어 들어갔다. 징세관이 자리에 앉으며 가벼운 농담을 던지자 그의 수행원들이 미소를 지었고 그의 말을 들을 수 없는 인도인들은 영국 관리들이 키득거리는 것으로 보아 또 무슨 잔인한 짓을 할 모양이라고 생각했다.

법정은 사람들로 가득 차 있어서 몹시 더웠는데 아델라의 눈에 제일 처음 들어온 인물은 그곳에서 가장 비천한 신분이며 공식적으로 재판과 아무 관련도 없는 푼카[23]를 움직이는 하인이었다. 근사한 몸을 지닌 그는 거의 벌거숭이 상태로 법정 뒤쪽의 높은 단에 앉아 있었으며 아델라의 눈에는 재판

23 천장에 달린 베로 된 선풍기로 하인이 움직이게 되어 있음.

의 진행을 감독하는 것처럼 비쳤다. 그는 천한 태생의 인도인들에게서 가끔 볼 수 있는 힘과 아름다움을 지니고 있었다. 그 이상한 종족이 불가촉천민으로 운명 지어졌을 때, 자연이 다른 곳에서 이루었던 육체적인 완성을 내올리고는, 사회가 정한 분류들이 얼마나 하찮은 것인지를 증명하기 위해 신을 — 많이는 아니고 이곳저곳에 하나씩 — 보낸 것 같았다. 이 사내는 어디서든 눈에 띌 것이고 엉덩이도 가슴도 볼품없는 찬드라푸르의 범인(凡人)들 사이에서 신처럼 두드러지지만, 이 도시의 쓰레기를 먹고 살아왔으며 쓰레기 더미에서 최후를 마칠 것이다. 리듬감 있게 선풍기 줄을 잡아당기고 풀어 다른 사람들에게 소용돌이 바람을 보내면서 자신은 그 바람 한 점 받지 못하고 있는 그는 인간의 운명과는 동떨어진, 남자의 모습을 한 운명의 여신이요 영혼들을 키로 까부르는 존재처럼 보였다. 그의 반대편에는 역시 단 위에 교양 있고 자의식이 강하고 양심적인 작달막한 판사가 앉아 있었다. 하지만 푼카 하인은 그런 요소들과는 거리가 멀었고 존재에 대한 의식조차 거의 없었으며 법정에 왜 평소보다 사람이 많은지도 몰랐다. 사실 그는 법정에 평소보다 사람이 많다는 것조차 몰랐고, 선풍기 줄을 잡아당기면서도 자신이 선풍기를 작동시키고 있다는 것조차 몰랐다. 그의 그런 무관심이 영국 중산층 출신의 아가씨에게 강한 인상을 주었고, 그녀의 고통의 편협함을 책망하는 듯했다. 그녀는 도대체 무슨 힘으로 법정 가득 사람들을 모았던가? 그녀가 지닌 의견들과 그것들을 정당화하는 편협한 여호와, 그들은 무슨 권리로 세상의 중심임을 자처하며 문명이라는 이름을 사칭하는 것일까? 무어 부인 — 그녀는 주위를 둘러보았지만 무어 부인은 먼 바다에 있었다. 그리고 이런 의문은 노부인이 불쾌하고 괴상하게 돌변하기 이전에, 인도로 오는 배 안에서나 토론할 수 있었던 것이다.

무어 부인에 대해 생각하는 동안 그녀는 소리를 들었으며 그것들은 점차 분명해졌다. 획기적인 재판이 시작되었고 경찰서장이 기소 요지를 진술하고 있었다.

맥브라이드는 굳이 흥미진진한 연설을 하려고 애쓰지 않았다. 웅변은 피고 측에나 필요했기에 그쪽에 양보했고 〈피고가 유죄임은 누구나 아는 사실이며 나는 그가 안다만의 교도소로 들어가기 전에 그런 사실을 대중 앞에서 알릴 의무가 있다〉는 태도를 보였다. 그는 도덕적 또는 감정적 호소도 하지 않았으며 그의 고의적인 태만은 점차 드러나서 방청객의 일부를 격분시켰다. 그는 사건의 발단을 상세히 설명했다. 피고는 공립 대학 학장이 연 다과회에서 퀘스티드 양을 처음 만난 뒤 그곳에서 범행 의도를 품게 되었다. 피고는 방종한 생활을 하는 자로 체포 당시 확보한 서류들을 증거로 들 수 있고 그의 동료인 닥터 판나 랄도 그의 인품에 대해 증언할 것이며 캘린더 소령도 몸소 증인으로 나설 것이다. 맥브라이드는 거기까지 말하고 잠시 멈췄다. 그는 되도록 깔끔하게 진행하고 싶었지만 그가 좋아하는 주제인 〈동양의 병리학〉이 만연해서 그것의 유혹을 뿌리칠 수가 없었다. 그는 보편적인 진실을 발표할 때면 늘 하는 버릇대로 안경을 벗어 그것을 슬픈 눈으로 바라본 뒤, 피부색이 검은 인종은 흰 인종에게 육체적으로 끌리게 되어 있으며 그 반대의 경우는 성립되지 않는다고, 이것은 비꼬는 말도, 매도하는 말도 아니고 과학적인 관찰자라면 누구나 확인할 수 있는 단순한 하나의 사실이라고 말했다.

「남자보다 못생긴 여자라도요?」

난데없이 — 어쩌면 천장에서? — 그런 소리가 튀어나왔다. 그것은 첫 번째 방해였고 판사는 그냥 넘어가서는 안 된다고 생각했다. 「그 사람을 끌어내세요.」 그가 말했다. 원주민 경찰관이 입도 벙긋하지 않은 방청객 하나를 난폭하게 끌어냈다. 맥브라이드는 안경을 낀 뒤 진술을 계속했다. 그러나 퀘스티드 양은 그 말에 동요하고 있었다. 못생겼다는 말을 들은 그녀의 몸이 분노로 떨리고 있었다.

「아델라, 어지러워요?」 애정 어린 분노 속에서 그녀를 돌보던 데릭 양이 물었다.

「낸시, 아까부터 계속 그랬어요. 견뎌 내야 하는 건 알겠지만 너무너무 끔찍해요.」

이 말은 한바탕 소란을 일으켰다. 영국인들이 아델라를 두고 법석을 떨자 소령이 외쳤다. 「내 환자를 이런 열악한 상태에 방치할 수는 없어요. 왜 단상에 앉히지 않는 겁니까? 여기선 숨을 쉴 수조차 없어요.」

다스가 화난 얼굴로 대답했다. 「그럼 퀘스티드 양의 건강 상태를 참작해서 기꺼이 이곳에 의자를 놓아 드리겠습니다.」 그러나 의자 하나만이 아니라 여러 개가 옮겨졌고 모두들 아델라를 따라 단상으로 올라가서 방청석에 남은 유럽인은 필딩 혼자뿐이었다.

「이러니까 낫군요.」 터턴 부인이 자리에 앉으며 말했다.

「몇 가지 이유에서 매우 바람직한 변화지요.」 소령이 대꾸했다.

판사는 그런 발언에 질책을 보내야 한다는 것을 알았지만 감히 그렇게 하지 못했다. 캘린더는 그가 겁먹은 걸 알고 권위적으로 외쳤다. 「됐어요, 맥브라이드, 계속하세요. 방해해서 미안합니다.」

「모두들 괜찮습니까?」 경찰서장이 물었다.

「괜찮아요, 괜찮아요.」

「계속하세요, 다스 씨. 우린 여기 방해하러 온 게 아니니까.」 징세관이 선심 쓰듯 말했다. 그들은 재판을 방해했다기보다는 쥐고 흔들었다고 볼 수 있었다.

진술이 진행되는 동안 퀘스티드 양은 법정 안을 살펴보았는데 처음엔 눈이 부신 듯 조심스러웠다. 그녀는 푼카 하인 왼쪽과 오른쪽의 조금 안면이 있는 얼굴들을 바라보았다. 그녀의 아래쪽에 진짜 인도를 보고자 했던 그녀의 어리석은 시도의 모든 잔해들이 모여 있었다. 브리지 파티에서 만난 사람들, 마차를 보내 준다고 해놓고 약속을 지키지 않았던 부부, 자신의 차를 태워 주었던 노인, 여러 하인들과 마을 사람들과 관리들 그리고 피고 자신. 새까만 머리칼과 유연한 손을 지닌 작고 강하고 단정한 남자, 그가 앉아 있었다. 아델라는 특별한 감정 없이 그를 바라보았다. 마지막 만남 이후 그녀는 그를 악의 본질로 만들었지만 지금 그는 평소의 모습 그대로, 단지 조금 아는 사람일 뿐이었다. 그는 아무런 중요성도 없는 하찮은 존재였고 메마른 모습이었으며, 〈유죄〉지만 죄책감에 감싸여 있지도 않았다. 〈난 그가 유죄라고 생각해. 혹시 내가 실수를 저지른 건 아닐까?〉 무어 부인이 떠난 뒤로 그런 의문 때문에 양심의 고통을 받는 일은 없어졌지만 그 의문이 완전히 사라진 것은 아니었다.

마무드 알리 변호사가 일어나 정부에서 운영하는 병원을 책임지고 있는 캘린더 소령께서는 그렇게 생각하지 않지만 인도인들도 가끔 몸이 편찮은 경우가 있으니 자신의 의뢰인도 단상에 앉을 수는 없는지 빈정대는 투로 장황하게 물었다. 「저런 것이 바로 그들의 훌륭한 유머 감각이라고 할 수 있지요.」 데릭 양의 칭송이었다. 로니는 다스가 이 어려움을 어떻게 해결할 것인지 지켜보았고, 동요한 다스는 마무드 알리에게 심하게 타박을 주었다.

「죄송하지만…….」 캘커타에서 온 저명한 변호사가 끼어들었다. 그는 뼈대가 굵은 우람한 몸집에 잿빛 머리를 짧게 친 미남자였다. 그가 옥스퍼드식 영어로 말했다. 「저렇게 많은 유럽인 신사 숙녀들이 단상에 앉아 있는 것에 대해 이의를 제기합니다. 우리의 증인들이 위압감을 느끼게 될 것입니다. 저들도 나머지 방청객들과 함께 단 아래에 내려와 앉아야 합니다. 퀘스티드 양께서는 건강이 좋지 않으시니 단상에 앉는 것에 반대하지 않겠으며 경찰서장님께서 말씀하신 과학적인 진실들과는 관계없이 우리는 재판이 진행되는 내내 퀘스티드 양을 특별히 대우해 드리겠습니다. 하지만 다른 분들에 대해서는 반대입니다.」

「아, 쓸데없는 소리 그만하고 판결이나 내립시다.」 소령이 으르렁거렸다.

저명한 캘커타 변호사는 존경하는 눈빛으로 판사를 응시했다.

「동의합니다.」 다스가 필사적으로 서류로 얼굴을 가리며 말했다. 「나는 퀘스티드 양에게만 단상에 앉는 것을 허락했습니다. 다른 분들께서는 내려와 주시면 대단히 감사하겠습니다.」

「잘했어요, 다스. 매우 적절한 판단이에요.」 로니가 정직성을 발휘하며 말했다.

「내려오라니, 이렇게 무례할 데가 있나!」 터턴 부인이 외쳤다.

「메리, 조용히 내려와요.」 그녀의 남편이 웅얼거렸다.

「이봐요! 내 환자를 혼자 둘 수는 없어요.」

「의무관이 단상에 남는 것에도 이의가 있습니까, 암리트라오 씨?」

「그렇습니다. 단상은 권위를 부여하니까요.」

「30센티미터 높이밖에 안 돼도 말이지. 그러니 모두들 내려오세요.」 징세관이 웃음을 참으려고 애쓰며 말했다.

「대단히 감사합니다, 징세관님. 감사합니다, 히슬롭 씨. 숙녀분들께도 감사드립니다.」 다스가 크게 안도하며 말했다.

그리하여 퀘스티드 양을 포함한 일행은 무모하게 올라갔

던 높은 곳에서 내려왔다. 그들이 창피를 당했다는 소식은 삽시간에 퍼져서 바깥에 있던 사람들의 야유 거리가 되었다. 그들의 특별한 의자들도 단상에서 내려졌다. 증오로 분별력을 잃어 무용지물이 된 나무노 알리는 그 의자들에도 이의를 제기하며 도대체 누구의 권한으로 특별한 의자들을 들여온 것인지, 나와브 바하두르에게는 왜 그런 의자를 제공하지 않았는지 따졌다. 법정 안이 보통 의자와 특별한 의자, 바닥에 깔린 융단, 30센티미터 높이의 단 이야기로 술렁거렸다.

그러나 그 작은 이동은 퀘스티드 양의 신경을 안정시키는 데는 도움이 되었다. 그녀는 법정 안의 사람들을 모두 본 뒤라 마음이 한결 가벼워져 있었다. 그것은 최악의 상태를 알고 있는 것과도 같았다. 이제 그녀는 무너지지 않고 끝까지 버틸 수 있으리란 확신이 들었고 로니와 터턴 부인에게 그 반가운 소식을 전했다. 그러나 두 사람은 영국인의 위신이 떨어진 것에 너무 흥분한 나머지 별다른 관심을 보이지 않았다. 퀘스티드 양은 자신의 자리에서 반역자 필딩 씨를 볼 수 있었다. 아까 단상에서는 그가 더 잘 보여서 그녀는 그가 인도 아이 하나를 무릎에 안고 있다는 것을 알고 있었다. 필딩은 재판의 진행 과정을 지켜보면서 그녀도 보았다. 하지만 둘의 시선이 마주치자 직접적인 교류는 관심 밖이라는 듯 눈을 돌렸다.

판사도 기분이 좋아져 있었다. 단상을 둘러싼 싸움에서 승리한 그는 자신감을 얻은 상태였다. 이지적이고 공평한 그는 계속해서 맥브라이드의 진술에 귀 기울이며 나중에 그것에 따라 판결을 내려야 한다는 사실을 잊으려고 애썼다. 경찰서장은 침착하게 진술을 이어 갔다. 열등한 인종의 자연스러운 제스처라고 할 수 있는 이런 건방진 행위들을 미리 예측하고 있었던 그는 아지즈에 대한 증오감은 나타내지 않고 깊은 경멸만을 표했다.

그는 피고의 농간에 속아 넘어간 필딩과 안토니라는 하인과 나와브 바하두르에 대해 자세히 이야기했다. 그 점에 대해서는 확신이 없었던 퀘스티드 양은 그냥 덮어 둘 것을 부탁했었지만 무거운 형을 받아 내려면 범죄가 사전에 계획된 것임을 증명할 필요가 있었다. 검찰 측은 피고의 계략을 설명하기 위해 마라바르산의 도면까지 그려 와서 일행이 갔던 코스와 캠프를 쳤던 〈단검 저수지〉를 보여 주었다.

판사는 고고학에 관심을 표했다.

동굴 중 하나의 입면도가 제출되었는데 〈불교 동굴〉이라고 씌어 있었다.

「불교가 아니라 자이나교 같은데…….」

「어떤 동굴에서 범죄가 일어났다는 거죠? 불교 동굴인가요, 자이나교 동굴인가요?」 마무드 알리가 음모를 파헤치는 태도로 따졌다.

「마라바르의 모든 동굴들은 자이나교 동굴입니다.」

「예, 그럼 어떤 자이나교 동굴에서 일어났습니까?」

「그런 질문은 나중에 할 기회가 있을 겁니다.」

맥브라이드는 인도인들의 어리석음에 엷은 미소를 지었다. 인도인들은 꼭 이런 문제로 무너진다. 그는 피고 측에서 알리바이를 입증해 보겠다는 무모한 희망을 품고서 안내인의 행방을 수소문하고, 어느 달 밝은 밤에 필딩과 하미둘라가 카와 돌로 가서 걸음으로 거리를 재보기도 했지만 별 성과가 없었음을 알고 있었다. 「레슬리 씨가 불교 동굴이라고 말했으며 동굴들에 대해 그보다 잘 아는 사람은 없지요. 지금은 동굴의 형태에 주목해 주시겠습니까?」 맥브라이드는 그곳에서 발생한 사건에 대해 설명했다. 그리고 데릭 양의 도착, 퀘스티드 양이 계곡을 급히 내려온 일, 두 여자가 찬드라푸르에 돌아온 일, 퀘스티드 양이 쌍안경에 대한 내용이 든 진술서에 서명한 일, 피고의 옷 주머니에서 결정적인 증거인 쌍안경이 발견된 사실을 이야기했다. 「현재로서는 더 이상 추가할 이야기가 없습니다.」 그가 안경을 벗으며 결론을 맺었다. 「이제 검찰 측 증인들을 부르겠습니다. 진실은 사실들이 말해 줄 것입니다. 피고는 이중생활을 해온 인물입니다. 제 소견으로는 서서히 타락의 길로 들어선 것으로 보입니다. 이런 유형의 사람들이 흔히 그렇듯이 피고는 자신의 본모습을 감추는 데 능했으며 존경받는 사회의 일원으로 행세하며 공직에까지 앉았습니다. 유감스럽게도 피고는 이제 완전히 타락하여 구제가 불가능합니다. 그는 다른 손님, 다른 영국 부인께도 잔인하기 짝이 없는 짐승 같은 짓을 저질렀습니다. 범행의 방해물인 그녀를 제거하기 위해 그녀가 들어간 동굴에 하인들을 잔뜩 몰아넣었습니다. 말이 난 김에 한 이야기입니다만.」

그러나 그의 마지막 말은 또 한 차례 파란을 일으켰다. 무어 부인이라는 새로운 이름이 법정 안에서 별안간 회오리바람처럼 일었다. 그러잖아도 분노해 있던 마무드 알리는 마침내 이성을 잃고 강간에다 살인죄까지 덮어씌울 작정이냐, 그 영국 부인이 도대체 누구냐며 미친 사람처럼 소리를 질러댔다.

「난 그녀를 증인으로 부르겠다고 한 적 없어요.」

「그야 나라 밖으로 몰래 빼돌렸으니 부르고 싶어도 부를 수가 없겠지요. 그녀는 무어 부인이고 피고가 무죄임을 증명해 주었을 거예요. 그녀는 우리 편이었으니까. 가련한 인도인들의 친구였으니까.」

「피고 측에서도 그녀를 증인으로 세울 수 있었습니다. 양측 모두 그녀를 부르지 않았으니 그녀의 말을 증거로 채택할 수 없습니다.」 판사가 외쳤다.

「사실을 알았을 땐 너무 늦고 말았어요. 그때까지 그들은 그녀를 만나지 못하게 했어요. 그것이 바로 영국의 정의고 영국의 통치지요. 우리에게 무어 부인을 5분만 보내 주면 내 친구를 구하고 그의 아들들의 명예를 살릴 수 있을 것입니다. 재판장님, 그녀를 제외시키지 말아 주십시오. 당신도 자식을 둔 아버지이니 그 말을 취소해 주십시오. 그들이 그녀, 무어 부인을 어디로 보냈는지…….」

「그 점에 관심이 있다면 내 어머니는 아덴에 도착하셨을 겁니다.」 로니가 냉담하게 말했다. 재판에 끼어들지 말았어야 했지만 피고 측의 맹공격에 놀란 것이다.

「그녀가 진실을 알고 있다는 이유로 그곳에 감금해 놓았군요.」 마무드 알리는 거의 제정신이 아니었고 소란 중에도 그의 말은 똑똑히 들렸다. 「난 파멸을 맞게 된다고 해도 상관없어요. 어차피 우리 모두 한 사람씩 차례로 파멸을 맞게 될 테니까.」

「이런 식으로 변호해서는 안 됩니다.」 판사가 충고했다.

「난 변호를 하고 있는 것이 아니며 당신도 재판을 하고 있는 것이 아닙니다. 우리 둘 다 노예들일 뿐입니다.」

「마무드 알리 씨, 이미 경고했지만, 당장 자리에 앉지 않으면 권력을 행사하겠습니다.」

「그렇게 하세요. 이 재판은 우스꽝스러운 연극에 지나지 않으며 난 나가겠습니다.」 그는 서류를 암리트라오에게 넘기고 나가다가 문가에서 연극 대사를 하듯 뜨거운 열정을 담아 외쳤다. 「아지즈, 아지즈, 영원히 안녕.」 소란이 커지고 미시즈 무어를 부르는 소리가 이어졌다. 사람들은 미시즈 무어가 무슨 뜻인지도 모르고 주문처럼 되풀이해서 외쳤다. 인도식으로 에스미스 에스무어로 바뀐 이름이 바깥에 있는 사람들에게까지 퍼졌다. 판사가 협박하고 쫓아내도 아무 소용이 없었다. 마법의 힘이 스스로 소진될 때까지 그는 힘을 쓸 수가 없었다.

「예상치 못한 일이야.」 터턴 씨가 말했다.

로니가 설명했다. 그의 어머니가 영국으로 떠나기 전에 낮잠을 자다가 마라바르에 대해 잠꼬대를 했는데, 마침 베란다에 있던 하인들이 아지즈에 관한 단편적인 말들을 듣고 동양에서 늘 그러하듯 마무드 알리에게 정보를 팔아먹은 게 틀럼없다고.

「난 그들이 저런 식으로 나올 줄 알고 있었지. 교묘하다니까.」 터턴이 인도인들의 벌린 입을 바라보며 침착하게 말했다. 「종교 의식 때도 저렇게 되지. 시작했다 하면 멈출 줄을 모른다니까. 자네의 다스가 안됐군. 점점 더 꼴이 우스워지고 있어.」

「히슬롭 씨, 당신의 어머니까지 끌어들이다니 정말 모욕적이네요.」 데릭 양이 앞으로 몸을 숙이며 말했다.

「그들의 술책이 먹혀든 것일 뿐이에요. 그들이 왜 마무드 알리를 변호인으로 내세웠는지 알겠네요. 기회가 오면 소동을 일으키기 위해서예요. 그게 그의 특기거든요.」

그러나 로니는 겉으로 보이는 것보다 더 이 상황을 혐오하고 있었다. 그는 어머니의 이름이 힌두교 여신처럼 에스미스 에스무어로 우스꽝스럽게 발음되는 것을 듣고 있자니 구역질이 났다.

「에스미스 에스무어
에스미스 에스무어
에스미스 에스무어
에스미스 에스무어…….」

「로니…….」

「왜요, 아델라?」

「참으로 기묘하지 않아요?」

「몹시 신경에 거슬리겠군요.」

「조금도요. 전혀 신경 쓰이지 않아요.」

「그럼 다행이고요.」

그녀는 평소보다 더 자연스럽고 건강하게 말했다. 그녀는 친구들을 향해 몸을 숙이며 자신의 의사를 표현했다. 「제 걱정은 마세요. 훨씬 나아졌으니까. 전혀 어지럽지도 않아요. 전 괜찮을 거예요. 고맙습니다, 고마워요. 여러분의 친절에 감사드립니다.」 에스미스 에스무어를 부르는 소리가 계속되고 있었기 때문에 그녀는 큰 소리로 외쳐야 했다.

갑자기 소리가 멎었다. 마치 기도 응답이 이루어지고 성유물(聖遺物)이 공개되기라도 한 것 같았다. 「제 동료의 행동에 대해 사과드리겠습니다.」 암리트라오의 사과는 모든 사람들을 놀라게 했다. 「그는 의뢰인의 친구이다 보니 감정에 휩쓸리고 말았습니다.」

「마무드 알리 씨가 직접 사과해야 할 것입니다.」 판사가 말했다.

「맞습니다, 재판장님. 그래야지요. 하지만 우리는 무어 부인께서 중요한 증거를 갖고 있었으며 그것을 제공하고 싶어 했다는 사실을 알게 되었습니다. 아들이 서둘러 출국시키는 바람에 그럴 수가 없게 되었지만 말입니다. 바로 그런 이유로 마무드 알리 씨는 이성을 잃은 것입니다. 우리의 유일한 유럽인 증인인 필딩 씨를 위협하기 위한 시도로 보였으니까요. 검찰 측에서 무어 부인에 대해 언급하지만 않았어도 그는 아무 말도 하지 않았을 것입니다.」 그렇게 말한 뒤 그는 자리에 앉았다.

「무어 부인과 관계된 문제는 이 재판과 무관합니다. 거듭 말하지만, 증인으로서의 무어 부인은 존재하지 않습니다. 암리트라오 씨나 맥브라이드 씨나 무어 부인이 증언대에 섰다면 어떤 증언을 했으리라 추측할 권리가 없습니다. 그녀는 이곳에 없고 따라서 아무 말도 할 수 없으니까요.」 판사가 선언했다.

「무어 부인과 관계된 진술은 철회하겠습니다. 기회가 주어졌더라면 15분 전에 그렇게 말했을 것입니다. 그녀는 우리에게 전혀 중요하지 않으니까요.」 경찰서장이 지친 목소리로 말했다.

「저도 피고 측을 위해 철회했으니 밖에 있는 분들께도 철회하도록 설득하실 수는 없는지요.」 거리에서 에스미스 에스무어를 외치는 소리는 계속되고 있어서 그가 법정에 어울리는 유머를 덧붙였다.

「유감스럽게도 내 힘은 거기까지는 미치지 못합니다.」 다스가 미소 지으며 대답했다.

그렇게 소란은 진정되었고, 아델라가 증언할 차례가 되자 법정 안은 재판이 시작된 이후 그 어느 때보다 조용해졌다. 이에 대해 전문가들은 놀라지도 않았다. 원주민들은 도대체 끈기라곤 없다. 사소한 문제에 감정을 모두 불살라 버리다 보니 막상 결정적인 순간에는 아무것도 남아 있지 않게 된다. 그들이 찾는 것은 불평거리이며 노부인이 납치당했다는 가정에서 그 꼬투리를 발견했던 것이다. 이제 그들은 아지즈가 강제로 추방당한다 해도 그토록 분개하지는 않을 것이다.

그러나 위기는 아직 지나가지 않았다.

아델라는 오직 진실만을 말할 작정이었고 그것은 결코 쉽지 않은 일이었기에 미리 연습해 두었다. 진실만을 말하는 것이 쉽지 않았던 것은 그녀가 동굴에서 겪은 재난이 그녀의 인생의 다른 부분, 즉 로니와의 약혼과 조금이나마 관련이 있었기 때문이다. 그녀는 동굴에 들어가기 직전에 사랑에 대해 생각했고 아무 생각 없이 아지즈에게 결혼에 대해 물었다. 그래서 그녀는 그런 질문이 그의 악행을 충동질했으리라 짐작하고 있었다. 그런 사실에 대해 자세히 밝히는 것은 끔찍하게 고통스러울 터였다. 그녀는 다른 여자들이 진술하기 힘들어하는 내용들에 대해서는 기꺼이 진술할 수 있었지만 자신의 개인적인 실패에 관한 이야기는 언급하고 싶지 않았고 혹시 그 부분이 밝혀질까 봐 대중 앞에서 심문을 받는 것도 두려웠다. 그러나 증언을 하기 위해 일어나서 자신의 목소리를 듣자 그런 두려움조차 사라졌다. 새로운 미지의 감정이 훌륭한 갑옷처럼 그녀를 보호해 주었다. 그녀는 동굴에서 일어난 일에 대해 생각하지도 않았고 일반적인 기억 방식으로 기억하지도 않았으며, 단지 마라바르산으로 돌아가서 그곳으로부터 어둠 같은 것을 가로질러 맥브라이드에게 이야기했다. 그 운명의 날이 세세한 부분까지 되살아났다. 그녀는 그날에 속하는 동시에 속하지 않기도 했으며 이러한 이중적인 관계가 그날에 뭐라고 형언할 수 없는 광채를 부여했다. 그녀는 왜 그 여행을 〈지루하다〉고 생각했는가? 다시 그

날의 태양이 떠오르고, 코끼리가 대기하고, 그녀 주위로 희뿌연 바위들이 지나가다가 첫 번째 동굴을 보여 주고, 그녀가 안으로 들어가고, 성냥불이 반들반들한 벽들에 반사되고…… 당시엔 미처 깨닫지 못했지만 모두 아름답고 뜻 깊은 장면들이었다. 그녀는 질문들에 정확하게 답변했다. 예, 〈단검 저수지〉를 봤어요, 하지만 이름은 몰랐어요, 예, 무어 부인은 첫 번째 동굴을 구경한 뒤 지쳐서 말라붙은 저수지 근처의 큰 바위 그늘에서 쉬었어요. 멀리서 그녀의 목소리가 술술 나와서 진실의 길을 앞장서 갔고 뒤에 있는 푼카에서 나온 바람이 그녀의 등을 떠밀었다…….

「……피고와 안내인이 당신을 카와 돌로 데려갔는데 그 외에 다른 사람들은 없었나요?」

「그곳에서 가장 멋진 봉우리였죠. 예.」 그녀는 말하면서 머릿속에 카와 돌을 그렸다. 굴곡진 바위에 두 줄로 새겨진 발 딛는 부분들이 보였고 얼굴을 때리는 열기가 느껴졌다. 그리고 무언가가 이렇게 덧붙이도록 만들었다. 「제가 알기론 다른 사람은 없었어요. 우리들만 있었던 것 같아요.」

「좋습니다. 봉우리를 절반쯤 올라가면 표면이 울퉁불퉁한 암붕[24]이 하나 나오는데 그곳에 있는 협곡의 시발점 근처에 동굴들이 흩어져 있지요.」

「어디를 말씀하시는지 알겠어요.」

「그 동굴들 중 하나에 혼자 들어가셨나요?」

「맞습니다.」

24 암벽 중턱에 선반처럼 삐죽 튀어나온 바위.

「그리고 피고가 따라 들어왔나요?」

「이제 꼼짝없이 걸려들었어.」 소령이 말했다.

하지만 퀘스티드 양은 침묵을 지켰다. 질문의 장소인 법정이 그녀의 대답을 기다리고 있었다. 그러나 그녀는 아지즈가 동굴로 들어오기 전에는 대답할 수가 없었다.

「피고가 따라 들어왔지요, 그렇지 않습니까?」 맥브라이드는 퀘스티드 양과 함께 사용하고 있는 단조로운 음성으로 다시 물었다. 그들은 사전에 합의된 질문과 대답들을 하고 있었으므로 검찰 측 심문에서는 예기치 못한 일이 일어날 수 없었다.

「맥브라이드 씨, 조금만 시간을 주시겠어요?」

「물론입니다.」

그녀의 시야에 여러 개의 동굴들이 들어왔다. 그녀는 그 동굴들 중 하나에 들어간 자신을 보면서 동시에 동굴 밖에서 아지즈가 들어가는지 입구를 지켜보고 있었다. 그런데 그를 찾을 수가 없었다. 그것은 그녀에게 자주 찾아들었던 의심이었지만 이제 마라바르의 봉우리들처럼 확실하게 다가와 그녀의 마음을 끌어당겼다. 「저는…….」 말하는 것이 보는 것보다 더 어려웠다. 「잘 모르겠어요.」

「뭐라고 하셨습니까?」 경찰서장이 물었다.

「잘 모르겠다고요…….」

「무슨 말씀인지 못 알아듣겠군요.」 경찰서장은 두려운 표정으로 입을 꽉 다물었다. 「당신은 그 암붕에 이르러 동굴로 들어갔습니다. 저는 피고가 따라 들어왔는지 묻고 있는 겁니다.」

쿼스티드 양은 고개를 저었다.

「무슨 뜻인지 말씀해 주시겠습니까?」

「아니에요.」 그녀가 단조롭고 매력 없는 목소리로 대답했다. 법정 여기저기서 작은 술렁거림이 일었으나 무슨 일이 일어나고 있는 것인지 이해하는 사람은 필딩뿐이었다. 그는 쿼스티드 양이 신경 쇠약을 일으킬 것이며 친구 아지즈가 구원될 것임을 알 수 있었다.

「무슨 말씀이죠, 무슨 말씀을 하시는 겁니까? 크게 말씀해 주세요.」 판사가 앞으로 몸을 기울이며 말했다.

「제가 실수를 저지른 것 같아요.」

「무슨 실수요?」

「닥터 아지즈는 동굴 안으로 따라 들어오지 않았어요.」

경찰서장은 서류를 탁 던졌다가 다시 집어 들며 차분하게 말했다. 「자, 쿼스티드 양, 계속합시다. 사건 발생 두 시간 뒤에 저의 집에서 당신이 직접 서명한 조서를 읽어 드리겠습니다.」

「맥브라이드 씨, 죄송하지만 중지해 주세요. 내가 증인과 직접 얘기하고 있으니까요. 그리고 방청객께서는 조용히 해 주세요. 계속 이렇게 소란스러우면 모두 퇴장시키겠습니다. 쿼스티드 양, 자신의 증언이 어마어마한 중요성을 지니고 있음을 명심하시고 이 사건의 담당 판사인 나에게 말씀하십시오. 그리고 당신은 진실만을 말하겠다는 선서를 했다는 것을 잊지 마십시오.」

「닥터 아지즈는 따라 들어오지…….」

「의학적인 이유로 이 재판을 중단합니다.」 터턴의 말을 듣고 소령이 그렇게 외치자 영국인들이 일제히 자리에서 일어섰고 덩치 큰 백인들에 가려 자그마한 판사는 보이지 않게 되었다. 인도인들도 일어섰다. 수백 가지의 일들이 한꺼번에 일어났으므로 나중에 사람들은 이 대이변에 대해 저마다 다르게 설명하게 되었다.

「기소를 취하하는 겁니까? 대답해 주세요.」 정의의 대표자가 외쳤다.

퀘스티드 양은 자신도 알지 못하는 어떤 힘에 사로잡혀 끌려가고 있었다. 이제 마라바르의 장면들은 사라지고 다시 현실의 무미건조함으로 돌아왔지만 그녀는 자신이 깨달은 것을 잊지 않고 있었다. 속죄와 고백은 나중에 해도 된다. 그녀는 딱딱하고 무미건조한 어조로 말했다. 「모든 것을 취하하겠습니다.」

「됐습니다. 앉으세요. 맥브라이드 씨, 그래도 계속하고 싶습니까?」

경찰서장은 고장 난 기계를 보듯 자신의 증인을 응시했다. 「제정신이에요?」

「그녀에게 아무 질문도 하지 마세요. 더 이상 그럴 권리가 없습니다.」

「저에게 생각할 시간을…….」

「취하하셔야 합니다. 공연히 물의만 일으키게 될 겁니다.」 뒤쪽에서 나와브 바하두르가 갑자기 우렁찬 소리로 외쳤다.

그러자 터턴 부인이 커져 가는 웅성거림에 맞서 소리쳤다. 「취하는 안 돼요. 다른 증인들을 부르세요. 우리는 누구도 안전하지 못하고…….」 로니가 저지하려고 하자 그녀는 화가 나서 그를 한 대 치고는 아델라에게 욕설을 퍼부었다.

경찰서장은 영국인들을 보살피러 가면서 판사에게 무관심하게 말했다. 「좋아요, 취하합니다.」

다스는 긴장으로 녹초가 된 채 판사석에서 일어섰다. 그는 재판을 치러 냈다. 인도인도 재판을 주재할 수 있음을 보여 준 것이다. 그는 자신의 말을 들을 수 있는 사람들에게 이렇게 말했다. 「피고는 명예로이 석방될 것이며 비용 문제는 따로 결정하도록 하겠습니다.」

그러자 법정의 허술한 질서는 무너지고 야유와 분노의 함성들이 극에 달했다. 사람들은 고함지르고 욕설을 퍼붓고 서로 입을 맞추고 격하게 울었다. 한쪽에서는 영국인들이 하인들의 보호를 받고 있었고 다른 쪽에서는 아지즈가 하미둘라의 품에서 정신을 잃었다. 한쪽은 승리를 거두고 한쪽은 패배했으니 한순간 완전한 대조가 이루어진 셈이었다. 그 후 삶은 복잡성을 되찾아 한 사람씩 저마다의 목적을 위해 법정 밖으로 뛰쳐나가고 얼마 지나지 않아 그곳엔 아름다운 벌거숭이 신만이 남게 되었다. 그는 범상치 않은 일이 일어난 것도 모르고 텅 빈 단상과 뒤집힌 특별한 의자들을 응시하며 계속해서 푼카 줄을 당겨 하강하는 먼지 구름을 리듬감 있게 흩어 놓고 있었다.

# 25

퀘스티드 양은 동포를 저버리고 말았다. 그들에게서 돌아선 그녀는 상인 계층의 인도인들의 무리에 휩쓸려 일반인 출입구 쪽으로 떠 밀려 갔다. 런던 빈민가의 악취보다 향긋하면서도 더 마음을 뒤흔들어 놓는 시장통의 표현하기 힘든 희미한 냄새가 밀려들었다. 한 노인의 귀를 틀어막은 향기 나는 솜뭉치, 그의 검은 이 사이에 낀 판 조각들, 향기로운 분, 오일 — 그것은 위대한 왕이 수치스러운 일에 말려들어 헤어나지 못하는 것처럼, 아니면 태양의 열기가 지상의 모든 영광을 끓이고 튀겨서 한 덩어리로 만들어 놓은 것처럼 인간의 땀과 뒤섞인 전통적인 〈향기로운 동양〉이라고 할 수 있었다. 인도인들은 그녀에게 관심을 기울이지 않았다. 그들은 그녀의 어깨너머로 악수를 나누고 그녀를 사이에 두고도 그녀가 없는 것처럼 대화를 나누었는데, 인도인은 지배자들을 무시할 때 그들의 존재 자체를 의식하지 않기 때문이었다. 그녀는 자신이 야기한 소동에서 밀려나 필딩에게로 내팽개쳐졌다.

「여기서 뭐 하세요?」

그를 적으로 알고 있는 퀘스티드 양은 아무 대꾸도 하지 않고 그를 지나쳐 햇빛 속으로 나갔다.

필딩이 뒤에서 외쳤다.「퀘스티드 양, 어디로 가는 겁니까?」

「모르겠어요.」

「이렇게 헤매고 다니면 안 됩니다. 당신이 타고 온 차는 어디 있죠?」

「걸어가겠어요.」

「말도 안 돼요……. 폭동이 일어날 거예요……. 경찰도 파업해서 무슨 일이 일어날지 아무도 몰라요. 왜 당신네 사람들과 같이 있지 않는 거죠?」

「꼭 그래야만 하나요?」 퀘스티드 양이 아무 감정 없이 말했다. 그녀는 공허하고 무가치한 존재가 된 기분이었다. 자신에게는 아무런 미덕도 남아 있지 않은 듯했다.

「이제 너무 늦었어요. 지금 어떻게 전용 출입구 쪽으로 갈 수 있겠어요? 나와 함께 이쪽으로 가요. 서둘러요. 내 마차에 타요.」

「시릴, 시릴, 나를 두고 가지 마요.」 아지즈가 기진맥진한 음성으로 외쳤다.

「돌아올게요……. 아무 말 말고 이쪽으로 따라오세요.」 필딩은 퀘스티드 양의 팔을 잡았다.「무례를 용서하세요, 지금은 예의를 따질 형편이 아니라서요. 마차는 내일 아무 때나 돌려보내 주세요.」

「하지만 마차를 타고 어디로 가죠?」

「당신이 원하는 곳으로요. 내가 당신 사정을 어떻게 알겠습니까?」

한적한 샛길에 세워 둔 그의 마차는 안전했지만 마부가 재판이 갑자기 끝나리란 예상을 하지 못하고 말들을 끌고 친구를 만나러 가서 당장 움직일 수는 없었다. 퀘스티드 양은 순순히 마차에 탔다. 군중들의 소요가 심각해지고 군데군데서 광적인 소리들까지 들려와 필딩은 그녀를 혼자 둘 수가 없었다. 시장의 중앙로가 봉쇄되어 샛길을 통해 영국인 거주지로 향하고 있는 영국인들은 애벌레처럼 잡혀서 쉽게 죽음을 당할 수도 있었다.

「대체, 대체 뭘 한 거예요? 장난이에요, 인생 공부예요, 뭐예요?」 필딩이 갑자기 외쳤다.

「학장님, 학장님께 드리려고 가져왔습니다.」 재스민 꽃다발을 들고 달려온 학생이 끼어들었다.

「난 그런 것 필요 없으니까 저리 가.」

「학장님, 저는 말입니다. 저희가 말이 되어 드리겠습니다.」 다른 학생이 마차의 끌채를 공중으로 들어 올리며 외쳤다.

「내 마부를 데려오게, 라피. 훌륭한 말이 있으니까.」

「아닙니다, 학장님. 이게 저희들에겐 영광입니다.」

필딩은 제자들에게 넌더리가 났다. 그들은 그를 존경할수록 그의 말을 더 듣지 않았다. 그들은 재스민과 장미 꽃다발로 그에게 올가미를 씌우고, 마차 흙받이를 벽에 박아 흠집을 내고, 시를 낭송하여 그 소리를 듣고 사람들이 몰려들게 만들었다.

「서두르세요, 학장님. 행렬로 모셔 갈게요.」 그들은 절반은 애정을 담아, 절반은 무례하게 그를 마차 안으로 몰아넣었다.

「당신 마음에 들지는 모르겠지만 어쨌든 당신은 안전합니다.」 필딩이 퀘스티드 양에게 말했다. 마차가 요동치며 시장 중앙로에 나타나자 한바탕 소동이 일었다. 퀘스티드 양은 찬드라푸르에서 지독한 증오의 대상이었기에 사람들은 그녀의 기소 취하를 의혹에 찬 시선으로 받아들였고 그녀가 거짓말을 늘어놓다가 신의 벌을 받았다는 소문이 나돌았다. 그러나 그들은 그녀가 영웅적인 학장 옆에 앉아 있는 것을 보고 환호했고 — 일부는 그녀를 무어 부인이라고 부르기까지 했다! — 학장과 어울리도록 꽃다발까지 걸어 주었다. 반신(半神) 반인(半人)이 된 필딩과 퀘스티드는 소시지가 주렁주렁 매달린 듯한 꽃다발을 걸고 아지즈가 탄 사륜마차의 뒤를 따라 끌려갔다. 그들을 맞는 박수갈채에는 비웃음이 섞여 있었다. 영국인들은 늘 붙어 다닌다니까! 그런 비난은 부당하다고 볼 수도 없었다. 필딩 역시 그런 생각을 갖고 있었으며 만일 동지들이 퀘스티드 양을 공격한다면 자신으로선 그녀를 보호하기 위해 목숨을 바쳐야만 한다는 것을 알고 있었다. 그는 그녀를 위해 죽고 싶지 않았고 아지즈와 승리의 기쁨을 나누고 싶었다.

그런데 행렬이 향하는 곳은? 친구들에게로, 적들에게로,

아지즈의 집으로, 징세관의 집으로, 의무관을 쓰러뜨리고 환자들을 석방시키기 위해 — 그들은 환자들을 죄수들로 혼동하고 있었다 — 민토 병원으로, 델리로, 심라로. 학생들은 행렬이 공립 대학으로 갈 것이라 생각하고 모퉁이에 이르자 필딩의 마차를 오른쪽으로 돌려 샛길을 달리고 언덕을 내려가 정원의 문을 통과하여 망고 농장으로 들어갔다. 필딩과 퀘스티드 양이 보기에는 모든 것이 평화롭고 조용했다. 나무들은 반짝거리는 잎사귀와 가느다란 녹색 과실들을 잔뜩 매달고 있었고 저수지의 물은 고요했으며 그 너머로 별채의 아름다운 푸른 아치문들이 솟아 있었다.「학장님, 다른 사람들을 불러오겠습니다. 저희들에겐 좀 무리가 돼서요.」학생들이 그렇게 말하는 소리가 들려왔다. 필딩은 자신의 사무실로 도망쳐서 맥브라이드에게 전화를 걸었지만 이미 전화선이 끊긴 뒤였다. 그의 하인들도 모두 도망치고 없었다. 다시금 퀘스티드 양을 혼자 둘 수 없는 상황이 되었다. 그는 퀘스티드 양에게 방을 정해 주고 얼음과 마실 것과 비스킷을 가져다준 다음 누워서 쉬라고 권했다. 그리고 자신도 달리 할 일이 없어서 자리에 누웠다. 행렬이 멀어져 가는 소리를 듣고 있자니 불안감과 좌절감이 밀려들었고 당황해서 기쁨을 만끽할 수 없었다. 그것은 승리이기는 했지만 괴상한 승리였다.

그 순간 아지즈는 〈시릴, 시릴……〉을 외치고 있었다. 그의 마차에는 나와브 바하두르, 하미둘라, 마무드 알리, 그의 아들들, 그리고 한 무더기의 꽃다발까지 빽빽하게 타고 있었지만 그는 만족하지 못하고 자신을 사랑하는 모든 사람들에게 둘러싸여 있고 싶어 했다. 그는 고통이 너무 컸었기에 승리를 거두었어도 기쁨을 느낄 수가 없었다. 체포되는 순간부터 그는 부상당한 짐승처럼 좌절했는데 그건 겁이 나서가 아니라 자신의 주장이 영국 여자의 주장을 누를 수 없음을 알고 있기 때문이었다. 그때 그는 〈이건 운명이야〉라고 말했고, 무하람 행사 때 다시 감옥에 들어가면서도 그렇게 말했다. 그 끔찍한 기간 동안 존재한 것이라곤 애정뿐이었고 막 자유의 몸이 된 고통스러운 순간에도 그가 느낀 건 애정뿐이었다. 「왜 시릴은 따라오지 않는 거죠? 우리 돌아가요.」 그러나 행렬의 방향을 되돌릴 수는 없었다. 그것은 배수관의 뱀처럼 광장을 향해 좁은 시장길을 나아가고 있었고 광장이라는 웅덩이에 도착해서야 방향을 잡고 먹이를 쫓을 수 있을 터였다.

「앞으로, 앞으로. 징세관을 타도하라, 경찰서장을 타도하라.」 마무드 알리가 외쳤다. 그의 입에서 나오는 말들은 모두 구호가 되었다.

「마무드 알리 씨, 그건 현명한 행동이 아니에요.」 나와브 바하두르가 간청했다. 그는 영국인들을 공격해 봐야 아무 소득이 없고 자기들이 판 함정에 빠진 그들을 그냥 두는 것이 낫다는 것을 알고 있었을 뿐만 아니라 재산이 많았기에 무정부 상태를 반대했다.

「시릴, 또 나를 버리는군요.」 아지즈가 외쳤다.

「그래도 질서 있는 시위는 필요합니다. 안 그러면 그들은 우리가 아직도 겁을 먹고 있다고 생각할 거예요.」 하미둘라였다.

「의무관을 타도하라……. 누레딘을 구하자.」

「누레딘?」

「놈들이 그를 고문하고 있어요.」

「오, 세상에…….」 그도 친구였다.

「그렇지 않아요. 내 손자가 병원을 공격하는 구실이 되는 건 용납할 수 없소.」 노인이 항의했다.

「사실입니다. 캘린더가 재판 전에 그렇게 자랑했어요. 제가 밖에서 들었는데 〈나는 그 검둥이를 고문했지요〉라고 분명히 말했어요.」

「오, 세상에, 그럴 수가……. 그를 검둥이라고 불렀어요, 그랬어요?」

「상처에 방부제 대신 후춧가루를 뿌렸답니다.」

「마무드 알리 씨, 그건 말도 안 돼요. 그리고 그 아이에겐 좀 거칠게 대해도 돼요. 버릇을 고쳐야 하니까.」

「후춧가루라고 의무관이 말했어요. 그들은 우리를 하나씩 망가뜨리고 싶어 하지만 뜻대로는 안 될걸요.」

누레딘 사건은 군중을 격분하게 만들었다. 지금까지 그들은 뚜렷한 목적도 없었고 구체적인 불만도 없었다. 광장에 이른 그들은 민토 병원의 누르스름한 아케이드를 향해 으르렁거리며 나아갔다. 정오가 가까워져 있었다. 대지와 하늘은 미치광이처럼 험악했고 다시 악의 기운이 활개를 쳤다. 나와브 바하두르 홀로 그것과 맞서 싸우며 그 소문은 거짓이라고 되뇌었다. 병원에 가서 손자를 면회한 지 일주일도 안 되지 않았던가! 하지만 그 역시 새로운 위기를 향해 휩쓸려 가고 있었다. 환자들을 구출하고, 캘린더 소령에게 복수하고, 그 다음엔 영국인 거주지 전체가 표적이 될 터였다.

하지만 재난은 비켜 갔는데 그것은 닥터 판나 랄의 공이었다.

영국인들의 환심도 사고 싶고 아지즈가 밉기도 해서 검찰측 증인을 자청했던 판나 랄은 기소가 취하되자 매우 괴로운 입장에 처하게 되었다. 그는 다른 사람들보다 한 발 앞서 파국을 예견하고 앞으로 닥칠 분노를 피하기 위해 다스가 재판을 종료하기도 전에 법정에서 몰래 빠져나와 마차를 몰고 시장통을 달렸다. 병원에 가면 캘린더 소령이 보호해 줄 것이므로 안전할 터였다. 그러나 소령은 오지 않고 있었고 설상가상으로 그의 피를 원하는 폭도들이 몰려들었으며 병원 잡부들까지 가세하여 그가 뒷담을 넘어 도망치도록 도와주기는커녕 환자들이 좋아하도록 그를 번쩍 들어 올렸다가 그대로 내동댕이쳤다. 그는 고통에 차서 〈사람은 한 번 죽는다〉고 외치며 한 손을 이마에 대어 이슬람식 인사를 하고, 다른 손으로는 연노랑 우산을 들고 병원 마당을 가로질러 어기적어기적 군중들을 맞으러 갔다. 그는 승리자의 마차로 다가가 울부짖었다. 「오, 용서해 주세요. 오, 닥터 아지즈, 나의 사악한 거짓말을 용서해 주세요.」 아지즈는 침묵을 지켰고 다른 이들은 경멸의 표시로 목에 힘을 주고 턱을 치켜들었다. 「겁이 나서 그랬어요. 그래서 당신의 인품에 대해 거짓말들을 늘어놓은 거예요. 오, 당신이 병석에 있을 때 우유를 주었던 가련한 늙은 의사를 용서하세요! 오, 나와브 바하두르, 그리고 자비로우신 분들, 나의 보잘것없는 조제실을 원하십니까? 약이란 약은 다 가져가세요.」 동요한 가운데서도 기민함을 잃지 않은 그는, 사람들이 자신의 서툰 영어에 웃음을 띠는 걸 보더니, 갑자기 우산을 집어 던지고 마구 짓밟으며 자신의 코를 때리는 광대짓을 시작했다. 그는 자신이 무엇을 하고 있는지 알았고 군중들도 알았다. 그런 인간의 타락에는 애처로움이나 영원함이 없었다. 미천한 태생이라 떨어질 체면도 없는 판나 랄은 영리하게도 다른 인도인들을 왕처럼 느끼게 해서 화를 달래기로 작정한 것이다. 그는 군중들이 누레딘을 원한다는 것을 알게 되자 그들의 명령을 받들고자 염소처럼 껑충거리며 달려가 암탉처럼 설쳐 댔다. 그렇게 그는 병원을 구해 냈고, 그 공로로 승진이 되지 못한 것을 죽는 날까지 납득하지 못했다. 그는 승진을 요구할 때마다 캘린더 소령에게 주장했다. 〈민첩했지요, 소령님처럼 민첩하게 움직였지요.〉

누레딘이 얼굴에 붕대를 친친 감은 채 나타나자 바스티유 감옥이 함락이라도 된 듯 안도의 함성이 터져 나왔다. 그것이 행렬의 절정이었고 나와브 바하두르는 가까스로 상황을 제압했다. 그는 대중이 보는 앞에서 손자를 껴안으며 정의, 용기, 자유, 분별에 대해 항목별로 나누어 연설했고 그 연설은 군중들의 열기를 진정시켰다. 이어서 그는 영국 정부가 수여한 직함을 포기하고 평민으로 돌아가 그냥 줄피카르 씨로 살 것이며, 그런 이유로 즉시 고향집으로 돌아가겠다고 선언했다. 마차가 방향을 돌리고 군중들이 그 뒤를 따랐으며 위기는 끝이 났다. 마라바르 동굴은 찬드라푸르의 행정에 큰 부담이 되었고 많은 인생들을 바꾸어 놓고 몇몇 사람들의 경력을 망쳐 놓았지만 인도 대륙 전체를 뒤흔들거나 한 지역을 쑥대밭으로 만들지는 않았다.

「오늘 밤에 잔치를 열겠어요. 하미둘라 씨, 우리의 친구 필딩과 암리트라오를 모셔 오는 임무를 맡아 주세요. 암리트라오에게 특별한 음식이 필요한지도 알아보고요. 나머지 사람들은 나와 함께 있을 겁니다. 물론 우리는 선선한 저녁이 될 때까지 딜쿠샤로 떠나지 않을 거예요. 다른 분들은 어떤지 모르겠지만 난 머리가 좀 아프군요. 우리의 선량한 판나 랄에게 아스피린이나 좀 달라고 부탁할 걸 그랬나 봅니다.」 노인이 말했다.

무더위가 기승을 부리고 있었다. 무더위는 사람들을 미치게 하진 못했지만 무감각하게 만들었고 오래지 않아 찬드라푸르의 투사들 대부분은 잠에 빠져 들었다. 영국인 거주지 사람들은 공격이 두려워 잠시 경계하고 있었지만 그들 역시 꿈의 세계로 들어갔다. 인생의 3분의 1을 차지하는 세계, 일부 염세주의자들이 내세의 전조라고 여기는 세계로.

# 26

필딩과 퀘스티드 양이 처음으로 이런저런 이상한 이야기들을 나누기 시작한 것은 저녁이 다가올 무렵이었다. 필딩은 낮잠에서 깨어났을 때 그동안 누군가 퀘스티드 양을 데려갔기를 바랐지만 공립 대학은 세상에서 고립된 채 남아 있었다. 퀘스티드 양은 〈면담 같은 것〉을 할 수 있는지 물었고 그가 아무 대답도 하지 않자 이렇게 말했다. 「저의 이상한 행동에 대해 설명할 수 있으시겠어요?」

「아뇨. 결국 취하할 거면서 왜 그런 고소를 했지요?」 필딩이 퉁명스럽게 말했다.

「정말 왜 그랬을까요?」

「당신에게 감사해야겠지만…….」

「감사는 기대하지도 않아요. 전 단지 당신이 제 말을 듣고 싶어 할지도 모른다고 생각했을 뿐이에요.」

「오, 글쎄요.」 필딩은 아이처럼 투덜거렸다. 「나는 우리 두 사람이 이야기를 나누는 것이 바람직하다고 보지 않습니다. 솔직히 말해서 나는 이 지독한 사건에서 당신의 편이 아니니까요.」

「제 말을 들어 보고 싶지 않으세요?」

「별로요.」

「물론 제가 한 말을 비밀에 붙여 달라고 할 수는 없겠지요. 제 말을 당신 편에 모두 전해도 상관없어요. 오늘의 불행이 가져다준 한 가지 큰 행운이 있다면 이제 저에게는 비밀이 없다는 것이니까요. 메아리가 사라졌어요. 전 귀에서 윙윙대는 소리를 메아리라고 불렀죠. 아시다시피 전 동굴 여행을 다녀온 뒤로 몸이 안 좋았어요. 어쩌면 그 이전부터였는지도 모르죠.」

필딩은 그 말에 솔깃했는데 그가 의혹을 가져오던 문제였기 때문이었다. 「무슨 병이지요?」 그가 물었다.

퀘스티드 양은 옆머리를 만지고는 고개를 저었다.

「사건 날 처음 들었던 생각이 그거였어요. 환각일 거라는.」

「그랬을 수도 있다고 생각하세요? 제가 왜 그런 환각에 빠졌던 걸까요?」 퀘스티드 양이 매우 겸손한 태도로 물었다.

「그날 마라바르에서는 다음 세 가지 중 하나가 일어난 것입니다.」 필딩은 자신의 의지와는 달리 대화에 빠져 들고 있었다. 「아니, 네 가지 중 하나죠. 당신의 친구들이 생각하는 대로 아지즈가 범인일 수도 있고, 내 친구들이 생각하는 대로 당신이 악의를 품고 꾸며 낸 것일 수도 있고, 당신이 환각에 빠진 것일 수도 있지요. 내 생각으로는.」 그는 벌떡 일어나서 성큼성큼 걸어다녔다. 「당신이 여행 전부터 몸이 좋지 않았다니 — 그건 중요한 단서가 되지요 — 내 생각에는 동굴에는 당신 혼자뿐이었고 쌍안경의 끈을 끊은 것도 당신 자신이었던 것 같습니다.」
「어쩌면…….」
「언제부터 몸이 안 좋았는지 기억나세요?」
「당신의 초대로 이곳에 왔던 뒤로요.」
「불운의 파티였던 모양이네요. 아지즈와 고드볼도 그 뒤로 앓아누웠는데.」
「전 아프진 않았어요. 너무 막연해서 뭐라 설명하기가 힘든데……. 사적인 문제들과 뒤엉켜 있어서요. 고드볼 교수님의 노래를 잘 들었는데……. 그땐 몰랐지만 노래를 들으면서 슬픔 같은 것이 시작됐던 것 같아요. 아니, 슬픔처럼 확실한 것이 아니라, 맥이 풀렸다는 표현이 제일 잘 맞겠네요. 맥이 풀렸다. 히슬롭 씨와 광장에 폴로 구경을 갔던 기억이 나요. 그리고 다른 여러 가지 일들이 일어났고요. 그런데 맥이 풀려 있어서 어떤 일도 제대로 처리할 수가 없었어요. 동굴 구경을 갔을 때도 분명 그런 상태였죠. 당신은 제가 그곳에서 환각을 일으켰을 거라고 하셨죠. 이제 어떤 말도 충격적이거나 기분 나쁘게 들리지 않아요. 환각이라면 심한 경우 여자들이 아무 일도 없었는데 결혼 신청을 받았다고 여기게 만드는 그런 것이죠.」
「어쨌든, 정직하시군요.」
「전 정직하도록 교육받고 자랐죠. 문제는 그래 봐야 아무 소용이 없다는 거지만.」
아까보다 그녀를 좋아하게 된 필딩은 미소 지으며 말했다.

「정직하면 천국에 가게 되지요.」
「그럴까요?」
「천국이 존재한다면요.」
「필딩 씨, 당신은 천국을 믿지 않으시나요?」 퀘스티드 양이 수줍게 바라보며 물었다.
「믿지 않아요. 하지만 정직하면 천국에 간다는 건 믿지요.」
「어떻게 그럴 수 있어요?」
「환각 얘기로 돌아갑시다. 아까 법정에서 당신이 증언하는 모습을 주의 깊게 지켜봤는데 환각이 — 당신의 표현을 빌리자면 맥이 풀린 상태가 — 갑자기 사라진 것 같더군요.」
퀘스티드 양은 법정에서의 느낌들을 기억하려고 애썼지만 머릿속의 장면들은 해석을 시도할 때마다 사라졌다. 「사건들이 논리적인 순서에 따라 떠올랐죠.」 그녀는 그렇게 말했지만 사실은 전혀 그렇지가 않았다.
「그때 당신이 무슨 실언이라도 하지 않을까 싶어서 주의 깊게 듣고 있었는데, 내 생각엔 저 가련한 맥브라이드가 당신에게서 귀신을 쫓아낸 것 같아요. 그가 단도직입적인 질문을 하자 당신도 단도직입적인 대답을 한 다음에 무너졌으니까요.」
「그런 뜻이었군요. 전 귀신을 쫓아냈다고 해서 진짜 귀신을 말하는 줄 알았죠.」
「난 그 정도는 아니에요!」
「제가 무척 존경하는 사람들도 귀신을 믿는걸요. 저의 친구인 무어 부인도 그렇고.」 퀘스티드 양이 좀 날카롭게 응수

했다.

「그분은 나이가 많으니까요.」

「그분이나 그분의 아들에게 무례한 태도를 보일 이유는 없잖아요.」

「무례한 의도로 한 말이 아니었어요. 나이가 들면서 초자연적인 것을 거부하기가 어려워진다는 뜻이었지요. 나 자신도 그런걸요. 아직은 그럭저럭 버티고 있지만 나이가 마흔다섯이나 되다 보니 죽은 자가 다시 살아난다는 말을 믿고 싶은 유혹을 떨쳐 내기가 쉽지 않아요. 나도 죽을 몸이니 남의 문제가 아니지요.」

「죽은 사람은 다시 살아날 수 없으니까요.」

「그렇죠.」

「저도 그렇게 생각해요.」

이성주의가 승리를 거둔 뒤에 흔히 그러하듯 잠시 동안의 침묵이 이어졌다. 이윽고 필딩이 클럽에서 히슬롭에게 보인 무례한 행동에 대해 정중히 사과했다.

「닥터 아지즈가 저에 대해 뭐라고 하던가요?」 다시 침묵이 흐른 뒤 퀘스티드 양이 물었다.

「그, 그야……. 비탄에 빠져서 이런저런 생각할 겨를이 없었지만 당연히 원한이 컸지요.」 아지즈가 차마 입에 담지 못할 욕설들을 해댔기에 필딩은 좀 어색하게 대꾸했다. 아지즈의 기본적인 생각은 〈그런 마귀할멈 같은 여자와 관련되어 사람들의 입에 오르내리는 것 자체가 수치〉라는 것이었다. 성적인 문제에 관한 한 속물인 그는 예쁘지도 않은 여자에게 그런 고소를 당했다는 것에 분노했다. 그리고 그의 그런 태도는 필딩을 난처하고 걱정스럽게 만들었다. 필딩 자신도 관능 자체에 대해서는 반감이 없었지만 미녀는 자동차로, 추녀는 파리로 분류하는 식의 편견에는 혐오감을 느꼈고 그런 문제가 불거질 때마다 아지즈와의 사이에 벽을 느꼈다. 그것은 새로운 형태를 취하고는 있었지만 모든 문명의 심장을 갉아먹는 해묵은 문제로, 성자들이 히말라야 산중으로 들어가는 것도 육체의 욕정보다는 그런 속물근성, 소유욕, 과시욕으로부터 벗어나기 위해서이다. 필딩은 화제를 돌리기 위해 말했다. 「이 사건에 대한 분석부터 마무리 지어야겠군요. 우리는 아지즈가 범인이 아니고 당신이 꾸민 일도 아니라는 데까지는 의견의 일치를 보았지만 그것이 환각이었다는 것은 확신할 수 없습니다. 그렇다면 네 번째 가능성이 남아 있는데, 혹시 다른 사람의 짓이었을까요?」

「안내인요.」

「맞아요, 안내인. 난 자꾸 그런 의혹이 들어요. 유감스럽게도 아지즈가 그의 얼굴을 때려서 그는 겁을 먹고 종적을 감춰 버렸지요. 우린 그를 찾는 일에 경찰의 도움을 얻을 수도 없었어요. 그들은 안내인에겐 관심조차 없었으니까요.」

「어쩌면 안내인이었는지도 모르겠네요.」 갑자기 그 문제에 대한 관심을 잃은 퀘스티드 양이 조용히 말했다.

「아니면 그 지역을 떠돌아다니는 파탄인들일 수도 있고요.」

「다른 동굴에 있던 사람이 안내인이 한눈을 판 사이에 저를 따라왔다는 거죠? 가능한 일이에요.」

그때 하미둘라가 찾아왔는데 그들이 밀담을 나누고 있는 모습을 보고 달가워하지 않는 기색이었다. 찬드라푸르의 모든 인도인들이 그러하듯 그도 퀘스티드 양의 행동을 용납할 수가 없었다. 그는 그들이 나눈 대화의 뒷부분을 우연히 들었던 것이다. 「안녕하시오, 필딩. 마침내 당신을 잡았군요. 지금 즉시 딜쿠샤로 갈 수 있어요?」

「지금요?」

「저도 곧 떠날 참이었어요. 방해가 되고 싶진 않아요.」 아델라가 말했다.

「전화선이 끊겨서 퀘스티드 양은 친구들에게 연락을 취할 수가 없답니다.」 필딩이 설명했다.

「많은 것들이 파괴되었으며 다 복구될 수는 없을 겁니다. 그래도 이 숙녀분을 영국인 거주지로 모셔 갈 방법은 있을 거예요. 문명이 제공하는 방편들은 무수하니까요.」 하미둘라는 퀘스티드 양에게 눈길도 주지 않으면서 그렇게 말했고 그녀가 자신을 향해 조금 손을 내밀었는데도 무시해 버렸다.

필딩은 호의적인 분위기 조성이 필요하다는 생각으로 이렇게 말했다. 「퀘스티드 양은 아까 법정에서의 행동에 대해 설명하고 있었지요.」

「기적의 시대가 돌아온 모양입니다. 우리의 철학자들은 만사에 대비해야 한다고 일렀지요.」

「구경꾼들에게는 기적처럼 보였을 거예요. 하지만 사실은 제가 너무 늦기 전에 실수를 깨닫고 그것을 말할 만큼의 이성을 가졌던 거죠. 그게 다예요.」 아델라가 소심한 태도로 하미둘라에게 말했다.

「그게 다라고요?」 하미둘라는 분노로 몸을 떨며 반박했다. 하지만 그녀가 다른 함정을 파고 있을지도 모른다는 생각에 자제심을 잃지 않았다. 「비공식적인 자리에서 한 개인의 입장으로 말하자면 나는 당신의 행동에 감탄했고 우리의 인정 많은 학생들이 당신에게 꽃다발을 걸어 주는 걸 보고 기쁘게 여겼습니다. 하지만 필딩 씨처럼 나도 놀랐습니다. 사실 놀랐다는 표현은 너무 약하지요. 나는 당신이 나의 가장 절친한 친구를 진흙탕에 빠뜨려 우리의 사회와 종교에 대해 무지한 당신으로서는 상상도 할 수 없는 방식으로 그의 건강과 앞날을 망쳐 놓고는 증언대에 서서 갑자기 〈오, 아니에요, 맥브라이드 씨, 잘 모르겠어요. 그를 풀어 주는 게 낫겠어요〉라고 말하는 걸 똑똑히 봤어요. 내가 제정신이 아닌 걸까? 난 계속해서 그렇게 자문했지요. 이게 꿈이라면 언제 시작된 것일까? 꿈은 계속되고 있는 게 분명하네요. 왜냐하면 당신은 아직 끝난 게 아닌 모양이니까요. 이제 당신을 동굴로 안내했던 저 가엾은 안내인 차례인 것 같으니까요.」

「그런 게 아니에요. 우린 그저 가능성에 대해 얘기하고 있었을 뿐이에요.」 필딩이 나섰다.

「흥미로운 오락거리이긴 하지만 시간이 많이 걸리겠군요. 이 주목할 만한 반도에는 1억 7천만의 인도인들이 살고 있고 그들 중 하나가 동굴에 들어갔을 테니까요. 물론 인도인

중에 범인이 있으며 그것에 대해서는 의심의 여지가 없지요. 필딩, 그러니 모든 가능성을 파헤치자면 시간이 걸릴 거예요.」 하미둘라는 필딩의 어깨에 팔을 두르고 그의 몸을 가볍게 흔들기 시작했다. 「그러니 차라리 나와브 바하두르, 아니 앞으론 줄피카르 씨라고 부르라고 했지, 줄피카르 씨에게로 가는 게 낫지 않겠어요?」

「기꺼이 가지요. 잠시만…….」

「방금 어디로 갈지 정했어요. 다크 씨 집으로 가겠어요.」 퀘스티드 양이 말했다.

「터턴 저택이 아니고요? 난 당신이 그 집 손님인 줄 알았는데요.」 하미둘라가 눈이 휘둥그레져서 물었다.

다크 씨 집은 찬드라푸르에서 보통 이하의 수준이었고 하인도 없었다. 하미둘라와 함께 몸을 흔들고는 있었지만 독자적인 생각을 갖고 있던 필딩이 말했다. 「퀘스티드 양, 나에게 더 좋은 방법이 있어요. 그냥 대학에 묵으세요. 내가 적어도 이틀은 이곳을 비울 것이니 혼자 여기에 머무르면서 편리한 때에 계획을 세우도록 하세요.」

「난 반대입니다.」 하미둘라가 당혹감을 감추지 못하며 말했다. 「그건 절대로 좋은 생각이 아니에요. 오늘 밤 또 시위가 있을지도 모르는데 대학이 공격을 당하면 어떡합니까. 내 친구여, 그렇게 되면 이 숙녀분의 안전이 당신의 책임이 됩니다.」

「공격당할 위험이 있는 건 다크 씨 집도 마찬가지예요.」

「그야 그렇지만 그곳에서 당한 일은 당신 책임이 아니

지요.」

「맞아요. 전 이미 많은 폐를 끼쳤어요.」

「들었어요? 이 숙녀분도 인정하잖아요. 내가 두려워하는 건 시위 군중들의 공격이 아니에요. 병원에서 그들이 보여 주었던 질서 있는 행동을 당신도 봤어야 했는데. 우리가 경계해야 할 것은 당신의 평판을 떨어뜨리기 위해 경찰이 은밀히 주도하는 공격이에요. 맥브라이드는 이런 때를 대비해서 불량배 집단을 거느리고 있고 이 일을 좋은 기회로 여길 거예요.」

「신경 쓸 것 없어요. 퀘스티드 양은 다크 씨 집에 안 갑니다.」 필딩이 말했다. 그는 언제나 약자 편이었고 — 그가 아지즈 편을 든 데는 그런 이유도 있었다 — 이번에도 곤경에 처한 가련한 여자를 못 본 척하지는 않을 결심이었다. 게다가 조금 전에 나눈 대화로 그녀에게 새로운 존경심을 품게 된 것이 사실이었다. 그녀는 여전히 학교 여선생 같은 딱딱한 태도가 남아 있긴 했지만 이제 삶을 시험하지 않은 채 삶의 시험을 거치고 있었다. 진정한 인간으로 거듭난 것이다.

「그럼 그녀는 어디로 가는 거죠? 우리는 절대로 그녀와의 일을 없었던 것으로 돌릴 수가 없어요!」 그것은 퀘스티드 양이 하미둘라의 마음을 움직이지 못했기 때문이었다. 그녀가 법정에서 감정을 표현했더라면, 울음을 터뜨리고 가슴을 치며 하느님을 찾았더라면 그녀는 하미둘라가 풍족히 지니고 있는 상상력과 아량을 불러일으킬 수 있었을 것이다. 그러나 그는 그녀로 인해 그의 동양적인 마음에서 괴로움을 덜 수 있었지만 그의 마음은 냉담해져 그녀의 진실함을 믿지 못했다. 그녀의 행동은 엄격한 정의와 정직에 기반을 둔 것이었기에 기소를 취하하면서도 자신 때문에 억울한 누명을 쓴 사람들에 대한 뜨거운 애정을 느낄 수 없었다. 하느님과 함께 계셨던 말씀이 곧 하느님[25]이 아닌 한, 이 가혹한 땅에서는 친절하고 친절하고 친절한 마음을 담지 않은 진실은 진실이 될 수 없다. 그리하여 서양인의 관점에서는 찬사의 대상이 될 만한 그녀의 희생은 마음에서 나온 것이긴 하지만 마음을 담고 있지 않다는 이유로 인도인들의 인정을 받지 못했다. 그녀의 희생의 대가로 인도가 그녀에게 준 것은 학생들의 꽃다발뿐이었다.

「그녀가 어디서 식사를 하고 어디서 잠을 잘 거냐고요? 바로 여기, 여기예요. 설사 그녀가 불량배들에게 머리를 맞는다고 해도 어쩔 수 없는 노릇이죠. 그것도 내 책임이죠. 어떻습니까, 퀘스티드 양?」

「정말 친절하시군요. 호의를 받아들여야겠지만 저도 하미둘라 씨와 같은 생각이에요. 당신께 더 이상 폐를 끼칠 수 없어요. 아무래도 일단 터턴 저택으로 돌아가서 그곳에 묵을 수 있는지 알아보고 그들이 내쫓는다면 다크 씨 집으로 가는 것이 최선일 것 같아요. 징세관께서는 받아 주시겠지만 아까 터턴 부인이 다시는 상종도 하지 않겠다고 하더군요.」 그녀는 반감을 드러내지 않고 — 하미둘라가 보기엔 자존심도 없이 — 그렇게 말했다. 되도록 문제를 최소화하고 싶었기

25 『신약 성서』, 「요한의 복음서」 1장 1절 참조.

때문이다.

「그 몰상식한 여자에게 모욕당하느니 여기 있는 게 훨씬 나아요.」

「그녀를 그렇게 보셨나요? 저도 그랬었죠. 지금은 모르겠어요.」

「흠, 해결이 됐네요.」 약간은 위협적으로 필딩의 어깨를 안고 흔들다가 창가로 어슬렁거리며 걸어간 하미둘라가 말했다. 「치안 판사께서 오시는군요. 신분이 노출되지 않도록 삼류 유개 마차를 타고 수행원도 없이 오고 있지만 치안 판사가 분명해요.」

「결국.」 아델라가 날카롭게 내뱉는 바람에 필딩은 흘낏 그녀를 보았다.

「그가 와요, 그가 와요, 그가 와요. 나는 움츠러들고 떨고 있어요.」 하미둘라가 비아냥거렸다.

「필딩 씨, 그가 원하는 게 뭔지 알아봐 주시겠어요?」

「당연히 당신이죠.」

「그는 내가 여기 있는지 모를 수도 있어요.」

「그럼 내가 먼저 만나 보지요.」

필딩이 나가자 하미둘라가 신랄하게 말했다. 「이런, 이런. 필딩 씨에게 그런 성가신 일까지 떠맡겨야겠어요? 그는 너무 마음이 좋아요.」 퀘스티드 양은 아무 대꾸도 하지 않았고 필딩이 돌아올 때까지 그들 사이엔 완전한 침묵이 흘렀다.

「당신에게 전할 소식이 있어서 온 거예요. 베란다에 가서 만나 보세요. 들어오고 싶어 하지 않으니.」

「그가 저더러 나오라고 하던가요?」

「그런 말을 했든 안 했든 나가야겠지요.」 하미둘라가 말했다.

퀘스티드 양이 잠시 침묵했다가 말했다. 「맞아요.」 그런 다음 필딩에게 낮 동안의 친절에 대해 몇 마디 감사의 말을 전했다.

「고맙게도 다 끝났군요.」 필딩은 다시 로니를 만날 이유가 없다는 생각으로 그녀를 베란다까지 데려다주지 않고 그렇게 말했다.

「그가 안으로 들어오지 않는 건 무례한 행동이에요.」

「내가 클럽에서 그럴 만한 행동을 했거든요. 히슬롭은 무례하게 구는 게 아니에요. 게다가 오늘 운명은 그에게 몹시도 가혹했어요. 그는 어머니가 돌아가셨다는 전보를 받았어요. 불쌍한 친구.」

「아, 그래요. 무어 부인이. 안됐군요.」 하미둘라가 좀 무관심하게 말했다.

「바다에서 돌아가셨다네요.」

「무더위 때문일 거예요.」

「아마 그럴 거예요.」

「5월은 노부인이 여행을 다닐 때가 아니죠.」

「맞아요. 히슬롭은 어머니를 보내지 말았어야 했어요. 그 자신도 그걸 알고 있어요. 이제 떠날까요?」

「저 행복한 한 쌍이 이곳을 완전히 떠날 때까지 기다립시다. 그들이 이곳에서 어정거리는 꼴을 견딜 수가 없군요. 아,

필딩, 당신은 신의 섭리를 믿지 않는다고 했지요. 난 믿어요. 히슬롭은 우리가 알리바이를 증명하지 못하도록 증인을 몰래 빼돌렸다가 벌을 받은 거예요.」

「그 말은 지나치군요. 마무느 알리가 아무리 외쳐 대도 그 가엾은 노부인의 증언은 아무 가치도 없었을 거예요. 그녀도 카와 돌을 꿰뚫어 볼 수는 없었을 테니까요. 아지즈를 구할 수 있었던 건 퀘스티드 양뿐이에요.」

「그녀는 아지즈와 인도를 사랑했어요. 아지즈가 그랬어요. 아지즈도 그녀를 사랑했고요.」

「당신도 변호사니까 잘 알겠지만, 증인의 사랑은 아무 가치도 없어요. 하지만 나의 친구 하미둘라, 찬드라푸르에 에스미스 에스무어의 전설이 탄생할 것이고 난 그것을 방해할 생각은 없어요.」

하미둘라는 빙긋 웃으며 손목시계를 보았다. 그들은 무어 부인의 죽음을 애석하게 여기긴 했지만 이미 다른 곳에 열정을 바친 중년의 사내들이었기에 조금 안면이 있는 사람의 죽음에 슬픔이 폭발하지는 않았다. 그들에게 중요한 것은 가까운 이들의 죽음뿐이었다. 잠시나마 두 사람이 슬픔을 교감했다고 하더라도 그것은 곧 지나갔다. 한 인간이 지상에서 마주하는 모든 슬픔들, 인간들의 슬픔뿐 아니라 동물과 식물, 심지어 돌멩이의 그것에까지 애석함을 느낀다는 것이 과연 가능할까? 영혼은 금세 지치고 자신이 이해하는 얼마 안 되는 것까지 잃게 될까 봐 습관이나 형세에 따라 규정된 제한선 뒤로 후퇴하여 거기서 인생을 견딘다. 필딩은 고인을 겨우 두세 번 만났고 하미둘라는 먼발치에서 한 번 보았을 뿐이므로, 둘 다 딜쿠샤에서 열릴 〈승리의 만찬〉에 더 정신이 쏠려 있었다. 그들은 슬픈 소식이 아지즈의 즐거움을 망치는 일이 없도록 그에게는 내일에나 무어 부인의 소식을 전하기로 했다.

「이건 참을 수가 없군!」 퀘스티드 양이 돌아오는 것을 본 하미둘라가 웅얼거렸다.

「필딩 씨, 로니가 당신에게도 슬픈 소식을 전했나요?」

필딩은 고개를 숙였다.

「아아!」 퀘스티드 양은 털썩 주저앉았고 동상처럼 몸이 굳어 버린 것 같았다.

「히슬롭이 기다릴 텐데요.」

「전 혼자 있고 싶은 마음이 너무도 간절해요. 그분은 저의 가장 소중한 친구셨어요. 아들보다 저와 훨씬 더 가까우셨지요. 로니와 함께 있는 걸 견딜 수가 없어요. 설명할 수는 없지만……. 염치없는 부탁이지만 제가 이곳에 머물 수 있도록 해주시겠어요?」

하미둘라가 자기 나라말로 심한 욕설을 퍼부었다.

「기꺼이 그러겠습니다만 히슬롭 씨도 그것을 원할까요?」

「물어보지 않았어요. 우린 너무 혼란스러운 상태예요, 이건 단순히 불행한 심정이라고는 할 수 없고 너무 착잡해요. 우린 각자 혼자 지내면서 생각을 해봐야 해요. 가서 로니를 다시 만나 보세요.」

「이번엔 그가 들어와야겠군요. 가서 들어오라고 하세요.」

필딩은 자신의 권위를 생각해서 이 정도는 해야 한다는 생각으로 그렇게 말했다.

퀘스티드 양이 로니를 데리고 들어왔다. 그는 반쯤은 비참하고 반쯤은 거만한, 실로 이상한 상태였는데 들어오자마자 일방적으로 떠들어 댔다. 「퀘스티드 양을 데려가려고 왔지만 터턴 저택에서 머물기로 한 기한이 지났고 달리 약속된 곳도 없고 내 집은 남자 혼자 사는 곳이라…….」

필딩이 예의 바르게 그의 말을 중단시켰다. 「됐습니다. 퀘스티드 양은 여기 머물 테니까요. 다만 당신의 허락을 받고 싶었을 뿐이에요. 퀘스티드 양, 당신의 하인을 불러오는 게 좋겠군요. 찾을 수만 있다면 말이에요. 내 하인들에게 당신의 시중을 들도록 지시할 것이고 스카우트 단원들에게도 알리겠습니다. 대학이 폐쇄된 후로 스카우트 단원들이 보초를 서왔는데 앞으로도 계속 보초를 서도록 해야겠군요. 여기도 다른 어느 곳 못지않게 안전할 겁니다. 난 목요일에 돌아올 거예요.」

한편 하미둘라는 우연을 가장해서 적에게 고통을 줄 작정으로 로니에게 물었다. 「어머님께서 돌아가셨다고 들었습니다. 어디서 보낸 전보인지 여쭤 봐도 되겠습니까?」

「아덴에서요.」

「아, 아까 법정에서 어머니께서 아덴에 도착하셨을 거라고 자랑하셨었지요.」

「하지만 그분은 봄베이를 떠나면서 운명하셨어요.」 아델라가 끼어들었다. 「아까 사람들이 그분의 이름을 외쳤을 때 그분은 이 세상에 안 계셨지요. 바다에 묻히셨을 거예요.」

어찌 된 일인지 그 말에 하미둘라는 잔인한 고문을 중단했으며 그것을 보고 누구보다도 놀란 사람은 필딩이었다. 하미둘라는 아델라가 이곳에 거주할 수 있도록 자질구레한 준비들이 이루어지는 동안 로니에게 이 한마디만 했다. 「이곳에서의 이 숙녀분의 안전에 대해서는 필딩 씨에게도, 우리들 가운데 누구에게도 책임이 없다는 것을 분명히 알고 계셔야 합니다.」 그 말에 로니도 수긍했다. 하미둘라는 세 영국인의 어설픈 기사도를 재미있다는 듯 조용히 지켜보며 필딩의 태도가 믿을 수 없을 만큼 어리석고 나약하다고 생각했다. 그리고 젊은 남녀가 자존심이 없는 것을 놀라워했다. 몇 시간 뒤 딜쿠샤를 향해 달려가면서 그는 동석한 암리트라오에게 말했다. 「암리트라오 씨, 퀘스티드 양이 배상금으로 얼마 정도나 내야 되는지 생각해 보셨나요?」

「2만 루피요.」

그 이상은 다른 말이 없었지만 필딩은 그 말에 충격받았다. 그는 별나고 정직한 아가씨가 돈에다 어쩌면 남자까지 잃어야 한다는 사실을 견딜 수가 없었다. 그녀가 갑자기 그의 의식 속으로 들어온 것이다. 무자비하고 악독한 하루를 견디느라 녹초가 된 그는, 인간적인 교류에 대한 평소의 건전한 견해를 버리고 우리는 자신 속에서가 아니라 서로의 마음속에 존재한다고 생각했다. 그런 견해는 논리의 뒷받침이 없는 것으로 그에게 딱 한 번, 사건이 일어났던 날 저녁에 클럽 베란다에 서서 주먹과 손가락 형상을 한 마라바르의 봉우

리들이 부풀어 올라 밤하늘 전체를 삼켜 버리는 광경을 바라
보고 있을 때 찾아왔었다.

# 27

「아지즈, 잠들었어요?」

「예. 그러니 우리 얘기나 나눠요. 미래를 꿈꿔요.」

「난 꿈꾸는 데는 소질이 없어요.」

「그럼 잘 자요, 친구.」

승리의 잔치는 끝났고 홍청망청 즐기던 사람들은 평민 줄피카르 씨의 저택 지붕에 누워 자거나 모기장 너머로 별을 보고 있었다. 그들의 머리 바로 위에 사자자리가 걸려 있었는데 사자자리에서 가장 밝은 별인 레굴루스의 둥근 표면이 어찌나 크고 밝게 빛나던지 마치 빛의 터널처럼 보였으며, 그런 식으로 상상하니 다른 별들도 모두 그렇게 보였다.

「시릴, 오늘 우리가 이룬 일에 대해 만족하세요?」 왼쪽에 누운 아지즈가 물었다.

「당신은요?」

「너무 많이 먹은 걸 빼면요. 〈배는 어떻지, 머리는?〉 이봐요, 판나 랄과 캘린더는 해고될 거예요.」

「찬드라푸르에 대대적인 인사이동이 있겠지요.」

「그리고 당신은 승진할 거고요.」

「그들의 기분이야 어떻든 내 지위를 떨어뜨리진 못하겠죠.」

「어떻게 되든 우리 함께 휴가를 즐기도록 해요. 카슈미르에도 가고 페르시아에도 가고. 명예 훼손에 대한 배상을 받게 되면 주머니가 두둑해질 테니까요. 당신은 나와 함께 있으면 단돈 한 푼 안 써도 돼요. 늘 소원하던 일이었는데 불행을 당한 결과로 소원을 이루게 됐네요.」

「당신은 위대한 승리를 거두었고…….」 필딩이 이야기를 꺼냈다.

「알아요, 나의 소중한 친구, 알고 있으니까 그런 엄숙하고 초조한 음성이 될 필요 없어요. 당신이 무슨 말을 하려고 하는지 알아요. 〈오, 퀘스티드 양이 손해 배상금을 물지 않도록 해줘요. 그러면 영국인들이, 여기 신사다운 행동을 한 원주민이 있다, 얼굴이 검지만 않다면 우리 클럽에 넣어 줄 수 있을지도 모르는데, 하고 말할지도 모르니까요.〉 난 이제 당신의 동포에게 인정받고 싶은 생각 없어요. 반영주의자가 됐으니까요. 진작 그랬더라면 여러 불행들을 면할 수 있었을 텐데.」

「그 불행에는 나를 알게 된 것도 포함되겠지요.」

「이봐요, 우리 가서 모하메드 라티프의 얼굴에 물을 끼얹을까요? 그가 잠들었을 때 그렇게 하면 얼마나 웃긴다고요.」

그것은 질문이 아니라 하나의 종지부였다. 그런 뜻으로 받아들인 필딩은 침묵을 지켰고 집 꼭대기를 약하게 스치고 지나가는 한 점 바람이 대화의 공백을 기분 좋게 메웠다. 잔치는 시끄럽긴 했지만 유쾌했고 이제 잡다한 손님들은 — 일하는 것이 아니면 빈둥거리는 것이 일인 서양인들에게는 생소한 — 한가로움을 즐기고 있었다. 인도에는 옛 제국 시절의 문명이 다시 찾아와 유령처럼 떠돌고 있는데, 그 모습은 위대한 예술 작품이나 업적들이 아니라 좋은 가문에서 자란 인도인들이 앉거나 누울 때의 동작들에서 엿볼 수 있다. 인도 전통 복장을 한 필딩은 어색하기 짝이 없는 자신의 모든 동작들이 급조된 것임을 실감한 반면, 나와브 바하두르가 음식을 향해 손을 뻗거나 누레딘이 노래에 박수를 보내는 동작은 완벽한 아름다움을 지니고 있었다. 그 여유로운 동작이야말로 〈이해를 초월하는 평화〉[26] 요 생활 속의 요가라 할 수 있다. 요가의 정지 동작에는 서양이 교란시킬 수는 있으되 배울 수는 없는 문명이 숨 쉬고 있다. 손은 영원히 뻗어 나가고 위로 들어 올린 무릎도 무덤의 슬픔은 아니더라도 영원성을 갖고 있다. 오늘 밤 아지즈는 그 문명으로 가득 채워져서 완전하고 위엄 있으며 조금 엄격했으므로 필딩은 머뭇거리며 말했다. 「그래요, 당신은 퀘스티드 양을 너그럽게 용서해야 해요. 물론 그녀가 당신의 소송 비용을 부담해야 하는 건 당연하지만 그녀를 싸움에서 정복한 적군처럼 다루지는 마요.」

「그 여자, 부자인가요? 가서 알아보세요.」

「아까 저녁 식사 자리에서 당신이 신이 나서 들먹였던 액

26 『신약 성서』, 「필립비인들에게 보낸 편지」 4장 7절 참조.

수는…… 그 정도의 액수라면 그녀를 파멸시킬 거예요. 그건 말도 안 되는 액수예요. 이봐요…….」

「보고 있어요. 좀 어두워지고 있긴 하지만. 내 눈에 보이는 시릴 필딩은 참 좋은 사람이고 나의 가장 절친한 친구이긴 하지만 어떤 면에서는 바보예요. 당신은 내가 퀘스티드 양을 너그럽게 용서하면 나와 인도인들에 대한 평판이 좋아질 거라고 생각하지요. 아니에요, 아니에요. 그래 봐야 나약하다는 조롱만 받고 승진하고 싶어서 수작을 부리는 거라고 오해만 사게 될 거예요. 사실 난 영국령 인도와 인연을 끊을 작정이에요. 하이데라바드나 보팔 같은 이슬람 지방으로 가서 일할 거예요. 더 이상 영국인의 모욕을 받지 않을 곳으로 갈 테니 다른 충고는 하지 마요.」

「퀘스티드 양과 긴 대화를 나눴는데…….」

「당신들의 긴 대화에 대해서는 듣고 싶지 않아요.」

「조용히 해요. 퀘스티드 양과 긴 대화를 나누며 그녀의 성격을 이해하게 됐어요. 상대하기 쉬운 성격은 아니에요. 학자처럼 구는 면이 있지요. 하지만 매우 진실하고 용감한 여자예요. 자신이 틀렸다는 걸 깨닫자 바로 제동을 걸고 솔직하게 고백했으니까요. 당신이 그 의미를 알아줬으면 해요. 그녀의 친구들 모두가, 이곳의 영국인들 전체가 그녀의 등을 떠밀고 있었어요. 하지만 그녀는 단호히 멈춰 섰고 모든 걸 산산조각 냈어요. 내가 그녀였다면 두려워서 그렇게 하지 못했을 거예요. 그녀는 그렇게 했고, 국민의 영웅이 될 뻔했지요. 군중이 흥분하기 전에 학생들이 우리를 샛길로 데려갔지만. 그녀에게 동정심을 베풀어 줘요. 양 진영에서 가혹한 대접을 받으면 안 되니까. 난 저 사람들이.」 그러면서 그는 지붕 위에서 자고 있는 인도인들을 가리켰다. 「무엇을 원하는지 알아요. 하지만 그들의 말에 귀 기울여선 안 돼요. 자비를 베풀어요. 당신이 찬양하는 무굴 제국의 여섯 황제들 중 하나처럼, 아니 그 여섯을 하나로 합쳐 놓은 것처럼.」

「무굴 제국의 황제들도 사과를 받기 전에는 자비를 베풀지 않았어요.」

「그게 문제라면 그녀는 사과할 거예요.」 필딩이 벌떡 일어나 앉으며 외쳤다. 「내가 한 가지 제안하죠. 당신이 원하는 사과 내용을 불러 주면 내가 받아 적어서 내일 이 시간까지 서명을 받아 오겠어요. 물론 법에 의한 공식적인 사과는 따로 할 것이고 이건 추가적인 거예요.」

「〈닥터 아지즈께, 당신이 동굴 안으로 따라 들어왔더라면 얼마나 좋았을까요. 저는 늙고 못생긴 마귀할멈이고 그것이 저에겐 마지막 기회였으니까요.〉 이렇게 써도 서명을 할까요?」

「됐어요, 그만 잡시다. 잘 시간이 된 모양이군요.」

「나도 그렇게 생각합니다.」

「오, 왜 그런 말을 하는지 모르겠어요.」 잠시 침묵이 흐른 뒤 필딩이 말했다. 「난 당신의 그런 면을 참을 수가 없어요.」

「나는 당신의 모든 면을 참을 수 있는데, 그럼 어떻게 해야 할까요?」

「난 당신의 말에 상처받았어요. 잘 자요.」

다시 침묵이 흐른 뒤 아지즈가 꿈결에 잠긴 듯, 그러나 마음으로부터 우러난 감정을 담은 목소리로 말했다. 「시릴, 당신의 여린 마음을 만족시킬 묘안이 떠올랐어요. 무어 부인과 상의하겠어요.」

눈을 뜨고 무수한 별들을 바라보며 필딩은 대꾸를 하지 못했다. 별들이 말문을 막았던 것이다.

「무어 부인의 의견이 모든 걸 해결해 줄 거예요. 그분이라면 전적으로 믿을 수 있어요. 그분께서 용서하라고 하시면 그렇게 하겠어요. 당신도 그렇겠지만 그분은 나의 참된 명예에 해가 될 충고는 하지 않을 테니까요.」

「그 문제는 내일 아침에 얘기합시다.」

「이상하지 않아요? 난 그분이 인도를 떠났다는 걸 자꾸 잊게 돼요. 법정에서 사람들이 그분의 이름을 외칠 때도 그녀가 그 자리에 있는 것 같은 환상에 빠졌었지요. 고통을 없애려고 눈을 감고 일부러 착각에 빠졌지요. 그리고 지금도 그 사실을 잊었어요. 그분과 직접 만날 수 없으니 편지를 써야겠군요. 지금쯤 멀리 가셨겠죠. 랠프와 스텔라를 향해.」

「누구요?」

「그분의 다른 자식들요.」

「다른 자식들 얘기는 못 들었는데.」

「나처럼 아들 둘에 딸 하나를 두셨지요. 이슬람 사원에서 들었어요.」

「난 그분에 대해 아는 게 너무 없군요.」

「난 그분을 겨우 세 번 만났지만 동양적인 분이라는 걸 알지요.」

「당신은 참 별나요……. 퀘스티드 양에게는 인색하면서 무어 부인에 대해서는 지나칠 정도의 기사도 정신을 보이니. 어쨌거나 퀘스티드 양은 아까 법정에서 훌륭하게 행동했고, 그 노부인은 당신을 위해 아무것도 해준 것이 없어요. 그녀가 증언대에 섰다면 당신에게 유리한 증언을 해주었을 거라는 생각도 하인들 사이에 떠도는 소문에 의거한 추측일 뿐이에요. 아지즈, 당신의 감정은 대상에 따라 다른 것 같군요.」

「감정이 어디 감자 자루처럼 무게를 잴 수 있는 것인가요? 내가 기계예요? 이러다가는 감정을 다 써버리면 바닥날 거라는 말까지 듣게 생겼군요.」

「그걸 미처 생각 못했네요. 그건 상식 같은데요. 정신의 세계에서도 케이크는 먹어 버리면 없어지는 거니까요.」

「당신 말이 옳다면 우정도 의미가 없는 것이네요. 결국 모든 관계가 주고받는 것으로 귀결될 테니까요. 그건 구역질이나요. 차라리 이 지붕에서 뛰어내려 죽는 게 낫겠어요. 오늘밤엔 왜 그렇게 유물론으로 기우는 거예요?」

「당신의 불공평함이 나의 유물론보다 더 지독해요.」

「알았어요. 불평거리가 더 있나요?」 아지즈는 착하고 다정하면서도 좀 무서운 데가 있었다. 감옥에 갇힌 뒤로 나름의 인생 방침을 갖게 된 그는 과거처럼 감정의 굴곡이 심하지 않았다. 「우리가 영원한 친구로 남으려면 당신의 속마음을 모두 털어놓는 편이 나을 테니까요. 당신은 무어 부인을 좋아하지 않고 내가 그분을 좋아하는 것이 못마땅한 거예요.

물론 당신도 머지않아 그분을 좋아하게 되겠지만 말이에요.」

죽은 사람을 살아 있는 것처럼 가정한 대화는 병적인 요소를 지닐 수밖에 없다. 필딩은 더는 긴장을 견딜 수 없어서 불쑥 내뱉었다. 「애석하지만 무어 부인은 죽었어요.」

옆에서 두 사람의 대화를 모두 듣고 있던 하미둘라가 잔치 기분을 망치고 싶지 않아서 외쳤다. 「아지즈, 자네를 놀리려고 그러는 거니까 그 악당의 말을 믿지 말게.」

「안 믿어요.」 짓궂은 장난에 이골이 난 아지즈가 대답했다.

필딩은 아무 말도 하지 않았다. 사실은 사실이니 내일 아침이면 모두들 무어 부인의 죽음에 대해 알게 될 것이기 때문이었다. 그는 문득 사람은 다른 이들이 인정하기 전까지는 진짜로 죽을 수가 없다는 생각이 들었다. 죽은 이는 오해가 있는 한 일종의 불멸성을 지니게 된다. 필딩에게도 그런 경험이 있었다. 오래전에 그와 절친했던 여자가 세상을 떠났는데 기독교의 천국을 믿었던 그녀는 이 세상에서 인생의 부침을 모두 겪고 나면 천국에서 다시 만나게 되리라고 그를 확신시켰다. 필딩은 절대적이고 노골적인 무신론자였지만 친구의 모든 견해를 존중했다. 그것이야말로 우정의 본질이니까. 실제로 그는 한동안 죽은 이가 자신을 기다리고 있다고 여겼으며 그 환상이 사라지면서 죄책감에 가까운 공허함이 남았다. 〈이것이 마지막이고 난 그녀에게 최후의 일격을 가한 거야.〉 오늘 밤 나와브 바하두르의 집 지붕에서도 그는 무어 부인을 죽이려고 했지만 그녀는 교묘히 피해 갔고 그곳의 평온함은 그대로 유지되었다. 이윽고 달이 — 태양을 앞서

가는 지친 초승달이 — 떠올랐고, 얼마 안 있어 인간들과 황소들이 끝없는 노동을 시작했으며, 그가 중단시키려고 했던 은혜로운 막간극은 저절로 끝을 맺었다.

# 28

숨을 거둔 그녀는 — 봄베이를 떠난 배들은 아라비아를 돌아야 비로소 유럽을 향하게 되므로 아직 남쪽을 향해 가고 있을 때 — 심해에 묻히게 되었으며, 태양이 그녀를 마지막으로 비추고 그녀의 시신이 또 다른 인도인 인도양으로 내려갈 때 그녀는 뭍에 있을 때보다 훨씬 적도에 가까운 열대에 있었다. 사람이 죽으면 그 배는 평판이 나빠지므로 그녀의 죽음은 괴로운 불쾌감을 남겼다. 도대체 이 무어 부인은 누구인가? 아덴에 도착한 멜란비 부인은 전보를 치고 편지를 쓰는 등 자신의 도리를 다했지만 그런 일을 겪게 되리라고는 생각지도 못했었기에 이런 말을 되풀이했다. 〈난 그 가련한 여인이 병에 걸린 후로 몇 시간밖에 못 봤지만, 공연히 마음이 괴로웠고 귀국의 기쁨을 망치고 말았어.〉 유령은 홍해를 지날 때까지 배를 따라갔지만 지중해에 들어가지는 못했다. 수에즈 근방에 이르면 사회적인 변화가 일어나 아시아의 기운이 약해지고 유럽의 기운이 느껴지기 시작하는데 무어 부인은 그 과정에서 떨어져 나간 것이다. 포트사이드에서 바람이 거세게 몰아치는 잿빛 북반구가 시작되었다. 날씨가 어찌나 쌀쌀하고 상쾌한지 승객들은 그들이 떠나온 땅의 날씨도 그러하리라고 생각했지만 그곳은 예년대로 점점 더 더워지고 있었다.

무어 부인의 죽음은 찬드라푸르에서 더 불가사의하고 지속적인 형태를 지녔다. 한 영국인이 인도인의 목숨을 구하려고 자신의 어머니를 죽였다는 내용의 전설이 생겨났으며 거기에는 관계 당국을 성가시게 하기에 충분한 진실이 들어 있었다. 죽음을 당한 것은 암소라는 이야기도 있었고 갠지스강에서 기어 나온 멧돼지의 송곳니를 지닌 악어라는 이야기도 있었다. 이런 식의 황당무계한 이야기는 근거가 있는 거짓말보다 물리치기가 어렵다. 쓰레기 더미 속에 숨어 있다가 아무도 보는 사람이 없을 때 활동을 개시하기 때문이다. 한번은 에스미스 에스무어의 유해가 묻힌 두 개의 무덤이 보고되었는데, 하나는 무두질 공장 근처에, 하나는 화물역 근처에 있었다. 몸소 그 두 곳을 찾아간 맥브라이드는 또 하나의 사교(邪敎)가 생겨나려는 조짐을 발견했다. 질그릇 접시 같은 것들이 놓여 있었던 것이다. 노련한 관리인 그는 그것을 자극할 만한 일은 하지 않았고 일주일쯤 지나자 잠잠해졌다. 「이 모든 것의 배후에는 선전 조직이 있지.」 그는 유럽인들도 백 년 전 시골에 살면서 그곳에 널린 상상력에 의존할 때는 죽은 사람을 그 지방의 수호신으로 만들기도 했다는 사실을 까마득히 잊고 그렇게 말했다. 그런 수호신은 하나의 완전한 신은 아닐지도 모르나 신의 일부로서, 신들이 위대한 신들에 이바지하고 위대한 신들이 최고의 신 브라흐마에 이바지하는 것처럼, 기존의 신에 하나의 명칭이나 몸짓을 덧붙이는 존재라고 할 수 있다.

로니는 어머니가 스스로 원해서 인도를 떠난 것이라고 자신에게 각인시켰지만 그래도 어머니에게 고약하게 굴었던 것이 양심에 걸렸다. 그의 앞엔 계속해서 어머니에 대해 인색한 태도를 유지하는 길과 뉘우치는 길이 놓여 있었는데 후자는 정신적인 와해를 의미했기에 그는 전자를 택했다. 어머니는 아지즈를 감싸고돌면서 얼마나 성가시게 굴었던가! 아델라에게는 얼마나 나쁜 영향을 끼쳤던가! 게다가 세상을 떠나서까지 저 우스꽝스러운 〈무덤〉 문제로 그를 괴롭히고 있었다. 물론 무덤 사건은 그녀도 어쩔 수 없는 일이었지만 살아생전에 그와 비슷한 분통 터지는 일들을 벌였던 어머니였기에 로니는 그 일도 어머니 탓으로 돌렸다. 무더위에, 찬드라푸르에 감도는 긴장감에, 다가오는 부총독의 방문에, 아델라 문제까지 그에겐 골치 아픈 일들이 한두 가지가 아니었는데 무어 부인을 인도인화하려는 시도들이 그런 문제들을 한데 엮어 기괴한 화환을 만들고 있었다. 어머니는 세상을 떠나면 어떻게 되는가? 어쩌면 천국으로 갈 것이며 어쨌든 눈앞에서 사라진다. 로니의 종교는 살균된 사립 고등학교 상표로 열대 지방에서도 상하는 법이 없었다. 이슬람 사원이든 동굴이든 힌두 사원이든 어디를 들어가도 그는 사립 고등학교 시절의 종교관을 견지했으며 다른 종교들을 이해하려는 시도를 〈나약함〉이라고 매도했다. 로니는 정신을 추스르고 어머니 문제를 머릿속에서 지웠다. 때가 되면 아버지가 다른 동생들과 함께 어머니가 다녔던 노샘프턴셔의 교회에 어머니의 태어난 날짜와 사망한 날짜, 그리고 바다에 묻힌 사실을 적은 위패를 세우리라. 그것으로 충분하리라.

그리고 아델라, 그녀 역시 떠나보내야 했으며 로니는 그녀 쪽에서 먼저 결별을 고해 주기를 바랐다. 그녀와 결혼한다는 건 직업을 포기하는 것이므로 절대 있을 수 없는 일이었다. 가련한 아델라……. 그녀는 아직도 필딩의 호의로 공립대학에 머물고 있었다. 그것은 부적절하고 수치스러운 일이었지만 영국인 거주지에서는 아무도 그녀를 받아 주지 않으니 어쩔 수가 없었다. 로니는 그녀가 물어야 할 배상금이 결정될 때까지 모든 사적인 대화를 미루었다. 아지즈가 하위 법원에 그녀를 상대로 손해 배상 청구 소송을 낸 상태였다. 소송이 끝나면 그녀에게 이별을 고할 작정이었다. 그녀는 그의 사랑을 죽여 버렸으며 사실 그 사랑은 대단히 확고한 적도 없었다. 나와브 바하두르의 차에서 일어난 사고가 아니었더라면 약혼에까지 이르지도 않았으리라. 그녀는 그가 이미 벗어난 애송이 학창 시절에, 진지한 대화와 산책이 있던 그래스미어 시절에 속했다.

# 29

주 부총독의 방문은 마라바르 사건의 다음 단계를 장식했다. 길버트 경은 개화된 인물은 아니었지만 개화된 의견들을 지니고 있었다. 오랜 기간 사무국에 몸담아 인도인들과 개인적으로 접촉할 일이 없었던 그는 인도인들에 대해 정중하게 말했으며 인종적인 편견을 개탄할 수 있었다. 그는 재판의 결과에 박수를 보내면서 〈처음부터 너그럽고 현명하고 유일하게 자비로운 견해를 지녔던〉 필딩에게 축하를 보낸 뒤 〈우리끼리니까 하는 말이지만……〉 하고 운을 뗐다. 필딩은 그런 속내 얘기를 듣고 싶어 하지 않았지만 길버트 경은 기어이 〈이 사건은 우리 영국인들이 잘못 처리한 것〉이며 그건 그들이 〈시곗바늘은 절대 거꾸로 돌지 않는다는 사실을 깨닫지 못한 탓〉이라는 의견을 피력했다. 그러면서 자신이 한 가지 보장할 수 있는 건 클럽에서 정중한 재가입 요청이 들어올 것이란 사실이며 그 요청을 수락할 것을 간청한다고, 아니 명령한다고 말했다. 부총독은 만족감에 차서 히말라야 고지로 돌아갔고 퀘스티드 양이 지불해야 할 금액이나 동굴에서 일어난 일의 실체 같은 것들은 이 지역에서 해결해야 할 사소한 문제들이었으므로 신경 쓰지 않았다.

필딩은 자신이 퀘스티드 양의 일에 점점 더 깊이 개입하고 있음을 깨달았다. 대학은 문을 닫았고 그는 하미둘라의 집에서 숙식을 해결하고 있었으므로 그녀는 원하는 만큼 머물 수 있었다. 필딩이 그녀의 입장이었다면 로니의 형식적인 만류에 따르느니 차라리 훌훌 털어 버리고 떠났겠지만 그녀는 체류 기한이 다할 때까지 기다리고 있었다. 그녀가 원하는 건 기거할 집과 잠깐씩 선선할 때 거닐 수 있는 정원이 다였으며 필딩은 그것들을 제공할 수 있었다. 그녀는 재난을 겪으면서 자신의 한계를 보았으며 필딩은 그녀가 얼마나 훌륭하고 정직한 사람인지 깨닫게 되었다. 그녀의 겸손함은 가히 감동적이었다. 그녀는 양쪽 진영으로부터 가혹한 대접을 받게 된 것을 불평하는 법이 없었고 자신의 어리석음이 자초한 벌로 여겼다. 필딩이 아지즈에게 개인적으로 사과하는 것이 좋겠다는 뜻을 비치자 그녀는 슬픈 목소리로 대답했다. 「물론이죠. 스스로 생각했어야 했는데 왜 이리도 우둔한지. 왜 재판이 끝나고 바로 그에게 달려가지 않았을까요? 당연히 그래야죠. 사과의 편지를 쓰겠어요. 그런데 당신이 내용을 불러 주시겠어요?」 두 사람은 편지 한 장을 엮어 냈는데 진실하고 감동적인 구절들이 가득했지만 전체적으로는 그다지 감동을 주지 못했다. 「하나 더 쓸까요? 저의 잘못을 속죄할 수만 있다면 무슨 일이라도 할 수 있어요. 전 한 가지 한 가지는 바르게 할 수 있지만 두 가지를 합치면 잘못된 결과가 나오거든요. 그것이 제 성격의 결함이에요. 그걸 이제야 깨달았지요. 전 스스로 올바르고 또 언제든 질문할 수만 있다면 어떤 난관도 극복할 수 있다고 생각했거든요.」「우리의 편지가 실패작이 된 건 우리가 직시해야 할 간단한 이유 때문이에요. 그건 바로 당신이 아지즈나 인도인들에 대한 진실한 애정이 없다는 것이죠.」 퀘스티드 양은 그 말에 동의했다.「당신을 처음 보았을 때, 당신은 인도인이 아닌 인도를 보고 싶어 했어요. 그때 난 이렇게 생각했지요. 〈아, 그건 얼마 가지 못할 텐데.〉 인도인들은 우리가 자신을 좋아하는지 아닌지 알기 때문에 여기선 그들을 속일 수가 없죠. 정의는 그들을 만족시킬 수 없으며 바로 그런 이유로 대영 제국은 사상누각을 세운 것이라고 할 수 있어요.」 그러자 그녀가 말했다.「하지만 제가 좋아하는 사람이 있을까요?」 필딩은, 그녀가 아마도 히슬롭을 좋아할 것이고 그녀 인생의 그 부분에 대해서는 관심이 없었으므로 화제를 돌렸다.

반면 그의 인도인 친구들은 다소 자만심에 차 있었다. 영국인들은 승리를 거두면 성인인 체하는 면이 있지만 인도인들은 공격적이 된다. 그들은 공격의 빌미를 얻기 위해 새로운 불만거리와 잘못들을 찾아냈는데 그중 다수가 날조된 것이었다. 그들은 전쟁에 흔히 따르는 환멸을 겪고 있었다. 전쟁의 목표와 승전의 결과는 결코 같을 수가 없다. 후자는 나름의 가치를 지니고 있어서 오직 성자만이 그것을 거부할 수 있지만, 영원히 지속될 것 같은 느낌은 그것이 손아귀에 들어오는 순간 사라지고 말기 때문이다. 비록 길버트 경이 아첨에 가까울 정도의 정중한 태도를 보이긴 했지만 그가 대표하는 조직은 결코 고개를 숙이지 않았다. 이글거리는 태양처럼 불쾌하고 미치지 못하는 곳이 없는 영국인들의 관료주의는 여전히 존재하고 있었으며 그에 대항하여 어떤 행동을 취해야 할 것인지에 대해서는 마무드 알리조차 확신이 없었다. 그들은 영국인들의 귀에 거슬리도록 시끄럽게 떠들어 대거나 사소한 불법 행위들을 저지르는 것으로 대항했으며 그 저변에는 교육에 대한 진실하면서도 막연한 욕구가 깔려 있었다. 〈필딩 씨, 우리 모두 조속히 교육을 받아야만 해요.〉

아지즈는 친절하면서도 오만했다. 그는 필딩이 〈동양에 굴복〉하고 애정을 갖고 의존하며 살아가기를 원했다. 「시릴, 날 믿고 의지하세요.」 필딩은 동포 사회에서 뿌리를 내리지 못했기에 그건 당연했지만 그렇다고 모하메드 라티프 같은 존재가 될 수는 없었다. 그들이 그 문제에 대해 입씨름할 때면 커피색과 분홍빛이 도는 회색 같은 피부색의 인종적인 요소가 신랄하게는 아닐지라도 부득이하게 끼어들었다. 그러면 아지즈는 이렇게 말했다. 「내가 당신의 도움을 고맙게 여기고 있고 그에 대한 보답을 하고 싶어 한다는 걸 모르겠어요?」 그러면 필딩은 대꾸했다. 「나에게 보답하고 싶다면 퀘스티드 양에게 배상금을 면제해 줘요.」

필딩은 아델라에 대한 아지즈의 무신경함이 거슬렸다. 어느 면으로 보더라도 그녀에게 관용을 베푸는 것이 옳기 때문이었다. 그래서 하루는 무어 부인을 추모하는 마음에 호소해 보기로 작정했다. 아지즈는 무어 부인을 기이할 정도로 높이 떠받들었기 때문이다. 그녀의 죽음은 그의 따뜻한 마음에 크나큰 슬픔을 주었고 그는 어린아이처럼 울면서 자신의 세 아이들에게도 함께 울도록 명령했다. 그러니 그가 무어 부인을 존경하고 사랑했다는 데는 의심의 여지가 없었다. 필딩의 첫 시도는 실패로 끝났다. 「당신의 속임수가 훤히 보여요. 난 그들에게 복수하고 싶어요. 대체 내가 왜 모욕과 고통을 당했고, 그들이 무슨 권리로 내 주머니 속의 편지들을 읽고 내 아내의 사진을 경찰서로 가져갔던 거죠? 게다가 그녀에게도 설명했듯이 자식들을 교육시키려면 그 돈이 필요해요.」 그러나 그는 마음이 약해지기 시작했고 필딩은 죽은 사람을 이용하는 것을 부끄럽게 여기지 않았다. 그는 배상금 얘기가 나올 때마다 죽은 노부인의 이름을 들먹였다. 다른 선전 조직이 무어 부인의 무덤을 만들었던 것처럼 그도 — 진실이 아닐 거라고 입에 담지 않았지만 — 진실과 거리가 멀 가능성이 큰, 아지즈가 품고 있는 그녀의 이미지를 이용했다. 아지즈는 갑자기 굴복했다. 그는 며느리가 될 여자가 용서받는 것이 무어 부인의 바람이며 자신이 그녀에게 존경을 표하는 길은 그것뿐이라는 믿음으로 재판 비용만 부담시키고 배상금은 면해 주겠다는 정열적이고 아름다운 결단을 내렸다. 그것은 훌륭한 행동이었지만 그가 예견한 대로 영국인 진영에서는 찬사를 보내지 않았다. 그들은 아직도 그가 유죄라고 믿었으며 그런 믿음은 그들이 은퇴할 때까지도 지속되어 지금도 턴브리지웰즈나 첼튼햄에서는 인도에서 관리로 일했던 은퇴한 노인들이 이렇게 웅얼거리고 있다. 〈그 마라바르 동굴 사건은 그 가련한 여자가 차마 증언할 용기가 없어서 그렇게 된 거야. 그것도 잘못된 경우 중 하나지.〉

사건이 공식적으로 그렇게 종결되자 그 주의 다른 지역으로 전근을 가게 된 로니는 평소의 어색한 태도로 필딩에게 접근해서 이렇게 말했다. 「퀘스티드 양에게 베푸신 도움에 대해 감사의 말씀을 전하고 싶습니다. 물론 그녀는 더 이상 폐를 끼치지 않고 영국으로 돌아가기로 했습니다. 방금 여행 수속을 밟아 주고 오는 길입니다. 그녀가 당신을 만나고 싶어 하더군요.」

「당장 가보지요.」

대학에 가보니 그녀는 약간 기분이 상해 있었다. 로니가 파혼 선언을 했다는 것이다. 그녀가 애절하게 말했다. 「그 사람이 현명한 거예요. 내가 먼저 말했어야 했는데 결과가 어떻게 될지 몰라 시간만 보냈어요. 타성에 젖어 계속해서 그의 인생을 망치려 했지요. 자신도 깨닫지 못하는 사이에, 아무 할 일도 없고 어디에도 속하지 못하며 사회에 폐를 끼치는 존재가 되어 버렸어요.」 그녀는 거기까지 말해 놓고 필딩을 안심시키기 위해 덧붙였다. 「하지만 인도에서만 그렇다는 거지요. 영국에서는 그렇지 않아요. 그곳에 돌아가면 직업을 갖고 일에 전념할 거예요. 새 인생을 시작할 돈도 있고 마음이 맞는 친구들도 많죠. 전 괜찮을 거예요.」 그런 다음 한숨을 지었다. 「하지만 이곳의 모든 분들에게 폐를 끼친 걸 생각하면……. 그건 절대 극복할 수 없을 거예요. 결혼할 것인지 말 것인지 신중하게 결정하려고 했던 것인데……. 결국 우린 이별하게 됐는데도 아쉬움조차 없어요. 애초에 결혼할 생각을 하지 말았어야 했는데. 우리가 약혼 발표를 했을 때 놀라지 않으셨나요?」

「별로요. 이 나이가 되면 거의 놀랄 일이 없게 되죠.」 필딩은 미소 지으며 말을 이었다.「어떤 경우든 결혼은 불합리한 것이죠. 너무도 하찮은 이유로 시작되고 지속되니까요. 사회적인 면이 한쪽을 받치고 신학적인 면이 다른 한쪽을 받치지만 그 둘 다 결혼은 아니죠, 안 그래요? 내 친구들 중에는 자신이 왜 결혼했는지 기억하지 못하는 사람들이 있고 그 아내들도 나을 게 없죠. 나중에 여러 고상한 이유들을 갖다 붙이긴 하지만 내가 보기엔 결혼이란 것은 그저 되는 대로 이루어지는 것 같아요. 난 결혼에 대해 냉소적이죠.」

「전 그렇지 않아요. 잘못된 시작은 다 제 탓이었죠. 전 로니에게 당연히 주어야 할 것을 주지 못했고 그래서 그에게 버림받은 거예요. 그 동굴에 들어가면서도 〈나는 그를 좋아하는가〉라는 생각을 하고 있었어요. 지금까지 숨기고 있었지만 말이에요. 정당하지 못하다는 생각이 들었어요. 다정함, 존경심, 인간적인 교류, 그런 것들로 대신하려고…….」

「난 더 이상 사랑을 원하지 않아요.」

「저도 마찬가지예요. 이곳에서의 체험을 통해 비로소 알게 됐지요. 하지만 다른 사람들은 그것을 하기를 바라요.」

「우리가 처음 했던 이야기로 돌아가서 — 이것이 우리가 이야기를 나눌 마지막 기회가 될 것 같으니까요 — 당신이 동굴에 들어갔을 때 누가 따라 들어왔나요, 아니면 아무도 안 들어왔나요? 이제 말할 수 있겠어요? 진실을 알고 싶어서 그래요.」

「안내인이라고 해두죠.」 퀘스티드 양이 무심하게 말했다. 「그건 영원히 풀리지 않는 수수께끼가 될 테니까요. 그건 어둠 속에서 손으로 반들반들한 벽을 쓸고 지나가다가 더 이상 나아갈 수 없는 것과도 같아요. 무언가에 부딪친 거죠. 당신도 마찬가지예요. 무어 부인, 그분께서는 알고 계셨지만.」

「우리가 모르는 것을 그분은 어떻게 아셨을까요?」

「텔레파시였는지도 모르죠.」

그 주제넘고 빈약한 말은 답이 되지 못했다. 텔레파시? 그걸 설명이라고 하다니! 아델라는 취소하는 게 낫겠다는 생각으로 그렇게 했다. 그녀는 정신적인 한계에 이르렀으며 필딩도 마찬가지였다. 과연 그들이 닿을 수 없는 세계들이 존재하는 것일까, 아니면 그들의 의식 속에 있는 세계가 전부일까? 그들은 알 수가 없었다. 그들은 다만 서로의 견해가 비슷하다는 점만을 깨달았으며 그것에서 만족을 찾았다. 어쩌면 인생은 혼돈이 아니라 신비인지도 모른다. 어쩌면 귀찮을 정도로 법석을 떨고 다투는 백 개의 인도들은 하나이며 그것들이 반영하는 세계도 하나인지 모른다. 하지만 필딩과 아델라에게는 판단의 장치가 없었다.

「영국에 도착하면 편지 주세요.」

「그럴게요. 자주. 당신은 너무도 친절하셨어요. 이제 떠나게 되니 새삼 알겠어요. 무언가 보답해 드리고 싶은데 당신은 원하는 걸 모두 가지신 것 같군요.」

「그렇지요.」 잠시 사이를 두고 필딩이 대답했다. 「이곳에서 지금처럼 행복하고 안정적이었던 적이 없었어요. 인도인들과 잘 지내고 있고 그들은 나를 신뢰하지요. 일자리를 내놓지 않아도 돼서 기쁘고요. 부총독께 칭찬을 들은 것도 기뻐요. 대변동이 일어나기 전에는 이대로 살 거예요.」

「무어 부인의 죽음이 마음을 괴롭히네요.」

「아지즈도 그분을 몹시 좋아했지요.」

「그보다는 우리 모두가 죽을 운명이며 우리가 맺고 있는 인간관계들도 일시적인 것일 뿐이라는 사실을 상기시키기 때문이에요. 전 죽음이 사람들을 골라서 찾아온다는 생각에 젖어 있었는데 그건 소설의 영향이죠. 소설 속에서는 끝까지 살아남아서 이야기를 들려주는 인물들이 존재하니까요. 그런데 이제 〈아무도 죽음을 피할 수 없다〉는 사실이 실감이 나요.」

「너무 실감하지 마요. 그러다 자살하게 될 수도 있으니까. 바로 그래서 죽음에 대해 깊이 생각하는 것을 금하는 것이죠. 우리는 자신이 열중하고 있는 것에 지배되기 마련이니까요. 나도 그런 유혹을 느꼈던 적이 있고 그것을 피해야 했지요. 난 좀 더 살고 싶으니까요.」

「저도 그래요.」

그들이 난쟁이들처럼 악수를 나누는 동안 정다운 기운이 감돌았다. 두 남녀는 능력이 최고조에 이르러 현명하고 정직하고 민감하기까지 했다. 그들은 같은 언어로 말하고 같은 견해를 지니고 있었으며 나이와 성의 차이는 그들을 갈라놓지 못했다. 그런데도 왠지 불만족스러웠다. 그들이 〈나는 좀 더 살고 싶어요〉라든지 〈난 신을 믿지 않아요〉 같은 일치된 의견을 보일 때면, 우주가 작은 공백을 메우기 위해 자리를 옮긴 듯, 혹은 그들이 저 높은 곳에서 자신들을 — 난쟁이들처럼 서서 이야기하고, 악수하고, 둘이 같은 견해를 갖고 있음을 서로에게 확신시키고 있는 모습을 — 바라보고 있기라도 하듯, 그들의 말끝에는 묘한 여파가 따랐다. 그들은 자신들이 그르다고는 생각하지 않았다. 정직한 사람들이 그런 생각을 갖게 되면 바로 불안감이 싹트기 때문이다. 저 별들 너머의 무한 목표는 그들을 위한 것이 아니었기에 그들은 그것을 추구하지 않았다. 그런데도 가끔 그러하듯 지금 그들은 동경에 젖었으며, 꿈의 그림자의 그림자가 그들의 분명한 관심사들을 덮었고, 다시는 볼 수 없게 된 대상들은 다른 세계가 전하는 메시지들로 여겨졌다.

「이런 말을 해도 될지 모르겠지만 난 당신을 아주 많이 좋아합니다.」 필딩이 단언했다.

「정말 기뻐요. 저도 당신을 좋아하니까요. 우리 다시 만나요.」

「영국에서 만납시다. 혹시 내가 갈 수 있게 되면.」

「하지만 아직 영국에 가실 생각은 없는 것 같은데요.」

「가게 될 가능성이 커요. 사실은 지금 그런 계획을 갖고 있거든요.」

「오, 정말 잘됐네요.」

그렇게 그들의 만남은 끝났다. 열흘 뒤 아델라는 죽은 친구가 갔던 길 그대로 영국으로 떠났다. 우기가 시작되기 전에 폭염이 마지막 기습을 감행했다. 나라 전체가 폭염에 짓눌려 흐릿해졌다. 모든 집과 나무와 들판들이 똑같은 갈색 밀가루 반죽으로 빚어 놓은 것 같았고 봄베이의 바다는 묽은 수프처럼 부두에 부딪쳐 출렁거렸다. 그녀의 인도에서의 마지막 모험은 안토니가 배에까지 따라와 협박한 것이었다. 안토니는 그녀가 필딩 씨의 정부였다고 말했다. 그녀가 준 팁에 만족하지 못한 모양이었다. 선실의 초인종을 울려서 쫓아내긴 했지만 그가 한 말 때문에 소문이 퍼져서 항해 초기에는 승객들이 그녀와 대화하기를 꺼렸다. 그리하여 인도양과 홍해를 지나는 동안 그녀는 혼자 찬드라푸르의 잔재 속에 남아야 했다.

이집트에 이르자 분위기가 달라졌다. 운하 양쪽에 쌓인 깨끗한 모래가 모든 어렵고 모호한 것들을 없애 주는 듯했고 포트사이드조차 장밋빛이 도는 잿빛의 아침 햇살 속에서 순수하고 매력적으로 보였다. 아델라는 미국인 선교사 하나와 배에서 내려 레셉스[27]의 동상이 있는 곳까지 걸어가서 레반트의 상쾌한 공기를 마셨다. 「퀘스티드 양, 적도 지방을 경험하시고 무슨 일로 고국으로 돌아가십니까?」 선교사가 물었다. 「보세요, 저는 무슨 일로 가시는지 묻지 않고 〈돌아가시는지〉 물었습니다. 모든 인생에는 〈감〉과 〈돌아감〉이 들어 있지요. 이 유명한 개척자가.」 그러면서 그는 동상을 가리켰다. 「제 말뜻을 분명하게 해줄 겁니다. 그는 동양으로 〈가고〉

27 수에즈 운하를 건설한 프랑스의 기사.

서양으로 〈돌아갔〉지요. 소시지 묶음을 손에 들고 있는 그의 멋진 자세를 보면 알 수 있답니다.」 그는 공허함을 감추려고 익살스러운 눈초리로 아델라를 바라보았다. 그는 〈감〉과 〈돌아감〉의 의미를 알고 말한 게 아니라, 단지 선교할 때 종종 그렇게 단어들을 짝 지어 사용하는 습관이 있었다.「알겠어요.」 아델라가 대답했다. 그녀는 지중해의 청명함 속에서 갑작스러운 깨달음을 얻었던 것이다. 영국으로 돌아가면 제일 먼저 무어 부인의 두 자녀 랠프와 스텔라를 만나 볼 것이고, 그다음에 직업을 찾아보리라. 무어 부인이 두 결혼의 산물들을 따로 떼어 보살피는 바람에 그녀는 아직 로니의 동생들을 만난 적이 없었다.

# 30

재판은 지역적으로 힌두교와 이슬람교의 협상이라는 또 다른 결과를 낳았다. 양측 유명 인사들이 요란한 친선 성명을 주고받았고 서로를 이해하고자 하는 참된 욕구가 생겨났다. 어느 날 아지즈는 병원에서 이런 분위기에 동조하는 인물들 가운데 하나인 다스 씨의 방문을 받았다. 치안 판사는 두 가지 부탁을 하러 왔는데 하나는 대상 포진[28]의 치료이고 나머지 하나는 자신의 처남이 내는 새 월간지에 시를 기고해 달라는 것이었다. 아지즈는 두 가지를 다 들어주었다.

「나의 다스 씨, 당신은 나를 감옥에 보내려고 했는데 왜 내가 바타차리야 씨에게 시를 보내야 하죠? 예? 물론 농담이고요, 제가 쓸 수 있는 최고의 시를 써보도록 하지요. 그런데 그 잡지는 힌두교인들을 위한 게 아닌가요?」

「힌두교인만이 아니라 일반적인 인도인을 위한 것이지요.」 다스가 소심한 태도로 말했다.

「일반적인 인도인 같은 건 존재하지도 않아요.」

28 작은 물집이 띠 모양으로 생기는 바이러스성 피부 질환.

「지금까지는 그랬지만 당신이 시를 써서 보내면 생기게 될지도 모르죠. 당신은 우리의 영웅이고 종교에 관계없이 온 시민들이 당신을 지지하고 있어요.」

「알고 있어요. 하지만 그것이 계속될까요?」

「아무래도 힘들겠지요.」 명석한 다스의 대답이었다. 「그런 이유로 부탁드리는데 시에 페르시아적인 표현이나 불불[29]에 대한 내용이 너무 많이 등장하는 것은 피하는 게 좋겠습니다.」

「잠깐만요.」 아지즈가 연필을 깨물며 말했다. 그는 처방전을 쓰고 있던 참이었다. 「여기 있습니다. 시보다는 이게 낫지 않나요?」

「두 가지를 다 쓸 수 있는 이는 행복한 사람이지요.」

「오늘은 칭찬이 과하시군요.」

「그 재판을 맡았던 것 때문에 나에게 유감이 있다는 거 압니다.」 그러면서 다스는 충동적으로 손을 내밀었다. 「당신은 무척이나 친절하고 다정하지만 그런 태도 뒤에 냉소가 숨어 있는 게 보여요.」

「아, 아니에요, 말도 안 되는 소리예요!」 아지즈가 펄쩍 뛰었다. 두 사람은 협상을 상징하는, 반쯤 껴안은 자세로 악수를 나눴다. 먼 지방 사람들 간에는 언제나 낭만적인 관계의 가능성이 존재하지만 여러 갈래에서 나온 인도인들은 서로에 대해 너무 잘 알기에 견해 차이를 쉽게 극복할 수 없었다. 「좋아요.」 아지즈는 다스의 살찐 어깨를 토닥이며 입으로는

29 페르시아 시에 등장하는 나이팅게일.

그렇게 말했지만 속으로는 〈저들만 보면 소똥이 생각나는 게 문제라니까〉라고 생각했고, 다스는 〈이슬람교인들 중에는 몹시 난폭한 자들도 있지〉라고 생각했다. 두 사람은 서로의 마음속에 있는 생각을 염탐하며 아쉬움에 찬 미소를 지었고 말솜씨가 더 뛰어난 다스가 말했다. 「내 잘못들을 용서하시고 내 한계들을 이해해 주십시오. 우리가 이 세상에서 알고 있는 인생은 그리 녹록지가 않으니까요.」

「아, 예. 시 말인데요, 내가 가끔 시를 끼적인다는 걸 어떻게 아셨나요?」 문학은 그에게 항상 위안이었고 현실의 추악함이 망가뜨릴 수 없는 것이었기에 아지즈는 몹시 감동해서 기쁘게 물었다.

「고드볼 교수님께서 마우로 떠나시기 전에 자주 말씀하셨지요.」

「그분은 어떻게 알았을까요?」

「그분 역시 시인이셨지요. 서로 느낌이 오지 않나요?」

원고 청탁에 우쭐해진 아지즈는 당장 그날 저녁에 작업에 들어갔다. 손가락 사이로 느껴지는 펜의 감촉이 금세 불불들을 만들어 냈다. 다시금 이슬람의 쇠망과 사랑의 덧없음에 관한 시가 탄생했는데, 한껏 슬프고 감미롭게 쓰긴 했지만 개인적인 체험에서 우러난 것이 아니었고, 잘난 힌두교인들의 관심을 끌기엔 역부족이었다. 그 시가 만족스럽지 못하자 아지즈는 반대쪽 극단으로 치달아서 풍자시를 썼지만 그건 잡지에 싣기에는 지나치게 비방적이었다. 그는 애상이나 원한과는 관계없는 삶을 살아가면서도 그 두 가지밖에 표현할 수가 없었다. 그는 시를 사랑했고 — 과학은 습득한 것에 지나지 않았으며 서양의 옷처럼 아무도 보는 이가 없으면 벗어서 치워 두었다 — 오늘 밤 그는 많은 이들의 갈채를 받고 들판에서도 노래될 수 있는 새로운 시를 짓고 싶었다. 그렇다면 어떤 언어로 써야 할까? 그리고 무엇을 노래해야 할까? 그는 이슬람교인이 아닌 인도인들을 더 많이 접하고 절대 과거에 집착하지 않겠노라고 맹세했다. 그것만이 올바른 길이었다. 오늘날 이 땅에서 코르도바와 사마르칸트의 영예가 무슨 도움이 되겠는가?[30] 그 영예는 지나갔고 우리가 그것을 한탄하고 있을 때 영국은 델리를 점령하고 우리를 동아프리카에서 몰아냈다.[31] 이슬람교는 진리이긴 하지만 자유의 길에 이견을 보여 온 게 사실이다. 미래의 노래는 종교를 초월해야만 한다.

바타차리야 씨의 잡지에 실릴 시는 끝내 탄생되지 못했지만 한 가지 영향력을 발휘하긴 했다. 그로 인해 아지즈는 모국이라는 모호하고 거대한 형체에 다가서게 된 것이다. 그는 원래 모국에 대한 애정이 없었는데 마라바르산이 그를 그쪽으로 몰아갔다. 아지즈는 눈을 지그시 감고 인도를 사랑하려는 시도를 했다. 인도는 일본을 따라가야 한다. 인도가 하나의 국가로 거듭나기 전까지는 인도의 자식들도 존중받지 못하리라. 아지즈는 점점 더 엄격하고 접근하기 힘든 상대가

30 스페인의 코르도바와 우즈베키스탄의 사마르칸트는 한때 이슬람 문명이 번영했던 지역들이다.

31 케냐와 우간다에 철도를 건설하기 위해 파견된 많은 인도인들이 그곳에 정착하여 백인들과 영토 분쟁을 벌이고 있는 것을 의미한다.

되어 갔다. 지금까지 그가 비웃거나 무시해 온 영국인들은 어디에서나 그를 박해했고 그의 꿈들에까지 그물을 던졌다. 「제 가장 큰 실수는 우리의 통치자들을 우습게 봤다는 것이죠.」 이튿날 그가 하미둘라에게 그렇게 말하자 하미둘라는 한숨지으며 대답했다. 「이제까지는 그것이 그들을 대하는 가장 현명한 방법이었지만 결국은 그것도 불가능한 노릇이지. 언젠가는 자네가 당한 그런 재난이 일어나고, 그들이 우리에 대해 품고 있던 은밀한 생각들이 드러나게 되어 있지. 그들이 믿는 하느님이 클럽에 내려와 자네가 무고하다고 말한다고 해도 그들은 그 말을 믿지 않을 걸세. 이제 마무드 알리와 내가 람 찬드 같은 자들과 손잡고 음모를 꾸미는 데 그토록 많은 시간을 허비했던 이유를 알겠지?」

「전 위원회 같은 건 견딜 수가 없어요. 당장 떠나겠어요.」

「어디로? 터턴이나 버턴이나 다 똑같은 족속들인데.」

「인도 토후국에선 그렇지 않지요.」

「정치 고문으로 파견된 영국인들은 이곳의 관리들보다 더 나은 태도를 보일 수밖에 없겠지. 하지만 그 이상은 아닐세.」

「영국령 인도에서 벗어나고 싶어요. 하찮은 직업을 갖게 되더라도 말이에요. 시를 쓸 수도 있을 거예요. 바부르 황제의 시대에 살면서 황제를 위해 싸우고 시를 쓸 수 있다면 얼마나 좋을까요. 하지만 이미 가버린 시절이고 그것을 한탄해 봐야 더 나약해지기만 할 뿐이지요. 하미둘라, 우리에겐 왕이 필요해요. 왕이 있으면 살기 더 쉬워질 거예요. 사실 우린 저 기이한 힌두교인들을 고맙게 여겨야 해요. 전 토후국으로 가서 일자리를 구해 볼 작정이에요.」

「오, 그건 너무 지나치군.」

「람 찬드 씨만큼 지나치지는 않지요.」

「하지만 돈은, 돈은 어쩔 셈인가……. 그 야만적인 토후국 왕들은 절대 봉급을 제대로 쳐주지 않을 걸세.」

「전 어디서 살든 부자는 안 될 거예요. 성격에 맞지 않으니까.」

「자네가 똘똘하게 퀘스티드 양에게 배상금을…….」

「전 안 받기로 결정했고 이미 끝난 일을 갖고 왈가왈부할 필요 없어요.」 그의 목소리가 갑자기 날카로워졌다. 「그녀가 영국으로 돌아가서 돈으로 남편을 살 수 있도록 해준 거예요. 그녀에겐 돈이 꼭 필요할 테니까요. 그 얘기는 다시 꺼내지 마세요.」

「다 좋네만, 자넨 가난을 벗어날 수가 없을 걸세. 카슈미르 여행도 못 가고, 정글 지방에 가서 시를 쓰며 사는 대신 의사 일에 매달려 돈을 많이 받는 자리로 올라가야 하지. 아이들을 교육시키고, 최신 의학잡지들을 읽고, 유럽 의사들의 존경을 사야겠지. 남자답게 자네의 행동의 결과들을 받아들이게.」

아지즈는 천천히 눈을 찡긋해 보이며 대답했다. 「우린 지금 법정에 있는 게 아니에요. 남자답게 사는 길은 여러 가지인데 제 경우에는 가슴속 깊은 곳에 있는 것을 표현하는 거죠.」

「그 말에는 대꾸할 수 없겠군.」 하미둘라가 감동해서 말했다. 하지만 이내 침착성을 되찾고는 미소 지으며 말했다. 「모하메드 라티프가 물고 온 고약한 소문을 들었나?」

「무슨 소문요?」

「퀘스티드 양이 대학에 묵고 있을 때 필딩이 자주 찾아갔었다는군. 너무 늦은 밤에 말이야. 하인들이 전한 얘길세.」

「그랬다면 그녀에겐 즐거운 기분 전환이 됐겠군요.」

「내 말뜻을 알겠나?」

아지즈는 다시 눈을 찡긋하며 대답했다. 「그럼요! 하지만 그것도 제 어려움을 해결해 줄 수는 없지요. 전 찬드라푸르를 떠나기로 결심했어요. 문제는 어디로 가느냐지요. 전 시를 쓸 결심이에요. 문제는 무엇에 관해 쓰느냐고요. 당신은 도움을 주지 않는군요.」 그런 다음 하미둘라는 물론 자신까지도 깜짝 놀랄 정도로 신경질을 부렸다. 「도대체 누가 나를 도울 수 있지요? 나에겐 친구가 없어요. 모두 배신자들뿐이니까. 내 아이들까지도. 이제 친구들이라면 신물이 나요.」

「내 안사람을 만나러 가자고 할 참이었는데 자네의 배신자인 세 아이들이 거기 있으니 갈 생각이 없겠군.」

「죄송해요. 감옥에 갇힌 뒤로 성격이 이상해졌어요. 용서하시고 저를 데려가 주세요.」

「누레딘의 어머니가 와 있네만 괜찮을 걸세.」

「두 분 다 따로 만난 적은 있지만 함께 만나는 건 처음이네요. 그러니 제가 간다고 미리 알리는 게 낫겠어요.」

「아니야, 예고 없이 놀려 주도록 하세. 우리의 여인네들은 아직까지도 어리석은 생각에 젖어 있지. 자네의 재판 때는 푸르다를 포기할 것처럼 굴더니 — 정말일세. 글을 쓸 줄 아는 여자들이 그런 내용의 문서를 만들었지 — 결국 허풍에 지나지 않았어. 그들 모두 필딩을 얼마나 존경하는지 자네도 잘 알 걸세만 아무도 그를 본 적이 없지. 내 안사람도 그를 만나겠다고 해놓고는 막상 그가 찾아오면 몸이 좋지 않다느니, 방 꼴이 창피하다느니, 대접할 스위트가 〈코끼리 귀〉뿐이라느니, 그래서 내가 필딩은 〈코끼리 귀〉를 제일 좋아한다고 말했더니, 그렇다면 자신의 솜씨가 들통날 것이니 더욱 안 된다고 핑계를 대는 거야. 이보게, 그 문제로 15년을 다퉈왔네, 15년을. 그래도 소용이 없어. 그런데도 선교사들은 우리의 여인네들이 학대받고 있다고 말하지. 시의 주제를 찾고 있다면 이걸로 하게. 사람들이 상상하는 모습이 아닌 있는 그대로의 인도 여인.」

# 31

아지즈는 증거에 대한 관념이 없었다. 감정의 흐름이 그의 믿음을 결정했고 그 결과 비극적이게도 영국인 친구와 냉담한 사이가 되고 말았다. 그들은 싸움에서 이겼지만 영예를 얻지는 못했다. 필딩은 회의 참석차 찬드라푸르를 떠나 있었고, 퀘스티드 양에 관한 소문이 며칠 동안 그대로 이어지자 아지즈는 그것이 사실이라고 생각했다. 그는 친구들이 쾌락을 즐기는 것에 대해 도덕적으로 반대하지 않았고, 더구나 시릴은 중년이라 여자를 마음대로 골라잡을 수도 없는 처지이니 기회가 생기면 잡아야 한다는 것까지는 이해할 수 있었다. 하지만 하필이면 자신의 적과 놀아났다는 사실에 부아가 치밀었고 자신에게 말해 주지 않은 것도 섭섭했다. 믿음이 없다면 우정이 무슨 소용이랴. 그는 가끔씩 충격적인 일들까지도 고백했건만 영국인 친구는 관대하게 들어주기는 했지만 자신의 비밀들을 털어놓지는 않았다.

그는 기차역으로 필딩을 마중 나가서 함께 저녁 식사를 하기로 약속한 다음, 겉으로는 유쾌하게 굴면서도 간접적인 방법으로 친구를 괴롭히기 시작했다. 유럽인들 사이에 공공연한 스캔들이 떠돌았는데 그 주인공은 맥브라이드 씨와 데릭 양이었다. 데릭 양이 왜 그토록 찬드라푸르에 애착을 가졌는지 설명이 된 셈이었다. 맥브라이드 씨가 그녀의 방에 있다가 발각되었고 그의 아내가 이혼을 요구하고 있다는 소문이었다.「그 고결한 사람이 말이에요. 하지만 인도의 기후를 탓하겠지요. 모든 게 우리 탓이죠. 시릴, 내가 당신에게 중요한 소식을 전해 줬지요?」

「별로요.」자신과 먼 죄들에 대해서는 관심이 없는 필딩이었다.「이번엔 내 소식을 들어 봐요.」아지즈의 얼굴이 환히 빛났다.「회의에서 결정되기를…….」

「학교 얘기는 이따 저녁에 듣기로 하지요. 콜레라가 심각해서 난 곧장 민토 병원으로 가봐야겠어요. 외국에서 온 환자들뿐 아니라 이곳 주민들까지 병에 걸리고 있어요. 사실 전반적으로 슬픈 상황이에요. 새로 온 의무관은 전임자와 다를 게 없지만 아직은 감히 위세를 부리지 못하고 있지요. 행정적인 변화라는 게 고작 그 정도예요. 나의 고통은 우리에게 아무 이득도 되지 못했어요. 참, 시릴, 잊기 전에 얘기하죠. 맥브라이드뿐 아니라 당신에 관한 소문도 떠돌고 있어요. 당신과 퀘스티드 양도 지나치게 가까워졌다고들 하더군요. 솔직히 말하면, 당신과 그 여자가 불륜을 저질렀다는 소문이 있어요.」

「그런 말들을 했겠지요.」

「시내에 소문이 파다해요. 당신의 평판을 떨어뜨릴 수도 있어요. 모든 사람이 당신 편은 아니에요. 내 딴에는 소문을 잠재우려고 최선을 다했지만 말이에요.」

「신경 쓸 것 없어요. 퀘스티드 양은 떠났잖아요.」

「그런 소문으로 인해 피해를 입는 건 떠난 사람이 아니라 여기 남은 사람이지요. 내가 얼마나 당황하고 걱정했을지 생각해 봐요. 거의 잠도 못 잤다니까요. 처음엔 내가 그녀와 엮이더니 이제 당신까지.」

「그런 과장된 표현은 쓰지 마요.」

「과장된 표현이라뇨?」

「당황이니, 걱정이니.」

「난 인도에서 평생을 살았어요. 이곳 사람들에게 나쁜 인상을 주면 어떻게 되는지 안단 말이에요.」 화가 나서 그의 음성이 높아졌다.

「그건 알지만 정도가 문제예요, 정도가. 나의 소중한 친구여, 당신은 항상 정도를 못 맞추는 게 문제예요. 그런 소문이 난 건 애석한 일이지만 대단한 건 아니니 다른 얘기나 합시다.」

「그래도 퀘스티드 양이 걱정이 되는 모양이군요. 당신의 표정을 보면 알 수 있어요.」

「그녀가 걱정이지 난 괜찮아요. 난 가볍게 여행하는 사람이니까.」

「시릴, 그런 식으로 가볍게 여행하는 사람이라고 떠들고 다니는 것이 당신의 화근이에요. 그것 때문에 사방에 적이 생겼고 나까지 불안해서 못 견딜 정도니까요.」

「적이라니요?」

아지즈는 자신만 마음에 두고 말했던 터라 대답할 수 없었다. 그는 바보가 된 기분이었고 더욱 화가 치밀었다. 「이 도시에서 믿어선 안 되는 사람들의 이름을 몇 번씩이나 말해 줬어요. 내가 당신이었다면 적들에게 둘러싸여 있다는 걸 눈치챘을 거예요. 내가 소리 죽여 말하고 있는 거 모르겠어요? 그건 당신의 마부가 새로 온 사람이기 때문이에요. 그가 첩자가 아니라는 걸 어떻게 알 수 있겠어요?」 그는 목소리를 낮추어 말했다. 「하인 세 명 중 하나는 첩자예요.」

「그래서 뭐가 문젠데요?」 필딩이 미소 지으며 물었다.

「내가 마지막으로 한 말이 틀렸다는 거예요?」

「난 상관이 없다는 거예요. 첩자야 모기떼처럼 우글거리지만 나를 죽일 수 있는 첩자를 만나려면 세월이 더 흘러야 하지요. 당신 마음속에는 다른 생각이 있어요.」

「그런 거 없으니까 어리석은 소리 마요.」

「있어요. 당신은 다른 일 때문에 나에게 화가 나 있어요.」

아지즈는 직접적인 공격을 받으면 당황해서 얼어붙었다. 잠시 뒤에 그가 말했다. 「그러니까 당신은 밤마다 아델라 양과 즐긴 거군요, 음탕한 인간.」

필딩과 퀘스티드 양이 나누었던 단조롭고 고결한 대화들은 연애질이라 볼 수 없었다. 필딩은 아지즈가 그 소문을 심각하게 받아들인 것에 무척 놀랐고, 음탕한 인간이라고 불린 것이 너무 불쾌해서 이성을 잃고 외쳤다. 「몹쓸 사람 같으니! 이럴 수가! 즐기다니. 그런 때에 그게 가능해요?」

「아이고, 죄송합니다. 음탕한 동양의 상상력이 작용한 모양이네요.」 아지즈는 유쾌하게 말했지만 마음에 상처를 입었고 그 후 몇 시간 동안 속으로 피를 흘렸다.

「이봐요, 아지즈, 그때 상황이……. 게다가 그녀는 아직 히슬롭과 약혼한 상태였고 난 아무 감정도…….」

「그래요, 그래요. 하지만 내가 그런 말을 했을 때 당신은 반박하지 않았고 그래서 사실인 줄 오해한 거예요. 동양과 서양의 차이지요. 오해를 불러일으키기에 딱 좋은. 이 몹쓸 사람을 병원까지 태워다 주실 수 있겠어요?」

「기분 나쁜 건 아니지요?」

「그럼요.」

「혹시 기분이 상했다면 나중에 풀기로 하지요.」

「다 풀렸어요.」 아지즈는 위엄 있게 말했다. 「난 당신의 말을 절대적으로 믿어요. 그 문제에 대해서는 더 이상 따질 필요가 없어요.」

「하지만 내 태도에는 문제가 있었어요. 나도 모르게 무례하게 굴었어요. 진심으로 사과합니다.」

「다 내 잘못인걸요.」

이 말다툼은 여전히 그들의 교류에 방해가 되었다. 엉뚱한 데서 끊기고, 어조가 곡해되고, 대화 전체가 실패로 끝났다. 필딩은 충격받은 게 아니라 놀랐던 것이지만 그 차이를 어떻게 전달할 수 있겠는가? 두 사람이 동시에 섹스에 대해 생각하지 않으면 항상 문제가 생긴다. 두 사람이 동족일지라도 영락없이 둘 다 분개하고 놀라게 된다. 필딩은 퀘스티드 양에 대한 자신의 감정을 다시 설명하기 시작했다. 하지만 아지즈가 그의 말을 잘랐다.「당신을 믿어요. 믿어요. 거짓 소문을 지어낸 모하메드 라티프에게 무거운 벌을 내리겠어요.」

「아, 그냥 두세요. 소문이 다 그렇듯이 그것도 진짜 생명체를 밀어내고 그 자리를 차지하려는, 절반의 생명력만을 지닌 것이지요. 신경을 안 쓰면 가엾은 무어 부인의 무덤처럼 저절로 사라질 거예요.」

「모하메드 라티프는 음모를 꾸미는 게 습관이 됐어요. 그러잖아도 마음에 안 드는데. 그를 빈손으로 가족에게 돌려보내면 만족하겠어요?」

「M.L.에 대해선 저녁 먹으면서 얘기합시다.」

아지즈의 눈길이 딱딱하게 굳어졌다.「저녁. 이런 일이……. 깜빡 잊었어요. 사실은 다스와 선약이 되어 있거든요.」

「다스와 함께 오세요.」

「그는 다른 친구들도 초대했을 거예요.」

「약속대로 나와 함께 식사하는 거예요.」 필딩이 외면하면서 말했다.「참을 수가 없어요. 당신은 나와 함께 식사하는 거예요. 오세요.」

그사이에 마차는 병원에 도착했다. 아지즈를 내려 준 필딩은 광장을 돌았다. 그는 자신에게 화가 나 있었지만 저녁을 먹으면서 모든 오해를 풀 작정이었다. 우체국에서 징세관을 만났다. 그들의 하인들이 우체국 안에서 서로 경쟁하는 동안 마차는 밖에 나란히 세워졌다.「안녕하시오. 돌아왔군요.」 터턴이 냉랭하게 말을 걸었다.「오늘 저녁에 클럽에 와

주면 기쁘겠소.」

「전 이미 재가입을 받아들였습니다. 제가 꼭 가야만 됩니까? 사실은 오늘 저녁 약속이 있어서 전 빠졌으면 합니다만.」

「그건 당신의 기분 문제가 아니라 부총독께서 바라시는 일이에요. 공식적으로 하는 말인지 묻고 싶다면 그렇소. 오늘 저녁 여섯시에 클럽에서 기다리겠소. 그다음 계획은 방해하지 않겠소.」

필딩은 이 불쾌한 의식을 순조롭게 치러냈다. 알맹이 없는 환대가 이루어졌다. 〈한잔하세요. 한잔해요.〉 필딩은 평지에 유일하게 남은 여성인 블래키스톤 부인과 5분 정도 환담을 나눴다. 자신이 영국인으로서 불명예스러운 짓을 한 것은 인정하지만 이혼은 거부하는 맥브라이드와도 대화를 나눴다. 새 의무관 로버츠 소령과 젊은 신임 치안 판사 밀너와도 만나서 이야기했지만 구성원이 아무리 바뀌어도 클럽은 예전과 변함이 없다는 생각이 들었다. 그는 이슬람 사원을 지나 돌아오는 길에 혼자 생각했다. 〈부질없는 짓이야. 모두 사상누각이지. 이 나라가 현대화될수록 붕괴는 더 끔찍할 거야. 잔혹과 부정이 판치던 18세기에는 보이지 않는 힘이 파괴된 것들을 복구했지. 그런데 이제 모든 것이 메아리치고 있고 그 메아리는 멈출 수가 없어. 원래의 소리는 무해한 것이었는지 몰라도 메아리는 모두 악하지.〉 이 메아리에 대한 생각은 그의 마음 끝자락에 놓여 있어서 더 이상 발전시킬 수가 없었다. 그것은 그가 놓쳤거나 거부한 세계에 속했다. 이슬람 사원도 그것을 놓쳤다. 필딩과 마찬가지로 저 짧은 회랑들도 제한된 피난처만을 제공했다. 〈신(알라신) 외에는 신이 없다〉는 구호는 복잡한 물질계와 정신계에서 우리에게 큰 힘이 되지 못한다. 그것은 종교적인 진리가 아니라 종교적인 말장난에 지나지 않는다.

필딩은 아지즈가 지치고 기운이 없는 것을 보고, 헤어질 무렵에 오해를 풀기로 했다. 그때가 되면 더 포용적이 되리란 생각에서였다. 그는 클럽에 관해 진심을 털어놓으며 오늘은 어쩔 수 없이 갔던 것이고 다시 명령이 내려지기 전에는 발걸음을 하지 않겠노라고 말했다. 「갈 수도 없지요. 난 곧 영국으로 갈 테니까.」

「당신이 영국으로 돌아갈지도 모른다고 생각했어요.」 아지즈는 조용히 말하고는 화제를 돌렸다. 그들은 좀 어색한 분위기에서 저녁을 먹고 대학에 있는 무굴 제국 시대의 별채로 갔다.

「잠시 동안만 가 있는 거예요. 공무 때문에. 그들이 나를 잠시 찬드라푸르에서 떠나보내고 싶어서 안달하네요. 그들은 억지로 나를 높이 평가해 주긴 하지만 나를 좋아하진 않지요. 상황이 좀 우스워요.」

「무슨 공무인데요? 영국에 가면 여유 시간이 많을까요?」

「친구들을 만날 시간은 있어요.」

「그런 대답이 나올 줄 알았어요. 당신은 친구를 소중히 여기는 사람이니까요. 이제 다른 얘기로 넘어갈까요?」

「기꺼이. 무슨 얘기죠?」

「시요.」 아지즈가 눈물을 글썽이며 말했다. 「어찌하여 시가 사람들을 용감하게 만드는 힘을 잃게 되었는지에 대해 얘기해 봐요. 내 외조부께서도 시인이었는데 폭동 때 당신네 나라에 대항하여 싸우셨지요. 다시 폭동이 일어났다면 나도 외조부에 필적할 수 있었을지 모르는데. 현실은, 나는 소송에 이겼으며 부양할 자식을 셋이나 둔 의사로 주된 대화 거리가 공적인 계획들이라는 거지요.」

「시에 대해 이야기합시다.」 필딩이 무해한 주제로 마음을 돌리며 말했다. 「당신네 국민은 슬픈 처지에 있어요. 도대체 당신들은 무엇에 대해 써야 할까요? 영원히 〈장미는 시들었네〉만 노래하고 있을 수는 없어요. 장미가 시든다는 건 누구나 알아요. 하지만 인도의 참 주인이 없는 상태에서는 〈인도여, 나의 인도여〉 식의 애국적인 시를 쓸 수도 없지요.」

「이 대화가 마음에 드는군요. 재미있는 이야기로 이어질 수 있겠어요.」

「시는 인생을 다루어야 한다는 당신의 생각이 옳아요. 우리가 처음 알게 되었을 때 당신은 그런 말을 주문처럼 외고 다녔지요.」

「우리가 처음 알게 되었을 때 난 어린애였어요. 그때는 모두가 내 친구였지요. 친구란, 페르시아어로 신을 의미하지요. 하지만 난 종교 시인이 되고 싶은 생각도 없어요.」

「난 당신이 그렇게 되기를 바랐는데.」

「왜요? 당신은 무신론자이면서.」

「종교에는, 진리는 아닐지도 모르나 아직까지 노래되지 않은 것들이 존재하지요.」

「자세히 설명해 주세요.」

「어쩌면 힌두교인들이 발견했을지도 모르는 것이지요.」

「그럼 그들에게 노래하라고 하세요.」

「힌두교인들은 시를 지을 수 없어요.」

「시릴, 당신은 가끔 지각 있는 말을 하는군요. 시 얘기는 이쯤 해두고 당신의 귀국에 대한 얘기로 돌아갑시다.」

「시 얘기를 2초도 못했는데요.」 필딩이 미소 지으며 대답했다.

하지만 아지즈는 간결하고 인상적인 장면들에 탐닉하고 있었다. 그는 그 작은 대화를 주도하며 그것이 자신의 문제를 축약적으로 나타내고 있다고 생각했다. 그는 잠시 아내에 대한 회고에 잠겼고 기억이 강렬할 경우 흔히 그러하듯, 과거가 미래가 되어 외국인들과 멀리 떨어진 토후국에서 자신과 함께 있는 그녀의 모습이 그려졌다. 그가 말했다. 「영국에 가면 퀘스티드 양을 만나겠군요.」

「시간이 되면요. 햄스테드에서 그녀를 보면 기분이 이상할 거예요.」

「햄스테드가 뭐죠?」

「런던 근교에 있는 예술적이고 인정이 넘치는 작은 고장으로…….」

「그녀는 물론 그곳에서 편히 살고 있을 테고 그녀를 만나면 즐겁겠군요……. 이런, 오늘 저녁엔 두통이 있네요. 콜레라에 걸린 건지도 모르겠어요. 괜찮으시다면 빨리 돌아가야겠어요.」

「언제 마차를 부를까요?」

「신경 쓰지 마세요. 자전거로 갈 테니까.」

「여긴 당신 자전거가 없잖아요. 내 마차로 왔으니까…… 갈 때도 내 마차를 쓰세요.」

「맞는 말이에요.」 아지즈가 쾌활하려고 애쓰며 말했다. 「여긴 내 자전거가 없으니까요. 하지만 당신의 마차에 타고 있는 게 너무 자주 눈에 띄네요. 람 찬드 씨 같은 사람들은 내가 당신의 관대함을 이용한다고 여길 거예요.」 그는 불안하고 풀이 죽은 상태였다. 두 사람의 대화는 중심을 잃고 이 화제 저 화제로 건너뛰었다. 그들은 다정하고 친밀했지만 도무지 의기투합이 되지 않았다.

「아지즈, 내가 아침에 했던 어리석은 말을 용서해 주겠어요?」

「몹쓸 사람이라고 했던 거요?」

「그런 말을 하다니. 내가 당신을 얼마나 좋아하는지 알 거예요.」

「아무것도 아니에요. 우린 누구나 실수를 하죠. 우리 같은 친구 사이엔 몇 가지 실수쯤이야 중요하지 않아요.」

하지만 마차를 타고 집으로 돌아오면서 아지즈는 막연히 우울해졌다. 육체의 것인지 정신의 것인지 모를 둔중한 아픔이 표면화되기를 기다리고 있었다. 집에 도착했을 때 다시 필딩에게로 돌아가서 애정이 넘치는 말을 건네고 싶었지만 대신 마부에게 팁을 두둑이 주고 침울하게 침대에 앉아 하산의 서툰 안마를 받았다. 파리 떼가 옷장 꼭대기를 점령하고 있었고, 그가 감옥에 있는 동안 이 방을 썼던 모하메드 라티프가 어지간히도 침을 뱉어 댄 탓에 면직 카펫의 붉은 얼룩들은 더 늘었으며, 경찰이 억지로 연 서랍에는 생채기가 나 있었다. 찬드라푸르의 모든 것들이, 공기까지도 소모된 상태였다. 이윽고 아까 그 둔중한 아픔이 표면화되었다. 그는 자신의 친구가 돈 때문에 퀘스티드 양과 결혼할 작정이며 바로 그런 목적으로 영국에 가는 것이라 의심하고 있었던 것이다.

「예?」 그가 혼자 중얼거리자 하산이 물었다.

「천장의 파리들 좀 봐. 왜 물에 빠뜨려 죽이지 않았지?」

「다시 꼬인 거예요.」

「모든 사악한 존재들처럼.」

하산은 화제를 돌리기 위해, 부엌일을 하는 하인이 뱀 한 마리를 죽였는데 그만 두 토막으로 잘라 죽이는 바람에 오히려 뱀이 두 마리가 되었다고 했다.

「그 아이가 접시를 깨면 그것도 두 개가 될까?」

「접시뿐 아니라 유리잔과 새 차 주전자도 필요합니다. 제 외투도요.」

아지즈는 한숨지었다. 다들 자기 잇속만 챙긴다. 어떤 사람은 외투를 바라고 어떤 사람은 돈 많은 마누라를 원하며 각자 교묘하게 우회하여 자신의 목표에 접근한다. 필딩은 그 여자가 2만 루피의 배상금을 물지 않도록 도와준 다음 그녀를 따라 영국으로 가려고 한다. 그가 그 여자와 결혼한다면 모든 수수께끼가 풀린다. 그녀는 막대한 지참금을 가져올 것이기 때문이다. 아지즈는 자신의 의심들을 받아들이지 않았는데 차라리 받아들였다면 더 나았을 터였다. 그랬다면 대놓고 비난해서 오해를 풀 수 있었을 테니까. 그의 마음속에서는 의심과 믿음이 나란히 공존할 수 있었다. 그것들은 서로 다른 근원에서 나왔기에 뒤섞일 이유가 없었다. 동양인이 마음에 품는 의심은 악성 종양이나 정신적인 질병과 같아서 별안간 자의식에 젖거나 적의를 느끼게 만든다. 동양인은 서양인이 이해할 수 없는 방식으로 상대를 신뢰하는 동시에 불신한다. 서양인에게는 위선이 그러하듯 그것은 동양인에게 악마 노릇을 한다. 아지즈는 그 악마에 사로잡혀 딜쿠샤에서 별을 바라보며 필딩과 나눴던 이야기를 토대로 상상력을 동원해 악마의 성을 지었다. 그 여자는 대학에 묵는 동안 시릴의 정부가 된 게 분명했다. 모하메드 라티프의 말이 옳았다. 그런데 그게 전부일까? 동굴 속으로 그녀를 따라갔던 것도 시릴이었는지 모른다. 아니, 그건 불가능한 일이다. 시릴은 카와 돌에 간 적이 없으니까. 불가능하고 말도 안 되는 상상이다. 그런데도 그런 상상은 그를 괴로움에 전율하게 만들었다. 그것이 사실이라면 인도 역사상 최악의 배신이 될 것이며 시바지[32]의 압줄 칸 살해 사건도 그보다 비열하진 않을 것이다. 아지즈는 그것이 사실인 것처럼 충격에 빠져 하산을 내보냈다.

이튿날 그는 아이들을 무수리[33]로 데려다주기로 결심했

32 인도 중세 마라타 왕국의 창시자로 비자푸르의 왕 압줄 칸에게 회담을 청한 뒤 그가 방심한 틈을 타서 살해했다.

33 북인도의 대표적인 고원 휴양지.

다. 아이들은 재판 때 이곳으로 불려 왔는데 혹시 재판에 지면 작별을 고해야 했기 때문이다. 그리고 지금은 축하 행사를 위해 하미둘라의 집에 묵고 있었다. 로버츠 소령은 그에게 휴가를 줄 것이고 그가 없는 동안 필딩은 영국으로 떠날 것이다. 그의 믿음을 위해서도 의심을 위해서도 적합한 묘안이었다. 믿음이 옳은지 의심이 옳은지는 결과가 말해 줄 것이고 이곳을 떠나 있으면 품위는 지킬 수 있을 것이기 때문이었다.

필딩은 아지즈에게서 적대적인 분위기를 느꼈고 진심으로 아지즈를 좋아했기에 자신의 낙관주의를 견지할 수 없었다. 애정이 개입하면 가볍게 여행하기가 쉽지 않아진다. 만사가 잘 풀리리라는 침착한 희망으로 꿋꿋이 나아갈 수가 없게 된 그는 아지즈에게 현대풍의 정성 어린 편지를 써서 보냈다. 〈당신이 나를 여자들에게 초연한 척하는 인간으로 여기는 것이 마음에 걸리는군요. 다른 건 다 좋으니 그런 생각만은 하지 않았으면 좋겠어요. 내가 지금 나무랄 데 없는 삶을 살고 있다면 수정의 시기인 40대에 성큼 들어섰기 때문이지 다른 이유는 없어요. 80대가 되면 다시 인생을 수정하게 되겠지요. 그리고 90대를 맞기 전에 나는 새롭게 거듭날 거예요! 하지만 살아서나 죽어서나 나는 도덕과는 거리가 먼 인간이에요. 나의 그런 점을 알아주면 고맙겠어요.〉 아지즈는 그 편지가 조금도 마음에 들지 않았다. 그 편지는 그의 섬세한 마음에 상처를 주었다. 그는 속내에 대한 이야기는 아무리 추잡한 것이라도 좋아했지만 일반화시키고 비교하는 것에는 항상 반감을 느꼈다. 인생은 과학책이 아니다. 그는 필딩이 떠나기 전에 무수리에서 돌아갈 수 없게 되어 유감이라는 내용의 냉랭한 답장을 보냈다. 〈보잘것없는 휴가나마 기회가 왔을 때 즐겨야지요. 이제부턴 검약의 삶을 살아야 하고 카슈미르 여행은 영원히 불가능하게 되었으니까요. 당신이 돌아올 즈음이면 나는 새로운 일자리에서 빼 빠지게 일하고 있겠군요.〉

필딩은 떠났고 하늘과 땅이 모두 캐러멜처럼 녹아내리는 찬드라푸르의 막바지 무더위 속에서 아지즈의 고약한 상상들은 사실로 확인되었다. 필딩을 좋아하면서도 그가 자신들의 속사정을 지나치게 많이 알게 된 것에 불안감을 느낀 인도인들은 아지즈의 그런 상상들을 들쑤셨다. 필딩이 떠나자마자 마무드 알리는 배신이 일어났다고 선언했다. 하미둘라도 〈확실히 요 근래에는 그의 태도가 전처럼 솔직하지 않았어〉라고 투덜거리며 아지즈에게 〈지나친 기대는 말게. 결국 그와 그녀는 우리 민족이 아니니까〉라고 경고했다. 아지즈도 〈내 2만 루피는 어디로 갔을까?〉 하고 생각했다. 그는 원래 돈에 무관심해서 씀씀이가 헤플 뿐 아니라 빚도 바로바로 갚아 버리는 성미였지만 이 2만 루피는 — 인도의 국부가 유출되고 있는 것처럼 — 속임수에 걸려 외국으로 날려 보낸 것이기에 머릿속에서 떨쳐 버릴 수가 없었다. 그는 시릴이 퀘스티드 양과 결혼할 것이라 굳게 믿게 되었고 마라바르 사건의 설명되지 않은 잔재들이 그 믿음에 기여했다. 그것은 끔찍하고 몰지각한 여행의 당연한 귀결이었고 얼마 지나지 않아 그는 결혼식이 실제 이루어진 것으로 믿게 되었다.

# 32

길게 깔린 초록색 융단 위를 네 종류의 동물들과 한 종류의 인간이 오르내리는 이집트는 매력적인 곳이었다. 필딩은 일 때문에 이곳에서 며칠 머물러야 했다. 그는 알렉산드리아에서 다시 배에 탔는데 봄베이의 복잡함과는 대조적인 깨끗하고 낮은 해안선, 청명한 하늘, 쉼 없이 불어오는 바람이 인상적이었다. 다음에는 흰 눈 덮인 산등성이가 길게 뻗어 있는 크레타 섬이 그를 환영했고 그다음에는 베네치아였다. 피아체타에 내리자 미(美)의 잔이 그의 입술에 닿았고 그는 배신행위를 하는 기분으로 그것을 마셨다. 크레타 섬의 산들과 이집트의 들판들이 그러하듯 베네치아의 건물들은 적소에 위치하고 있는 데 반해 저 가엾은 인도에서는 모든 것들이 잘못 배치되어 있었다. 그는 인도의 우상 신을 모시는 신전들과 울퉁불퉁한 산들에서 형태미를 잊고 지냈었다. 형태가 없는데 어찌 미가 있을 수 있겠는가? 이슬람 사원에서 형태는 여기저기가 불완전한 데다 초조함 때문에 경직되기까지 했는데, 아, 이 이탈리아의 성당들은! 그것이 없었다면 바다

위로 솟아오르지도 못했을 섬에 서 있는 산조르조 성당, 그것이 아니었다면 대운하로 불리지도 못하였을 운하 입구를 지키고 있는 산타마리아 델라 살루테 성당! 대학 시절에 왔을 때는 산마르코 성당의 화려한 외장에 심취했었지만 이제 모자이크나 대리석보다 고귀한 것이 느껴졌는데 그것은 인간의 작품과 그것을 떠받치고 있는 대지의 조화, 혼돈을 벗어난 문명, 살과 피를 지닌 이성적인 인간의 정신이었다. 그는 인도의 친구들에게 그림엽서를 쓰면서 그들은 지금 자신이 느끼는 기쁨을, 형태가 주는 기쁨을 느낄 수 없으며 그것이 그들과의 사이에 심각한 장벽이 된다고 생각했다. 그들은 베네치아의 화려함은 볼 것이나 그 형태는 보지 못할 것이다. 베네치아가 곧 유럽은 아니지만 이 도시는 조화로운 지중해의 일부이다. 지중해는 인간의 표준이다. 이 더없이 아름다운 바다를 벗어나게 되면 — 보스포루스 해협을 지나든 헤르쿨레스의 기둥들[34] 사이를 지나든 — 기괴하고 별난 것에 다가가게 되며 그중에서도 남쪽 출구는 가장 이상한 체험으로 이어진다. 필딩은 다시 그곳을 뒤로하고 북행 열차에 올랐으며, 6월의 미나리아재비와 데이지를 보자 영원히 잃어버렸다고 생각했던 부드럽고 낭만적인 상상들이 꽃을 피웠다.

34 전설에 따르면 헤르쿨레스가 산 하나를 둘로 쪼개어 그 사이에 지브롤터 해협이 생겼다고 하며 헤르쿨레스의 기둥들은 그 두 개의 산을 말한다.

# 제3부
# 힌두 사원

# 33

2년의 세월이 흐른 뒤, 나라얀 고드볼 교수는 마라바르산에서 서쪽으로 수백 마일 떨어진 곳에서 신 앞에 서 있었다. 신은 아직 탄생하지 않았고 자정이 되어야 세상에 올 터였다. 그러나 신은 이미 수 세기 전에 탄생했다고도 할 수 있었고, 〈우주의 지배자〉로서 인간의 생로병사를 초월하므로 영원히 탄생할 수 없다고도 할 수 있었다. 신은 존재하면서도 존재하지 않았고 존재하지 않으면서도 존재했다. 지금 신과 고드볼 교수는 긴 융단의 양 끝에 마주 서 있었다.

「투카람,[1] 투카람,
당신은 나의 아버지요 어머니이며 모든 존재.
투카람, 투카람,
당신은 나의 아버지요 어머니이며 모든 존재.
투카람, 투카람,
당신은 나의 아버지요 어머니이며 모든 존재.

1 17세기 인도의 종교 시인이며 힌두교 성자.

투카람, 투카람,

당신은 나의 아버지요 어머니이며 모든 존재.

투카람…….」

마우[2]의 궁전에 있는 이 회랑은 다른 회랑들을 통해 안뜰로 이어졌다. 이곳은 흰 벽토를 발라 아름답게 꾸며 놓긴 했지만 알록달록한 천 조각들과 무지갯빛 구슬들과 불투명한 분홍 유리로 만들어진 샹들리에들과 비딱하게 액자에 끼워진 음울한 사진들이 기둥들과 둥근 천장을 거의 가리고 있었다. 회랑 끝에는 왕실의 제식을 거행하는 작지만 유명한 제단이 있었고 탄생할 신은 은으로 만든 찻숟가락 크기의 신상에 불과했다. 융단의 양 가장자리와 인접한 회랑들과 안뜰에 구경꾼들이 넘쳐 났는데, 모두 힌두교인들로 대부분이 자신의 동네 밖에서 일어나는 일은 꿈속의 일처럼 여기는 유순한 얼굴의 시골 사람들이었다. 그들은 혹자가 진짜 인도라고 부르는 땀 흘리는 농부들이었다. 그리고 그들 사이에 작은 도시에서 온 상인들과 관리들, 궁정 신하들, 지배 계급의 자제들이 섞여 앉아 있었다. 학생들이 질서 유지를 위해 애쓰고 있었지만 그 효과는 신통치 못했다. 이곳에 모인 군중들은

2 마우의 풍경과 건축은 중부 인도의 작은 주들인 차타르푸르와 데와스에서 가져왔다. 주민들은 가상의 인물들이며 특히 노령의 왕은 순전히 상상의 산물이다. 크리슈나 축제는 데와스 궁전에서 아흐레 동안 직접 보았던 고쿨 아슈타미 대축제를 참조했으며 그것은 나에게 가장 기이하고도 강렬한 인도 체험이었다. 데와스는 마라타족 왕족의 통치를 받고 있으며 투카람은 마라타족 성자다 — 원주.

영국의 군중들과는 사뭇 다른 온화하고 행복한 상태에서 몸에 좋은 약처럼 들끓고 있었다. 차단선을 넘어 은으로 만든 신상을 훔쳐본 시골 사람들은 세상에서 가장 아름답고 환한 표정이 되었는데 그 아름다움은 결코 개인적인 것이 아니었다. 그들은 그런 아름다운 표정을 짓고 있는 동안 모두 닮은 얼굴이 되었고 그 표정이 가신 뒤에야 미천한 개인들로 돌아갔기 때문이다. 그건 음악도 매한가지였다. 그곳의 음악은 하도 여러 곳에서 나왔기 때문에 그 총합은 출처에서 자유로울 수 있었다. 관악기 소리, 타악기 소리, 인간의 낮은 노랫소리가 하나의 덩어리로 합쳐져 궁전을 한 바퀴 돌고 천둥소리와 만났다. 밤새 간간이 비가 내렸다.

고드볼 교수의 성가대가 나설 차례였다. 그는 교육부 장관으로서 이 특별한 영예를 안게 되었다. 먼저 노래한 성가대가 군중 속으로 흩어지자 그는 성스러운 노래가 끊이지 않도록 목청을 돋우어 노래하며 뒤쪽에서 급히 나왔다. 그는 맨발에 흰옷을 입고 연푸른색 터번을 쓰고 있었는데 금테 코안경이 재스민 화환에 걸려 비스듬히 흘러 내려와 있었다. 그는 자신을 보조하는 여섯 명의 단원들과 함께 심벌즈를 치고 작은북을 울리고 손풍금을 치면서 노래했다.

「투카람, 투카람,
당신은 나의 아버지요 어머니이며 모든 존재.
투카람, 투카람,
당신은 나의 아버지요 어머니이며 모든 존재.

투카람, 투카람…….」

그들은 앞에 있는 신이 아닌 성자 투카람에게 바치는 노래를 부르고 있었다. 그들은 비힌두교인들이 온당하게 여기는 일을 하지 않았으며 인도의 승리라고 할 수 있는 이것은 — 우리의 표현을 빌리자면 — 하나의 혼돈이며, 이성과 형태의 실패였다. 신은 어디 있으며, 이곳의 군중은 누구를 모시기 위해 모인 것인가? 신은 잡다한 것들이 뒤죽박죽 널려 있는 자신의 제단에 있었지만 후손들 사이에 끼여 눈에 잘 띄지도 않고, 장미 꽃잎에 묻히고, 위를 덮은 석판화들에 압도되고, 왕의 조상들을 나타내는 황금빛 위패들의 광채에 눌려 알아보기도 어려웠으며, 바람이라도 불면 갈가리 찢긴 바나나 잎사귀에 가려 완전히 모습을 감추고 말았다. 그를 위해 수백 개의 전등이 밝혀져 있었지만 — 그 발전기 소리에 찬가의 리듬이 깨졌다 — 그의 얼굴은 보이지 않았다. 그에게 바치는 수백 개의 은접시들이 그의 주위에 쌓여 있었지만 최소한의 효과만을 발휘했다. 이 왕국의 시인들이 쓴 비문(碑文)들이 읽을 수도 없는 곳들에 걸려 있거나 벽토에서 못이 빠져 뒹굴고 있었는데, 그중에 신의 보편성을 나타내기 위해 영어로 쓰긴 했으되 도안가의 실수로 그만 〈God si Love〉라고 새겨진 것이 있었다.

God si Love. 이것이 인도의 최후의 메시지일까?

「투카람, 투카람…….」

푸르다 뒤에서 서로 자기 자식을 앞에 세우려는 두 어머니의 말다툼이 들려왔고 그 소리에 힘입어 성가대는 노래를 이어 갔다. 푸르다 뒤에서 작은 여자아이의 다리 하나가 뱀장어처럼 삐져나왔다. 안뜰에서는 비에 흠뻑 젖은 소규모 유럽식 악단이 더듬거리며 왈츠를 연주하기 시작했다. 그들이 연주하는 곡은 〈환희의 밤〉이었다. 성가대는 이 경쟁자에게 동요되지 않았는데 그건 그들이 경쟁을 초월해서 살고 있기 때문이었다. 고드볼 교수의 정신에서 외적인 일을 돌보는 부분은 극히 작아서 한참이 지나서야 코안경이 흘러내려 바로 고쳐 쓰지 않고는 새 곡을 고를 수 없음을 깨달았다. 그는 심벌즈 하나를 내려놓고 한 손에 든 심벌즈를 허공에 대고 치면서 남은 손으로 목에 건 화환을 더듬었다. 성가대원 하나가 거들었다. 그들은 서로의 잿빛 콧수염을 맞대고 노래를 부르며 화환에 걸린 코안경 줄을 풀었다. 안경을 고쳐 쓴 고드볼이 악보를 본 다음 북 치는 사람에게 뭐라고 한마디했고, 그러자 북 치는 사람은 리듬을 깨고 모호한 작은 소리를 낸 다음 새로운 리듬으로 넘어갔다. 신명 나는 새 노래는 노래하는 이들에게 더욱 명료한 심상을 불러일으켜 나른하고 얼빠진 표정이 되게 하였다. 그들은 모든 인간들을, 온 우주를, 보편적인 온정 속으로 녹아들기 위해 잠시 떠오른 과거의 파편들을 — 그 미세한 부분까지도 — 사랑했다. 그리하여 고드볼은 — 비록 그에게 중요한 존재는 아니었지만 — 찬드라푸르 시절에 만났던 한 노부인을 떠올렸다. 그녀는 우연히 그의 마음속에 떠올랐던 것이며 그가 선택한 것은 아니었다. 그녀는 애원하는 영상들의 무리 중 하나일 뿐이었고 그는 자신의 영력(靈力)으로 그녀를 완성의 영역에 들여보냈다. 재건이 아니라 완성. 고드볼은 점차 의식이 흐려졌고 말벌 한 마리가 떠올랐다. 그 말벌이 어디 앉아 있었더라? 돌멩이 위에? 노부인을 사랑하듯 그 말벌을 사랑하는 그는 그것도 완성의 영역으로 보냈다. 그는 신을 흉내 내고 있었다. 그렇다면 말벌이 앉아 있었던 돌멩이까지도……? 아니, 돌멩이까지 시도한 것은 잘못이었다. 그는 논리와 의식적인 노력에 이끌려 붉은 융단 위로 돌아왔고 자신이 그 위에서 춤을 추고 있음을 깨달았다. 그는 제단까지 거리의 3분의 1을 오가며 심벌즈를 울리고 작은 다리들을 경쾌하게 움직이며 춤을 추었고 성가대원들도 그와 함께 춤을 추었다. 소음, 소음, 더 요란해진 유럽식 악단, 제단 위의 향, 땀, 휘황찬란한 불빛, 바나나에 부는 바람, 소음, 천둥. 두 손을 들어 올리고 그의 영혼이라 할 수 있는 미세한 반향음을 내보내며 손목시계를 보니 11시 50분이었다. 군중의 함성이 더 커졌다. 그는 계속 춤을 추었다. 회랑에 쪼그려 앉아 있던 소년들과 남자들이 그 자세 그대로 들어 올려져서 이웃들의 무릎 위로 떨어졌다. 그렇게 길을 내면서 가마 한 대가 다가왔다.

그 가마에는 노령의 국왕이 타고 있었는데 의사들의 만류를 뿌리치고 탄생 의식을 보러 온 것이었다.

아무도 왕을 환영하는 이가 없었고 왕도 그것을 바라지 않았다. 지금은 인간의 영예를 위한 시간이 아니기 때문이었다. 또, 가마를 내릴 수도 없었는데 그것을 내려놓으면 왕좌가 되어 신성 모독이 될 것이기 때문이다. 왕은 공중에 떠 있는 가마에서 내려져 제단 가까이의 융단 위에 앉혀졌으며, 시종들이 그의 긴 턱수염을 바로 하고 그의 다리를 엉덩이로 밀어 넣었으며 손에 붉은 가루가 담긴 종이를 쥐여 주었다. 왕은 병약한 몸을 회랑 기둥에 기대고 가득 고인 눈물로 눈이 부풀어 오른 채 앉아 있었다.

그는 오래 기다리지 않아도 되었다. 다른 것들은 다 시간을 어기는 땅이었지만 신의 탄생 시간만은 철저히 지켜졌다. 탄생 3분 전에 승려 하나가 크리슈나의 애매한 탄생기에서 베들레헴 역할을 하는 고쿨 마을의 모형을 들고 나와서 제단 앞에 놓았다. 약 1평방미터 크기의 나무 쟁반에 놓인 그 모형은 진흙으로 만든 것으로 청색과 흰색 칠과 장식 리본으로 화려하게 꾸며져 있었다. 칸사왕이 — 그는 헤롯왕과 같은 존재였다 — 가분수형의 두상을 하고 자신의 몸에 비해 너무 작은 의자에 앉아 무고한 이들의 살해를 명령하고 있었고 한쪽 구석에서는 꿈속에서 떠나라는 경고를 들은 크리슈나의 부모가 서 있었다. 그 모형은 신성하진 않았지만 사람들로 하여금 진짜 신상에서 시선을 돌리게 하였고, 그들의 종교적인 혼란을 가중시킨다는 점에서 단순한 장식물의 차원을 넘어섰다. 몇몇 사람들은 크리슈나의 탄생이 이루어진 것이 분명하다고, 아니면 지금 그분을 볼 수 없을 거라고 진심으로 말했다. 하지만 시계가 자정을 알리는 동시에 귀를 찢는 소라고동 소리가 울리자, 코끼리들이 일제히 울음소리를 내고 가루를 들고 있던 사람들이 제단으로 그것을 던졌으며,

장밋빛 먼지와 향 속에서 요란한 악기 소리, 외침 소리와 함께 〈무한의 사랑〉이 크리슈나 신의 형상으로 태어나 세상을 구원했다. 인도인뿐 아니라 외국인, 새, 동굴, 철도, 그리고 별들의 슬픔까지도 모두 소멸되어 환희와 웃음이 되었으며, 병도 의심도 오해도 잔인함도 공포도 존재하지 않았다. 어떤 이들은 껑충껑충 뛰고, 어떤 이들은 넙죽 엎드려 그 만인의 연인의 맨발을 껴안았으며, 푸르다 뒤의 여자들은 손바닥으로 뺨을 때리며 날카로운 비명을 질러 댔고, 조그만 여자아이 하나가 몰래 빠져나와 길게 땋아 내린 검은 머리를 날리며 혼자 춤을 추었다. 크리슈나의 탄생 축제는 육체의 향연은 아니었다. 육체의 향연은 사원의 전통이 금하는 일이었다. 그것은 정신의 향연이었다. 그들의 정신은 미지의 존재를, 아름다움 그 자체를 손에 넣기 위해 과학과 역사를 다 팽개치고 필사적으로 몸부림쳤다. 그렇다면 그것은 성공했는가? 그 후에 쓰인 책들은 〈그렇다〉고 말한다. 하지만 만일 그런 사건이 벌어진다면 그것은 나중에 어떤 방식으로 기억될 수 있을까? 그것 자체 말고 다른 무엇으로 표현될 수 있을까? 종교의 신비는 믿지 않는 사람들에게만 수수께끼로 남는 것이 아니라 열렬한 신자에게도 그러하다. 물론 본인이 원한다면 자신이 신과 함께 있었다고 생각할 수도 있겠지만 그런 생각을 하는 순간 그것은 역사가 되고 시간의 지배를 받게 된다.

혼응지[3]로 만든 코브라가 융단 위에 나타났고 흔들리는 나무 요람도 나왔다. 고드볼 교수는 빨간 비단 보자기를 품

3 송진과 기름을 먹인 딱딱한 종이.

에 안고 요람으로 다가갔다. 보자기는 신이었다. 아니, 신상은 희미한 제단에 그대로 있으니 신이 아니었다. 그것은 아기의 형상으로 접은 보자기에 불과했다. 교수가 아기를 어르며 왕에게 주자 왕은 있는 힘을 다해 〈이 아기를 크리슈나라고 부르겠노라〉고 말한 뒤 요람에 뉘었다. 주의 구원을 목도한 그의 눈에서 눈물이 쏟아졌다. 그는 예전처럼 비단으로 된 아기를 들어 구경꾼들에게 보여 주기엔 너무 기가 쇠해 있었다. 시종들이 그를 들어 가마에 태웠고, 군중들을 헤치고 새 길이 뚫렸으며, 왕은 궁전의 덜 신성한 장소로 옮겨졌다. 바깥 계단을 통해 서양 과학에 이를 수 있는 방에서 그의 주치의인 닥터 아지즈가 대기하고 있었다. 신전까지 동행했던 힌두교인 주치의가 간단히 증상들을 보고했다. 황홀경에서 벗어나면서 환자는 신경질적이 되었다. 발전기를 돌리는 증기 기관의 소음이 귀에 거슬린 그는 왜 저런 물건을 궁전에 들여놓았는지 물었다. 시종들은 알아보겠다고 대답한 뒤 진정제를 투여했다.

한편 신성한 회랑에서는 환희가 들끓어 유쾌한 놀이판이 벌어졌다. 새로 태어난 신에게 즐거움을 선사하는 다양한 유희들을 벌이고 크리슈나가 브린다반의 바람둥이 젖 짜는 처녀와 나눈 사랑놀이를 재현하는 것이 그들의 의무였다. 여기서 버터가 중요한 역할을 했다. 요람이 치워지자 이 나라의 높은 귀족들이 모여 무해한 장난을 시작했다. 그들은 터번을 벗었고 그중 하나가 버터 덩어리를 이마 위에 올려놓고 그것이 코를 거쳐 입으로 떨어지기를 기다렸다. 하지만 버터가 입에 닿기 전에 다른 귀족이 뒤에서 몰래 다가가 그 녹아 가는 버터를 날름 자기 입에 넣었다. 신의 유머 감각도 그들의 것과 다르지 않음을 발견한 구경꾼들이 즐거운 폭소를 터뜨렸다. 〈God si Love!〉 신의 나라에도 장난이 존재한다. 신도 자신에게 짓궂은 장난들을 친다. 자기 엉덩이 밑에서 의자를 빼기도 하고, 터번에 불을 붙이기도 하고, 목욕할 때 속옷을 감추기도 한다. 이러한 숭배 방식은 고상한 취향을 버리고 기독교가 멀리하는 유희를 포함시켰다. 구원에는 세상의 모든 물질들뿐 아니라 모든 정신들도 참여해야 하기 때문에 짓궂은 장난도 금지될 수 없다. 그들은 버터를 삼킨 뒤 이번에는 품위 있는 놀이를 시작했는데 그것은 어린아이의 모습을 한 크리슈나를 쓰다듬어 주는 것이었다. 빨강과 금색으로 된 예쁜 공을 던지면 그 공을 받는 사람이 군중들 속에서 아이 하나를 골라 품에 안고 돌아다니고, 사람들이 그 아이를 쓰다듬어 주는 놀이였다. 모두들 사랑스러운 아이를 창조주로 여기고 쓰다듬으며 덕담을 웅얼거렸다. 그 아이가 제 부모의 품으로 돌아가면 다시 공을 던졌고 이제 다른 아이가 잠시 〈세상의 희망〉이 되었다. 신이 회랑에서 이리저리 튀어 다니고 운 좋은 사람이 그를 잡는 이 운수 놀음은 유한한 존재인 인간 아이들에게 신의 불멸성을 부여하는 행위였다. 그들은 이 놀이를 실컷 즐긴 뒤 — 지루함을 모르는 그들은 이 놀이를 하고 또 하고 또 했다 — 막대기들을 꺼내 휘두르며 판다바 전쟁[4]놀이를 하다가, 붉은 칠을 하고 말린 무화과를 화관

4 다섯 명의 선한 판다바 형제들이 악한 사촌들에 대항하여 벌인 전쟁

처럼 씌운 커다란 검정색 항아리를 그물에 싸서 지붕에 매달았다. 신명 나는 놀이가 시작되었다. 사람들은 공중으로 펄쩍펄쩍 뛰어올라 막대기로 항아리를 때렸다. 항아리가 금이 가고 깨지면서 기름진 쌀밥과 응고된 우유가 그들의 얼굴로 쏟아졌다. 그들은 그것들을 입에 묻혀 가며 먹기도 하고, 융단 위에 떨어진 것들을 먹기 위해 바닥으로 몸을 던지기도 했다. 이 신성한 혼란은 이리저리 퍼져 갔고 그때까지 군중들을 저지하는 역할을 해왔던 학생들까지 대열을 이탈하여 자신의 몫을 챙겼다. 회랑들과 안뜰에 온화한 혼란이 가득했다. 파리들까지 깨어 신의 하사품 중에서 제 몫을 요구했다. 이 선물은 신을 흉내 내어 다른 사람에게 나눠 주어야 복을 받는 것이므로 다툼 같은 건 없었다. 그리고 그런 〈흉내〉와 〈대입〉은 여러 시간 동안 이어지면서 사람들의 가슴에 저마다의 능력에 맞게, 다른 때라면 느끼지 못했을 하나의 감정을 일깨웠다. 하지만 행사가 끝난 뒤 사람들은 탄생된 것이 은으로 만든 신상인지, 진흙으로 빚은 마을인지, 비단 보자기인지, 무형의 영(靈)인지, 종교적인 결의인지 알지 못했다. 어쩌면 이 모두인지도 모른다! 어쩌면 아무것도 탄생하지 않았는지도 모른다! 어쩌면 모든 탄생은 하나의 상징인지도 모른다! 어쨌거나 이 축제는 힌두교의 주요 행사로 기묘한 생각들을 유발했다. 고드볼 교수는 기름과 먼지로 뒤범벅이 된 채 다시 한 번 영의 세계에 빠져 들었다. 다시 무어 부인

으로 크리슈나는 셋째 아르쥬나의 마부 노릇을 하면서 그에게 인생의 진리를 가르쳐 주었다고 한다.

이 점점 또렷하게 보이기 시작했는데 그녀의 주위에 고민들이 달라붙어 있는 것이 흐릿하게 나타났다. 그는 브라만이고 그녀는 기독교인이었지만 그것은 전혀 중요하지 않았다. 그녀의 모습이 기억의 속임수인지 텔레파시인지도 전혀 중요하지 않았다. 다만 신의 입장이 되어 그녀를 사랑하고 그녀의 입장이 되어 신에게 〈오소서, 오소서, 오소서〉라고 호소하는 것이 그의 의무이고 바람이었다. 이것이 그가 할 수 있는 전부였다. 이 얼마나 불충분한가! 그러나 사람은 저마다의 능력에 따라 살아야 하고 그는 자신의 능력이 미미함을 알고 있었다. 그는 사원을 나서서 비에 젖은 잿빛 아침 속으로 들어가며 생각했다. 〈한 영국인 노부인과 한 마리의 작고 작은 말벌. 그것은 대수롭지 않은 것 같지만 내가 나 자신인 것보다 중요한 것이지.〉

# 34

바로 그 시각에 닥터 아지즈도 궁전을 나섰다. 그는 중심가를 더 올라가면 나오는 쾌적한 정원에 위치한 자신의 집으로 돌아가다가 고드볼이 진창에서 철벅거리며 놀고 있는 것을 보았다. 「안녕하세요!」 그가 소리쳐 불렀다. 하지만 노인은 방해받고 싶지 않다는 뜻의 팔 동작을 해 보였다. 「죄송합니다.」 아지즈가 얼른 말했다. 그러자 고드볼은 머리와 몸이 분리된 것처럼 보일 정도로 고개를 돌리더니 그의 마음과는 아무 관계도 없는 긴장된 목소리로 말했다. 「그가 유럽인 영빈관에 와 있을 거예요. 최소한 그럴 가능성은 있어요.」

「그가요? 언제부터요?」

하지만 고드볼에게 시간은 너무 분명한 것이었다. 그는 아까보다 더 모호하게 팔을 흔들고는 사라져 버렸다. 아지즈는 〈그〉가 필딩이라는 것을 알았지만 이대로 조용히 살고 싶어서 그를 머릿속에서 떨쳐 내며 홍수로 그가 오지 못했으리라 생각했다. 그의 정원 문가에도 작은 실개천이 생겨서 그에게 희망을 주었다. 이런 날씨에 데오라에서 이곳까지 건너

올 수 있는 사람은 없으리라. 필딩의 방문은 공적인 것이었다. 그는 찬드라푸르에서 전출되어 중부 인도를 돌며 토후국들의 영국식 교육의 실태를 파악하는 임무를 수행하고 있었다. 그는 퀘스티드 양과 결혼한 몸이기에 아지즈는 다시는 그를 보고 싶지 않았다.

아지즈는 고드볼이 사랑스럽다는 생각을 하며 미소 지었다. 그는 종교적인 호기심이 없었기에 해마다 열리는 이 기괴한 행사의 의미를 아직도 알지 못했지만 고드볼이 마음씨 착한 노인이라는 건 확신하고 있었다. 아지즈는 고드볼을 통해 마우에 왔고 아직도 그에게 의지하고 있었다. 고드볼이 아니었다면 찬드라푸르의 문제들과는 완전히 다른 이곳의 문제들을 결코 이해할 수 없었을 터였다. 이곳에서는 브라만과 비브라만의 분열이 존재했고 이슬람교인들과 영국인들은 관심 밖이라, 어떤 때는 며칠씩 사람들의 입에 오르지도 않았다. 고드볼이 브라만이었기에 아지즈도 모의를 꾸밀 때 브라만이 되기도 했으며 두 사람은 이에 대해 자주 농담했다. 인도의 분열은 끝이 없어서 멀리서 보면 그토록 단결된 모습인 힌두교조차 수많은 종파로 나뉘어 사방으로 퍼져 나가고 합쳐졌으며 상황에 따라 그 이름이 바뀌었다. 최고의 선생들을 모시고 여러 해 동안 공부해도 고개를 들고 보면 그들의 가르침 중 어느 것 하나 완전히 맞아떨어지는 게 없는 것이 힌두교다. 아지즈는 취임식 날 〈저는 아무것도 공부하지 않으며 존중할 뿐입니다〉라는 발언으로 좋은 인상을 남겼다. 지금 이곳 사람들은 그에 대해 최소한의 편견만을 갖고 있었다. 명목상으로는 힌두교인 의사 밑에 있었지만 그는 사실상 왕실의 수석 의사 노릇을 하고 있었다. 그는 예방접종과 서양 의술을 포기해야 했지만 어차피 찬드라푸르에서도 그의 직업은 수술대를 가운데 놓고 벌이는 놀이에 불과했었다. 때문에 이곳 산간벽지에서 그는 의료 기구들이 녹슬도록 방치하며 자신의 작은 병원을 건성으로 꾸려 나갔고 절대 환자들에게 불필요한 공포를 안겨 주지 않았다.

영국인들로부터 도망치려는 그의 욕구는 정상적인 것이었다. 영국인들은 그에게 영원히 잊지 못할 공포를 주었고, 그런 공포에 대해 인간이 보일 수 있는 반응은 위원회에 나가서 큰 소리로 불만을 떠들거나 영국인들이 찾아오지 않는 정글로 숨어 들어가는 것밖에 없기 때문이었다. 그의 변호사 친구들은 그가 영국령 인도에 남아 반영(反英) 운동을 돕기를 바랐고 필딩의 배신이 아니었다면 그들의 설득에 넘어갔을지도 몰랐다. 필딩의 결혼 소식은 그에게 조금도 놀랍지 않았다. 재판이 끝나고 시릴이 축하 행렬에 끼지 않았을 때 이미 둘 사이는 금이 가기 시작했으며, 그가 퀘스티드 양을 감싸고돌면서 골이 더 깊어지다가, 베네치아에서 날아온 엽서에는 모두들 뭔가 문제가 생겼다고 의견의 일치를 보았을 만큼 냉랭하고 비우호적인 내용이 씌어 있었다. 그리고 한동안의 침묵 끝에 햄스테드에서 예상했던 편지가 날아들었다. 편지가 도착했을 때 그는 마무드 알리와 함께 있었다. 〈당신이 들으면 놀랄 소식이 있어요. 당신이 아는 사람과 결혼하게 되어…….〉 아지즈는 더 이상 읽지 않고 마무드 알리에게

던지며 말했다. 「드디어 올 것이 왔네요. 대신 답장해 주세요.」 그다음에 편지가 몇 통 더 왔지만 그는 뜯지도 않고 없애 버렸다. 그것이 바로 어리석은 실험의 종말이었다. 이따금 마음 한구석에서 그래도 필딩이 자신을 위해 희생했던 건 사실이라는 생각이 고개를 들었지만 이제 그 모든 것이 영국인들에 대한 증오와 뒤섞여 있었다. 〈마침내 난 인도인이 된 거야.〉 그는 빗속에 미동도 않고 서서 그렇게 생각했다.

즐거운 나날들이 이어졌고 날씨가 좋아서 1년 내내 아이들과 함께 지낼 수 있었으며 다시 결혼도 했다. 엄밀히 말하면 결혼이라고 할 수 없었지만 그는 그렇게 생각하고 싶었다. 그는 페르시아어 시들을 읽고, 몸소 시를 쓰고, 말을 타고, 선량한 힌두교인들이 한눈을 파는 틈을 타서 가끔 사냥도 즐겼다. 그의 시들은 한결같이 동양의 여성에 대해 노래하고 있었다. 그의 모든 시들은 〈푸르다는 없어져야 한다. 그렇지 않으면 우리는 영원히 자유롭지 못하리라〉는 후렴구를 담고 있었다. 그리고 플라시 전투[5]에 여자들까지 가세했다면 인도는 정복되지 않았으리란 괴변을 토해 냈다. 〈그러나 우리는 외국인들에게 우리의 여인들을 보여 주지 않네.〉 하지만 구체적으로 어떻게 해야 하는지에 대해서는 설명하지 않았는데 시에는 설명이 필요하지 않기 때문이었다. 또한 불불과 장미가 아직도 그의 시를 떠나지 않고 있었고, 그의 피를 타고 흐르는 이슬람의 쇠망에 대한 애상도 현대적인 것들이 몰아낼 수 없었다. 그를 닮아 논리적이지 못한 시들이었

5 1757년 벵골에서 영국인들을 추방하기 위해 벌인 싸움.

다. 그러나 새로운 가정(家庭)이 없이는 모국이 있을 수 없다는 진실이 담겨 있었다. 그러다 어떤 시에서는 진심으로 사랑하지는 않는 모국을 건너뛰고 곧장 국제적인 것으로 넘어갔는데 고드볼은 이 시만 마음에 들어 하며 이렇게 말했다. 「아, 그것이 박티[6]지요. 아, 나의 젊은 친구, 이 시는 색다르고 무척 훌륭해요. 아, 움직이지 않는 것처럼 보이는 인도는 다른 나라들이 허송세월만 보내고 있는 동안 그곳으로 직행할 것이오. 이 시를 힌두어로 옮겨도 되겠소? 큰 깨달음을 주는 시라 산스크리트어로 옮겨도 되겠어요. 물론 당신의 다른 시들도 다 훌륭해요. 지난번에 매그스 대령이 찾아왔을 때 국왕 폐하께서 우리 모두 당신을 자랑스럽게 여긴다고 하셨어요.」 그러면서 그는 능글맞게 웃었다.

매그스 대령은 이 지역의 정치 고문으로 아지즈가 이곳에 오는 것을 방해하려다 실패한 인물이었다. 재판이 끝난 후로 아지즈는 줄곧 형사부의 감시를 받아 왔다. 그들은 아지즈에게 특별한 혐의를 두고 있진 않았지만 불미스러운 사건이 있었던 인도인은 감시가 필요하다는 원칙을 갖고 있었고, 아지즈는 퀘스티드 양의 실수 덕에 평생 감시당하는 신세가 된 것이었다. 요주의 인물이 마우에 온다는 소식을 듣고 걱정이 된 매그스 대령은 이슬람교인 의사가 신성한 몸을 만지게 할 것이냐며 늙은 왕을 놀렸다. 몇 해 전이었다면 왕은 그 말뜻을 알아차렸을 터였다. 그때는 영국에서 온 정치 고문이 무

6 Bhakti. 힌두교에서 자신이 섬기는 신을 극진히 사랑하고 봉헌하는 신앙.

시무시한 존재여서, 곤란한 때에 대영 제국을 등에 엎고 찾아와 토후국의 정치판을 새로 짰고, 자동차와 호랑이 사냥을 요구했으며, 영빈관의 전망을 망친다고 나무들을 베어 냈고, 자신이 보는 앞에서 소젖을 짜도록 요구했으며, 내정을 간섭했었다. 그러나 총독부가 정책을 바꾸면서 지방 관리들의 횡포를 비호하지 않게 되었고 그런 사실을 알게 된 토후국들은 서로 정보를 교환하게 되었으며, 그것은 결실이 있었다. 그리하여 마우에서는 매그스 대령이 어느 선까지 참는지 시험해 보는 게 각 부처마다 즐기는 재미난 게임이 되었다. 매그스 대령은 닥터 아지즈가 왕실 의사로 임명되는 것을 참아야 했다. 국왕이 그의 암시를 무시했고, 힌두교인들이 총독 각하의 개화된 명령 덕에 덜 배타적이 되었으니 시대의 흐름에 따르는 것이 자신의 의무가 아니겠냐고 대답했던 것이다.

그랬다. 지금까지는 만사가 순조로웠다. 그런데 왕국 전체가 축제 분위기에 휩싸여 있는 지금 아지즈는 전혀 다른 종류의 위기를 맞고 있었다. 집에 도착하니 편지 한 장이 기다리고 있었다. 필딩이 밤사이에 도착했고 고드볼도 그런 사실을 알고 있었던 게 분명했다. 편지의 수신인이 고드볼로 되어 있는 데다 노인은 그 편지를 아지즈에게 보내기 전에 내용을 읽고 여백에다 〈기쁜 소식이긴 하지만 애석하게도 나는 종교적인 임무들 때문에 아무런 행동도 취할 수 없군요〉라고 써 놓았던 것이다. 필딩은 편지에 데릭 양이 일했던 무드쿨을 시찰했고, 데오라에서 하마터면 익사할 뻔했으며, 예정대로 마우에 도착했고, 이곳에 이틀 동안 머물며 옛 친구인 고드볼이 이룬 여러 교육적 혁신들을 살펴보고 싶다고 써놓았다. 혼자 온 것이 아니라 아내와 처남이 같이 왔다는 내용도 있었다. 그리고 그다음엔 영빈관에서 늘 나오는 불평들이 이어졌다. 계란도 없고 모기장도 찢어졌다. 국왕 폐하는 언제 만날 수 있는가? 횃불 행렬이 벌어진다는 게 사실이냐? 그렇다면 구경해도 되겠는가? 폐를 끼치고 싶은 생각은 없고 발코니에서 구경하거나 아니면 배를 타고 나가서…….
아지즈는 편지를 찢어 버렸다. 퀘스티드 양에게 인도인의 삶을 보여 주는 것은 이제 신물이 났다. 배신자에, 소름 끼치는 마귀할멈 같으니! 악당들이 모두 모였다. 아지즈는 그들을 피하고 싶었지만 그들이 마우에 며칠간 머문다니 그러기가 쉽지 않을 것 같았다. 아래쪽 지역은 홍수가 더 심해서 아시르가르 철도역 방향으로 옅은 회색의 호수들이 보였다.

# 35

아지즈가 마우를 찾기 오래전에 또 한 사람의 젊은 이슬람교인이 이곳에 은둔했고 그는 성자가 되었다. 그의 어머니는 아들에게 〈죄수들을 풀어 주라〉고 말했다. 그래서 그는 검을 들고 요새로 올라갔다. 그가 문을 열자 죄수들은 우르르 몰려나와서 원래 일자리로 돌아갔다. 하지만 화가 머리끝까지 치민 경찰이 그 젊은이의 목을 벴다. 젊은이는 이에 굴하지 않고 요새와 도시의 경계를 이루는 바위산을 넘어 길을 막는 경찰들을 죽이면서 어머니의 집 앞까지 가서 쓰러졌다. 그는 어머니의 명령을 완수한 것이다. 그 뒤 이곳에는 그를 위한 사당 두 개가 세워졌으며 — 성자의 머리를 모신 사당은 산 위에, 몸을 모신 사당은 아래에 있다 — 근처에 사는 얼마 안 되는 이슬람교인들은 물론 힌두교인들까지도 사당에 찾아와 참배했다. 〈알라 외에는 신이 없다〉는 우상 숭배를 금하는 가르침은 마우의 온화한 분위기에 녹아 흐지부지되었으며 원래 그것은 순례자나 대학에 맞는 것이지 봉건 제도와 농업에는 맞지 않았다. 아지즈는 이곳에 처음 도착했을 때 이슬람교인 사이에서도 우상 숭배가 이루어지는 것을 보고 경멸을 느꼈으며 알람기르 황제처럼 이곳을 정화시키고 싶은 욕구에 젖었다. 그러나 곧 그는 악바르 황제처럼 그런 일에 신경 쓰지 않게 되었다. 어쨌거나 이 성자는 죄수들을 풀어 줬고 자신도 한때는 죄수의 몸이 아니었던가. 성자의 몸을 모신 사당은 아지즈의 집 정원에 있어서 매주 등불들과 꽃들이 수북이 쌓였으며, 아지즈는 그것들을 볼 때마다 자신이 당한 고통이 떠올랐다. 그리고 성자의 머리를 모신 사당도 아이들을 데리고 산책을 즐기기에 좋은 가까운 거리에 있었다. 마침 탄생 의식 다음 날이 쉬는 날이었으므로 그는 아이들과 산책에 나섰다. 딸 자밀라는 그의 손을 잡고 아들 아메드와 카림은 앞에서 뛰어가며 머리 없는 몸은 어떤 모습이었을지, 그것을 만나면 겁에 질리게 될 것인지 아닌지에 대해 옥신각신했다. 아이들이 미신을 믿는 것을 원치 않는 아지즈는 두 아들을 꾸짖었고 예의 바르게 자란 아들들은 〈예, 아버지〉라고 대답했지만 아버지를 닮아 논리가 통하지 않는 성격들이라 잠시 입을 다물고 있다가 다시 본성이 시키는 대로 말하기 시작했다.

정상의 수풀 사이에 날씬한 팔각 건물이 우뚝 솟아 있었다. 성자의 머리를 모신 사당으로 지붕이 없어서 그냥 병풍 역할만 하고 있었다. 그 안에 소박한 돔이 웅크리고 있었고 그 돔 아래 사라사 천으로 감싼 묘비가 쇠창살 사이로 보였다. 팔각 벽 안쪽 모서리들은 벌집들 천지였고 부서진 날개들과 공중의 부스러기들이 보슬비처럼 내려 축축하게 젖은 포장된 바닥을 온통 뒤덮고 있었다. 모하메드 라티프에게 벌의 성질에 대해 들은 아메드가 〈벌은 순결하게 살기 때문에 우리를 해치지 않을 거야〉라고 말하며 용감하게 밀고 들어갔다. 그러나 누나 자밀라는 조심스러웠다. 그들은 사당에서 나와 크기와 모양이 난로의 방화용 가리개와 비슷한 이슬람 사원으로 갔다. 찬드라푸르의 아치형 회랑들로 이루어진 사원이 폐허가 되어 벽토를 바른 벽과 양 끝에 불룩한 첨탑 자리만 남은 듯한 모습이었다. 그 우스꽝스러운 폐허는 그나마 밑을 받치고 있는 바위가 산 아래로 미끄러져 내려가고 있어서 기우뚱하게 기울어져 있었다. 그것과 사당은 아라비아의 항거가 남긴 기묘한 산물이었다.

그들은 아무도 없는 낡은 요새를 돌아다니며 다양한 경치를 감상했다. 그들의 눈에는 비를 잔뜩 머금은 잿빛 하늘도, 웅덩이들이 마마 자국처럼 팬 질척거리는 땅도 유쾌하기만 한 풍경이었다. 최근 3년 중 최고의 우기라 저수지들이 벌써 가득 차 있었고 풍작도 가능했다. 필딩 일행이 데오라의 홍수를 피해 왔던 길인 강 쪽으로 엄청난 폭우가 쏟아져 우편물은 강을 가로질러 매단 밧줄을 이용해 전달되었다. 숲 사이로 골짜기가 보였고, 그 위로 다이아몬드 광산의 위치를 알려 주는 바위들이 빗물에 젖어 반짝거리고 있었다. 그 바로 아래에 홍수로 고립된, 푸르다 관습을 잘 지키지 않는 공주의 작은 거처가 있었는데 정원에서 시녀들과 물장난을 치며 지붕 위의 원숭이들에게 사리를 흔드는 공주의 모습이 보였다. 하지만 그쪽은 보지 않는 편이 나았고 유럽인 영빈관

쪽도 마찬가지였다. 영빈관 너머에도 잿빛과 초록빛의 음침한 산이 솟아 있었고 그 산은 흰 불꽃들 같은 사원들로 뒤덮여 있었다. 그쪽에만도 2백 명이 넘는 신들이 서로 빈번히 왕래하며 살고 있었는데 그들은 수많은 암소들과 판 산업은 물론 아시르가르 버스 사업 지분까지 소유하고 있었다. 그들 중 다수가 지금 궁전에서 더할 수 없이 즐거운 시간을 보내고 있었으며 여행을 하기엔 너무 자부심이 강하거나 몸집이 큰 신들은 자신을 나타내는 상징물들을 대신 보낸 상태였다. 그곳엔 종교와 비가 충만했다.

아메드와 카림은 기쁨에 찬 비명을 내지르며 흰 셔츠를 펄럭거리고 요새를 누비며 다녔다. 그러다가 해묵은 청동 대포를 멍하니 바라보고 있는 죄수들의 대열에 맞닥뜨렸다. 「여기서 누가 사면을 받을 거예요?」 아이들이 물었다. 오늘 밤 크리슈나 신의 행렬이 있을 것이기 때문이었다. 신은 왕국의 모든 권력자들의 호위를 받으며 궁을 떠나 지금은 도시에 있는 감옥을 지날 것이다. 이때 신은 문명의 못을 움직이게 하여 죄수 하나를 풀려나게 할 것이며,[7] 그다음엔 영빈관 정원까지 뻗어 있는 거대한 마우 저수지로 향하여 최후의 권화[8]를 행한 후 잠에 들 것이다. 아지즈 가족은 이슬람교인이라 거기까지는 알지 못했지만 신이 감옥에 찾아가는 것은 상식이었다. 죄수들은 눈을 내리깔고 미소 지으며 구원의 가

7 「요한의 복음서」 5장 4절 참조. 천사가 가끔 못에 내려와 물을 휘젓곤 하는데 물이 움직인 후에 맨 먼저 들어가는 자는 어떤 병에 걸렸든지 낫게 되었다.

8 權化. 신이나 부처가 여러 몸으로 나타나 세상을 교화하는 것.

능성에 대해 이야기했다. 다리에 족쇄를 차고 있는 것만 빼면 그들은 일반인들과 다를 것이 없었고 그들의 기분 또한 그랬다. 아직 재판을 받지 않은 다섯 명은 사면을 기대할 수 없었지만 유죄 판결을 받은 이들은 모두 희망에 부풀어 있었다. 그들에게 신과 왕은 감히 쳐다볼 수도 없는 높은 곳에 있었기에 죄수들은 두 존재를 구분하지도 못했다. 하지만 그들보다 교육을 많이 받은 간수는 아지즈에게 국왕 폐하의 건강을 물었다.

「계속 좋아지고 계시지요.」 아지즈가 대답했다. 사실 국왕은 지난밤 행사 때 무리하는 바람에 세상을 떠나고 말았다. 하지만 축제가 빛을 잃지 않도록 왕의 죽음은 비밀에 붙여지고 있었다. 힌두교인 의사와 개인 비서와 몸종이 시신을 지키는 동안 아지즈는 대중 앞에서 사람들의 눈을 속이는 임무를 맡았다. 그는 서거한 왕을 몹시 좋아했었고 새 왕의 총애를 얻지 못할 수도 있었지만 자신도 한몫 거든 미망(迷妄)에 휘말려 아직은 그런 걱정을 할 겨를이 없었다. 아이들은 모하메드 라티프의 침대에 숨길 개구리를 잡느라 아직도 이리 뛰고 저리 뛰고 있었다. 바보들 같으니. 제 집 정원에도 개구리들이 우글거리는데 요새에까지 올라와서 개구리를 잡으려고 하다니. 아이들이 저 아래 토피 두 개가 보인다고 알렸다. 필딩과 그의 처남이 영빈관에 남아 여독을 푸는 대신 성자의 무덤을 구경하기 위해 산을 올라오고 있었다!

「돌을 던질까요?」 카림이 물었다.

「그들의 판에 유리 가루를 넣을까요?」

「아메드, 그런 고약한 소리를 하다니, 이리 오너라.」 아지즈는 장남을 때리기 위해 손을 들었지만 아이가 그 손에 입을 맞추자 그대로 두었다. 이런 순간에 다정하고 용감한 아들들과 함께 있다는 것이 기분 좋았다. 그는 저 영국인들은 국빈들이니 괴롭혀선 안 된다고 일렀고 아이들은 언제나처럼 온순하면서도 열성적으로 호응했다.

두 손님은 팔각 사당 안으로 들어갔다가 벌 떼에 쫓겨 뛰쳐나왔다. 그들이 손으로 머리를 때리며 이리저리 내달리자 아이들이 큰 소리로 놀려 댔고, 그때 하늘에 구멍이라도 뚫린 듯 폭우가 쏟아지기 시작했다. 아지즈는 과거의 친구에게 인사를 건네고 싶은 마음은 없었지만 그 사건으로 기분이 한껏 유쾌해졌다. 그는 옹골차고 강한 존재가 된 기분으로 외쳤다. 「안녕하세요, 신사분들, 무슨 문제라도 있습니까?」

필딩의 처남이 벌에 쏘였다고 외쳤다.

「물웅덩이에 들어가서 누우세요. 여기는 웅덩이 천지니까. 나한테 오지 마요……. 나도 벌은 어떻게 못해요. 국가 소유의 벌들이니 벌들의 행동에 대한 불만은 국왕 폐하께 가서 하세요.」 빗줄기가 점점 더 거세지고 있어서 심각한 위험은 없었다. 벌 떼가 사당으로 퇴각했다. 아지즈는 낯선 손님에게 다가가서 그의 팔목에서 침 두어 개를 뽑아내며 말했다. 「자, 정신 차리고 남자답게 행동하세요.」

「아지즈, 그동안 잘 지냈어요? 당신이 이곳에 정착했다는 말을 들었어요.」 필딩이 그렇게 외쳤는데 다정한 어조가 아니었다. 「두어 군데 쏘인 건 문제가 안 되겠지요.」

「전혀요. 영빈관으로 약을 보내 드리지요. 그곳에 묵고 있다는 소식 들었습니다.」

「왜 내 편지에 답장을 안 보냈지요?」 필딩이 단도직입적으로 물었지만 비가 억수같이 쏟아지는 바람에 대답을 얻을 수가 없었다. 인도에 처음 온 그의 동행은 빗방울이 모자를 세차게 때리자 벌 떼가 다시 공격해 온다고 소리쳤다. 필딩은 그의 우스꽝스러운 행동을 날카롭게 저지한 뒤 말했다. 「우리 마차로 내려가는 지름길이 있나요? 산책은 포기해야겠어요. 날씨가 고약해서.」

「예. 저쪽으로 가세요.」

「당신은 같이 안 내려가나요?」

아지즈가 익살스럽게 살람을 해 보였다. 인도인들이 모두 그렇듯이 그는 은근히 무례한 행동을 보이는 것에 능했다. 그의 몸짓은 〈어이구, 무서워라, 명령대로 합지요〉란 의미를 담고 있었고, 필딩은 그것을 놓치지 않았다. 둘이 앞장서고 필딩의 (성인이라기보다는 소년에 가까운) 처남이 팔이 아프다고 요란을 떨며 그 뒤를 따랐으며 시끄럽고 버릇 없는 세 아이들이 맨 뒤에 서서 여섯이 모두 흠뻑 젖은 채 거친 산길을 내려갔다.

「아지즈, 어떻게 지내요?」

「늘 그렇지요.」

「이곳에서 살면서 뭔가 이루는 것이 있나요?」

「당신은 얼마나 많이 이루면서 사는데요?」

「영빈관 책임자는 누구죠?」 필딩은 예전의 친밀감을 되찾으려는 작은 노력을 접고 공적인 태도로 물었다. 그는 찬드라푸르 시절보다 나이도 더 들고 엄격해져 있었다.

「국왕 폐하의 개인 비서일 겁니다.」

「그는 어디 있지요?」

「모릅니다.」

「우리가 도착한 뒤로 아무도 찾아온 사람이 없어서 그래요.」

「그랬군요.」

「사전에 접견실에 편지를 써서 방문해도 좋은지 물었고, 좋다고 해서 이렇게 왔는데 영빈관 하인들은 구체적인 지시를 받지 못한 것이 분명해요. 달걀도 구할 수 없고 내 아내는 배를 타고 나가 보고 싶어 하지요.」

「배가 두 척 있지요.」

「그렇긴 한데 노가 없더군요.」

「매그스 대령님이 지난번에 왔을 때 부러뜨렸지요.」

「네 개를 다요?」

「그분은 아주 힘이 세지요.」

「오늘 저녁에 날이 개면 물위에서 횃불 행렬을 구경하고 싶어요. 고드볼에게 그런 내용의 편지를 보냈는데 소식이 없군요. 이곳은 죽은 자들의 땅인 모양이에요.」

「어쩌면 그 장관님께서 편지를 못 받으셨는지도 모르지요.」

「영국인이 행렬을 구경하는 것에 대해 반대할 사람이 있을까요?」

「나는 이곳의 종교에 대해 전혀 아는 것이 없습니다. 나 같으면 행렬을 구경하겠다는 생각 같은 건 하지도 않을 거고요.」

「무드쿨과 데오라에선 대접이 이렇지 않았어요. 데오라에선 친절 그 자체였고 그곳 왕과 왕비께서는 우리에게 모든 걸 보여 주고 싶어 했지요.」

「그럼 거기 그냥 계실 걸 그랬군요.」

「랠프, 타요.」 마침 마차 있는 곳에 도착한 필딩이 말했다.

「타시지요, 퀘스티드 씨, 그리고 필딩 씨.」

「도대체 누가 퀘스티드 씨예요?」

「내가 그 유명한 이름을 잘못 발음하기라도 했나요? 이분이 당신의 처남이 아닌가요?」

「도대체 당신은 내가 누구랑 결혼했다고 생각하는 건가요?」

「난 랠프 무어라고요.」 청년이 얼굴을 붉히며 말했고 그 순간 다시 양동이로 쏟아 붓듯 폭우가 몰아쳐서 그들의 발치에 비안개가 생겼다. 아지즈는 자신의 말을 주워 담고 싶었지만 이미 때가 늦은 뒤였다.

「퀘스티드? 퀘스티드? 내 아내가 무어 부인의 딸이란 사실을 몰랐어요?」

아지즈는 사색이 되어 부들부들 떨었다. 그는 그 소식이 싫었고 무어라는 이름을 듣는 것도 싫었다.

「그래서 그런 이상한 태도를 보였던 건가요?」

「도대체 내 태도가 뭐가 잘못됐다는 거죠?」

「마무드 알리를 시켜서 터무니없는 편지를 보냈잖아요.」

「우린 부질없는 대화를 나누고 있다는 생각이 드는군요.」

「어쩌다 그런 오해를 한 거죠?」 필딩이 아까보다는 다정해졌지만 여전히 신랄하고 냉소적으로 물었다. 「정말 믿을 수가 없군요. 내 아내의 이름이 담긴 편지를 대여섯 통은 써서 보냈는데. 퀘스티드 양이라니! 그런 말도 안 되는 오해를 품다니!」 아지즈는 그의 미소를 보고 스텔라가 미인이리라 짐작했다. 「퀘스티드 양은 우리의 절친한 친구로 우리를 소개해 주긴 했지만……. 그런 엉뚱한 오해를 하다니. 아지즈, 나중에 꼭 만나서 오해를 풀어야겠어요. 마무드 알리의 고약한 장난이 분명해요. 그는 내가 무어 양과 결혼했다는 걸 알고 있었어요. 나에게 보낸 무례한 편지에서 내 아내를 〈히슬롭의 여동생〉이라고 불렀으니까요.」

그 이름이 아지즈의 분노를 일깨웠다. 「그렇지요. 여기 이 사람은 히슬롭의 남동생이고 당신은 히슬롭의 매제고. 안녕히 가세요.」 수치심이 분노로 변하자 자존심이 되살아났다. 「당신이 누구와 결혼했건 나와 무슨 상관입니까? 이곳 마우에서만큼은 나를 괴롭히지 말아 달라는 것이 내가 부탁하고 싶은 전부입니다. 난 당신을 원하지 않고, 당신들 중 누구도 내 사생활에 끼어들게 하고 싶지 않습니다. 죽는 날까지요. 그래요, 내가 어리석은 오해를 했어요. 그러니 나를 경멸하고 무시하세요. 난 당신이 나의 적과 결혼한 줄 알았어요. 당신의 편지를 읽지도 않았고요. 마무드 알리가 나를 속였어요. 당신이 내 돈을 훔쳐 갔다고 생각했어요. 하지만.」 그는 박수를 쳐서 아이들을 모았다. 「그런 거나 마찬가지로 보이네요. 난 마무드 알리를 용서할 거예요. 나를 사랑해서 그런 거니까.」 그는 비가 총알처럼 쏟아지는 동안 잠시 침묵했다가 말을 이었다. 「지금부터는 내 민족을 사랑할 겁니다.」 그러곤 돌아섰다. 시릴이 진창길을 철벅거리고 따라오며 사과를 했고, 조그맣게 웃으며 자신은 히슬롭의 약혼녀가 아니라 그의 여동생과 결혼한 것이라는 논박할 수 없는 논리를 내세우며 오해를 풀고자 했다. 하지만 이제 와서 그것이 무슨 소용이랴! 지금까지의 그의 삶이 오해에서 비롯된 것이었다 한들 그 삶을 되돌릴 수는 없지 않겠는가. 그는 아이들이 알아들을 수 있도록 우르두어로 말했다. 「당신이 누구와 결혼했든 제발 우리를 따라오지 마세요. 나는 남자든 여자든 영국인과 친구가 될 생각은 없으니까.」

그는 행복하고 들뜬 기분으로 집에 돌아왔다. 아까 무어 부인의 이름이 나왔을 때는 옛 기억이 되살아나서 불편하고 섬뜩했었다. 〈에스미스 에스무어…….〉 하지만 이제 그녀가 자신을 도우러 오고 있는 것만 같았다. 그녀는 언제나 너무도 다정했었다. 그리고 그가 제대로 쳐다보지도 않은 그 청년은 랠프 무어였다. 이곳에 오면 친절하게 맞아 주겠다고 약속했던 스텔라와 랠프. 그리고 스텔라는 시릴과 결혼했다.

# 36

그동안 궁전에서는 현악기 소리가 끊이지 않았다. 신의 계시는 끝났지만 그 효력은 지속되었는데 그건 사람들이 신의 계시가 아직 이루어지지 않았다고 느끼도록 만들기 위한 것이었다. 천국에서도 그러하겠지만 소망은 이루어진 뒤에도 남아 있었다. 신은 이미 탄생했지만 많은 이들이 막연히 〈신의 탄생〉이라고 생각하고 있는 행렬은 아직 이루어지지 않은 상태였다. 여느 해 같았으면 이날 한낮에는 왕의 처소에서 공연이 열렸을 터였다. 왕실에는 수려한 외모의 남자들과 소년들로 이루어진 공연단이 있었는데, 왕 앞에서 힌두교의 여러 종교 행위들과 명상들을 춤으로 표현하는 것이 그들의 임무였다.[9] 왕은 편안한 자세로 앉아서 크리슈나가 인드라를 누르고 최고의 신으로 등극하는 3단계와, 용을 죽이고 용의 뱃속에 든 목동들과 소들을 구하는 장면, 산을 우산으

9 이 신성한 춤들은 차타르푸르에서 무대에 올려지곤 했다. J. R. Ackerley의 『힌두 축일*Hindu Holiday*』이라는 책에 자세한 설명이 들어 있다. 크리슈나에 대해서는 W. G. Archer의 『크리슈나의 사랑*The Loves of Krishna*』 참조 — 원주.

로 만드는 장면,[10] 어린 크리슈나가 수행승의 음식을 가지고 장난을 치는 장면을 구경할 수 있었다. 공연은 젖 짜는 처녀들이 크리슈나 앞에서 춤을 추고 크리슈나가 그들 앞에서 춤을 추는 장면에서 절정에 이른다. 이때 악사들이 음악을 연주하며 배우들의 암청색 의상들과 반짝이는 금속 장식으로 만들어진 관(冠)들 사이로 소용돌이쳐 들어가면서 모두 하나가 된다. 그러면 왕과 관객들은 이것이 공연임을 잊고 배우들을 숭배하게 된다. 그러나 오늘은 공연이 이루어질 수 없었는데 그것은 죽음 때문이었다. 하지만 이곳에서의 죽음은 유럽에서의 그것보다 방해도 덜 될뿐더러 애절함도 덜하고 그 아이러니도 덜 잔인하다. 불행히도 왕위에 오를 후보가 둘이나 되었고 지금 궁전에 머물고 있는 그들은 무슨 일이 일어났는지 낌새를 채긴 했지만 아무 문제도 일으키지 않고 있었다. 힌두교인들에게는 종교가 살아 있는 힘이어서 신성한 때에는 사소하고 덧없는 것들을 모두 던져 버릴 수 있기 때문이었다. 축제는 열광적이면서도 진지하게 이어졌고 모두가 서로를 사랑했으며 불편이나 고통을 초래할 수 있는 것들은 본능적으로 피했다.

아지즈는 보통의 기독교인들과 마찬가지로 이것을 이해할 수가 없었다. 그는 마우에서 돌연 의심과 이기주의가 사라진 것에 당황했다. 그는 외부인이므로 여러 의식들에서 제

10 인드라가 크리슈나를 숭배하는 유목민들을 모두 죽여 버리려고 큰비를 내리자 크리슈나가 한 손가락으로 산을 들어 우산을 만들었다는 신화가 있다.

외되었지만, 매년 이맘때면 힌두교인들은 특히 더 친절해져서 그가 외부인이라는 이유로 작은 호의들을 베풀고 선물을 주었다. 아지즈에게 종일 할 일이라곤 영빈관에 약을 가져다주는 것뿐이었으며, 해 질 무렵에야 문득 그 생각이 나서 — 병원 조제실은 닫은 상태라 — 집 안에 약이 있는지 찾아보았다. 그는 모하메드 라티프의 연고를 찾아냈는데 주문을 외며 만든 귀한 연고라며 주인이 한사코 내주기를 꺼렸다. 그는 벌에 쏘인 상처에 바른 뒤 다시 가져오겠다고 약속하고 집을 나섰다. 말을 탈 구실이 필요했던 것이다.

그가 궁전을 지날 무렵 행렬 준비가 시작되고 있었다. 수많은 군중들이 왕실 가마에 신들을 태우는 광경을 지켜보고 있었는데 가마 정면 상단부의 반쯤 열린 문 사이로 은빛 용의 머리가 튀어나와 있었다. 크고 작은 신들이 가마에 태워졌다. 비힌두교인으로서 어디까지 보아야 하는지 몰라 눈길을 돌리던 그는 교육부 장관과 부딪칠 뻔했다. 「아, 당신 때문에 늦을지도 몰라요.」 고드볼이 말했다. 비힌두교인과의 접촉으로 다시 목욕을 해야 한다는 의미였지만 화난 음성은 아니었다. 「죄송합니다.」 아지즈가 사과하자 고드볼은 빙긋 웃으며 영빈관에 묵고 있는 사람들에 대한 이야기를 꺼냈고, 아지즈가 필딩의 아내는 퀘스티드 양이 아니라고 하자 이렇게 대답했다. 「아, 그래요. 그는 히슬롭 씨의 여동생과 결혼했지요. 난 벌써 1년 전부터 알고 있었어요.」 여전히 차분한 음성이었다. 「왜 말씀을 안 해주셨어요? 당신이 입을 다물고 있는 바람에 곤란한 일을 당했잖아요.」 누구에게 어떤 말도 해준 적이 없는 고드볼은 다시 빙긋 웃으며 비난 어린 어조로 말했다. 「나한테 화내지 마요. 나는 능력이 닿는 한 당신의 진실한 친구이며 게다가 오늘은 우리의 신성한 축일이니까요.」 아지즈는 이 기인 앞에서는 늘 어린아이 같은 기분을 느꼈다. 뜻밖의 장난감을 받은 어린아이. 아지즈는 미소 짓고는 혼잡이 심해지자 길 쪽으로 말 머리를 돌렸다. 〈청소부 악단〉이 도착하고 있었다. 그들은 곡식을 거르는 체와 청소부라는 직업을 나타내는 상징물들을 이용해 연주하며 승전군의 기세로 궁전 문을 향해 똑바로 행진해 나아갔다. 지금은 경멸받고 거부당하는 이들을 위한 시간이었기에 다른 음악은 모두 멈추었다. 더러운 청소부들의 연주가 있어야만 신은 신전에서 나올 수 있었는데 그건 영의 결합을 위해 더러움도 필요하기 때문이었다. 잠시 장엄한 광경이 연출되었다. 궁전의 문들이 활짝 열리자 흰옷을 입은 맨발의 신하들과 함께 〈주의 궤(櫃)〉가 모습을 드러냈다. 궤 위에는 황금색 천이 덮여 있었고 측면에는 공작 부채들과 진홍색의 빳빳한 원반 모양의 깃발들이 장식되어 있었으며 안에는 작은 조각상과 꽃들이 가득했다. 사람들이 〈주의 궤〉를 들어 어깨에 메자 우기의 반가운 햇살이 세상을 색깔로 가득 채워, 궁전 벽에 그려진 노란 호랑이들이 금방이라도 튀어나올 것 같았고, 분홍과 잿빛 구름 떼가 위의 진짜 하늘로 이어지는 듯했다. 주의 궤가 움직였다……. 길에는 가마를 따라갈 코끼리들이 우글거렸는데 겸손의 표시로 코끼리 등의 가마는 비어 있었다. 아지즈는 자신의 종교와 아무 관련도 없는 그런 신성한 것들에 주의를 기울이지 않았다. 그는, 북방으로부터 힌두스탄으로 내려왔지만 맛있는 과일도, 깨끗한 물도, 재치 있는 대화도, 심지어 친구 하나도 발견할 수 없었던 존경하는 바부르 황제처럼 지루하고 약간 냉소적인 기분까지 들었다.

길은 금세 도시를 벗어나 높은 바위산과 정글로 이어졌다. 아지즈는 이곳에서 말의 고삐를 당기고 발아래 펼쳐진 거대한 마우 저수지를 내려다보았다. 수면에 저녁 하늘의 구름이 비쳐 아래 세상까지도 하늘의 광휘가 가득했고, 대지와 하늘이 황홀경 속에서 서로를 향해 몸을 내밀어 금방이라도 부딪칠 것 같았다. 아지즈는 다시금 조금 전보다 더 냉소적이 되어 침을 뱉었다. 반짝거리는 둥근 저수지 한가운데에 검은 점 하나가 떠서 다가오고 있었는데 영빈관 배였다. 영국인들이 임시로 노를 대신할 물건을 구해 인도 순시에 나선 것이다. 아지즈는 그 광경을 보자 상대적으로 힌두교인들에게 더 애정이 가서 우윳빛 궁전을 돌아보며 그들이 우상을 모시고 다니는 의식을 멋지게 즐겨야겠다고 생각했다. 어쨌거나 그들은 남의 인생을 꼬치꼬치 캐고 다니지는 않으니까. 찬드라푸르에서 퀘스티드 양이 그를 함정으로 꾀어냈던 〈인도를 보고 싶다〉는 말도 사실은 인도를 지배하는 방식의 하나였으며 거기에는 인도인에 대한 공감이라곤 없었다. 영국인들이 곧 신상이 내려질 계단을 응시한 채 공식적인 문제를 일으키지 않고 최대한 가까이서 구경하려면 어디까지 접근해야 하는지에 대해 논쟁을 벌이는 동안, 그는 배 안에서 무슨 일이 벌어지고 있는지 훤히 알고 있었다.

그는 내처 영빈관으로 달렸다. 필딩 일행이 없더라도 하인들이 있으니 몇 가지 궁금한 것들을 물어볼 수 있을 것이고 약간의 정보는 마다할 이유가 없었기 때문이다. 그는 왕실 무덤들이 있는 음산한 갑(岬) 쪽으로 난 길을 택했다. 궁전처럼 순백의 벽토로 단장된 무덤들은 안에서 새어 나온 빛으로 어슴푸레하게 빛나고 있었지만 밤이 오면서 그 빛은 음산한 분위기를 더해 가고 있었다. 갑은 키 큰 나무들로 덮여 있었는데 나뭇가지에 온종일 거꾸로 매달려 있느라 갈증이 난 큰 박쥐들이 나뭇가지에서 내려와 저수지 물을 핥으며 쪽쪽 입을 맞추는 듯한 소리를 냈다. 만족감에 젖은 인도의 저녁 풍경에, 사방에서 우는 개구리, 끊임없이 타는 소똥, 머리 위에서 황혼을 가로질러 날아가는 철 지난 코뿔새 한 무리의 날개 달린 해골 같은 모습이 더해졌다. 그곳엔 죽음의 기운이 감돌았지만 슬픔은 없었다. 운명과 욕망 사이에 타협이 이루어진 것이며 인간도 그것에 묵종했다.

유럽인 영빈관은 수면에서 60미터 높이의, 바위와 나무로 덮인 정글의 꼭대기에 위치하고 있었다. 아지즈가 그곳에 도착했을 무렵엔 물빛이 연한 자줏빛이 도는 회색으로 변해 있었고 배는 보이지 않았다. 보초 하나가 현관에서 잠들어 있었고 십자형의 빈 방들에 등불이 밝혀져 있었다. 아지즈는 호기심과 악의에 차서 이 방 저 방을 돌아다녔다. 그런 행동은 소득이 있어서 피아노 위에 놓인 편지 두 통을 발견했고, 그는 재빨리 그것들을 읽기 시작했다. 그는 자신의 행동을 부끄럽게 여기지 않았다. 사적인 서신의 신성함은 동양에서는 인정되지 않는 데다 맥브라이드 씨도 그의 편지들을 죄다 읽고 내용을 공개한 적이 있었기 때문이다. 두 개 중 더 흥미가 동하는 편지는 히슬롭이 필딩에게 보낸 것이었다. 그 편지는 과거에 그의 친구였던 이의 정신 상태를 알게 해주어 그의 마음을 더욱 얼어붙게 만들었다. 편지 내용은 주로 저능아에 가까운 것으로 보이는 랠프 무어에 관한 것이었다. 〈제 동생은 언제라도 좋으니 당신이 편리한 때에 보내세요. 이런 편지를 보내는 것은 동생이 말썽을 일으킬 것이 뻔하기 때문입니다.〉 그다음엔 이런 내용이 이어졌다. 〈불만을 품고 살기엔 인생이 너무 짧다는 말, 저도 진심으로 공감하며 당신이 우리 《인도의 압제자》들에게 어느 정도는 협력할 수 있을 것 같다니 마음이 놓입니다. 우린 얻을 수 있는 지원은 모두 얻어야 하는 절실한 상황이니까요. 다음에 스텔라가 이곳에 올 때 당신도 함께 와주기를 바랍니다. 남자 혼자 사는 몸이긴 하지만 정성을 다해 편안하게 모시겠습니다. 이제 우리가 만나야 할 때가 되었으니까요. 처음 제 여동생과 결혼한다는 소식을 들었을 때는 어머니가 돌아가신 데다 개인적으로 곤경에 빠져 있었기에 기분이 상해서 분별없는 태도를 보였습니다. 이제 화해할 때도 되었으니 당신 말대로 각자의 잘못을 인정하는 것이 좋을 듯합니다. 그리고 대를 이을 아들을 얻으셨다니 기쁩니다. 다음에 아델라에게 편지를 쓸 때 제가 화해하고 싶어 한다고 전해 주시면 감사하겠습니다. 당신은 지금 영국령 인도를 벗어나 있으니 운이 좋은 겁니다. 정치적 선전 때문에 사건이 그칠 날이 없는데 배후를 캐낼 수가 없어요. 이곳에 오래 살수록 모든 것들이 밀착되어 있음을 확신하게 되지요. 제 개인적인 생각으로는 유대인들이 배후에 있는 듯합니다.〉

여기까지가 빨간 코 청년의 편지 내용이었다. 아지즈는 저수지 너머에서 들려오는 소음에 잠시 정신이 팔렸다. 행렬이 진행 중이었다. 두 번째 편지는 퀘스티드 양이 필딩 부인에게 보낸 것이었다. 거기엔 한두 가지 흥미로운 암시들이 들어 있었다. 발신인이 〈랠프는 나보다 더 인도를 즐기기를〉 바란다면서 〈내가 직접 갚을 수 없는 빚〉 어쩌고 한 것으로 보아 그에게 여행 경비를 대준 듯했다. 그런데 퀘스티드 양은 자기가 이 나라에 무슨 빚을 졌다고 생각하는 걸까? 아지즈는 그 구절이 마음에 들지 않았다. 그리고 랠프의 건강에 대한 내용도 있었다. 온통 〈스텔라와 랠프〉, 〈시릴〉, 〈로니〉였고, 아지즈의 정신세계에서는 불가능한 너무도 다정하고 지각 있는 편지였다. 그는 여자들이 자유롭게 살아가는 나라에서나 가능한 그런 편안한 교류가 부러웠다. 이들 다섯 사람은 그동안의 작은 어려움들을 이겨 내고 외부인에 대항하여 결속을 다지고 있었다. 히슬롭까지도. 그것이 영국의 힘이었다. 아지즈는 화가 치밀어서 피아노를 내리쳤고 건반 세 개가 한꺼번에 울려 요란한 소리가 났다.

「오, 오, 거기 누구세요?」 초조하고 정중한 목소리가 들려왔다. 어디선가 들었던 목소리인데 누구의 것인지 기억나지 않았다. 어둑어둑한 옆방에서 무언가가 움직였다. 「왕실 의사예요. 물어볼 게 있어서 왔어요. 영어는 잘 못해요.」 그는 편지들을 주머니에 넣고 자신은 영빈관을 자유롭게 드나들 수 있는 몸임을 보여 주기 위해 다시 피아노를 쳤다.

랠프 무어가 빛 속에 나타났다.

큰 키에 겉늙은 얼굴, 불안감에 푸른색이 희미해진 커다란 눈, 헝클어진 숱 없는 머리카락 — 정말 이상하게 생긴 청년이었다! 영국이 당당하게 내보내는 그런 유형은 아니었다. 의사인 아지즈는 〈너무 늙은 어머니에게서 태어났구나〉라고 생각했고, 시인인 아지즈는 그 청년이 아름답다고 느꼈다.

「일이 많아서 더 일찍 올 수가 없었어요. 아까 벌에 물린 데는 어때요?」 아지즈가 선심 쓰는 태도로 물었다.

「나, 난 쉬고 있었어요. 그러라고 해서. 좀 욱신거려요.」

청년이 인도에 처음 왔다는 사실과 그의 겁먹은 태도가 불만에 찬 인도인에게 복잡한 영향을 미쳤다. 아지즈는 위협적으로 말했다. 「이리 와봐요. 상처 좀 보게.」 이 자리에는 두 사람뿐이었고 아지즈는 캘린더가 누레딘에게 했던 것처럼 그를 괴롭힐 수 있었다.

「아까는 괜찮을 거라고…….」

「아무리 뛰어난 의사라도 실수를 저지를 수 있어요. 자, 등불 밑에서 진찰을 해야 하니까 이리 와요. 난 시간이 없어요.」

「아…….」

「도대체 왜 이래요?」

「당신 손이 불친절해요.」

아지즈는 움찔해서 자기 손을 흘낏 보았다. 이상한 청년의 말이 옳았다. 아지즈는 손을 뒤로 감춘 뒤 화난 목소리로 대답했다. 「도대체 내 손이 당신과 무슨 상관이 있다는 거요? 별 이상한 소리를 다 들어 보겠네. 난 정식 의사이니 당신을 아프게 하진 않을 거예요.」

「아픈 건 괜찮아요. 아프지도 않고.」

「아프지 않아요?」

「그래요.」

「그거 반가운 소리네요.」 아지즈가 비웃었다.

「하지만 잔인해요.」

아지즈는 잠시 침묵한 뒤 말했다. 「연고를 좀 가져왔어요. 그런데 그렇게 겁을 내니 어떻게 바를 지가 문제군요.」

「그냥 두고 가세요.」

「그건 안 돼요. 바로 조제실에 갖다 놔야 하니까.」 그가 손을 내밀자 청년은 테이블 건너편으로 더 물러섰다. 「내가 상처를 치료해 주기를 원하는 거예요, 아니면 영국인 의사를 원하는 거예요? 아시르가르에 영국인 의사가 하나 있긴 하지만 여기서 40마일이나 떨어져 있고 링노드 댐이 무너져서 갈 수도 없어요. 이제 자신이 처한 상황을 알겠지요? 아무래도 당신 문제로 필딩 씨를 만나 봐야겠어요. 지금 당신의 행동은 한심하기 짝이 없어요.」

「그들은 배를 타고 나갔어요.」 청년은 도와줄 사람을 찾아 주위를 흘깃거리며 말했다.

아지즈는 깜짝 놀란 체했다. 「마우 쪽으로 가진 않았기를 바랍니다. 이런 밤에는 사람들이 매우 광신적으로 변하니까요.」 그 말을 입증이라도 하려는 듯 거인의 입에서 나온 듯한 흐느낌이 들려왔다. 행렬이 감옥을 향해 가고 있었다.

「당신은 우리를 이런 식으로 대하면 안 돼요.」 청년이 항의했다. 여전히 겁에 질려 있긴 했지만 나약한 목소리가 아니어서 이번엔 아지즈도 주춤했다.

「어떤 식으로요?」

「닥터 아지즈, 우린 당신에게 아무 해도 끼치지 않았어요.」

「아하, 내 이름을 알고 있군요. 그래요, 난 아지즈예요. 그럼요. 당신의 절친한 벗 퀘스티드 양은 마라바르에서 나에게 아무 해도 끼치지 않았지요.」

왕실의 대포들이 일제히 축포를 쏘는 바람에 그의 마지막 말은 그 소리에 묻히고 말았다. 감옥 정원에서 쏘아 올린 불꽃이 신호가 되었다. 풀려난 죄수가 성가대의 발에 입을 맞추고 있었다. 집집마다 장미 꽃잎을 뿌리고 신성한 향신료들과 코코야자 열매들을 내고……. 중간 과정인 지금, 자신의 신전을 확장시킨 신은 기쁨에 차서 휴식을 취하고 있었다. 입에서 입으로 전해지면서 뒤죽박죽이 되고 지리멸렬해진 구원에 관한 소문들이 영빈관에까지 들어왔다. 흠칫 놀란 아지즈와 랠프는 갑작스러운 빛에 이끌려 현관으로 나갔다. 요새 위의 청동 대포가 계속 불을 뿜어 댔고 도시 전체가 흐릿한 빛 덩어리로 변해 그 속에서 집들은 춤을 추고 궁전은 작은 날개들을 흔들고 있는 듯했다. 아래의 물과 위의 산들과 하늘은 여전히 어둠에 싸여 있었고 아직은 미약한 빛과 노래가 우주의 무형 덩어리들 사이에서 고투하고 있었다. 반복되는 노래를 한참이나 들은 뒤에야 노랫말을 알아들을 수 있었는데 신들의 이름을 순서를 바꿔 가며 부르고 있었다.

「라다크리슈나 라다크리슈나,
라다크리슈나 라다크리슈나,
크리슈나라다 라다크리슈나,
라다크리슈나 라다크리슈나.」

노랫소리에 잠이 깬 영빈관 보초가 쇠촉이 달린 창(槍)에 몸을 기댔다.

「난 이만 가봐야겠어요. 잘 있어요.」 아지즈는 그렇게 말하며 손을 내밀었다. 그 순간 그는 영국인 청년과 친구가 아님을 까맣게 잊고 있었고 동굴보다 더 멀리 있는 아름다운 무언가에 정신을 집중하고 있었다. 청년이 그의 손을 잡자 아지즈는 자신이 얼마나 가증스럽게 굴었는지를 상기하고 부드럽게 말했다. 「이제 내가 불친절하다고 생각하지 않아요?」

「예.」

「그걸 어떻게 알지요? 당신은 이상한 사람이군요.」

「그건 어렵지 않아요. 난 그걸 언제나 알 수 있어요.」

「처음 보는 사람이 친구인지 아닌지를 언제나 알 수 있다고요?」

「그래요.」

「그럼 당신은 동양인이군요.」 아지즈는 흠칫 놀라며 손을 풀었다. 그것은 이슬람 사원에서 처음 무어 부인을 만났을 때 그녀에게 했던 말이었고 많은 고통을 당한 뒤에야 그는 그 악연의 고리를 끊었다. 다시는 영국인과 친구가 되지 않으리라! 이슬람 사원, 동굴, 이슬람 사원, 동굴. 그런데 그 고리가 다시 시작되고 있었다. 아지즈는 청년에게 신비의 연고를 주었다. 「이걸 가져요. 이걸 바를 때마다 나를 생각해요. 당신에게 줄 테니까. 작은 선물이라도 해야 하는데 가진 게 이것뿐이에요. 당신은 무어 부인의 아들이니까.」

「맞아요.」 청년이 웅얼거렸다. 아지즈는 지금까지 꽁꽁 숨겨 왔던 마음이 고개를 드는 것을 느꼈다.

「하지만 당신은 히슬롭의 동생이기도 하지요. 아, 슬프게도 두 나라는 친구가 될 수 없어요.」

「알아요. 아직은 안 되지요.」

「어머니가 나에 대한 말씀을 하시던가요?」

「예.」 청년은 아지즈로선 이해할 수 없는 이상한 목소리와 몸짓으로 덧붙였다. 「편지에서요. 편지에서요. 어머니는 당신을 사랑했어요.」

「그래요. 당신의 어머니는 나에게 세상에서 가장 좋은 친구였지요.」 아지즈는 벅찬 감사의 마음에 당황하여 침묵에 빠져 들었다. 무어 부인의 이러한 영원한 미덕은 결과적으로 무엇으로 나타났는가? 냉정히 생각해 보면 아무것도 없었다. 그녀는 그를 위해 증인이 되어 주지도 않았고 감옥으로 면회를 온 적도 없었다. 그런데도 그는 그녀에게 마음을 빼앗겨 언제나 그녀를 사랑했다. 「지금은 인도의 가장 좋은 계절인 우기지요.」 행렬의 등불들이 흔들리는 커튼에 수놓인 장식처럼 움직이고 있었다. 「그분께 이 계절을 꼭 보여 드리고 싶었는데. 지금은 만물이 행복한 때예요. 우리가 이해할 수 없는 소리들을 외쳐 대는 저 밖의 사람들도 행복하지요. 저수지마다 물이 가득하니 즐거워서 춤을 추는 것이고 이것이 바로 인도예요. 당신이 관리들과 함께 오지 않았더라면 우리나라를 보여 줄 수 있을 텐데 어쩔 수가 없네요. 지금 30분 정도라도 배를 타고 나가 볼까요?」

다시 똑같은 과정이 되풀이되는 걸까? 아지즈는 가슴이 벅차서 물러설 수가 없었다. 그는 어두운 바깥으로 빠져나가 무어 부인의 아들에 대한 경의를 표해야만 했다. 그는 손님들이 배를 타고 나가지 못하도록 노를 숨겨 놓은 곳을 알고 있었고, 필딩이 탄 배를 만날 경우에 대비하여 노 네 개를 다 가지고 나왔다. 필딩 부부는 노 대신 긴 막대기를 가지고 나갔는데 바람이 불기 시작해서 곤경에 처할 수도 있었기 때문이다.

일단 물로 나가자 마음이 편안해졌다. 아지즈는 친절을 베풀기 시작하면 친절한 행동이 꼬리에 꼬리를 물고 이어지는 성격이었고, 이내 그의 가슴에는 손님에 대한 친절한 마음이 콸콸 쏟아져 나왔다. 그는 복잡한 의식이 진행되면서 빛과 소리가 강해져 가는 저 열광적인 행렬의 의미를 모두 이해하기라도 하는 것처럼 마우의 주인 노릇을 하기 시작했다. 그들이 가고자 하는 방향으로 상쾌한 바람이 불어서 노를 저을 필요도 없었다. 가시나무에 배의 용골이 긁히기도 하고 배가 작은 섬에 부딪쳐 두루미들을 혼비백산하게 만들기도 했다. 8월 홍수의 기묘하고 덧없는 생명력이 그들을 지탱해 주고 있었는데 그 생명력은 영원할 것처럼 보였다.

그 작은 배에는 방향타 같은 것도 없었다. 손님은 비상용 노를 끌어안고 고물에 웅크리고 앉아 묵묵히 주인의 설명을 듣고 있었다. 육중한 하늘에 붉은 생채기를 내며 번갯불이 한 번, 두 번 일었다. 「저것이 왕인가요?」 손님이 물었다.

「뭐, 뭐 말이에요?」

「뒤로 가요.」

「왕은 없어요. 지금…….」

「뒤로 가면 당신에게도 보일 거예요.」

바람의 저항 때문에 뒤로 가는 건 만만치가 않았다. 그러나 아지즈는 영빈관의 작은 불빛에 시선을 박고 몇 차례 노를 저었다.

「저기…….」

어둠 속에 눈부신 왕의 옷을 입은 형체가 천개(天蓋) 아래 앉아 있었다.

「저게 도대체 뭔지 모르겠네요.」 아지즈가 속삭였다. 「폐하는 돌아가셨어요. 즉시 돌아가야겠어요.」

그들은 왕실 무덤들이 있는 갑 가까이에 있었고, 나무숲 사이로 돌아가신 왕의 아버지의 동상을 본 것이다. 이제야 납득이 갔다. 아지즈는 막대한 비용을 들여 실물처럼 만들었다는 선왕(先王)의 동상 이야기를 들은 적은 있었지만 이곳에서 자주 배를 탔어도 한 번도 본 적이 없었다. 저수지에서 그것을 볼 수 있는 지점은 한 군데뿐이었는데 램프가 그를 그 자리로 인도한 것이다. 아지즈는 그가 손님보다는 안내인에 가깝다는 느낌에 젖어 황급히 노를 저었다. 「그만 돌아갈까요?」

「행렬이 안 끝났는데요.」

「가까이 가지 않는 게 좋아요. 그들은 이상한 관습들이 있어서 당신을 해칠 수도 있어요.」

「조금만 더 가까이 가요.」

아지즈는 시키는 대로 했다. 그는 청년이 무어 부인의 아들임을 가슴으로 알고 있었고, 사실 그는 모든 것을 가슴으로 느끼고 아는 사람이었다. 「라다크리슈나 라다크리슈나 라다크리슈나 라다크리슈나 크리슈나라다.」 그렇게 이어지던 노래가 갑자기 바뀌었고, 아지즈는 그 짧은 순간에 찬드라푸르의 재판 때 들었던 구원의 소리가 들렸다고 거의 확신했다.

「무어 씨, 국왕께서 돌아가셨다는 얘기는 아무에게도 하면 안 돼요. 아직까지는 비밀이니까. 축제가 끝날 때까지는 폐하께서 살아 계시는 것처럼 꾸미기로 했어요. 축제의 즐거움을 망치지 않도록. 더 가까이 가고 싶어요?」

「예.」

아지즈는 반대편 기슭에서 별처럼 빛나기 시작한 횃불들의 빛이 미치는 범위 안으로 들어가지 않으려고 애썼다. 불꽃과 축포들이 연방 쏘아 올려졌다. 갑자기 그가 계산했던 것보다 가까운 곳의 무너진 벽 뒤에서 크리슈나의 가마가 나타나더니 물가의 조각 장식이 된 반짝거리는 계단을 내려오기 시작했다. 성가대가 계단 양쪽 가장자리로 급히 내려왔는데 머리에 꽃을 꽂은 젊고 야성적이며 아리따운 성녀가 특히 눈에 띄었다. 그녀는 신이 아무런 상징성도 갖고 있지 않다고 생각하며 그 자체를 숭배했다. 그런 식으로 그녀는 신을 이해했다. 반면 다른 이들은 신이 상징성을 갖고 있다고 여기고 이런저런 신체 기관[11]이나 하늘에 나타난 징후에서 신을 보았다. 그들은 물가로 달려 내려가 잔잔한 파도 속에 섰고 성찬이 준비되자 그것을 가치 있게 여기는 사람들과 나누어 먹었다. 고드볼이 바람에 떠다니는 아지즈의 배를 발견하고 두 손을 흔들었는데 분노의 표시인지 기쁨의 표시인지 아지즈로선 알 수가 없었다. 그 위로는 마우의 세속적인 세력인 코끼리와 대포와 군중들이 서 있었고, 처음에는 그들의 머리 위 높은 곳에만 거친 태풍이 몰아치기 시작했다. 돌풍이 어둠과 빛을 뒤섞었고 바람의 방향에 따라 세찬 빗줄기가 북쪽에서 쏟아졌다가, 그쳤다가, 남쪽에서 쏟아졌다가, 아래에서 위로 솟구쳤다. 성가대가 바람에 맞서 공포를 제외한 모든 소리를 내며 신을 폭풍 속에 던질 — 신은 던져질 수 없는 존재지만 — 채비를 하고 있었다. 그렇게 그들은 해마다 신을 던졌고, 속죄양을 뜻하는 작은 간파티[12] 신상들과 옥수수 껍질로 만든 바구니들과 여행(죽음)의 상징물인 무하람

11 힌두교에서는 인간의 신체를 하나의 소우주로 보며 지(地), 수(水), 화(火), 풍(風), 공(空) 다섯 부분으로 이루어져 있다고 여긴다.

12 뚱뚱한 몸에 코끼리의 머리를 가진 신으로 시바에게 머리가 잘려 죽었다가 코끼리의 머리를 얻어 소생했다고 하며, 종교 행사를 시작할 때 모든 장애물들을 없애기 위해 받들어진다.

축제를 본떠 종이로 만든 작은 무덤 모형들도 함께 던졌다. 결코 쉽지도 않고 지금 여기에는 없는 여행, 직접 경험하지 않고는 알 수 없기에 인간에게는 영원히 이해가 불가능한 여행. 신을 던지는 것은 그 여행의 상징이었다.

다시 진흙으로 빚은 고쿨 마을이 등장했다. 그것은 꽃들에 둘러싸인 자신의 자리를 떠나지 않는 은으로 만든 신상을 대신해서 소멸하게 될 대체물이었다. 하인 하나가 그것을 손에 들고 청색과 흰색 장식 리본들을 떼어 냈다. 벌거벗은 그의 몸은 넓은 어깨하며 가는 허리하며 가히 의기양양한 인도인의 육체라 할 수 있었고, 그가 대를 이어 하는 일은 구원의 문을 닫는 것이었다. 그가 고쿨 마을을 밀면서 검은 물 속으로 걸어 들어가자 진흙 인형들이 의자에서 미끄러져 빗물에 뭉그러지면서 어느 것이 칸사왕이고 어느 것이 크리슈나의 부모인지 분간할 수도 없게 되었다. 시커먼 물이 잔잔한 물결을 일으키며 진흙 마을을 조금씩 삼키더니 커다란 파도가 달려들었다. 그 순간 영국인들의 외침이 들려왔다. 「조심해요!」

두 배가 부딪쳤다.

네 명의 외부인들은 팔을 뻗어 서로를 움켜잡았고 배들은 노들과 막대기가 삐죽 튀어나온 채 소용돌이에 갇힌 신화 속의 괴물처럼 빙글빙글 돌았다. 그들이 하릴없이 하인 쪽으로 떠가는 동안 군중들이 분노의 소리인지 기쁨의 소리인지 모를 함성을 올렸다. 하인은 무표정한 아름다운 검은 얼굴로 잠자코 기다리고 있었고 진흙 마을이 완전히 물에 잠기는 순간 배가 그것에 부딪쳤다.

부딪치는 충격은 약했지만 가장 가까이에 있던 스텔라가 남편의 품으로 움츠러들었다가 앞으로 몸을 내밀면서 아지즈에게 쓰러지는 바람에 배들이 뒤집히고 말았다. 그들은 따뜻하고 얕은 물에 빠졌다가 아우성 속에서 비틀거리며 일어섰다. 노들과 진흙 마을, 로니와 아델라의 편지가 사방에 흩어져 어지럽게 떠다녔다. 축포가 불을 뿜고, 북소리가 울리고, 코끼리들이 울부짖고, 돔을 때리는 나무망치의 울림과도 같은 — 번개를 동반하지 않은 — 무시무시한 천둥소리가 그 모든 소리들을 삼켜 버렸다.

인도가 절정이란 것을 인정한다면 그것이 바로 절정이었다. 비는 만물을 흠뻑 적시는 자신의 임무를 꾸준히 수행하여 이내 주의 궤의 황금색 천과 호사스러운 원반 모양의 깃발들을 망가뜨렸다. 횃불들이 일부 꺼지고, 불꽃들도 안 터지고, 노랫소리도 작아지기 시작했다. 사람들이 진흙 마을을 고드볼 교수에게 가져다주자 그는 격식도 갖추지 않고 남은 진흙 조각을 떼어 자신의 이마에 발랐다. 지나간 일은 지나간 일이고, 침입자들이 정신을 수습하는 사이 힌두교인들은 뿔뿔이 흩어져 도시로 돌아갔다. 신상도 제자리로 돌아갔고, 이튿날 왕실의 제단에 자홍색과 녹색 커튼이 드리워졌을 때 홀로 자신만의 죽음을 맞았다. 노래는 그보다 오래 이어졌고……. 종교의 너덜너덜한 가장자리……. 만족스럽지도 극적이지도 못한 혼란들……. 〈God si Love.〉 지난 24시간의 흐릿한 기억을 돌아보며 그것의 감정적인 중심이 어디에 있었는지를 말한다는 것은 구름의 중심을 찾아내는 것만큼이나 불가능한 일이었다.

# 37

다시 친구가 되었지만 이제 더 이상 만날 수 없음을 알게 된 아지즈와 필딩은 마지막으로 말을 타고 마우 정글로 갔다. 물도 줄어든 데다 국왕의 죽음이 공식적으로 발표되어 필딩 일행은 예법에 따라 내일 아침에 떠나야 했다. 축제와 국상 때문에 필딩은 임무를 완수하지 못한 채 떠날 수밖에 없었다. 사실 그의 주된 방문 목적은 〈조지 5세 고등학교〉 시찰이었는데 고드볼이 핑계를 대고 차일피일 미루는 바람에 그를 만나기조차 어려웠다. 오늘 오후에야 아지즈는 진실을 털어놓았다. 고드볼이 세운 학교는 곡물 창고가 되었고 고드볼은 자신이 모셨던 학장에게 그런 사실을 털어놓고 싶지 않아서 필딩을 피해 온 것이라고. 그 학교는 작년에야 총독 대리인에 의해 문을 열게 되었으며 서류상으로는 아직 번창하고 있었다. 고드볼은 실상이 알려지기에 앞서 다시 학교 문을 열고 학생들이 결혼하여 아이를 낳기 전에 그들을 모으고 싶어 했다. 필딩은 그 복잡한 사정과 정력의 낭비에 웃음이 나왔지만 이제 그는 예전처럼 가볍게 여행하는 사람이 아니었다. 교육은 그의 수입과 가족의 안락한 삶이 달린 문제인지라 그의 지속적인 관심사일 수밖에 없었다. 교육을 좋게 보는 인도인들이 거의 없음을 아는 그는 넓은 관점에서 그것에 대해 개탄했다. 그는 토후국들의 문제점에 대해 심각한 이야기를 꺼냈지만 아지즈의 다정함에 더 정신이 빼앗겼다. 어쨌거나 그들의 화해는 성공적이라고 할 수 있었다. 우스꽝스러운 난파 사고 이후로 어리석은 생각이나 원한은 자취를 감추었고 그들은 아무 일도 없었던 듯이 웃으면서 예전의 관계로 돌아갔다. 지금 그들은 유쾌한 수풀과 바위들 사이를 달리고 있었다. 이내 환한 햇살이 비치는 공터가 나왔고, 그들은 나비들이 화려하게 날아다니는 풀이 우거진 비탈과 공터를 가로질러 가서 커스터드애플 나무들 사이로 사라지는 코브라를 보았다. 하늘에는 둥그스름한 흰 구름들이, 땅에는 흰 웅덩이들이 있었고 멀리 있는 봉우리들은 자줏빛이었다. 영국에서 볼 수 있는 공원 같은 풍경이었지만 그렇다고 기이하지 않은 것은 아니었다. 그들은 코브라에게 시간을 주려고 말고삐를 당겼고 아지즈가 퀘스티드 양에게 보낼 편지를 꺼냈다. 마음을 끄는 편지였다. 그는 과거의 적에게 2년 전의 훌륭한 행동에 대해 감사한다는 말을 전하고 싶었다. 그녀의 행동이 훌륭했음이 이제 명백해졌던 것이다. 〈우리는 이곳에서 가장 큰 마우 저수지에 빠지게 됐는데 — 이 사건에 대해서는 우리의 친구들에게 들으세요 — 그때 나는 퀘스티드 양이 얼마나 용감했는지 깨닫게 되었고 비록 짧은 영어로나마 당신에게 그런 사실을 전하겠노라고 결심하게 되었습니다. 당신 덕분에 나는 감옥에서 나와 아이들과 이곳에서 행복하게 살고 있습니다. 나의 아이들에게도 당신에게 크나큰 애정과 존경심을 품도록 가르칠 것입니다.〉

「퀘스티드 양이 무척 기뻐할 거예요. 당신이 마침내 그녀의 용기를 깨닫게 됐다니 나도 기뻐요.」

「난 주위의 모든 사람들에게 친절을 베풀어 끔찍한 마라바르 사건을 영원히 지워 버리고 싶어요. 그동안 난 수치스러울 정도로 경솔했어요. 당신이 내 돈을 훔쳐 갔다고 생각하다니. 동굴 사건만큼이나 엄청난 실수예요.」

「아지즈, 난 당신이 내 아내와 이야기를 나눴으면 좋겠어요. 내 아내도 마라바르 사건이 지워졌다고 믿고 있으니까요.」

「어떻게요?」

「모르겠어요. 나한테는 말을 안 해주니까. 어쩌면 당신에게는 말할 지도 모르지요. 그녀는 나와는 다른 생각들을 갖고 있는데, 사실 그녀와 떨어져 있을 때는 그런 생각들이 터무니없게 여겨지다가도 그녀와 함께 있으면, 그녀를 좋아하기 때문에 그런지 몰라도, 내가 반쯤 귀머거리에 반쯤 장님이 된 것처럼 느껴져요. 아내는 무언가를 추구하고 있어요. 당신과 나와 퀘스티드 양은, 대략적으로 말하자면, 아무것도 추구하지 않지요. 우린 최대한 품위를 지키며 천천히 나아가고 있고 당신이 조금 앞서 있지요. 그러니까 우리 셋은 그런대로 훌륭한 사람들이지요. 하지만 내 아내는 우리와 함께 있지 않아요.」

「그게 무슨 뜻이에요? 시릴, 스텔라가 당신에게 충실하지 않다는 거예요? 그 말을 들으니 무척 걱정이 되는군요.」

필딩은 주저했다. 그의 결혼 생활은 아주 행복하다고는 할 수 없었다. 그는 중년의 마지막 불꽃처럼 육체적인 열정이 되살아났는데, 자신이 아내를 사랑하는 만큼 아내가 자신을 사랑하지 않는다는 것을 알기에 그녀에게 추근거리는 것이 부끄러웠다. 하지만 마우에 오면서 상황이 나아졌다. 마침내 그들 사이에도 연결 고리가 생긴 듯했다. 각자의 외부에 존재하는 그 연결 고리는 모든 관계에서 필수적인 것이다. 신학적으로 표현한다면 그들의 결합은 축복이라고 볼 수 있었다. 그는 아내가 자신에게 충실할 뿐 아니라 그 이상이 될 것 같다고 아지즈에게 말했고, 자신에게도 분명치 않은 것을 설명하려고 애쓰며 사람마다 가치관이 다른 것 아니냐고 덧붙였다.

「스텔라와 마라바르에 대해 얘기하고 싶지 않다면 랠프는 어때요? 처남은 사실 현명한 청년이지요. 아까 그 은유적 표현으로 설명하자면 그는 스텔라보다 좀 뒤처져 있긴 하지만 그녀와 함께 있는 것이 사실이에요.」

「그에게 전하세요. 할 말은 없지만 그는 진실로 현명한 사람이고 그에겐 영원한 인도인 친구가 있다고요. 내가 그를 사랑하는 건 우리가 다시 만나 작별 인사를 나눌 수 있도록 해주었기 때문이기도 하지요. 시릴, 우리에겐 이것이 마지막이에요. 그런 생각을 하면 슬퍼져서 승마를 즐길 수도 없지만요.」

「그래요, 그런 생각은 하지 맙시다.」 필딩 역시 이것이 친구로서의 마지막 만남임을 알고 있었다. 어리석은 오해들은 모두 풀렸지만 그들은 사회적인 합일점을 찾을 수가 없었다. 그는 영국 여자와 결혼함으로써 인도 주재 영국인들과 운명을 같이하게 되었으며 그 한계들을 깨달아 가고 있었고 벌써 자신이 과거에 보였던 영웅주의를 놀라워했다. 지금도 곤경에 빠진 인도인을 위해 영국인들에게 대항할 수 있을까? 그런 의미에서 아지즈는 하나의 기념물이요 트로피였으며, 두 사람은 서로를 자랑스럽게 여겼다. 하지만 작별은 불가피했다. 필딩은 이 마지막 오후를 그냥 흘려보내고 싶지 않은 간절한 마음에 자신에게 가장 소중한 존재인 아내에 대해 어렵사리 털어놓았다. 「아내의 입장에서 보면 마우 방문은 성공적이었지요. 마음의 안정을 얻었으니까요. 스텔라와 랠프는 불안감에 시달리며 살아왔어요. 아내는 이곳에서 마음의 위안을, 그녀가 안고 있는 이상한 문제의 해결책을 찾았지요.」 그는 잠시 침묵했고, 땅이 물을 빨아들이면서 두 사람 주위에서 무수한 입맞춤들이 이루어졌다. 「크리슈나 축제에 대해 뭔가 아는 게 있어요?」

「나의 소중한 친구여, 그들은 그것을 공식적으로 고쿨 아슈타미라고 부르지요. 모든 관청이 문을 닫는 걸 빼면 당신이나 나나 그것에 관심 둘 일이 있겠어요?」

「고쿨은 크리슈나의 탄생지죠. 베들레헴과 나사렛의 경우처럼 그의 탄생지가 다른 마을이라는 주장도 있긴 하지만 말이에요. 내가 알고 싶은 건 그것의 정신적인 면이에요. 그런

게 존재한다면.」

「나와 힌두교인들에 대해 토론하는 건 부질없는 짓이에요. 그들과 함께 살고는 있지만 아무것도 모르니까요. 나는 그들을 화나게 하는 행동이 어떤 것들인지도 잘 모르는걸요. 예를 들어 내가 그들의 신전에 뛰어든다면 해고를 당할 것인지 봉급을 두 배로 받게 될 것인지도 몰라요. 직접 겪어 봐야 알지요. 왜 그렇게 그들에 대해 알고 싶어 하지요?」

「설명하기가 어려워요. 고드볼에게 가끔 몇 마디 얻어들은 것 외엔 그들에 대해 이해하는 것도 없고 그들을 좋아하지도 않으니까요. 그 노인은 여전히 〈오소서, 오소서〉 하고 다니나요?」

「아마 그럴 거예요.」

필딩은 한숨을 지은 뒤 입을 열었다가 다물더니 조그맣게 웃으며 말했다. 「말로 표현되는 것이 아니니 설명할 수가 없지만, 내 아내와 처남은 왜 힌두교를 좋아하는 것일까요? 그 형식들에는 관심이 없으면서 말이에요. 그들은 도무지 나에게 말해 주려고 하지 않아요. 그들은 내가 그들 삶의 일부분이 잘못되었다고 생각하는 것을 알기 때문에 조심스러워하지요. 그래서 당신이 그들과 대화를 나눠 봤으면 하는 거예요. 어쨌거나 당신은 동양인이니까.」

아지즈는 대답하지 않았다. 그는 스텔라와 랠프를 만나고 싶은 생각이 없었는데 그것은 그들이 그를 만나고 싶어 하지 않는다는 걸 알고 있으며, 그들의 비밀이 궁금하지 않을뿐더러, 선량한 시릴이 좀 답답하게 여겨졌기 때문이다. 무언가가 — 모습이 아닌 소리가 — 그를 휙 지나치며 퀘스티드 양에게 보내는 편지를 다시 읽도록 자극했다. 그녀에게 하고 싶은 말이 더 있지 않았던가? 그는 펜을 꺼내 덧붙여 썼다. 〈저는 이제부터 당신을 제 마음속의 성스러운 이름, 무어 부인과 연관 지어 생각할 것입니다.〉 그가 편지 쓰기를 마친 순간 풍경을 담은 거울이 산산이 부서지며 초원이 나비들로 해체되었다. 메카에 관한 시,[13] 카바에서의 하나됨,[14] 순례자들이 〈친구〉를 보기 전에 죽은 장소인 가시나무 숲이 스쳐 지나갔고 죽은 아내도 생각났다. 하지만 이내 그의 정신의 특징인, 얼마간 신비적이고 관능적인 세계는 산사태처럼 무너져 내렸고, 현실로 돌아온 그는 사랑하는 친구 시릴과 함께 정글을 달리고 있는 자신을 발견했다.

「입 다물어요. 어리석은 질문들로 우리의 마지막 시간을 망치지 마요. 크리슈나 이야긴 집어치우고 지각 있는 대화나 나누자고요.」 그가 말했다.

그들은 그렇게 했다. 마우로 돌아오는 내내 그들은 정치에 관해 입씨름을 벌였다. 두 사람 다 찬드라푸르 시절보다 단련이 되어 그런 논쟁을 즐길 수 있었다. 그들은 비록 헤어질 운명이었지만 — 어쩌면 그렇기 때문에 더 — 서로를 믿었다. 필딩은 대영 제국이 무례하다는 이유로 없어지지는 않

13 13세기 페르시아의 신비주의 시인 잘랄루딘 루미의 「마스나위」라는 서사시를 말하며, 이 시는 세상을 떠난 그의 영원한 스승 샴스에 대해 그리고 있다.

14 메카에 있는 이슬람 신전인 카바에서 이루어진 잘랄루딘 루미와 스승의 만남을 의미한다.

을 것이기 때문에 〈더 이상 정중함은 필요치 않다〉고 말했다. 그러자 아지즈는 〈좋아요, 우리도 당신들이 필요치 않아요〉라고 반박하며 관념적인 증오를 담은 눈길로 쏘아보았다. 「인도인들은 우리에게서 벗어나면 즉시 쇠퇴하고 말 거예요. 조지 5세 고등학교를 봐요! 의학을 잊고 주술로 돌아간 당신 자신을 봐요. 당신의 시들을 봐요.」「매우 훌륭한 시들이지요. 봄베이 쪽에서 출간될 거예요.」「그래요, 그 시들이 말하는 바가 뭐죠? 우리의 인도 여성들을 해방시키면 인도도 해방될 것이다. 그렇게 해봐요. 먼저 당신의 여자부터 해방시켜 봐요. 그럼 누가 아메드와 카림과 자밀라의 세수를 시켜 줄까요? 멋진 상황이 펼쳐질 거예요!」

아지즈는 점점 더 흥분되었다. 그는 말이 뒷발로 서도록 등자를 딛고 일어나 고삐를 잡아당겼다. 그러면 전쟁터에 나간 기분이 들리라. 그는 큰 소리로 외쳤다. 「당신네 터턴들과 버턴들, 모두 떠나시오. 우린 10년 전에는 당신들을 알고 싶어 했지만 이제 너무 늦었소. 우리가 당신들을 만나고 당신들의 위원회에 드는 건 정치적인 이유 때문이니 착각하지 마요.」 그의 말이 뒷발로 섰다. 「가요, 떠나라고요. 우리가 왜 그토록 많은 고통을 겪어야 하지요? 과거엔 당신들을 비난했지만 이제 우린 현명해져서 우리 자신을 비난하고 있어요. 우리는 영국이 고난에 처하기 전까지는 침묵할 것이지만 다음에 유럽에서 전쟁이 터지면……. 아하, 아하! 그럼 우리의 때가 되는 거지요.」 그는 말을 끊었고, 풍경이 미소 짓고는 있었지만 묘비처럼 인간의 소망을 덮쳤다. 그들은 세상을 너무 사랑해서 원숭이의 형상을 취했다는 하누만 신전과, 욕정을 일으키기는 하지만 그 음란함이 영원성을 갖고 있기에 인간의 육신과는 아무 관련도 없는 시바 신전을 천천히 지났다. 그들은 첨벙첨벙 물을 튀기며 나비들과 개구리들 사이를 지나갔다. 관목 숲 사이로 접시 같은 잎사귀들을 단 키 큰 나무들이 솟아 있었다. 성역이 멀어지고 일상의 경계들이 나타나기 시작했다.

「영국인 대신 누구를 원하는 거죠? 일본인?」 필딩이 말고삐를 당기며 조롱했다.

「아니, 아프가니스탄인요. 나의 조상들이죠.」

「오, 당신의 힌두교인 친구들이 좋아하겠군요, 안 그래요?」

「조정이 이루어질 거예요. 동양의 정치가들이 회의를 열어서.」

「조정이 잘도 이루어지겠네요.」

「우리가 겁에 질려 영국의 통치를 받아들이도록 당신들이 사람을 시켜 떠들고 다니게 하고, 매주 『파이어니어』 신문에 싣는 〈페샤와르에서 캘커타에 이르기까지 모든 남자를 굴복시키고 모든 여자를 강간하겠다〉는 낡아 빠진 협박! 우린 다 알아요!」 아지즈는 그래도 마우에 아프가니스탄인들을 끼워 맞출 수가 없어서 궁지에 몰리자 말을 뒷발로 서게 했고 자신에게는 모국이 있음을, 혹은 있어야 함이 상기되자 크게 외쳤다. 「인도는 하나의 국가가 될 거예요! 어떤 외국인도 없는! 힌두교인과 이슬람교인과 시크교인, 모두가 하나가 될 거예요! 만세! 인도 만세! 만세! 만세!」

하나의 국가가 된 인도! 이 얼마나 멋진 이상인가! 따분한 19세기의 자매 국가 모임에 참여하는 마지막 주자! 현 세계에서 자신의 자리를 차지하기 위해 뒤뚱거리며 오는 이! 필적할 만한 나라는 신성 로마 제국뿐인 인도는 어쩌면 과테말라나 벨기에와 어깨를 나란히 하게 되리라! 필딩이 조롱했다. 아지즈는 화가 머리끝까지 치밀어 어쩔 줄을 모르고 이러저리 날뛰다가 소리쳤다. 「어쨌든 영국인은 타도되어야 해요. 그것만은 확실하지요. 당신들은 하루 빨리 타도되어야만 해요. 우리 인도인들은 서로를 증오할지도 모르지만 우리가 가장 증오하는 대상은 당신들입니다. 내가 하지 못하면 아메드가, 카림이 할 거예요. 50년이, 아니 5백 년이 걸린다고 해도 우린 당신들을 몰아낼 겁니다. 그래요, 우린 지독한 영국인들을 한 사람도 남김없이 바다에 처넣을 거예요. 그다음에,」 그는 필딩을 향해 맹렬히 달려갔다. 「그다음에,」 그는 필딩에게 반쯤 입을 맞추며 결론지었다. 「당신과 나는 친구가 될 거예요.」

「왜 지금 친구가 될 수 없지요?」 필딩이 그를 다정하게 껴안고 말했다. 「나도 원하고 당신도 원하는데.」

그러나 말들은 그것을 원하지 않기 때문에 서로에게서 멀어졌고, 땅도 그것을 원하지 않아서 바위들을 내밀어 그들이 나란히 달리지 못하도록, 앞뒤로 달릴 수밖에 없도록 만들었다. 사원들도, 저수지도, 감옥도, 궁전도, 새들도, 짐승의 썩은 시체도, 영빈관도, 그들이 숲에서 나와 마우를 내려다보았을 때 눈에 들어온 모든 것들도 그것을 원하지 않아서 백 개의 목소리로 〈아니, 아직은 안 된다〉고 말했고, 하늘도 〈아니, 여기선 안 된다〉고 말했다.

**작품 평론**

# E. M. 포스터의 「인도로 가는 길」[1]

라이어넬 트릴링 | 민승남 옮김

20세기의 초입이었던 1910년부터 1914년 사이는 포스터가 〈우리 시대의 불길한 복도〉라고 불렀던 어두운 시기였다. 『하워즈 엔드』는 독일의 강해지는 힘에 대한 인식을 담고 있다. 헬렌과 마거릿의 아버지 슐레겔 씨는 철학자들과 음악가들, 그리고 작은 궁정들의 나라였던 구독일에서 스스로 망명한 이들로, 〈돈은 더없이 유용하고 지성은 그런대로 유용하며 상상력은 무용지물이 되어 버린〉 신제국주의를 신랄하게 비판했다.

당시의 많은 책들이 그러한 시대 상황에 민감했다고는 볼 수 없지만 문학 전반에 폭풍 전야와도 같은 정적이 깔렸던 것은 사실이다. 20세기 첫 10년의 희망은 억눌렸고 바로 5년 전까지만 해도 활발했던 지성은 위축되었다.

1910년, 『하워즈 엔드』의 출간에 이어 소설 두 편을 계획

1 이 에세이는 라이어넬 트릴링의 『E. M. 포스터』(뉴욕: 뉴 디렉션스, 1943, 개정판 1964)에 수록된 「인도로 가는 길」(pp. 136~161)을 번역한 것이다. 『E. M. 포스터』는 미국 내에 E. M. 포스터를 널리 알린 개척자적 연구서로, 이후 포스터 연구의 이정표로 평가받고 있다.

했던 포스터는 한 권도 쓰지 못했다. 이듬해 「보스니아의 심장부」라는 희곡을 완성했으나 포스터 자신의 평가에 의하면 훌륭한 작품이 못 되었으며 1914년에 무대에 오르기 직전까지 갔다가 전쟁의 발발로 계획이 무산되고 결국 연출가의 손에서 원고가 분실되었다. 1912년, 포스터는 디킨슨, R. C. 트리벨리언과 함께 배를 타고 인도로 떠났다. 앨버트 칸이 국제적 이해 증진을 목적으로 제공한 연구 기금으로 여행 중이던 디킨슨은 공식적으로 방문할 곳들이 있어서 그들은 봄베이에서 헤어졌다. 그러나 여행 중에 몇 차례 만날 기회가 있었고 차타르푸르의 토후(土侯) 마하라자의 손님으로 보름간을 함께 지내게 되었다. 디킨슨을 좋아했고 철학을 좋아했던 마하라자는 이렇게 말했다. 「말해 주시오, 디킨슨 선생. 신은 어디 있소? 허버트 스펜서가 나를 신에게로 인도해 줄까요? 아니면 조지 헨리 루이스가? 아, 크리슈나께선 언제 오셔서 나의 친구가 되어 주실까요? 디킨슨 선생!」

디킨슨과 포스터는 서로 상반된 감정을 안고 인도를 떠났다. 중국을 좋아하게 된 디킨슨은 인도가 편안하지 않았다. 그는 영국인 지배자들도 못마땅했지만 인도 자체도 마땅치 않았다. 그는 이렇게 썼다. 〈인도의 통치 문제에는 해법이 없다. 우리가 인도를 지배하는 것은 그들에게도, 우리에게도 저주이다. 그러나 우리가 떠나면 상황은 더욱 악화될 것이다. 나는 그것을 믿어 의심치 않는다. 두 민족은 어찌하여 합일점을 찾을 수 없는 걸까? 그건 인도인들이 영국인들을 따분하게 하기 때문이다. 그것은 분명하고 확고부동한 사실이다.〉 그것은 교훈적인 견해가 아니거니와 진지하다고조차 할 수 없었다. 포스터는 그에 이견을 보였다. 그는 1912년과 10년 후의 두 번째 방문 때 인도에서 몸소 발견한 평화와 행복에 대해 말하고 있다.

포스터의 인도 여행이 이룬 가장 값진 결실은 『인도로 가는 길』이었지만, 또한 그는 인도에서의 삶에 대한 단편소설들도 몇 편 썼다. 「탄원자」와 「인도여, 전진하라」가 여기 포함된다. 『애빙거 하비스트』에 담겨 재출판된 그 두 작품은 두 문화 사이에서 혼란을 겪고 있는 인도인들의 희극적이고도 슬픈 모습을 훌륭하게 그렸다.

그는 여행에서 돌아와서 인도에 관한 소설을 쓰기 시작했지만 전쟁의 발발로 인해 『인도로 가는 길』은 10년 후에야 완성되었다. 또한 전쟁 때문에 그와 여러 면에서 뜻이 통했던 새뮤얼 버틀러에 대한 비평 연구 계획은 완전히 무산되었다. 그러나, 이집트에 비전투원으로 파견되었던 경험과 인도 여행을 통해 싹튼 제국주의 정책에 대한 관심은 전쟁으로 인해 더욱 커지게 되었다. 그때까지는 정치적인 관심이 강하긴 했으되 그 형태가 다분히 추상적이었다면 현실적이고 구체적인 형태를 띠게 된 것이다. 3년간의 이집트 체류는 그에게 두 권의 책과 여러 편의 에세이들의 자료를 제공했을 뿐 아니라 제국주의에 대한 확고한 입장을 갖게 해주었다.

포스터가 이집트에 대해 쓴 두 권의 책 중 하나는 『알렉산드리아』라는 여행 안내서로 도입부의 알렉산드리아의 역사에 대한 설명 부분에서는 고대 그리스 문명과 자연론에 대한 애정과 기독교 문명과 신학에 대한 경멸을 나타내고 있고, 두 번째 부분에서는 가볼 만한 곳들에 대한 소개를 담고 있다.[2] 『알렉산드리아』는 전반적으로 학구적이고 매력적이며 효율적인 작품이다. 포스터는 역시 알렉산드리아의 역사와 지방색을 소개한 『파로스와 파릴론』이라는 저서를 냈는데 이 작품에 대해서는 별로 할 얘기가 없다. 이 책에는 그의 초기 역사 에세이들에서 결함으로 지적된 짓궂은 장난기가 들어 있다. 그 장난기는 세월이 흐르면서 더 강해졌다. 포스터의 부드러우면서도 무자비한 글 속에서 과거의 사실은 그렇게 되어서는 안 될, 그러니까 기이하고 무해하고 우스꽝스러운 것이 된다. 메넬라오스, 알렉산드로스, 이집트계 그리스인들, 유대인들, 아랍인들, 기독교 신학자들, 그리고 등대 자체까지도 모두 고도의 아이러니 속에 파묻혀 버린다. 이토록 집요한 악취미는 더욱 놀라운 것인데, 왜냐하면 포스터 자신이 그의 최고의 에세이 중 하나인 「역사의 위안」에서 이에 대해 아주 적절한 성격 부여를 한 바 있기 때문이다.

특무 상사 앞에서도 벌벌 떨던 자리에서 장군들까지 겁을 줄 수 있는 자리로 옮겨 가는 것은 유쾌한 일이며 어쩌면 그래서 우리처럼 소심한 사람들에게 역사가 그토록 매

2 이 책의 역사 부분은 거만하지 않은 대중화의 본보기라고 볼 수 있다. 특히 알렉산드리아의 신비주의자들에 대한 명석한 글이 주목할 만한데 플로티노스에 대한 설명에서는 『인도로 가는 길』을 그토록 뛰어난 작품으로 만든 신비주의 사상에 대한 창조적 통찰력을 엿볼 수 있다. 디킨슨도 젊은 시절에 플로티노스의 사상에 심취했었다 — 원주.

> 력적으로 느껴지는 것인지도 모른다. 우리는 죽은 이들을 호되게 다룸으로써 자신감을 회복할 수 있다. [……] 옥스퍼드 출신의 깔끔하게 생긴 얼굴들, 케임브리지 출신의 물고기처럼 생긴 얼굴들…… 우린 꿈을 꿀 수밖에 없다.

그런 장난기는 『애빙거 하비스트』에 〈과거〉라는 제목으로 수록된 다른 글들에도 들어 있다. 그 장난기는 「대장 에드워드 기번」과 「볼테르의 실험실」에서도 충분히 거슬리고 「기병 사일러스 톰킨스 코머백」과 「수도사들의 고난」에선 실로 고약해진다. 「기병 사일러스 톰킨스 코머백」에서는 기병의 진짜 이름이 새뮤얼 테일러 콜리지라는 공공연한 비밀이 극적으로 밝혀지고, 「수도사들의 고난」에서 수도사들을 곤란에 빠뜨리는 젊은이들은 패니 브론과 존 키츠였다.

『파로스와 파릴론』에는 이런 짓궂은 호고주의(好古主義)에서 비껴 난 문장이 하나 있는데, 카이트 베이 요새에 대해 설명하면서 그 요새의 구멍들이 〈1882년 시모어 제독이 요새를 폭격할 때 생겼으며 우리가 현대 이집트와 교류할 수 있는 기반을 마련해 주었다〉고 쓴 것이다. 1920년 포스터는 페이비언 조직인 영국 노동 문제 연구소 국제부에서 나온 소책자인 「이집트 정부」를 썼다. 이 글은 이집트에 자치권을 주어야 한다는 위원회의 권고를 지지한 것을 제외하면 별다른 역할을 하지 못했고 재미있는 글이라고도 볼 수 없지만, 그의 정치에 대한 관심이 커지고 있음을 보여 준다.

그것은 성난 관심이었다. 1934년 포스터는 두 해 전에 세상을 하직한 디킨슨의 전기를 출간했다. 디킨슨의 인생 자체가 긴장이나 색조를 결여하고 있어서인지, 아니면 포스터가 삼가면서 써서인지 그 전기는 주목할 만한 작품은 아니지만, 포스터가 살았던 정치적 환경을 알 수 있게 해준다. 디킨슨의 정치적 삶의 최고봉은 그가 〈국제적 무정부주의〉라고 부른 것과의 싸움이었으며 그의 무기는, 곧바로 빼앗기긴 했지만, 국제 연맹이었다. 그는 인간들의 정신을 현실 정치의 〈투쟁적 태도〉로부터 끌어올리기를 희망했지만 〈이상을 열정과 관심으로 연결시키는 데 있어서의 커다란 문제〉가 무엇인지 끝내 규명하지 못했다. 포스터도 그 의문을 풀지 못했지만 그는 디킨슨보다 성난 정신을 지녔기에 정치의 궁극적인 문제들에 대해 확신을 가질 수 없다는 이유로 중요한 문제들에 대한 발언을 삼가진 않았다.

전후의 영국은 계층 간의 대립으로 긴장감이 흘렀다. 1920년에 포스터는 1년간 「데일리 헤럴드」 문예 담당 편집자로 일하게 되었는데, 진보적인 계열의 유명 작가들이 노동당에 동조적인 그 신문의 주간 문예란에 비평을 실었다. 그 이후로 포스터는 많은 문학적, 정치적 기사들을 쓰게 되었고 그중 일부는 책으로 엮어지기도 했다.

그의 정치적 글들은 전쟁에 대한 환멸, 새로운 전쟁이 임박했다는 예언, 계급 통치의 어리석음에 대한 혐오로 가득하다. 그 글들은 견해의 독창성도, 실질적인 명민함도 가장하지 않는다. 때로는 분노를, 때로는 신랄함을, 때로는 그저 건전한 종류의 노여움과 반감을 나타내며 어리석음과 허위에 맞서는 합리적 민주주의의 19세기적 구식 감정들을 — 우리는 그 감정들에서 솔직함을 느낄 수 있으며 그것에 경의를 표한다 — 나타낸다. 어쩌면 그중에서 가장 성공적인 작품은 1925년에 열린 사전트 전시회에 대한 평론인 「나, 그들, 그리고 당신들」일 것이다. 그 전시회의 사전트가 그린 귀족적인 초상화들 사이에는 유쾌하고 공상적인 전쟁화 〈독가스 공격을 당한 사람들〉이 걸려 있었다. 그 상황은 풍자가의 눈길을 끌기에 안성맞춤이었고 포스터는 그것을 이용하여 현대적인 독설에 있어서의 진정한 성공작을 만들어 낸다.

> 그 초상화들은 위압적이었다. 초상화 속 인물들은 우리의 머리 위에서 서로를 바라보며 이렇게 말했다. 〈우리가 없었다면 이 나라는 어떻게 되었을까? 우리는 온갖 장식품과 보석을 소유하고, 유행과 전쟁을 일으키며, 대저택에 살면서 최고의 음식을 먹고, 가장 중요한 사업들을 경영하고, 가장 소중한 아이들을 길러 낸다. 왕국과 권력과 영광은 우리의 것이다.〉 그들의 합창에 귀 기울이며 나는 정말 그렇다고 생각했고 점점 더 마음이 불편해졌다. 이 세상에서 그들과 나 사이의 격차보다 큰 격차는 없는 것 같았다. 당신들을 만나기 전까지는.
>
> 나는 당신들을 눈 내리는 바깥에서, 당신들에게 어울리는 그곳에서는 무수히 봤지만 이 명예로운 장소에서 당신들을 보게 되리라곤 생각지 못했다. 당신들의 그림은 이 전시회의 그림들 중에서 가장 컸다. 그것은 카우드레이 부인

과 랭맨 부인 사이에 걸려 있었으며 〈독가스 공격을 당한 사람들〉이란 제목이 붙어 있었다. 당신들은 거룩한 아름다움을 지니고 있었다. 원래 상류층 사람들은 하류층 사람들이 깨끗이 씻고 고전적인 용모를 지녀야 그림에 담는다. 당신들은 그런 조건들을 만족시킨 것이다. 금발의 아폴론들이 눈에 붕대를 감고 참호 위에 깐 판자 위를 줄지어 왼쪽에서 오른쪽으로 걸어가고 있었다. 겨자탄에 눈이 먼 것이었다. 다른 병사들은 근경에 평화로이 앉아 있었고 또 다른 이들은 중경에서 다가오고 있었다. 전장의 모습은 슬프면서도 잘 정돈되어 있었다. 불평하는 이도, 불쾌하거나 지쳐 보이는 이도 없었으며 하늘의 비행기들은 영국의 위엄을 나타내고 있었다. 그 작품은 위대한 전쟁화가 갖추어야 할 모든 요건을 만족시켰고 새로운 종류의 거짓말을 하는 데 성공했다는 점에서 현대적이라고 할 수 있었다. 많은 신사 숙녀들이 총검을 든 전쟁으로 인해 낭만이 사라지고 있다는 두려움을 품고 있다. 사전트의 걸작은 그들을 안심시킨다. 그는 새로운 상황하에서 조용한 기품을 지니고 견디는 것이 가능함을 보여 주며 카우드레이 부인과 랭맨 부인은 자신들을 갈라놓은 20피트짜리 캔버스를 보면서 〈정말 불쾌해〉라는 말 대신 〈정말 감동적이야〉라고 말할 수 있었다.

그보단 덜 주목할 만하지만 웸블리에서 열린 대영 제국 박람회에 대한 「하나의 제국이 탄생하다」와 메리 여왕의 인형관에 대한 「인형광」에도 건전한 분노가 가득하다. 포스터의 성직자에 대한 오랜 반감은 노동당 국회의원들의 불경함에 대한 웰던 주교의 공개적인 항의에 답하는 글에서 정치적인 형태로 다시 나타난다. 그의 최고의 에세이 중 하나인 「나의 숲」은 숲을 새로 산 이후로 자신의 마음속에서 자라고 있는 소유 의식에 대해 묘사하고 있다. 〈얼마 전 나의 숲에서 잔가지 꺾이는 소리를 들었다. 처음에는 누가 산딸기를 따러 와서 내 숲의 덤불의 가치를 떨어뜨리고 있다는 생각에 부아가 치밀었다. 그런데 가까이 가보니 덤불을 짓밟아 잔가지를 부러뜨린 범인은 인간이 아니라 새였고 그걸 알자 금세 기분이 좋아졌다. 내 새니까.〉 이 에세이는 그의 소설들 속에 암시적으로 들어 있던 인생관을 놀라울 정도로 분명하게 말하고 있다는 점에서 특히 주목할 만하다.

> 지상에서의 우리의 삶은 물질적이고 육체적이며 또 그래야만 한다. 그러나 우리는 아직 우리의 물질주의와 육욕을 적절히 관리하는 법을 배우지 못했기에 그것들은 여전히 소유욕과 뒤엉켜 있다. 단테의 말대로 소유는 상실과 하나이거늘.

포스터는 오랫동안 문학 검열이라는 이례적인 활동을 했다.[3] 1939년에는 챈슬러 경의 천거로 명예훼손에 관한 법률을 검열하는 위원회에 임명되기도 하였다. 또한 1935년 파

3 그는 『애빙거 하비스트』에 실린 「파커스 댁의 그런디 부인」과 앨릭 크레이그의 『영국의 금서들』 소개글에서 검열에 대해 다루고 있다 — 원주.

리에서 열린 국제 작가 회의에서 문학적 자유를 주제로 연설하면서도 주로 자신의 정치적 신념에 대해 이야기했다.

국가들이 군비 축적을 중단하지 않는다면 계속 먹어 대는 동물이 배설을 억제할 수 없듯 그런 국가들 또한 전쟁 도발을 억제할 수 없을 것입니다. 그런 연유로 나의 일은, 나와 뜻을 함께하는 이들의 일은 임시적인 것입니다. 우리는 파멸이 닥칠 때까지 우리의 낡은 도구로 그저 땜질이나 할 수 있는 처지입니다. 파멸이 오면 아무것도 소용이 없게 됩니다. 그 이후엔 — 그 이후란 것이 존재한다면 — 인간 문명은 나와 살아온 방식이 다른 사람들의 손에 맡겨질 것입니다.

나는 자신의 죽음보다 전쟁에 대한 걱정을 더 많이 합니다만, 이 두 가지 불쾌한 존재들에 대해 취해야 할 노선은 동일합니다. 우리는 자신이 불멸의 존재인 것처럼, 인간 문명이 영원한 것처럼 행동해야만 합니다. 물론 우리는 언젠가 죽게 될 것이며 이 위대한 세계도 종말을 맞게 될 것이지만, 우리가 계속해서 먹고 일하고 여행하고 인간 정신이 숨 쉴 수 있는 얼마 안 되는 숨구멍을 터놓으려면 자신이 불멸의 존재이고 세계는 영원하리라고 가정해야만 합니다.

1922년 포스터는 두 번째 인도 여행을 떠났고 인도에 관한 소설의 집필을 재개했다. 그리하여 1924년에 『인도로 가는 길』이 세상의 빛을 보게 되었고 이 작품은 대대적인 성공을 거두었다.

『인도로 가는 길』은 포스터의 가장 유명한 소설이자 가장 널리 읽힌 작품이기도 하다. 그것은 의심할 바 없이 공적이고 정치적인 이유들에 근거한다. 이 소설은 영국에서는 논쟁의 대상이 되었으며, 미국에서의 성공은 포스터 자신이 설명했다시피 영국이 인도에서 저지른 실패에 대한 미국인들의 우월감 덕이었다. 그러나 이 소설의 공적, 정치적인 성격은 외부적인 것이 아니며 작품의 형태와 조직 속에 담겨 있다.

비평의 여러 기준에서 볼 때 이러한 공적, 정치적 성격은 긍정적으로 작용한다. 『인도로 가는 길』은 포스터의 소설들 중에서 가장 편안하고 심지어 가장 상투적이기까지 하다. 이 작품은 작가가 지닌 통찰력의 지배만을 받는 것이 아니다. 이것은 또한 작가가 보고 있으며 그에게 거부권을 행사할 수 있는 거대한 물리적 사실의 지배를 받는다. 그 결과 이 작품은 포스터의 소설들 중에서 가장 덜 놀랍고 가장 덜 변덕스러우며 진실로 가장 덜 사적인 작품이 된다. 이 작품은 빠르게 우리의 감정의 패턴을 확립시키며 그 패턴을 따라간다. 우리는 즉시 영국인 관료들에게 공감해선 안 되고 무어 부인과 〈배신자〉 필딩에게 공감해야 하며 아델라 퀘스티드에겐 냉담한 관심의 시선을, 아지즈와 그의 인도인 친구들에겐 애정과 이해의 시선을 보내야 한다는 것을 배운다.

이러한 패턴 속에는 물론 포스터의 사회적 상상력의 최고봉이라고 할 수 있는 판단의 갑작스러운 엄격성이나 누그러짐, 빠르고 미묘한 변경이 들어 있다. 그러나 이 패턴은 항상 공적이고 단순하며 전체적으로 파악하기가 쉽다. 이와 유사하게 공적이고 정치적인 소설들의 패턴들과 구분되는 점은 엄격한 객관성이다. 이것은 불공정하고 히스테릭한 감정을 다루며 우리를 정의에 관한 격한 감정들이 아닌 차분한 균형과 판단으로 이끈다. 우리는 로니에 대한 경멸을 억누르지는 못한다고 하더라도 그가 어리석긴 하되 고귀한 감정들을 느낄 수는 있음을 인식하지 않을 수 없다. 원주민이 자신을 강간하려 했다는 환각에 시달리는 영국인 아가씨도 따분한 예의바름으로 우리의 공감을 사며, 억울한 누명을 쓴 원주민 의사 편에 서서 동포들을 등지는 필딩이나 인자한 무어 부인에게도 우리는 쉽게 반응할 수가 없다. 이렇듯 우리가 갖는 감정의 제약은 이 작품의 위대성의 중요한 한 요소이다.

이 작품이 지닌 공적인 성격은 포스터의 다른 소설들보다 다소 공적이고 다듬어진 스타일을 만들어 내며 따라서 독단적인 면도 덜하다. 포스터는 소설 속으로 침입하는 권리를 포기하진 않지만 침입 태도가 그 어느 때보다 신중하다. 어쩌면 그것은 영국이나 이탈리아에 관한 작품들에서보다 진실에 대한 소유권이 훨씬 약하기 때문인지도 모른다. 인도의 신들은 그의 신들이 아니며 다정하지도 이해 가능하지도 않다. 현명한 충동과 애정 가득한 지성을 지닌 지중해의 신들이 인도 땅에서 영향력을 미칠 수 있는 범위 내에서는 포스터는 편안하다. 하지만 그는 그 신들이 멀리까지 갈 수 있으되 끝까지는 갈 수 없다고 생각하며 그의 스타일에서 엿보이는 얼마간의 위축은 이러한 불확실성을 반영한다. 그는 상상력을 발휘하여 인도 신들의 의미를 놀랍도록 훌륭하게 전달하지만 그것은 진실을 아는 달인의 상상력의 산물이 아니라 아직 어리둥절한 똑똑한 초심자의 것이다.

따라서 이 작품의 공적인 성질은 유익한 작용만 한다고 볼 수가 없다. 포스터는 처음으로 스스로 핍진성의 시험에 든다. 이것이 인도에 관한 진실인가? 영국인들은 이런 식으로 행동하는가? 항상? 가끔? 전혀 아닌가? 인도인들은 이러한가? 전부? 일부만? 왜 이슬람교도들은 그렇게 많고 힌두교도는 그렇게 적은가? 왜 힌두교에 대한 내용은 그렇게 많고 이슬람교에 대한 내용은 그렇게 적은가? 그다음엔 마지막으로 결정적인 질문, 무엇을 해야 하는가가 남아 있다. 포스터가 그린 영국인 관료들은 물론 영국에서 논쟁의 대상이 되어 왔다. 영국인들은 그렇지 않다고 말하는 이들이 많았던 것이다. 우리는 실상을 알지는 못하되 인도의 영국인 관료들 중에는 양식 있고 헌신적이며 겸손한 이들도 있었으리라 짐작할 수 있다. 하지만 설령 포스터가 분노 때문에 영국인들을 과장되게 그렸다고 하더라도 분노가 진실을 조명해 줄 수도 있다. 포스터의 찬드라푸르에 사는 영국인들은 인도의 영국인들이 지닌 한계라는 진실. 〈권력은 부패하며 절대적인 권력은 절대적으로 부패한다〉는 액턴 경의 말이 옳았기 때문이다.

그가 그린 인도인들 또한 〈선험적〉 근거에 의해서만 판단할 수 있다. 비록 인도인들을 공감과 애정의 감정으로 이해할 수는 있지만 우리가 그들에 대해 느끼는 건 그 두 가지 감정뿐이다. 그들 모두는 매력을 지니고 있지만 아무도 위엄을 지니고 있지 못하다. 그들은 우리의 아픈 데를 건드리긴 할지언정 우리에게 감명을 주진 못한다. 아지즈는 승리의 축제에서 꼭 한 번 인도 제국 시절의 〈문명으로 가득 채워져서 완전하고 위엄 있으며 조금 엄격한〉 모습으로 그려지며 필딩은 처음으로 그에게 〈기가 죽지만〉, 이 구절은 우리에게 아지즈가 평소에 얼마나 위엄이 결여되어 있었는지를 상기시킬 뿐이다. 필시 인도인들은 감수성이 예민한 서구인들에게까지 이런 영향을 미쳤을 것이다. 앞에서도 보았듯이 디킨슨은 그들이 따분하다고 했다. 여러 세대에 걸쳐 외세의 지배를 받다 보니 위엄의 습성이 사라지고 성인이 어린아이들의 전략을 습득하게 된 것이다.

그것들은 우리가 해결할 수 있는 문제들이 아니며 그런 문제들이 야기된 것 자체가 의심할 바 없이 이 소설의 결함이다. 핍진성에 대한 의문들은 환상을 깨뜨리는 것과는 별도로 소설의 구상적 결함을 나타낸다. 영국 관료들은 줄곧 나쁘게만, 인도인들은 나약하게만 그리다 보니 등장인물들의 성격 창조에 문제가 생긴다. 즉, 사건들이 인물들 속에 있는 것이 아니라 인물들이 사건들 속에 있다. 우리는 필딩보다 더 넓은 영국인을, 아지즈보다 더 무거운 인도인을 원하는 것이다.

그것들이 결함이라는 것도, 포스터가 그런 우를 범할 수 있는 소설가라는 것도 사실이지만 그는 그것들을 초월했고 심지어 이용하기까지 했다. 예를 들어, 인물들과 사건들의 관계는 플롯과 스토리 사이의 심각한 불균형의 결과이다. 이 소설 속에서 플롯과 스토리는 포스터의 다른 소설들에서처럼 서로 동연(同延)하지 않는다.[4] 이 소설의 플롯은 정확하고 견고하고 구체적이며 이전에 포스터의 머리에서 나왔던 그 어떤 플롯보다 단순하다. 스토리는 플롯의 아래나 위에 있고 시간적으로는 계속해서 플롯을 초월해 있다. 물론 스토리는 플롯에 의해 만들어지고 따라서 플롯의 다양한 반향이라고 할 수 있지만 플롯보다 더 커서 그것을 포함한다. 플롯은 법적인 의견처럼 확고하며 스토리는 하나의 충동이고 경향이고 인식이다. 스토리라는 넓은 범위 안에서의 플롯의 정지, 플롯의 중심으로부터의 스토리의 발전에는 미묘하기 짝이 없는 조작이 필요하다. 이러한 플롯과 스토리의 관계는 우리가 특이한 종류의 정치 소설을 접하고 있음을 보여 준다. 이 소설의 등장인물들은 플롯을 위해서는 충분한 크기지만 스토리를 위해서는 충분히 크지 못하며 이것은 스토리의 중요한 문제이다.

이 소설의 플롯을 간략하게 소개하면 이러하다. 아델라 퀘스티드는 무어 부인을 보호자로 모시고 인도 땅에 도착한다. 그녀는 무어 부인이 첫 번째 결혼에서 얻은 아들과 비공식적으로 결혼을 약속한 사이이다. 이 두 여인은 인간미와 〈인도를 알고 싶다〉는 강한 욕구를 지녔으며, 아델라는 관습에 얽매이지 않는 개방적인 인물이다. 그러나 진짜 인도를 보고

4 여기에서 내가 말하는 플롯과 스토리의 의미는 포스터가 『소설의 양상들』에서 다룬 그것들과 정확히 일치하지는 않는다 — 원주.

싶다는 그들의 소망은 그녀의 남편감이자 무어 부인의 아들인 로니를 성가시게 하고 코끼리 타기 정도로 그들을 만족시키려고 하는 따분한 영국인들을 냉소하게 만든다. 이곳에 갓 온 신참만이 인도를 알고 싶어 하기 때문이다. 무어 부인과 아델라는 로니에게 실망을 느낀다. 그는 지배계급의 가치관을 전면적으로 수용하여 따분한 권위로 무장한 엄격한 젊은 치안판사가 되어 있었던 것이다. 그러나 무엇이 바람직하고 무엇이 바람직하지 못한지에 대한 아들의 확실한 주장에도 불구하고 무어 부인은 어느 날 밤 이슬람 사원에 들어가고 그곳에서 젊은 이슬람 의사 아지즈를 만나게 된다. 영국인들에게 냉대를 당해 마음의 상처를 입고 비참한 기분에 빠져 있던 아지즈는 무어 부인의 친절함과 소박함에 위안을 받는다. 두 사람 사이엔 우정이 싹트고 그 친교에 아델라 퀘스티드도 정중히 받아들여진다. 결국 인도인들을 알게 됨으로써 손님들은 인도를 알게 될 것이고 아지즈는 그들과 우정을 나누게 된 것을 그들보다 더 기뻐한다. 그는 자신의 마음을 표현하기 위해 엄청나게 공을 들여 마라바르 동굴로의 소풍을 준비한다. 그 지방 공립대학 학장 필딩과 힌두교도인 교수 고드볼도 동행할 예정이었으나 그들은 기차를 놓쳐 버리고 아지즈는 영국인 여자 손님들과 우스꽝스러운 수행단을 거느리고 마라바르로 떠난다. 무어 부인은 한 동굴에서 혼란스러운 체험을 한 다음 자신은 쉴 테니 아지즈와 아델라 둘이서만 동굴 구경을 계속하라고 권한다. 육체적으로 그리 매력적이지 못한 아델라는 역시 그리 매력적이지 못한 로니와의 약혼에 대해 의구심을 품고 있다가 아지즈에게 사랑에 대한 이야기를 한다. 그 이야기는 매우 추상적이었지만 결국 그의 심기를 불편하게 만들고 자신도 심란한 상태가 된다. 어느 동굴 속으로 혼자 들어간 그녀는 어둠 속에서 누가 자신의 망원경 끈을 잡아당기자 아지즈가 자신을 범하려 했다는 망상에 사로잡힌다. 그 사건으로 영국인들은 숭고한 분노의 불길에 휩싸인다. 그들은 모두 아지즈가 유죄라고 확신한다. 필딩과 무어 부인만이 그 확신에 동조하지 않는다. 필딩은 아지즈를 좋아했기에, 그리고 무어 부인은 직감적으로 그의 무고함을 알았기에 그런 일이 실제로 일어났을 리가 없으며 아델라가 환각에 시달리는 것이라고 믿는다. 자신이 인도인 아지즈의 편임을 선언한 필딩은 영국인들에게 배척당하고 자신의 의견을 암시한 무어 부인은 아들에 의해 인도를 떠나게 된다. 5월의 폭염 속에서의 여행은 그녀를 기진하게 만들고 그녀는 결국 배에서 세상을 떠난다. 영국인들의 집단 히스테리에 의해 조장된 아델라의 환상은 재판 중에 갑자기 깨지고 그녀가 주장을 철회하면서 아지즈는 혐의를 벗고 필딩은 명예를 회복하며 인도인들은 기뻐하고 영국인들은 분개한다.

여기까지가 플롯이다. 의심할 바 없이 사건의 플롯의 경향이 지나치게 강하며 너무 쉽게 열리고 닫힌다. 그럼에도 불구하고 영국인과 원주민 사회 둘 다에 대한 엄청난 양의 관찰을 할 수 있도록 하는 뻔하긴 하되 감탄할 만한 장치이다. 지배자들과 피지배자들 간의 잠재된 적대감을 극적으로 분출시키는 계기를 마련하기 때문이다.

인도 거주 영국인들의 부정적인 측면은 〈영국에서보다 더하다〉고 할 수 있을 정도이며 그들은 영국의 사립학교에서 배운 신념에 따라 산다. 그들은 오만하고 무지하고 무감각하며 인도 지식인들은 아무리 좋은 영국인이라도 인도에서 1년만 지내면 무례해진다고 말한다. 특히 여자들이 영국인의 우월성을 강하게 주장하며 인도인들에게 지극히 버릇없고 부당한 태도를 보인다. 그래도 남자들은 자신들의 지배를 받고 있는 원주민들에 대해 비정한 호감을 갖고 있다. 예를 들어, 징세관 터턴은 〈자신이 그토록 오랜 세월 움직여 온 졸병들에게 경멸 어린 애정을 간직하고 있었다. 그들은 어떤 경우든 그의 노고에 맞는 가치는 있다는 것이다〉. 그러나 어떠한 직업적인 필요성과 긍지의 제약도 받지 않는 여자들은 가장 근본적인 사회적 위신에 의거해서만 생각하며 터턴의 아내는 오로지 그것만을 위해 산다. 터턴은 이렇게 생각한다. 〈이곳에서 만사를 더 어렵게 만드는 건 우리 영국 여자들이야.〉 하지만 감히 그 말을 입 밖에 내지는 못한다.

그것은 미숙한 마음 때문이다. 『인도로 가는 길』은 급진적인 소설이 아니다. 이 작품의 자료 수집은 인도에 민족주의의 불길이 뜨겁게 번지기 이전인 1912년에서 1922년 사이에 이루어졌으며 이 작품은 영국인들이 인도에 있어서는 안 된다는 걸 보여 주는 것에 관심을 두지 않는다. 실제로 작품 말미에 이르러서야 비로소 영국인들을 추방하는 문제에 대한 언급이 이루어지며 이 소설은 제국주의적 전제에서 —

사실 그것은 포스터 자신의 전제가 아니라는 점에서 아이러니하지만 — 진행된다. 이 소설의 주된 핵심은 영국인들이 미숙한 마음으로 인해 인도를 지킬 가능성을 던져 버렸다는 것이다. 미소의 결여로 하나의 제국을 잃는다.[5] 정의로도 부족하다. 이에 대해 필딩은 이렇게 말한다. 〈인도인들은 우리가 자신을 좋아하는지 아닌지를 알기 때문에 여기선 그들을 속일 수가 없죠. 정의는 그들을 만족시킬 수 없으며 바로 그런 이유로 대영 제국은 사상누각을 세운 것이라고 할 수 있어요.〉 그리고 무어 부인은 로니가 영국인들의 태도를 옹호하는 열변을 토하는 것을 들으며 이렇게 생각한다. 〈목소리만 아니었다면 그의 말이 어머니에게 감명을 주었을 수도 있지만, 어머니는 아들의 자만에 찬 쾌활한 목소리를 듣고, 조그만 붉은 코 밑에서 너무도 득의양양하고 당당하게 움직이는 입을 보면서, 엉뚱하게도 이것이 인도에 관한 최후의 발언은 아니리라고 생각했다. 일말의 후회라도 있었다면 — 계획된 대용물이 아닌 마음에서 우러난 진실한 후회

5 H. N. 브레일스포드는 『인도의 반역자』(1931)에서 1930년 인도에서 시위 진압에 동원된 폭력에 대해 자세히 다루고 있다. 그는 이렇게 쓰고 있다. 〈여기저기서 소요를 가라앉힌 것은 너그러움과 부드러움이다. 나는 대중들의 인기를 한 몸에 얻고 있는 한 치안판사가 소금 전매를 반대하는 시위를 성공적으로 처리한 이야기를 들어서 알고 있다. 그 지방 의회 지도자들이 그의 집 앞에서 공개적으로 소금을 만들었다. 그러자 그가 나와서 불법으로 만들어진 소금을 조금 산 다음 그 형편없는 질을 비웃고 구경꾼들을 놀린 다음 조용히 집으로 들어갔다. 군중들은 흩어졌고 이 온화한 성품의 관료에게는 다시는 시위가 일어나지 않았다. 반면에 무력을 써서 가혹하게 시위를 진압할 경우 저항 운동에 더욱 불을 붙였고 또 다른 시위와 희생을 낳았다.〉 — 원주.

말이다 — 그는 다른 사람이 되었을 것이고 대영 제국도 다른 나라가 되었을 것이다.〉

정의만으로는 부족할 뿐 아니라 결국 호감과 선의로도 부족하다. 필딩과 아지즈는 우정을 맺고 싶어 하지만 무수한 말장난들과 서로 다른 가정들과 템포가 그들을 가까이 다가가지 못하게 한다. 그들은 서로의 감정의 〈양〉을 — 감정의 종류는 고사하고 — 이해하지 못한다. 〈아지즈, 당신의 감정은 대상에 따라 다른 것 같군요.〉 필딩이 그렇게 말하자 아지즈는 대답한다. 〈감정이 어디 감자 자루처럼 무게를 잴 수 있는 것인가요?〉

〈바울 서신〉의 주제이기도 했던 분리의 주제, 장벽의 주제는 포스터의 모든 소설들에 들어 있으며 『인도로 가는 길』에서도 두드러지게 나타난다. 종족과 종족의 분리, 남성과 여성의 분리, 문화와 문화의 분리, 심지어 자신으로부터의 분리까지 모든 관계에 분리가 잠재되어 있다. 영국인과 인도인의 분리는 이 소설 속에서 가장 극적인 균열이지만 이러한 균열은 도처에 존재한다. 예를 들어, 힌두교도와 이슬람교도는 진정으로 서로에게 다가갈 수가 없다. 아지즈는 힌두교인 치안판사 다스 씨와 다정한 대화를 나누면서도 힌두교인만 보면 소똥이 생각나서 괴로워하고, 다스 씨는 〈이슬람교인들 중에는 몹시 난폭한 자들도 있지〉라고 생각한다. 〈먼 나라 사람들 간에는 언제나 낭만적인 관계의 가능성이 존재하지만 여러 갈래에서 나온 인도인들은 서로에 대해 너무 잘 알기에 견해 차이를 쉽게 극복할 수 없다.〉 아델라와 로니는 성적으로 만나지 못하며 재판이 끝난 후 아델라와 필딩이 의견의 일치를 보았을 때 〈그들이 난쟁이들처럼 악수를 나누는 동안 정다운 기운이 감돈다〉. 그리고 무어 부인의 딸 스텔라와 결혼한 필딩은 곧 젊은 아내에게 거리감을 느낀다. 무어 부인 또한 아들로부터, 모든 사람들로부터, 신으로부터, 우주로부터 분리된다.

이러한 분리 의식은 상징성을 지니고 작품 전체에 널리 퍼져 있다. (말미 부분에서는 대지까지도 아지즈와 필딩의 결별을 요구하며 하늘도 그것에 찬성한다.) 어쩌면 그것은 등장인물들의 동떨어짐에 대한 설명이 될 수 있을 것이다. 이 소설의 등장인물들은 서로 너무 멀리 떨어져 있어서 우리에게 닿을 수가 없다. 그러나 그러한 단절은 단지 예시만 되어 있는 게 아니라 어떤 측면에서 보면 매우 정확하게 분석되어 있다. 아지즈와 그의 친구들에 대한 묘사, 인도인과 영국인을 갈라놓는 문화적 차이에 대한 고찰은 이 소설의 가장 눈부시고 고결한 부분들에 속한다.

아지즈의 원형은 포스터의 첫 번째 장편소설(『천사들도 발 딛기 두려워하는 곳』)에 등장하는 지노 카렐라이다. 그는 비(非)영국인적인 특징들을 지니고 있는데, 경박성, 유연성, 민감성, 약간의 잔혹성, 많은 온정, 애상에 대한 사랑, 위선을 감수하고라도 상대를 기쁘게 해주려는 욕구가 그것들이다. 지노가 그랬듯이 아지즈도 어떤 면에서는 어린애 같고 어떤 면에서는 성숙하다. 그의 성숙함은 어린애 같은 일관성의 부재를 수용하는 모습에서 엿볼 수 있다. 그는 영국인들의 청교도적인 청렴의 기준에 부응하려고 애쓰지만 자신의 감정에 따라서 살아가며 좋은 의미에서건 나쁜 의미에서건 영국인들보다 인간적이다. 그는 영국인 친구들처럼 기민하지도, 효율적이지도, 깔끔하지도 못하며 과학에 있어서조차 서구적인 생각들을 진정으로 믿지 못해 토후국에 은거할 때 의술에 약간의 주술을 가미한다. 하지만 그는 영국인 친구들처럼 자신의 허물을 안다. 그는 병적으로 예민해서 그동안 영국인들에게 무수히 경멸을 당했기 때문에, 실제로 경멸을 당하지 않았을 때도 피해 의식에 젖는다. 그는 너무도 겸손하면서도 경멸감에 가득 차 있고 다른 사람들이 좋아해 주기를 갈구한다. 그는 영웅적이지 못하지만 그의 영웅들은 바부르, 알람기르 같은 의협심 강한 위대한 황제들이다. 요약하면 아지즈는 피지배 민족의 일원이다. 인도에서 민족주의가 일면서 보다 전투적인 타입이 그를 밀어내게 되었을지는 모르지만 그 새로운 타입도 아지즈의 감정적 모순들을 거부할 수는 있을지언정 그것들을 해결할 수는 없다.

아지즈와 그의 친구들은 이슬람교도이며 이 소설의 플롯은 주로 이슬람교인 사업가와 전문직 종사자들을 다루고 있다.[6] 그러나 스토리에는 힌두교 사상이 가득하다. 힌두교 사상이라는 주제를 이어가는 인물은 무어 부인이며 사실 그녀

6 인도의 대중들은 이 소설에서 군중의 모습으로만 나타난다. 법정 장면에 등장하는 조용하고 아무 생각 없는 푼카 하인 외에는 개별화된 전형이 존재하지 않는다. 그는 신의 모습을 하고 있지만 불가촉천민이며 재판의 절정 직전에 아델라에게 그녀의 환각을 신성시해 준 〈교외의 여호와〉에 대한 의구심을 일으키고 무어 부인을 생각하게 만든다 — 원주.

가 바로 스토리이다. 그 주제는 무어 부인이 말벌을 관찰하는 장면에서 처음 소개된다.

> 무어 부인은 외투를 걸려다가 옷걸이 끝에 작은 말벌 한 마리가 앉아 있는 것을 발견했다. [……] 녀석이 옷걸이에 붙어 잠들어 있는 사이 평원에서는 자칼 떼가 욕망에 차서 울부짖는 소리가 둥둥둥 울리는 북소리에 섞여 들려왔다.
> 「예쁘기도 하지.」 무어 부인이 말벌에게 말했다. 녀석은 깨어나지 않았지만 그녀의 목소리는 바깥으로 퍼져 나가 밤의 불안감을 고조시켰다.(p. 53)

이 말벌은 찬드라푸르를 떠나 힌두 토후국에서 교육부 장관으로 재직 중이던 고드볼 교수의 의식 속에서 다시 나타난다. 그는 자신이 세운 학교에 대해선 까맣게 잊고 — 사실 그곳은 곡물 창고가 되어 버렸다 — 이 소설 제3부의 주요 배경이 되는 성대한 종교 축제인 크리슈나 탄신제를 집행하고 있다. 그의 마음속에 떠오른 말벌은 — 그는 왜 갑자기 말벌이 떠올랐는지 알지 못하며 우리도 마찬가지다 — 무어 부인에 대한 회상과 뒤섞인다.

> 그는 브라만이고 그녀는 기독교인이었지만 그것은 전혀 중요하지 않았다. 그녀의 모습이 기억의 속임수인지 텔레파시인지도 전혀 중요하지 않았다. 다만 신의 입장이 되어 그녀를 사랑하고 그녀의 입장이 되어 신에게 〈오소서,

오소서, 오소서〉라고 호소하는 것이 그의 의무이고 바람이었다. 이것이 그가 할 수 있는 전부였다. 이 얼마나 불충분한가! 그러나 사람은 저마다의 능력에 따라 살아야 하고 그는 자신의 능력이 미미함을 알고 있었다. 그는 사원을 나서서 비에 젖은 잿빛 아침 속으로 들어가며 생각했다. 〈한 영국인 노부인과 한 마리의 작고 작은 말벌. 그것은 대수롭지 않은 것 같지만 내가 나 자신인 것보다 중요한 것이지.〉(p. 442)

말벌이 처음에는 무어 부인의 의식 속에, 다음에는 고드볼의 의식 속에 존재하고, 상징적인 방식으로 무어 부인이 말벌을 받아들이고 고드볼이 무어 부인을 받아들이는 것, 이것이 플롯과 구분되는 스토리의 맥락이다. 이 소설의 스토리는 본질적으로 기독교가 불충분하다는 무어 부인의 발견과 관련되어 있기 때문이다. 무어 부인은 종교적인 여인이며 늙어 가면서 〈자신이 아는 가장 위대한 존재인 하느님을 피하는 것이 점점 어려워짐을〉 발견한다. 그러나 인도 땅에서 하느님의 효험은 점점 줄어들고 〈저 창공 너머에는 또 하나의 창공이 존재하는 듯하고 저 머나먼 곳에서는 침묵만이 울려 퍼지는 듯한〉 기분을 느낀다.

그리하여 무어 부인은 자신도 모르는 사이에 점점 인도인의 감정에 가까워진다. 로니와 아델라가 나와브 바하두르의 차를 타고 드라이브를 갔다가 차에 무언가가 부딪치는 사고가 났을 때 그 얘기를 전해 들은 무어 부인은 무심결에 〈유령이야!〉라고 말한다. 나와브 바하두르도 그렇게 믿는데 그건 9년 전 바로 그 지점에서 술 취한 사람을 치어 죽인 일이 있었기 때문이다. 〈영국인들이나 운전기사는 그런 사실을 몰랐으며 그것은 말보다는 피로 전할 수 있는 그들 민족만의 비밀이었다.〉 그런 〈민족적인 비밀〉을 무어 부인은 저절로 알게 된 것이다. 그리고 유럽인의 감정에서의 탈피도 계속된다. 〈그녀는 인간은 그들의 관계는 소중하게 생각하지 않고 결혼에 대해 지나치게 법석을 떠는 경향이 있으며, 수 세기 동안 육체적인 포옹이 이루어져 왔지만 여전히 사람들은 서로에 대해 알지 못하고 있다는 — 선견지명이라고 해야 할지 불길한 예감이라고 해야 할지 모르는 — 느낌이 점점 강해졌다.〉 그녀의 마라바르 동굴 방문은 끔찍한 것이긴 하지만 그 변화의 절정에 불과하다.

동굴 속에서 무어 부인을 그토록 겁에 질리게 만든 건 메아리였다. 메아리들로 고안된 책 속에 든 하나의 메아리. 아델라 퀘스티드의 환상은 머릿속의 혼란스러운 메아리를 동반한다. 그 메아리는 그녀가 환상에서 벗어난 뒤에야 멈출 뿐 아니라 스토리의 조직 자체가 메아리들로 짜여 있다. 행동들과 말들이 인도의 우주라는 혼란스러운 벽에 부딪혀 때로는 더 나은 상태로, 때로는 더 나쁜 상태로 돌아온다. 말벌이 대표적인 예이며 그 외에도 많은 예들이 있다. 광장에서 우연히 아지즈와 폴로를 하게 된 영국인 중위는 이 이름 모를 인도인에게 호감을 갖지만 나중에 클럽에서 강간 미수범인 아지즈를 — 그가 광장에서 호감을 가졌던 인도인과 동일 인물인지도 모르고 — 혹독하게 비난한다. 그리고 인도인들은 자신들이 시간관념이 없어서 기차 시간에 늦을까 봐 걱정하지만 결국 영국인이 기차를 놓치는 바람에 사건이 터지고 만다. 무어 부인은 아델라에게 심술궂게 대하고 아지즈에게도 무관심해지지만 그녀의 행동은 좋은 메아리가 되어 돌아오고 그녀의 자식들은 그녀의 또 다른 메아리가 된다. 우리는 이 거미줄처럼 뒤얽힌 반향들 속에서 포스터의 의도를 읽을 수 있으며, 이러한 반향들은 작품에 보통 음악 속에서만 발견될 수 있는 응집성과 복잡성을 부여한다. 그리고 수많은 메아리들 중에서 가장 대표적인 것은 마라바르 동굴에서 울리는 메아리이다.

> 무어 부인에게 마라바르 동굴은 무시무시한 곳이었다. 그녀는 동굴 안에서 거의 실신할 뻔했고 다시 바깥 공기 속으로 나오자마자 그 말을 하고 싶은 걸 참느라 애써야 했다. 사실 그것은 당연한 일로 그녀는 평소에도 실신을 잘하는 데다 사람들이 모두 따라 들어오는 바람에 동굴이 꽉 찼던 것이다. 마을 사람들과 하인들이 빽빽하게 차자 동굴의 둥근 방에서 냄새가 풍기기 시작했다. 어둠 속에서 아지즈와 아델라에게서 떨어진 무어 부인은 누구와 몸이 닿는지도 알 수 없었고 호흡조차 곤란했으며 설상가상으로 정체 모를 불쾌한 맨살이 얼굴에 부딪치더니 입을 틀어막았다. 그녀는 입구 쪽으로 나가려고 했지만 밀려드는 인파에 도로 떠밀려 들어왔다. 그녀는 머리를 부딪쳤다. 그리고 잠시

이성을 잃고 미치광이처럼 헐떡거리며 여기저기 부딪쳤다. 혼잡과 악취에 놀랐을 뿐 아니라 메아리에도 겁을 먹었던 것이다.

고드볼 교수는 메아리에 대해서는 언급한 적이 없었는데 어쩌면 그것에 특별한 인상을 받지 않았던 것인지도 모른다. 인도에는 신기한 메아리들이 있는데 [……] 마라바르 동굴의 메아리는 도무지 구별이 불가능하다. 무슨 말을 하든 똑같은 단조로운 메아리가 진동하며 벽을 타고 오르내리면서 천천히 천장에 흡수된다. 그것을 굳이 인간의 소리로 표현하자면 〈부움〉 혹은 〈부-움〉 혹은 〈우-붐〉이라고 할 수 있으며 지극히 단조롭다. 소망도, 공손함도, 코 푸는 소리도, 신발 소리도 모두 〈부움〉 하는 메아리를 낸다. (pp. 222~224)

공포와 공허함, 무어 부인의 공포는 우주의 공허함에 기인한다. 그것은 『하워즈 엔드』에서 헬렌 슐레겔이 베토벤 교향곡 5번을 들으며 체험하는 공포를 넘어선다. 동굴이 모든 소리를 똑같은 메아리로 만들어 야기하는 혼란은 캐럴라인 애벗이 자신의 아이와 함께 있는 지노를 보았던 방의 혼란을 상기시키고 그것을 아무것도 아닌 것으로 만든다. 왜냐하면 그 방에서의 혼란은 삶과 희망의 근원이었으며 그 안에서 작은 아이가 자라났기 때문이다. 캐럴라인은 음산한 방에서 그것을 보며 〈그곳을 비추는 빛은 어떤 자비로운 입구를 통해서 들어오는 듯 부드럽고도 풍성했다〉. 그것은 자궁의 표현이며 삶의 약속이라고 말할 수 있다. 마라바르 동굴의 혼란 속에도 아이가 등장한다. 무어 부인의 입을 틀어막은 불쾌한 맨살은 사실 엄마의 등에 업힌 어린아이였던 것이다. 동굴의 입구는 무어 부인의 뒤에 있고 그녀는 무덤을 마주하고 있다. 세상의 빛은 그곳으로 들어가지 않으며 죽음의 세계가 모든 것들을 — 삶과 죽음, 선과 악까지도 — 똑같은 것으로 만든다.

> 메아리가 뭐라 표현할 수 없는 방식으로 삶에 대한 통제력을 갉아먹기 시작했다. [……] 그것은 이런 말을 속삭일 수 있었다. 〈애상, 경건함, 용기 — 그런 것들은 존재하긴 하지만 모두 같은 것이며 불결함 또한 그러하다. 모든 것들은 존재하지만 가치를 지닌 것은 없다.〉 동굴에서 누군가 불결한 얘기를 했거나 고상한 시를 암송했더라도 동굴의 대답은 똑같이 〈우-붐〉이었을 것이다. 누군가 천사의 방언을 하고, 인간이면 어떤 지위에 있고 어떤 견해를 가졌든 아무리 피하려고 애써도 겪을 수밖에 없는 과거나 현재나 미래의 모든 불행과 오해에 대해 호소했더라도 결과는 마찬가지였을 것이다. 북쪽의 악마들인 마라바르의 암벽 봉우리들은 시로 노래될 수도 있지만, 그것은 그들을 인간과 화해시켜 주는 유일한 특성인 광대함이 지닌 무한성과 영원성을 박탈하는 행위이므로 아무도 마라바르를 낭만적으로 그릴 수는 없었다. [……] 하지만 갑자기 마음 언저리에서 종교가, 저 가엾고 보잘것없으며 말 많은 기독교가 나타

났고, 그녀는 〈빛이 있으라〉에서 〈다 이루었다〉에 이르기까지 기독교의 모든 성스러운 말들이 〈부움〉에 지나지 않음을 깨달았다.(pp. 226~227)

〈들창코에, 아량이라곤 모르는 것이, 바로 불멸의 벌레가〉 그녀에게 말한다. 그리하여 그녀는 기독교의 하느님, 자식들, 아지즈와 대화하는 것을 불쾌하게 여기게 된다. 그녀는 사람들이 자신의 슬픔에 주목해 주기를 원하지만 막상 주목을 받자 그것을 거부한다. 그녀는 아지즈가 무고함을 알면서도 그를 위해 한마디도 해주지 않으며 심술궂은 몇 마디 말로 아델라의 확신을 흔들 뿐이다. 그녀는 자신의 증언이 아지즈에게 도움이 될 걸 알면서도 로니가 떠나라고 하자 순순히 떠난다. 그녀는 힌두교의 눈으로 세상을 보게 된 것이다. 힌두교의 눈이 어떤 것인가에 대해서는 고드볼 교수가 필딩에게 한 말에 잘 나타나 있다.

선과 악은 그 이름들에서 알 수 있듯이 다른 것이지요. 다만 저의 미천한 생각으로는 그 두 가지가 다 신을 나타낸다는 것입니다. 신께서는 그 하나에는 존재하고 나머지 하나에는 부재하며 존재와 부재의 차이는 저의 부족한 머리로도 알 수 있을 정도로 커다란 것이지요. 그러나 부재는 존재를 함축하고 부재가 곧 비존재는 아니므로 우리는 〈오소서, 오소서, 오소서, 오소서〉 하고 반복하는 것이지요. (pp. 271~272)

무어 부인은 모든 것을, 심지어 도덕적 의무까지도 포기하지만 뒤이어 일어나는 사건들을 지배한다. 그녀는 〈에스미스 에스무어〉로서 법정 주위에 모여든 군중들에게 아지즈를 구할 힌두 여신이 된다. 그리고 우리는 아델라가 제정신을 되찾는 데 그녀가 영향력을 행사했음을 어렴풋이 깨닫게 된다. 무어 부인은 또한 이 책의 결말을 장식하는 종교적 혼란을 나타내는 멋진 장면에서 고드볼 교수의 마음속에 말벌과 함께 다시 나타난다. 그녀는 모든 영국인들을 미워하는 — 혹은 미워하려고 애쓰는 — 아지즈의 마음속에도 애정의 대상으로 영원히 남는다. 그리고 필딩과 결혼한 딸 스텔라와 아들 랠프를 통해 인도로 돌아온다. 스텔라와 로니는 〈힌두교의 형식들에는 관심이 없으면서 힌두교를 좋아하며〉 필딩이 그런 자신들을 비웃을까 봐 그에게 그런 마음을 털어놓기를 꺼린다. 비록 무어 부인은 음울한 환멸 속에서 세상을 뜨지만 그녀가 로니에게 했던, 많은 실패들이 있지만 그중 일부는 성공한다는 말은 결국 옳았다. 이 메아리들의 책에 들어 있는 어떤 생각도, 어떤 행위도 영원히 사라지지 않기 때문이다.

이 소설의 제3부를 지배하는 힌두교에 대해 논의하는 건 쉽지 않은 일이다. 제3부는 플롯의 종결부라고 할 수 있으며 지나간 일에 대해 논하는 일련의 결의들과 분리들로 이루어져 있다. 여기서 필딩과 아지즈는 재회했다가 영원히 이별하며, 아지즈는 아델라 퀘스티드를 용서하고 랠프 무어와 친구가 된다. 우리는 필딩이 젊은 아내와 진정한 하나가 되지 못하고 있음을 알게 되고, 힌두교와 이슬람교, 브라만과 비브라만은 인도인과 영국인처럼 멀리 떨어져 있다. 그러나 영국인과 이슬람인은 힌두교의 종교적 열정이라는 범람한 강에서 만나고 모든 것들이 무어 부인의 정신 속에서 궁극적인 무의 깨달음, 크리슈나의 탄생, 그리고 단비의 기쁨과 뒤섞여 하나가 된다.

물론 인도가 지닌 문제의 답을 포스터가 힌두교에서 찾았다고 보아선 안 되며 그것의 위험성은 무어 부인 자신의 경우에서 충분히 예시되었다. 그러나 여기엔 적어도 중요한 깨달음 하나가 있으니, 인간이 제멋대로 만든 장벽들이 만물의 소멸 앞에서 허물어진다는 것이다. 『인도로 가는 길』이 나오기 75년 전쯤 매슈 아널드의 동생 윌리엄 아널드는 펀자브의 교육 책임자로 부임했다. 그 체험을 바탕으로 그는 『오크필드: 혹은 동양에서의 친교』라는 소설을 썼는데 작품 속에서 그는 인도를 〈돈을 캐내는 광산〉으로 만들고 있는 영국을 신랄하게 비난하며 인도의 문명화라는 〈거창한 사업〉도 전부 사기라고 주장했다. 윌리엄 아널드는 어쩌면 사회주의가, 아니 그보다는 영국 교회가 얼마간의 변화를 가져올 수 있을 것이라고 생각했다. 이 선량하고 경건한 남자는 〈인도인들 사이에서 사는 건 슬픈 일이며 그들과의 친교가 현실적으로 불가능하다고 해서…… 우리는 노력도 하지 않고 인도인들을 야만인이라고 불러서는 안 된다고〉 믿었다. 그러나 기독교 역시 도움이 되지 못했다. 포스터는 이렇게 말하고 싶었을 것이다. 우리는 인도인들과의 간격을 메울 수만 있다면 무어 부인이 겪었던 것처럼 무시무시한 깨달음일지라도 감수해야만 한다. 그러나 그 간격은 메워질 수 없었고 아지즈는 필딩과의 마지막 만남에서 확신에 차서 외친다. 영국은 떠나야 한다고. 그로 인해 인도에서 내란이 터지고 일본의 침략을 받게 된다고 해도. 영국이 떠나야 자신과 필딩은 친구가 될 수 있다고. 필딩은 지금 우정을 맺자고 한다. 〈나도 원하고 당신도 원하는 일이오.〉 그러나 그들이 탄 말들은 땅이 마련한 각자의 길을 따라가느라 서로에게서 멀어진다. 하늘과 땅도 아직 우정을 맺을 때가 되지 않았다고, 때를 기다리라고 말하는 듯하다.

그렇다면 어떻게 해야만 하는가? 많은 독자들이 그런 질문을 던졌겠지만 그에 대한 대답은 주어지지 않는다. 적어도 그 질문과 같은 언어로 된 답은. 이 책은 그 질문을 궁극적인 문제에 관련시킨다. 그것으로는 답이 될 수 없지만 가능한 답의 범위를 정해서 질문을 고친다. 그 질문은 이 소설의 분위기와 시각들에 의해 엄청난 도량의 답을 요하는, 이제까지 던져진 질문 중에서 가장 거대한 질문으로 변한다. 인도가 가진 문제도 어마어마하게 큰 것이긴 하지만 포스터의 이 작품은 단지 인도에만 관련된 것이 아니다. 인류 전체에 관한 것이다.

# 옮긴이의 말

1906년, 27세의 영국인 소설가 에드워드 모건 포스터는 인도 청년 사이드 로스 마수드와 운명적인 만남을 갖는다. 고전에 대한 조예가 깊고 라틴어 실력이 뛰어났던 포스터가 인도 명문가의 자제로 영국 유학을 온 마수드에게 라틴어를 개인 교습하게 된 것이다. 두 사람은 깊은 우정을 맺게 되고 포스터는 새 친구를 통해 인도라는 신비한 세계에 눈을 뜬다. 그리고 6년의 세월이 흐른 1912년에 포스터는 마침내 인도 땅을 밟게 되며 6개월 동안의 인도 여행을 마치고 영국으로 돌아온 뒤 인도에 관한 소설을 쓰기 시작한다.

이 소설은 장장 10년 동안의 집필 기간을 거쳐 — 이듬해에 1차 세계 대전이 터지고 도중에 『모리스』라는 다른 작품을 완성했으며 1921년에는 두 번째로 인도를 방문하여 9개월 동안 체류하기도 했다 — 1924년에 첫 선을 보인다. 출간 즉시 영국은 물론 미국에서까지 선풍적인 반향을 일으키며 포스터의 대표작이 된 이 소설이 바로 『인도로 가는 길』이다.

『인도로 가는 길』은 영국령 인도의 한 도시를 배경으로 첨예한 대립과 갈등을 빚고 있는 영국인들과 인도인들 사이에서 국가와 종교를 초월한 우정을 맺는 두 남자의 이야기를 담고 있다. 이 작품은 「이슬람 사원」, 「동굴」, 「힌두 사원」의 세 부분으로 이루어져 있으며 각각 인도의 세 계절인 선선한 철, 무더위 철, 우기를 배경으로 한다.

제1부 「이슬람 사원」에서 영국과 인도는 합리와 신비, 정형과 무정형, 물질문명과 자연이라는 양 극단을 상징한다. 힘으로 이곳을 지배하는 외부 세력인 영국인들과 주인이면서도 주권을 빼앗기고 굴욕적으로 사는 인도인들 간에는 불신, 증오, 경멸 같은 부정적인 감정들이 팽배하다. 영국인들은 인도인과는 개인적인 친분을 맺을 수 없다고 여기며 인도인들 또한 영국에서라면 몰라도 이곳 인도에서는 영국인과 친구가 될 수 없다는 결론을 내린다. 그러던 중에 영국에서 갓 건너온 무어 부인과 아델라 퀘스티드의 등장으로 이 도시의 영국인들과 인도인들은 거센 소용돌이에 휘말려 들게 된다. 무어 부인은 이곳의 젊은 치안 판사 로니 히슬롭의 어머니이고 아델라 퀘스티드는 그의 약혼녀인데, 두 사람은 인도인들을 무시하는 이곳 영국인들의 태도를 못마땅해하며 인도인들과의 교류를 통해 〈진짜 인도〉를 보고 싶어 한다. 이 소설의 두 주인공 필딩과 아지즈는 같은 도시에 살면서도 얼굴을 마주할 기회를 갖지 못하다가 무어 부인과 아델라 퀘스티드를 통해 첫 만남을 갖게 된다. 필딩은 이 도시의 공립 대학 학장으로 합리성과 자유주의, 인본주의에 기초한 인간관계를 중요시하기에 편견에 물든 영국인들보다 인도인들과 더 가깝게 지내고 있었다. 그리고 아지즈는 인도인 의사이며

이슬람교인으로 문학적 감수성이 풍부하고 경박할 정도로 감성적이고 다정한 인물이다. 이 두 남자는 처음 만나는 순간부터 서로에게 호감을 느끼고 우정을 맺고 싶어 한다. 그리하여 아지즈는 이 땅의 주인으로서 손님인 선량한 영국인들을 따뜻하게 대접하고픈 열망으로 필딩과 무어 부인, 아델라 퀘스티드를 이 고장의 명소인 마라바르 동굴 여행에 초대한다.

제2부 「동굴」에서 필딩이 피치 못할 사정으로 여행에 합류하지 못하게 되면서 아지즈는 두 영국 여자만을 동굴로 안내한다. 하지만 마라바르 동굴은 신비한 메아리를 지닌 곳으로 무어 부인과 아델라 퀘스티드는 그 메아리에 혼이 빠져서 아지즈를 파멸로 몰아넣게 된다. 결국 동굴에서 발생한 수수께끼의 사건으로 영국인들과 인도인들은 법정 싸움을 벌이게 되며, 그 과정에서 필딩과 아지즈는 고결한 우정을 맺지 못하고 이별하게 된다.

그리고 2년이 흐른 뒤 제3부 「힌두 사원」에서 두 사람은 해후하고 그동안의 오해를 푼 뒤 현재에는 불가능한 미래에의 우정을 기약한다.

『인도로 가는 길』은 영국에서 처음 출간되었을 당시 인도 식민 통치의 문제점을 다루고 있다는 점에서 매우 정치적인 소설로 받아들여졌으며 영국의 인도 지배가 공정한 것인가에 대한 뜨거운 논쟁을 불러일으키기도 하였다. 그러나 이 작품은 정치적, 사회적인 문제들만이 아닌 인간의 보다 근원적이고 보편적인 관심들을 담고 있으며 포스터 자신의 말대로 철학적이고 시적이다. 포스터는 이 작품에서 무한한 우주와 영원한 시간 속에 유한한 인간 존재가 지닌 한계와 가능성들에 대해 이야기하고 있으며, 그런 철학적이고 종교적인 상상력을 펼치기에 인도만큼 훌륭한 배경은 없다. 인도는 지구상의 그 어느 나라보다 정신적이고 종교적이며 신비와 혼돈의 땅이기 때문이다. 인도는 인간의 이성에 근거한 정형화를 거부하며 그 놀라운 유연성과 포용력으로 선과 악의 구분까지도 모호하게 만든다. 어떤 소리든, 코 푸는 소리든 불결한 말이든 고상한 시든 〈부움〉 혹은 〈우붐〉이라는 한결같은 메아리로 바꾸어 놓는 마라바르 동굴은 인도의 그러한 면을 상징적으로 나타낸다. 마라바르 동굴에서 무어 부인은 인간의 모든 행위들, 모든 가치들, 궁극적으로 인생 자체가 무상함을 깨닫게 되며, 그녀의 기독교도 허무의 나락으로 빠져드는 그녀를 지탱해 주지 못한다. 무한성과 영원성의 관점에서 보면 인간들이 지어 놓은 경계들이 얼마나 헛되고 보잘것없는 것인지 알 수 있으며 인도는 우리에게 그런 진실을 보여 준다.

제3부 「힌두 사원」의 크리슈나 탄신제에서 인간의 모든 경계가 허물어지는 광경을 지켜보며 우리는 현실적인 모든 장벽들을 뛰어넘은 이해와 화합의 가능성을 엿보게 된다. 이러한 철학적인 깊이와 더불어 『인도로 가는 길』이 지닌 또 하나의 가치는 문학적인 아름다움이다. 곳곳에서 은유와 상징들이 시적인 심상들을 빚어내고 예리한 관찰력과 빼어난 글 솜씨가 어우러진 묘사는 인도의 모습을 신비롭고도 강렬

하게 그려 낸다. 특히 마라바르산과 신비의 동굴들에 대해 이야기할 때 작가의 상상력은 인간의 한계를 뛰어넘어 영원성에 닿기라도 할 것처럼 맹렬하고 거침이 없다. 또 영국으로 돌아가는 무어 부인의 눈에 비친 인도의 마지막 모습, 크리슈나 탄신제의 풍경도 독특하고 선명한 인상을 남긴다.

『인도로 가는 길』은 정치적, 사회적인 문제의식과 인간 존재에 대한 철학적인 통찰과 예술성을 두루 갖춘 작품이다. 그래서 작가가 오랜 산고를 거쳐 내놓았듯이 우리말로 옮기는 작업도 결코 녹록지가 않았다. 또한 완성도 높은 문학 작품인지라 매끄럽고 쉽게 읽히는 번역보다 원작의 의미와 뉘앙스를 충실하게 옮겨 놓는 정확한 번역 쪽에 무게를 두었다. 번역자로서 나는 독자들에게 이 작품을 천천히 그리고 꼼꼼히 음미할 것을 권한다. 이 작품은 두 번, 세 번 읽었을 때 비로소 완전히 이해하고 그 매력에 흠뻑 빠져 들 수 있는 그런 소설들 가운데 하나이기 때문이다.

민승남

# E.M. 포스터 연보

**1879년** 출생 1월 1일 에드워드 모건 포스터, 영국 런던에서 태어남. 아버지 에드워드 모건 루엘린 포스터Edward Morgan Lewellyn Forster는 케임브리지 대학 트리티니 칼리지에서 공부했지만, 아서 블룸필드 경에게서 건축 수업을 받고 건축가가 되었음. 그 직후 큰 이모 메리앤 손턴을 통해 앨리스 클라라 위첼로Alice Clara Wichelo를 만나 1877년 초에 결혼했음. 메리앤 손턴은 앨리스가 아버지를 여읜 직후인 열두 살 무렵 양가의 주치의를 통해 그녀를 알게 되었고, 그 후 가난한 위첼로 집안을 대신해 사실상 그녀를 키우다시피 했음. 에드워드와 앨리스 사이의 첫째 아이는 사산되었고, 둘째 아이가 에드워드 모건 포스터임. 평생 미혼으로 산 메리앤 손턴은 부유한 손턴 집안의 우두머리 역할을 함과 동시에 포스터 집안과 위첼로 집안에도 큰 힘을 발휘했고, 포스터의 인생에도 중대한 영향을 미쳤음.

**1880년** 1세 10월 아버지가 폐결핵으로 요양지인 본머스에서 사망.

**1883년** 4세 3월 어머니와 함께 하트퍼드셔의 스티브니지에 있는 집 루크네스트로 이사. 이 집이 『하워즈 엔드*Howards End*』에 나오는 집 하워즈 엔드의 모델이 되었음.

**1887년** 8세 메리앤 손턴이 사망하면서 포스터에게 8천 파운드의 유산을 남김. 포스터는 나중에 이러한 〈재정적 구원〉을 통해 여행을 하고 글을 쓸 수 있게 되었다고 말함.

**1890년** 11세 이스트본의 예비 학교 켄트 하우스에 입학해서 기숙사 생활을 시작. 학교생활에 적응하지 못하고 집에 대한 향수에 시달림. 겨울에 학교 근처의 언덕을 산책하다가 중년의 변태 성욕자를 만나 성추행을 당함.

**1893년** 14세 봄 켄트 하우스 졸업. 여름 학기 동안 그레인지라는 기숙 학교에 들어갔지만 심각하게 괴롭힘을 당해 곧 그만둠. 그 뒤 어머니와 함께 톤브리지로 이사해서 톤브리지 스쿨에 통학생으로 입학. 톤브리지 스쿨은 『기나긴 여행*The Longest Journey*』에 나오는 소스턴 스쿨의 모델로, 포스터는 이곳에서 극도로 불행한 시절을 보냈음. (〈학창 시절은 내 인생의 가장 불행한 시기였다.〉—『스펙테이터』 지 1933년 7월호)

**1897년** 18세 라틴어 시(「트라팔가」)와 영문 에세이(「기후와 신체 조건이 국민성에 미치는 영향」)로 학교에서 상을 받음. 가을에 케임브리지의 킹스 칼리지에 입학해서 J. E. 닉슨과 너대니얼 웨드의 지도 아래 고전을 공부함. 특히 형식과 권위를 파괴하고 유미주의에 반대하는 너대니얼 웨드의 영향을 많이 받음.

**1898년** 19세 어머니가 턴브리지 웰스로 이사. 턴브리지 웰스는 톤브리지 못지않게 영국 교외 생활의 억압적이고 속물적인 성격을 보여 주었고, 포스터는 이를 『천사들도 발 딛기 두려워하는 곳*Where Angels Fear to Tread*』과 『기나긴 여행』에 나오는 소스턴의 모델로 삼았음. 골즈워디 로스 디킨슨과 가까워짐. 휴 메러디스와 친해져서, 그를 따라 기독교 신앙을 버림.

**1900년** 21세 『케임브리지 리뷰』와 『베실리오나』(킹스 칼리지 잡지)에 여러 편의 글을 실음. 6월 고전 전공 우등 졸업 시험을 2급으로 통과하고, 메러디스와 함께 4학년을 다니면서 역사를 공부함. 너대니얼 웨드의 권유로 소설을 쓰기 시작함.

**1901년** 22세 2월 메러디스의 추천을 통해 〈사도회*Apostles*〉 회원으로 뽑힘. 〈사도회〉는 케임브리지 대학에서 가장 배타적인 지적 동아리로, 그 토론 풍경은 『기나긴 여행』의 첫 장면에 묘사되어 있음. 6월 역사 전공 우등 졸업 시험을 2급으로 통과. 10월 턴브리지 웰스의 집을 처분하고 어머니와 함께 유럽 대륙 여행을 떠남. 밀라노를 거쳐 피렌체에서 5주 동안 머무름. (이때 머문 펜션 시미가 『전망 좋은 방*A Room with a View*』의 펜션 베르톨리니의 모델이 됨.)

**1902년** 23세 나폴리에서 피렌체를 배경으로 한 『전망 좋은 방』을 착상. 5월 라벨로에서 단편소설 「목신을 만난 이야기The Story of a Panic」를 씀. 스스로 작가라는 확신을 얻음. 다시 북쪽으로 여행하면서 토스카나 지방의 소도시들을 다님. (이때 들른 산 지미냐노가 『천사들도 발 딛기 두려워하는 곳』의 몬테리아노의 모델이 됨.) 귀국 후 노동자 대학에서 라틴어를 가르치기 시작함.

**1903년** 24세 겨울 사이에 휴 메러디스와 애인 사이가 됨. (두 사람의 사랑은 『모리스*Maurice*』에 그려진 모리스와 클라이브의 관계처럼 육체적인 면을 배제한 것이었고, 메러디스는 클라이브의 모델이었음.) 4월 그리스 여행. 이탈리아를 거쳐 8월 귀국. 11월 케임브리지 친구들이 주축이 되어 만든 월간지 『인디펜던트 리뷰』에 에세이 「매콜니아 상점들 Macolnia Shops」을 발표하면서 작가로 데뷔. 이후 이 잡지가 발간되던 4년 동안 주요 필자 중의 한 명으로 활동.

**1904년** 25세 『전망 좋은 방』을 간헐적으로 작업하면서, 새 소설 『천사들도 발 딛기 두려워하는 곳』 집필 시작. 디킨슨을 도와 덴트 클래식 판 『아이네이스』 편집 작업. 케임브리지 대학 로컬 렉처 보드에서 이탈리아 문화에 대한 여러 강의를 함. 8월 『인디펜던트 리뷰』에 단편소설 「목신을 만난 이야기」 발표. 9월 윌트셔의 솔즈베리에 머무는 동안 피그스베리 링스를 방문, 『기나긴 여행』을 착상. 어머니와 함께 웨이브리지의 하님이라는 집으로 이사. 이후 이 집에서 20년 동안 거주함.

**1905년** 26세 4~7월 독일 나센하이데의 아르님 백작 가에서 가정교사로 일함. 근처의 독일 풍경이 『하워즈 엔드』에 나오는 포메라니아의 묘사에 사용됨. 10월 5일 『천사들도 발 딛기 두려워하는 곳』 출간, 상당한 호평을 받음.

**1906**년 27세 6월 메러디스 결혼. 포스터는 자살 충동에 시달림. 옥스퍼드 대학에 입학하기 위해 영국에 온 인도 청년 사이드 로스 마수드를 만나 라틴어 개인 교습을 함. 둘은 곧 친구가 되고, 포스터는 차츰 그를 사랑하게 됨.

**1907**년 28세 4월 16일 『기나긴 여행』 출간, 호평을 받음.

**1908**년 29세 10월 14일 『전망 좋은 방』 출간, 역시 큰 호평을 받음.

**1909**년 30세 12월 프라이데이 클럽에서 발표한 「문학에서 여성적 어조The Feminine Note in Literature」라는 논문이 호평을 받아 블룸즈버리 그룹의 확고한 일원이 됨.

**1910**년 31세 10월 18일 『하워즈 엔드』 출간하여 큰 호평을 받음. 이후 포스터는 차츰 사회적으로 주목받는 인사가 됨.

**1911**년 32세 1월 외할머니 루이자 위첼로 사망(루이자는 『전망 좋은 방』의 허니처치 부인의 모델). 이후 어머니가 만성적인 우울증에 빠짐. 5월 소설집 『천국의 합승 마차*Celestial Omnibus*』 출간.

**1912**년 33세 10월 7일 로스 디킨슨과 함께 인도로 감. 귀국해 있던 마수드를 알리가르에서 만나 환대를 받음. 12월 인도레에서 데와스 토후국의 마하라자 토쿠지를 만남.

**1913**년 34세 1월 반키포르에서 마수드와 재회해서 바라바르 언덕을 방문. 반키포르와 바라바르 언덕은 『인도로 가는 길*A Passage to India*』의 찬드라포르와 마라바르 동굴의 모델이 됨. 4월 귀국. 인도를 주제로 한 소설을 착상하고 집필 시작했으나 몇 달 만에 중단. 9월 밀소프의 에드워드 카펜터를 방문. 『모리스』를 착상하고 집필 시작.

**1914**년 35세 6월 『모리스』 완성. 그러나 출판을 시도하지는 않음. (〈내가 죽거나 영국이 죽기 전에는 출판할 수 없다〉 — 플로렌스 바저에게 보낸 편지.) 7월 1차 대전 발발. 1912년부터 쓰기 시작한 『북극의 여름*Arctic Summer*』 중단, 미완성으로 남김. 마수드 결혼.

**1915년** 36세 블룸즈버리 그룹과 연대가 깊어지고, 특히 버지니아 울프와 친해져서 봄에 울프의 처녀작 『출항』이 출간되자 『데일리 뉴스』에 서평을 씀. 11월 비전투 인력으로 적십자에 지원, 이집트의 알렉산드리아로 가서 〈실종 병사 탐색〉 일을 함. 3개월 예정이었으나 일정이 연장됨.

**1916년** 37세 3월 영국에서 징병제를 실시해서 전투 가능 연령의 남자들에게 〈입대 선서〉를 하게 했으나, 포스터는 이를 거부. 친구들의 노력과 군의 호의로 입대 선서를 하지 않게 됨.

**1917년** 38세 그리스 시인 C. P. 카바피와 알게 되어 그의 시를 영국에 소개함. 시내 전차의 차장 모하메드 엘 아들을 만나 친해지고 애인 사이로 발전함. 처음으로 정신적 육체적으로 모두 충족된 사랑을 경험함.

**1918년** 39세 『이집션 메일』을 비롯한 이집트 잡지에 글을 기고. 10월 모하메드 결혼. 11월 1차 대전 종료.

**1919년** 40세 1월 귀국. 1920년까지 『애시니엄』 지를 비롯한 여러 신문 잡지에 백 편가량의 서평과 에세이를 씀. 그러나 소설가로서는 창작력이 고갈됐다고 느낌.

**1920년** 41세 3월 노동당 기관지인 『데일리 헤럴드』의 문학 편집자가 되지만 2개월 만에 그만둠.

**1921년** 42세 3월 두 번째 인도 방문, 데와스 토후국 마하라자인 투코지의 비서가 됨. 마하라자의 각별한 신임 아래 임무를 수행하면서 힌두 문화를 관찰함.

**1922년** 43세 1월 귀국. 5월 모하메드 폐병으로 사망. 『인도로 가는 길』 집필 시작. 12월 『알렉산드리아: 역사와 안내*Alexandria: A History and a Guide*』 출간.

**1923년** 44세 5월 15일 이집트 신문 잡지에 기고한 글을 모아서 『파로스와 파릴론*Pharos and Pharillon*』 출간.

**1924년** 45세 5월 고모 로라 포스터가 죽으면서 애빙거 해머의 집 웨스트 해커스트를 유산으로 물려줌. 6월 4일 『인도로 가는 길』 출간, 문단의 열렬한 호평과 더불어 처음으로 상업적으로도 성공함.

**1925**년 46세 조 애컬리를 통해서 알게 된 경찰관 해리 데일리(당시 24세)와 연애(~1928 무렵).

**1927**년 48세 1~3월 케임브리지 대학 트리니티 칼리지에서 8회에 걸쳐 클라크 연례 강연을 함. 강연은 대성공을 거두었고, 강연 내용은 10월 20일 『소설의 양상*The Aspects of the Novel*』으로 출간됨. 킹스 칼리지의 3년 계약 특별 연구원이 됨.

**1928**년 49세 3월 27일 소설집 『영원의 순간*The Eternal Moment and Other Stories*』 출간. 7월 래드클리프 홀의 여성 동성애 소설 『고독의 우물*Well of Loneliness*』이 판매 금지를 당하자 버지니아 울프와 함께 맹렬히 항의 활동. 국제 펜클럽 활동에 적극 나서서 〈청년 펜Young P.E.N.〉 지부의 초대 회장이 됨.

**1929**년 50세 6월 바저 부부와 함께 영국 학술 협회가 마련한 남아프리카 크루즈 여행에 참가.

**1930**년 51세 조 애컬리의 파티에서 경찰관 밥 버킹엄(당시 28세)을 만남. 이후 둘은 평생토록 반 연애 상태로 친밀하게 지냄.

**1931**년 52세 펜클럽 탈퇴.

**1932**년 53세 7월 로스 디킨슨 사망. 8월 밥 버킹엄 결혼. 극심한 우울증에 빠짐.

**1933**년 54세 3월 밥 버킹엄의 아들 로버트 모건 출생. 포스터가 대부가 됨.

**1934**년 55세 4월 19일 전기 『골즈워디 로스 디킨슨』 출간. 파시즘이 대두되면서 공적 활동 시작. 시민 자유를 위한 국민 평의회NCCL의 의장이 됨. 〈치안 유지 법안〉 반대 운동을 펼쳤으나, 11월에 법안 통과됨. 『타임 앤드 타이드』 지에 〈길 위의 메모*Notes on the Way*〉라는 제목의 정치 사회 칼럼 4편 기고.

**1935년** 56세 3월 제임스 핸리의 『소년Boy』이 음란물 판정을 받아 출판사가 벌금을 내는 사건이 발생하자 NCCL을 통해서 항의 운동 전개. 6월 파리에서 열린 국제 작가 회의에 참석, 〈영국의 자유〉라는 제목의 연설을 함.

**1936년** 57세 3월 19일 에세이집 『애빙거 하비스트*Abinger Harvest*』 출간.

**1937년** 58세 7월 마수드 사망. 12월 마하라자 투코지 사망.

**1938년** 59세 뉴욕의 『네이션』 지에 「내가 믿는 것What I Believe」 개재. (〈조국을 배신하는 것과 친구를 배신하는 것 가운데 하나를 선택하라면, 나는 조국을 배신할 용기를 갖기를 원한다〉라는 유명한 구절이 들어 있음.) NCCL의 일원으로 〈공무 비밀법〉 6항 수정 운동 전개, 이의 적용을 엄격히 제한시키는 데 성공. 3월 독일이 오스트리아를 병합. 9월 뮌헨 협정.

**1939년** 60세 2차 대전 발발 후 정치적 발언을 점점 더 강력하게 수행.

**1941년** 62세 BBC에서 인도를 대상으로 방송. 12월 태평양 전쟁 발발.

**1942년** 63세 NCCL이 공산주의 편향이라는 비난을 막기 위해 다시 의장이 됨.

**1943년** 64세 조 애컬리가 편집하는 『리스너』 지에 여러 서평을 실음. 미국의 평론가 라이어넬 트릴링이 포스터에 대한 연구서 출간.

**1944년** 65세 8월 밀턴의 『아레오파기티카』 출간 3백 주년을 기념해서 열린 런던 펜클럽 대회에서 회장으로 활동.

**1945년** 66세 3월 11일 어머니 사망. 8월 2차 대전 종결. 10월 인도 펜클럽의 초대를 받아 세 번째로 인도 방문.

**1946년** 67세 킹스 칼리지의 명예 특별 연구원으로 선임되어 11월 킹스 칼리지로 이주.

**1947**년 68세 4월 하버드 대학의 초청으로 미국 방문. 〈예술에서 비평의 존재 이유〉 강연.

**1948**년 69세 3월 NCCL의 공산주의적 경향에 항의하여 사직.

**1949**년 70세 3월 벤저민 브리튼의 오페라 「빌리 버드Billy Budd」의 리브레토 작업. 5월 미국 재방문. 예술원에서 〈예술을 위한 예술〉 강연. 해밀턴 대학에서 명예학위를 받음. 기사 작위를 제안받았으나 거절.

**1950**년 71세 케임브리지 대학에서 명예 학위를 받음.

**1951**년 72세 11월 1일 에세이집 『민주주의에 만세 이창*Two Cheers for Democracy*』 출간. 12월 「빌리 버드」 상연.

**1953**년 74세 2월 명예 훈위 받음. 10월 데와스 토후국 생활을 기록한 『데비의 언덕*The Hill of Devi*』 출간.

**1956**년 77세 5월 전기 『메리앤 손턴*Marianne Thornton: A Domestic Biography*』 출간.

**1960**년 81세 11월 『채털리 부인의 연인』의 형사 소송에 변호인 측으로 증언.

**1964**년 85세 11월 뇌일혈로 입원. 이후 입원과 퇴원을 반복함.

**1969**년 90세 1월 메리트 훈장 받음.

**1970**년 91세 5월 22일 킹스 칼리지 방에서 쓰러짐. 6월 2일 밥 버킹엄의 집으로 옮겨져 그곳에서 7일 새벽 사망, 화장됨.

**1971**년 10월 『모리스』 출간.

**1972**년 소설집 『다가오는 생애*The Life to Come and Other Stories*』 출간.

**1980년** 미완성 소설 『북극의 여름』 출간.

**1984년** 데이비드 린 감독이 「인도로 가는 길」 영화화.

**1985년** 제임스 아이보리 감독이 「전망 좋은 방」 영화화, 아카데미 각색상을 수상함

**1987년** 1924~1968년 사이에 쓴 『비망록』 출간. 제임스 아이보리 감독이 「모리스」 영화화, 클라이브역을 맡은 휴 그랜트가 베네치아 영화제 남우주연상을 수상함.

**1991년** 찰스 스터리지 감독이 「천사들도 발 딛기 두려워하는 곳」 영화화.

**1992년** 제임스 아이보리 감독이 「하워즈 엔드」 영화화, 마거릿 슐레겔역의 엠마 톰슨이 골든 글로브와 아카데미 여우주연상을 수상함

열린책들 세계문학 253 인도로 가는 길

**옮긴이 민승남** 1965년 충청북도 청주에서 태어났다. 서울대학교 영어영문과를 졸업하고 전문 번역가로 활동 중이다. 옮긴 책으로는 앤드류 솔로몬의 『한낮의 우울』, 유진 오닐의 『밤으로의 긴 여로』, 잉마르 베리만의 자서전 『마법의 등』, 맥스 애플의 『룸메이트』, 패티 킴의 『아름다운 화해』, 주디스 맥노트의 『내 사랑 휘트니』, 나폴레온 힐의 『놓치고 싶지 않은 나의 꿈 나의 인생』 등 다수가 있다.

**지은이** E. M. 포스터 **옮긴이** 민승남 **발행인** 홍예빈 · 홍유진
**발행처** 주식회사 열린책들 **주소** 경기도 파주시 문발로 253 파주출판도시
**전화** 031-955-4000 **팩스** 031-955-4004 **홈페이지** www.openbooks.co.kr

ISBN 978-89-329-1253-0 04840 **ISBN** 978-89-329-1499-2 (세트)
**발행일** 2006년 2월 20일 초판 1쇄 2010년 10월 25일 초판 4쇄 2020년 7월 20일 세계문학판 1쇄 2022년 8월 1일 세계문학판 2쇄

이 도서의 국립중앙도서관 출판예정도서목록(CIP)은 서지정보유통지원시스템 홈페이지(http://seoji.nl.go.kr)와 국가자료공동목록시스템(http://www.nl.go.kr/kolisnet)에서 이용하실 수 있습니다.(CIP제어번호: CIP2020026824)

# 열린책들 세계문학
## Open Books World Literature

001 **죄와 벌** 표도르 도스또예프스끼 장편소설 | 홍대화 옮김 | 전2권 | 각 408, 512면

003 **최초의 인간** 알베르 카뮈 장편소설 | 김화영 옮김 | 392면

004 **소설** 제임스 미치너 장편소설 | 윤희기 옮김 | 전2권 | 각 280, 368면

006 **개를 데리고 다니는 부인** 안똔 체호프 소설선집 | 오종우 옮김 | 368면

007 **우주 만화** 이탈로 칼비노 단편집 | 김운찬 옮김 | 416면

008 **댈러웨이 부인** 버지니아 울프 장편소설 | 최애리 옮김 | 296면

009 **어머니** 막심 고리끼 장편소설 | 최윤락 옮김 | 544면

010 **변신** 프란츠 카프카 중단편집 | 홍성광 옮김 | 464면

011 **전도서에 바치는 장미** 로저 젤라즈니 중단편집 | 김상훈 옮김 | 432면

012 **대위의 딸** 알렉산드르 뿌쉬낀 장편소설 | 석영중 옮김 | 240면

013 **바다의 침묵** 베르코르 소설선집 | 이상해 옮김 | 256면

014 **원수들, 사랑 이야기** 아이작 싱어 장편소설 | 김진준 옮김 | 320면

015 **백치** 표도르 도스또예프스끼 장편소설 | 김근식 옮김 | 전2권 | 각 504, 528면

017 **1984년** 조지 오웰 장편소설 | 박경서 옮김 | 392면

019 **이상한 나라의 앨리스** 루이스 캐럴 환상동화 | 머빈 피크 그림 | 최용준 옮김 | 336면

020 **베네치아에서의 죽음** 토마스 만 중단편집 | 홍성광 옮김 | 432면

021 **그리스인 조르바** 니코스 카잔차키스 장편소설 | 이윤기 옮김 | 488면

022 **벚꽃 동산** 안똔 체호프 희곡선집 | 오종우 옮김 | 336면

023 **연애 소설 읽는 노인** 루이스 세풀베다 장편소설 | 정창 옮김 | 192면

024 **젊은 사자들** 어윈 쇼 장편소설 | 정영문 옮김 | 전2권 | 각 416, 408면

026 **젊은 베르테르의 슬픔** 요한 볼프강 폰 괴테 장편소설 | 김인순 옮김 | 240면

027 **시라노** 에드몽 로스탕 희곡 | 이상해 옮김 | 256면

028 **전망 좋은 방** E. M. 포스터 장편소설 | 고정아 옮김 | 352면

029 **까라마조프 씨네 형제들** 표도르 도스또예프스끼 장편소설 | 이대우 옮김 | 전3권 | 각 496, 496, 460면

032 **프랑스 중위의 여자** 존 파울즈 장편소설 | 김석희 옮김 | 전2권 | 각 344면

034 **소립자** 미셸 우엘벡 장편소설 | 이세욱 옮김 | 448면

035 **영혼의 자서전** 니코스 카잔차키스 자서전 | 안정효 옮김 | 전2권 | 각 352, 408면

037 **우리들** 예브게니 자먀찐 장편소설 | 석영중 옮김 | 320면

038 **뉴욕 3부작** 폴 오스터 장편소설 | 황보석 옮김 | 480면

039 **닥터 지바고** 보리스 파스테르나크 장편소설 | 홍대화 옮김 | 전2권 | 각 480, 592면

041 **고리오 영감** 오노레 드 발자크 장편소설 | 임희근 옮김 | 456면

042 **뿌리** 알렉스 헤일리 장편소설 | 안정효 옮김 | 전2권 | 각 400, 448면

044 **백년보다 긴 하루** 친기즈 아이뜨마또프 장편소설 | 황보석 옮김 | 560면

045 **최후의 세계** 크리스토프 란스마이어 장편소설 | 장희권 옮김 | 264면

046 **추운 나라에서 돌아온 스파이** 존 르카레 장편소설 | 김석희 옮김 | 368면

047 **산도칸 ─ 몸프라쳄의 호랑이** 에밀리오 살가리 장편소설 | 유향란 옮김 | 428면

048 **기적의 시대** 보리슬라프 페키치 장편소설 | 이윤기 옮김 | 560면

049 **그리고 죽음** 짐 크레이스 장편소설 | 김석희 옮김 | 224면

050 **세설** 다니자키 준이치로 장편소설 | 송태욱 옮김 | 전2권 | 각 480면

052 **세상이 끝날 때까지 아직 10억 년** 스뜨루가츠끼 형제 장편소설 | 석영중 옮김 | 224면

053 **동물 농장** 조지 오웰 장편소설 | 박경서 옮김 | 208면

054 **캉디드 혹은 낙관주의** 볼테르 장편소설 | 이봉지 옮김 | 232면

055 **도적 떼** 프리드리히 폰 실러 희곡 | 김인순 옮김 | 264면

056 **플로베르의 앵무새** 줄리언 반스 장편소설 | 신재실 옮김 | 320면

057 **악령** 표도르 도스또예프스끼 장편소설 | 박혜경 옮김 | 전3권 | 각 328, 408, 528면

060 **의심스러운 싸움** 존 스타인벡 장편소설 | 윤희기 옮김 | 340면

061 **몽유병자들** 헤르만 브로흐 장편소설 | 김경연 옮김 | 전2권 | 각 568, 544면

063 **몰타의 매** 대실 해밋 장편소설 | 고정아 옮김 | 304면

064 **마야꼬프스끼 선집** 블라지미르 마야꼬프스끼 선집 | 석영중 옮김 | 384면

065 **드라큘라** 브램 스토커 장편소설 | 이세욱 옮김 | 전2권 | 각 340, 344면

067 **서부 전선 이상 없다** 에리히 마리아 레마르크 장편소설 | 홍성광 옮김 | 336면

068 **적과 흑** 스탕달 장편소설 | 임미경 옮김 | 전2권 | 각 432, 368면

070 **지상에서 영원으로** 제임스 존스 장편소설 | 이종인 옮김 | 전3권 | 각 396, 380, 496면

073 **파우스트** 요한 볼프강 폰 괴테 희곡 | 김인순 옮김 | 568면

074 **쾌걸 조로** 존스턴 매컬리 장편소설 | 김훈 옮김 | 316면

075 **거장과 마르가리따** 미하일 불가꼬프 장편소설 | 홍대화 옮김 | 전2권 | 각 364, 328면

077 **순수의 시대** 이디스 워튼 장편소설 | 고정아 옮김 | 448면

078 **검의 대가** 아르투로 페레스 레베르테 장편소설 | 김수진 옮김 | 384면

079 **예브게니 오네긴** 알렉산드르 뿌쉬낀 운문소설 | 석영중 옮김 | 328면

080 **장미의 이름** 움베르토 에코 장편소설 | 이윤기 옮김 | 전2권 | 각 440, 448면

082 **향수** 파트리크 쥐스킨트 장편소설 | 강명순 옮김 | 384면

083 **여자를 안다는 것** 아모스 오즈 장편소설 | 최창모 옮김 | 280면

084 **나는 고양이로소이다** 나쓰메 소세키 장편소설 | 김난주 옮김 | 544면

085 **웃는 남자** 빅토르 위고 장편소설 | 이형식 옮김 | 전2권 | 각 472, 496면

087 **아웃 오브 아프리카** 카렌 블릭센 장편소설 | 민승남 옮김 | 480면

088 **무엇을 할 것인가** 니꼴라이 체르니셰프스끼 장편소설 | 서정록 옮김 | 전2권 | 각 360, 404면

090 **도나 플로르와 그녀의 두 남편** 조르지 아마두 장편소설 | 오숙은 옮김 | 전2권 | 각 408, 308면

092 **미사고의 숲** 로버트 홀드스톡 장편소설 | 김상훈 옮김 | 424면

093 **신곡** 단테 알리기에리 장편서사시 | 김운찬 옮김 | 전3권 | 각 292, 296, 328면

096 **교수** 샬럿 브론테 장편소설 | 배미영 옮김 | 368면

097 **노름꾼** 표도르 도스또예프스끼 장편소설 | 이재필 옮김 | 320면

098 **하워즈 엔드** E. M. 포스터 장편소설 | 고정아 옮김 | 512면

099 **최후의 유혹** 니코스 카잔차키스 장편소설 | 안정효 옮김 | 전2권 | 각 408면

101 **키리냐가** 마이크 레스닉 장편소설 | 최용준 옮김 | 464면

102 **바스커빌가의 개** 아서 코넌 도일 장편소설 | 조영학 옮김 | 264면

103 **버마 시절** 조지 오웰 장편소설 | 박경서 옮김 | 408면

104 **10 1/2장으로 쓴 세계 역사** 줄리언 반스 장편소설 | 신재실 옮김 | 464면

105 **죽음의 집의 기록** 표도르 도스또예프스끼 장편소설 | 이덕형 옮김 | 528면

106 **소유** 앤토니어 수전 바이어트 장편소설 | 윤희기 옮김 | 전2권 | 각 440, 488면

108 **미성년** 표도르 도스또예프스끼 장편소설 | 이상룡 옮김 | 전2권 | 각 512, 544면

110 **성 앙투안느의 유혹** 귀스타브 플로베르 희곡소설 | 김용은 옮김 | 584면

111 **밤으로의 긴 여로** 유진 오닐 희곡 | 강유나 옮김 | 240면

112 **마법사** 존 파울즈 장편소설 | 정영문 옮김 | 전2권 | 각 512, 552면

114 **스쩨빤치꼬보 마을 사람들** 표도르 도스또예프스끼 장편소설 | 변현태 옮김 | 416면

115 **플랑드르 거장의 그림** 아르투로 페레스 레베르테 장편소설 | 정창 옮김 | 512면

116 **분신** 표도르 도스또예프스끼 장편소설 | 석영중 옮김 | 288면

117 **가난한 사람들** 표도르 도스또예프스끼 장편소설 | 석영중 옮김 | 256면

118 **인형의 집** 헨리크 입센 희곡 | 김창화 옮김 | 272면

119 **영원한 남편** 표도르 도스또예프스끼 장편소설 | 정명자 외 옮김 | 448면

120 **알코올** 기욤 아폴리네르 시집 | 황현산 옮김 | 352면

121 **지하로부터의 수기** 표도르 도스또예프스끼 장편소설 | 계동준 옮김 | 256면

122 **어느 작가의 오후** 페터 한트케 중편소설 | 홍성광 옮김 | 160면

123 **아저씨의 꿈** 표도르 도스또예프스끼 장편소설 | 박종소 옮김 | 312면

124 **네또츠까 네즈바노바** 표도르 도스또예프스끼 장편소설 | 박재만 옮김 | 316면

125 **곤두박질** 마이클 프레인 장편소설 | 최용준 옮김 | 528면

126 **백야 외** 표도르 도스또예프스끼 소설선집 | 석영중 외 옮김 | 408면

127 **살라미나의 병사들** 하비에르 세르카스 장편소설 | 김창민 옮김 | 304면

128 **뻬쩨르부르그 연대기 외** 표도르 도스또예프스끼 소설선집 | 이항재 옮김 | 296면

129 **상처받은 사람들** 표도르 도스또예프스끼 장편소설 | 윤우섭 옮김 | 전2권 | 각 296, 392면

131 **악어 외** 표도르 도스또예프스끼 소설선집 | 박혜경 외 옮김 | 312면

132 **허클베리 핀의 모험** 마크 트웨인 장편소설 | 윤교찬 옮김 | 416면

133 **부활** 레프 똘스또이 장편소설 | 이대우 옮김 | 전2권 | 각 308, 416면

135 **보물섬** 로버트 루이스 스티븐슨 장편소설 | 머빈 피크 그림 | 최용준 옮김 | 360면

136 **천일야화** 앙투안 갈랑 엮음 | 임호경 옮김 | 전6권 | 각 336, 328, 372, 392, 344, 320면

142 **아버지와 아들** 이반 뚜르게네프 장편소설 | 이상원 옮김 | 328면

143 **오만과 편견** 제인 오스틴 장편소설 | 원유경 옮김 | 480면

144 **천로 역정** 존 버니언 우화소설 | 이동일 옮김 | 432면

145 **대주교에게 죽음이 오다** 윌라 캐더 장편소설 | 윤명옥 옮김 | 352면

146 **권력과 영광** 그레이엄 그린 장편소설 | 김연수 옮김 | 384면

147 **80일간의 세계 일주** 쥘 베른 장편소설 | 고정아 옮김 | 352면

148 **바람과 함께 사라지다** 마거릿 미첼 장편소설 | 안정효 옮김 | 전3권 | 각 616, 640, 640면

151 **기탄잘리** 라빈드라나트 타고르 시집 | 장경렬 옮김 | 224면

152 **도리언 그레이의 초상** 오스카 와일드 장편소설 | 윤희기 옮김 | 384면

153 **레우코와의 대화** 체사레 파베세 희곡소설 | 김운찬 옮김 | 280면

154 **햄릿** 윌리엄 셰익스피어 희곡 | 박우수 옮김 | 256면

155 **맥베스** 윌리엄 셰익스피어 희곡 | 권오숙 옮김 | 176면

156 **아들과 연인** 데이비드 허버트 로런스 장편소설 | 최희섭 옮김 | 전2권 | 각 464, 432면

158 **그리고 아무 말도 하지 않았다** 하인리히 뵐 장편소설 | 홍성광 옮김 | 272면

159 **미덕의 불운** 싸드 장편소설 | 이형식 옮김 | 248면

160 **프랑켄슈타인** 메리 W. 셸리 장편소설 | 오숙은 옮김 | 320면

161 **위대한 개츠비** 프랜시스 스콧 피츠제럴드 장편소설 | 한애경 옮김 | 280면

162 **아Q정전** 루쉰 중단편집 | 김태성 옮김 | 320면

163 **로빈슨 크루소** 대니얼 디포 장편소설 | 류경희 옮김 | 456면

164 **타임머신** 허버트 조지 웰스 소설선집 | 김석희 옮김 | 304면

165 **제인 에어** 샬럿 브론테 장편소설 | 이미선 옮김 | 전2권 | 각 392, 384면

167 **풀잎** 월트 휘트먼 시집 | 허현숙 옮김 | 280면

168 **표류자들의 집** 기예르모 로살레스 장편소설 | 최유정 옮김 | 216면

169 **배빗** 싱클레어 루이스 장편소설 | 이종인 옮김 | 520면

170 **이토록 긴 편지** 마리아마 바 장편소설 | 백선희 옮김 | 192면

171 **느릅나무 아래 욕망** 유진 오닐 희곡 | 손동호 옮김 | 168면

172 **이방인** 알베르 카뮈 장편소설 | 김예령 옮김 | 208면

173 **미라마르** 나기브 마푸즈 장편소설 | 허진 옮김 | 288면

174 **지킬 박사와 하이드 씨** 로버트 루이스 스티븐슨 소설선집 | 조영학 옮김 | 320면

175 **루진** 이반 뚜르게네프 장편소설 | 이항재 옮김 | 264면

176 **피그말리온** 조지 버나드 쇼 희곡 | 김소임 옮김 | 256면

177 **목로주점** 에밀 졸라 장편소설 | 유기환 옮김 | 전2권 | 각 336면

179 **엠마** 제인 오스틴 장편소설 | 이미애 옮김 | 전2권 | 각 336, 360면

181 **비숍 살인 사건** S. S. 밴 다인 장편소설 | 최인자 옮김 | 464면

182 **우신예찬** 에라스무스 풍자문 | 김남우 옮김 | 296면

183 **하자르 사전** 밀로라드 파비치 장편소설 | 신현철 옮김 | 488면

184 **테스** 토머스 하디 장편소설 | 김문숙 옮김 | 전2권 | 각 392, 336면

186 **투명 인간** 허버트 조지 웰스 장편소설 | 김석희 옮김 | 288면

187 **93년** 빅토르 위고 장편소설 | 이형식 옮김 | 전2권 | 각 288, 360면

189 **젊은 예술가의 초상** 제임스 조이스 장편소설 | 성은애 옮김 | 384면

190 **소네트집** 윌리엄 셰익스피어 연작시집 | 박우수 옮김 | 200면

191 **메뚜기의 날** 너새니얼 웨스트 장편소설 | 김진준 옮김 | 280면

192 **나사의 회전** 헨리 제임스 중편소설 | 이승은 옮김 | 256면

193 **오셀로** 윌리엄 셰익스피어 희곡 | 권오숙 옮김 | 216면

194 **소송** 프란츠 카프카 장편소설 | 김재혁 옮김 | 376면

195 **나의 안토니아** 윌라 캐더 장편소설 | 전경자 옮김 | 368면

196 **자성록** 마르쿠스 아우렐리우스 명상록 | 박민수 옮김 | 240면

197 **오레스테이아** 아이스킬로스 비극 | 두행숙 옮김 | 336면

198 **노인과 바다** 어니스트 헤밍웨이 소설선집 | 이종인 옮김 | 320면

199 **무기여 잘 있거라** 어니스트 헤밍웨이 장편소설 | 이종인 옮김 | 464면

200 **서푼짜리 오페라** 베르톨트 브레히트 희곡선집 | 이은희 옮김 | 320면

201 **리어 왕** 윌리엄 셰익스피어 희곡 | 박우수 옮김 | 224면

202 **주홍 글자** 너새니얼 호손 장편소설 | 곽영미 옮김 | 360면

203 **모히칸족의 최후** 제임스 페니모어 쿠퍼 장편소설 | 이나경 옮김 | 512면

204 **곤충 극장** 카렐 차페크 희곡선집 | 김선형 옮김 | 360면

205 **누구를 위하여 종은 울리나** 어니스트 헤밍웨이 장편소설 | 이종인 옮김 | 전2권 | 각 416, 400면

207 **타르튀프** 몰리에르 희곡선집 | 신은영 옮김 | 416면

208 **유토피아** 토머스 모어 소설 | 전경자 옮김 | 288면

209 **인간과 초인** 조지 버나드 쇼 희곡 | 이후지 옮김 | 320면

210 **페드르와 이폴리트** 장 라신 희곡 | 신정아 옮김 | 200면

211 **말테의 수기** 라이너 마리아 릴케 장편소설 | 안문영 옮김 | 320면

212 **등대로** 버지니아 울프 장편소설 | 최애리 옮김 | 328면

213 **개의 심장** 미하일 불가꼬프 중편소설집 | 정연호 옮김 | 352면

214 **모비 딕** 허먼 멜빌 장편소설 | 강수정 옮김 | 전2권 | 각 464, 488면

216 **더블린 사람들** 제임스 조이스 단편소설집 | 이강훈 옮김 | 336면

217 **마의 산** 토마스 만 장편소설 | 윤순식 옮김 | 전3권 | 각 496, 488, 512면

220 **비극의 탄생** 프리드리히 니체 | 김남우 옮김 | 320면

221 **위대한 유산** 찰스 디킨스 장편소설 | 류경희 옮김 | 전2권 | 각 432, 448면

223 **사람은 무엇으로 사는가** 레프 똘스또이 소설선집 | 윤새라 옮김 | 464면

224 **자살 클럽** 로버트 루이스 스티븐슨 소설선집 | 임종기 옮김 | 272면

225 **채털리 부인의 연인** 데이비드 허버트 로런스 장편소설 | 이미선 옮김 | 전2권 | 각 336, 328면

227 **데미안** 헤르만 헤세 장편소설 | 김인순 옮김 | 264면

228 **두이노의 비가** 라이너 마리아 릴케 시 선집 | 손재준 옮김 | 504면

229 **페스트** 알베르 카뮈 장편소설 | 최윤주 옮김 | 432면

230 **여인의 초상** 헨리 제임스 장편소설 | 정상준 옮김 | 전2권 | 각 520, 544면

232 **성** 프란츠 카프카 장편소설 | 이재황 옮김 | 560면

233 **차라투스트라는 이렇게 말했다** 프리드리히 니체 산문시 | 김인순 옮김 | 464면

234 **노래의 책** 하인리히 하이네 시집 | 이재영 옮김 | 384면

235 **변신 이야기** 오비디우스 서사시 | 이종인 옮김 | 632면

236 **안나 까레니나** 레프 똘스또이 장편소설 | 이명현 옮김 | 전2권 | 각 800, 736면

238 **이반 일리치의 죽음·광인의 수기** 레프 똘스또이 중단편집 | 석영중 · 정지원 옮김 | 232면

239 **수레바퀴 아래서** 헤르만 헤세 장편소설 | 강명순 옮김 | 272면

240 **피터 팬** J. M. 배리 장편소설 | 최용준 옮김 | 272면

241 **정글 북** 러디어드 키플링 중단편집 | 오숙은 옮김 | 272면

242 **한여름 밤의 꿈** 윌리엄 셰익스피어 희곡 | 박우수 옮김 | 160면

243 **좁은 문** 앙드레 지드 장편소설 | 김화영 옮김 | 264면

244 **모리스** E. M. 포스터 장편소설 | 고정아 옮김 | 408면

245 **브라운 신부의 순진** 길버트 키스 체스터턴 단편집 | 이상원 옮김 | 336면

246 **각성** 케이트 쇼팽 장편소설 | 한애경 옮김 | 272면

247 **뷔히너 전집** 게오르크 뷔히너 지음 | 박종대 옮김 | 400면

248 **디미트리오스의 가면** 에릭 앰블러 장편소설 | 최용준 옮김 | 424면

249 **베르가모의 페스트 외** 옌스 페테르 야콥센 중단편 전집 | 박종대 옮김 | 208면

250 **폭풍우** 윌리엄 셰익스피어 희곡 | 박우수 옮김 | 176면

251 **어셴든, 영국 정보부 요원** 서머싯 몸 연작 소설집 | 이민아 옮김 | 416면

252 **기나긴 이별** 레이먼드 챈들러 장편소설 | 김진준 옮김 | 600면

253 **인도로 가는 길** E. M. 포스터 장편소설 | 민승남 옮김 | 552면

254 **올랜도** 버지니아 울프 장편소설 | 이미애 옮김 | 376면

255 **시지프 신화** 알베르 카뮈 지음 | 박언주 옮김 | 264면

256 **조지 오웰 산문선** 조지 오웰 지음 | 허진 옮김 | 424면

257 **로미오와 줄리엣** 윌리엄 셰익스피어 희곡 | 도해자 옮김 | 200면

258 **수용소군도** 알렉산드르 솔제니찐 기록문학 | 김학수 옮김 | 전6권 | 각 460면 내외

264 **스웨덴 기사** 레오 페루츠 장편소설 | 강명순 옮김 | 336면

265 **유리 열쇠** 대실 해밋 장편소설 | 홍성영 옮김 | 328면

266 **로드 짐** 조지프 콘래드 장편소설 | 최용준 옮김 | 608면

267 **푸코의 진자** 움베르토 에코 장편소설 | 이윤기 옮김 | 전3권 | 각 392, 384, 416면

270 **공포로의 여행** 에릭 앰블러 장편소설 | 최용준 옮김 | 376면

271 **심판의 날의 거장** 레오 페루츠 장편소설 | 신동화 옮김 | 264면

272 **에드거 앨런 포 단편선** 에드거 앨런 포 지음 | 김석희 옮김 | 392면

273 **수전노 외** 몰리에르 희곡선집 | 신정아 옮김 | 424면

274 **모파상 단편선** 기 드 모파상 지음 | 임미경 옮김 | 400면

275 **평범한 인생** 카렐 차페크 장편소설 | 송순섭 옮김 | 280면

276 **마음** 나쓰메 소세키 장편소설 | 양윤옥 옮김 | 344면

277 **인간 실격·사양** 다자이 오사무 소설집 | 김난주 옮김 | 336면

278 **작은 아씨들** 루이자 메이 올컷 장편소설 | 허진 옮김 | 전2권 | 각 408, 464면

**각 권 8,800~19,800원**